中國古籍文化研究 下卷

早稲田大学中国古籍文化研究所編

稲畑耕一郎教授退休記念論集

徐天進題

東方書店

中国古籍文化研究　下巻　目次

第Ⅴ部

『毛詩』「小序」における「美刺」の統計的把握 ……………………荻野友範　3

賈誼「弔屈原賦」再考 ……………………………………………………矢田尚子　15

謝朓像の確立をめぐって——李白から中晩唐へ ……………………石　碩　29

陶淵明「時運」詩小考——時間論 ……………………………………井上一之　45

王維『輞川集』の「鹿柴」詩の新解釈
　　——兼ねて「竹里館」詩との関連性を論ず ……………………内田誠一　57

王維『輞川集』に対する顧起経の注釈について ……………………紺野達也　73

杜甫における若き日の詩——散逸、それとも破棄 …………………佐藤浩一　87

白居易詩における連鎖表現 ……………………………………………埴田重夫　99

白居易の詩における手紙 ………………………………………………高橋良行　113

「児郎偉」の語源と変遷および東アジアへの伝播について ………金文京　125

項託と関羽 ………………………………………………………………大塚秀高　139

北宋の陳舜兪撰『廬山記』考——香炉峰の瀑布と酔石の詩跡研究を含めて
　　………………………………………………………………………植木久行　151

宋末元初における「詩人」の変質
　　——13世紀中国の詩壇に何が起きたのか？ …………………内山精也　161

西崑体と古文運動に関する諸問題 ……………………………………王瑞来　175

白玉蟾「蟄仙庵序」における「蘭亭序」の反映
　　——同時代の王羲之評価をふまえて………………………………大森信徳　189

木鹿大王攷——『三国志演義』とメルヴと雲南ナシ族をつなぐ一試論 …柿沼陽平　203

鉄鉉と二人の娘の史書と小説——建文朝の「歴史」と「文学」…………川浩二　215

i

鉄扇公主と芭蕉扇 …………………………………………………… 堀　誠　229

東洋文庫蔵『出像楊文広征蛮伝』について …………………… 松浦智子　243

汪道昆與徽州盟社考論 ……………………………………………… 鄭利華　257

存世最早的小説版皇明開國史
　　——天一閣藏明抄本《國朝英烈傳》及其價値………………… 潘建國　267

清・周春著『杜詩双声畳韻譜括略』における諸術語の定義
　　——特に頻度に関するものについて………………………… 丸井憲　279

《全清詞》誤收明代女性詞人舉隅 ………………………………… 周明初　291

略論晚清“中國文學”之初構 …………………………………… 陳廣宏　301

陳独秀の早稲田留学問題についての一考察 ………………… 長堀祐造　309

文白の間——小詩運動を手がかりに …………………………… 小川利康　323

淪陥期上海における雑誌とその読者
　　——『小説月報』(後期)を例として ……………………… 池田智恵　337

第 VI 部

蠱の諸相——日本住血吸虫症との関連において ……………… 貝塚典子　353

鼬怪異譚考——日中比較の立場から ………………………… 増子和男　363

「滴血珠」故事説唱流通考——清末民初の説唱本と宣講書を中心に …… 岩田和子　375

王露「中西音楽帰一説」について——「三つの分類」を中心に ……… 石井理　387

汲古閣本『琵琶記』の江戸時代における所蔵について ……… 伴俊典　401

江戸期における中国演劇——受容者の視点から ……………… 岡崎由美　415

彷徨古今而求索，但開風氣不為師
　　──日本漢學家稻畑耕一郎教授訪談錄························ 稻畑耕一郎／王小林採訪　431

編集後記　441

Contents　443

執筆者紹介　449

題字は北京大学考古文博学院の徐天進教授による

上巻目次

序（安平秋）

稻畑耕一郎 自撰学事年譜略

稻畑耕一郎 自撰著作類別繋年備忘録

第I部

朱印本『湗喜斎蔵書記』について──中国目録学研究資料（髙橋智）

關於今傳《易緯稽覽圖》的文本構成──兼論兩種易占、易圖類著作的時代（張學謙）

敦煌殘卷綴合與寫卷敘録──以《金剛般若波羅蜜經》寫本為中心（張涌泉、羅慕君）

明代文淵閣藏《唐六十家詩》版本考（李明霞）

「関帝文献」の構成から見る編纂の目的（伊藤晋太郎）

《清史列傳》汪憲、朱文藻傳訂誤（陳鴻森）

邁宋書館銅版『西清古鑑』の出版について（陳捷）

《武林覽勝記》初探（朱大星）

《秦淮廣紀》三考（程章燦）

任銘善致鍾泰札（三十七件）（任銘善撰、吳格整理）

清家文庫藏大永八年本《孝經抄》考識──兼談劉炫《孝經述議》的復原問題（程蘇東）

日本五山板《春秋經傳集解》考論（傅剛）

五山版《山谷詩注》考辯（王嵐）

和刻本漢籍鑑定識小（陳正宏）

iii

新井白石『詩経図』について——その編纂経緯と名物考証（原田信）

《七經孟子考文》正、副本及《考文補遺》初刻本比較研究（顧永新）

東亞詩話的文獻與研究（張伯偉）

日藏宋版《論衡》考辨（顧歆藝）

日藏尊經閣本《玉燭寶典》校勘劄記（朱新林）

日本京都大學圖書館藏明黃用中注《新刻注釋駱丞集》十卷本考（杜曉勤）

日本藏《狐媚抄》版本考（周健強）

日本編刻明別集版本考略（湯志波）

京都大学文学研究科蔵『説文古本攷』田呉炤校本について（木津祐子）

倉石武四郎《舊京書影提要》稿本述要（林振岳）

第 II 部

"性命"論述與文章藝術（曹虹）

屬辭見義與中國敘事傳統（張高評）

從"君父師"到"天地君親師"——中古師道的存在與表現探尋（李曉紅）

銭穆政治思想における専制と民主（齊藤泰治）

芦東山《論》、《孟》釋義發微（劉玉才）

成島柳北の漢学（マシュー・フレーリ）

《十牛圖》與近代日本哲學（王小林）

第 III 部

「上古音以母」再構に関する初歩的考察（野原将揮）

『類篇』の無義注について（水谷誠）

廖綸璣「満字十二字頭」について（古屋昭弘）

馬禮遜《華英字典・五車韻府》版本系統和私藏《五車韻府》（千葉謙悟）

臺灣海陸客語「識」字的語法化——從動詞演變為體標記（遠藤雅裕）

第 IV 部

考古資料からみた龍の起源（角道亮介）

鄭韓故城出土「戈銘石模」が提起する諸問題（崎川隆）

トルファン地域の墓に納められた写本（後藤健）

遼南京地道區寺院的下院制度——以石刻文獻為中心（李若水）

第Ⅴ部

『毛詩』「小序」における「美刺」の統計的把握

荻野　友範

一、はじめに

　『毛詩』「小序」は各詩篇の意義を表明する[1]。よって、『毛詩』の各詩篇全体の意義は、この「小序」に立脚して見通されていることとなる。また、各詩句への注である「毛伝」により、「小序」が目指す意義が支えられている。このように、『毛詩』本文、「小序」、「毛伝」が整然と有機的なつながりをもって、なんら矛盾なく今日に示されているのであれば、三者相互の理解はどれほど進んでいたかわからない。しかし、残念ながら、歴代の注解や研究が示すとおり、事情はその反対である。

　このあたりの事情が古来さまざまに議論されてきたことは周知のことである。これらの議論の焦点については後述することとして、小稿の目的はそうしたこれまでの議論の流れに加わり、それをさらに前進させることにあるのでなく、やや異なった視点から「小序」を考察することの有効性を探ってみることにある。

　これまでの研究における主な関心事は、『毛詩』本文、「小序」、「毛伝」を三位一体のものとして捉え、『毛詩』本文と「小序」、「小序」と「毛伝」、「毛伝」と『毛詩』本文をそれぞれの内容から三者の関係を精査し、矛盾の有無を検証する傾向にあり、最終的に『毛詩』本文の「小序」「毛伝」に基づく理解を目指すものであったといってもよいだろう。また、その際、三者の各内容と歴史的事実とを突き合わせる作業が主たる手法のひとつとしておこなわれてきた。

　この「『毛詩』本文―「小序」―「毛伝」」という三者は階層性をもつ、いわば縦の関係にあるといえ、これまではこの縦の関係を主要な問題とする趨勢が強かったといえるであろう。これに対し、横の関係、つまり、「小序」同士の関係や「毛伝」同士の関係についての検討はどうだったであろうか。『毛詩』各詩篇に付された「小序」全体を俯瞰して、総合的に見渡す視点にはやや欠けていたのではないだろうか。

　小稿では、こうした考えのもと、「小序」に貫かれているひとつの重要な観念である「美刺」を軸に、「小序」の形式、内容などを統計的に整理、把握し、そこに見える傾向を導き出し、これを『毛詩』「小序」研究における基礎的考察の第一歩と位置付けて、考察を進めてみたい。

二、従来の『毛詩』「小序」研究の焦点

　『毛詩』研究はこれまでに相当に厚い研究の蓄積があることは、あらためて言を重ねるまでもない。研究ということばを広い意味で捉えれば、鄭玄の「箋」や「詩譜」、「毛詩正義」などの古注、朱熹『詩集伝』をはじめとする宋代からの新注、および清朝考証学による各方面の成果もそれに含まれるだろう。だがここで、『毛詩』研究の傾向を見通すにあたっては、おおよそ近代以降の研究に範囲を絞って概観しておく。『毛詩』研究にはこれまでにたいへん有用な研究文献目録が公表されている。主要なものはつぎの二点となるだろう。

　　村山吉廣・江口尚純共編『詩経研究文献目録』汲古書院、1992 年[(2)]
　　寇淑慧編『二十世紀詩経研究文献目録』学苑出版社、2001 年

前者では、邦文は 1868（明治元）年～ 1990（平成 2）年の論著 764 点、中文は 1900 年～ 1990年の論著 4743 点の総計 5507 点の書誌情報を収載している。後者は 20 世紀（1901 ～ 2000 年）の中国大陸および香港で発表された論著 5729 点の書誌情報を収載している。このうち、『毛詩序』関係の論著は、前者の邦文で 5 点、中文で 101 点、後者では 88 点となっている[(3)]。単に、『詩経』研究全体に占める「詩序」研究の割合という点で見れば、その数は多いとは決していえない。また、その傾向は現在まで大きな変化もなく続いているように見受けられる。

　このように、『毛詩』研究という巨視的観点に立てば、小稿で考察の対象とする『毛詩序』、とりわけ、「小序」については、盛んに議論されたとはいえないようである。その一つの要因としては、先述のように、「『毛詩』本文—「小序」—「毛伝」」という関係の中に、「小序」が孕んでいる各種問題、たとえば、「小序」の内容と『毛詩』本文の内容との不一致を「小序」の附会であるとか、「詩序」の特異な伝承に基づくであるとか、あるいは、矛盾が矛盾のまま置き去りにされて、「小序」全体の議論へは向かいにくかったためと推察される。あくまでもそれは、『毛詩』本文を合理的に解釈するための手段として「小序」を活用するにとどまり、必ずしも「小序」に通底する思考に迫るものではなかったのではないだろうか。ゆえに、そうした「『毛詩』本文—「小序」—「毛伝」」という縦の関係の中にあっても、「小序」と『毛詩』本文ないし「小序」と「毛伝」との間の矛盾は依然として解決されないまま存在しているのである。すなわち、『毛詩』「小序」の総合的な理解を目指すならば、これらの矛盾は、まず「小序」全体の中で検討され、解消されるべきなのである。

　さて、両研究文献目録における邦文の 5 点と中文の 101 点は「詩序（「大序」「小序」）」をテーマとする論著である。それらは、『毛詩序』の何を論じているのだろうか。その論点はおおむねつぎの 3 つに類型化できる。

①『毛詩序』の注解
②『毛詩序』の作者ならびに成立時期
③『毛詩序』の内容の真偽

「『毛詩序』の注解」はいわゆる注釈の類である。「『毛詩序』の作者ならびに成立時期」は作者を誰に同定するか、成立時期をいつに推定するかについての考察である。「『毛詩序』の内容の真偽」とは、『毛詩序』と『毛詩』本文あるいは『毛詩序』と歴史的事実を照合し、その真偽を議論するようなものである。

研究の多寡という点では、以上のとおりであるが、王順貴「20世紀『毛詩序』研究的回顧与展望」では、20世紀の『毛詩序』研究を、「一、争論焦点」「二、『詩大序』的内容及評価」「三、研究観念与研究方法的探討」に分けて論じ、「一、争論焦点」では、その焦点を、

④『毛詩序』的作者
⑤尊『序』与廃『序』之争
⑥関於「小序」的評価

にあったとする。④は『毛詩序』の作者の特定を目指すものであり、これは必然的に『毛詩序』の成立時期までを見据えた研究となる。⑤は宋代以前の「詩序」尊重の立場と宋代以降の「詩序」排斥の立場およびそれから派生する「詩序」に対する立場の研究である。⑥は各詩篇の「小序」の内容が抱える諸問題の研究である。

さきに整理した両研究文献目録に見える『毛詩序』研究の傾向における①を除いて、②は④に、③は⑥にあたり、「研究文献目録」に収載される論著数や20世紀の『毛詩序』研究の総括の結果を見るだけでも、『毛詩序』の作者ならびに成立時期の問題がいかに重要視されているかがわかる。

振り返ってみれば、この問題についてはすでに、『四庫全書総目提要』「『詩序』二巻」においてさまざまな可能性への言及があり、とくに目新しいテーマではない。だが、それが、今日においても『毛詩序』研究における主要テーマであり続けているということは、古くからの議論の延長線上において、議論をさらに深化、精密化させている面がもちろんあろうが、だからといって、問題の決着を見るような段階にいたっているわけではないことも物語っている。

その中にあって、一時期の『毛詩』「小序」研究の成果を本格的に論評したものにつぎの考察がある。

藪敏裕「『毛序』研究の近況と課題（上）」（『二松学舎大学人文論叢』46、1991年）
　同　「『毛序』研究の近況と課題（下）」（『二松学舎大学人文論叢』48、1992年）

両考察では、1939年から1990年までの計23の『毛詩』「小序」関係の論著を取り上げ、その内容を批判的な視点から論評し、その時期の『毛詩』「小序」研究の傾向をつぎの２点に集約する。[5]

　　I、『毛序』成立に関する記述を載せる諸文献を検討するのみのもの
　　II、これ（引用者注──「I」）を踏まえつつ『毛序』そのものの内容を検討するもの

とした上で、「IIに属する諸論文は、方法論としてはIに勝るものの、大部分が護教的な立場からの研究である」とする。また、「『毛序』の研究はその大半が作者の確定、特に孔子や子夏などがなんらかの関与をしたことを証明することに費やされてきた」とする。[6]

　以上のことから、従来の『毛詩』「小序」研究の、少なくとも近百年間における最も主要な焦点は、『毛詩序』の作者の特定とそれから導き出される成立時期の確定にあったといえるのである。

三、『毛詩』「小序」における「美刺」──その主体・対象・傾向

		美	刺
風(160)	周南(11)	0	0
	召南(14)	3	0
	邶風(19)	1	8
	鄘風(10)	2	5
	衛風(10)	2	5
	王風(10)	0	4
	鄭風(21)	1	14
	斉風(11)	0	10
	魏風(7)	0	6
	唐風(12)	0	12

		美	刺
風	秦風(10)	3	4
	陳風(10)	0	7
	檜風(4)	0	1
	曹風(4)	0	3
	豳風(7)	4	0
雅(111)	小雅(80)	4	45
	大雅(41)	7	6
頌(40)	周頌(31)	0	0
	魯頌(4)	0	0
	商頌(5)	0	0

　これまでの『毛詩』「小序」研究はさきに指摘したように、「『毛詩序』の作者の特定とそれから導き出される成立時期の確定」にあった。この傾向に対する批判がなかったわけではない。前掲の藪敏裕「『毛序』研究の近況と課題（上・下）」はまさにその傾向に対するある種の不満をもとに、先行研究の成果に対して批判的な継承を意図するものであっただろうと思われる。

　本節では、この藪氏の指摘を承けつつ、「小序」の基調としてつとに取り上げられる「美刺」をめぐる「小序」について考察を進める。

　『毛詩』311篇を、「小序」の「詩篇名……「美」あるいは「刺」……「也」……」という体例に基づき、「美」「刺」のそれぞれを調査すると、「美む」小序

が 28 例、「刺る」小序が 129 例見え、「美」「刺」合わせて計 157 を数える。それらを一覧に示すと左の表のようになる（括弧内は各部の総詩篇数）。[7]

　以下、「分布」「形式」「主体」「対象」という四つの面から考察していく。

〈分布〉

『毛詩』全 311 篇中、28 見える「美む」小序の割合は、1 割に満たない。その分布は、「風」160 篇中、召南・邶・鄘・衛・鄭・秦・豳の 7 つの国風に 16、「雅」111 篇中、小・大の「雅」に 11 となり、周南・王・斉・魏・唐・陳・檜・曹の 8 つの「風」と「頌」には「美む」小序は見えない。「風」「雅」に占める「美む」小序の割合に特段の偏りは見られず、ともに約 1 割程度となり、『毛詩』全篇に占める「美む」小序の割合とほぼ同等である。

　一方、『毛詩』全篇中、129 見える「刺る」小序の割合は 4 割をやや超える程度となる。その分布は、「風」160 篇中、邶・鄘・衛・王・鄭・斉・魏・唐・秦・陳・檜・曹の 12 の風に 79、小・大の「雅」に 51 となり、周南・召南・豳の 3 つの「風」と「頌」には「刺る」小序は見えない。[8]「風」「雅」に占める「刺る」小序の割合は、「風」が約 5 割、「雅」が 4 割 5 分をやや超える程度となり、「風」におけるそれの比重が若干だが高い。

　この分布という観点から目を引くのは、全体として「刺る」小序が圧倒的に多い状況の中で、「刺る」小序がなく、「美む」小序のみが見える召南（甘棠・江有汜・何彼襛矣）、豳風（破斧・伐柯・九罭・狼跋）の存在である。また逆に、「刺る」小序のみが見える「斉風」（還・著・東方之日・南山・甫田・盧令・敝笱・載駆・猗嗟）、「魏風」（葛屨・汾沮洳・園有桃・十畝之間・伐檀・碩鼠）、「唐風」（蟋蟀・山有枢・揚之水・椒聊・綢繆・杕杜・羔裘・鴇羽・有杕之杜・葛生・采苓）、「陳風」（宛丘・東門之池・東門之楊・墓門・月出・株林・沢陂）・「檜風」（素冠）・「曹風」（蜉蝣・候人・鳲鳩）も注目に値する。とりわけ、「唐風」は「刺る」小序しか存在しない。

　また、「小雅」に占める「刺る」小序の割合は約半数を超え、「美む」小序の 10 倍以上となる。これに対し、「大雅」における「美む」小序と「刺る」小序はほぼ同数である。

〈形式〉

『毛詩』「小序」は、「関雎」を除き、そのほかは例外なく、「詩篇名＋……＋「也」」という形式を取り、これに「補足部分」が続くか否かで形式的差異が生じる。小稿では、この形式における「……」の部分に「美」「刺」をめぐる主体と対象という観点を持ち込んで考察を試みる。[9]主体とは「美む」「刺る」主体であり、対象とは「美められる」「刺られる」対象のことを意味する。

　そうした「小序」の基本形式の中で、「美む」小序の形式はつぎの二形式に整理できる。

　　ａ．詩篇名＋主体＋「美」＋対象＋「也」＋補足部分
　　　　雲漢・崧高・烝民・韓奕・江漢・常武（以上、すべて大雅）　計 6 篇

b．詩篇名＋　　＋「美」＋対象＋「也」＋補足部分

　　　甘棠・江有汜・何彼襛矣（以上、召南）、凱風（邶風）、定之方中・干旄（以上、鄘風）、
　　　淇奥・木瓜（以上、衛風）、緇衣（鄭風）、無衣（唐風）、車鄰・駟驖・小戎（以上、秦
　　　風）、破斧・伐柯・九罭・狼跋（以上、豳風）、魚麗・吉日・鴻雁・庭燎（以上、小雅）、
　　　皇矣（大雅）　計22篇

　aは、主体・対象・補足部分のすべてを完備する形式であり、bは主体を欠く形式である。a・
bの形式でありながら、補足部分のすべてを持たない形式、つまり、

　　　詩篇名＋主体＋「美」＋対象＋「也」
　　　詩篇名＋　　＋「美」＋対象＋「也」

という二形式も理屈の上では想定可能だが、実例としては存在しない。
　これらのことから、「美む」小序は必ずa・bの形式で示され、補足部分の付くことがわか
る。
　一方の「刺る」小序の形式はつぎの四形式に整理できる。

　　c．詩篇名＋主体＋「刺」＋対象＋「也」＋補足部分

　　　牆有茨（鄘風）、葛藟（王風）、甫田・載駆（以上、斉風）、雨無正・何人斯・四月・北
　　　山・頍弁・車舝・賓之初筵・角弓・都人士・白華・緜蠻・瓠葉・漸漸之石・何草不
　　　黄（以上、小雅）、召旻（大雅）　計19篇

　　d．詩篇名＋主体＋「刺」＋対象＋「也」

　　　白駒・節南山・正月・十月之交・小旻・小宛・青蠅（以上、小雅）、民労・板・抑・
　　　桑柔・瞻卬（以上、大雅）　計12篇

　　e．詩篇名＋　　＋「刺」＋対象＋「也」＋補足部分

　　　雄雉・匏有苦葉・谷風・簡兮・北門・北風・静女・新台（以上、邶風）、君子偕老・
　　　桑中・鶉之奔奔・相鼠（以上、鄘風）、考槃・氓・芄蘭・伯兮・有狐（以上、衛風）、
　　　君子于役・揚之水・大車（以上、王風）、将仲子・叔于田・大叔于田・清人・羔裘・
　　　女曰鶏鳴・有女同車・山有扶蘇・蘀兮・狡童・丰・東門之墠・子衿・溱洧（以上、
　　　鄭風）、還・著・東方之日・東方未明・南山・盧令・敝笱・猗嗟（以上、斉風）、葛
　　　屨・汾沮洳・園有桃・十畝之間・伐檀・碩鼠（以上、魏風）、蟋蟀・山有枢・揚之
　　　水・椒聊・綢繆・杕杜・羔裘・鴇羽・有杕之杜・葛生・采苓（以上、唐風）、蒹葭・
　　　晨風・無衣・権輿（以上、秦風）、宛丘・東門之池・東門之楊・墓門・月出・株林・
　　　沢陂（以上、陳風）、蜉蝣・候人・鳲鳩（以上、曹風）、小弁・巧言・巷伯・谷風・蓼
　　　莪・大東・楚茨・信南山・甫田・大田・瞻彼洛矣・裳裳者華・桑扈・鴛鴦・魚藻・

采菽・菀柳・采緑・黍苗・隰桑（以上、小雅）　計94篇
　ｆ．詩篇名＋　　＋「刺」＋対象＋「也」
　　素冠（檜風）、祈父・黄鳥・我行其野・鼓鐘（以上、小雅）　計５篇

「刺る」小序には想定しうる四つの形式がすべて存在することとなる。
　ｃは、「刺る」主体と対象、そして補足部分がすべて揃う形式であり、計19篇となる。ｄは、「刺る」主体と対象があるものの、補足部分がなく、計12篇を数える。ｅは、「刺る」主体がないものの、その対象と補足説明があり、計94篇にのぼる。ｆは、「刺る」対象は示されるものの、それ以外の主体と補足説明はなく、計５篇となる。

〈主体〉
　「美む」小序のａの形式では必ず「美む」主体が示される。その主体は、「仍叔（1、雲漢）」「尹吉甫（4、崧高・烝民・韓奕・江漢）」「召穆公（1、常武）」という三者の具体的人物に限られ、この三者以外が「美む」主体となることはない[10]。つまり、ａの形式では、特定の人物を媒介として、あるいは特定の人物の行為として「美む」詩篇であることが表明されるのである。
　ｂの形式では、主体は明示されないため、詩篇そのものが「美む」主体の役割を担っているものと捉えられる。
　「刺す」小序では、ｃ・ｄの両形式で主体が示される。歴史上の特定の人物に確実に同定できるか否かはしばらく置き、特定の人物が主体とされるものを「特定の人物」、それ以外を「不特定の人物」として、ｃの形式での主体を整理するとつぎのようになる（出現頻度の順にしたがって掲出する。以下同じ）。

　　○特定の人物
　　　蘇公（1、何人斯（小雅））、衛武公（1、賓之初筵（小雅））、凡伯（1、召旻（大雅））
　　○不特定の人物
　　　大夫（6、甫田（斉風）、雨無正・四月・北山・車牽・瓠葉（以上、小雅））、周人（2、都人士・白華（以上、小雅））、下国（2、漸漸之石・何草不黄（以上、小雅））、王族（1、葛藟（王風））・斉人（1、載駆（斉風））・諸公（1、頍弁（小雅））・父兄（1、角弓（小雅））・微臣（1、緜蠻（小雅））

同様に、ｄの形式おける主体を整理するとつぎのようになる。

　　○特定の人物
　　　凡伯（2、板・瞻卬（以上、大雅））、召穆公（1、民労（大雅））、衛武公（1、抑（大雅））、芮伯（1、桑柔（大雅））

〇不特定の人物
　　　　大夫（6、白駒・正月・十月之交・小旻・小宛・青蠅（以上、小雅））、家父（1、節南山（小
　　　　雅））

　c・dは、総じてある人物の行為として「刺る」詩篇であることが明らかにされている。
　e・fは主体が示されていないわけであるから、詩篇が「刺る」行為の主体となっていると
捉えられる。

〈対象〉
「美」「刺」の対象は多岐に渉る。
「美む」小序で対象とされるものはつぎのとおりである。
　aの形式では、「宣王（6、雲漢・崧高・烝民・韓奕・江漢・常武、以上、すべて「大雅」）」という
特定の人物のみが「美む」対象とされる。
　b以下の形式では、対象を「特定の人物やそれに類するもの」「不特定の人物やそれに類す
るもの」「人物以外の事象」という三つに分類を試みることとする。

　　〇特定の人物やそれに類するもの
　　　　周公（4、破斧・伐柯・九罭・狼跋（以上、豳風））、襄公（2、駟驖・小戎（以上、秦風））、
　　　　宣王（2、鴻雁・庭燎（以上、小雅））、召伯（1、甘棠（召南））、衛文公（1、定之方中（鄘
　　　　風））、斉桓公（1、木瓜（「衛風」）、武公（1、緇衣（鄭風））・秦仲（1、車鄰（秦風））・周
　　　　（1、皇矣（大雅））
　　〇不特定の人物やそれに類するもの
　　　　王姫（1、何彼襛矣（召南））、孝子（1、凱風（邶風））、媵（1、江有汜（召南））
　　〇人物以外の事象
　　　　好善（1、干旄（鄘風））、武公之徳（1、淇奥（衛風））、万物盛多、能備礼（1、魚麗（小
　　　　雅））・宣王田（1、吉日（小雅））

　aの形式に見えた宣王以外に、bの形式により新たに8つの対象が加えられ、「美む」対象
となりうる特定の人物は、宣王・周公・襄公・召伯・衛文公・斉桓公・武公・秦仲の計8人と
なることがわかる。
「刺る」小序で対象とされるものはつぎのとおりである。
　cの形式ではつぎのように整理できる。

　　〇特定の人物やそれに類するもの
　　　　幽王（9、雨無正・四月・北山・頍弁・車舝・角弓・菀柳・漸漸之石・何草不黄（以上、小雅））、

襄公（2、甫田・載駆（以上、斉風））、平王（1、葛藟（王風））、幽后（1、白華（小雅））、暴公（1、何人斯（小雅））

○不特定の人物やそれに類するもの

其上（1、牆有茨（鄘風））

○人物以外の事象

時（1、賓之初筵（小雅））、衣服無常（1、都人士（小雅））、乱（1、緜蠻（小雅））、幽王大壊（1、召旻（大雅））

「刺る」小序になり、幽王の出現頻度が突出してくる。

ｄの形式ではつぎのように整理できる。

○特定の人物やそれに類するもの

幽王（6、節南山・正月・十月之交・小旻・小宛・青蠅（以上、小雅））、厲王（4、民労・板・抑・桑柔（以上、大雅））、宣王（1、白駒（小雅））

○人物以外の事象

幽王大壊（1、瞻卬（大雅））

この形式でも、幽王の出現頻度が高い一方、ａ・ｂの両形式において「美む」対象とされていた「宣王」が「刺る」対象としても現れてきている。

ｅの形式ではつぎのように整理できる。

○特定の人物やそれに類するもの

幽王（18、小弁・巧言・巷伯・谷風・蓼莪・楚茨・信南山・甫田・大田・瞻彼洛矣・裳裳者華・桑扈・鴛鴦・魚藻・采菽・菀柳・黍苗・隰桑（以上、小雅））、荘公（4、考槃（衛風）、将仲子・叔于田・大叔于田（以上、鄭風））、忽（4、有女同車・山有扶蘇・蘀兮・狡童（以上、鄭風））、衛宣公（3、雄雉・匏有苦葉・新台（以上、邶風））、晋昭公（3、山有枢・揚之水・椒聊（以上、唐風））、平王（2、君子于役・揚之水（以上、王風））、晋献公（2、葛生・采苓（以上、唐風））、康公（2、晨風・權輿（以上、秦風））、襄公（2、南山（斉風）・蒹葭（秦風））、衛夫人（1、君子偕老（鄘風））、衛宣姜（1、鶉之奔奔（鄘風））、恵公（1、芄蘭（衛風））、周大夫（1、大車（王風））、文公（1、清人（鄭風））、文姜（1、敝笱（斉風））、魯荘公（1、猗嗟（斉風））、晋僖公（1、蟋蟀（唐風））、晋武（1、有杕之杜（唐風））、幽公（1、宛丘（陳風））、陳佗（1、墓門（陳風））、霊公（1、株林（陳風））

○人物以外の事象

時（13、静女（邶風）、氓・伯兮・有狐（以上、衛風）、著（斉風）、園有桃・十畝之間（以上、魏風）、杕杜・羔裘・鴇羽（以上、唐風）、東門之池・東門之楊・沢陂（以上、陳風））、乱（4、

丰・東門之墠・溱洧（以上、鄭風)・大東（小雅))、荒（2、還・盧令（以上、斉風))、夫婦失道（1、谷風（邶風))、不用賢（1、簡兮（邶風))、仕不得志（1、北門（邶風))、虐（1、北風（邶風))、奔（1、桑中（鄘風))、無礼（1、相鼠（鄘風))、朝（1、羔裘（鄭風))、不説徳（1、女曰鶏鳴（鄭風))、学校廃（1、子衿（鄭風))、哀（1、東方之日（斉風))、無節（1、東方未明（斉風))、褊（1、葛屨（魏風))、倹（1、汾沮洳（魏風))、貪（1、伐檀（魏風))、重斂（1、碩鼠（魏風))、晋乱（1、綢繆（唐風))、用兵（1、無衣（秦風))、好色（1、月出（陳風))、奢（1、蜉蝣（曹風))、近小人（1、候人（曹風))、不壹（1、鳲鳩（曹風))、怨曠（1、采緑（小雅))

やはり、幽王の出現頻度が突出している。また、目を引くのが、ｄの形式の「刺る」対象として１例だけ見えた「時」がこの形式ではとくに出現頻度が高いことである。

　ｆの形式では、「特定の人物やそれに類するもの」として「宣王（3、祈父・黄鳥・我行其野（以上、小雅))」「幽王（1、鼓鍾（小雅))」があげられ、「人物以外の事象」としては「不能三年（1、素冠（檜風))」があげられる。

四、むすびにかえて

　多方面にわたる『毛詩』研究という巨視的視点のもとでは、「小序」はまず、『毛詩』本文を解釈するためのもの、つまり、『毛詩』本文の付属資料のように捉えられてきたといえよう。つぎに、『毛詩序』研究という観点に立つと、その研究は『四庫全書総目提要』「『詩序』二巻」の記載の問題、つまり、『毛詩序』の作者の特定と成立時期の確定を中心的なテーマとして議論されて今日にいたっている。

　こうした現状に鑑み、小稿では、『毛詩』「小序」を総合的に研究するための基礎的考察の第一歩として、「小序」に通底するひとつの考え方である「美刺」に着目し、「美刺」をめぐる「小序」の分布・形式・主体・対象の４点から統計的把握を試みた。その結果は、前節に示したとおりである。

　統計的な把握という目的から数値の提示にとどまり、分布から見える「美刺」の傾向、各形式間の関係、各形式による主体や対象の相違、主体・対象・補足部分の関係など、内容に踏み込むことで明らかになるであろう『毛詩』「小序」や「美刺」という考え方の新たな側面にまでは論及できなかった。これについては、稿を改めて詳論することとしたい。

【注】

(1) 『毛詩』の第1篇「関雎」の「序」は、ほか310篇の「序」とは明らかに異なった形式と内容を持ち、古来、『毛詩序』の総論にあたる「大序」部分と、「関雎」の「小序」部分に二分され、それぞれにあたる部分については諸説ある。「関雎」における「大序」「小序」の区別は、小稿の考察には直接の影響がないため、とくに言及しない。

　小稿では、「大序」「小序」を含むものとして「『毛詩序』」を用いるが、文献の引用の際には、その文献の表記を尊重することとする。

(2) その後の目録には、西口智也「詩経研究文献目録［邦文篇］1991（平成3年）——1999（平成11年）」（『詩経研究』第28号、2003年）、江口尚純「詩経研究文献目録［邦文篇］2000（平成12年）」（『詩経研究』第26号、2001年）・「詩経研究文献目録［邦文篇］2001（平成13年）」（『詩経研究』第27号、2002年）・「詩経研究文献目録［邦文篇］2005（平成17年）」（『詩経研究』第31号、2006年）・「詩経研究文献目録［邦文篇］2006（平成18年）」（『詩経研究』第32号、2007年）・「詩経研究文献目録補遺」（『中国古典研究』第53号、2008年）・「詩経研究文献目録［邦文篇］2007（平成19年）」（『詩経研究』第33号、2008年）・江口尚純「詩経研究文献目録［邦文単行本編］（第三次稿）明治元年（1868）〜平成16年（2004）」（『詩経研究』第30号、2005年）などがある。

(3) 寇淑慧編『二十世紀詩経研究文献目録』は村山吉廣・江口尚純共編『詩経研究文献目録』を踏まえる。

(4) 王順貴「20世紀『毛詩序』研究的回顧与展望」『東疆学刊』2003年第3期。

(5) うち1つは未見とされるため、実際に検討の対象とされたのは22である。

(6) 近年、『孔子詩論』の出現は、この傾向にいっそう拍車をかけているように見受けられる。

(7) 形式については後述するが、ここで「美刺」にあたる詩篇数とは、「小序」に「詩篇名＋……「美」あるいは「刺」……「也」……」を基調とする形式をとり、「美む」「刺る」と記される「小序」の数である。

(8) 施楡生「『毛詩序』与美刺説」（『電大教学』1998年第5期）・徐鼎鼎「『毛詩序』美刺説探微」（『河北師範大学学報（哲学社会科学版）』2016年第1期）では、「美む」小序をそれぞれ28・31、「刺る」小序をそれぞれ129・32とする。梅顕懋「『毛詩序』以美・刺説詩探故」（『社会科学輯刊』2005第1期）は、「美む」ないしは「刺る」内容を持つ「小序」は210篇あるとする。小稿の統計は、施楡生『毛詩序』与美刺説」と一致する。ほか2篇と一致しない理由は、両者とも具体的に詩篇名をあげて数えていないので不明とせざるをえない。

(9) 鈴木修次「毛詩の序——詩経伝承上の一考察——」（『人文論究』4、1951年）において、「……「也」」の部分を「首序」、「也」以下（小稿にいう「補足部分」）を「続序」と呼び、両者は截然と区別されるとする。

(10) 括弧内（　）のアラビア数字は出現回数を示す。

賈誼「弔屈原賦」再考

矢田 尚子

はじめに

前漢の賈誼による代表的な賦作品「弔屈原賦」「服鳥賦」は、『史記』屈原賈生列伝および『漢書』賈誼伝に見え、また『文選』にも収録されている[1]。これら賈誼の賦については、特に「服鳥賦」に表れた道家的人生観と、『漢書』賈誼伝や『新書』の上奏文からうかがえる賈誼の儒家的政治思想との異質性を取り上げて論じ、その整合性を見いだそうとする先行研究が多い[2]。

その中にあって牧角悦子「賈誼の賦をめぐって[3]」は、両作品の内容を詳細に分析した上で、その特徴や文学史的意味について考察し、次のように述べる。

> 『史記』『漢書』という書物が現在的意味での歴史書として事實のみを客観的に記したものではなく、篇者の意圖に沿った様々な賈誼像を意圖的に描き出していることを考える時、賈誼の賦はこれらの書物の中で描かれた、言い換えれば物語として語られた「不遇の人生」とは切り離して見直すべきではないだろうか[4]。

確かに「服鳥賦」の分析に際して牧角氏は、賈誼に付せられた「賢人不遇の人生の悲劇性」と切り離して作品そのものを読み直し、その結果、当該作品を「透明な諦観を淡々と詠いあげる」ものであると判断する。ところが「弔屈原賦」については「賈誼は屈原の悲劇を追傷することで、自分自身の身の上に喩えた」という『漢書』賈誼伝の記述を前提として読んでいるように思われる。

「賈誼の賦を正しく評價するためには、序文の内容や編者の意圖を濃厚に反映する『史記』『漢書』の價値觀から離れて、作品そのものに向き合う必要がある[5]」というのであれば、「弔屈原賦」に関しても「服鳥賦」を読むのと同様の態度で、史書が語る賈誼の「不遇の人生」と切り離して読み直すべきではないか。小論ではこうした視点から「弔屈原賦」について改めて考察したい[6]。

一、『史記』『漢書』の「解釈」

　まず「弔屈原賦」に付せられた『史記』と『漢書』の記述内容を確認し、当該作品が両書それぞれにおいてどのようにとらえられているのかを見ておきたい。

　　『史記』屈原賈生列伝
　　賈生既辭往、行聞長沙卑溼、自以壽不得長。又以適去、意不自得。及渡湘水、爲賦以弔屈原。（賈生既に辭して往き、行くゆく長沙の卑溼なるを聞き、自ら以えらく壽の長きを得ざらんと。又た適を以て去れば、意　自得せず。湘水を渡るに及び、賦を爲りて以て屈原を弔う。）

　　『漢書』賈誼伝
　　誼既以適去、意不自得。及度湘水、爲賦以弔屈原。屈原、楚賢臣也。被讒放逐、作離騒賦。其終篇曰、已矣、國亡人、莫我知也。遂自投江而死。誼追傷之、因以自論。（誼　既に適を以て去るに、意　自得せず。湘水を度るに及び、賦を爲りて以て屈原を弔う。屈原は、楚の賢臣なり。讒を被りて放逐せられ、離騒の賦を作る。其の終篇に曰く、已んぬるかな、國に人亡し、我を知る莫きなりと。遂に自ら江に投じて死す。誼　之れを追傷し、因りて以て自ら諭う。）

　内容を整理すると、『史記』には次の３点が記されている。

①賈誼が、卑湿な土地である長沙に行けば自らの命は長くないだろうと思ったこと。
②流謫されたために賈誼の気がふさいでいたこと。
③賈誼が湘水を渡る際に賦を作って屈原を弔ったこと。

　『漢書』では、このうち①が欠落しており、②③の後に次の④⑤が加えられている。

④楚の賢臣であった屈原が讒言によって放逐されて「離騒」を作り、その終篇で「已んぬる　かな、國に人亡し、我を知る莫きなり」と詠い、自死したこと。
⑤賈誼が屈原を追傷して「弔屈原賦」を作り、自身を屈原に喩えたこと。

　『史記』は、賈誼が「弔屈原賦」を作った要因、すなわち②と③の関係について何も述べていないが、『漢書』ではそれを補足するように④⑤が付け加えられ、賈誼が屈原の悲運に自らのそれを重ねたという「解釈」が加えられているのである。
　では、司馬遷は「弔屈原賦」制作の要因をどのように考えていたのか。『史記』屈原賈生列伝の末尾には次のようにある。

16

太史公曰、余讀離騷・天問・招魂・哀郢、悲其志、適長沙、觀屈原所自沈淵、未嘗不垂涕、想見其爲人。及見賈生弔之、又怪屈原以彼其材游諸侯、何國不容、而自令若是。讀服鳥賦同死生、輕去就、又爽然自失矣。（太史公曰く、余「離騷」・「天問」・「招魂」・「哀郢」を讀みて、其の志を悲しみ、長沙に適きて、屈原自ら沈む所の淵を觀て、未だ嘗て涕を垂れて、其の人と爲りを想見せずんばあらず。賈生の之れを弔うを見るに及び、又た怪しむらくは屈原の彼の其の材を以て諸侯に游ばば、何れの國か容れざらん、而るに自ら是（か）くの若（ごと）からしむと。服鳥賦の死生を同じくし、去就を輕んずるを讀めば、又た爽然自失す。）

　鎌田重雄氏は、屈原賈生列伝が「屈原と賈誼の共感、そして屈原・賈誼に對する司馬遷の人間的・文學的共感」によって成り立っているという[9]。しかし實際に書かれているのは、賈誼が「弔屈原賦」を詠んだということのみであり、司馬遷は「弔屈原賦」を「賈誼が自身を屈原に託して詠んだもの」としてはいない。「屈原と賈誼の共感」については明示していないのである。彼は兩者の事跡を列傳としてまとめることで、その共通点、すなわち「才能を妬まれ、讒言により左遷されたという不遇」を軸に兩者を描いたと考えられる。賈誼が屈原を追傷して「弔屈原賦」を作り、自身を屈原に喩えたという「解釈」は、『漢書』以降に加えられたものである。
　更に言えば『史記』の①②も司馬遷による「解釈」に過ぎない。たとえば田中麻紗巳氏は次のように述べて①②に疑問を呈する。

　　けれども今日の我々から客觀的に見ると、虛弱だったとしても、低濕な土地に住むことだけで死を考えねばならぬ位の當時は〔原文ママ〕生活や醫學の水準だったとは、長沙漢墓（馬王堆）の發掘を思い合わせても疑問である。長沙の人が他の地の人より短命だったという譯でもあるまい。又、彼は長沙では公卿と同じ二千石の高官であり、その經濟力は低濕な地といえども健康を守る手當てをするのに不足はなかったのではなかろうか。それにこの高官の地位は左遷だとはいえ、決して絶望的なものなどではなかったことを示していよう。その上、「服賦」を作った翌年には再び中央に召されて要職に就いている[10]。

　また、伊藤富雄氏も『史記會注考証』が引く周寿昌『漢書注校補』の「秩を以て較ぶれば初めより左官にあらず」という文を注で紹介しつつ、長沙王の太傅にされたことは左遷に當たらないと述べる。

　　長沙國は時に「纔に二萬五千戸」（新書卷一藩彊篇）ではあるが、常に滿ちたりた食物のため、勤め勵んで積聚することもなく、凍え餓える心配もないかわりに、千金の家もない、又迷信深い人民たち（漢書卷二十八下・地理志下・楚地の條に據る）の、言わば平和な「嫁生」の場であったし、その上、長沙王は江湖の「番君」（漢書卷三十四・呉芮傳）の裔で

あり、時に漢から報ぜられた唯一の異姓王、しかも漢に忠附して、既に述べた如く、賈誼の諸侯王對策のなかで、彼のモデルとなつた理想的な諸侯王のあり方であつた。とすれば、殆ど問題らしいことはなかつたろう。更に秩祿の點から言えば、太中大夫から王國の太傅に遷ったことは左遷に値いしないと言われる。[11]

これらをうけて牧角氏も「『史記』の強調した賈誼像に基づいて、中央から追われた理想高い若者の失意と苦悩をその前提として「弔屈原賦」を讀むことには愼重であるべきであろう」とする。この指摘は正鵠を射たものであろう。

二、「訊（誶）日」の意味

前章での考察結果を承け、ここでは『史記』『漢書』が描く賈誼像から切り離して「弔屈原賦」本文を見てみたい。『史記』屈原賈生列伝所収の「弔屈原賦」を以下に掲げる。

共承嘉惠兮	共んで嘉惠を承け
俟罪長沙	罪を長沙に俟つ[12]
側聞屈原兮	側かに聞く屈原
自沈汨羅	自ら汨羅に沈めりと
造託湘流兮	造りて湘流に託し
敬弔先生	敬んで先生を弔う
遭世罔極兮	世の罔極に遭いて
乃隕厥身	乃ち厥の身を隕とせり
嗚呼哀哉	嗚呼 哀しいかな
逢時不祥	時の不祥に逢う
鸞鳳伏竄兮	鸞鳳は伏し竄れ
鴟梟翶翔	鴟梟は翶翔す
闒茸尊顯兮	闒茸は尊顯にして
讒諛得志	讒諛は志を得たり
賢聖逆曳兮	賢聖は逆曳せられ
方正倒植	方正は倒植せらる
世謂伯夷貪兮	世は伯夷を貪と謂い
謂盗跖廉	盗跖を廉と謂う
莫邪爲頓兮	莫邪を頓しと爲し
鉛刀爲銛	鉛刀を銛しと爲す

于嗟嚜嚜兮	于嗟 嚜嚜たり
生之無故	生の故無きに
斡弃周鼎兮	周鼎を斡し弃て
寶康瓠	康しき瓠を寶とす
騰駕罷牛兮	罷牛に騰駕し
驂蹇驢	蹇驢を驂にす
驥垂兩耳兮	驥は兩耳を垂れ
服鹽車	鹽車に服す
章甫薦屨兮	章甫を屨に薦けば
漸不可久	漸く久くすべからず
嗟苦先生兮	嗟あ 苦しきかな先生
獨離此咎	獨り此の咎めに離うと
<u>訊曰</u>	<u>訊曰</u>
已矣　國其莫我知	已んぬるかな　國に其れ我を知る莫し
獨堙鬱兮	獨り堙鬱として
其誰語	其れ誰にか語らん
鳳漂漂其高遰兮	鳳は漂漂として其れ高く遰く
夫固自縮而遠去	夫れ固より自ら縮きて遠く去る
襲九淵之神龍兮	九淵を襲ぬるの神龍は
沕深潛以自珍	沕として深く潛みて以て自らを珍とす
彌融爚以隱處兮	融爚を彌ざかりて以て隱れ處る
夫豈從蟣與蛭螾	夫れ豈に蟣と蛭螾とに從わんや
所貴聖人之神德兮	貴とする所は聖人の神德
遠濁世而自藏	濁世を遠ざかりて自ら藏る
使騏驥可得係羈兮	騏驥をして係羈ぐを得べからしめば
豈云異夫犬羊	豈に夫の犬羊に異なると云わんや
<u>般紛紛其離此尤兮</u>	<u>般紛紛として其れ此の尤に離うも</u>
<u>亦夫子之辜也</u>	<u>亦た夫子の辜なり</u>
瞝九州而相君兮	九州を瞝て君を相くれば
何必懷此都也	何ぞ必ずしも此の都を懷わんや
鳳皇翔于千仞之上兮	鳳皇は千仞の上を翔り
覽德輝焉下之	德の輝けるを覽て之れに下り
見細德之險微兮	細德の險微なるを見て
搖增翮逝而去之	增なれる翮を搖らし逝きて之れを去る
彼尋常之汙瀆兮	彼の尋常の汙瀆は

豈能容吞舟之魚	豈に能く吞舟の魚を容れんや
橫江湖之鱣鱏兮	江湖に横たわるの鱣鱏も
固將制於蟻螻	固より將に蟻螻に制せられんとすと

　目を引くのは、二重下線部「訊曰」（『漢書』では「誶曰」）を挟んで前半と後半で形式及び叙述者の態度が大きく異なる点である。前半では屈原への同情の言葉が「〇〇〇〇兮、〇〇〇〇」のように、主に四言と「兮」を組み合わせた形式で詠われ、後半では屈原への批判の言葉が「〇〇〇□〇〇兮、〇〇〇□〇〇」（□には其・之・以などの虚字が入る）のように主として六言と「兮」を組み合わせた形式で詠われている。

　転換点にある「訊曰」「誶曰」の「訊」「誶」字について、『説文解字』には「訊は、問うなり。言に従い卂聲」、「誶は、讓むるなり。言に従い卒聲。國語に、申胥を誶むと曰う」とある。本来は別の文字であったが、段玉裁『説文解字注』に「今、國語・毛詩・爾雅及び他書、誶は皆な訊に譌る。皆な傳寫するに形近くして誤るに由る」と指摘があるように、混用されてきたようである。

　中島千秋氏はこの「訊」「誶」について、他書に見える用例を引きつつ次のように分析する。

　　　誶は説文では「讓也」とあり、せめる意である。訊は問うという意しかのせていないが、詩の陳風の墓門の篇に「歌以訊之」とあり、これを釋文は「訊諫也」としている。単なる問うの意ではない。呉語の「訊申胥」の韋昭の注に「告讓也」とある。告げせめる意である。また漢書鄒陽伝の「卒從吏訊」の顔師古の注に「謂鞫問也」とある。きわめ問うの意である。呉語の韋注と一致する。（中略）きわめ問うにしても、せめるにしても、賈誼の文の後半の意は右に掲げた例文をもっても、知ることができる。麒麟もつながれると犬や羊と同じだといい、江湖の大魚も小さな蟻などに制御されるというのは、正直一徹の身を責めて、それを訊問する意がある。朱子は「其（屈原）の志を高くして、その才を惜み、而してその度量を狹しとす。」と述べているが、これはこのきわめ問う意を解明するものであろう。[13]

　中島氏の言うように、他書での用例に照らし合わせてみると、「訊」「誶」は本来「譲める、諫める、鞫問する」など、非難の意味を込めて相手を問いただす意味を持つ語であるとわかる。したがって「弔屈原賦」で「訊曰」「誶曰」の後に屈原を批判する言葉が続いているのはごく自然なこととして理解できる。

　ところが当該箇所について張晏の注は「誶は、離騒下章の亂辭なり」と述べ、「離騒」の「乱辞」に当たるとする。『文選』呂向注も「訊は、告ぐるなり。此こに總べて前の意を告ぐれば、亦た亂に曰くの類の如きなり」とする。「訊曰」「誶曰」以下は楚辞作品の「乱曰」以下のような「作品全体のまとめ」だと言うのである。しかし、上述のように「訊曰」「誶曰」以下

20

の内容は前半部分と全く異なっており、「まとめ」とは言えない。

　『漢書』の「誼 之れを追傷し、因りて以て自ら諭う」という「解釈」に合わせて「弔屈原賦」を読むならば、作品内に「譲める、諫める、鞫問する」という、屈原を批判する要素が入るのは不自然である。そのように考えた注釈者により、文字本来の意味や文脈を無視して「訊曰」「詷曰」を「乱辞」だとする注釈が施されたのではないだろうか。

三、「夫子の辜」か「夫子の故」か

　上掲「弔屈原賦」の傍線部「般紛紛其離此尤兮、亦夫子之辜也」は、『漢書』では「般紛紛其離此郵兮、亦夫子之故也」となっており、文字の異同がある。このうち「辜」と「故」の違いに関して牧角氏は次のように述べる。

> 　この「故」を『史記』は「辜」と作ることから、金谷治はここに賈誼の屈原に對する嚴しい批判を讀み取ることも可能だと示唆する。[14] しかし、この賦全體は決して屈原的な生き方を批判するものではなく、優れているが故に不遇を強いられざるを得なかった一つの貴い魂を悼むものである。「故」は「とが」ではなく「事」と解すべきであろう。「夫子の故」とは夫子の事例、夫子の場合の意であり、紛々と濁世の災厄に罹った屈原の事例を言うものだと解する。[15]

　『漢書』李奇注は、この「夫子の故」について「亦た夫子は麟鳳の如く翔りて逝かざるの故に、此の咎に罹るなり（亦夫子不如麟鳳翔逝之故、罹此咎也）」と述べる。「夫子の故」を夫子自身が招いた原因と解しているのである。

　『文選』李善注は「言うこころは、般桓として去らず、此の愆尤に離うも、亦た夫子自ら爲すの故なれば、人を尤むべからざるなりと（言、般桓不去、離此愆尤、亦夫子自爲之故、不可尤人也）」とする。災難に遭ったのは屈原自身の行動が原因であるから、他人を咎めることはできないという解釈であり、李奇と同じく「夫子の故」を夫子自身が招いた原因と見なしている。

　ところが『漢書』顔師古注は李奇注に異を唱え、「此の説は非なり。賈誼は自ら今の郵に離うも亦た猶お屈原のごときと言うのみ（此説非也。賈誼自言今之離郵亦猶屈原耳）」とする。賈誼は、彼自身が災難に遭っている現状を指して、まるで夫子の事例のようだと詠ったのだという解釈であり、「誼 之れを追傷し、因りて以て自ら諭う」という『漢書』の「弔屈原賦」解釈に沿ったものである。

　そして顔師古は続く「九州を瞻て君を相くれば、何ぞ必ずしも此の都を懐わんや」という句についても「言うこころは、長沙に往きて傅と爲るは哀傷するに足らざれば、何を用て苟くも此の都邑を懐わんと。蓋し亦た誼自ら寛廣くするの言なり（言、往長沙爲傅不足哀傷、何用苟懐此

之都邑。蓋亦誼自寬廣之言也)」とし、これを賈誼の自分自身に向けた言葉だと解する。しかし「九州を瞻て君を相くれば」は、長沙王の傅となる賈誼自身ではなく、明らかに屈原に向けられた言葉であり、顔師古注のように解釈するには無理があろう。

「夫子の故」が本来、『史記』のように「夫子の辜」であったとすれば、金谷氏が言うように、作品後半の屈原を批判する態度はより明確となる。しかし「夫子の故」であっても、李奇注や李善注に示されるように、文脈に照らして見れば、やはりそこには屈原に対する批判的な態度を読み取ることができるのである。

牧角氏は「この賦全體は決して屈原的な生き方を批判するものではなく〔中略〕一つの貴い魂を悼むものである」がゆえに、「故」は「事」と解するべきであるとするが、この解釈は顔師古注と同様に「誼 之れを追傷し、因りて以て自ら諭う」という『漢書』の記述に影響されたものなのではないだろうか。

以上の考察から、「弔屈原賦」の後半部分には、屈原の処世を客観的に批判した言葉が連ねられていると見て良いだろう。では、作品の前半と後半とで主旨が大きく異なっている矛盾をどのようにとらえるべきだろうか。

中島千秋氏は後半部分の屈原を批判する句について「もとよりこれは賈誼自身の反省でもあり、また世俗への怒りでもある」と述べる[16]。また金谷治氏も賈誼の自らに対する反省の意味を込めたものだとする。

　　　それは半ば屈原を責めながら、実はむしろより多く賈誼自らの身を責め戒めるものであった。さきには屈原の事蹟をさながらわが身の上と感じ、わが心をそこにおいて熱い同情の涙にひたったのであるが、さて一歩を退いてわが心をひき離し、屈原と一つになったわが影像をはらい落とそうとするのが、この訊のことばであろう[17]。

彼らの言うように、作品後半の屈原に対する批判には、賈誼自身の反省が込められていると見て良いのだろうか。

四、「弔文」について

『文心雕龍』哀弔は弔文を「或いは驕貴にして身を殞（おと）し、或いは狷忿にして以て道に乖（そむ）き、或いは志有るも時無く、或いは美才にして累（わずら）いを兼ぬれば、追いて之れを慰め、並びに名づけて弔と爲す（或驕貴而殞身、或狷忿以乖道、或有志而無時、或美才而兼累、追而慰之、並名爲弔）」と定義する。つまり、高貴な身分に驕って身を滅ぼした者、怒りにとらわれて道に背いた者、高い志を抱きながら機会に恵まれなかった者、優れた才能を持ちながらつまらないことに心を煩わされた者を対象として、彼らを慰めるために後世の人間が作った文章が「弔文」だというこ

とになる。この定義は、この文の後に挙例される賈誼「弔屈原賦」、司馬相如「弔秦二世賦」、揚雄「反離騒」、班彪「悼離騒」、蔡邕「弔屈原文」、胡広「弔夷齊文」、阮瑀「弔伯夷」、王粲「弔夷齊文」、禰衡「弔張衡文」、陸機「弔魏武帝文」等の作品の内容に鑑みて導き出されたものであろう。

　ここに挙げられた弔文十篇を見てみると、うち七篇が、弔う対象への批判を含む。まず賈誼「弔屈原賦」、揚雄「反離騒」、班彪「悼離騒」、蔡邕「弔屈原文」は、いずれも屈原を道家的視点から批判する言葉を含む。その他、司馬相如「弔秦二世賦」はもとより、伯夷・叔斉を題材とした王粲「弔夷齊文」、魏武帝を悼む陸機「弔魏武帝文」にも、弔う対象を批判した箇所がある。『文心雕龍』に「固より宜しく義を正して以て理を縄し、徳を昭らかにして違を塞ぎ、褒貶を割析し、哀しむも正有るべからしめば、則ち倫を奪うこと無し（固宜正義以縄理、昭徳而塞違、割析褒貶、哀而有正、則無奪倫矣）」とあることからも、弔う対象の長短両面を弁別して客観的な視点から褒貶を述べることは、弔文に特徴的な手法の一つと見なされていたようである。賈誼「弔屈原賦」が弔文の濫觴とされていることから、賈誼が先行の弔文作品からその手法を継承したのかどうかは不明であるが、司馬相如以降の詩人の多くは、弔文に特有のものと見なして同様の手法を作品に取り入れたのであろう。しかし彼らの作品には、「作者自身の反省が込められた批判」と見なせるものはなく、このことから考えて、後人が「弔屈原賦」の後半部分から賈誼自身の反省を読み取っていたのかどうか疑問が残る。

五、楚辞「卜居」「漁父」との比較

　「弔屈原賦」後半部分は、道家的視点から客観的に屈原を批判しているが、同様の批判は『楚辞』所収の前漢期に作られたと考えられる「卜居」や「漁父」にも共通して見えるものである。

　「卜居」は鄭詹尹という占い師と屈原との対話を、「漁父」は一人の漁師と屈原との対話を、第三者的な視点から語るという形式をとった作品であり、いずれにおいても屈原は登場人物の一人として描かれている。こうした対話形式の作品では、最後にどちらがどのような言葉を発しているかという点が、全体の意味を把握するためのキーポイントとなる。この点に留意して読むと、両作品にはともに、自身の考えに固執する屈原という人物を、道家的な立場から否定的にとらえる視線が含まれていることがわかる。

　「卜居」の本文は大きく三段に分けることができる。一段目は序に当たり、讒言のために放逐されて三年、未だ楚王に謁見することを許されない屈原が鄭詹尹のもとを訪れる。二段目では、占うべき内容を尋ねられた屈原がまず「寧ろ（A）か、将た（B）か」という二者択一式の問いかけを繰り返す。（A）廉潔な忠臣としての生き方を守り、俗世を離れて超然と生きることと、（B）俗世で「大人」や「婦人」に追従しながら上手に世を渡っていくことのどちらがよ

いかを様々な比喩を交えて尋ねるのである。そして屈原の台詞はさらに以下のように続く。

世溷濁而不淸	世は溷濁して淸まず
蟬翼爲重	蟬翼　重しと爲し
千鈞爲輕	千鈞　輕しと爲す
黄鍾毀棄	黄鍾　毀ち棄てられ
瓦釜雷鳴	瓦釜　雷鳴す
讒人髙張	讒人は髙張して
賢士無名	賢士は名無し
吁嗟黙黙兮	吁嗟　黙黙たり
誰知吾之廉貞	誰れか吾れの廉貞を知らん

　ここに見える顚倒のモチーフの羅列は、俗世における価値観の顚倒を喩えたものであり、「弔屈原賦」の前半部分や『荀子』賦篇の佹詩にも見えることから、濁世における賢人の不遇を描写する際の常套的な修辞であると考えられる[22]。
　三段目では、屈原の主張を聞いた鄭詹尹が占いの道具を置き、次のように述べる。

夫尺有所短	夫れ尺に短き所有り
寸有所長	寸に長き所有り
物有所不足	物に足らざる所有り
智有所不明	智に明らかならざる所有り
數有所不逮	數に逮ばざる所有り
神有所不通	神に通ぜざる所有り
用君之心　行君之意	君の心を用いて　君の意を行なえ
龜策誠不能知事	龜策は誠に事を知る能わずと

　この鄭詹尹の台詞「智に明らかならざる所有り」「神に通ぜざる所有り」については、その類似句が『荘子』外物篇に見える。元君の夢に現れた神亀の話を聞き、孔子が感想を述べる場面である。孔子は「神亀は、元君の夢に現れるほどの霊妙な力を持ちながら、漁師の網を避けることができず、占いの吉凶を外すことがないほどの知恵を持ちながら、自らの死を避けることができなかった。このように、優れた知恵や霊妙な力でさえ完全ではないのだから、人間の小賢しい知恵などはなおさら捨て去るべきであり、そうすることではじめて大きな知恵に目覚めるのだ」という[23]。下線部は「知に困しむ所有り、神に及ばざる所有り（知有所困、神有所不及）」という対句で、その類似句を用いていることから、「卜居」の背後にもこうした道家的な考え方があったことが予測される。

24

鄭詹尹の言葉は、屈原の「讒言をする佞臣が高位にあり、自分のような賢臣は見向きもされず、この清廉さを理解する者もいない」という嘆きに対する答えである。優れた知恵や天の霊妙な力も完全ではないのだから、屈原のような賢士が世に認められず、讒人がはびこることがあっても仕方が無い、というのが鄭詹尹の答えの主旨であろう。『荘子』外物篇には、善人に善果が、悪人に悪果がもたらされる、あるいは、忠臣が信任され、佞臣が放逐される、というような因果関係、すなわち「外物」には、必然性など無い、と述べた箇所がある。

> 外物不可必。故龍逢誅、比干戮、箕子狂、惡來死、桀紂亡。人主莫不欲其臣之忠、而忠未必信。故伍貟流于江、萇弘死于蜀、藏其血三年而化爲碧。（外物は必すべからず。故に龍逢は誅せられ、比干は戮せられ、箕子は狂い、惡來は死し、桀・紂は亡ぶ。人主に其の臣の忠を欲せざるもの莫きも、忠は未だ必ずしも信ぜられず。故に伍貟は江に流され、萇弘は蜀に死し、其の血を藏すること三年にして化して碧と爲る。）

必然性がない以上、遇不遇などに心を労するべきではないというのが、『荘子』外物篇の一貫した主張である。「卜居」がこうした考え方を背景に持つとすれば、作品の主題は、濁世に生まれたことを歎き、己が正しくて世俗が間違っているという考えにとらわれて、自らの不遇ばかりを言いつのる屈原に対し、鄭詹尹が道家的な達観した立場から教示を与えることにあると見ることができよう。登場人物の屈原は、融通の利かない意固地な人物として描かれているのであり、二段目で次々に発せられる屈原の問いかけは、彼の狭量さを読者に印象づける役割を果たしているのである[24]。

「漁父」もまた大きく三段に分けることができる。一段目は放逐されて川辺に行吟する屈原に漁父が「子は三閭大夫に非ざるか。何の故に斯こに至るや」と話しかける場面であり、序に当たる。二段目は、孤高を保とうとする屈原と、そのような態度を否定する漁父との問答から成る。三段目では「安んぞ能く皓皓たるの白きを以て、世俗の塵埃を蒙らんや」という屈原の主張が繰り返されるが、漁父はそれに対して「莞爾として笑い」、「滄浪歌」を歌い去って行く。

> 漁父莞爾而笑、鼓枻而去、歌曰、滄浪之水淸兮、可以濯吾纓。滄浪之水濁兮、可以濯吾足。遂去、不復與言。（漁父　莞爾として笑い、枻を鼓して去るに、歌いて曰く、「滄浪の水淸まば、以て吾が纓を濯うべし。滄浪の水濁らば、以て吾が足を濯うべし」と。遂に去りて、復た與に言わず。）

対話の最後で屈原を笑う漁師は、「滄浪歌」を歌うことで屈原の生き方に異を唱え、彼を圧倒する「教示者」の役割を演じている。つまり「漁父」という作品もまた、己の考えに拘泥して自身を損なう屈原を、「教示者」である漁父の目を通して批判的に描いたものとしてとらえ

ることができるのである。[25]

　賈誼「弔屈原賦」は、前半部分において顛倒のモチーフを羅列して屈原の不遇を同情的に詠い、後半部分においては一転して道家的視点からその処世を批判している。今、楚辞「卜居」「漁父」を参考として、試みに前半部分を、屈原に同情する「登場人物としての賈誼」の言葉として読み、後半部分の「訊（誶）いて曰く」以下を、道家的な「教示者」の言葉として読むとしたら、どうであろうか。「弔屈原賦」は、屈原の霊に同情的に語りかける「登場人物としての賈誼」と、屈原の霊を道家的視点から批判する「教示者」の台詞から成る対話形式の作品として読むことが可能となり、前半と後半で叙述の態度が一変していることにも説明がつく。そして「弔屈原賦」という作品全体からは、屈原の不遇に同情する一般的な見方を、道家的な視点を提示することによって覆そうとする意図を読み取ることが可能となるのである。

六、おわりに

　賈誼のもう一つの代表作品である「服鳥賦」は、四言句と「兮」を組み合わせた統一的な形式により、一人称の主人公「予」と服鳥との問答を詠ったものである。

　屋敷に服鳥が舞い込んできたことを異とし、主人公は自身の運命の吉凶を服鳥に問う。それに答えて服鳥はまず、万物は変化して止まず、吉凶禍福もあざなえる縄の如く移り変わり、予見不可能だということを、様々な例を挙げつつ答える。そして服鳥はさらに論を発展させ、千変万化する世界における理想的なありかたを、「通人」「大人」「至人」「真人」「徳人」といった得道者と、そうでない人々との比較を通して説く。得道者の境地を通して道家的な世界観を描くこうした手法は『荘子』や『淮南子』にも見えるものであり、この作品が道家思想を全面的に表出していることを示す。[26]

　己の運命を知りたいとする主人公の態度を一蹴し、服鳥は「天は與め慮るべからず、道は與め謀るべからず。遅數は命有り、惡んぞ其の時を識らん（天不可與慮兮、道不可與謀。遅數有命兮、惡識其時）」と述べる。そしてさらに「通人は大觀し、物として可とせざる無し（通人大觀兮、物無不可）」「大人は曲せず、億變するも齊同す（大人不曲兮、億變齊同）」「至人は物を遺て、獨り道と倶にす（至人遺物兮、獨與道倶）」「眞人は恬漠として、獨り道と息う（眞人恬漠兮、獨與道息）」「徳人は累い無く、命を知りて憂えず。細故蔕葪、何ぞ以て疑うに足らんや（徳人無累兮、知命不憂。細故蔕葪兮、何足以疑）」と、現世的な価値観を超越した境地を説くのである。このことから「服鳥賦」の服鳥は、主人公「予」に道家的教示を与える「教示者」であると言える。

　こうした「服鳥賦」の作品構成について、田中麻紗巳氏は次のように述べ、後半の超越的な境地が「文藝としての遊びの世界の構成材料として取り入れられている」可能性を指摘する。

「服賦」の朗誦を聴いたりこの賦を讀んだりする人は、その前段の世界觀に少なくともある程度、共鳴・共感して、所詮は自分も世界の變動にもてあそばれる一物に過ぎないのだ、といったような感を抱き、それが後段に進むと、そこで説かれる超越的な生き方に魅力を覺えさせることになるのだろう。[27]

　竹田晃氏もまた、「服鳥賦」に「優れて技巧的な虚構文学としての價値」を認める。[28]

　同じ賈誼という人物を作者とし、道家的な世界觀が描かれている点、作品前半から後半へと読み進むにつれて、読者がその道家的な境地へと導かれるように内容が構成されている点など、「弔屈原賦」は「服鳥賦」と共通点を持つ。「服鳥賦」では、主人公「予」として登場する「登場人物としての賈誼」と服鳥との対話という設定された虚構の中で、道家的な超越者の世界觀が展開されていた。同様に、不遇の士である屈原を弔う「登場人物としての賈誼」と、道家的視点から屈原を批判する「教示者」との対話が虚構として設定されているとするならば、「弔屈原賦」もまた、「優れて技巧的な虚構文学としての價値」を持つ作品と見なすことができよう。

　従来のように、『漢書』の「誼 之れを追傷し、因りて以て自ら論う」という記述にとらわれ、賈誼が屈原の悲劇に自身のそれを重ね合わせた作品として「弔屈原賦」を読むならば、そうした價値は見過ごされてしまうのではないだろうか。

【注】

(1) 前者は『文選』巻六〇「弔文」に「弔屈原文」として、後者は巻一三「鳥獸」に「鵩鳥賦」として載録されている。

(2) 金谷治「賈誼の賦について」（『秦漢思想史研究』平楽寺書店、1981 年所収。初出は『中国文学報』8、1958 年）、伊藤富雄「賈誼の「鵩鳥賦」の立場」（『中国文学報』13、1960 年）、田中麻紗巳「賈誼「鵩鳥賦」について──『荘子』との關連を中心にして」（『東方宗教』50、1977 年）、竹田晃「中国小説史の視点から見た賈誼「鵩鳥賦」」（『中国：社会と文化』7、1992 年）、宮田有美子「賈誼「鵩鳥賦」小考」（『国学院中国学会報』40、1994 年）等。

(3) 『日本中国学会報』67、2015 年。

(4) 注 3 前掲牧角論文、43 頁。

(5) 注 3 前掲牧角論文、42 頁。

(6) 以下、『史記』『漢書』本文及び注の引用は百衲本二十四史のものによる。

(7) 『文選』に見える賈誼「弔屈原文」の序は次の通りで、『漢書』の記述と大きな違いはない。「誼爲長沙王太傅、既以謫去、意不自得。及渡湘水、爲賦以弔屈原。屈原、楚賢臣也。被讒放逐、作離騷賦。其終篇曰、已矣哉、國無人兮、莫我知也。遂自投汨羅而死。誼追傷之、因自喩」。

(8) 『史記』では、「弔屈原賦」に付せられた「長沙卑溼、自以壽不得長」とほぼ同じ文が「服鳥賦」にも付せられている。しかし『漢書』では「服鳥賦」にのみ付せられている。『漢書』は重複を避けて「弔屈原賦」には付さなかったのかもしれない。

(9) 鎌田重雄「漢書賈誼伝について」（『日本大学史学会研究彙報』2、1954 年）36 頁。

(10) 注 2 前掲田中論文、47 頁。

(11) 注 2 前掲伊藤論文、15─16 頁。

(12)「俟罪」という語は「待罪」と同じで、『史記』季布伝に「季布因進日、臣無功竊寵、待罪河東」とあり、また『文選』巻四一の司馬遷「報任少卿書」に「僕頼先人緒業、得待罪輦轂下、二十餘年矣」とあって、張銑が注に「常懼不繼先人之業、若待罪譴也」とするように、官職に就くことの謙称である。

(13) 中島千秋『賦の成立と展開』(関洋紙店印刷所、1963年)、第二章「説得文学の発達」、196頁。

(14) 注2前掲金谷論文、571頁。「ここでは屈原の行為を批判し責問するきびしい調子がある。それは、全く屈原に同情してすなおな弔いのことばを綴ったさきの調子とは、大きな隔たりである。〔中略〕「夫子の故」の故の字は『史記』では辜(罪)に作っている。もしそれを本字としてよむなら、屈原を責める調子は一層きびしさを増すであろう。」

(15) 注3前掲牧角論文、35頁。

(16) 注13前掲書、第二章「説得文学の発達」、196頁。

(17) 注2前掲金谷論文、572頁。

(18) このうち屈原は、伯夷叔斉とともに「狷忿にして以て道に乖」く者に分類されると考えられる。

(19) 弔文の定義及び主題や文体の変遷については、石村貴博「唐代弔文小考——陳子昂と張説を軸として」(『国学院中国学会報』50、2004年)に詳しい。

(20) 矢田尚子「孔子と屈原——漢代における屈原評価の変遷について」(大野圭介編『『楚辞』と楚文化の総合的研究』、2014年)。また蔡邕「弔屈原文」(『芸文類聚』巻四〇、礼部「弔」所収)には「鶢鶋軒翥、鸞鳳挫翮。啄碎琬琰、寶其瓴甋。皇車奔而失轄、執轡忽而不顧。卒壞覆而不振、顧抱石其何補」とある。

(21) 司馬相如「弔秦二世賦」には「持身不謹兮、亡國失勢。信讒不寤兮、宗廟滅絕」と、秦二世皇帝の不明を責める箇所があり、王粲「弔夷齊文」には「知養老之可歸、忘除暴之爲世。絜己躬以騁志、愁聖哲之大倫」と、伯夷・叔斉の思慮の浅さを批判する箇所がある。また、陸機「弔魏武帝文」は、曹操の遺令に閨房内の細々とした事柄への指示があることを疑問視して「若乃繫情紾於外物、留曲念於閨房、亦賢俊之所宜廢乎」と批判し、憤懣して作ったものだという。

(22) 矢田尚子「「無病の呻吟」——楚辞「七諫」以下の五作品について」(『東北大学中国語学文学論集』16、2011年)。

(23) 仲尼曰、神龜能見夢於元君、而不能避余且之網。知能七十二鑽而無遺筴、不能避刳腸之患。如是、則知有所困、神有所不及也。雖有至知、萬人謀之。魚不畏網而畏鵜鶘。去小知而大知明、去善而自善矣。嬰兒生無石師而能言、與能言者處也。

(24) 矢田尚子「楚辞「卜居」における鄭詹尹の台詞について」(『東北大学中国語学文学論集』14、2009年)。

(25) 矢田尚子「笑う教示者——楚辞「漁父」の解釈をめぐって」(『集刊東洋学』104、2010年)。

(26) 矢田尚子「『淮南子』に見える天界遊行表現について——俶真篇を中心に」(『言語と文化』16、2007年)。

(27) 注2前掲田中論文、49—50頁。

(28) 注2前掲竹田論文、108頁。

謝朓像の確立をめぐって――李白から中晩唐へ

石　碩

一、はじめに

　李白の注目によって、南斉の詩人・謝朓の詩句は一躍世に知れ渡り、さらには謝朓の文学に基づく表現の展開も見られた[1]。その一方で、李白による謝朓の愛好は、謝朓の詩句の解釈・受容を方向付けるにとどまらず、続く中晩唐の謝朓の詩人像の確立にも大きな影響を及ぼすことになる。

　その一つの目印となるのが、唐代における謝朓関連語彙の急増である。謝朓の呼称といえば、字の「玄暉」のほかに、「小謝」[2]「謝宣城」「宣城」「謝太守」「謝守」「宣城守」、そして謝氏一族を指して広く用いられる「謝公」「謝氏」などがあるが、これらはいずれも、唐代になってはじめて詩中に現れた謝朓の愛称である。また、謝朓ゆかりの景勝地や固有名として用いられる語彙に、「謝山」「謝公山」「謝朓楼」「謝楼」「謝朓城」「小謝城」「小謝家」「謝家」「謝朓宅」「謝宅」「謝亭」などがあるが、これらの語彙もまた、唐詩の産物に他ならない。こうした用例は、一部、必ずしも謝朓とは特定できないものも含むが、『全唐詩』のうちにおおよそ二百例を数えることができる[3]。これほど多くの固有名を与えられた六朝詩人は他に類を見ず、かろうじて謝霊運（「康楽」「謝公」「大謝」「謝氏」「謝守」「謝庭」「謝池」「謝履」「謝公履」）がこれに次ぐが、その数量は謝朓にはるか及ばない。唐詩人は専ら「どのように謝朓を詠じるか」ということに関心を寄せていたと言ってよい[4]。

　謝朓に関連する語句が唐代に至ってかくも急増するのは、李白の愛好を契機として、謝朓に対する注目度がにわかに高まったことに起因すると思われる。では、唐詩人の間で、謝朓は具体的にどのように詠まれたのか。それは謝朓詩の受容・展開の歴史において、どのような意味を持つのか。本稿では、唐詩の中に詠み込まれた、謝朓に関連する表現・語彙を手掛かりに、李白から中晩唐にかけて、謝朓像が確立してゆく様相を明らかにする[5]。

二、李白から中唐へ　――「謝朓を憶う」詩の広まり

　中唐期の謝朓の受容状況については、すでに唐詩研究の一環として、部分的に研究がなされている。たとえば塩見邦彦「大暦十才子と謝朓」[6]、蒋寅『大暦詩風』[7]などの先行研究は、中唐

大暦期の詩人によって謝朓が好んで詠じられたこと、また中唐詩の中で、謝朓は官吏でありながら隠逸に憧れる、理想の「吏隠」(8)の像とみなされたことなどを指摘している(9)。その一方で、中唐の謝朓（詩）流行を考える時、その前提として李白の謝朓愛好があったことに言及し、李白が果たした役割について考察するものはほとんど見られない。謝朓の最初にして最大の理解者である李白は、その後の謝朓詩に対する解釈と評価を決定づける存在となる。そうであるとすれば、中唐期の謝朓（詩）流行もまた、その着想・表現の部分において、李白の影響を受けていないとは考えにくいだろう。

　謝朓の詩人像の形成において、李白が果たした功績は大きく分けて二つあると考えられる。その一つは、謝朓と宣城とを強固に結び付けたことである。謝朓に言及する李白詩15首のうち、宣城に関連する作品は実に10首にものぼる。また李白自身も宣城の魅力を新たに発見し、宣城の詩跡化を促したことについては、すでに寺尾剛「李白における宣城の意義――『詩的古跡』の定着をめぐって」(10)に詳しい考察がある。謝朓の宣城赴任について、『南斉書』謝朓伝(11)は「出でて宣城太守と爲る（出爲宣城太守）」とのみ記し、また『文選』に収録される謝朓詩21首のうち、宣城期の作品は7首にとどまる。初唐までの謝朓に対する評価が、その文学集団の一員としての側面への注目に偏っていたことを考えた時、謝朓はまさしく李白の手によって、「宣城の詩人」となったと言って過言ではない。

　李白の果たしたもう一つの功績は、詩中に多く「謝朓の名」を詠じ込んだことである。たとえば「贈宣城宇文太守兼呈崔侍御」詩（巻十二）には、

　　曾標横浮雲　　曾標 浮雲に横たはり
　　下撫謝朓肩　　下に撫づ 謝朓の肩

とあり、また「寄崔侍御」詩（巻十四）には、

　　髙人屢解陳蕃榻　　髙人 屢々解く 陳蕃の榻
　　過客難登謝朓樓　　過客 登り難し 謝朓の樓

とあり、「送儲邕之武昌」詩（巻十八）には、

　　諾謂楚人重　　諾は謂ふ 楚人の重きを
　　詩傳謝朓清　　詩は傳ふ 謝朓の清きを

とあるように、李白はその詩の中で謝朓に直接言及することが少なくない。これは、李白が謝朓の個別の詩句を愛好・参照しただけでなく、謝朓という人物にも並々ならぬ関心を抱いていたことを意味している。その中でも特に重要となるのが、次に挙げる李白「金陵城西楼月下

吟」詩（巻七）の末尾の句である。

金陵夜寂涼風發　　金陵 夜 寂として涼風發（おこ）り
獨上髙樓望吳越　　獨り髙樓に上りて吳越を望む
白雲映水搖空城　　白雲 水に映じて空城を搖（ゆす）り
白露垂珠滴秋月　　白露 珠を垂れて秋月に滴る
月下沉吟久不歸　　月下に沉吟して久しく歸らず
古來相接眼中稀　　古來 相ひ接ぐもの眼中に稀なり
解道澄江淨如練　　道ひ解（い）たり 澄江 淨きこと練（ねりぎぬ）の如しと
令人長憶謝玄暉　　人をして長く謝玄暉を憶はしむ

　六朝の古都・金陵の高楼に一人たたずむ李白。前半の導入・叙景に続いて、後半の四句目から八句目、月下で低く詩を吟じ、しばらく帰らずその場に留まる。古来より相継ぐべき詩人は眼中にほとんどいない。それにしても「澄江 淨きこと練の如し」とはよくぞ言ったものよ、この詩句こそ、私に、かの謝玄暉を憶わせてやまないのだ——。詩中の「解道澄江淨如練」は、謝朓の「澄江静如練」句（「晩登三山還望京邑」詩）を引用した表現であり、本詩はその後の謝朓詩に対する見方を大きく決定づける重要な作品となった。
　ここで、本詩末尾の一句、「令人長憶謝玄暉」に注目してみたい。この句には、「月下に謝朓を憶う」という本詩の主題が現れており、また、李白の謝朓愛好を裏付ける印象的な一節でもある。李白が月下で謝朓を思慕追憶する姿は、本詩を通して、多くの人々の脳裏に刻み込まれたことであろう。類似の表現は、李白の詩に複数回にわたって登場する。たとえば「新林浦阻風寄友人」詩（巻十三）の末尾に見える、

明發新林浦　　明に發（あした）す 新林の浦
空吟謝朓詩　　空しく吟ず 謝朓の詩

また「秋登宣城謝朓北楼」詩（巻二十一）の末尾に見える、

誰念北樓上　　誰か念はん 北樓の上
臨風懷謝公　　風に臨みて謝公を懷はんとは

などの句は、いずれも「謝朓を憶う」情景を描いて詩を結んでいる。これらの詩は、謝朓ゆかりの地（建康・新林浦・宣城）の景観に触発されて詠まれているため、「謝玄暉を憶ふ」「空しく吟ず 謝朓の詩」「謝公を懷ふ」の語には、ある種の余韻が附されることになる。それは、「謝朓」という詩人やその詩句のもつイメージの喚起である。「金陵城西樓月下吟」詩の場合には、

詩中にも引用されている謝朓「晩登三山還望京邑」詩の情景や語彙が、「新林浦阻風寄友人」詩の場合には、謝朓「之宣城郡出新林浦向板橋」詩の旅路の景色が、そして「秋登宣城謝朓北楼」詩の場合には、謝朓「郡内高斉閑望答呂法曹」詩の郡斎からの眺めなどが自然と思い起こされ、李白の詩でありながら、同時に、謝朓詩に描かれた世界までもが読者の眼前にたち現れる。「秋夜板橋浦汎月独酌懐謝朓」と題された李白詩（巻二十二）などは、その最たるものであろう。

　こうして李白の手によって完成された、この「謝朓を憶う」という抒情の形式を、中唐詩人は一種の表現技巧として、積極的に詩中に取り込んだ。たとえば、中唐の銭起「寄郢州郎士元使君」詩（巻二三七）の尾聯には、

　　望舒三五夜　　望舒 三五夜
　　思盡謝玄暉　　思ひ盡す 謝玄暉

とあり、同じく中唐の韓翃「送客還江東」詩（巻二四五）の尾聯には、

　　君到新林江口泊　　君 新林に到りて江口に泊せば
　　吟詩應賞謝玄暉　　詩を吟ずるに應に謝玄暉を賞づべし

とあり、同じく中唐の司空曙「早夏寄元校書」詩（巻二九二）の尾聯には、

　　蓬蓽永無車馬到　　蓬蓽 永く車馬の到る無し
　　更當齋夜憶玄暉　　更に當に齋夜に玄暉を憶ふべし

とあり、同じく中唐の権徳輿「富陽陸路」詩（巻三二五）の尾聯には、

　　漁潭明夜泊　　潭に漁し 明夜泊す
　　心憶謝玄暉　　心に憶ふ 謝玄暉

とある。これらはいずれも李白「金陵城西楼月下吟」詩の「令人長憶謝玄暉」句を踏まえて、「月下に謝玄暉を憶う」という場面を描き出している。ただし、李白が謝朓への個人的な愛好から、そのゆかりの地に自ら赴いて数々の詩を詠じたのとは異なり、上に挙げた中唐詩の数々は、必ずしも謝朓に関連する場所では行われていない。それは、「謝朓を憶う」という形が、中唐詩人の手によって、普遍的な旅愁や郷愁を代弁し、孤独や悲哀を慰める定型表現として昇華させられたからに他ならない。晩唐の杜牧「懐紫閣山」詩（巻五二七）には次のように詠じられている。

```
山路遠懷王子晉    山路 遠く懷ふ 王子晉
詩家長憶謝玄暉    詩家 長く憶ふ 謝玄暉
```

王子晋は周の霊王の太子で、道士の浮邱公とともに嵩高山に入り、仙人となった伝説上の人物。この対偶表現からは、「詩人が謝玄暉を憶う」という行為が、このころにはすでに定型と化していたことが見て取れよう。

唐代には、謝朓のほかにも多くの六朝詩人が詩中に詠みこまれてゆくが、たとえば「憶阮籍」「憶淵明（五柳）」「憶霊運（康楽）」「憶沈約」など、個別の詩人に対して思いに耽ることを詩に詠じる用法はほとんど見られない。李白によって完成された、結句で謝朓の名をあげて思念するという形は、パターン化された用法として、中唐以降の謝朓（詩）流行を支える重要な表現となった。そうして、謝朓の人物に対する興味・関心の広まりは、謝朓に対する思索と理解を深め、謝朓を彩る多様な言語を生み出すことになる。

三、中唐詩における謝朓 ——呼称の多様化

謝朓と宣城との関係を決定づけたのが李白であるとして、それを一歩すすめて、宣城太守謝朓の中に屏居孤独のイメージを定着・浸透させたのは、中唐の詩人たちであった。安史の乱（755—763）が勃発して以降、戦乱によって疲弊した洛陽・長安に代わって、唐朝の江南一帯への財政的依存が高まり、江南へ移動する人士が増加する。[12] 戦乱を避けるために、もしくは江南の地方官に着任するために、多くの中唐詩人が長安・洛陽を離れ、江南の地域を文学活動の主要な場とした。[13] こうした状況にともない、知人の南行を見送る詩や、地方に滞在する友人に宛てた贈答の詩が増加する。[14] 彼らの間で詠み交わされる詩の中に、謝朓は頻繁に登場するようになる。たとえば中唐の盧綸「送従叔士準赴任潤州司士」詩（巻二七六）には、以下のようにある。

```
久是吳門客    久しきは是れ 吳門の客
嘗聞謝守賢    嘗て聞く 謝守の賢なるを
終悲去國遠    終に悲しむ 國を去ること遠く
涙盡竹林前    涙は盡く 竹林の前
```

大暦十才子の一人に数えられる盧綸（737—799）が、潤州（今の江蘇省鎮江）へ赴く叔父・盧士準を見送ったときの作である。自分はながらく客人として呉に滞在しており、謝太守の賢明さは聞き及んでいる。あなたが故郷を遠く離れることをいつまでも嘆き悲しみ、涙は竹林を前に枯れ果てる——。

盧綸は広徳年間（763—764）に安史の乱を避けて江南に滞在しており、「呉門の客」と自称するのはこのためである。「謝守」とは宣城太守を務めた謝朓を指す語で、本詩では潤州の地を宣城に喩えた上で、謝朓のような聡明な上官がいるだろうと詠じて、故郷を離れる士準の悲しみを慰めている。ここにおいて、謝朓は地方へ赴く人士を慰める存在として描かれていることが見て取れるだろう。同様の表現として、同じく盧綸の「送李縦別駕加員外郎却赴常州幕」詩（巻二七六）に見える、

　　　還當宴鈴閣　　還た當に鈴閣に宴すべし
　　　謝守亦光輝　　謝守 亦た光輝なり

また中唐の柳宗元「答劉連州邦字」詩（巻三五二）に見える、

　　　遙憐郡山好　　遙に憐む 郡山の好きを
　　　謝守但臨窻　　謝守 但だ窻に臨む

同じく中唐の孟郊「送任載斉古二秀才自洞庭遊宣城」詩（巻三七八）に見える、

　　　宣城文雅地　　宣城 文雅の地
　　　謝守聲聞融　　謝守 聲聞融く

などの用例があり、いずれも宣城太守謝朓を指す「謝守」の語を用いて、地方に赴く（もしくは地方に滞在している）友人・知人を称賛・慰安している。ところで、謝朓の代名詞ともいえる「謝宣城」という別称が詩中で用いられるようになったのは、次に挙げる盛唐の杜甫「陪裴使君登岳陽楼」詩（巻二三三）を始まりとする。[15]

　　　禮加徐孺子　　禮は加ふ 徐孺子
　　　詩接謝宣城　　詩は接ぐ 謝宣城

　徐孺子（徐稚）は後漢のころの隠士で、礼節を尊んだ人物。ここでは相手の人品・詩才を称賛して、対偶表現の中に謝朓の名をあげている。「徐孺子」との対比で、「謝朓」や「玄暉」ではなく三字からなる「謝宣城」の語が選択されたとも考えられるが、詩題の裴使君は岳陽の地方官なので、「謝宣城」の語には、地方の長官を務めた謝朓、という意味が明確に込められている。この「謝宣城」の語は、その後大いに流行し、たとえば中唐の韓翃「送夏侯侍郎」詩（巻二四三）に見える、

翰墨已齊鍾大理　　翰墨 已に鍾大理に齊しく
　　　風流好繼謝宣城　　風流 繼ぐに好し 謝宣城

また中唐の李端「送劉侍郎」詩（巻二八六）に見える、

　　　幾人同去謝宣城　　幾人か同じく去く 謝宣城
　　　未及酬恩隔死生　　未だ恩に酬ゆるに及ばずして死生を隔つ

などの用法が確認され、いずれも地方へ赴く人士にあてた送別詩の中に宣城太守謝朓の姿が登場する。人名をあげる際に、その役職に言及することはさほど珍しくないが、謝朓の場合には、その用例が際立って多いこと、また宣城太守という身分を強調する謝朓の別称が多様であったことが特徴的といえる。たとえば中唐の銭起「奉和張荊州巡農晩望」詩（巻二三六）には、

　　　宣城傳逸韻　　宣城 逸韻を傳へ
　　　千載誰此響　　千載 誰か此の響きあらん

とあり、同じく銭起の「窮秋対雨」詩（巻二三七）には、

　　　始信宣城守　　始めて信ず 宣城守
　　　乘流畏曝腮　　流れに乗じて曝腮を畏る

とあり、また中唐の鮑溶「送僧之宣城」詩（巻四八五）には、

　　　昔從謝太守　　昔 從ふ 謝太守
　　　賓客宛陵城　　賓客す 宛陵城

とあり、「謝守」「謝宣城」「宣城」「宣城守」「謝太守」など、中唐期に登場した謝朓の別称は、実に多様を極める。その指し示す内容に実質的な差異はないものの、中唐の詩人が謝朓を詩中に詠じ込む際に、韻律に合うよう、またありふれた表現とならぬよう、工夫を凝らした痕跡を見て取ることができるだろう。
　ところで、さきほど述べたように、謝朓について詠じる中唐期の詩は、宣城を想定して詠まれることも多いが、必ずしも謝朓に関連する場所で行われるとは限らず、謝朓は普遍的な旅愁や郷愁を代弁し、孤独や悲哀を慰める存在として見なされていた。謝朓に対するこのような見方の特異性は、謝朓と同じく斉梁文壇を代表する詩人・沈約（字は休文、441—513）の唐代にお

ける受容状況を見ることで、いっそう浮き彫りとなる。

　沈約には、東陽郡太守の頃（493—495）に為した「八詠詩」があり、これは「登台望秋月」
「会圃臨春風」「歳暮愍衰草」「霜来悲落桐」「夕行聞夜鶴」「晨征聴暁鴻」「解佩去朝市」「被褐
守山東」の8首からなる組詩でもある。竟陵王を擁立しようとした王融の企みが失敗し（493）、
かねてより竟陵王と親交の深かった沈約も、政治の中枢から外され、東陽太守に任命される。
沈約の赴任は、謝朓の宣城赴任よりわずかに早く行われており、先行研究は「八詠詩」につい
て、沈約の悲哀・激憤、そして隠逸の願望が表現されていると指摘する。赴任の時期や境遇、
そして地方での文学創作など、謝朓と沈約には一定の共通点が存在することが見て取れるだろ
う。この沈約の「八詠詩」を踏まえて、唐代にはすでに「八詠楼」の存在が確認され、初唐の
崔融「登東陽沈隠侯八詠楼」詩や、盛唐の劉長卿「龍門八詠」などが作られた。また「東陽」
や「東陽守」は沈約の別称ともなり、詩中に詠じ込まれるようになる。

　しかしながら、沈約の東陽期の故事や詩作に言及する唐詩を見ると、謝朓とは異なり、その
ほとんどが、実際に東陽（唐代には婺州）に関連する場面において詠じられていることに気付
く。たとえば、中唐の劉禹錫「答東陽于令寒碧図詩」詩（巻三六一）の「東陽 本 是れ 佳き山
水、何ぞ況んや曾て沈隠侯を經るをや（東陽本是佳山水、何況曾經沈隠侯）」や、晩唐の皎然「送
李秀才赴婺州招」詩（巻八一九）の「見るならく東陽守、楼に登りて爾の為に期す（見說東陽守、
登樓為爾期）」などの作品は、いずれも贈答・送別の相手に関連する地（東陽・婺州）にちなん
で沈約の名を取り上げている。謝朓に言及する中唐の盧綸「送従叔士準赴任潤州司士」詩（前
出）や、おなじく中唐の柳宗元「答劉連州邦字」詩（前出）などが、宣城に限らず、各地への
赴任・行旅を対象としているのとは、明らかに異なることが見て取れるだろう。類似する足跡
を有していながら、唐代における両者の受容の状況は、明確に異なっている。このように、中
唐における謝朓（詩）の流行、そして謝朓を一種の理想像と見なす傾向は、他の六朝詩人の受
容状況とは明らかに一線を画するものであった。

　こうした宣城太守謝朓に対する関心の高まりは、同時に、宣城期における謝朓の足跡への理
解を深めることにもなる。やや遅れて、晩唐のころに興味深い唱和の作品群が確認される。于
興宗（生卒年不詳）は、宣宗のころに綿州（今の四川省綿陽周辺）の刺史を務めた人物であり、綿
陽の越王楼に上った際に、都にいる友人に「夏杪登越王楼臨涪江望雪山寄朝中知友」と題した
詩を送った。『唐詩紀事』巻五十三はその経緯について、以下のように記している。

　　（筆者注：于興宗）大中の時、御史中丞を以て綿州に守たり。後に洋川節度と為る。初めて
　　左綿に在りて此の詩を作す。和する者の李朋・楊牢の輩は、皆 朝中の知友なり。（大中時、
　　以御史中丞守綿州。後為洋川節度。初在左綿作此詩。和者李朋・楊牢輩、皆朝中知友也）

　この于興宗の詩に唱和した作品が『全唐詩』に12首収録されており、そのうち実に4人も
の詩人が、詩中に謝朓の名を取り上げていることに注目したい。具体的には、晩唐の盧求「和

于中丞登越王楼見寄」詩（巻五一二）の、

　　　高情推謝守　　　高情 謝守を推す
　　　善政屬綿州　　　善政 綿州に屬す

また、晩唐の王鐸「和于興宗登越王楼詩」詩（巻五五七）の、

　　　謝朓題詩處　　　謝朓 詩を題するの處
　　　危樓壓郡城　　　危樓 郡城を壓ふ

また、晩唐の王厳「和于中丞登越王楼」詩（巻五六四）の、

　　　仲宣徒有嘆　　　仲宣 徒だ嘆き有り
　　　謝守幾追遊　　　謝守 幾んど追ひて遊ぶ

また、晩唐の盧栯「和于中丞登越王楼作」詩（巻五六四）の、

　　　嚮風舒霽景　　　風に嚮ひて霽景を舒べ
　　　如伴謝公遊　　　謝公に伴ひて遊ぶが如し

がこれにあたる。詩題を共有するこれらの作品は、于興宗の詩を受け取った都の友人らが一堂に会して作った和詩とみられる。1首目は綿州で善政をしく于興宗を良牧であった謝朓に喩えており、2首目は越王楼を謝朓が詩を詠じた宣城の郡斎に擬える。そして3首目・4首目は、郷愁をかかえて宣城の山水を愛でた謝朓の姿を描き出し、異郷にある于興宗を慰めている。謝朓が地方官を慰安する存在として詩中で描かれたことは先にも述べたとおりであるが、特定のサークルにおける共通の素材となることで、謝朓の人物像はよりいっそう深められ、詩人の持つ様々な側面に光があてられるようになる。

　李白によって提示された「宣城の詩人謝朓」という見方を、中唐の詩人は掘り下げて理解を深め、自らの心理を代弁する存在として「謝宣城」のあり方を様々に受け入れた。謝朓は、中唐詩人らの理想を背負い、地方官の悲哀を慰安する存在として、その人物像を豊かに確立させていったのである。

四、「李白と謝朓」の典故化 ——晩唐における謝朓の像

　謝朓の生きた南斉の時代と、つづく梁代の詩歌を指す、いわゆる「斉梁」という語は、修辞を凝らした南朝の宮廷詩を意味し、唐人の間でながらく批判の対象にあった。初唐の陳子昂による「与東方左史虬修竹篇」[22]は、その筆頭として名高い。また、斉梁期の詩文に用いられた華美な詞藻を嫌い、李白の「古風」其一（巻二）には、「大雅 久しく作こらず、吾 衰へなば竟に誰か陳べん…建安よりこのかた、綺麗 珍とするに足らず（大雅久不作、吾衰竟誰陳…自從建安來、綺麗不足珍）」とあり、杜甫は「戯為六絕句」其五（巻二二七）に「竊かに屈宋に攀じ 宜しく駕を方ぶべきも、齊梁と與に後塵を作らんことを恐る（竊攀屈宋宜方駕、恐與齊梁作後塵）」と詠じ、韓愈は「薦士」詩（巻三三七）において「齊梁と陳隋と、衆作 蟬噪に等し（齊梁及陳隋、衆作等蟬噪）」と非難する。

　しかし、南斉の詩人であった謝朓は、初唐の頃こそ、王勃の「上吏部裴侍郎啓」[23]に「沈・謝 争い鶩すと雖も、適に齊梁の危きを兆すに足れり（雖沈謝爭鶩、適足兆齊梁之危）」とあるように、やや排斥される傾向が見られたが、李白による愛好を境目として、その後は必ずしも批判の対象となった痕跡はない。杜甫についても「禮は加ふ 徐孺子、詩は接ぐ 謝宣城」（前出「陪裴使君登嶽陽楼」詩）と詠じたように、謝朓の作品は、いわゆる「斉梁」の詩とは一線を画するものとみなされていた。これは、「宣城の山水詩人謝朓」という見方が定着する中で、宣城期以前の謝朓の文学創作——唱和・応制・詠物などの創作が相対的に注目されなくなったという事情があるだろう。

　無論、謝朓詩の表現技巧や個別の詩句などは、実際の作詩の時期や場所を問わず、唐詩の中に溶け込み、多くの詩に影響を与えている。たとえば、謝朓を代表する作品のうち、「遊東田」詩（巻三）は、『文選』李善注[24]に「朓 莊有り、鍾山の東に在り、遊還して作る（朓有莊、在鍾山東、遊還作）」と注してあるように、宣城期の作品である可能性は低い。その「魚 戯れて新荷動き、鳥 散じて餘花落つ（魚戲新荷動、鳥散餘花落）」句は、初唐の王勃「仲春郊外」詩（巻五十六）に「鳥 飛びて村 曙を覺え、魚 戯れて水 春を知る（鳥飛村覺曙、魚戲水知春）」とあり、また中唐の盧綸「同崔峒補闕慈恩寺避暑」詩（巻二七九）に「魚 沈みて荷葉 露あり、鳥 散じて竹林 風ふく（魚沈荷葉露、鳥散竹林風）」とあるように、表現技巧が直接的に受け継がれている。

　また、謝朓の「玉階怨」詩（巻二）は、おおむね永明年間、竟陵王の西邸に集まった時期に繋年される作品であるが、李白の「玉階怨」詩（巻五）との影響関係については、すでに興膳宏「謝朓詩の抒情」[25]、松浦友久「李白における謝朓の像——白露垂珠滴秋月」[26]などの先行研究が詳しく論じている。

　このように、謝朓の詩風や表現技巧は、宣城に赴任した一年あまりにある程度の成熟を見せるものの、宣城期の前後にも、謝朓の個性が現れ出た詩作は多く行われており、唐代の詩人も、表現を踏襲する際に必ずしも宣城期の謝朓詩のみを受容していたわけではない。特に、唐

詩人によって『文選』が重視されていたことを思えば、『文選』に収録される謝朓の詩句は、その制作時期にかかわらず、伝統的な素材としておおいに参照されたことは想像に難くない。[27]しかし、謝朓の詩人像に関していえば、それは明らかに宣城期に偏っていると言わざるを得ない。李白による「宣城の詩人謝朓」の定義と、中唐詩人による「謝宣城への共鳴」を経て、「謝朓と宣城」は固定のイメージで捉えられるようになったのである。

　こうした状況は、晩唐期に至って、さらなる展開を迎える。それは、謝朓に対する心理的共鳴の希薄化と、謝朓に関連する地名や伝説——それも宣城を中心として——の増加である。晩唐の杜牧「自宣州赴官入京路逢裴坦判官帰宣州因題贈」詩（巻五二〇）には、以下のようにある。

敬亭山下百頃竹	敬亭山下 百頃の竹
中有詩人小謝城	中に詩人 小謝の城有り
城高跨樓滿金碧	城 高くして 樓に跨れば 金碧滿ち
下聽一溪寒水聲	下に聽く 一溪 寒水の聲
梅花落徑香繚繞	梅花 徑に落ちて 香り繚繞たり
雪白玉璗花下行	雪白の玉璗 花下に行く
縈風酒旆挂朱閣	風に縈う 酒旆 朱閣に挂かり
半醉遊人聞弄笙	半醉の遊人 笙を弄くを聞く

　本詩は杜牧（803—853）が任地の宣城を離れ、京へ赴く際に詠じた作品。敬亭山のふもとに広がる竹林、その奥にある詩人謝朓の城府。高い城壁に囲まれた楼閣を登ると、金や碧の瓦が連なり、谷川の清らかな音が聞こえてくる。梅花は小道に散って馥郁と香りを漂わせ、耳飾りをした雪肌の乙女たちがその中を進んでゆく。朱に色塗られた楼閣のあたりで酒旗は春風に揺れ、ほろ酔いの遊客は笛の音に耳を傾ける——。

　詩中の「小謝の城」という語は、狭義にはかつての謝朓の執政楼（郡斎）、広義には敬亭山のふもとに広がる宣城のまち全体を指す。本詩は、宣城の官吏である裴坦に向けて、活力ある宣城のまちの魅力を褒め称えている。そこには、「朝廷を離れて獲得される隠遁の空間」や「官吏と隠者の双方を志す」など、かつて謝朓の中に見いだされた地方官の複雑な思いは現れておらず、歴史息づく「小謝の城」が生き生きと描かれるばかりである。同じく杜牧の「自宣城赴官上京」詩（巻五二二）には、以下のように見える。

瀟灑江湖十過秋	瀟灑たり 江湖に十たび秋を過す
酒杯無日不淹留	酒杯 日に淹留せざること無し
謝公城畔溪驚夢	謝公の城畔 溪 夢を驚かし
蘇小門前柳拂頭	蘇小の門前 柳 頭を拂ふ

先ほどの「自宣州赴官入京路逢裴坦判官帰宣州因題贈」詩と同時期の作品。のんびりと都を離れた地方で10年を過ごした。その間、酒杯を交わして長くとどまらない日はなかった。謝朓の治めた宣城のほとりでは、小川のせせらぎが私を眠りから起こし、蘇小小の門前では、柳の枝が頭をなでる――。

「謝公の城」は先ほどの詩と同様、謝朓の郡斎、そして宣城の街を意味し、「渓」とは宣城城内をめぐる宛渓・句渓を指すのであろう。ここでもやはり、歴史上の人物として、謝朓と蘇小小を取り上げるのみで、謝朓を吏隠の寓意とする趣向は必ずしも見てとれない。

この首に限らず、次に挙げる複数の晩唐詩では、左遷や南行を慰める方便としての謝朓の性格は希薄化しており、むしろ歴史上の人物として謝朓を取り上げ、そのゆかりの地や事象に関連付けて言及するものが多い。たとえば、同じく杜牧の「張好好詩」（巻五二〇）には、

　　　霜凋謝樓樹　　霜は凋む 謝樓の樹
　　　沙暖句渓蒲　　沙は暖む 句渓の蒲

とあり、景物の対句表現として謝朓に言及する。詩中、謝朓の執政楼を指す「謝楼」の語は、他には見られない用法であり、杜牧の工夫が見てとれる。また、晩唐の許棠「寄敬亭山清越上人」詩（巻六〇三）には、

　　　南朝山半寺　　南朝 山半の寺
　　　謝朓故郷鄰　　謝朓 故郷の鄰

とある。晩唐には、本詩のように、寺院や禅僧を謝朓に関連付ける用法が局部的に出現するが、ここでは、謝朓が敬亭山を彩る一風景として描かれていることに注目したい。これらの作品の他にも、「謝山」「謝公山」「謝楼」「謝朓城」「小謝城」「小謝家」「謝宅」など、謝朓ゆかりの場所を指す固有名詞が晩唐の詩に現れており、人々の興味・関心の方向を示している。中唐期の謝朓（詩）流行は、詩人たちが、安史の乱による政治不安や社会混乱から心身ともに逃れるべく、同じく政治混乱のうちに宣城へ赴任した謝朓の中に、精神の均衡を保つ処世観と、官吏としての理想像を求めた結果であった。晩唐になり、安史の乱の混乱からひとまず回復し、また南朝文化がある程度において復権を果たすと、謝朓の境遇に対する思い詰めたような共鳴は、もはや必要とされなくなる。謝朓はここにおいて、逸話を残す歴史上の人物として、客観的に捉えられるようになった。

ここで、特に注目しておきたい晩唐の詩群が存在する。それは、「青山」の語と謝朓とを結びつけて詠じる複数の作品である。晩唐の張祜の「和杜使君九華楼見寄」詩（巻五一一）には以下のようにある。

杜陵歸去春應早　　　杜陵 歸り去りて 春 應に早なるべし
　　　莫厭靑山謝朓家　　　厭うこと莫れ 靑山 謝朓の家

同じく晩唐の趙嘏「寄盧中丞」詩（巻五五〇）には以下のようにある。

　　　獨攜一榼郡齋酒　　　獨り攜ふ 一榼 郡齋の酒
　　　吟對靑山憶謝公　　　吟じて靑山に對し 謝公を憶ふ

　張祜の詩では「青山」とはすなわち謝朓の家と詠じており、趙嘏の詩では「青山」は宣城郡斎の近くにある山と読み取れる。しかし実際には、この「青山」とは、謝朓ゆかりの宣城郡敬亭山ではなく、李白の墳墓が眠る当塗県青山を指す。すなわち上の２首は、謝朓を単独で取り上げているのではなく、李白との関連を意識して謝朓を詠じていることになる。その傾向は、以下の作品によりはっきりと表れている。晩唐の許棠「宿青山館」詩（巻六〇三）には以下のようにある。

　　　下馬靑山下　　　馬を下る 靑山の下
　　　無言有所思　　　言無きも思ふ所有り
　　　雲藏李白墓　　　雲は藏す 李白の墓
　　　苔暗謝公詩　　　苔は暗む 謝公の詩

　詩題の「青山館」、そして詩中の「李白墓」の語から、詩の背景となっている場所は明らかに李白ゆかりの地、当塗青山である。李白墓付近を通りかかった許棠は、李白改葬の逸話から謝朓を思い起こす。同じく晩唐の韋荘「過当塗県」詩（巻六九七）には以下のようにある。

　　　客過當塗縣　　　客は過ぐ 當塗縣
　　　停車訪舊遊　　　車を停めて舊遊を訪ぬ
　　　謝公山有墅　　　謝公 山に墅有り
　　　李白酒無樓　　　李白 酒に樓無し

　詩題の地名から、詩中の「謝公山」は謝朓が太守をつとめた宣城郡の敬亭山ではなく、李白が葬られた当塗県の青山を指すことが分かる。韋荘もまた、李白を懐かしむ中で、謝朓を連想したのである。
　このように、晩唐における謝朓の像は、「吏隠」としてのイメージが薄まり、もっぱら李白との関係を意識する作品の中に多く詠じられている。しかも、右に挙げた作品からは、謝朓の存在が李白を思い起こさせる構造ではなく、李白から謝朓へと連想がなされていることが見て

取れる。これは、「李白による謝朓の愛好」という現象そのものが、晩唐に至って、典故として定着しはじめたことを意味している。このことは、謝朓の受容・展開の歴史において、きわめて重要な現象となった。これ以降、南斉の詩人・謝朓には、「宣城の詩人」に加え、「李白に愛好された詩人」という新たな身分が与えられ、時にはその実態を超えて、後人に理解されてゆくようになる。

五、結び

　本稿では、唐代における謝朓に関わる固有名詞の増加とその原因について考察し、李白以降、謝朓の詩人像がどのように確立していったのか、という問題を明らかにした。李白の個人的な愛好を背景に、中唐の詩人は李白の表現を援用して謝朓の像を掘り下げ、その人生に共鳴し、また晩唐の詩人は李白の逸話の中に謝朓の像を見るようになった。謝朓の呼称と、そのゆかりの地を示す固有名詞の多様化は、謝朓像の不断の展開を物語っている。

【注】

(1) 拙稿「『李白と謝朓』再考——『澄江浄如練』句の受容と展開」(『日本中国学会報』第68集、2016年)を参照されたい。

(2) 拙稿「『小謝』の変遷——李白『中間小謝又清発』を手掛かりとして」(『中国文学研究』第40期、2014年)を参照されたい。

(3) 用例を調査するにあたり、『中国基本古籍庫』検索システム(北京愛如生数字化技術研究中心製作)、『文淵閣四庫全書』CD-ROM(迪志文化出版有限公司、上海人民出版社、1999年)、故宮【寒泉】古典文献全文検索資料庫「全唐詩」(陳郁夫 http://210.69.170.100/s25/)を用いた。

(4) 唐詩には、「沈謝」「鮑謝」などの併称も数多くみられるが、併称では詩人個人の特質を明らかにすることは困難であるため、本稿では個別の詩人に与えられた別称・固有の語句のみを扱う。なお、唐代における謝朓の併称については、幸福香織「唐代の鮑謝」(『中国文学報』第86冊、2015年)がある。

(5) 唐詩の引用は、一部を除き、清・彭定求等編纂『全唐詩』(中華書局、1960年)に拠る。また、李白詩の引用は、清・王琦注『李太白全集』(中華書局、1977年)に拠る。以降、唐詩及び李白の詩を引用するときは、それぞれ詩題の後ろに巻数を記す。

(6) 塩見邦彦「大暦十才子と謝朓」(『文化紀要』第13号、1978年)。

(7) 蔣寅『大暦詩風』(上海古籍出版社、1992年)。

(8) 川合康三「宦遊と吏隠」には「…そもそも『宦遊』と『吏隠』とは同一の事態を見方を代えて捉えたものである。不本意な仕官の身、それを見知らぬ地で転々とするしがない宮仕えと見れば『宦遊』となり、そこに私的な隠逸の味わいを享受できるものとすれば『吏隠』となる。『宦遊』と『吏隠』とは下級官僚の置かれた境遇に基づきながら表裏の関係にあるのだ」とある(『中国読書人の政治と文学』、創文社、2002年)。

(9) 前掲蔣寅『大暦詩風』第三章「時代的偶像——大暦詩風与謝朓」は、「他們(筆者注：大暦詩人)與謝朓共鳴最強烈的正是在吏隠這一點上。…正因為有相似的思想情感・生活態度決定的相似的主題取向、才使得幾百年後的大暦詩人對謝朓其人其詩産生如此深刻的共鳴和無限的欽慕」と指摘する。

(10) 寺尾剛「李白における宣城の意義——『詩的古跡』の定着をめぐって」(『中国詩文論叢』第13集、

1994 年)。

(11) 『南斉書』巻四十七（中華書局、1972 年）。

(12) 鈴木正弘「安史の乱における士人層の流徙」（『社会文化史学』33 号、1994 年）に詳しい。

(13) たとえば皇甫冉（義興へ避乱）・劉長卿（江浙に滞在）・盧綸（金陵へ避乱）・戴叔倫（江西へ避乱）らがいる。

(14) この時期、江南を舞台とした文学活動も展開され、厳維・鮑防らを筆頭とする浙東聯唱（『大暦年浙東聯唱集』）を筆頭に、賦詩の会が多く確認されるようになる。戴偉華『地域文化与唐代詩歌』は「安史亂起、文人移入江南的局面大開、竝已波及到金陵詩歌創作的增長、至晩唐已能和洛陽抗衡」と指摘する（中華書局、2006 年）。

(15) 「謝宣城」の呼称自体は、盧照鄰「南陽公集序」の文中に「精博爽麗、顔延之急病於江鮑之間。疎散風流、謝宣城緩歩於向劉之上」とあるのが最もはやく、詩中の用例は杜甫の詩が最もはやい。

(16) 明・馮惟訥編、興膳宏監修、横山弘・齋藤希史編『嘉靖本古詩紀』巻七十四引『金華誌』に「八詠詩、南齊隆昌元年、太守沈約所作、題於玄暢樓、時號絶倡。後人因更玄暢爲八詠樓云」とある（汲古書院、2006 年）。

(17) 熊偉・李雅琴「沈約『八詠詩』的藝術風格」は沈約「八詠詩」の特徴について、「作者通過組詩的形式、很好的表現了自己心中情感由哀傷到激憤再到崩生歸隱之意的變化」と指摘する。（『江西広播電視大学学報』、2008 年第 2 期）。

(18) 植木久行編『中国詩跡辞典——漢詩の歌枕』（研文出版、2015 年）に詳しい。

(19) この状況は宋代に入って一変し、沈約は士大夫の理想像として好んで詩中に詠まれるようになる。たとえば、南宋・楊万里「舟中雪作和沈虞卿寄雪詩韻」詩に「卷舒東陽琢冰句、不羨銷金歌淺斟」とある。しかし唐詩の段階では、沈約はあくまで東陽にゆかりの詩人として見なされている。

(20) 于興宗「夏杪登越王樓臨涪江望雪山寄朝中知友」詩の本文は以下のとおり。「巴西西北樓、堪望亦堪愁。山亂江迴遠、川清樹欲秋。晴明中雪嶺、煙靄下漁舟。寫寄朝天客、知余恨獨遊」。

(21) 北宋・計有功撰『唐詩紀事』巻五十三（上海古籍出版社、1987 年）。

(22) 陳子昂「与東方左史虯修竹篇」に「東方公足下、文章道弊五百年矣。漢魏風骨、晉宋莫傳。然而文獻有可徵者。僕嘗暇時觀齊梁閒詩、彩麗競繁。而興寄都絶、每以永歎」とある。

(23) 北宋・李昉等編『文苑英華』巻六五六（中華書局、1966 年）。

(24) 『文選』巻二十二（上海古籍出版社、1986 年）。

(25) 興膳宏「謝朓詩の抒情」（『東方学』第 39 輯、1970 年）。

(26) 松浦友久「李白における謝朓の像——白露垂珠滴秋月」（『中国古典研究』第 13 号、1965 年）。

(27) 林英徳『『文選』与唐人詩歌創作』（知識産権出版社、2013 年）。

(28) 拙稿「李白『志在青山』考——謝朓別業の存在をめぐって」（『中国文学研究』第 39 期、2013 年）を参照されたい。

陶淵明「時運」詩小考——時間論

井上 一之

はじめに

『陶淵明集』巻一に収録される四言詩「時運」は、『論語』先進篇の"舞雩"の故事を詠んだものとして、比較的著名であり、またその田園風景の描写の妙は、古来高い評価を与えられて[1]きた。

ただ、全篇4章からなる本作品を改めて通読すると、内容的になお釈然としない点が残る。とくに、最終句「黄唐莫逮、慨獨在余」という結論の出し方は、やや唐突であり、本詩において作者が一体何を伝えようとしているのか、分かりにくい。本小稿では、本作品の読み直しを行うとともに、作者淵明の"尚古思想"について改めて考えてみたい。

一、問題の所在

まず、詩の全文を示しておこう。テキストは、汲古閣旧蔵本を用い、諸本間の異同のうち、重要なものは割注によって言及する。

　　時運、幷序

　　時運、游暮春也。春服既成、景物斯和。偶景一作影獨遊、欣慨一作然交心。
　　（時運は、暮春に游ぶなり。春服既に成り、景物　斯れ和す。景（影）と偶びて獨り遊べば、欣びと慨き　心に交はる。）

（1）
　　邁邁時運　　邁邁たる時運
　　穆穆良朝　　穆穆たる良朝
　　襲我春服　　我が春服を襲ね
　　薄言東郊　　言に東郊に薄る
　　山滌餘靄　　山は餘靄を滌ひ

宇曖微霄　　　宇は微霄（そら）　曖たり

有風自南　　　風有り南よりし

翼彼新苗　　　彼の新苗を翼とす

（2）

洋洋平澤一作津　　洋洋たる平澤（津）に

乃漱乃濯　　　乃ち漱ぎ乃ち濯ふ

邈邈遐景　　　邈邈たる遐景を

載欣載矚　　　載ち欣び載ち矚む（なが）

稱心而言一作人亦有言　　心に稱ひて言へば（人も亦た言へる有り）

人亦易足一作稱心易足　　人も亦た足り易し（心に稱へば足り易しと）

揮茲一觴　　　茲の一觴を揮ひ（ふる）

陶然自樂　　　陶然として自ら樂しましむ

（3）

延目中流　　　目を中流に延べれば

悠悠一作愁想　清沂　悠悠たる清沂

童冠齊業　　　童冠　業を齊しくし

閒詠以歸　　　閒かに詠じて以て歸る（しず）

我愛其靜　　　我は其の靜けさを愛し

寤寐交揮　　　寤寐にも　交ごも揮はんとす（ごび）

但悵殊世　　　但だ悵む　世を殊にして（うら）（こと）

邈不可追　　　邈かにして追ふべからざるを

（4）

斯晨斯夕　　　斯れ晨　斯れ夕（あした）（ゆうべ）

言息其廬　　　言に其の廬に息ふ（ここ）

花藥分列　　　花藥　分かれ列び（しゃくやく）

林竹翳如　　　林竹　翳如たり

清琴橫床一作膝　清琴　床（膝）に橫はり

濁酒半壺　　　濁酒　壺に半ばなり

黃唐莫逮　　　黃唐　逮ぶ莫し

慨獨在余　　　慨きは獨り余に在り（われ）

詩序に「時運は、暮春に游ぶなり」とあるように、暮春の遊行をモチーフとする作品であ

る。ただ、たんなる春の散策、というものではなく、三月の水辺が詠じられていること、序文及び本文中に、『論語』の"舞雩"の故事が言及されていること等から判断して、A.R.Davis、郭維森、包景誠、柯宝成等の注釈者が指摘するとおり、これは上巳節を題材とする作品と見て間違いないだろう。本来なら酒肴を以て人と祝うべき上巳節に、作者は「景と偶んで獨り遊」んでおり、その際の「欣」と「慨」を詠じたのが本詩である。なお、詩題「時運」は、同巻に収める「停雲」、「榮木」と同じく、首句中の二字を取って篇題としたもの。

さて、第1章は、季春の早朝の風景を描く部分。朝霧が晴れて姿を現した山。薄雲のたなびく青空。南風に吹かれる新苗は、さながら翼を広げているように見える。この「翼」については、「翼く」と訓む訳者が多いが、袁行霈『陶淵明集箋注』[3]が説くように、名詞「つばさ」を動詞的に用いたもの（翼とする）であろう。また首句の「時運」については、様々な意味があるが、いまは通説に従って、「四時の運行」と解しておく。

第2章は、麗しい遠景を眺めながら、満ち足りた思いで酒を飲むことをうたう。その理を説く部分が、「稱心而言、人亦易足」の二句であるが、ここはテキスト間で文字が乱れており、なお検討を要する[4]。それはともかく、ここまでの部分が、序文に謂う、「欣」の内容ということになろう。

次の第3章が、「慨」を詠じる部分。眼前に広がる水の流れに、語り手は、時空を超えて、孔子とその弟子たちの一場面を連想する。具体的には、『論語』先進篇の次の有名な一条である——、

子路、曾晳、冉有、公西華侍坐。子曰、「以吾一日長乎爾、毋吾以也。居則曰、『不吾知也』如或知爾、則何以哉？」子路率爾而對曰、「千乘之國、攝乎大國之間、加之以師旅、因之以饑饉、由也爲之、比及三年、可使有勇、且知方也。」夫子哂之。「求、爾何如？」對曰、「方六七十、如五六十、求也爲之、比及三年、可使足民。如其禮樂、以俟君子。」「赤、爾何如？」對曰、「非曰能之、願學焉。宗廟之事、如會同、端章甫、願爲小相焉。」「點、爾何如？」鼓瑟希、鏗爾、舍瑟而作。對曰、「異乎三子者之撰」子曰、「何傷乎？亦各言其志也。」曰、「莫春者、春服既成。冠者五六人、童子六七人、浴乎沂、風乎舞雩、詠而歸。」夫子喟然歎曰、「吾與點也。」…………

本詩の序文にある「春服既成」と、本文の「悠悠清沂、童冠齊業。閑詠以歸」は、これを典故とする。なお、後文の「（寤寐）交揮」の句について、中国では「揮」を「奮」と解し、「寝ても覚めても奮発して追い求める」または「忘れない、あこがれ続ける」（思念、向往）と説くものが多いが、一方、日本の訳注書類では、「揮」を、第2章の「揮茲一觴」を受けるものと見て、「寝ても覚めても酒を飲む」と解釈する傾向が認められる。「交揮」という連語は、龔斌『陶淵明集校箋』[5]が指摘するように、六朝期の詩文に散見するもので、「交心」（心に集まり来る）

の意である。ここは、曾点の示した「静けさ」を常に心で追い求めているが、その時代は遠く
過ぎ去った、ということであろう。

　そして最後の章では、遊行から帰宅した語り手が、自らの廬を描写する。園に植えられてあ
る「花薬（芍薬）（6）」、「林竹」、また閑居のシンボルとされる「清琴」、「濁酒」が言及された後、
「黄唐　逮ぶ莫し、慨きは獨り余に在り」という句で、本詩は結ばれる。

　以上のように、本詩は序文に言う「暮春の遊行」をモチーフとしており、前半第1〜2章で
は「欣び」が、後半第3〜4章は、「慨き」がうたわれている。しかし、前半は比較的わかり
やすいものの、後半については、何故「慨」であるのか、その理由が明確ではない。曾点の時
代から遠く隔たったことに対する感慨が詠われている（第3章）が、もしそれが原因であるな
ら、なぜ更に「黄唐」に言及しなければならないのか。

　次に、この問題に対する、従来の解釈を整理しておきたい。

二、従来の解釈

　本詩最終句の「慨」の指す内容について、旧注の解釈はおよそ二つに分かれる。

　一つは、現在最も通行している解釈として、①「晋宋王朝交代期という当時の政治状況に対
する不満と失望」とする立場である。

　　　序謂「欣慨交心」者如此、淵明於時方在「唐虞世遠、我將安歸」之際、誠不能自遂其暮
　　春之樂也。

（明・何孟春『陶靖節集』巻一）

　　　欣在春華、慨因代變、黄農之想、旨寄西山、命意獨深、非僅閑適。天下已爲宋矣。無復
　　有懷、故朝者曰、「偶飲獨遊」、曰「慨獨在予」。孑立孤懷、於二獨字可味。・・・・・

（清・陳祚明『采菽堂古詩選』巻十三）

　　　這里，愛与恨，欣与慨，今与昔，理想与現実，在詩人的内心深処交織衝突，相当感人。
　　“恨”字透露出他対当時国家動乱的政治局勢的忧憤，以及无由実現自己政治理想的痛苦。

（陶文鵬・丘万紫『陶淵明詩文賞析』〔広西教育出版社、1990 年〕）

　もう一つは、「獨」字に注目して、②「新王朝へ出仕する友人たちへの失望と孤独感」、とす
るもの。

　　　二「獨」字、有無限深意在、當是時天下早已忘晉、淵明遊影安得不獨。因遊而「欣慨交
　　心」、然則遊爲淵明所獨、慨亦爲淵明所獨、其欣處人知之、其慨處人未必知之。其欣慨交
　　迫之際、則人尤未易知之也。一時遊興、寓意深遠乃爾。淵明之心亦良苦矣哉。

（清・温汝能『陶詩彙評』巻一）

直按、黄、黄帝。唐、唐堯也。晉亡之後、陶公同好如周續之等皆出仕。「慨獨在余」、其隱
慟深哉。

（古直『陶靖節詩箋』〔広文書局、一九七九年〕）

　このように、これまでの読書史においては、本詩の「慨」について、現状への不満・失望という点で一致するものの、その重点は異なっている。①説は、為政者の政治に対する憤りであり、②説は、権力に右顧左眄する士人社会への不満である。しかし、いずれにしても「黄唐」が現在と対照的な古代・上古という時代を指すものとしか理解しておらず、最終章で黄帝と堯が言及されることの意味について、ほとんどまったく顧みられてこなかったように思われる。
　以下、この点を明らかにしたい。

三、最終二句の解釈——黄帝と堯

　一般に、陶淵明は現在に対して批判的であるとともに、過去に対して憧憬の念を抱く詩人と考えられており、その"尚古思想"は多くの論者によってつとに指摘されてきた。たしかに、その詩文には次の如く上古の帝王及びその臣下が肯定的に言及されている。

　　①無懐氏・葛天氏（1例）、②東戸季子（1例）、③伏義・神農（3例）、④炎帝・帝魁（1例）、⑤黄帝（2例）、⑥黄帝・陶唐（堯）（2例）、⑦黄帝・虞舜（2例）、⑧陶唐（1例）、⑨舜（2例）、⑩舜・禹（1例）、⑪〔舜の臣〕后稷・契（1例）

　これを見てとくに注目されるのが、黄帝（またはその時代）に対する重視であろう。現存する詩文136篇中、6篇にその名が言及されている。「三五　道邈かにして、淳風　日びに盡く（三五道邈、淳風日盡）」（「扇上畫賛」）というように、淵明にとって、三皇五帝は特別な存在であったことは間違いないが、なかでも黄帝軒轅は、その中心的な存在であったと言ってよい。
　ただ、本詩にあっては、なぜ黄帝だけでなく、堯帝が併記されるのか。黄帝単独でも十分であろうし、舜帝と併記（黄虞）してもよいはずである。全体の用例を見る限り、二者の組み合わせにはなんらかの意味があると考えても、あながち穿ちすぎではないように思われる。
　さて、この問題を考えるに当たって、淵明はもとより、当時の読者にこの二者がどう理解されていたか、という点がポイントになるだろう。

　※黄帝と堯について、「黄帝は道家、堯帝は儒家」とする向きがあるが、本稿では宗教的な背景は論

じない。たしかに、儒家の経典（尚書、礼記等）には、堯について多く触れられ、一方、『荘子』には、黄帝がよく言及される傾向が認められる。が、『周易』繋辞下伝に「黄帝堯舜垂衣裳而天下治」にあるように、儒家においても、黄帝は聖天子に列するものである。また牟子「理惑論」に「黄帝・堯・舜・周・孔之儔」（『弘明集』巻1）とあり、仏教に疑念をもつ儒家的な思考の典型として、黄帝が言及されていることに注意したい。

　言うまでもなく、黄帝⁽⁹⁾と堯は、上古の帝王であり、その政治的業績は後世高く評価されるが、この両者の共通点ということで言えば、ともに平和な治世、とくに物質的に豊かな社会を実現したことが、重要な要素の一つとして挙げられる。
　たとえば、黄帝については、

　　昔者黄帝治天下、而力牧、太山稽輔之、……（中略）……人民保命而不夭、歳時孰而不凶、
　　百官正而無私、上下調而無尤、法令明而不暗、輔佐公而不阿。田者不侵畔、漁者不争隈。
　　道不拾遺、市不豫賈、城郭不關、邑無盗賊。鄙旅之人相讓以財、狗彘吐菽粟于路、而無仇
　　爭之心。

（『淮南子』覽冥訓）

という認識があ⁽¹⁰⁾り、堯にも同じような話が伝えられる。

　　天下大和、百姓無事。有八十老人撃壤於道。觀者歎曰、「大哉帝之德也。老人曰、吾日出
　　而作、日入而息、鑿井而飲、耕田而食。帝何力於我哉。」

（『帝王世紀』巻二）^{（補注1）}

　このように、たんなる純朴な時代というより、誰もが精神的にも物質的にも充足する社会を実現したのが黄帝・陶唐であったわけであり、この点が当時の読者にも共有されていたことは想像に難くない。したがって、本詩の結論において、「黄唐莫逮」と、突然に黄帝・陶唐が言及されるのは、漠然とした古代への憧憬ではなく、第一義的には、物質的な充足を暗示するものであり、同時に貧窮する現状への不満を表明した可能性が高いと考えられよう。そして、本稿がそう判断する根拠として、二つのポイントが挙げられる。

　まず第一に、黄帝・陶唐が併称される、もう一つの用例が含まれる、「感士不遇賦」に、貧窮が述べられていることである。

　　咨大塊之受氣　　咨　大塊の氣を受け
　　何斯人之獨靈　　何ぞ斯の人の獨り靈なる
　　稟神智以藏照　　神智を稟けて以て照を藏き

秉三五而垂名	三五を秉りて名を垂る
或撃壤以自歡	或ひは撃壤して以て自ら歡び
或大濟於蒼生	或ひは大いに蒼生を濟ふ
靡潛躍之非分	潛躍の分に非ざる靡く
常傲然以稱情	常に傲然として以て情に稱ふ
……	……
望軒唐而永歎	軒・唐を望みて永歎し
甘貧賤以辭榮	貧賤に甘んじて以て榮を辭す

　ここで、「軒轅（黄帝）・陶唐」が「貧賤」と結び付けられていることが留意される。後文に「炎帝・帝魁」が「士の不遇」と関連付けられていることを考え合わせると、淵明の思路において、黄帝・陶唐の時代は貧賤のない時代と認識されるのであろう。

　もう一つの根拠は、第４章「濁酒半壺」の句である。この「半壺の酒」という表現は、中国文学史において、きわめて用例の乏しいもの（唐詩に数例ある）であり、無論淵明以前にはその用例を見ない。したがって、関連の訳注書類は一様に説明を施すことなく、ただ「酒壷には半分ほど」と訳出して済ませているのが現状である。問題は、「半壺」が多いのか、少ないのか、ということである。私見では、この「半＋名詞」の語法は、文字通りの「二分の一」の意とともに、少ないことを指すように思われる。たとえば、

君無半粒儲	君　半粒の儲も無ければ
形影不相保	形影　相ひ保たず

（晋・傅玄「詩」）

兼塗無憩鞍	兼塗　鞍を憩はすこと無く
半菽不遑食	半菽も食らふに遑あらず

（宋・鮑照「行京口至竹里」）

馬鳴生者、臨淄人也。……周游天下、勤苦歷年、及受『太陽神丹經』三卷歸。入山合藥服之。不樂昇天、但服半劑、爲地仙、恆居人間。不過三年、輒易其處、時人不知是仙人也。

（『太平廣記』卷七所引、葛洪『神仙傳』）

　このように、「半」には、「一」に満たない、わずか、という意味があり、それゆえに「少しも〜ない（無半N）」という強調の用法が生まれやすいのだと言える。つまり、「半」には、二分の一という、具体的な数量と別に、一に"不足"しているという、観念的な状態を表す場合があるわけである。

　そうしてみると、本詩最終章の「濁酒半壺」は、「一壺」に満たない、わずかの酒しかないことを述べたものであって、必ずしも手元の酒壷の残量を客観的に描写したものでないという

ことになろう。それはつまり、酒にこと欠くほどの貧困を示唆したものだと考えてよい。「酒壷には濁酒がほとんど入っていない」と。だからこそ、飲食の満ち足りた「黄唐」の時代への連想が——唐突でなく——自然なものとなるのであろう。

　そして、以上の考察にもし大きな誤りがないとすれば、本詩の「慨」は、貧窮に直面した作者が、誰もが心身ともに満ち足りていた黄帝・堯の時代に戻れない事実に対する無念を含むものということになる。これは要するに、旧注の説くような、現在の政治状況への憤りや、新王朝に出仕する節操のない友人への不満といった、諷諭的な目的で作成された詩ではない、ということである。

四、本詩の主題

　次に、本詩の主題について考えてみたい。すなわち、「黄唐莫逮」という結論が導かれる理路である。

　既に見たとおり、本詩は大きく前半2章と後半2章に分かれ、前半は暮春という時節が巡って来たことを歓ぶ内容である。一方、後半は、孔子とその弟子たちへの連想（3章）を挿入した後、筆は「黄唐」の時代へと向かう。この両者を結び付けているものは、言うまでもなく、"時間"にほかならない。ところで、詩題の「時運」という語は、漢代以降、数多くの詩文に散見されるものであるが、次のように専ら二つの意味[11]で用いられている。

①四時の運行・季節の推移
　　俟日月之代謝　　　日月の代謝を俟ち
　　知時運之斡遷　　　時運の斡遷を知る

（晋・盧諶「蟋蟀賦」）

　　時運逝其何速　　　時運の逝くこと其れ何ぞ速かなる
　　素秋奄以告季　　　素秋　奄ち以て季を告げん

（晋・江逌「述帰賦」）

　　如何蓬廬士　　　如何ぞ蓬廬の士
　　空視時運傾　　　空しく時運の傾くを視るや

（陶淵明「九日閑居」）

②時勢・気運・時局
　　諒時運之所爲兮　　諒に時運の爲す所
　　永伊鬱其誰愬　　　永く伊鬱すれど其れ誰にか愬へん

（後漢・班彪「北征賦」）

世俗有險易　　世俗に險と易有り
時運有盛衰　　時運に盛と衰有り

（後漢・繁欽「雜詩」）

微生遇多幸　　微生　多幸に遭ひ
得逢時運昌　　時運の昌んなるに逢ふを得

（宋・沈慶之「侍宴詩」）

　このように、同語でありながら、季節と時代という、異なる意味、異なる文脈で用いられて
いるが、本詩の「時運」は、──「九日閑居」詩同様──第一義的に①季節の推移であろう。
しかしながら、人間社会の時代もまた、同じ時間の流れであることは言を俟たない。季節は毎
年同じように巡ってくる。対して、人間の個人・社会の時間は、「壑舟」（『荘子』「大宗師」）の
ように、速やかに移ってゆき、もう戻ってはこない。一つは、短いスパンの中で、循環的な時
間であり、もう一つは、長いスパンにおいて直線的な時間である。同じ時間の流れでありなが
ら、ここには異なる「運（めぐり）」が存在する。更に言えば、異なるように見えて、実際は同じ時間な
のである。この事実を改めて確認したのが、本詩であろう。
　そして、管見の限りでは、中国文学史上、この二つの「時間」を一篇の詩歌において初めて
詠じたのが、陶淵明なのである。事実、淵明の作品においては、二種類の時間が平行して詠わ
れることがしばしばある。たとえば、

藹藹堂前林　　藹藹たり　堂前の林
中夏貯清陰　　中夏　清陰を貯ふ
凱風因時來　　凱風　時に因りて來り
回飆開我襟　　回飆　我が襟を開く
……　　　　　……
此事真復樂　　此の事　真に復た樂し
聊用忘華簪　　聊か用て華簪を忘れん
遙遙望白雲　　遙遙として白雲を望み
懷古一何深　　古を懷ふこと一に何ぞ深き

（「和郭主簿二首」其一）

　また、時代と同じ直線的な時間（一回性）として、人生が四時の運行と連結して詠われるこ
ともある。

……　　　　　……
發歲始俛仰　　發歲　始めて俛仰し

星紀奄將中	星紀　奄ち將に中ばならんとす
南窗罕悴物	南窗　悴物罕れにして
北林榮且豐	北林　榮え且つ豐かなり
神淵寫時雨	神淵　時雨を寫ぎ
晨色奏景風	晨色　景風を奏す
旣來孰不去	旣に來れば孰か去らざらん
人理固有終	人理　固より終り有り
……	……

（「五月旦作、和戴主簿」）

さらに、代表作「帰去来兮辭」の第3段落後半に、

木欣欣以向榮	木は欣欣として以て榮に向かひ
泉涓涓而始流	泉は涓涓として始めて流る
善萬物之得時	萬物の時を得たるを善び
感吾生之行休	吾が生の行ゆく休するに感ず

と、季節の描写の直後に、人生という時間が説かれているのも、同じ原理なのである。一見、無造作に書かれているように思われるが、淵明の時間意識の中ではつながっているのであろう。

このように、季節という循環的・反復的な「時間」と、時代・人生という直線的・一回的な「時間」の同質性を注視しつづけたのが、『陶淵明集』であり、その原点となっているのが、本詩「時運」だと言ってよい。そして、何故淵明がこれほどまでに時間に固執したのか、と言えば、その背景として、当時の仏教との関係を指摘できるかもしれない。

東晋から宋にかけての時期、慧遠（334―416）の教団と儒家の士人たちとの間で活発な議論が展開されていたことはよく知られていることである。その議論の中心的テーマであったのが、「神不滅」ともに、過去・現在・未来の「三世」という、新しい時間の観念であった。これに疑念を抱く儒家的知識人に対する回答として、慧遠が「三報論」を執筆したのが、太元19年（394）頃[12]と推定されている。通説に従えば、淵明、30歳の時期である。

淵明が居住したのは、まさに慧恩教団のある廬山の麓であり、かれに「形影神」詩のあることから見ても、釈家と儒家の間で交わされる議論に対してかれが無関心であったとは考えにくい。少なくとも、淵明を取り巻く儒家的知識人の間で「時間」が哲学的問題となっていたことは確かであろう。そうであれば、こうした環境に身を置いた淵明が、時間をテーマに数々の作品を制作したことはむしろ自然なことだと言える。もっとも、淵明は、周続之（377―423）や宗炳（375―443）のように、仏教の時間観念を受け入れることは結局なかったようである。

五、結語にかえて

以上、「時運」詩について、その最終二句に着目して、関連の問題を考察してきた。

すでに松浦論文が指摘するように[13]、「時間」は、陶詩を解読するためのキーワードの一つである。季節、人生、時代という様々な時間の流れを見つめ続けたところに、陶詩の独自性があると考えられる。

そして、本詩についてもう一つ指摘すべき点は、淵明の"尚古主義"であろう。本論において詳述したように、陶詩には黄帝、堯、舜を始め、数多くの帝王や名臣が言及され、その時代への思慕が語られている。しかし、それは必ずしもその時代への回帰を主張するものではない。曾点の時代を慕いつつも、「但だ恨む　世を殊にして、邈かにして追ふべからざるを」と言い、黄帝・堯の時代は「黄唐　逮ぶ莫し、慨きは獨り余に在り」と嘆息することは、時代が循環するものではなく、もう戻ることができないことを淵明が強く自覚していることを示唆するものである。いやむしろ、引き戻れない過去であるからこそ、そこは理想的な時代・場所になりえたと言ってよいだろう。

【注】

(1) 「翼」字、渾樸生動。（清・陳祚明『采菽堂古詩選』巻十三）。新苗因風而舞、若羽翼之状、工於肖物。（清・王棠『燕在閣知新録』）。

(2) A.R.Davis "T'ao Yuan-ming"（HongKong University Press,1983）Vol. 1, 15 頁。郭維森、包景誠『陶淵明集全訳』（貴州人民出版社、1992 年）5 頁。柯宝成『陶淵明全集』（崇文書局、2011 年）7 頁。

(3) 袁行霈『陶淵明集箋注』（中華書局、2003 年）に、「意謂南風吹拂新苗、宛若使之張開翅膀。翼、名詞用爲動詞。」とある。

(4) この部分は、底本以下、紹熙本、紹興本、湯漢注本に「一作『有人亦有言、稱心易足』」との校語が付せられている。明・焦竑本では、「宋本、一作『稱心而言、人亦易足』、非」と注して、本文を「人亦有言、稱心易足」に作り、清・陶澍『靖節先生集』もまた、焦竑本に従って、本文を「人亦有言、稱心易足」に改めている。その結果、今日の注釈書類のほぼすべてが「人亦有言、稱心易足」を本文として採用・解釈するのが現状である。だが、この文字が正しいとすると、①「稱心」と「（易）足」との関係がわかりにくい（気に入りさえすれば満足しやすい）、②「稱心易足」の出典は何か、等の問題が残る。

(5) 龔斌『陶淵明集校箋』（上海古籍出版社、1996 年）12 頁。

(6) 「花薬」について、范子燁『悠然望南山——文化視域中的陶淵明』（東方出版中心、2010 年）では、これを菊と解しているが、宋・鮑照「三日」の「氣暄動思日、柳青起春懷。時豔憐花薬、服淨俛登臺」の句を見ると、上巳節に咲く花であって、菊とは異なるようである。

(7) 唯一、袁行霈『陶淵明集箋注』だけが、「楽中又有不得与古人相交之慨嘆。暮春之景、隠居之楽、懐古之情、渾然交融」としている。

(8) 片岡政雄「『時運』ならびに『飲酒　其二十』における詩情表出の機構性—陶淵明の論語『先進第十一』の首・尾両章に依る詩情形成の追跡—」（『集刊東洋学』33 号、1975 年）に、「淵明は……黄帝・堯帝を追慕して儒家と道家とを一に融合する立場に到達したのである」とある。

(9) 中島敏夫「黄帝攷」（愛知大学国際コミュニケーション学部『文明21』33号、2014年）によれば、現在中国では、黄帝を個人名ではなく、部族集団の名称とみなす説が有力とされている。

(10) 宋・羅泌『路史』巻十四にも、同様の記述がある。

(11) 「時運」は、このほかに、「時のめぐり合わせ・運命」という意味でも用いられることがある。「臣聞爲不善而災報、得其應也。爲善而災至、遭時運也」（孔豊「建初元年大旱上疏」）、「孤忝承時運。負荷大業……」（張天錫「遺郭瑀書」）など。

(12) 京都大学人文科学研究所『弘明集研究』巻中（1974年）326頁。

(13) 松浦友久「『不羈』の詩人」（中国詩文研究会『中国詩文論叢』第21集〔2002年〕、後『松浦友久著作選Ⅱ　陶淵明・白居易論』〔研文出版、2004年〕に採録）に、「『時間』に羈がれるという『死生』の問題は、淵明にとってのみならずすべての人間にとっての根本問題であるだけに、『不羈』への強い志向を原質とする淵明にとっては、常にその思索の起点として機能し続けていたと考えられる」とある。

（補注1）『論衡』巻二十「須頌篇」にも、「撃壤者曰、吾日出而作、日入而息、鑿井而飲、耕田而食、堯何等力」とある。

王維『輞川集』の「鹿柴」詩の新解釈
——兼ねて「竹里館」詩との関連性を論ず

内田 誠一

一、序

　王維の『輞川集』の中で最も有名な作品と言えば、誰しも「鹿柴」と「竹里館」の二首に指を屈するに違いない。この二首は、現存する全ての王維の詩の中でさえ、とりわけ人口に膾炙された作品と言えよう。本稿で俎上に載せるところの「鹿柴」詩は、傑作ゆえに多くの研究家がこれまで注釈や解説を加えてきた。

　しかし、筆者はこれまでの「鹿柴」詩の解釈に対して些か疑問を懐いている。この作品を裴迪同詠や王維の「竹里館」詩と関連づけながら読み解くことによって、新たな解釈を提示してみたい。

二、「鹿柴」詩に関する疑問とその解決

　王維は、亡き友人・裴迴の遺児である裴迪と、この輞川荘の景勝を詠った。輞川二十景を選んで、両者が、それぞれ一景につき一首ずつ五言絶句（厳密に言えば、制約のやや緩い古絶）の形式で詠じたのであった。これが『輞川集』である。その中の「鹿柴」詩。

　　　鹿　柴　　　　王　維
　　空山不見人　　　空山　人を見ず
　　但聞人語響　　　但だ人語の響くを聞くのみ
　　返景入深林　　　返景　深林に入り
　　復照青苔上　　　復た照らす　青苔の上

　王維は、鹿柴（鹿囲い）のあたりで、姿の見えぬ人の声がこだまするのを聞き、夕陽が林の中の苔を照らし始めたのを見ている。「人語響」の「響」は音、「返景」の「景」は光である。この詩では、音（人の話し声）は鹿柴の内側の「空山」の奥から響いてくる。一方、夕日の光は鹿柴の外側から内側（「深林」の中）へと射し入る。音と光の交差するところに、作者王維は

立っているわけである。感覚の鋭かったとされる王維の本領が発揮された描写と言えよう。第
4句で残照が青い苔を照らしてこの詩は終わる。

詩人王維は、鹿柴の辺りにまで来たものの、鹿の群れを全く詠っていない。少し不思議な詩
ではないか。どうして、ここが輞川二十景の一つなのであろうか。これが筆者のこの詩に関す
る疑問の発端であった。これ以外にも、この詩に関して未解決な問題はいくつか存在してい
る。そこで、次に「鹿柴」詩に関する（1）〜（5）の疑問点を掲げ、それらの解決を試みた
い。

（1）詩題の「鹿柴」の語義について

「鹿柴」の語義については次のA・B二説がある。それぞれ、主なものを年代順に列挙する。
ところで、注釈書によっては、A・B二説を示すものの、どちらの説が妥当であるか判断を下
さないものがある。これはCとして掲げた。なお、ここに掲げた資料を後で再掲する際には、
出版社名や出版年は記さないこととする。

　A　鹿の侵入を防ぐためのもの

　　篠田城南『唐詩選講義』（岡本書店、1895年）

　　中島敏夫・佐藤保『中国の古典29　唐詩選 下』（学習研究社、1986年）

　　石川忠久『NHK文化セミナー 漢詩をよむ 王維』（日本放送出版協会、1990年）

　　八木章好『心を癒す漢詩の味わい』（講談社プラスα新書、2006年）

　　渡部英喜『唐詩解釈考』（研文社、2005年）

　　宇野直人『NHKカルチャーラジオ　漢詩をよむ　漢詩の来た道（唐代前期）』
　　（日本放送出版協会、2009年）※「一説に」と前置きしてB説も紹介している。

　B　鹿を飼育するためのもの[(2)]

　　都留春雄『中国詩人選集6　王維』（岩波書店、1958年）

　　小川環樹・都留春雄・入谷仙介『王維詩集』（岩波文庫、1972年）

　　松枝茂夫『中国名詩選　中』（岩波書店、1984年）

　　〔韓〕柳晟俊『王維詩研究』（黎明文化事業公司、1987年）

　　高木正一『唐詩選　中』（朝日新聞社、1996年）

　　入谷仙介『風呂で読む王維』（世界思想社、2000年）

　　〔中〕楊文生『王維詩集箋注』（四川人民出版社、2003年）

　　〔中〕陳鉄民『新釈王維詩文集（下）』（三民書局、2009年）

　C　A・B両説を示すも、どちらがよいか判断を下さないもの

　　鈴木豹軒校閲・喜多尾城南述『王維李白詩評釈　王維之部』（彙文堂、1923年）

　　松浦友久編『校注唐詩解釈辞典』（大修館書店、1987年）

中国人の注釈としては、楊文生氏と陳鉄民氏の著作がBにカテゴライズされるのみであるが、これには理由がある。中国の研究家の注釈では、「鹿柴」を「砦（まがき）」「竹籬柵欄（竹で編んだまがき）」というような語釈をつけるのみで、その用途をことさらに示すものは少ない。鹿の侵入を防ぐためのものとする説が見あたらないので、中国の研究家は、鹿の飼育のためのまがきと考えるのが一般的であるようだ。楊文生『王維詩集箋注』では、「生按ずるに、『広韻』に「砦、羊栖宿処」とある。鹿柴は本来鹿を養う処であるようだ」と言い、鹿柴自体を鹿の飼育場の意としているのは注目される。

　では、「鹿柴」とは結局、鹿の侵入を防ぐものであったのか、それとも鹿を飼育する鹿園の囲いであったのか。この問題を解明するには、王維の次の詩が極めて有用であると思われる。

　　戯題輞川別業（戯れに輞川別業に題す）
　　柳条払地不須折　　　柳条　地を払ひて　折るを須ひず
　　松樹梢雲従更長　　　松樹　雲を梢きて　更に長ずるに従す
　　藤花欲闇蔵猱子　　　藤花　闇からんと欲して　猱子を蔵し
　　柏葉初斉養麝香　　　柏葉　初めて斉しくして　麝香を養ふ

　輞川荘に自生したり植栽されたりしている数多くの植物の中から、「柳」「松」「藤」「柏」という四種を選び出して各句の頭に置き、それぞれの「条」「樹」「花」「葉」のさまを描写している。

　前半二句――「柳のえだが伸びて地面を綺麗に払ってくれるので、折るには及ばず、松の樹は雲を突くように伸びていくので、ますます成長していくに任せておく」。後半二句――「藤の花が咲き、葉が繁り始めておぐらくなろうとする時、テナガザルの子がその茂みで隠れんぼをし、柏（ヒノキ）の葉が生え揃い始めた時に、その柔らかい葉をジャコウジカに与えて飼育するのだ」。

　この詩では、輞川荘の柳や松は折り取ったり刈ったりせずに、それぞれの植物の本性のままにしていること、そして、藤の花の茂みは猿の遊び場であり、柏の葉はジャコウジカの餌となっていることが描写される。即ち輞川荘では、植物の本性を矯げないことや、植物と動物との共生が尊重されていたのではないか。そこに王維自身の動植物育成・輞川荘経営に関する考えも見て取れる。よって、この詩の内容は戯れの絵空事ではなく、実際の情況に即していると考えられよう。詩題に「戯」の字が冠せられているのは、輞川荘の植物四種を選んで、各句の頭に据えるという手法を採ったことを云うのであろう。

　話を「鹿柴」詩に戻すと、「戯題輞川別業」詩の結句「柏葉　初めて斉しくして　麝香を養ふ」という描写から、輞川荘内にジャコウジカを飼育する場所があったと知れる。となると、「鹿柴」の語はジャコウジカの飼育場の囲いを示していることになろう。山林の中に鹿園があったわけである。なお、これまでの注釈書で、「鹿柴」詩と関連させて「戯題輞川別業」詩

に言及したものは、管見の及ぶ限りにおいて皆無である。

（２）第二句の「人語の響き」の主は誰の声か

　輞川荘の中にいるのは、王維とその家族や関係者、および小作人とその家族にほぼ限られよう。山の奥深いところにあると思われる鹿園あたりから声がこだましてくるのであれば、それはジャコウジカを飼育する小作人たちの話し声であると考えるのが自然ではないか。では、なぜジャコウジカを飼育しているのか。入谷博士は飼育しているシカを愛玩用と考えている（次の（３）で当該箇所を引用）が、そうではあるまい。小作人たちは、雄のジャコウジカから麝香を採取して、収入を得ていると考えるべきである。シカを飼育している人たちの声がこだまして、王維の耳に届いたのであろう。

（３）「鹿柴」を仏教の聖地「鹿野苑」と関係づけてよいか

　入谷仙介『風呂で読む王維』には次のようにある。

　　　シカを飼うのは愛玩用であろうが、釈迦が悟りを開いて最初に説法し、弟子を獲得した
　　　場所が鹿野苑と呼ばれていることと関係があるかもしれない。

　また、渡部英喜『自然詩人王維の世界』（明治書院、2010 年）の鹿柴の解説に、次のようにある。

　　　「鹿柴」は鹿を飼うための囲いであるとか、野生の鹿の侵入を防ぐための柵という意味
　　　にとられている。裴迪の同詠の「鹿柴」詩の第四句の「但だ麝麕の跡有り」の句を読む限
　　　りでは、野鹿の侵入を防ぐ囲いともとれる。しかし、ここは野鹿とは関わりがなく、「鹿
　　　野苑」を意識しているはずである。鹿野苑とは釈迦が初めて修行者を教化した場所として
　　　知られており、仏教徒にとっては聖地なのである。この詩は仏教からの影響があるとみる
　　　べきではないかと思われる。王維は母の死後、別荘を「鹿苑寺」と名付けたのも、聖地鹿
　　　野苑を意識していたからであろう。

　（１）で論証したように、輞川荘ではジャコウジカを飼育していた。オスのジャコウジカから香嚢を摘出し、そこから採れる分泌液を乾燥すると、極めて高価な香料や薬を作ることができる。小作人の良い収入になったことであろう。この動物性香料を製造するのは、かなりの技術と熟練が必要であり、だからこそ高価であったわけである。よって、特殊技術を身につけた小作人とそれを補助する小作人とが、鹿園で労働していたと考えられよう。現代では、雄の

ジャコウジカを殺さずに麝香を採取する方法があるらしいが、当時は多くの雄のジャコウジカが、香嚢を摘出されて死んでいったのであった。

さて、そのような鹿の殺害現場を、王維が聖地・鹿野苑に擬えるようなことがあり得たであろうか。王維や弟の王縉は仏教の篤信者として知られる。その母崔氏は、「大照禅師に師事してより三十余歳、褐衣蔬食もて、持戒安禅す。山林に住むを楽ひ、寂静を求むるを志す」(王維「請施荘為寺表」)、といった人物であった。王維もその影響を受けて、「食に葷せず、衣に文綵せず」と『新唐書』本伝に記載されるように、蔬菜を食し粗衣を纏う仏教信者であった。そんな王維は、小作人たちがジャコウジカを殺害するのを忌み嫌っていたに違いない。しかし、麝香製造は特殊技術を持っていたごく一部の小作人にとっては多額の収入を得られる仕事であり、王維は養鹿を黙認していたのであろう。或いは年貢として上納される高雅な麝香の香りを楽しむための黙認かもしれない。いずれにせよ王維のこの黙認は、「戯題輞川別業」詩に見られた「折るを須ひず」「更に長きに従す」という考えと通底するように思われる。

ところで、さきほど引用した渡部氏の文中には、「王維は母の死後、別荘を『鹿苑寺』と名付けたのも聖地鹿野苑を意識していたからであろう」とあったが、果たしてそうか。王維が「別荘を『鹿苑寺』と名付けた」と断じる論拠がそこには示されていない。王維が輞川荘を喜捨して寺となったときの寺号は「清源寺」であって、「鹿苑寺」ではない。清源寺となって以後、寺域内での麝香製造は禁じられたであろう。後代になって、以前にも増してジャコウジカが繁殖した清源寺は、自ずと釈迦が説法した鹿野苑と重ね合わせられ、鹿苑寺と俗称されるようになったのではないか。

つまり、輞川荘址が鹿野苑と重ね合されたのは、かなりの時代が経ってのことと考えられよう。王維自身ないしは王維在世中の関係者が、ジャコウジカの殺害が行なわれている輞川荘の鹿園を仏教の聖地・鹿野苑に擬えた、とは到底考えられないと言わざるを得ない。

(4) 結句の「上」の意は「うえ」か「のぼる」か

「復照青苔上」の「上」を「うえ」と解釈するか、それとも動詞の「上る」と解釈するか。これを問題にしているのは、日本の学者だけのように思われる。現代中国の研究家は、「青苔上」の「上」をうえと解釈する傾向にある。試みに中国の著名研究家の解釈を二、三挙げてみたい。なお、カッコ内の日本語訳は拙訳。

劉寧『王維孟浩然詩選評』(上海古籍出版社、2002 年)
夕陽西下，一縷斜陽，穿過深深的密林，重新照在鹿柴的青苔之上。
(夕陽が西へ沈むと、ひとすじの斜陽が奥深く生い茂った林を通りぬけて、再び鹿柴の青い苔の上を照らした。)

図1　明・郭世元筆「摹郭忠恕輞川図巻」（緑墨で採拓された架蔵の清朝拓）に見える鹿柴部分

陶文鵬『王維孟浩然詩選』（三秦出版社、2004年）
看到一束夕阳的斜辉透过密林反射在青苔上。
（ひとすじの夕陽の斜めの光が、生い茂った林を通って青い苔の上に反射するのが見えた。）

陳鉄民『新訳王維詩文集　下』（三民書局、2009年）
诗人看到一束夕阳的斜晖，穿过密林的空隙，射在了林中的青苔上。
（詩人は、ひとすじの夕陽の斜めの光が、生い茂った林のすきまを通りぬけて、林の中の青い苔の上に射し入るのを見た。）

　さて日本では、「上」をうえとする説が大勢を占めているものの、一方で、「上」を動詞と解釈すべきであるという説もある。この説は、今を去ること120余年前の1890年の雑誌にすでに見えていること(4)が確認できた。八木章好氏は、動詞ととる説について「今日ではほとんど採られなくなった説ですが、とても面白い解釈ではあります」（『心を癒す漢詩の味わい』）と評している。しかし、日本における王維研究の第一人者であった入谷仙介博士が、動詞と解釈すべきであると強く主張していたのも事実である。「上」を「のぼる」と動詞として解釈すべきであると主張するのには理由がある。入谷『王維』（筑摩書房、1973年）では次のように言う。

最後の上の字、ふつうは上と読まれている。上の意の時は去声であるが、響は上声の字であり、それに脚韻を合わせるためには、上声でなければならぬ。上声だと上の字は上るという動詞になる。脚韻を合わせるために本来の発音と違った発音をさせる例はよくあり、上声に合わせながら上の意に用いる例もあるが、ここは意味上も夕日が静止的にじっとこけを照らしていると解するよりも、こけの上にはい上ってくるその瞬間をとらえたものと、動的に解したほうが面白い。

入谷博士はまた、『風呂で読む王維』では、次のように解説する。

　　返景、照り返す夕陽の光線は深い林の中にさし入り、またもやミドリのコケの上をちろちろと這い上る。上の字、ふつうはウエと訓じるが、ここは太陽の沈むに連れて、刻々と延びていく光線がコケの上を這い上っていく動きを捉えた、作者苦心の表現である。

ところで、渡部氏は『唐詩解釈考』（研文社、2005 年）で、輞川の実地調査を基にして、新しい訓読を提示した。

　　後半の四句目は「復た照らす青苔の上」と読むよりも「復た照らして青苔に上る」と読んだ方が輞川の地形を見事に捉えているような気がする。……（中略）……「復」字は軽い意味での「そして」というように解釈するのではなく、「ふたたび」という本来の意味で用いなければならないのである。輞川の地形を考えた場合は、「太陽の光が再び青苔を照らし出している」というように解釈しなければならないのである。

　そして渡部氏は、服部南郭『唐詩選国字解』の「今朝も照らしたが、復た青苔の上を照らして、面白い」という解説の「今朝も照らした」という部分について、「輞川の地形を考えた場合、それが見事に合致する」としている。明治以来、「上」を動詞と解する諸家は、「復た青苔を照らして上る」と訓読してきたが、渡部氏は「復た照らして青苔に上る」という新しい訓読を提示したのであった。ただ、この訓読にはやや問題があろう。「照（てらす）」は他動詞であって自動詞ではない。よって「照」という他動詞には、目的語（即ち、照らす対象）が必要なのであるが、「復た照らして青苔に上る」では目的語が不明瞭となるからである。
　渡部氏はまた言う。

　　鹿柴といわれる地形は周囲の山並みより一段と高い。その上、台地であるので太陽の光は一日中あたっているのである。つまり、太陽が西に傾けば光が返って東側を照らすのである。「返景」は的を射た表現である。
　　また、「夕陽」という詩語を用いず、わざわざ「返景」という詩語を使っているのは結

句の「復」字との関係からである。

　渡部氏は「鹿柴といわれる地形は…」と説明している。問題は、王維が詠じた鹿柴の位置
は、千二百年以上後の現在、特定できているのであろうか、ということである。当地の研究家
の現地調査による推測や土地の人々の伝承が果たしてどれだけ正確なものと言えるのであろう
か[5]。
　すでに諸家が指摘しているように、「鹿柴」詩の「返景入深林、復照青苔上」は、梁の劉孝
綽「侍宴集賢堂応令」詩の「反景入池林、余光映泉石」を踏まえているとされる。また、小林
太市郎・原田憲雄『漢詩大系10　王維』（集英社、1964年）では、典故として宋之問「温泉荘
病臥答楊七炯」詩の「是日濛雨晴、返景入巌谷」をも挙げている。王維はどちらの詩句も脳裏
に浮かんでいたであろう。それらの詩句を踏まえて「返景入深林、復照青苔上」と詠じたと考
えるのが穏当であろう。「返景」の語を「復」の字との関係から用いていると考えなくてもよ
いのではないか。また渡部氏が言うように、鹿柴を太陽の光が一日中照らしているのであれ
ば、朝夕のみならず、昼でも苔の一部は葉越しに光が当たる時もあろう。となれば、ことさら
に「復（ふたたび）」と言わなくてもよいのではないか。
　ところで、入谷氏はさきに引用したように「こけの上にはい上ってくるその瞬間をとらえ
た」とするが、這い上っていくのは瞬間とは言えないのではなかろうか。数分で数メートル這
い上ってくるとは考えられない。となると、王維は十分も二十分もじっと苔を見続けていたの
か。やはり、夕日の光が深い林の葉ごしに射し入って青い苔を照らした、それこそ、その瞬間
を描写していると考える方が自然なのではあるまいか。
　韻字に着目すると、この詩の第二句末に「響」という上声の韻字があるので、第四句末の
「上」も上声となる。しかし、音韻的には上声であっても、意味は「うえ」の意味になること
は珍しくない。前野直彬『唐詩選（中）』（岩波文庫、2000年）では「上声だから『のぼる』意に
なるとは、必ずしも限定されない」とする。また、松浦友久編『唐詩解釈事典』にも、「鹿柴」
詩の項の「上」の語釈で「詩では韻をあわせるために音をかえて読むこともしばしばあるの
で、必ずしも「のぼる」の義に限らなくともよかろう」（田口暢穂執筆）とある。結局、「のぼ
る」と動詞に解釈すると動きが出るかのように思われるのだが、夕日が苔の上を這い上ってい
くスピードはかなり遅い。やはり、この「上」は苔のうえとするのが妥当ではなかろうか。
　なお「復」の字を「そして」と解釈すべきか、それとも「ふたたび」と解釈すべきかについ
ては、本稿の終わりで「鹿柴」詩と「竹里館」詩との関連性を考察しながら、論じることにし
たい。

（5）この詩の後半部分は、単に夕日が苔を照らした美しさを詠じたものなのか

　鹿柴詩の後半部分については、先行諸論では夕日が苔を照らした美しさを詠じたものと捉え

る傾向にあるようだ。またそのような美しさを描写することにより、山中の趣きや一瞬の美を表現しているとする。次に、先行研究から後半部分を批評・解説したものを列挙してみたい。

　　遠くより大気を伝わり来る音の響、それを深く織り貫く斜陽の反映の光によって、これは山中幽深の趣をよく現わし得ている。

（小林太市郎『王維の生涯と芸術』、全国書房、1944 年）

　　結句の夕陽に輝く苔の色の美しいことが、印象的に詠ぜられている。自然の静寂、夕陽の美しさなど、人間の喜怒哀楽の世界を離れた美を捉えて、絵のように描き出している詩である。詩画一致の境地である。

（星川清孝『新訂　歴代中国詩精講』、学燈社、1975 年）

　　木のまごしにさしこむ淡い夕日の光が、青い苔の上を照らしだすというところ、静寂の中にも、画のような花やかさがあり、詩画一如の境ともいうべき美しさをもって、一首を凝集的に結んでいる。なおまた、その美しさが瞬間的なものであるだけに、印象はいよいよ鮮やかである。

（高木正一『唐詩選　中』、朝日選書、1996 年）

　　森に射し入る夕日の光と、照らし出される苔の緑。日没直前の一瞬のはなやぎをとらえた着眼と、黄金色と緑色を対置する色感がすばらしい。

（宇野直人『NHK カルチャーラジオ　漢詩をよむ　漢詩の来た道（唐代前期）』、2009 年）

　小林氏が「山中幽深の趣をよく現わし得ている」とする以外、他の研究家は斉しく夕陽の光が照らす苔の美に注目している。いずれも、王維ならではの絵画的な美を評価していると考えられよう。

　ところで、澤崎久和「王維詩『青苔考』」（『国語国文学　30』福井大学国語学会、1991 年）では、横山伊勢雄氏の「青苔」を「無価値なものに対する価値の発見」とする独創的とも言える見解を紹介している。澤崎氏はその論文で、六朝・唐代における「青苔」の語のイメージの変遷を追いつつ、王維「鹿柴」詩での「青苔」の意味を検討された。そして、様々な検討を経て、横山氏の「『青苔』を本来無価値なものとする解釈は、六朝以来の用例に照らしても、王維の作品中の用例に照らしても、無理があると言わねばならない」とする。さらに、「宋之問の『青苔』が『俗物』と対比される点になお観念臭が感じられるのに対して、王維のそれは、『青苔』によって何ものかを説くことから、『返景』を受ける『青苔』そのものに感動の焦点を移している点にあるであろう」と結論している。

　以上、澤崎氏を含め、諸家の言説を見るに、やはり、「夕陽の光が照らす苔の美」に感動し

た王維が「鹿柴」詩を作ったという解釈が大勢を占めていると言って過言ではなかろう。そのような美について、筆者内田も異論はない。ただ、筆者が疑念を懐いているのは、この詩の「感動の中心は苔の美だけなのであろうか」ということである。この問題について、王維の詩と裴迪の同詠とを照らし合わせながら考察していきたい。

```
    鹿柴              裴　迪
 日夕見寒山      日夕　寒山を見る
 便為独往客      便ち独往の客と為る
 不知松林事      知らず　松林の事
 但有麕麚跡      但だ麕麚の跡有るのみ
```

　裴迪の同詠には注目すべき描写がある。即ち「知らず　松林の事、但だ麕麚の跡有るのみ」の二句である。王維の言う「深林」が松林であることが、同詠の転句から判明する。さらに、空山（裴迪の言う「寒山」）の松林の奥にある鹿園がジャコウジカの飼育場であることから考えると、この二句の意は次のように解することができよう——「鹿柴の内側に立ち入ることはないので、松林の中の様子は窺い知れない。鹿囲いのあたりには、鹿の足跡があるばかりだ」。

　では、「麕麚の跡」即ち鹿の足跡はどこにあるのか。先行研究ではこの鹿の足跡の場所を特定したものはないようである。按ずるに、それは王維の詩に云う「青苔の上」にあると考えるのが自然ではないか。鹿は苔を食べるという。時に、鹿柴近くの松の下の苔を食べに来ることがあったのだろう。柔らかい苔の上に、鹿の足跡が残るわけである。しかし、王維と裴迪が鹿柴にたどりついた時は、松林はすでにおぐらく、苔の上の足跡には気が付くことがなかった。ところが、夕日の光が薄暗い松林の地面の苔を照らした瞬間、鹿の足跡がはっきりと現れ出たに違いない。その一瞬の変化、それを目撃した驚きは、詩に詠じるにふさわしいものである。夕陽が這い上っていくひとしきりの時間の変化ではなく、王維は、一瞬の変化、瞬間的な驚きを詠じたものと思われる。

　王維は足跡が見えた瞬間、鹿柴の内側の存在（ジャコウジカ）をしっかりと認識し、「人語の響き」の主が、鹿の飼育人だったのだと合点したことであろう。感覚的には、苔のやわらかな感触を眼で味わったであろうし、足跡を見ることで、瞬時に、過去の聴覚（鹿の声）や過去の嗅覚（麝香の香り）が呼びさまされたかもしれない。とするならば、この地点は、聴覚・視覚・触覚・嗅覚を刺激し、その感覚が交流し融合する場所であったとも言えよう。このような特殊な空間だからこそ、王維はこの鹿囲いを輞川二十景の一つとして選んだのではないか。[6]

　王維の「鹿柴」詩は、その詩だけでも完結した詩として充分楽しめる。だからこそ、従来、この詩は苔に夕日が当たっている美しさを詠んだ作品として評価されてきたものと思われる。しかし、王維の意図は他にあったと言わざるを得ない。王維の詩意を悟るためのヒントは、裴迪の同詠にあったのである。王維が鹿を詠まず、鹿囲いの辺りを詠んだ理由、そして鹿柴を輞

川二十景の一つに選んだ理由。この二つの理由が、同詠をあわせて読むことによって解るという仕掛けが隠されていると思われる。

　古代中国において筆写された「輞川集」(その一例として図2の詩巻を掲げる)や刊刻された『王維集』の中の「輞川集」部分を見ると、各景ごとに王維の詩と裴迪の同詠とが並べられている。両者がそれぞれ同じ景勝を詠じた詩を一対のように鑑賞することによって、初めて含意を理解できるようになっているのではないか。

図2　明・関世運筆「輞川詩巻」(架蔵)の「鹿柴」詩部分

三、王維の「鹿柴」詩と「竹里館」詩との関連性について

　これまで、「鹿柴」詩に関する五つの疑問に関して、その解決をめざして考察を加えてきた。しかし、拙論の読者の中には、筆者の考察や論証に少なからず疑念を懐く向きもおられよう。そのような読者の疑念を払拭すべく、次に王維の「鹿柴」詩と「竹里館」詩の関連性について明らかにしたい。この関連性をふまえて、読者各位がこれまでの筆者の考察や論証について再考されて、思い半ばに過ぎるものがある、と合点されんことを期するものである。

　ここで、再び王維の「鹿柴」「竹里館」二首を掲げ、さらに裴迪の同詠二首も掲げる。

　　　鹿柴　　　　王　維
　空山不見人　　空山　人を見ず
　但聞人語響　　但だ人語の響くを聞くのみ
　返景入深林　　返景　深林に入り
　復照青苔上　　復た照らす　青苔の上

　　　竹里館　　　王　維
　独坐幽篁裏　　独り坐す　幽篁の裏
　弾琴復長嘯　　琴を弾じて　復た長嘯す
　深林人不知　　深林　人知らず
　明月来相照　　明月来りて　相ひ照らす

67

鹿柴	裴　迪
日夕見寒山	日夕　寒山を見る
便為独往客	便ち独往の客と為る
不知松林事	知らず　松林の事
但有麋麑跡	但だ麋麑の跡有るのみ

竹里館	裴　迪
来過竹里館	来りて竹里館に過（よぎ）り
日与道相親	日びに道と相ひ親しむ
出入惟山鳥	出入するは　惟だ山鳥のみ
幽深無世人	幽深　世人無し

　王維の二首の詩には、共通して用いられる文字や詩語が多い。即ち、名詞の「人」と「深林」、否定詞の「不」、副詞の「復」、動詞の「照」である。

　まず「人」であるが、いずれも否定詞「不」を伴う動詞によって描写される。即ち「鹿柴」詩の「不見人」と「竹里館」詩の「人不知」である。「鹿柴」詩では、人は「空山」の中（厳密に言えば「空山」の中の鹿園）に居るジャコウジカの飼育人と考えられるが、竹里館詩では「人」は「竹里館」の外に居る「俗人」を指す。「鹿柴」詩の「空山　人を見ず」は、「ひっそりとした山には人影が見えない」という意味であろう。一方、「竹里館」詩の「深林　人知らず」は、「奥深い竹林の中で私が弾琴長嘯しているのを誰も知らない」という意味であろう。裴迪同詠の前半に「来りて竹里館に過り、日びに道と相ひ親しむ」とあるので、王維の「弾琴」「長嘯」は道教的なもの、即ち養生法や修行という意味あいがあると考えられよう。「奥深い竹林の中で私が弾琴長嘯しているのを誰も知らない」ので、結果的に竹里館を訪れる部外者（俗人）はやって来ないのである。だから、裴迪同詠の結句も「幽深　世人無し（奥深い竹里館には世俗の人々はやってこない）」と詠じているわけであろう。王維にとって、竹里館での弾琴長嘯を世人が知らないことは好都合なことである。となると、鹿柴のある空山に人影が見えないことも王維にとってよいことではないか。前述したように、空山の中の鹿園にはジャコウジカが飼育されて麝香が採取されていたわけである。鹿の飼育人の様子など王維は見るつもりもなかったに違いない。裴迪も王維の心を理解して「寒山を見る（ひっそりした山を目にした）」のだが、「知らず　松林の事（松林の中の様子はわからない）」と詠じているのではないか。

　次に「深林」。「鹿柴」詩の「深林」は松林で、「竹里館」の「深林」は竹林という違いはあるものの、いずれも奥深い林が舞台である。外部の人間はその林の中の様子を窺うことはできない。松林の奥の鹿園に居る主体は、時おり鹿囲いの辺りまで苔を食べに来る鹿であり、竹林の中にいるのは、弾琴長嘯する作者王維その人である。ここで重要なのは次の点であろう。王維は「深林」の中には入って行かない。少なくとも詩中ではその行動が表現されていない。一

方の「竹里館」では、俗人は「深林」の中に入って来ないという設定がなされている、という対比的な点である。鹿柴の中の鹿園にいる人の作業（麝香の採取）も竹里館の中での王維の修道（弾琴長嘯）も、外部の人間を寄せつけない隔絶された環境で、密かに行われていたと言えよう。まさに秘事である。

　次に副詞の「復」。「返景入深林、復照青苔上」と「弾琴復長嘯」にそれぞれ「復」の字が見える。「入―復―照」と「弾琴―復―長嘯」というように、いずれも「復」の字は二つの動詞を繋げる作用がある。「弾琴復長嘯」の「復」は「ふたたび」とは解釈できまい。「復照青苔上」の「復」も「弾琴復長嘯」の「復」と同様に、「そして」ぐらいの軽い意味に用いていると考えるのが穏当ではないか。

　最後に動詞の「照」。「鹿柴」では夕日が苔の上のシカの足跡を照らし出すのに対して、「竹里館」では明月が主維自身を照らすことを詠じている。いずれも詩の終わりで、光が、林の中に住む存在（ないしはその存在を証すもの）を照らすわけである。鹿柴の内側の鹿園の主（ぬし）は、飼育人ではなく鹿であり、竹里館の主（あるじ）は王維である。光（返景・明月）は、それぞれの場所の主（ぬし・あるじ）を明確に指摘するのである。

　これまで見てきたように、この王維の二首は共通して用いられている語が極めて多い。七言律詩や長い古詩ならば、五つの語が偶然共通して用いられる可能性もあろう。しかし、この二首はいずれも五言絶句二十文字である。決して単なる偶然ではない。[(7)]

　共通するのは詩語だけではない。環境設定がともに深林で、その外部と内部ははっきりと隔絶されており、内部の営みは外部者には秘められているという共通点がある。そして、詩のクライマックスでは、二首ともに、光が深林の中に潜む「あるじの存在」ないしは「あるじの存在を証すもの」を鮮やかに照らし出すという刺激的な構成がなされている。この二首の詩は、極めて意図的にそのように創作されているのだと考えるべきであろう。

　次に、二首の共通点と相違点を図表化し、明確にしておきたい。

	鹿　柴	竹　里　館
時	夕　方	夜
王維のいる場所	鹿柴の辺り（松林の外）	竹里館（竹林の中）
内部での秘事	麝香の採取	修道（弾琴長嘯）
音と光の交錯	人語と夕陽の交錯	琴・長嘯の音声と月光の交錯
人の動き	王維は松林に入って行かない	俗人は竹林の中に入ってこない
光の動き	夕陽が深林にさし入る	明月が竹里館にやって来る
光が照らしだす対象	青苔の上の鹿の足跡	弾琴長嘯する作者王維の姿

四、結語

　王維の「鹿柴」詩に関する疑問を解決しながら、新しい解釈を提示してみた。「戯題輞川別

業（戯れに輞川別業に題す）」の詩の存在によって、輞川荘でジャコウジカを飼育していたことが判明した。これにより、「鹿柴」詩の鹿柴は鹿を飼育するための柵であると考えてよいと思われる。さらに、鹿柴を鹿野苑に擬えるという説も成り立ちがたくなったと思われる。ジャコウジカは愛玩用ではなく、雄のジャコウジカの香嚢を切除して麝香を採取するために飼育していたと考えられるからである。鹿柴の奥（空山にある鹿園）は、雄のジャコウジカが香嚢を切除され殺害される場であった。それゆえに、王維は松林の中には入っていくことはなく、ジャコウジカ自体を描写しなかったものと考えられる。「復照青苔上」は、夕陽が苔をゆっくり這い登っていくのをじっと気長に眺めているというよりも、夕陽がパッと苔を照らした瞬間の感動を詠じたものと考えるのが自然であろう。そして裴迪同詠に「但だ麛麚の跡有り」の句があることから、夕陽が照らし出したのは、苔の上に残るジャコウジカの足跡だと解釈するのが妥当ではないか。

　王維の「鹿柴」詩と「竹里館」詩の関連性（共通する詩語が多く使われていることと、設定や構成が近似していること）を考慮すると、拙論における疑問の解決はある程度当を得たものではないか、と筆者は考えている。

【注】

(1)　入谷仙介『王維研究』（創文社、1976年）では、裴迪を『新唐書』宰相世系表の洗馬裴氏に属する裴回の長男とする。伊藤正文『中国の詩人⑤　審美詩人　王維』（集英社、1983年）も入谷説を紹介し、支持している。筆者内田もこの説に従う。

(2)　鹿柴を「鹿の柵」「鹿を飼っておく柵」としながらも、鹿を実際に飼っていたかは不明であるとするものもある。前野直彬・石川忠久『漢詩の解釈と鑑賞事典』（旺文社、1979年）、植木久行『唐詩の風土』（研文出版、1983年）など。

(3)　「清源寺」の寺号とて王維の命名によるものではなかろう。自分が国家に喜捨した土地に建てられた寺（別荘の中で最も大きな建物が寺に転用された可能性もあろう）に、自ら寺号を付けるというのは不遜極まりない行為である。
　　該寺の寺号は中唐以降も「清源寺」であったようだ。大暦の十才子の一人である耿湋には「題清源寺王右丞宅陳跡」という題の詩があり、白居易には「宿清源寺」詩がある。晩唐では、張彦遠の『歴代名画記』巻十に、「王維字摩詰……清源寺壁上画輞川。筆力雄壮」とある。宋代になって、宋敏求『長安志』巻十六に、「清源寺在県南輞谷内。唐王維母奉仏……」と見える。『明一統志』にも清源寺と見え、『清一統志』に至って「清源寺」の項に、「即今鹿苑寺。在県南三十里、有王右丞祠」というように「鹿苑寺」の名が見える。推測するに、王維が輞川荘を喜捨してのち清源寺となったが、長い間その寺号は存続され、清代に至って鹿苑寺となったということではないか。しかし、それより少し以前から土地の人間が「鹿苑寺」と俗称していた可能性は考えられる。

(4)　『文芸評論　志がらみ草紙』第10号（新声社、1890年）に、思山楼主人の筆名で掲載されている「詩話二則」に次のようにある。
　　　　王摩詰が空山不見人。但聞人語響。返景入深林。復照青苔上。の詩高妙閑淡思議すべからざる処あり然るに邦人結句の上の字を「ウヘ」と訓する者多し是れ詩を解せざる者なり響の字上声なれば上の字も亦上声にて読まざるべからず因て「ノボル」と訓すべし「ウヘ」と訓する時は去声となるなり且つ帰禽西に飛び夕陽林裏を照らす時此詩を再三吟誦して実際と比較せば大に其興味を発見すべし

（5）輞川二十景の各地点が現在の輞川のどこに該当するかの考証については、藍田県文物管理所主任であった樊維岳氏の「王維輞川別墅今昔」（『王維研究　第一輯』、中国工人出版社、1992年）が有名である。同氏や同氏に追随する人々が論拠としているものは、地方志及び拙稿図1に掲げた輞川図拓本などである。

しかし、美術史家・古原宏伸氏の「王維画とその伝承作品」では、輞川図の「現行本の原型は、王維の創建当時の輞川山荘とは絶縁された時期の産物であること、唐代資料の長い断絶の後、再び世に現われた輞川図は、唐代の原本とは相違する、新しい意匠の部分をもとに作られていた」（『文人画粋編　第一巻』（中央公論社、1975年）とする（傍点内田、以下同様）。また、曽布川寛氏の「"王維"輞川図巻と風水論」（『季刊　南画』第2号、日貿出版社、1983年）では、郭忠恕の「輞川図」を「五代北宋初期に活躍した郭忠恕の創作」と断じている。とするならば、現存する「輞川図」や石刻本「輞川図」は、輞川二十景の同定の根拠にはならないということになろう。

近年、輞川の実地調査を実施した簡錦松氏も、「現地研究下之〈輞川図〉、《輞川集》与輞川王維別業伝説新論」（『台大文史哲学報』第77期、2012年）において、宋金元の輞川図の作者は輞川の現地体験が無く、彼らの輞川の概念は王維の詩文を読んで得たものであると結論している。

（6）王維は感覚の鋭敏な人であり、詩中に光と音が交錯する極めて感覚的世界が詠じられることがある。そこには、視覚・聴覚・触覚・冷覚・嗅覚などの多彩な感覚の交流や融合が認められよう。王維が共感覚者であったと断ずるつもりはないが、そのクオリアが常人とはいささか異なっていた可能性を考えてもよいのではないか。拙論「王維のクオリアを探る――「輞川集」にみる〈光と音の交錯する世界〉」（静永健・川平敏文編『東アジアの短詩形文学』、勉誠出版、2012年）を参照されたい。

（7）裴迪の同詠においても同様のことが言える。同詠であるから王維の本詩を下敷きにするのは当然であるが、裴迪の「鹿柴」詩同詠においても、王維の「竹里館」詩と共通した語（「不知」「林」「但」）が見られるのは注目すべき点であろう。このことは、「鹿柴」詩と「竹里館」詩の両詩を関連させて創作するという構想が、王維と裴迪の両者の間で共有されていた証左となろう。

■追記

筆者は、注（6）で言及したように、「王維のクオリアを探る――『輞川集』にみる〈光と音の交差する世界〉」という論考をものしたことがあった。そこでは、〈クオリア〉〈感覚質〉という視点で王維の「鹿柴」詩と「竹里館」詩を捉えて新たな解釈を試みた。ただ、紙幅の都合に加え、一般の読者をも視野に入れて執筆したものであったので、新解釈については、充分な論証を尽くすことができたとは言えなかった。そこで、今回は「鹿柴」詩に限定し、「竹里館」との関連性に言及しつつ、先行研究の引用と新たな論証を加えて新解釈を提示した。

王維『輞川集』に対する顧起経の注釈について

紺野 達也

一、はじめに

　盛唐の王維は自らの別荘である輞川荘の景勝地（〝遊止〟）20箇所を友人の裴迪と五言絶句でそれぞれ詠じた。その40首を集めた『輞川集』は、現在、王維（および裴迪）の代表作とされている。

　しかし、『輞川集』をめぐっては、なお議論すべき問題があるように思われる。その一つが『輞川集』と仏教を関連させる言説がいつ、どのように生まれ、展開したかという、文学批評史的課題だろう。

　『輞川集』を含む王維詩の受容については、近年、研究が大きく進展している。特に、袁暁薇氏は王維の詩学史上の地位や〝詩仏〟という言説の生成と展開を論じるなかで、明代の詩論家が「王維の詩の禅意」をかなり精微に明らかにしたこと、また明代中後期以降、『輞川集』についてその「禅意」がより精緻にかつ豊かに解読されるようになり、王維の詩歌の藝術的特徴に対する認識もさらに深まったことをいう。[1]ただ、袁氏が引用する明清期の言説は『輞川集』に限定したものではない。つまり、袁氏は『輞川集』に対する言説とその他の詩に対するそれとをあまり区別していないように思われる。しかし、それらの間に本当に差異はないのだろうか。そもそも『輞川集』には楚辞や道教の影響を受けた作品も存在する。[2]したがって、その鑑賞は、仏寺への訪問や僧侶・居士との交流が題材となっている他の王維の詩に対するそれと異なっているのではないだろうか。少なくとも、『輞川集』への言説とそれ以外の作品に対する言説を区別せずに議論することには慎重であるべきだろう。

　筆者はこういった問題意識のもと、『輞川集』に関する言説に焦点を絞って論じてきた。仏教、特に禅との関わりでは、宋末元初の文学批評家である劉辰翁が『輞川集』中の一首である「辛夷塢」詩に与えた「其意亦欲不着一字、漸可語禪」（其の意も亦た一字を着せざらんと欲するも、漸く禅を語るべし）という評について既に考察している。[3]本稿はそれを承けて明の顧起経が『輞川集』に与えた注釈を中心に、元から明中期における『輞川集』に関する言説、特に『輞川集』と仏教・禅を関連させる言説がいかなるものであったかを考えてみたい。

二、顧起経『類箋唐王右丞詩集』とその特徴

　顧起経（1515—1569）は字を長済、また元緯といい、無錫の人である。彼が刊刻した『類箋唐王右丞集』は嘉慶三十五年（1556）刊、詩集十巻（以下、詩集に関して『類箋』と略する）、文集四巻からなり、外編・年譜・唐諸家同詠集・贈題集・歴朝諸家評王右丞詩画鈔等が附録される。『類箋』には劉辰翁の評が採録されるとともに、王維の詩集にとって最初となる注釈が施されている。この『類箋』について、入谷仙介氏は「蕪雑に流れる弊はあるけれども、きわめて詳密で、人名、地名の考証に注意し、……最初の注にふさわしい力作である」と比較的高く評価している。

　その詳密さは仏典等の引用にも充分発揮されている。次に示すのは注釈に仏典等が引用された詩の一覧である。

　　苦熱・偶然作〈其四〉・贈張五弟諲三首〈其一〉・同〈其三〉・胡居士臥病遺米因贈・与胡居士皆病寄此詩兼示学人二首〈其一〉・同〈其二〉（以上、［巻一　五言古詩］）
　　留別山中温古上人兄并示舎弟縉・飯覆釜山僧・燕子龕禅師・謁璿上人〈其一〉・同〈其二〉・酬黎居士浙川作・酬諸公見過（以上、［巻二　五言古詩］）
　　送友人帰山歌二首〈其二〉・贈呉官・同比部楊員外十五夜遊有懐静者季（以上、［巻三　七言古詩］）
　　春日上方即事・黎拾遺昕裴迪見過秋夜対雨作・過福禅師蘭若・夏日過青龍寺謁曹禅師・過香積寺・登辨覚寺・遊李山人所居因題屋壁（以上、［巻四　五言律詩］）
　　同崔興宗送瑗公（以上、［巻五　五言律詩］）
　　奉和聖製十五夜燃灯継以酺宴・山中示弟（以上、［巻六　五言排律］）
　　和宋中丞夏日遊福賢観天長寺即陳左相宅所施之作・過盧員外宅看飯僧共題七韻・与蘇盧二員外期遊方丈寺而蘇不至因有是作・投道一師蘭若宿・青龍寺曇壁上人兄院集〈其一〉・同〈其二〉・遊化感寺・遊悟真寺・送秘書晁監還日本国・清如玉壷氷・過沈居士山居哭之（以上、［巻七　五言排律］）
　　苑舎人能書梵字兼達梵音皆曲尽其妙戲為之贈・重酬苑郎中・積雨輞川荘作・輞川別業・過乗如禅師蕭居士嵩丘蘭若（以上、［巻八　七言律詩］）
　　山中寄諸弟妹（以上、［巻九　五言絶句］。［巻十　七言絶句］はなし）

　このように44首の注釈に仏典等が見える。その数は370首前後ある王維の詩の約12パーセントに達する。王維は盛唐期を代表する宮廷詩人でもあり、仏教との関連やその影響をほとんど見出せない作品も多い。そのなかで、12パーセントの詩に仏典等を注釈として引用するということは決して少なくない数だと思われる。

『類箋』が引用する仏典や仏教に関する資料も多い。以下に列挙しよう。

　　弥陀経・涅槃経・大宝積経・普曜経・法華経・伝灯録・宝積経・禅法要解経・首楞厳経・維摩経・高僧伝・阿含経・百法論・（王巾）頭陀寺碑文・楞厳経・瓔珞経・圓覚経・楞伽経・文殊師利問経・修成録・要覧・涅槃・無尽意経・摩詰経・如来蔵経・華厳経・薩婆娑経・維摩詰経・楞厳経疏・楞厳経注・同覚要覧・宝雲経・十二頭陀経・大灌頂神呪経・釈氏要覧・雑宝積経・（梁宝誌）十二時頌・（大唐）西域記・謝霊運（維摩経十譬）賛・金剛経注・長阿含経・五灯会元・通塞志・仏祖統記・無量清浄覚経・仏遺教経・金剛経・雑宝蔵経・首楞厳経義海・摩訶般若経・釈氏通鑑・高僧伝論・蓮華面経・婆娑論・続高僧伝・般若経・善住意天子所問経・釈迦譜・金剛明経・三世志・智度論・決定経・徐陵（齊国宋司徒寺）碑・阿育王伝・首楞厳三昧経・坐禅儀・仏説太子刷護経・三昧経・梁元帝（帰来寺）碑・起信論・達磨伝・温子昇（寒陵山）寺碑・宝雨経・海龍王経・増輝記・章服儀・誌公伝・廬山法師影堂碑・普広経・雑辟喩経・僧肇論・法苑珠林・楞伽経注・因果経・毗曇論・家教典志・会要志・経音・翻訳名義・大蔵一覧・権徳興碑敘［洪州開元寺石門道一禅師塔碑銘并序］・華厳経注・増壹阿含経・釈典記・白馬寺記・蓮華経・羯磨経・唐高僧伝・三宝感通録・釈氏鑑・阿毗曇経・起世経・未曽有因縁経・尊勝経・稽古要録[7]

このなかには名称こそ異なるものの、実際には同一の経典と思われるものが存在しており、さらには類書等に引用されたものも含まれていると考えられる。したがって顧起経が実際に目にした仏典等の数はこれよりは少ないと見られる。しかし、顧起経が王維詩の注釈にあたって仏典等を広範囲に参照し、それを注釈に活用していったことは確かだろう。特に顧起経が仏経だけでなく、『伝灯録』や『五灯会元』などの禅籍を参照したことは注目される。なぜならば、それは宋代以降、王維詩と禅との関係を示す言説が増加していったことの反映でもあると考えられるからである。[8]

『類箋唐王右丞集』の冒頭に置かれる顧起経自身の「題王右丞詩箋小引」にも、

　　其爲詩也、上薄騒雅、下括漢魏、博綜群籍、漁獵百氏、於史子蒼雅緯候鈐決内學外家之説、苞并總統、無所不闌、郵長於佛理、故其摛藻奇逸、措思沖曠、馳邁前渠、雄視名儁（其の詩を為るや、上は騒雅に薄り、下は漢魏を括り、群籍を博綜し、百氏を漁猟し、史・子・蒼・雅・緯候・鈐決・内学・外家の説に於いて、苞并總統して、闌わざる所無く、郵れて仏理に長じ、故に其の摛藻は奇逸、措思は沖曠にして、前渠を馳邁し、名儁を雄視す）。

とある。つまり、顧起経は王維が詩作にあたって仏典（〝内学〟）を含む文献を博捜し、そして彼が仏教の教理を深く知るが故に、その詩は優れた表現と淡泊な抒情を得たとしている。これこそ、顧起経の王維の詩に対する基本的な理解である。そして、彼はそれを単なる印象批評で

はなく、注釈の形で実証しようとした。そのため、その成果である『類箋』において多くの詩に注釈として大量の仏典等が引用されることとなったと考えてよいだろう。

三、『類箋』の『輞川集』注

『輞川集』は『類箋』巻九「五言絶句」に配置される。しかし、前章で確認したように、顧起経は——他の詩には仏典を注釈として引用するにもかかわらず——『輞川集』に対する注釈に仏典や禅籍を一点も引用していない。これは何を意味するのだろうか。

まず、確認しておく必要があるのは、『類箋』が引用する沈約「鍾山詩応西陽王教」・陰鏗「開善寺詩」・韋応物「宿永陽寄璨律師」の三首そのものは仏教と関わる作品であるということである。以下、『類箋』がこれらの詩を引用した理由について検討してみたい。

沈約の詩は宋の西陽王劉子尚に従って建康東郊の鍾山に遊んだ時の作で、後半では仏道の修行も詠われている。しかし、『類箋』が沈詩の第五句「翠鳳翔淮海」という前半部の一句を引用し、さらに沈詩の前に『史記』巻八十七に見える李斯の上書を引くことから判断すれば、顧起経は単に王維「金屑泉」詩の「翠鳳」が玉帝に赴く際に用いる旗であることを示そうとし、その用例として沈詩を引用しているように思われる。この「金屑泉」詩は『輞川集』のなかでも最も道教的、神仙的色彩の濃い作品であり、顧起経が「金屑泉」詩と仏教、特に禅との関係を明らかにしようとして沈約詩を注釈に引用したと言うことは難しい。

陰鏗「開善寺詩」は鍾山にあった開禅寺を詠ったものである。『類箋』は「文杏館」の「不知棟裏雲、去作人間雨」（知らず棟裏の雲の、去りて人間の雨と作るを）の注釈として陰詩の「棟裏歸雲白」を載せる。『類箋』は同時に郭璞の「遊仙詩其二」の「雲生梁棟間」も引用しており、顧起経は「文杏館」詩に描かれた文杏館を宗教的に清浄な場であるとみなしていたことが窺えるものの、それを仏教に特定することはできない。

韋応物「宿永陽寄璨律師」は「（遙知郡齋夜、凍雪封松竹。）時有山僧來（、懸燈獨自宿）」（遥かに知る郡斎の夜、凍雪松竹を封ず。時に山僧有りて来る、灯を懸けて独り自ら宿る）という。つまり、韋応物はしばしば彼が詩を送った〝山僧〟の璨律師の来訪を想像する。王維の「宮槐陌」詩には「應門但迎掃、畏有山僧來」（応門但だ迎掃せよ、山僧有りて来るを畏る）とあり、顧起経が「蓋倣此」というように、確かに〝山僧〟の来訪という点で両者は共通する。そして、それは顧起経が山僧の来訪する場（ここでは輞川荘と郡斎）は脱俗の地であると考えていたことを示している。ただし、韋詩を引用したことによって、顧起経がこの韋詩、さらには王維「宮槐陌」詩を仏教的であると認めたことにはならない。

このように3首の詩の引用を検討すると、それを顧起経が『輞川集』に仏教的境地や禅意などを特に見出した結果だとするのは困難ではなかろうか。

それでは『類箋』が「辛夷塢」詩で採録する「漸く禅を語るべし」という劉辰翁の評語はど

76

のように考えるべきだろうか。そもそも『類箋』は劉辰翁の評語を全て採録している。そのため、顧起経が劉氏の評を知っていたのは事実であるが、それに賛同していたということを示しているわけではない。したがって、やはり顧起経は『輞川集』に仏教的境地を認めていなかった、少なくとも彼の『輞川集』理解は仏教とほとんど関係なかったと判断できる。

　顧起経は『輞川集』をどのように理解、鑑賞していたのだろうか。『類箋』には大量の語注が存在するだけでなく、しばしば顧起経自身の按語も挿入されている。それらの多くは輞川荘の〝遊止〟の名称の由来や〝遊止〟の具体的情況を述べている。

　特に注目されるのは、「南垞」詩の題下注である。ここには、

　　南北垞、意以輞口方隅所在之名。
　　（南北垞、意うに輞口の方隅に在る所の名を以てす。）

という。この〝輞口〟は『輞川集』には見えないが、絵画「輞川図」には「輞口荘」として描かれている。したがって、この注は「輞川図」の存在をもとに記されたと理解してよい。そのことを窺わせる例は他にもある。「宮槐陌」詩の題下注には「是陌澷上有途也。」（是の陌は澷上に途有るなり）とあり、水路あるいは川のそばに宮槐陌があるという。しかし、裴迪の作が宮槐陌を「是れ欹湖に向かう道」と記すのみで、顧起経の按語に言う水路等の存在は『輞川集』の「宮槐陌」詩に確認できない。一方、――王維の「輞川図」原図の構成は明らかにすることができないとはいえ――、たとえば大阪市立美術館所蔵の伝宋郭忠恕「臨王維輞川図」の明拓本には湖へと流れてゆく水路が見える。つまり、「宮槐陌」詩の題下注も絵画「輞川図」を前提にしていると言えるのではないだろうか。おそらく、顧起経は輞川荘の〝遊止〟の具体的情況や名称の由来を明らかにするための重要な資料として「輞川図」を利用したと考えられる。

　ここでは顧起経が『輞川集』に按語を付そうとした時、詩歌と絵画を結びつけて考えたことそのものが注目される。そもそも、『類箋』は劉辰翁の評を全て採録しており、そのなかに絵画に関する評語も含まれる。さらに『類箋唐王右丞集』の冒頭に「歴朝諸家評王右丞詩画鈔」が配置されており、顧起経が『輞川集』と「輞川図」が北宋以来、一組の作品として鑑賞されてきたという伝統を知らなかったとは考えられない。そうであるならば、「南垞」や「宮槐陌」などの題下注から明らかとなった絵画「輞川図」をもとに詩歌『輞川集』を考えようとする顧起経の態度はこの北宋以来の『輞川集』鑑賞の伝統を意識し、継承したことによって成立し得たものなのである。

四、元代までの『輞川集』理解――仏教との関わりを中心に

　顧起経は『輞川集』の注に多くの文献を引用するとはいえ、彼自身はほぼ、旧来の鑑賞の方

法、すなわち『輞川集』を「輞川図」と一体のものとしてみるという伝統的方法を継承していた。一方で、顧起経は『輞川集』の世界を仏教や禅の境地としてみることはほぼ、あるいは全くなかったと判断される。

　それでは、『類箋』に端的に示されるように嘉靖年間に至るまで『輞川集』と仏教、特に禅とを結びつける言説はほとんどなかったとみなして良いのだろうか。『類箋』の『輞川集』注の性格を考える上でも、このことを検討する必要があろう。

　まず、元代までの情況について見てみたい。

　筆者は前稿において「宋末元初に至っても「輞川図」や『輞川集』の全体に言及する時、禅や仏教と明確に関連させることはなかったこと」を確認している[22]。一方で、〝輞川〟を仏教と関連させる例も僅かだが存在する。たとえば、北宋末から南宋にかけて生きた詩僧、釈恵洪「十六夜示超然」詩には「風光如輞川、窈窕辛夷塢」とある。筆者は前稿でこの詩句と前後の表現を検討している。その結果、釈恵洪が「輞川や辛夷塢についても仏教的世界、もしくは禅の境地が具現化されたものとして見ていたと解することも一応、可能」であるものの、「辛夷塢がどのような禅の境地を示しているかを明瞭な表現によって示しているとは言いがたい」と論じた[23]。

　宋の南渡前後以降、仏教や禅との距離がそもそも近い詩僧の作品以外にも、輞川荘に擬えられる場所に僧侶の存在が認められる詩が現れる。管見の限り、

　　輞川花木歳時好、蓮社交遊氣味長。
　　（輞川の花木歳時好く、蓮社の交遊気味長し）
　　　　　　　　　　　　　　　　　　張拡「帰来軒二首」其一（『全宋詩』[24]巻一三九八）
　　法水堪湔垢、僧爐自辟塵。……他年輞川上、爲畫両綸巾。
　　（法水垢を湔うに堪え、僧爐自から塵を辟く。……他年輞川の上、画を為す両綸巾）
　　　　　　周孚「与高伯庸同遊王氏墳庵帰而闇丘仲時詩至因次韻貽顕庵主以紀一時事」其二
　　　　　　　　　　　　　　　　　　　　　　　　　　　　　　　　　　（『宋』巻二四八一）
　　雲山米家畫、水竹輞川荘。僧賦鐲新帖、牆榛斬舊行。
　　（雲山米家の画、水竹輞川の荘。僧賦新帖を鐲め、墻榛旧行を斬る。）
　　　　　　　　　　　　　　　　　　　　　　　　　張孝祥「訾洲即事」（『宋』巻二四〇四）
　　輞川蓮社侶、百味不入脣。
　　（輞川蓮社の侶、百味脣に入らず）
　　　　　　　　　　　　　　　　　　　　　　　　　　　　　袁桷「題輞川捕魚図」[25]

などが挙げられる。しかし、前述の釈恵洪の詩と同様、輞川がどのような仏教的境地を示しているか、これらの詩から明確には看取できない。したがって、これらの詩の作者が詩歌である『輞川集』に仏教的世界を看取していたとは言い難い。おそらく単に〝輞川〟の名を出すこと

で俗世を離れた宗教的清浄さを言うに過ぎないのだろう。さらに言えば、これらの詩で輞川に擬えられる場所に僧侶が現れるのは王維が輞川荘で僧侶と交流し、後にそれを喜捨して仏寺としたという歴史的事実[26]に基づいていると考えられる。

　ところで、張拡の詩を除いて、これらは題画詩であるか、あるいは絵画に言及している[27]。つまり、「輞川図」を中心とする王維の輞川荘における画業を意識した作品でもあると言えるだろう。これらの詩の作者にとって、王維の画業もまた王維および輞川に関する一種の歴史的事実であった。

　しかし、同様に王維の画業を意識しつつも、新たな展開が窺える作品が存在する。その一つが金の趙秉文の「渡水僧二首」[28]である。これは王維が描いたとされる「渡水羅漢図」の題画詩だと考えられる[29]。其二は

　　　前山鳥飛夕、後山雲起時　　前山は鳥飛ぶ夕べ、後山は雲起くる時
　　　君看眉頬間、中有摩詰詩　　君看よ眉頬の間、中に摩詰の詩有るを

と歌う。この「前山は鳥飛ぶ夕べ」とは『輞川集』の「木蘭柴」詩の前半「秋山斂餘照、飛鳥逐前侶」（秋山餘照を斂め、飛鳥前侶を逐う）を典故としている。注目されるのは、対句となっている「後山雲起きる時」が宋代の禅宗の語録にもしばしば引用される王維の「終南別業」詩の頸聯に由来することである。さらに、僧侶を描いた王維の絵画に対する題画詩であることも考慮すれば、趙秉文が「終南別業」詩のみならず、『輞川集』の「木蘭柴」詩にも仏教的境地、あるいは禅意を見出していたと認めてよいだろう。

　また、元の楊敬悳「題郭主簿模摩詰本輞川図巻并序」[30]は、その序に

　　　摩詰嘗與裴迪唱和廿絶、紀輞川之勝、至今讀之、如身游其間。此本甚精緻、尚可想見其
　　　景與詩會之時也。因追而和之。
　　　（摩詰嘗て裴迪と廿絶を唱和して輞川の勝を紀し、今に至るまで之を読めば身の其の間に游ぶが如し。
　　　此の本甚だ精緻にして、尚お其の景と詩会の時とを想見すべきなり。因りて追いて之に和す。）

とあり、『輞川集』と（模本の）「輞川図」が前提となった五言絶句の連作組詩である。その「孟城坳」詩は

　　　春風孟城坳、年年自花柳　　春風孟城坳、年年自から花柳
　　　當日倦游人、何處談空有　　当日倦游の人、何れの処にか空有を談ず

と述べ、また「竹里館」詩は

```
此君儼相峙、清坐一晤嘯　　此君儼として相い峙し、清坐して一ら晤嘯す
天風振空聲、蒿境通寂照　　天風空声を振い、蒿境寂照に通ず
```

と、「空有」「寂照」といった仏教語が見られ、いずれも仏教との関連を詠っていると判断できる。ただし、連作中の他の詩にはそのような関連を見いだせない。したがって、楊敬悳は「孟城坳」詩や「竹里館」詩に個別に仏教的境地を見いだしたと考えるべきではなかろうか。

　そして、前稿で述べたように宋末元初、劉辰翁は絵画や他の王維詩を前提にしたり、明言することなく、『輞川集』の「辛夷塢」詩に禅意の存在を示している。

　しかし、元代までの情況を見た場合、『輞川集』全体はおろか、このように『輞川集』中の個別の詩にのみ禅の境地があることを明示する、あるいは示唆する言説もその数は少なく、ここにあげた趙秉文、劉辰翁、楊敬悳に限られる。さらに彼等の言説を比較すると、禅意があるとする作品はそれぞれ異なっている。このことは『輞川集』中の個別の作品に禅意を認めようとする鑑賞方法が当時、決して有力なものではなく、むしろ不安定なものであったことを意味すると考えられる。[31]

五、明代前中期の情況

　明代に入っても情況に大きな変化はなかったようである。次の、

```
醉舞狂歌四十年、老來參得一乘禪。……莫言笠澤非彭澤、定擬金川是輞川。
（酔舞狂歌す四十年、老来参じ得たり一乗禅。……言う莫れ笠沢彭沢に非ざるを、定めて擬す金川是れ輞川ならんと）
```
　　　　　　　　　　　　　　　楊基「寓江寧村居病起写懐」（其七）[32]
```
拂衣未許還盧社、飛夢時能墮輞川。
（衣を払って未だ許さず盧社に還るを、夢を飛ばし時に能う輞川に堕つるを）
```
　　　　　　　　　　　　　　　王寵「和文待詔懐昭慶寺之作」[33]

は江寧の「村居」や昭慶寺を輞川に擬えていると考えられる。ただ、いずれも参禅や仏寺に言及しているとはいえ、詩歌である『輞川集』に仏教的境地が詠われていることを明確に述べた作品ではない。これらの詩も、前節の張拡などの詩と同様、おそらく王維が輞川荘で僧侶と交遊し、後に輞川荘を喜捨したという歴史的事実に由来している。また、

```
舊隱懷盤谷、新圖出輞川。詩僧来往數、好句臕能傳。
（旧隠盤谷を懐い、新図輞川を出だす。詩僧来往数しばなり、好句臕りて能く伝う）
```

張以寧「題呉恭清茂軒」[34]

野衲聞猿坐、山人伴鹿耕。看圖應不厭、疑是輞川行。

（野衲猿を聞きて坐し、山人鹿を伴いて耕す。図を看て応に厭ざるべし、疑うらくは是れ輞川の行）

王恭「山水図」（其三）[35]

東遊如入輞川圖、野鳥沙禽相喚呼。……一宿招提問禪話、面墻今有達無摩。

（東遊して輞川図に入るが如く、野鳥沙禽相い喚呼す。……招提一宿して禅話を問わん、墻に面する
も今達摩有りや無きやと）

楊守阯「遊東湖普恩霞嶼諸寺」[36]

などは輞川荘に擬えられる場所に僧侶が現れ、かつ王維の画業を意識した作品である。つま
り、これらの詩における「輞川」に関する言及も、やはり、王維や輞川に関する歴史的事実に
基づくものだろう。
　それでは、李東陽の次の七言絶句「題画」[37]はどのように考えれば良いだろうか。

　　　水窮雲起兩無期　　水窮まり雲起おこりて両つながら期無し
　　　獨坐空山日暮時　　独り空山に坐す日暮の時
　　　好是王維詩裏畫　　好に是れ王維の詩の裏の画なるべし
　　　畫中那復更題詩　　画中那ぞ復た更に詩を題せん

　この詩は起句で「終南別業」詩を引用するだけでなく、承句では『輞川集』の「竹里館」
（独坐）や「鹿柴」（空山）の語が引かれており、李東陽は少なくともこれらの詩に一定の禅意
を看取していると言えよう。また顧起経と同時期の彭年の七言律詩「叔平山居」[38]も

　　　一曲谿山似輞川　　一曲渓山輞川に似たり
　　　天開幽境與棲禪　　天は幽境を開きて与に棲禅す
　　　堤分柳浪烟中遠　　堤は柳浪を分ちて烟中に遠く
　　　峯矗芙蓉水上妍　　峯は芙蓉に矗くして水上に妍なり

と詠い、輞川に擬えられる山居が禅の境地を有することをいうだけでなく、その山居を『輞川
集』の〝遊止〟である「柳浪」や『輞川集』の「茱萸沜」「臨湖亭」「辛夷塢」などの詩に見ら
れる「芙蓉」の語を用いて表現する。つまり、彭年は『輞川集』の世界を明瞭に禅と結びつけ
ていることがわかる。宋元期、『輞川集』を仏教や禅と結びつけて理解することはほとんどな
く、例外的にあった場合でも『輞川集』中の個別の詩にのみ禅意を認めていた。それは『輞川
集』に仏教や禅とは趣を異にする作品があったからであろう。しかし、これら二首は『輞川
集』の中の複数の詩に言及しつつ、禅についても述べている。このことから、『輞川集』の一

作品ではなく、『輞川集』全体が描く世界、少なくとも複数の詩によって描かれた世界を禅の境地を表現したものだと考える鑑賞方法が明代前中期に生まれていたことが窺える。

　ただ、その作例は依然としてかなり少なかった。そして、『類箋』の時点、すなわち嘉靖年間においても、そのような鑑賞の方法がまだ一般的なものではなかったと考えられる。

　このことは明代に刊行された王維の別集からも傍証される。『類箋』の前後では顧璘評『王摩詰詩集』(39)、そして顧起経の叔父である顧可久の評点が施された『王右丞詩集』(40)がある。ところが、前者は『類箋』同様、『輞川集』に仏教に関する評を施しておらず、後者も『輞川集』冒頭の「孟城坳」詩に「仏家三世語意」(仏家三世の語意なり)というのみである。三者はいずれも劉辰翁の評、特に「辛夷塢」詩に対する「漸く禅を語るべし」を載せており、彼の鑑賞の方法、つまり「辛夷塢」詩を禅意あるものとして考えていたことを知らなかったはずはない。それにもかかわらず、顧起経も含めて彼等自身の言葉に仏教に関する言及がほとんどない。この事実が意味するのは『輞川集』を仏教、特に禅と結びつけるような鑑賞の方法が明の中期においても一般的かつ安定的でなかった、言い換えれば主流ではなかったということなのである。

六、結語

　明代中期、顧起経は王維の詩にはじめて注釈を施した。王維の詩についての彼の基本的な考えとは、王維は仏教に対する深い理解によって優れた表現と淡泊な抒情を産みだしているというものだった。それを実証するために、顧起経は王維の多くの詩の注釈に大量の仏典等を引用している。

　その王維の『輞川集』は元明期に既に彼の代表作として広く認知されていた。そして、それに関する元明期の言説、特に『輞川集』と仏教・禅とを関連させるものを検討すると、金から元においては『輞川集』中の一作品に描かれる世界を、そして明代には『輞川集』全体(少なくとも複数の作品)に描かれる世界を禅の境地を詠じたものとして鑑賞する方法が産まれつつあった。それにもかかわらず、顧起経はそれを仏教、特に禅と結びつけて鑑賞することはなく、仏教や禅に関する注釈も(劉辰翁の「辛夷塢」詩に対する評を除いて)付していない。むしろ顧起経の按語からは、彼が詩歌である『輞川図』を絵画「輞川図」と一組のものとしてみる北宋以来の伝統的な方法で考えようとしていたことが確認される。嘉靖年間当時、顧起経は最も王維詩を読み、またこれまでの評にも目を配っていた文人の一人であったと判断される(41)。したがって、このような人物が『輞川集』に仏教、特に禅に関連した注を付さなかったという事実は、単なる偶然や顧起経個人の特殊な考えによって生じたことではない。それは、『輞川集』を仏教、特に禅に結びつけて考えるという新しい理解・鑑賞の方法が明代中期においてもなお主流ではなかったことを如実に反映したものなのである。

それでは、顧起経は単に北宋以来の鑑賞方法を継承しただけ、言い換えれば旧来の方法を受け継いだに過ぎないのだろうか。最後にこの問題に触れておきたい。

　これに関して、まず指摘すべき点は、前述した他の王維の別集や唐詩の詞華集（『唐詩品彙』など）とともに『類箋』が劉辰翁の評、特に「漸く禅を語るべし」を採録したことだろう。その結果、明の中期以降の王維詩の読者は劉辰翁の評を多く目にするようになったと考えられる。したがって、かりに顧起経が劉氏の「辛夷塢」詩への鑑賞、理解に全面的には賛同していなかったとしても、結果として『輞川集』と禅とを結びつけるような鑑賞の方法をさらに広めることになったのではないだろうか。少なくとも、『類箋』を手に取る読者は劉辰翁の評をも目にすることになった。

　また、顧起経が『類箋』に禅籍を含む多くの仏典を引用したことも重要だと思われる。顧起経は王維が仏理を深く知ると理解し、その詩の注釈にあたって仏典を博捜した。その成果である『類箋』は同時に王維の詩の〝新しい〟読み方、すなわち王維詩と仏教、禅と結びつける理解の方法を明確に読者に提示したのである。

　確かに『類箋』は『輞川集』の注に仏典の引用をしていない。『類箋』が『輞川集』全体に禅意を認めるという〝新しい〟鑑賞の定着に決定的役割を果たしたか否かについても、さらに検討する余地があるだろう[(42)]。しかし、明代中期までに、こういった新しい鑑賞方法が生まれ、特に『類箋』より後、すなわち明の後期以降、その傾向が強まったことを単なる偶然だとみなしてもよいのだろうか。むしろ、『輞川集』中の詩に禅意を認めた劉辰翁の評を載せ、かつ全体としては多くの仏典を引用する『類箋』は——顧起経自身の鑑賞の方法とは異なるものの——少なくともその鑑賞方法の定着に一定の貢献をしたと考えるのがより自然である。そうだとすれば、『類箋』が王維の『輞川集』の鑑賞・理解に与えた影響は決して小さくないのではないか。これについては、今後、明代後期の『輞川集』に対する鑑賞を考えるなかで改めて検討したい。

【注】

(1) 袁暁薇『王維詩歌接授史研究』（安徽大学出版社、2012 年第 1 版）第 6 章「"大家"与"名歌"之間：王維詩史定位之特点及其成因」189 頁、同第 8 章「"詩仏" 的誕生：王維詩歌価値的詩性発現」238・239 頁を参照。ただし、王維の詩の特徴を無条件に「以禅入詩」とすることには慎重であるべきだろう。

(2) たとえば王維「金屑泉」詩は「日飲金屑泉、少當千餘歳。翠鳳翔文螭、羽節朝玉帝」とあり、道教的、神仙的雰囲気の濃い作品と言ってよい。また「椒園」詩には『楚辞』九歌の一つである「雲中君」が登場する。

(3) 紺野達也「劉辰翁の『輞川集』評について——「漸可語禅」を中心に——」（日本宋代文学学会『日本宋代文学学会報』第 3 集（2017 年 5 月））130—150 頁。

(4) 本稿では国立公文書館内閣文庫（以下、内閣文庫と略す）蔵明嘉靖三十五年無錫顧氏奇字斎刻本『類箋唐王右丞集』によった。

(5) 入谷仙介『王維研究』（創文社、1981 年第 2 刷（初出は 1976 年））13 頁を参照。

(6) ここでは「注見前」とのみ表記する作品については省略した。

(7) 基本的に『類箋』に示される経典名等をそのまま引用し、引用順に並べた。なお、後述するように同一の経名だと思われるものでも『類箋』引用時の題が異なる場合は記録したが、確実に同じだと判断できるものは省略した。また、必要に応じて括弧を付して作者名・題名等を補った。

(8) たとえば『類箋』では仏典を注釈として引用していないが、「終南別業」詩の頸聯「行到水窮處、坐看雲起時」は宋代の禅宗の語録にしばしば見られる。前掲注（3）紺野論文143頁を参照。

(9) 裴迪の詩は『類箋唐王右丞集』の「唐諸家同詠集」に収録されており、注釈は施されていない。

(10)「北垞」詩には謝霊運の「山居賦」の「拂青林而激波」が引用される。「山居賦」には仏教に関する記述が見られるが、『類箋』の引用部分はそれが見られる以前に該当し、特に関連がないと判断される。

(11) 本詩に対する『文選』（上海古籍出版社排印本、1986年第1版）巻二十二の李善注は「不取旗義也」という。

(12) あるいは顧起経が「道家思想と密接に結びついた仏教の超俗世界と、神秘な神仙的超越世界とが混然と一体になった」（神塚淑子「沈約の隠逸思想」（日本中国学会『日本中国学会報』第31輯（1979年10月）106頁）鍾山と輞川を同一視した故に、引用したと考えることも可能ではある。ただ、その場合、道家や神仙思想についての文献は引用するのに対し、なぜ仏教に特化した文献（仏典など）に言及しないのかという疑問が残る。したがって仏教、特に禅との関係を示そうとしたとは考えにくい。

(13) 植木久行編『中国詩跡事典——漢詩の歌枕——』（研文出版、2015年発行）244頁「鍾山」（佐藤浩一執筆）を参照。

(14) 前掲注（12）も参照。

(15) 陶敏・王友勝『韋応物集校注』（上海古籍出版社、1998年第1版）巻三。

(16) 裴迪に「輞口遇雨憶終南山因献絶句」詩（『類箋唐王右丞集』「唐諸家同詠集」）がある。ただし、この詩やこれに答えた王維の「答裴迪」詩からは「南北垞」が輞口の「方隅」に所在することは知り得ない。

(17) 小林太一郎『王維の生涯と芸術』（全国書房、1944年発行）272頁を参照。古原宏伸『中国画論の研究』（中央公論美術出版、2008年再版）「〈輞川図巻〉」（初出は1975年）40—45頁も輞口荘について検討し、それが再建された鹿苑寺であるとする。ただし、顧起経は絵画「輞川図」に依拠して注を記したと考えられるため、〝輞口〟ということに問題はない。

(18) この明拓本は渡部英喜『自然詩人王維の世界』（明治書院、2010年初版）目次5—15頁掲載の渡部氏蔵の拓本と同一である。

(19) 前掲注（3）紺野論文135・136頁参照。

(20) 紺野達也「王維『輞川集』と「輞川図」の唐宋期における評価の変遷——文人による詩画評価の視点から——」（日本中国学会『日本中国学会報』第61輯（2009年10月）68頁参照。

(21)『類箋』は語に関する注であって、それ以外、たとえば語として表面化されない禅意等については言及しないのではないかと考えることも可能ではある。しかし、『類箋』は——語の注釈に偏っていることは事実であるが——、たとえば「漆園」詩に羅大経『鶴林玉露』を引用する形で朱熹の言を載せるなど、必ずしも単なる語注ではない。もし、顧起経が『輞川集』の世界を仏教や禅の境地とみなしていたとするならば、それについて論じた先行の言及を引用するはずである。

(22) 前掲注（3）紺野論文135頁参照。

(23) 前掲注（3）紺野論文137頁参照。

(24) 本稿では北京大学古文献研究所編『全宋詩』（北京大学出版社。以下『宋』と略す）による。

(25)『清容居士集』（四部叢刊初編（台湾商務印書館影印本、1975年第3版））巻四。

(26) たとえば『旧唐書』（中華書局排印本、1975年第1版）巻一百九十下「文苑伝下」に「維弟兄俱奉佛、……。在京師日飯十數名僧、以玄談爲樂。…。退朝之後、焚香獨坐、以禪誦爲事」とある。

(27) 釈恵洪については前掲注（3）紺野論文137・138頁参照。また元の顧瑛「和陸麒」（其一）に「結茅差擬辛夷塢、供佛當如薔蔔林」（『玉山璞稿』（中華書局排印本、2008年第1版）所収「顧瑛詩文輯存」

巻五（倪氏経鉏堂鈔本『玉山倡和』））にも辛夷塢の名が見えるが、題画詩とは直接には関わらない。

(28) 薛瑞兆・郭明志編『全金詩』（南開大学出版社、1995年第1版）巻六九。

(29) 西上実「王維渡水羅漢図について」（京都国立博物館『京都国立博物館学叢』第8号（1986年3月）61—73頁を参照。ただし、趙秉文についての記述はない。

(30) 汪砢玉『汪氏珊瑚網名画題跋』（『珊瑚網』（台湾商務印書館排印本、1968年初版））巻一。

(31) 元の王惲「王右丞輞川図」詩其一（王惲『王惲全集彙校』（中華書局、2013年第1版）巻二十五）「騒詠禪談意未央、欹湖烟月墮微茫。園林鐘鼓清時樂、好個裴公綠野堂」からは輞川荘あるいはそれを描いた「輞川図」に禅の境地があると王惲が考えていたことが窺える。ただ、〝騒詠〟と〝禅談〟は王維の詩作と禅を指しており、それらが並列的な関係にあると判断されるため、王惲が詩歌である『輞川集』に禅意を看取していたと断定することはできない。

(32) 『重刻楊孟載眉菴集』（内閣文庫蔵明刻本）巻八。

(33) 『雅宜山人集』（内閣文庫蔵明嘉靖十七年序刊本）巻六。

(34) 『翠屏詩集』（内閣文庫蔵明成化十六年刻本）巻二。

(35) 『草沢狂歌』（文淵閣四庫全書（台湾商務印書館影印本。以下同じ）本）巻三。

(36) 李康先編『碧川詩選』（内閣文庫蔵明崇禎四年序刊本）巻八。

(37) 『懐麓堂詩稿』（内閣文庫蔵明刊後印本）巻二十。

(38) 『御選明詩』（文淵閣四庫全書本）巻八十四。

(39) 上海図書館蔵明刊本『王摩詰詩集』（上海古籍出版社影印本、2015年第1版）。『輞川集』は巻六所収。

(40) 広島大学文学部蔵嘉靖三十九年（1560）刊『王右丞詩集』（広陵書社影印本、2012年第1版）。『輞川集』は巻四所収。

(41) 王世貞「大寧都指揮使司都事九霞顧君暨配盛孺人合葬誌銘」（『弇州山人続稿』（文海出版社影印本、1970年初版）巻一百十六）には「君於治古詩無所不工、尤工於王右丞詩、手所校訂箋釋、諸家皆莫及」とある。死者を高く評価する墓誌銘であり、その記述を全面的に信じることはできないが、参考にはなろう。顧起経が王維の詩画に関する評を見ていたことは『類箋唐王右丞集』に「歴朝諸家評王右丞詩画鈔」があることによって確認される。

(42) 中国では清の趙殿成注が王維詩の古典的注釈のいわば決定版となる。一方、日本では顧可久の『王右丞詩集』が訓点を附した形で翻刻される広く流布する。それらに対し、『類箋』は「伝本が少な」（前掲注（5）入谷著書13頁）かった。

杜甫における若き日の詩 —— 散逸、それとも破棄

佐藤 浩一

愛するマックスへ。最後の頼みだ。ぼくの遺品、つまり本棚・戸棚・自宅と事務所の机、そのほか何かがしまわれているところで、日記・原稿・手紙・スケッチ等が見つかったら、残らず読まずに焼いてしまってくれ。

きみのフランツ・カフカ

一、問題の所在

　杜甫は詩作に生涯をかけた。いかに力を注いでいたかは作品数にも表れており、現存する詩は1458首[1]にのぼる。これは同時代の詩人たちと比べても格段に多く[2]、質量ともに盛唐を代表する詩人であったことが、あらためて実感できる。

　但しこの1458首という数字は、単に現存する作品数に過ぎず、実際に杜甫が詠じた作品数は、更に多かった——と考えるのが妥当である。というのも、現存する杜詩を見渡してみると杜甫30歳以前の詩がほとんど無く、そこだけ空白状態となっているためである。中国古典の士大夫が、30歳以前は詩を手掛けていなかったとは到底考えられず、相応数の詩を詠んでいたことは疑いようもない。

　しかしである。ならば、なぜ杜甫30歳以前の詩は欠けているのか、という疑問をめぐっては、日本と中国において、それぞれ異なる受け止め方によって理解されている。まず日本においては、破棄説が一般的である。杜甫は30歳のときに李白と出会い、己れには無い詩才を持つ李白を前に、それまで詠んだ詩を棄てて、李白とは異なる作風を目指すことにした——という説である。これに対し中国では、そもそも破棄説自体を言及する者がほとんどいなく、自然と散逸してしまった——という説で占められている。意図的に破棄した説と自然消滅的に散逸した説。いったいどちらが正しいのだろうか。

　本稿ではこの疑問のもと、若き日の杜甫詩がなぜ失われているのか、その意味を考える。そしてそのことが、杜甫という詩人をより深く理解する手掛かりにもなることを、あわせて論じたい。

二、従来の言及例――破棄説の場合

　日本では、杜甫みずからが作品を棄てたという説が根強い一方で、中国ではその説がほとんど聞こえない。しかし意外なことに、破棄説を最初に唱えたのは実は中国側であり、明末の王嗣奭（1566―1648）が、『杜臆』巻八「壮遊」詩の中で評釈したのが最初と見られる。

　　①此詩乃公自為伝、其行経大都与李白相似、然一味豪放、而杜却豪中有細。観公呉、越、
　　斉、趙之遊、知其壮歳詩文遺逸多矣。豈後来詩律転細、自棄前魚耶？

　　　　　　　　　　　　　　　　　　　　　　　　　　　　　　（上海古籍出版社、257 頁）

　王嗣奭によれば、若き放浪時代（25～34歳）の杜甫作品が遺逸しているのは、晩年に至って詩律に理解を深めたことで、それらを未熟な若書きとして自ら棄てたのがその理由だという。「自棄前魚（自ら前魚を棄つ）」とは、『戦国策』に由来する典故であり、「遺棄され、淘汰された作品や人物」を比喩する。この王嗣奭による破棄説は、広く普及する仇兆鰲『杜詩詳註』にも引用されており、ゆえに多くの読者に目睹されているはずなのに、何故か引用する者が中国では続かない。ひるがえって日本において、吉川幸次郎氏によって次の通り引用されている。

　　②三十歳以前の詩は、原則として伝わらない。あだかもそれは、杜甫が生まれた七一二、
　　その年に即位した玄宗皇帝李隆基が、唐帝国開国以来すでに百年、うちつづく太平を、ま
　　ず開元の年号で、二十九年間、主宰した時期に相当するが、この開元の時期の詩は、ほと
　　んど伝わらない。かえって必ずしも得意としない散文の数篇が伝わる。詩が伝わるのは、
　　三十歳前後、玄宗が年号を天宝と改めた七四二のころからである。明の王嗣奭の説に、習
　　作としてみずから棄てたか、という。

　　　　　　　　　　　（吉川幸次郎『杜甫』Ⅰ、世界古典文学全集28、筑摩書房1967年、7頁）

　ただし吉川氏自身は破棄説をあくまで可能性の一つとして引用するのみであり、基本的スタンスとしては、「原則として伝わらない」と記すにとどまり、慎重な姿勢をとっている。それは晩年の代表作『杜甫詩注』においても同様である。したがって吉川氏は、破棄説の紹介者としてのみ位置づけておくのが妥当であろう。明確な破棄説を唱えたのは、吉川氏の高弟、黒川洋一氏である。

　　③今の『杜工部集』二十巻は杜甫の死後二百年ばかりをへだてて宋代に重編されたもの
　　で、詩人みずからの編定したものでないことが、若年の詩の脱落の原因とばかりはいえな
　　いであろう。脱落はむしろ杜甫みずからが若年の詩を未熟として切り棄てたところより生

まれていると考えられる。その推測が許されるとするならば、杜甫がその詩風を完成するのは四十歳に近いころであり、それまでの詩は四十歳後の詩とはかなり性格の異なったものであったと考えて間違いはない。

（黒川洋一「杜甫における李白」吉川幸次郎『杜甫』Ⅰ付録、1967年。
のち『杜詩とともに』創文社1977年、89頁収録）

　右文にて黒川氏は、更なる破棄説の根拠として、李白との出会いを挙げる。すなわち天才李白と出会った30歳のとき、李白とは異なる詩風を目指したことで、杜甫はそれまでの詩を棄てた——と推測する。この黒川説[8]は、説得力を持つことはもとより、文学的にもドラマティックな要素を多分に含むため、いっそう魅力的に聞こえ、多くの研究者・読者から支持されていよう[9]。たとえば森野繁夫氏はその一人である。

　　④黒川洋一氏は…（中略）…推測している。李白の詩風は天才的なものであり、自分にはそのような詩を作る天分のないことを悟り、やがて自分の詩には社会性・思想性を盛り込むことに思い至るとともに、それにふさわしい表現方法を求めるようになった。そうして、それまで作りたくわえていた一千首に余る詩を意にかなわぬものとして焼き棄ててしまった、ということが、このころにあったのかもしれない。

（森野繁夫『杜甫 沈鬱詩人』中国の詩人7、集英社1982年、31頁）

この他の主要な杜甫専著としては、川合康三氏[10]に次の言及が見える。

　　⑤一般に中国の詩人は若年の作を重視しない。…（中略）…杜甫の場合も、三十歳以前の作はほとんどのこっていない。それは杜甫自身がのこさなかったからだ。

（川合康三『杜甫』岩波新書、2012年、15頁）

三、従来の言及例——散逸説の場合

　これに対して中国では、散逸説に集中する。もとより中国古典において、詩の散逸とはおよそ珍しい現象ではないことに加え、杜甫自ら「破棄」に言及した痕跡が残っていないために、杜甫においても例にもれず自然と散逸した——と解釈されているようである。

　次に引用するⒶ蘇舜欽が述べる通り、杜甫の別集は60巻あったと『旧唐書』「杜甫伝」に記載されているものの、北宋にはすでに散逸していた。確認しうる杜甫テキストとして最も早いものは20巻であり、Ⓑ王洙『杜工部集』がそれである。

89

Ⓐ杜甫本傳云、有集六十卷。今所存者才二十卷、又未經學者編緝、古律錯亂、前後不倫。
蓋不爲近世所尚、墜逸過半。吁、可痛閔也。

(北宋 蘇舜欽「題杜子美別集後」『蘇学士集』巻 13)

Ⓑ甫集初六十卷、今祕府舊藏、通人家所有稱大小集者、皆亡逸之餘、人自編撍、非當時第
次矣。

(北宋 王洙「杜工部集序」)

　このⒷ王洙本には 30 歳以前の杜甫詩がほとんど見えない[(11)]。最も古い杜甫テキストにおいて、
これ以上は若き日の詩を遡れないことから、その結果、後につづく杜甫テキストにおいても、
30 歳以前の詩を知ることが出来なくなっている。むろん杜甫が若き日に詩作しなかったはず
もなく、じっさい杜甫自身が「自七歳所綴詩筆、向四十載矣、約千有餘篇」と玄宗皇帝に進呈
した「進雕賦表」の中で表明するとおり、少なくとも 40 歳の時点では 1000 首余りを詠じて
いたらしい。歴代の注釈者たちも、その杜甫自身の発言を根拠に、若き日の散逸状況について以
下の通り言及している[(12)]。

Ⓒ杜詩零落人間、宋時後先繼出、諸家所採、贋本頗多。…（中略）…考公四十以前、有詩
一千餘首。其少年之作、所載已稀、而散逸之餘、於今難覯。

(清 仇兆鰲「少陵逸詩小序」『杜詩詳註』2098 頁)

Ⓓ他四十以前的詩存留下来的並不多。一共不過五十来首。

(馮至『杜甫伝』人民文学出版社 1952 年、51 頁)

Ⓔ蓋公詩散佚者多、天宝以前、尤罕存藁。観集中自開元二十四年、遊晋、遊呉越、間帰東
都、皆無詩。自開元二十四年以後、至二十八年、其間遊斉趙、亦無詩。

(聞一多『少陵先生年譜会箋』『唐詩雑論』古籍出版社 1956 年、55 頁)

Ⓕ「進雕賦表」云、「自七歳所綴詩筆、向四十載矣、約千有餘篇。」可見此為杜甫少作甚
多、皆不伝、所伝者僅寥々。

(『杜甫年譜』四川人民出版社 1958 年、11 頁)

Ⓖ詩人一生、大約写了幾千首詩。現存杜詩、也有一千四百余篇（明金鸞重刻的『集千家注杜
工部詩集』一四五三首、『読杜心解』一四五八首）。読書漫遊時期、是杜甫創作的準備時期、存
詩二十余首。

(金啓華、胡問濤『杜甫評伝』陝西人民出版社 1984 年、240 頁)

Ⓗ他青少年時代還是写了不少詩的。天宝九載（七五〇）、杜甫在「進雕賦表」中説自己「自
七歳所綴詩筆、向四十載矣、約千有余篇。」然而在現存杜詩中、作於天宝九載（七五〇）以
前的却不足五十首、可見他的早期作品大多亡佚了。

（莫砺鋒『杜甫評伝』南京大学出版社 1993 年、67 頁）

ところで、いつ杜甫詩は散逸したか。中唐の時点で、既に大半が散逸していたことは、おそ
らく間違いない。韓愈は「張籍を調ける」詩にて、「杜甫は生涯に1万もの作品を詠じ、今日
伝わるのは泰山のわずか一角に過ぎない」と述べている。つづくⒾⒿは、それを受けての発言
である。

Ⓘ杜少陵一生窮愁、以詩度日、其所作必不止今所伝古体三百九十首、近体一千六首而已。
使一無散失、後人自可即詩以考其生平。惜乎、遺落過半。韓昌黎所謂、「平生千万篇、雷
電下取将。流落人間者、泰山一毫芒」、此在唐時已然矣。

（清 趙翼 『甌北詩話』巻2）

Ⓙ杜甫在四十多歳的時候、所作的詩、已一千多首。他在進雕賦表中説「臣幸敕先臣緒業、
自七歳所綴詩筆、向四十載矣、約千有余篇」。所以韓愈説「李杜文章在、光焔万丈長。
……平生千万篇、金薤垂琳瑯。仙宮勅六丁、雷電下取将。流落人間者、泰山一毫芒。」（調
張籍詩）由以上可知、我們現在所見到的杜詩、是散逸与兵火之後的残余、与原詩相比、乃
泰山一毫芒。

（13）
（劉維崇『杜甫評伝』知識青年叢書、台湾商務印書館 1968 年、269 頁）

上ⒾⒿに、杜甫が生涯にわたり「千万篇」も制作していた、と見えるのは誤伝もしくは詩的
誇張表現であろう。白居易が元和 10 年（815）に作った「与元九書」にて、「杜詩最多、可伝
者千餘首」と述べていることからも、それは傍証される。ともあれ韓愈と白居易の時代、つま
り杜甫が亡くなった 770 年から 45 年が経った時点で、すでに現在と変わらぬ規模で散逸して
いたことが窺える。

以上みてきたように、杜甫の若き日の詩が散逸している理由については、中国においては、
さらに言えば台湾においてさえも、杜甫自身が破棄したという見解を採らない。そもそも破棄
説は、王嗣奭に端を発しているだけに、それが当地で承け継がれていない現象は、ことさら奇
妙ですらある。
この点において、つづく陳尚君氏によるⓀ発言は、破棄の事実があったことを思わせ、例外
的コメントとして注目できる。

Ⓚ拠此推測、六十巻集収詩当在二千五百首至三千首之間。総合以上両方面估計、已亡杜詩数在一千首以上、是不成問題的。……存詩較多段階、如立朝時及成都、東川、夔州時候、均顕得精雑并存。而存詩較少的華州詩、則多数為名篇。早期詩尚未成熟、存詩除投贈干謁之作（此類詩頗受時人器重）外、也頗多佳作。另如安史乱起到陥賊居長安約一年半、存詩僅三十三首、数量較少、名篇却超過半数。這些段階的詩作都可看到曾経審択的迹象。杜詩存佚的這一状況、与其原集的編次与散佚、有着必然的聯係。……六十巻本杜集是経過杜甫本人整理的、収詩按写作時間為序的文集。

(陳尚君「杜詩早期流伝考」『中国古典文学叢考』第 1 輯、復旦大学出版社 1985 年)

　すなわち、現存する杜甫詩は、その多くが佳作であり、かつ当時重視されていた面識を求める奉贈詩でもあることから、杜甫みずからが取捨選択したもの——という可能性を陳尚君氏は述べている。この陳尚君論文は、散逸状況を書誌学的分析した論考ゆえに、破棄説そのものを正面から論じておらず、①王嗣奭や③黒川洋一らの発言も引用していない。しかし、中国における乏しい破棄説の系譜にあって、傾聴に値する例外的論文である。

四、言い尽くしたがる筆致

　いったい杜甫は、みずから破棄したのだろうか。いま限られた資料のみでそれを明確に論証するのは難しい。そこで以下に、破棄説の問題点を検討することによって、散逸説と比べることにする。

　まず問うべきは、杜甫における言い尽くしたがる筆致である。周知のとおり、李白が対象を客体化させて詩を詠じるのに対して、杜甫は、より個別的で具体的な詠じ方を特色とする。たとえば長安であらゆる手蔓を頼って就職活動していた頃は、「奉贈韋左丞丈二十二韻」詩のような長篇詩を、時の実力者たちに奉贈していた。それらの内容は、「甫は少年の日に、科挙に推挙され、読書は万巻を破り、筆を下ろせば神やどり」、「賦を作れば揚雄に匹敵し、詩は曹植にちかし」のごとく、己れの文才をアピールした「履歴書」的な行巻詩であった。また晩年になっても、「夔府書懐四十韻」「壮遊」「昔遊」「遣懐」「往在」といった長篇詩を詠じ、才気煥発の若い日から老残憔悴たる老身に至るまでを、杜甫は丹念に綴っている。それらは言わば、「自叙伝」のような回顧詩であった。つまり「履歴書」的行巻詩にせよ、「自叙伝」的回顧詩にせよ、それらは自分という人間の歴史を、具体的かつ個別的に言い尽くした、杜甫ならではの作品群となっている。李白はこのような詩を詠まない。

　もしも黒川氏の言う通りに（二節前掲③発言）、杜甫は李白で出会うことによって己れの詩風を改め、社会性を盛り込んだ新しい詩風を確立していたとすれば、それゆえに 30 歳以前の詩を破棄していたとすれば、右に挙げた大量の「履歴書」「自叙伝」の中で、その重大な出来事

に言及するのではないだろうか。しかしそこに言及は見えない。だとすれば、30歳以前の詩を未熟として破棄する重要な節目も、存在しなかったのではないか。

この推測は、他の詩人と比べても、蓋然性を高めるように思う。たとえば李白や杜牧は自ら破棄したことを次のように明言している。

Ⓛ此賦已伝于世、往往人間見之、悔其少作、未窮宏達之旨、中年棄之。
（この「大鵬の賦」はすでに世間に伝えられて、しばしば世の中で眼にする機会があったが、しかし私はこの若書きの作が広大な内容をまだ存分に表現できていないことを悔やみ、中年のときに棄ててしまった。）

(李白「大鵬賦」序文『李太白文集』巻25)

Ⓜ明年冬、遷中書舍人、始少得恙。尽捜文章、閲千百紙、擲焚之。纔属留者十二三。
（翌年の冬、おじ杜牧は中書舍人に昇進したが、そのときになってやや体調をくずした。そこでそれまでに書いてきた文章をすべてかき集めて、何枚もの紙をチェックして、気に入らないものは焼き捨てた。わずかに残ったのは、20〜30パーセント程度にすぎなかった。）　　　(『樊川文集』序文)

杜甫という詩人は、李白や杜牧の人後に落ちぬほどの、言い尽くさねば気が済まない縷言（る　げん）の性質である。李白や杜牧でさえ語る破棄の事実を、杜甫が語らずにいるとは如何にもこの人らしくない。（16）ましてや詩風の変化という詩人としてのターニングポイントに言及しないとあれば、なおさらである。このことから、李白との邂逅を契機とする破棄は、そもそも無かったのではないか、と推測されるのである。

五、見えない応酬の詩

第二に問うべきは、応酬の詩である。ほとんど詩が現存しない30歳ごろに、杜甫は呉越地域を足掛け4年にわたり遊び、見聞を広げていた。この時期について陳貽焮氏は、杜甫が多くの人々と交流していたことを想定して以下の通り述べる。

馮至先生認為青年杜甫往江南不是没有人事上的因縁、這推測不無道理。諸家年譜考訂杜甫漫遊呉越前後凡四年（731—735）。他在江南生活了一段時期、一定去過很多地方、結識了不少朋友。只是少作不存、詳情不明、深感惋惜。

(陳貽焮『杜甫評伝』上巻、上海古籍出版社1982年、47頁)

陳貽焮氏の指摘するとおり、四年も呉越を漫遊すれば、当地で交流を結ぶことも少なからず

あっただろう。そしてその交流の手段として、詩を応酬する機会も相応に持ったはずである。一般論で言って、旅先で当地の人士と交流する詩においては、一定の型に沿うのが常である。当地の風土や物産を誉めそやし、相手の平安を祈る、等々のパターンで詠まれやすく、それは千篇一律に陥りやすいかもしれないが、およそ無難な作に落ち着くものであろう。仮に破棄したくなるほどの腰折れ詩を詠じたとしても、それが四年の間に詠んだ応酬の詩すべてがそうであったとは、およそ考え難い。

またこうした応酬の詩は、巧拙とは別次元の問題として誰と付き合いがあったかを示すこと自体も大事である。それは言わば、現代の名刺にも似る。名刺をわざわざ棄てる必要は無く、同じように儀礼上の詩を棄てる必要はおよそ無い。にもかかわらずそれら応酬の詩がほぼ伝わっていない現状からは、杜甫が取捨選択して破棄した結果ではなく、やはりそれら若き日の詩が、収録冊子ごと散逸した結果、と見るのが妥当だと思われるのである。

六、編年で排列されやすい杜甫詩集

第三に問うべきは、杜甫詩集が編年体で組まれやすい、という点である。「千家注杜詩」というごとく杜甫には千ものテキストが存在する中で、その多くが編年体によって排列されている。まさにこれは客体化した詩風の李白とは異なる、杜甫ならではの性質に起因する。李白の場合、作品を読んでも、その一首がいつどこで詠んだのかを特定するのは、かなり難しい。それに反して杜甫の場合、具体的かつ個別的な筆致ゆえに、いつどこで詠んだのかを特定するのが容易である。その結果、杜甫の詩は時代順、つまりは若き日の詩から順に排列されることになる。

この時代順という排列こそが、散逸をまねく直接の原因になったと思われる。杜甫の最も古いテキストは、六十巻本の杜甫集と言われている。おそらくこの六十巻本も時代順で編まれており、その冒頭巻から第3ないしは4巻あたりまでが若き日の詩で占められていたのではなかろうか。そしてこの杜甫集というテキストが流通する途中で、それら若き日の詩を収録する冒頭の数巻のみが丸ごと散逸してしまったのではなかろうか。

陳尚君氏によると、杜甫詩の散逸状況は若き日だけに限らず、その後の華州詩などの各時期にも散逸した形跡が見えるという。また陳尚君氏によれば、六十巻本は杜甫自身の整理を経て、時代順に排列され、2500〜3000首が収録されていた、と推測する。

以上に即せば、次のように整理できそうである。僅かながらでも華州で詠んだ詩は現存しており、若き日のような空白期間ではない。従って華州期などの各時期に満遍なく散逸の形跡が見えるとしても、それらは若き日における散逸とは切り離して解釈せねばなるまい。おそらくは、まず杜甫自身が不満な詩を選別し、2500〜3000首ほどの詩稿を整えた。このときの選別を破棄と呼べば呼べそうだが、しかしながら詩風の変化という根源的決意に基づく破棄ではな

い。それゆえに、自叙伝的回顧詩においても「選別した」と杜甫は言及しないのかもしれない。またその選別に際しては、若き日の詩も対象となり、不満な作品については選別されていたことだろう。若き日も含む各時期の詩が満遍なく選別された結果、2500～3000首から成る六十巻本が出来上がった。そして流通の途中で冒頭の数巻が散逸してしまい、1000余篇の詩だけが残り、若き日の詩が消えてしまったのではなかろうか。

七、まとめに

　いったい芸術の創造とは、張り詰めた精神で作品と格闘し、己れの魂を吹き込んで創り上げる営みでもあろう。陶芸家が出来上がった作品に不満なとき、叩きつけて破棄してしまう姿は、いかにもその張り詰めた精神の反動のように思える。

　文学においても然りである。中国古典の世界では、李白や杜牧をはじめ、その他にも黄庭堅や陳師道ら多くの詩人たちが己れの作品を破棄している。[22]また海外でも、同様に自作を破棄する文学者たちが存在する。有名な例では、フランツ・カフカ（Franz Kafka 1883 - 1924）である。本稿冒頭で示したとおり、カフカは友人マックス・ブロードに遺言し、自作の全てを処分するように託した。結局ブロードは自身の信念に従い、遺稿を整理して出版し、そのおかげで私たちはカフカの大作を読むことが出来ている。[23]ロシアのニコライ・ゴーゴリ（Микола Василович Гоголь 1809 - 1852）も、一度は筆が進まぬ苦悩のあまり、二度目は信仰に専念して文学を棄てるために、草稿を焼き捨てている。[24]日本でも、たとえば明治の詩人北村透谷が、その一人である。透谷は 21 歳のときに詩集『楚囚之詩』を刊行したが、後悔の末に回収して廃棄したという。[25]

　では杜甫においては、どうであったか。わたしたち読者は杜甫の詩集をひもとくたびに、冒頭にあるはずの若き日の詩が、空白であることを目にする。この素通りできぬ事実ゆえに、ことさら若き日の詩について意識せざるを得なくなる。それを、日本では自ら棄てたといい、中国ではあたら散逸した、と解釈されるに至った。たしかに「李白との出会いに伴ない破棄した」という解釈は、文学的緊張感に満ちていて、杜甫の伝記としていっそう魅力的に聞こえてくる。しかし以上に述べてきたとおり、本稿はそうした破棄説を疑問視し、流通の過程で散逸したのが真相ではないか——と結論する。

【注】
(1) 『読杜心解』収録の作品数に拠る。なお、『杜詩詳註』は 1457 首。
(2) たとえば、他の盛唐詩人における現存する詩作品数は、以下の通り。張説は 298 首、王維は 400 首、岑参も 403 首、孟浩然は 267 首、高適は 205 首、賈至は 396 首、王之渙はもっと少なく 7 首。李白はさすが杜甫とならぶ詩人だけあり、およそ 1000 首も現存する。
(3) 『戦国策』巻 25 の原文は以下の通り：魏王與龍陽君共船而釣、龍陽君得十餘魚而涕下。王曰「有所不

安乎。如是、何不相告也」對曰「臣無敢不安也」王曰「然則何爲涕出」曰「臣爲王之所得魚也」王曰「何謂也」對曰「臣之始得魚也、臣甚喜、後得又益大、今臣直欲棄臣前之所得魚也。今以臣凶惡、而得爲王拂枕席。今臣爵至人君、走人於庭、辟人於途。四海之内、美人亦甚多矣、聞臣之得幸於王也、必褰裳而趨王。臣亦猶曩臣之前所得魚也、臣亦將棄矣、臣安能無涕出乎」魏王曰「誤。有是心也、何不相告也」於是布令於四境之内曰「有敢言美人者族」。

(4) 王嗣奭曰：此乃公自爲傳、其行徑大都似李太白。然李一味豪放、公却豪中有細。又云：觀其吳越齊趙之遊、壯歲詩文、遺逸多矣、豈晚歲詩律轉細、自棄前魚耶。(中華書局排印本、1447頁)
　　仇兆鰲は王嗣奭をとりわけ尊敬しており、『杜詩詳註』内でも1075箇所も引用する。これは他の引用文献（たとえば黄鶴が884回・朱鶴齢が751回・黄生が367回）と比べても、圧倒的に多い。王嗣奭は仇兆鰲にとって、地元寧波の百年前の先輩であり、特別な存在であった。拙論「仇兆鰲『杜詩詳註』における「論世知人」── 浙東鄞県という文化的磁場」（『松浦友久博士追悼記念中国文学論集』研文出版 2006年）を参照。

(5) 「しかし三十歳以前の詩は、原則として伝わらない。したがって伝記の詳細を追跡できない。」（吉川幸次郎『杜甫詩注』第1冊「総序」筑摩書房 1977年、7頁）。これとほぼ同様の記述が、小川環樹編『唐代の詩人──その伝記』（大修館書店 1975年）所収「杜甫伝」にも見える。「「鵰の賦」の上表には、そのときまでの作物は、「約千有余篇」とあるが、三十歳以前の詩は、原則として今日に伝わらぬ。」（238頁。黒川洋一氏による項目執筆）。

(6) 浅見洋二氏も断定を避けて破棄説を紹介する。「この他に例えば杜甫の場合も、初期の作品が伝わっておらず、同様の「焚棄」が行われたと推測されるが、そのことを記録した記事は見えない。杜甫の「焚棄」を指摘するのは、明の王嗣奭『杜臆』巻八が最も早い（吉川幸次郎『杜甫詩注』第1冊参照）」。浅見洋二「焚棄と改定──唐宋期における別集の編纂あるいは定本の制定をめぐって」『立命館文学会』598、2007年。いま『中国の詩学認識──中世から近世への転換』創文社 2008年に収録。この浅見論文からは多くの知見を得て、本稿執筆に際してもたいへん参考になった。特に記して謝意を表したい。

(7) 吉川氏の同門である高木正一『杜甫』（中公新書、1969年）も、王嗣奭の①説を支持する立場を取る。「後年玄宗皇帝に「鵰の賦」を献上した時、これに添えた上奏文にも述べているごとく、四十歳前後には、その作品はすでに千首をこえていた。もちろんそのなかには、少時の作や、呉越に遊んだおりの詩も含まれていたはずである。それがいまにほとんど伝わっていないのは、明の王嗣奭が説くごとく、晩年の詩人が、これら少時の作を律にそわぬものとして、良心的にけずり去ってしまったことによるものであろう」（23頁）。

(8) 黒川氏は、この③発言とほぼ同趣旨の発言を、のちに論文に書き直して繰り返しており、その中では王嗣奭の①発言も引用し、よりいっそう杜甫自身による破棄であったことを明確に論じている（黒川洋一『杜甫の研究』「杜甫における李白の意味」創文社 1977年、67頁）。

(9) 稿者も近年までは黒川説を支持していた。『教養のための中国古典文学史』研文出版 2009年、82頁。しかし同書第5刷（2017年）からは、破棄説はあくまで可能性の一つである表記に改めることにした。

(10) ただし川合氏は、破棄説と散逸説のどちらか一方というより、第三の可能性を想定している、ということを川合氏御本人から直接うかがったことがある。

(11) 『宋本杜工部集』（『続古逸叢書』47、商務印書館 1957年）を参照。

(12) 日本人としては、佐藤保氏もその一人であり、次のように述べる：七歳から詩文を作りはじめ、四十年近くの間に千首篇になったとは、天宝九載（七五〇）に「進雕賦（雕を進むるの賦）」を朝廷に奉ったときの上奏文にかれ自身が記す言葉であるが、いま若いころのかれの作品はほとんど伝わらない。（『漂泊の詩人 杜甫』中国の名詩5　平凡社 1983年、4頁）

(13) 劉維崇氏はこの『杜甫評伝』以外にも、『李白評伝』『陶淵明評伝』『白居易評伝』など多くの伝記を、国立編訳館中華叢書として編んでいる。国立編訳館は、台湾の学術文化事情を担う教育部直属の行政機関である。その流れをくむ『杜甫評伝』も、台湾学術界の公式見解に近く、したがって「破棄説」では

なく「散逸説」が、台湾学術界の見解により一層なりやすくなるのだろう。

(14) 白居易が目睹した杜甫は 1000 余首。六十巻本は 2500〜3000 首を収録していたと陳尚君氏は推定する。この奇妙な差について長谷部剛氏は未詳とし、今後の課題とする（同氏「唐代における杜甫詩集の集成と流伝（三）」『関西大学文学論集』61 巻 4 号、81 頁）。

(15) 管見の限りでは、この他にも次のような発言例があり、いずれも破棄説をそもそも念頭に置いていない。

◆他在《進鵰賦表》中也曾自言「臣七歳所綴詩筆、向四十載矣、約千有余篇」。惜乎其四〇歳前所作千余篇詩未能伝世。（祁和暉「杜甫生平分期述評及我見（上）」『杜甫研究学刊』2005 年第 4 期、19 頁）

◆甌北所説不差、少陵之一日不可無詩、詩歌実乃其生平之真実記載、惟散佚過半、殊為可惜。（雷恩海、李天保「会当凌絶頂：杜甫早期詩歌創作研究」『湖南大学学報』18 巻 3 期、2004 年、24 頁）

◆杜甫早年創作時期、為他三五歳以前的読書遊歴時期（公元七一八年—七四六年）。杜甫在《進雕賦表》中称「臣幸赦先臣緒業、自七歳所綴詩筆、向四十載矣、約千有余篇」。仇兆鰲考此文作於天宝十三載（公元七五四年、而杜甫四三歳）。据後人估算、杜甫在三五歳以前的作品已不下數百篇、但大部分已散佚了、流伝下来的篇数極少、只有二六篇（据仇注本）。（李瑞智、李天保「論杜甫早年対詩歌創作的探索」『社科縦横』2006 年巻 21 巻 1、87 頁）

◆従杜甫自己的回憶中、我可以知道他従事詩歌創作很早、而且数量也可観、「七齡思即壮、開口詠鳳凰」、韓愈在「調張籍」中説、「平生千万篇、金薤垂琳琅。仙官敕六丁、雷電下取将。流落人間者、太山一豪芒。」説明在中唐時候、杜詩已開始大量散逸。我們今天所看到的這箇時期的二十五首詩、遠非杜甫早期詩的全貌。就従這少得可憐却很可貴的二十多首詩中、杜甫已向読者伝達了相当多的信息。（梁懐超「騏驥開道路鷹隼出風塵——論杜甫早期詩」『作家評論』2010 年 2 期、124 頁）

(16) あるいは杜甫が自身の原稿を託した息子（宗文・宗武）には、未熟な作品は破棄したことを伝えていたかもしれない。杜牧も甥に文集編纂を託したさい、未熟な作品を破棄した事実を甥に伝えたが、杜牧の甥はその事実を序文に明記した（本稿四節Ⓜ発言を参照）。

(17) この点に関しては、入谷仙介氏が次のとおり言及している：地方官の赴任に當たっての送別の詩の数が多いことは、唐代において、地方へ赴任する官吏が送別の宴に名家を招いて詩を賦してもらい、それを名聞とする風があったことを思わせる。唐代においてはすでに文學作品のある意味での商品化があった（『王維研究』創文社 1976 年、333 頁）。——以上のとおり入谷氏は述べ、その例として初唐の李邕を例に引く。すなわち：初め邕は早くより才名を擅ままにし、尤に碑頌に長ず。職を貶されて外に在りと雖も、中朝の衣冠及び天下の寺観、多くは金帛を齎持せて、往きて其の文を求めしむ。前後に製る所は數百首、受納餽遺は亦た鉅萬に至る（『舊唐書』巻 190「文苑傳」）。
この他にも、巧拙以上に誰と交流があったかという類例については、たとえば杜甫とも交流のあった裴迪が挙げられよう。裴迪は、王維「輞川集」と同じ環境のもとで詠じた連作詩二十首が伝わるけれども、古来より巧拙については賛否両論ある。南宋の劉辰翁に至っては、「壊尽一鍋羹（王維の作品を台無しにしている）」とまで酷評する（『唐王右丞集』「椒園」）。巧拙でいえばこの裴迪の詩は拙なく、王維のおかげで棄てられなかった作例であることは否めない。呉汝煌『唐五代人交往詩索引』（上海古籍出版社、1993 年）等を見ても、巧拙を問わず多くの応酬の詩が掲載されており、この点について、稿を改めて論じたい。

(18) むろん浦起龍『読杜心解』のように詩体別で排列したテキストもまれに存在する。また王洙本の流れをくむ『宋本杜工部集』も、古体と近体の二種に分類して排列する。しかしながら、その『宋本杜工部集』にしても、古近に二分類したあと、更なる下位分類としては、編年順で排列している。いかに杜甫詩が編年で排列しやすいか、かえって印象を深くする。

(19) 杜甫のこうした傾向については、ハーバード大学のスティーブ・オーウェン氏にも同様の言及がある。オーウェン氏は『中国古典詩と詩学』の中で、杜甫「旅夜書懐」詩とワーズワース「一八〇二年九月三日、ウェストミンスターにて作る」詩を比較し、「杜甫の詩には具体的場所や日付は無いが、にも

かかわらずそれが杜甫の人生に実際に起こった場面であることを読者は確信する。一方ワーズワースの詩では、日付も場所も詩題に書かれているにも拘わらず、読者はワーズワースがその時その場所に実際いたかどうか、いっさい関心を払わない」と指摘する。（Stephen Owen ”*Traditional ChinesePoetry and Poetics*” The Univners Wisconsinpress,1985,p13 “Omen of the World”）

(20) この六十巻という数字については、黒川洋一氏は「誤りがあるものと考えられる」と述べている（黒川洋一「中唐より北宋末に至る杜詩の発見について」『杜甫の研究』創文社 1977 年）。静永健氏も、「『文苑英華』所収の杜甫詩文について（一）」にて、「それが果たして『六十巻』もの分量があったのかも不明（数字そのものについては誤写・誤伝の可能性は否めない）」と述べている（『文学研究』106、九州大学大学院人文科学研究院、2009 年）。この点については、稿を改めて論じたい。

(21) 本稿（三）前掲Ⓚ論文「杜詩早期流伝考」第 3 章を参照。

(22) たとえば黄庭堅の場合、「魯直旧有詩千余篇、中歳焚三之二、存者無幾、故自名『焦尾集』。」という指摘が見える（葉夢得『避暑録話』巻上）。陳師道の場合、「僕於詩、初無法師、然少好之、老而不厭、数以千計。及一見黄豫章、尽焚其稿而学焉。」のごとく、破棄した事実を秦観に寄せた手紙で表明している（『後山集』「答秦観書」）。以上は、注(6)所掲の浅見論文に詳しい。

(23) エルンスト・パーヴェル『フランツ・カフカの生涯』（世界書院 1998 年）421 〜 423 頁を参照。

(24) ニコライ・ゴーゴリ『死せる魂』（岩波文庫 1977 年）の訳者平井肇氏による解題（上巻 255 頁）を参照。

(25) ただし透谷自身は廃棄処分したつもりでいたが、印刷した書店がすでに店頭で販売してしまい、それを購入した者がいたらしい。次のように透谷本人は語る。「『楚囚之詩』と題して多年の思望の端緒を試みたり、大に江湖に問はんと印刷に附して春祥堂より出版することとし、去る九月に印刷成りたるが又熟考するに余りに大胆に過ぎたるを慚愧したれば、急ぎ書肆に走りて中止することを頼み直ちに印刷せしものを切りほぐしたり。自分の参考にも成れと一冊を左に綴込み置く」（『透谷子漫録摘集』四月十二日）。その結果、『楚囚之詩』は、「明治期最大の稀本」と呼ばれるに至る。紀田順一郎『古書街を歩く』（新潮文庫 1992 年）57 頁を参照。

白居易詩における連鎖表現

埋田 重夫

一、序

　一般に「白俗」と評されることが多い白居易は、まさにその「平易通俗」を己が文学の基柱に据え、75年の生涯を費やして独自の詩歌世界を構築したのである。それは自らが選択したほとんど確信的な作風であったと言ってよい。彼が採用し実践した修辞の実態は多種多様であるが、恐らくその中核になるのは、対偶と連鎖に代表される二大技法であったと判断される。これらは詩語・詩型・詩材・詩情・詩境とも密接に関係して、白居易的な詩歌を生み出す大きな原動力となっている。

　本稿ではそのなかの連鎖表現を特に取り上げ、白居易詩におけるこの手法の意義について考察を加え、確認できた複数の論点を示したいと思う。特色ある修辞論からみた新たな詩人像の提出は、白居易研究において必要不可欠であると考えられるからである。

二、散文の連鎖

　白居易文学全般に顕著な連鎖表現は、当然のことながら散文においても、注目すべき用例が見出せる。詩題中に現れる「自望秦赴五松駅、馬上偶睡、睡覚成吟」〔0340〕「題廬山山下湯泉」〔0938〕も留意されるが、その序・書・論・伝・記・碑などの文体には、部分的なものから全体的なものまで多くの作例が認められる。唐朝の高級官僚の立場で起草した制・詔・策・判・奏などの公文書には相対的に少ないものの、白居易個人の重要な作品からは、この種の修辞法が容易に検出できる。最初に指摘したいのは詩序に見られる連鎖であるが、参考までに三例のみ当該部分を掲出してみたい。

①「……旬月来多乞病暇、暇中稍閑、且摘巻中尤者継成十章、亦不下三千言。其間所見、同者固不能自異、異者亦不能強同。同者謂之和、異者謂之答、……頃者在科試間、常与足下同筆硯、毎下筆時、輒相顧語患其意太切而理太周。故理太周則辞繁、意太切則言激。……」（「和答詩十首幷序」〔0100〕）。

②「序曰、凡九千二百五十二言、断為五十篇。篇無定句、句無定字。…惣而言之、為君為

臣為民為物為事而作、不為文而作也。」（「新楽府幷序」〔0124〕）。

③「都城風土水木之勝、在東南偏。東南之勝、在履道里。里之勝、在西北偶。西閛北垣第
　一第、即白氏叟楽天退老之地。地方十七畝、屋室三之一、水五之一、竹九之一、而島樹
　橋道間之。……」（「池上篇幷序」⁽¹⁾〔2928〕）。

　①②はともに『白氏文集』巻二～巻三諷諭に収録される長篇連作詩の序文であるが、字・
語・句に跨がる連鎖と反復が節奏と論理の展開を促進しており、この文学者の個性が色濃く出
ていると言える。ここでは断絶ではなく連続が追究されており、その畳み掛ける文章の勢いが
読後の深い印象となって残る。

　文章を文字鎖のように淀み無く繋げ、描写する対象を漸次焦点化していく技法は、白氏晩年
の生活と文学の拠点となる洛陽履道里邸の結構を詳述した③において、一層著しいものがあ
る。都城→東南偏→履道里→西北偶→西閛（西の坊門）北垣（北の坊牆）→第一第（最初の邸宅）
のように空間を次第に絞り込みながら、屋敷の位置や特徴が簡潔かつ鮮明に説かれる⁽²⁾。公正な
科挙が実施されるようになる中唐では、散文と韻文の何れにも秀でた新興士大夫を輩出するよ
うになるが、居易は散文の句読や呼吸にも深く通じた文人官僚の典型であったと言ってよいで
あろう。

　このような反復・並列・対偶・漸層を伴った連鎖表現は、「与楊虞卿書」〔1483〕「与元九書」
〔1486〕の書、「漢将李陵論」〔1495〕の論、「有唐善人墓碑」〔1458〕の碑にも認められるが、次
に引用したいのは、白居易の自伝文学に位置づけられる「酔吟先生伝」〔2953〕である。開成3
年（838）67歳、洛陽での作であり、酒と詩をどうしても手放せない自己を、複数の特色ある
修辞を援用して叙述したものである。

④「……家雖貧、不至寒餒。年雖老、未及耄。性嗜酒、耽琴、淫詩。凡酒徒・琴侶・詩客
　多与之游。游之外、棲心釋氏、通学小中大乗法。与嵩山僧如満為空門友、平泉客韋楚為
　山水友、彭城劉夢得為詩友、安定皇甫朗之為酒友。……洛城内外六七十里間、凡観寺丘
　墅有泉石花竹者、靡不游。人家有美酒鳴琴者、靡不過。有図書歌舞者、靡不観。……設
　不幸、吾好利、而貨殖焉、以至于多蔵潤屋、賈禍危身、奈吾何。設不幸、吾好博奕、一
　擲数萬、傾財破産、以至于妻子凍餓、奈吾何。設不幸、吾好薬、損衣削食、錬鉛焼汞、
　以至于無所成、有所誤、奈吾何。……吾生天地間、才与行、不逮於古人遠矣。而富於黔
　婁、寿於顔回、飽於伯夷、楽於栄啓期、健於衛叔宝、甚幸甚幸。……掲甕撥醅、又引数
　盃、兀然而酔。既而酔復醒、醒復吟、吟復飲、飲復酔、酔吟相仍、若循環然。……」。

　一読して、過剰とも思われる同一文字の重複が眼を引く。筆者の情緒と論理とが、独特な文
体によって説得的に述べられており、改めて連鎖と対偶が、白居易の文章に深く根を下ろして
いることが理解される。そしてここで特に注意したいのは、飲酒酣酔の詩境が飲→酔→醒→吟

→飲→酔吟……の円環表現で説明されていることである。正しく本人が説く「若循環然」の至境であり、この詩人において飲酒と作詩とが矛盾相克するものではなく、互いに補完し合う表裏一体の関係にあったことがわかる。単なる酔漢の戯言に終らない文学。換言すればそれは、酒杯を重ねて齎される酩酊のなかに、正確な作詩の技法をなす覚醒があったことを示唆している。白居易にとって飲酒の営みは、決して詩作を損ない妨げるものではなかったのである。本人自らが酔吟先生と号する所以である。この意味で、「酔吟先生伝」およびそこに現れる連鎖円環表現は、十分に留意されてよいであろう。中国歴代の著名な飲酒詩人―陶潜・王績・李白・白居易―の作品には、陶酔に埋没し切らない覚醒の感覚が等しく存在する。

　散文の用例として最後に言及すべきは、記の文体を採る次の二篇である。特徴的な箇所に絞って紹介してみる。

　　⑤「匡廬奇秀、甲天下山。山北峯曰香鑪、峯北寺曰遺愛寺。介峯寺間、其境勝絶、又甲廬山。……俄而物誘気随、外適内和、一宿體寧、再宿心恬、三宿後頹然嗒然、不知其然而然。……其四傍耳目杖屨可及者、春有錦繡谷花、夏有石門澗雲、秋有虎谿月、冬有鑪峯雪。……」(「草堂記」〔1472〕)。

　　⑥「竹似賢、何哉。竹本固、固以樹德、君子見其本、則思善建不抜者。竹性直、直以立身、君子見其性、則思中立不倚者。竹心空、空以體道、君子見其心、則思応用虚受者。竹節貞、貞以立志、君子見其節、則思砥礪名行、夷険一致者。……嗚呼、竹不能自異、惟人異之、賢不能自異、惟用賢者異之。……」(「養竹記」〔1474〕)。

　⑤の「草堂記」は元和12年(817)46歳の折に、左遷先の江州で書かれたものであり、自らが設計し創建した廬山の遺愛草堂を取り上げる。傍点部分に示した同一文字の重出、数字および四季の連続描写がとりわけ注目されよう。文章の流れに些かの淀みも無く、全体を軽快な節奏が支配している。ここでも連鎖と対偶は相互扶助的に機能しており、それがまた白居易独自の文体を形成していると言ってもよい。

　この種の修辞技法は、貞元19年(803)32歳、長安で作られた⑥の「養竹記」において、さらに徹底している。皇帝側近の高級官僚として生きんとする白居易にとって、竹と松は生涯に渉って意識された精神的支柱であった。[3]両者は冬枯れしない常緑性と強い生命力、穢れた人心を浄化する竹韻と松籟の効果などで共通している。科挙第三次選抜である吏部試書判抜萃科に首席で合格し、秘書省校書郎の官職を拝命した直後に執筆したこの作品では、竹の持つ四つの基本属性を「本・固」(善建不抜)、「性・直」(中立不倚)、「心・空」(応用虚受)、「節・貞」(砥礪名行・夷険一致)と見定め、これら「儒」「道」的価値観に依拠して、これからの役人生活を歩んでいく決意が語られる。そしてその純粋で揺るぎない思いを、恰も竹林の地下茎の如く伸張する連鎖と対偶によって説き起こすのである。

　白居易におけるこのような言語操作は、散文よりも韻文の分野にあってさらに顕著である。

次節では専ら詩材（題材〜素材）を対象にして、より詳しく分析を進めてみたいと思う。

三、詩材の連鎖

　白居易の詩篇で現在に伝誦されるものは、2700首を超える。彼は唐朝最大の多作詩人であり、生前からその詩歌は広範な地域に伝播し、多数の民衆に享受されていた。自撰の別集である『白氏文集』七十一巻を通覧すると、そこでは韻文における多種多様な連鎖技法が試行されている。集団による文学創作である聯句詩や詩人間で遣り取りされる和韻詩は言うに及ばす、題材面でもこの種の傾向は大変明確である。

　こうした詩材の連鎖で第一に指摘できるのは、同じ対象を時系列に繋いで詠う作品である。例えば自身の肖像画(4)を数十年に渉って詠い継ぐ「自題写真」〔0229〕（39歳）「題旧写真図」〔0325〕（46歳）「贈写真者」〔1039〕（47歳）「感旧写真」〔2273〕（59歳）「香山居士写真詩幷序」〔3542〕（71歳）、3歳で夭折した長女を数年単位で取り上げる「念金鑾子晬日」〔0413〕（39歳）「病中哭金鑾子」〔0776〕（40歳）「念金鑾子二首」〔0468―0469〕（42歳）「重傷小女子」〔0824〕（44歳）などは、その代表作と言ってよい。これらの事物や人間以外にも、長安城南東隅にあった景勝地の曲江池、廬山に自ら造営した遺愛草堂といった場所や家屋は、自己の記憶や感慨を繰り返し呼び戻す近しい空間として、大きな意味を持っていたと思われる。このように白居易の文学には、断絶よりも連続の基調が強く認められる。彼の詩題に多出する「重詠」「重題」「重感」「重過」「重到」「重尋」「重寄」「重酬」「重和」……などの語は、この指摘の傍証となろう。ここでは参考までに、「元和十二年作」の自注を付す「潯陽春三首」〔1020―1022〕を引いてみたい。江州司馬に流謫されてから早くも2年が経過し、異郷の地で三春（孟仲季）を見送らねばならない不安と焦燥を率直に述べた七言律詩である。「春生→春来→春去」と時間の推移を詠い継ぎながら、今年もまた「両京」（長安洛陽）に戻れない複雑な感情を吐露し、連作が持つ表現効果を最大限に引き出している。単独に詩篇が示される場合と比較して、作品全体に拡がりと奥行きが加わることは否定できないであろう。いわば時間の層―経過と堆積―が、より生々しく実感されるのである。

⑦「春生何処闇周遊、海角天涯遍始休。先遣和風報消息、続教啼鳥説来由。展張草色長河畔、点綴花房小樹頭。若到故園応覓我、為伝淪落在江州。」（「潯陽春三首其一、春生」〔1020〕）。

⑧「春来触動故郷情、忽見風光憶両京。金谷蹋花香騎入、曲江碾草鈿車行。誰家緑酒歓連夜、何処紅楼睡失明。独有不眠不酔客、経春冷坐古湓城。」（「同前其二、春来」〔1021〕）。

⑨「一従沢畔為遷客、両度江頭送暮春。白髪更添今日鬢、青衫不改去年身。百川未有廻流水、一老終無却少人。四十六時三月尽、送春争得不殷勤。」（「同前其三、春去」〔1022〕）。

題材の特色ある連鎖として第二に言及したいのは、同じ主題のもとで複数の詩篇が包摂的に羅列される事例である。確認できたものの詩題を列挙する。

○「西楼夜」〔0530〕「東楼暁」〔0531〕 ○「和元八侍御升平新居四絶句」〔0832―0835〕（看花屋・累土山・高亭・松樹） ○「和萬州楊使者四絶句〔1134―1137〕（競渡・江辺草・喜慶李・白槿花） ○「贈僧五首」〔2804―2808〕（鉢塔院如大師・神照上人・自遠禅師・宗実上人・清閑上人） ○「観游魚」〔2848〕「看採蓮」〔2849〕「看採菱」〔2850〕 ○「府酒五絶」〔2896―2900〕（変法・招客・辨味・自勧・論妓） ○「詠興五首」〔2956―2960〕（解印出公府・出府帰吾廬・池上有小舟・四月池水満・小庭亦有月） ○「読老子」〔3152〕「読荘子」〔3153〕「読禅経」〔3154〕 ○「病中詩十五首幷序」〔3408―3422〕（初病風・枕上作・答閑上上人来問因何風疾・病中五絶〈五首〉・送嵩客・罷灸・売駱馬・別柳枝・就煖偶酌戯緒詩酒旧侶・歳暮呈思黯相公皇甫朗之及夢得尚書・自解） ○「山中五絶句」〔3475―3479〕（嶺上雲・石上苔・林下樗・澗中魚・洞中蝙蝠） ○「会昌元年春五絶句」〔3483―3487〕（病後喜過劉家・贈挙之僕射・盧尹賀夢得会中作・題朗之槐亭・勧夢得酒） ○「聴歌六絶句」〔3501―3506〕（聴都子歌・楽世・水調・想夫憐・何満子・離別難詞）。

楼・宅・僧・池・酒・興・書・病・山・春・歌などの題材が、共通する複数の詩材を結び合わせた連作形式で構成されている。この他にも冒頭句に同一表現を配置する「和春深二十首」〔2653―2672〕「勧酒十四首幷序」（何処難忘酒七首）〔2756―2762〕（不如来飲酒七首）〔2763―2769〕「把酒思閑事二首」〔3090―3091〕「憶江南詞三首」〔3366―3368〕、様々な生き物を詠い込む「禽蟲十二章」〔3661―3672〕があるが、それらはどれも、類似した詩材をまとまりとして並列し提示する手法で一致している。

とりわけ開成4年（839）68歳の10月に突如発症した「風痺之疾」を主題にする「病中詩十五首幷序」は、彼の詠病詩における傑作とも言うべきものである。幼少の頃より「蒲柳」の体質であった白居易が、老境に入って疾病の本質を見詰め直し、自己の詩想を新たに鍛え上げる契機となった作品と考えてよい。また連作詩十五首中の七言絶句「病中五絶」が、"入れ子構造"のように包含されていることも見逃せないであろう。現象を単線で把握せず、複眼で認識しようとするこの詩人の特性は、前引の連作諸篇にも色濃く浸出している。

第三として注目される連鎖の技法は、詩題に多様な問答体を設定する作品である。最初に検索できた詩題のみ呈示してみる。

○「代春贈」〔0915〕「答春」〔0916〕 ○「代州民問」〔1170〕「答州民」〔1711〕 ○「問鶴」〔3157〕「代鶴答」〔3158〕 ○「少年問」〔3173〕「問少年」〔3174〕 ○「代林園戯贈」〔3176〕「戯答林園」〔3177〕「重戯贈」〔3178〕「重戯答」〔3179〕 ○「自戯三絶句、心問身」〔3480〕「同前、身報心」〔3481〕「同前、心重答身」〔3482〕 ○「池鶴八絶句、鶏贈鶴」〔3593〕「同前、

鶴答鶏」〔3590〕「同前、烏贈鶴」〔3591〕「同前、鶴答烏」〔3592〕「同前、鳶贈鶴」〔3593〕「同前、鶴答鳶」〔3594〕「同前、鵝贈鶴」〔3595〕「同前、鶴答鵝」〔3596〕○「客有説」〔3599〕「答客説」〔3600〕。

　二首・三首・四首・八首に渉る形式の差異はあるものの、全ての詩篇は「贈と答」「問と答」「問と報」……などの応答で構成されており、題材の連鎖を前提とした作品になっている。ここでは春・林園・心・身・鶴・鶏・烏・鳶・鵝を擬人化する修辞も際立っており、それがまた抒情と説理を交差させつつ、自らを納得させる形で議論を展開するこの詩人の個性をよく表している。生来的に論を好み理を求める居易の気質は、自身の処世の象徴かつ分身とも言うべき白鶴を登場させる「池鶴八絶句」に顕在化している。鶏→鶴→鶏→烏→鶴→鳶→鶴→鳶→鵝→鶴→鵝と対話を循環させて、あるべき結論を導くその粘着性には、確かに白氏という表現者の特色や傾向が窺われる。

　白居易が先天的に頑健な体質ではなかったことは既に述べた。先の問答体を採用する詩歌から自己の身心を主題にするものを引用してみたい。

⑩「心問身云何泰然、厳冬煖被日高眠。放君快活知恩否、不早朝来十一年。」（「自戯三絶句、心問身」〔3480〕）。

⑪「心是身王身是宮、君今居在我宮中。是君家舍君須愛、何事論恩自説功。」（「同前、身報心」〔3481〕）。

⑫「因我疎慵休罷早、遣君安楽歳時多。世間老苦人何限、不放君閑奈我何。」（「同前、心重答身。」〔3482〕）。

　詩題下の自注には「閑臥独歩、無人誂和、聊仮身心、相戯往復、偶成三章」とあり、作者が終生敬慕した東晋陶淵明の「形影神三首」（形贈影・影答形・神釈）〔清代陶澍『靖節先生集』巻二〕を強く意識して制作された七言絶句である。開成5年（840）69歳、洛陽、太子少傅分司の作。陶詩で用いられた形・影・神の三副対とは異なり、白詩では心・身の両者に直接対話させ、基本的には心の立場に寄り添わせながら、著者最晩年の閑適観を説く点が興味深い。頻用する一人称「我」と二人称「君」も、三首中で指示対象（身と心）が目まぐるしく変換されており、複数の連鎖技法を駆使した作品に位置づけられる。ここまで述べてきた時系列・連作・問答の作品は、共通の題材を前提としながら、その内にある差異に注目し、そこから生じる微妙な感情の揺れを詠う点に特色がある。これもまた白居易による連鎖の一側面であると言えよう。

　第四のそして最も重要な作品は、詩中の連鎖表現が、一首全体の抒情の方向性を完全に支配しているものである。結論から言えばこの種の詩篇は白詩の中から大量に見出せる。例えば「勧君一盃君莫辞、勧君両盃君莫疑、勧君三盃君始知」（「勧酒」〔2239〕）「三十四十五欲牽、七十八十百病纏。五十六十却不悪」（「耳順吟、寄敦詩夢得」〔2242〕）「我統十郎官、君領百吏胥。我

掌四曹局、君管十郷閭。……君提七郡籍、我按三尺書」(「和微之詩二十三首其十二、和除夜作」〔2261〕)「病眼両行血、悲鬢万茎絲。咽絶五藏脉。消滲百骸脂、双目失一目。四肢断両肢」(「同前其二十、和晨興、因報問亀児」〔2269〕)「眼慵不能看……。手慵不能弾。腰慵不能帯、頭慵不能冠」(「慵不能」〔2291〕)「丘園共誰卜、山水共誰尋。風月共誰賞、詩篇共誰吟。花開共誰看、酒熟共誰斟」(「哭崔常侍晦叔」〔2966〕)「退之服流黄、……微之錬秋石、……杜子得丹訣、……崔君誇薬力」(「思旧」〔2981〕)「足適已忘履、身適已忘衣。況我心又適、兼忘是与非」(「三適、贈道友」〔3000〕)「一年核生芽。二年長枝葉、三年桃有花。憶昨五六歳、灼灼盛芬華。」(「種桃歌」〔3047〕)「非荘非宅非蘭若、……非道非僧非俗吏」(「池上閑吟二首其二」〔3114〕)「前日君来飲、昨日王家宴。今日過我廬、三日三会面。……与君発三願。一願世清平、二願身強健。三願臨老頭、数与君相見」(「贈夢得」〔3527〕)「獺捕魚来魚躍出、此非魚楽是魚驚」(「池上寓興二絶其一」〔3549〕)などは、その極々一部に過ぎない。言葉と言葉は結ばれ、心象と心象は繋がれ、表現は饒舌にして、韻律は躍動している。各詩が詠う対象(飲酒・年齢・職能・身体・哀傷・人物・歳月・閑適・願望)や機能(連接・対照・重複・強調)は違っているが、ここには確かに「平易」「暢達」「通俗」の詩境が成立している。詩法の制約を感じさせない自在な言語運用が、この詩人特有の多情多感を余す所なく掬い上げているとも言える。詩情と修辞は分かち難く連動していると判断されよう。そのような作品の中から、代表作六首を引用してみたい。

⑬「日出起盥櫛、振衣入道場。寂然無他念、但対一爐香。日高始就食、食亦非膏粱。精粗随所有、亦足飽充腸。日午脱巾簀、燕息窓下牀。清風颯然至、臥可致羲皇。日西引杖履、散歩遊林塘。或飲茶一盞、或吟詩一章。日入多不食、有時唯命觴。……一日分五時、作息率有常。……」(「偶作二首其二」〔2284〕)。

⑭「……自問一何適、身閑官不軽。料銭随月用、生計逐日営。食飽漸伯夷、酒足愧淵明。寿倍顔氏子、富百黔婁生。有一即為楽、況吾四者并。所以私自慰、雖老有心情。」(「首夏」〔2963〕)。

⑮「獣楽在山谷、魚楽在陂池。蟲楽在深草、鳥楽在高枝。所楽雖不同、同帰適其宜。不以彼易此、況論是与非。而我何所楽、所楽在分司。分司有何楽、楽哉人不知。官優有禄料、職散無羈縻。懶与道相近、鈍将閑自随。昨朝拝表迴、今晩行香帰。帰来北窓下、解巾脱塵衣。」(「詠所楽」〔2980〕)。

⑯「今日北窓下、自問何所為。欣然得三友、三友者為誰。琴罷輒挙酒、酒罷輒吟詩。三友遞相引、循環無已時。一弾愜中心、一詠暢四支。猶恐中有間、以酔彌縫之。豈独吾拙好、古人多若斯。嗜詩有淵明、嗜琴有啓期。嗜酒有伯倫、三人皆我師。……」(「北窓三友」〔2985〕)。

⑰「酒酣後、歌歇時、請君添一酌、聴我吟四雖。年雖老、猶少於韋長史。命雖薄、猶勝於鄭長水。眼雖病、猶明於徐郎中。家雖貧、猶富於郭庶子。省躬審分何僥倖、值酒逢歌且歓喜。忘栄知足委天和、亦応得尽生生理。」(「吟四雖」〔2986〕)。

⑱「今朝覧明鏡、鬚鬢尽成絲。行年六十四、安得不衰羸。親属惜我老、相顧与歎咨。而我独微笑、此意何人知。笑罷仍命酒、掩鏡将白髭。爾輩且安坐、従容聴我詞。生若不足恋、老亦何足悲。生若苟可恋、老即生多時。不老即須夭、不夭即須衰。晚衰勝早夭、此理決不疑。……」(「覧鏡喜老」〔3008〕)。

　全て洛陽の白邸で作られたものであり、晩年（58歳から64歳）の生活と心情を叙述する閑適詩である。何れも連鎖の技法が飽和的に採用されており、それが主題となる処世の理を詠い興す上で、優れた表現効果を与えている。詩句は雕琢の痕跡を留めぬ程に精錬され、作為を感じさせない。

　⑬では「一日」を「五時」に「分」割し、日出→日高→日午→日西→日入それぞれの営為が印象深く描写される。⑭⑮⑰は太子賓客分司東都における吏隠生活の快適と満足とを、居易が得意とする複眼対比の思考に即して説き尽くす。また⑯では琴→酒→詩→弾→酔→詩→琴→酒という「三友遞相引、循環無已時」の境地を確立している。北窗の三友で招来される幸福は円環して止まない言語表現によって、その永続性が示唆されているのである。さらに⑱に到っては、生→老→生→老→不老→夭→不夭→晚衰→早夭のように、死生を巡る喫緊の問題を段階的に論証した後で、「此理決不疑」と断言する。これら情理の融合した白居易的な詩歌世界は、連鎖および対偶の修辞を抜きにしては成り立ち得ず、ここには曹植・陸機・陶潜・李白・杜甫とは明らかに異なる詩人像が顕現している。

　白氏によるこのような文字鎖の措辞は、古体と近体の枠組みを越えて、夥しい作例を生み出している。そしてその用法は、本節で取り上げた詩材よりも、むしろ詩句においてなお一層目覚ましい。最後に残された課題は、句中間で連結する用法の概況と機能である。

四、詩句の連鎖

　前句末尾の語を後句先頭に繰り返す修辞を、蟬聯体もしくは頂真格と言う。「蟬聯 chán lián」とは元来、同じ韻母と声調を持つ漢字を重ねた畳韻の擬態語を意味する。中国古典詩におけるこの技法の歴史は古く、『詩経』大雅の「文王」「下武」「既酔」等を始原とし、その後も多くの詩人達によって様々な詠法が実践されてきた。例えば唐に限ってみても、盧照鄰・駱賓王・劉希夷・孟浩然・王維・李白・杜甫・高適・岑参・元稹・白居易・張籍・韓愈・柳宗元・韋荘……には、多数の優れた実作が認められる。そしてこの蟬聯体については今までに、ⓐ民間の楽府詩における表現形式と機能、ⓑ『詩経』ならびに漢魏六朝から唐代に到るまでの叙事詩、ⓒ曹植・潘岳・謝霊運の特定作品を対象にした複数の論考が発表されている。ここではそれら先行研究を踏まえながら、白詩全てに現れる蟬聯体の分析を行い、幾つかの要点を指摘してみたい。

白居易は蟬聯体を使う唐代随一の詩人である。そしてまた、その表現の限界に挑戦し続けた作家でもある。『白氏文集』の編次および自注からみて、16歳頃の試作と推定される「賦得古原草送別」〔0671〕は、読書享受史的にも高く評価される五言律詩であるが、その冒頭句と最終句には「離離原上草」「萋萋満別情」とあり、ここでも重言・双関・隠喩が緊密に連続し照応している。また大作「長恨歌」〔0596〕の「後宮佳麗三千人、三千寵愛在一身」「在天願作比翼鳥、在地願為連理枝。天長地久有時尽、此恨緜緜無尽期」、同じく「琵琶行」〔0602〕の「大絃嘈嘈如急雨、小絃切切如私語。嘈嘈切切錯雑弾、大珠小珠落玉盤」「氷泉冷渋絃凝絶、凝絶不通声暫歇」の詩歌表現は、白居易にとってこの技法が如何に必須であったかを物語っている。彼が試行する蟬聯体は膨大な数量に達しており、それは生涯を通じて全く途絶することなく作られたと言ってよい。白詩に現れる蟬聯体は、おおよそ次に示す六つの型に分類することができる。用例は極めて多数に及ぶため、ここでは該当詩句の紹介を数首に留めるが、変則的な蟬聯体に関しては確認できた全てを掲出する。また「新楽府五十首」〔0125―0174〕については、既に別稿で論じたので省略する。

〔A〕一句一字の蟬聯体→○五言「月好好独坐」「期君君不至」「望春春未到」「踈我我心知」「欲忘忘未得」「昨夜夢夢得」……○七言「三月尽日日暮時」「使君何在在江東」「言者　不知知者黙」「榴花不見見君詩」「早衰因病病因愁」「同病病夫憐病鶴」……。

〔B〕二句一字の蟬聯体→○五言「〜水、水〜」「〜歓、歓〜」「〜閑、閑〜」「〜池、池〜」「〜、同〜」「〜落、落〜」……○七言「〜夜、夜〜」「〜情、情〜」「〜主、主〜」「〜州、州〜」「〜臥、臥〜」「〜屋、屋〜」……。

〔C〕二句二字の蟬聯体→○五言「〜掩関、掩関〜」「〜阿羅、阿羅〜」「〜蕭條、蕭條〜」「〜此身、此身〜」「〜風景、風景〜」「〜寛窄、寛窄〜」……。○七言「〜強健、強健〜」「〜酔郷、酔郷〜」「〜紅塵、紅塵〜」「〜我知、我知〜」「〜柳絲、柳絲〜」「〜夢中、夢中〜」……。

〔D〕二句三字の蟬聯体→○五言「〜作郎官、未作郎官〜」○七言「〜学二郎、莫学二郎〜」「〜名棣華、名作棣華〜」○雑言「〜住不得、住不得、可奈何」「〜啼到暁、啼到暁」「〜難留連、難留連、易銷歇」。

〔E〕二句四字の蟬聯体→○七言「〜呼作散仙、呼作散仙〜」。

〔F〕変則的な蟬聯体→○五言「〜爾〜、〜我〜。〜我〜爾」「〜秋〜春、春〜秋〜」「〜情別、別〜情〜」「〜百歳人、人間百無一」「黒頭〜白、白面〜黒」「吾亦愛吾廬、廬中楽吾道」「〜前簷前、〜北窓北。窓竹〜、簷松〜」「〜松竹、松〜竹〜」「〜愛、愛火〜雪、火〜、雪〜」「閑忙〜、忙〜閑」「〜衰老、我老〜。〜苦熱、我熱〜」「生〜、老〜。生〜、老〜。不老〜夭、不夭〜衰。晩衰〜早夭」「進〜要路、退〜深山。深山〜。要路〜」「吾〜爾先生、爾〜吾弟子。〜吾〜爾。先生〜、弟子〜。〜酒、酒〜」「〜金銀、〜金〜銀」「〜富、〜貴。富貴〜」「〜歓〜哂、哂歓〜」「〜坐、〜行。行〜

坐〜」「楽〜、憂〜。〜憂〜楽〜」「〜四児、四児〜。〜思、思。〜時、当時〜」「貧富〜、貧〜。富〜。富家〜嫁、嫁〜。貧家〜嫁、嫁〜。〜娶婦、娶婦〜」「〜重陳、重陳〜悲。不悲〜」「〜月明、月下〜。〜一声、一吟〜」「〜行、行〜西原路。原上〜」「畏老老〜、憂病病〜。不畏〜不憂〜」「〜愛、親。親愛〜、願、願〜」「〜心、心〜。〜山雲、〜籠鶴。籠〜鶴〜、山〜雲〜」「〜来、移来〜得。但得〜」「〜芙蓉〜柳、芙蓉〜柳〜」「〜苦、苦〜。〜茶蘗苦、茶蘗甘〜。〜湯火熱、湯火冷〜」「〜二周歳、二歳〜。〜三年計、三年〜」「〜舟、舟〜床。床〜、〜酔、酔〜。身〜、〜我長。我若〜世、世若〜我、身世〜」「〜門前。門前〜、〜犬与鳶。鳶〜、犬〜。〜心適然、心適〜」「〜出門、出門〜。〜五度春、逢春〜」「〜愛吾廬、吾亦愛〜屋。屋〜、〜睡足、睡足〜。」○七言「宿昔如今〜。宿昔〜、如今〜」「〜君知否、君若知〜」「〜紅塵、紅塵〜熱〜冷。〜冷熱〜」「〜学二郎、莫学二郎〜」「〜名棣華、名作棣華〜」「〜憶君、与君〜」「〜死、〜生。生〜死〜幻、幻〜」「〜相識、相識〜。〜長命、命長〜」……○雑言「〜行道佐時〜。行道佐時〜」「〜杜鵑花、杜鵑〜。〜拾遺。拾遺〜去、去〜。〜何所云、苦云〜。〜憶君。憶君〜」「〜来、〜去。来〜、去〜」「〜黄鶏与白日。黄鶏〜、白日〜」「〜辞、〜歌、歌〜。歌〜、辞〜」「一日日作〜、一年年過。公〜我、我〜公。我〜、公〜」……。

　全体的な制作状況をみた場合、〔A〕〔B〕〔C〕〔F〕の用例が突出しており、特に〔F〕の変則的な句式は、量と質の二面からも白居易の独壇場となっている。部分的な変則を含むその他多くの詩句—一例えば「〜長嘆、此歎〜」「〜船頭、船中〜」「不得舒、不舒〜」「〜不自伐、不伐〜」等—の存在を考慮すれば、この創作傾向はほとんど決定的であろう。これら広範な作品から帰納される表現上の効果は、ほぼ「連接」「流動」「重複」「対照」「強調」「転換」「収斂」の七種に絞り込むことが可能である。多数の詩篇の中から、この文字鎖を集中的に使用した六首を取り出し、再度検討してみたい。

⑲「天下無正声、悦耳即為娯。人間無正色、悦目即為姝。顔色非相遠、貧富則有殊。貧為時所棄、富為時所趨。……四座且勿飲、聴我歌両途。富家女易嫁、嫁早軽其夫。貧家女難嫁、嫁晩孝於姑。聞君欲娶婦、娶婦意何如。」(「秦中吟十首其一、議婚」〔0075〕)。

⑳「四十未為老、憂傷早衰悪。前歳二毛生、今年一歯落。形骸日損耗、心事同蕭索。……始知年与貌、衰盛随憂楽。畏老老轉迫、憂病病彌縛。不畏復不憂、是徐老病薬。」(「自覚二首其一」〔0483〕)。

㉑「人生何事心無定、宿昔如今意不同。宿昔愁身不得老、如今恨作白頭翁。」(「代鄰叟言懐」〔0690〕)。

㉒「泰山不要欺毫末、顔子無心羨老彭。松樹千年終是朽、槿花一日自為栄。何須恋世常憂死、亦莫嫌身漫厭生。生去死来都是幻、幻人哀楽繋何情。」(「放言五首其五」〔0897〕)。

㉓「池上有小舟、舟中有胡床。床前有新酒、独酌還独嘗。薫若春日気、皎如秋水光。可洗機巧心、可蕩塵垢腸。岸曲舟行遅、一曲進一觴。未知幾曲酔、酔入無何郷。寅縁潭島間、水竹深青蒼。身閑心無事、白日為我長。我若未忘世、雖閑心亦忙。世若未忘我、雖退身難蔵。我今異於是、身世交相忘。」(「詠興五首其三、池上有小舟」〔2958〕)。

㉔「我知世無幻、了無干世意。世知我無堪、亦無責我事。由茲両相忘、因得長自遂。自遂意何如、閑官在閑地。閑地唯東都、東都少名利。閑官是賓客、賓客無索累。……」(「詠懐」〔2984〕)。

　⑲から㉔までを通読して即座に気がつくことは、蝉聯体の表現機能が単独では作用していないという事実である。何れも纏綿たる心象や韻律を詠っているが、先に指摘した「連接」「流動」「重複」「対照」「強調」「転換」「収斂」の効果は、それぞれが相補的かつ重層的に連動して機能している。例えば⑲の諷諭詩では、富家と貧家の娘を「連接」「対照」「強調」し、最後には婚姻一般の問題へと「転換」「収斂」させている。また㉓㉔の閑適詩では、洛陽の白邸で送る独善自足の日常生活を、「池→舟→床→酒→酔」「閑官→閑地→東都→賓客」と「連接」「収斂」させて描写し、さらに「身と心」「我と世」「閑と忙」を「対照」し「強調」している。こうした性格は、強弱や濃淡の差はあるものの、その他⑳㉑㉒の詩篇にも均しく認められる。蝉聯体は、詩を単純に連鎖させるための修辞ではない。それは後に続く詩句に、質的な変化や場面の飛躍を齎すことを可能にする技法である。事象は単一の点では捕捉されず、様々な動きを伴った線で把握される。そしてそこに、軽快な韻律に乗った言葉の流れが形成されるのである。この働きによって文体はより活性化し、叙述は大きく展開していく。白居易はその表現効果を最もよく知る詩人であったと言える。音曲への深い造詣と複眼的な発想への志向は、蝉聯体の表現法を飛躍的に発展させる上で、大きな拠り所になったと推察される。

　詩句の連鎖で留意されるもう一つの特徴は、詩型と蝉聯体の関係である。この手法が古体・近体・斉言・雑言・一韻到底・換韻の全ての作品に拡張し、白居易詩歌の隅々にまで広く浸透していることに疑問の余地は無い。しかしそれらを注意深く読むと、近体詩の作例に対して五言・七言・雑言[9]を採る古体詩の用法の充実ぶりが際立っている。そこでは蝉聯体の連鎖法と一句中ないし数句に渉る対偶法とが自在に結び付き、白氏特有の融通無碍な詩境を作り上げている。唐以前の古詩や楽府詩に多用されてきた蝉聯体の伝統を継承しながら、新たにそこへ大量の対偶表現を投入している。これもまた白居易作品に現れた著しい個性であったと言えよう。

五、結語

　本稿では特に連鎖技法を取り上げ、散文・詩材・詩句における制作状況や表現機能について系統的な分析と検討を行ってきた。結論から言えば白居易の連鎖表現は、その対偶技法とも強

く結合して、「平易通俗」と評される独自の詩境を形成している。字と字、語と語、句と句、聯と聯はそれぞれ自在かつしなやかに繋がり、流れや動きを伴った瑞々しい詩情を詠出している。いわば点描から線描への転換である。詩の言葉がより律動し、音楽的な響きを得ていると言ってもよい。

　一般に対偶は、甲と乙とが相互に規定し合うことで、意味や心象を語法的に安定させ、それだけで自己完結した表現になりやすい。これに対して連鎖は、一種の文字鎖と化して、その他の詩句に働きかけ、抒情の流動や展開を大きく推進させる効果を持つ。前節で言及した蟬聯体（頂真格）の主要機能「連接」「流動」「重複」「対照」「強調」「転換」「収斂」は正しくこの点を踏まえている。それら7種のどれもが、動きや流れや移ろいという性質で共通している。白居易は本来的に機能を異にするこの二つの修辞手法を併用しながら、両者の表現効果を最大限に発揮させた多数の詩篇を作っている。とりわけ晩年になって洛陽履道里邸で閑適独善を詠う作品—特に古体詩—は、それらが融合し調和した最終到達点として特記されねばならない。詩に生き詩に死せんとしたこの詩人の軌跡は、最も得意とした連鎖と対偶の二大技法にも、極めて明確に認められるのである。

【注】

(1) 「池上篇」の詩句からも「有堂有亭、有橋有船。有書有酒、有歌有絃」の反復連鎖表現が指摘できる。

(2) 同様の手法を採用するものとしては「洛都四郊、山水之勝、龍門首焉。龍門十寺、観遊之勝、香山首焉。香山之壊久矣。楼亭騫崩、仏僧暴露。士君子惜之、予亦惜之、仏弟子耻之、予亦耻之。……」（「修香山寺記」〔2922〕）が挙げられる。

(3) この点については、『白居易研究　閑適の詩想』（汲古書院、2006年）〔本論Ⅲ〕住居と家族、第9章「白居易における松と竹」で詳しく論じたことがある。

(4) 題材としての「写真詩」を巡る考察は、丸山茂『唐代の文化と詩人の心——白楽天を中心に』（汲古書院、2010年）第3部『白氏文集』と白居易、第1章「自照文学としての『白氏文集』——白居易の"写真"および澤崎久和『白居易詩研究』（研文出版、2013年）第1部、白居易詩表現論考、Ⅱ白居易詩の表現、第2章「白居易の写真詩をめぐって」を参照。

(5) 詩語「日已高」の用例と意義については、小稿「白居易"日已高"考——一日の時間表現を中心にして」（「中国文学研究」第34期、早稲田大学中国文学会、2008年12月）を参照。

(6) ⓐ吉田文子「民間楽府における表現形式とその機能——頂真格を中心に」（「お茶の水女子大学中国文学会報」第23号、2004年4月）では、楽府詩における頂真格の出現形式について、一般的な出現形式、一字のみの重複、回文格との組み合わせ、一首中に3回以上出現するもの、三句或いは四句中における連続出現、対偶表現との組み合わせと六分類し、その機能として、意義の強調、物語の展開、対照による論理の展開の三つを挙げる。また頂真格は対偶の自己完結機能を補い、詩文に時間的流れをもたらす働きをすると指摘する。ⓑ林宗正〔二宮美那子訳〕「詩経から漢魏六朝の叙事詩における頂真格——形式及び語りの機能の発展を中心に」（「中国文学報」第74冊、京都大学中国文学会、2007年10月）同前「唐代叙事詩における頂真格の展開——併せて白居易叙事詩の意義を再考す」（「白居易研究年報」第9号、白居易研究会、2008年10月）では、中国古典叙事詩における頂真格の用法を先秦から晩唐まで通覧し、その形式と機能の展開を分析した上で、「白居易詩の蟬聯句は六つの主要な機能を持っている。一つ目は、作品に韻律の美しさを与え、『語り』の進行を良く流れるようにし、繰り返しによって情感や味わいに深みを与える。二つ目は、場景・内容・『語り』の対象を転換させ、それにより物語を進行

させる。三つ目は、特定の意味・情感・雰囲気を強調する。四つ目は、『語り』の時間を変化させる。五つ目は、描写により一層の躍動感を与える。六つ目は、物語が転換する仲立ちとなり、クライマックスへと導く」と詳述する。ⓒ佐竹保子「『詩経』から謝霊運詩までの頂真格の修辞――押韻句を跨ぐもの」（「東北大学中国語学文学論集」第19号、2014年12月）では、頂真格が非押韻句と押韻句にそれぞれ現れる事実に着目し、その断絶性と連続性という二面から、詩経・曹植・潘岳・謝霊運における修辞的特色を考察している。本稿とも共通したテーマを扱っているので、併せて参照されることを希望する。

(7) 「賦得古原草送別」の詳細な作品分析に関しては、植木久行『唐詩物語　名詩誕生の虚と実と』（大修館書店、2002年）「春草にこめた祈り――白居易」（204―215頁）を参照。

(8) 小稿「白居易"新楽府五十首"の修辞技法」（「中国文学研究」第40期、早稲田大学中国文学会、2014年12月）（8―11頁）を参照。

(9) 雑言では「新楽府五十首」〔0125―0174〕で様々な蟬聯体が使用されている。また白居易の詞である「花非花」〔0605〕にも「花非花、霧非霧、夜半来、天明去。来如春夢幾多時、去似朝雲無覓処。」とある。

白居易の詩における手紙

高橋 良行

一、はじめに

　詩の中で、家族や友人らとの手紙のやりとりを詠じた顕著な詩人として、李白や杜甫が挙げられるが、中唐の白居易にも多くの作例が見られる。例えば、元和9年（814）の作「詠慵」（巻六　0260）[1]はその一首である。全16句中、「慵」字を10回用いて、自分がいかにものぐさな性格であるかを詠じ、自己を戯画化した詩である。ものぐさなので役人としても選任されず、田畑は耕さず、屋根や衣服の修復もせず、酒も酌まず、琴も弾かず、米も搗かず、と述べた後、「親朋寄書至、欲讀慵開封」、親戚や友人からの手紙さえ、読もうと思っても封を開くのが面倒くさく、かの稽康も私に比べればものぐさとはいえない、と結んでいる。親戚や友人を大切にした白居易が、彼らから来た手紙を開かないということはあり得ず、また、手紙のやりとりが日常生活の不可欠な一部となっていたことを逆に示しているが、自らのものぐさぶりを強調する事例として挙げられているのである。

　筆者は、先に杜甫の詩における手紙について小文を草したが[2]、小稿では、白居易の詩における手紙の描写（これを前稿と同じく「〈書簡〉表現」とする）について、初歩的な考察を試みたい。白居易の〈書簡〉表現も、尺書・得書・寄書・報書・素書・郷書・音書・来書・送書・封書・親友書・問疾書・書信・書後・書報・書問・音塵・音信・手札・八行・銀鈎・開緘・開封・一封・消息などの詩語によって表現されており、その用例は百余例に及んでいる。そこには、杜甫の〈書簡〉表現の影響、あるいは類似を見ることができ、また杜甫と同じく、白居易の家族や友人に対する愛情や友情が反映されていて、その豊かな内面世界を理解する一助になると思われる。むろん他の中唐の詩人と同様に、白居易には友人達に与えた手紙そのものも残されているが、形式上の制約を受ける詩には詩独自の表現性があり、詩における〈書簡〉表現について見ておくことも、別種の意義があるものと考える。

二、兄弟・故郷・友人との手紙

(1) 兄弟との手紙

　白居易の〈書簡〉表現は、杜甫と同じく兄弟や故郷、友人との手紙のやりとりにおいて見られる。但し、白居易と妻とは、下邽時代の一時を除いて、杜甫のような戦乱による離別の時期がなかったので（地方への赴任にも同行したので）、妻との通信はない。兄弟との通信としては、例えば次のような詩がある。

　　　江南送北客、因憑寄徐州兄弟書（巻十三　0670）
　　　今日因君訪兄弟　　今日　君に因って兄弟を訪う
　　　數行郷涙一封書　　数行の郷涙　一封の書

　これは、自注によれば白居易15歳の時、江南で北帰の旅人に、故郷の徐州にいる兄弟（幼文・行簡・幼美）への手紙を託した詩である。君に託すのは、数行の望郷の涙と一通の手紙、という表現に（王昌齢の「別李浦之京」詩に「小弟鄰莊尚漁獵、一封書寄數行啼」という類似の表現はあるものの）、異郷にある若者の青春の感傷が感じられる。それにしても、15歳という若年の望郷詩に、既に〈書簡〉表現が用いられている。

　下邽にて長兄の幼文に寄せた「寄上大兄」（巻十四　0775）には、「秋鴻過盡無書信、病戴紗巾強出門」とある。秋の終わりになっても長兄からの手紙は届かず、ひとり高台に上って兄のいる東北の方を眺めたことを詠じている。

　また、弟の白行簡との通信を描いた「登西樓、憶行簡」（巻十六　0999）には、

　　　風波不見三年面　　風波見ず　三年の面
　　　書信難傳萬里腸　　書信伝え難し　万里の腸

と言う。江州にて西楼に登り、蜀にいる弟の行簡を思って詠じた詩で、両者の間を、山々と長江が阻んでおり、3年も会っておらず、手紙もなかなか届かない、と歎いている。行簡の手紙については、「得行簡書、聞欲下峡、先以此寄」（巻十七　1026）にも「朝來又得東川信、欲取春初發梓州。書報九江聞暫喜、路經三峡想還愁。……」とあり、「歳暮寄微之三首（其一）」（巻五十四　2450）にも、「微之別久能無歎、知退書稀豈免愁」（「知退」は行簡の字）とある。これらは杜甫の〈詠弟詩〉に通じるものがあるが、兄弟との通信における〈書簡〉表現は数例で、杜甫ほど多くはない。

114

(2) 故郷との手紙

　白居易は〈故郷〉を多くの詩で詠じており、その〈故郷〉意識は時期毎に異なっていて複雑なものがあるが、それらの中に故郷との通信も描かれている。元和11年（816）、江州にて西楼に上り、故郷への思いを述べた「西樓」（巻十六　0950）には、

　　　郷國此時阻　　郷国　此の時阻たり
　　　家書何處傳　　家書　何れの処よりか伝わらん

と言う。前年より淮西節度使呉元済が叛乱を起こしていて、故郷への交通も阻まれ、故郷からの便りも届かない、というもの。その嘆きは、「家書」という詩語の使用もあって、一見、杜甫の「春望」や「登岳陽樓」詩の意境に似ているが、杜甫ほどの切実さはないように思われる。
　他にも、忠州にての作「郡中」（巻十一　0529）・「九日登巴臺」（巻十一　0538）・「花下對酒二首（其一）」（巻十一　0543）や、蘇州にての作「河亭晴望」（巻五十四　2495）にも、〈書簡〉表現が見られる。これら故郷との通信に関する〈書簡〉表現は、全て音信がないといった否定的な表現であるが、これも数例ほどであり、杜甫ほど多くはない。

(3) 友人との手紙

　兄弟や故郷以上に、友人達との手紙のやりとりを描いた〈書簡〉表現が数多くあるが、そのいくつかを見ておきたい。

　　　渭村退居、寄禮部崔侍郎翰林錢舍人詩一百韻（巻十五　0807）
　　　藥物來盈裏　　藥物　来りて裏に盈ち
　　　書題寄滿箱　　書題　寄せて箱に満つ

　この詩は、白居易が渭村にて母の喪に服していた元和9年（814）、礼部侍郎の崔羣と翰林院の錢徽に寄せた一百韻の長編詩。彼らとの旧誼への感謝と近況報告となっている。該句は彼らの援助と友誼を詠じた最終部分の一節。いなかで不自由な閑居生活をする白居易に、衣食や薬を送ってくれ、その間気にかけて届いた書簡は文箱一杯になっている、というもの。衣・食・薬という生活に必要な具体的な贈物に加えて、書簡がその友誼を象徴するものとして、対句的に描かれている。
　ちなみに、この手紙が文箱一杯になった、という表現は、文箱と懐中という違いはあるが、乾元2年（759）、秦州にて書かれた杜甫の「寄岳州賈司馬六丈巴州嚴八使君兩閣老五十韻」詩

（『杜詩詳注』巻八）の「歡齊兼秉燭、書枉滿懷牋」と同趣旨の表現であろう。これは厳武や賈至と共に粛宗に仕えた栄光の日々を回想した一節で、杜甫と白居易とで情況は異なるが、友誼の証としての一杯の書簡という点では同じである。

　また、同じく銭徽から白居易の眼病を見舞う手紙が届いたことを詠じた「得錢舍人書問眼疾」（巻十四　0797）にも、「唯得君書勝得藥、開緘未讀眼先明」とある。白居易は、眼病には目薬も効果がないが、銭徽からの手紙は薬にも勝り、封を開いただけで文面を読まないうちに早くも目の中が明るくなった、とその喜びを詠じている。

　〈書簡〉表現は、李紳が暮春に出した手紙を、渭村にて暮秋に受け取ったことを詠じた「渭村酬李二十見寄」（巻十五　0810）や、汴州節度使となった李紳から返事がこないことを詠じた「立秋夕、涼風忽至……」（巻六十九　3508）にも見られる。また、晩年の詩友である劉禹錫からの手紙を開くと、浩然たる思いが胸中に広がると歌う「答夢得聞蟬見寄」（巻五十七　2738）や、劉禹錫を夢に見たので手紙を書くよう求めた「夢劉二十八、因詩問之」（巻六十三　3017）にも見られる。他にも王質夫・崔元亮・皇甫曙・樊宗師・裴度・牛僧孺・令狐楚・袁滋・楊帰厚等との詩に、詩や贈物・挨拶・病気見舞い・招待・送別等に関する手紙が描かれている。

三、元稹との手紙

　以上、兄弟・故郷・友人との手紙について一瞥したが、白居易の〈書簡〉表現は、親友である元稹と関わる詩において最も多く見ることができる。そうした作品は20余首あり、他の知友に比べて突出しており、明らかに意識的に用いられていると判断される[4]。白居易と元稹との友情については改めて説明するまでもないが、これらの〈書簡〉表現にもそれが反映されている点はやはり確認しておきたい。以下、具体的な作例に即して重点的に見ていきたい。

　例えば「初與元九別後、忽夢見之、及寤而書適至、兼寄桐花詩、悵然感懷、因以此寄」（巻九　0421）は、自注に「元九初謫江陵」とあるように、元和5年（810）春、江陵府士曹参軍に左遷された元稹と、別後まもなく夢のなかで会ったが、目が覚めると、そこに元稹からの手紙と詩が届いたことに感じて作った詩である。

　　　……
　　　悠悠藍田路　　悠悠たる藍田の路
　　　自去無消息　　去りてより消息無し
　　　計君食宿程　　君が食宿の程を計るに
　　　已過商山北　　已に商山の北を過ぐらん
　　　……
　　　曉來夢見君　　曉来　夢に君を見る

應是君相憶	応に是れ　君　相憶うべし
夢中握君手	夢中に君の手を握り
問君意何如	君に問う　意何如と
君言苦相憶	君は言う　苦ろに相憶うも
<u>無人可寄書</u>	人の書を寄す可き無しと
覺來未及說	覚め来り　未だ説くに及ばざるに
叩門聲鼕鼕	門を叩きて　声　鼕鼕たり
言是商州使	言う　是れ商州の使いなりと
<u>送君書一封</u>	君が書一封を送る
枕上忽驚起	枕上　忽ち驚起し
顛倒著衣裳	顛倒して衣裳を著く
<u>開緘見手札</u>	緘を開きて手札を見れば
<u>一紙十三行</u>	一紙　十三行
<u>上論遷謫心</u>	上に遷謫の心を論じ
<u>下說離別腸</u>	下に離別の腸を説く
心腸都未盡	心腸　都て未だ尽きず
不暇敘炎涼	炎涼を叙するに暇あらず
<u>云作此書夜</u>	云う此の書を作りし夜
夜宿商州東	夜　商州の東に宿す
獨對孤燈坐	独り孤燈に対して坐す
陽城山館中	陽城　山館の中
<u>夜深作書畢</u>	夜深けて書を作り畢われば
山月向西斜	山月　西に向かいて斜めなりと
……	
<u>一章三遍讀</u>	一章　三遍読み
<u>一句十廻吟</u>	一句　十回吟ず
<u>珍重八十字</u>	珍重　八十字
<u>字字化爲金</u>	字字　化して金と為る

　全48句の長編詩である。詩には、実際の離別（送別）の場面の回想、元稹の旅程への想像、夢中での再会、元稹からの手紙の到着、元稹の手紙の内容、手紙を書く元稹の姿、同封された元稹の「桐花詩」への共鳴、手紙と詩を何度も熟読する白居易自身の姿が、縷縷述べられている。

　この詩には、一首中に〈書簡〉表現が繰り返し詠じられていて注目に値するが、まず「自去無消息」は、元稹が藍田路を経由して左遷地に向かってより、その消息のないことを言ってい

る。藍田は長安の東南40数kmに過ぎず、別れたばかりで便りが無いのは当然と思われるが、その旅程を想像する白居易はいてもたってもいられない気持ちなのであろう。

　明け方、夢に元稹と会い、その胸中を尋ねたところ、君（白居易）のことを思ったが、手紙を託せる人がいなかったのだと言う。そうして、目が覚めたその時、「言是商州使、送君書一封」、まさに商州（長安の東南約百数十km）の元稹からの手紙が届くのである。当時の人々は、相手を夢に見るのは、その相手が自分のことを思ってくれているからだと考えていたようであるが、このあたり、いささか劇的でさえある。元稹からの手紙と聞いて、驚き飛び起きた白居易は、衣服をさかさまに着てしまうほどの慌てようであった。手紙の封を開いて見れば、一枚の便箋に十三行記されていたという。古来、中国では、後漢の馬融「与竇伯向書」（『文芸類聚』巻三十一）に、「孟陵奴來賜書。……書雖兩紙、紙八行、行七字、七八五十六字、一百十二言耳」とあるように、1枚8行の便箋が一般的であり、六朝後期より「八行」という詩語も現れてくる。白居易にも2例見られるが、この「十三行」は8行の約1.6倍あり、わざわざ行数を明記するのは、元稹の思いの深さを強調するためであろう。

　以下、手紙の冒頭と結びの内容、商州の旅舎で手紙を書いている元稹の姿、同封されていた八韻の「桐花詩」への共鳴などが述べられており、ほとんど白居易と元稹の心とが一心同体化したごとき描写である。最終四句では、元稹の詩の1章を3遍読み返し、各句を10回吟じたこと、この貴重な80字からなる元稹の詩が、白居易にとっては字字変じて黄金となった、と結んでいる。「三遍」「十廻」というのは、むろん何度もということを示す強調表現であろうが、白居易が再読、三読して、一句一句、一字一字をかみしめたのも事実であろう。

　この詩には、夢中の友、友からの手紙と詩、友の手紙を熟読する自己といった、白居易の〈友情詩〉を構成する要素が描かれているが、その中心をなすものは手紙であろう。そして、その多くの〈書簡〉表現にも、杜甫が友人との手紙のやりとりを描写した〈書簡〉表現からの影響、少なくとも類似が見て取れることを指摘しておきたい。

　杜甫の「暮秋枉裴道州手札、率爾遣興寄、遞呈蘇渙侍御」詩（巻二十三）には、「久客多枉友朋書、素書一月凡一束。虚名但蒙寒暄問、泛愛不救溝壑辱。……道州手札適復至、紙長要自三過讀。……使我晝立煩兒孫、令我夜坐費燈燭。……附書与裴因示蘇、此生已愧須人扶。……」とある。この詩は、大暦4年（769）秋の暮れに、旧友の道州刺史裴虬から手紙を受け取り、にわかに興を遣る詩を作って裴虬に寄せ、さらに共通の友人である侍御史の蘇渙にも遞したもので、全46句からなる。晩年の杜甫は、知友らから月に一束もの手紙をもらっていたが、それらはみな儀礼的なものに過ぎず、裴虬からの手紙がいかに特別なものであるかを詠じている。その手紙の価値を示すために、杜甫はその手紙を三度も読み返したこと、昼は子供に支えられながら立って読み、夜は貴重な燭をともして座って読みふけっている、などと述べている。

　また、「入衡州」詩（巻二十三）には、大暦5年4月、叛乱を避けて潭州から衡州に逃れていた杜甫が、郴州刺史（代理）の崔偉（母方の舅）から届いた手紙を受け取った時の様子を、「諸

舅剖符近、開緘書札光。頻繁命屢及、磊落字百行」と述べている。これまで何度もこちらに来るようにと言ってきたが、親身な言葉が磊落な書体で百行ほども書かれている、というものである。この「百行」も実数ではなかろうが、標準的な便箋が1枚8行であったことから言えば、相当の枚数を費やした手紙であったはずである。

　こうした杜甫の詩における旧友や親戚からの手紙を繰り返し熟読したことや、その手紙が他の何物にも代えがたい貴重なものであること、相手の思いの深さを示す行数の多さを強調した表現などは、白居易の詩にも生かされていることが見てとれよう。杜甫と白居易の立場に違いがあるとすれば、杜甫は旧友や親戚に援助や庇護を求めるやや弱い立場にあったが、白居易と元稹は全く対等、同格の友人として、手紙と詩を交換しているという点である。

　0421詩に前後して宮中に宿直した夜、自己の様々な心情を手紙に書いて元稹に与えた「禁中夜作書與元九」（巻十四　0723）には、

心緒萬端書兩紙　　心緒万端　書両紙
欲封重讀意遲遲　　封ぜんと欲して重ねて読み　意遅遅たり
五聲宮漏初鳴後　　五声の宮漏　初めて鳴りて後
一點窗燈欲滅時　　一点の窓燈　滅（き）えんと欲する時

とある。白居易が、夜中にわざわざ手紙を書いてまで元稹に伝えたかった思いとは何であったのか、この詩からは不明である。しかし、思いはあふれども書けた手紙は2枚だけ、気がつけば明け方になっていた、という情況からみれば、おそらくその内容は左遷される元稹への励ましではなかったかと思われる。封をする前に重ねて読み返す、というのは現代の我々にも共通する心情であろう。ちなみに、この「書兩紙」という表現は、直接的には先に挙げた馬融「与竇伯向書」の「書雖兩紙」によるものと思われるが、杜甫が妻から来た手紙を詠じた「客夜」詩（巻十一）の「老妻書數紙」も意識されているかもしれない。

　この時の元稹への思いは、同じく元和5年、書信に代えて元稹に寄せた一百韻二百句の律詩「代書詩一百韻、寄微之」（巻十三　0608）にも、「素書三往復、明月七盈虧」と歌われている。該句は最後の一段の一節で、元稹と別れてより、二人の間を書状は三度往復し、名月は7回も満ち欠けを繰り返した、というものである。当時の通信事情を考えれば、7ヶ月の間に三度も書簡が往復したことに、二人の熱い友情を感得することができよう。

　0807詩と同じく元和9年、渭村に閑居していた白居易が、江陵の元稹に寄せた「寄元九」（巻十　0465）には、次のように言う。

一病經四年　　一たび病んで四年を経
親朋書信斷　　親朋　書信断ゆ
窮通合易交　　窮通　合（まさ）に交わりを易（か）うべし

自笑知何晩	自ら笑う　知ること何ぞ晩きと
……	
憂我貧病身	我が貧病の身を憂え
書來唯勸勉	書来りて唯だ勧勉す
上言少愁苦	上には愁苦を少なくせよと言い
下道加餐飯	下には餐飯を加えよと道う
……	

　渭村に退去してひとたび病を得てより、友人達からの音信も途絶えるなかで、ひとり元稹の友情だけは変わることがなく、私の貧しく病気がちの身を心配して手紙を寄越し、ひたすら励ましてくれた。元稹の友情は、言葉だけではなく、自らの俸銭を割いて衣類や食糧を三度も届けてくれ、その額は20万銭にも及んだ、という。詩は最後に、こうした元稹の深い心情も、自らが病み、人生に躓いてこそ知ることができたのだ、と結んでいる。

　この詩では、ふたつの〈書簡〉表現が対比的に用いられている。即ち、「親朋書信断」が困窮している白居易に対して疎遠となった友人達を指し、「書來唯勸勉」が変わらぬ元稹の友情を示している。書簡には友人相互の感情や情報がこめられており、通信の有無それ自体がひとつの友情表現となっているのである。ちなみに、同じく下邽にて元九に寄せた「寄元九」（巻十　0449）にも「健否遠不知、書多隔年得」とあり、「開元九詩書卷」（巻十四　0787）にも、「紅牋白紙兩三束、半是君詩半是書」とある。

　四川の通州に左遷された元稹との通信にも、〈書簡〉表現が見られる。元和10年（815）、通州司馬に左遷後の元稹から届いた書簡を見て、通州の情況を知り、その感慨を記した「得微之到官後書、備知通州之事、悵然有感。因成四章（其一）」（巻十五　0854）には、「來書子細說通州、州在山根峽岸頭」と言う。

　また、同年、江州に左遷された白居易が、元稹ら八人の友人に寄せた「東南行一百韻、寄通州元九侍御澧州李十一舍人……」（巻十六　0908）にも、「……去夏微之瘧、今春席八斑。天涯書達否、泉下哭知無。……」とあり、「憶微之」（巻十六　0963）にも、「三年隔闊音塵斷、兩地飄零氣味同」とある。左遷後に友人達にその情況を知らせあうのは、当時の官僚詩人にとって必須の約束事であったのだろう。

　元和十二年（817）、廬山の草堂からやはり通州にいる元稹に出した手紙（「與微之書」）に付した「山中與元九書、因題書後」（巻十六　0985）には、次のように言う。

憶昔封書與君夜	憶う昔　書を封じて君に与えし夜
金鑾殿後欲明天	金鑾殿後　明けんと欲する天
今夜封書在何處	今夜　書を封じて　何れの処にか在る
廬山菴裏曉燈前	廬山の菴裏　暁燈の前

籠鳥檻猿俱未死　　籠鳥　檻猿　俱に未だ死せず
人間相見是何年　　人間　相見る　是れ何れの年ぞ

　第一・二句は、長安の翰林院で夜明け近くに元稹に書き与えたという記憶の中の手紙。第
三・四句は、左遷地廬山で、同じく明け方に書かれている現在の手紙である。長安での栄光の
記憶と左遷地での失意の現在とが、2通の手紙を通して対比的に描かれている。ここでも二人
の間を結ぶものは手紙である。
　親しい友人間では、手紙を転送することもあった。「張十八員外以新詩二十五首見寄、郡樓
月下、吟翫通夕、因題卷後、封寄微之」（巻五十三　2317）には、

坐到天明吟未足　　坐して天明に至り　吟じて未だ足らず
<u>重封轉寄與微之</u>　　重ねて封じ　転寄して微之に与う

と言う。杭州刺史の時、張籍が長安から新詩25首を寄せてきたので、終夜それを吟誦し、こ
の詩を巻後に添えて、越州の元稹に転送したものである。詩は、この間の事情と張籍との淡水
のごとき交情への思いを述べている。
　時には、新作の詩が手紙を出すよりも先に元稹に届くこともあった。蘇州刺史の白居易が、
越州刺史の元稹に新作の詩を寄せようとして、巻後に認めた「寫新詩寄微之、偶題卷後」（巻
五十四　2506）には、「寫了吟看滿卷愁、淺紅牋紙小銀鉤。<u>未容寄與微之去</u>、已被人傳到越州」
とある。該句は、私の詩はまだ元稹の手元には送らせていないのに、もう既に人々に伝えられ
て越州に届いているだろう、というもので、伝播の速さを言うのは自信作であることの表明で
もあろう。
　こうした楽しい手紙のやりとりの一方で、悲痛な知らせをしなければならないこともあっ
た。

　　初喪崔兒、報微之晦叔（巻五十八　2881）
<u>書報微之晦叔知</u>　　書もて微之晦叔に報じて知らしめんとし
欲題崔字涙先垂　　崔字を題せんと欲して　涙　先ず垂る

　これは、大和5年（831）、長男崔兒をわずか3歳で喪ったことを、元稹と崔元亮に知らせた
詩である。跡を継ぐ男児を喪うことは、当時の儒教倫理に照らして最大の不幸のひとつであっ
たが、最終二句「文章十帙官三品、身後傳誰庇廕誰」に白居易の悲しみが集約されている。こ
うした深い悲しみを乗り越える第一歩として、元稹らに手紙が書き送られたのである。元稹に
はこれに答えた「酬樂天感傷崔兒夭折」詩があったらしいが、この年の7月22日、武昌軍節
度使の元稹もまた任地で死去しており、白居易にとって二重の悲しみの一年となった。

次は元稹らの死後、会昌２年（841）洛陽で書かれた詩で、〈形見となった手紙〉を詠じている。

感舊（巻六十九　3545）

晦叔墳荒草已陳	晦叔は墳荒れて　草已（おお）に陳く
夢得墓溼土猶新	夢得は墓湿いて　土猶お新たなり
微之捐館將一紀	微之は館を捐（す）てて　将に一紀ならんとす
杓直歸丘二十春	杓直は丘に帰りて二十春
城中雖有故第宅	城中に故第宅有りと雖も
庭蕪園廢生荊榛	庭蕪れ園廃して　荊榛生ず
篋中亦有舊書札	篋中　亦た旧書札有り
紙穿字蠹成灰塵	紙穿ち字蠹れて（やぶ）灰塵と成る
平生定交取人窄	平生　交わりを定めて人を取ること窄く
屈指相知唯五人	指を屈するに　相知　唯だ五人のみ
四人先去我在後	四人先ず去りて　我　後に在り
一枝蒲柳衰殘身	一枝の蒲柳　衰残の身
豈無晩歲新相識	豈に晩歳の新相識無からんや
相識面親心不親	相識は面親しくして　心親しまず
人生莫羨苦長命	人生羨む莫かれ　苦（はなは）だ長命なるを
命長感舊多悲辛	命長ければ旧に感じて悲辛多し

　この詩には序が付されていて、それによれば、この30年の間に、侍郎李建・宰相元稹・常侍崔元亮・尚書劉禹錫ら四人の同心・知音の友がこの世を去り、今や私のみが生き残ってしまった。その悲しい胸中の思いを述べ、「感舊」という題をつけたというものである。

　第一句から第八句まで、四人が亡くなってからの時の流れ、墳墓の状態、具体的な年数、邸宅の荒廃などが描写されている。その一環として、彼らからもらった手紙が、今や文箱の中で虫に食われて穴があき、塵ほこりとなっている、と歎いている。ここでもやはり書簡は、かつての友との友情のあかしとして残されているのだが、その無残な現状は、時の推移の残酷さをよく示している。晩年になってからの新たな知人もいないわけではないが、彼らとのつきあいは表面的なものに過ぎず、かつての親友達には及ばない。それを思えば、いたずらにひとり長生きするものではないと結ばれている。

　白居易には、年老いて長生きすることは、夭折を免れたからであり、幸運なことだと説く詩も何首か見られるが、ここでは友に先立たれた悲しみは、71歳の白居易の偽りのない真情であったと思われる。みずからが友より先に逝くのを願うわけでもないが、かといってひとり残されるのも寂しいものだという、人間のいわば弱さと身勝手さを吐露したものともいえよう。

122

今日でも、高齢者になれば誰もが感じる悲哀であろう。

　こうした〈形見となった手紙〉というモチーフも、既に大暦３年（768）冬、江陵にて書かれた杜甫の「哭李常侍嶧二首（其二）」（「次第尋書札、呼兒檢贈詩」）で見られた〈書簡〉表現であった。白居易は、「感舊」以外の詩でも〈形見となった手紙〉を詠じている。忠州時代の作「哭王質夫」（巻十一　0547）には、「衣上今日涙、篋中前月書」とあり、また「令狐相公與夢得交情素深、眷予分亦不淺……」（巻六十七　3341）にも、「前月使來猶理命、今朝詩到是遺文。銀鉤見晩書無報、玉樹埋深哭不聞」とあって、残された手紙の描写を通して、友人への深い哀惜の念を吐露している。

四、結語

　以上、白居易の詩における〈書簡〉表現について概観してきたが、ほぼ以下のような特徴を指摘することができよう。

　⑴　ほとんど全てが受信に関する〈書簡〉表現だが、発信も数首ある。失意や不遇感を抱いていた渭村・江州・忠州時代の詩に多くみられる。

　⑵　兄弟・故郷との通信を描いた〈書簡〉表現は、友人との通信に比べて少なく、妻との通信は見られない。また、故郷との通信に見られるような音信の断絶を言う〈書簡〉表現は、全体的には少数である。

　⑶　元稹との通信を描いた〈書簡〉表現が、他の友人と比べて突出して多く、白居易の〈友情詩〉の重要な構成要素となっている。

　⑷　純然たる手紙の他に、詩の唱酬や贈物の交換に関する〈書簡〉表現も多く見られる。

　⑸　重要な作例において、杜甫の〈書簡〉表現の影響、あるいは類似が見られるが、一部を除いて、全体的に杜甫の〈書簡〉表現のような切迫感は乏しい。

　ちなみに、白居易たちの手紙は、言うまでもなく唐代、殊に盛唐以降に整備され発展した駅伝制度によって送り届けられたものである。白居易の「醉封詩筒寄微之」（巻五十三　2323）には、

　　……
　　展眉只仰三杯後　　眉を展べて只だ仰ぐ三杯の後
　　代面唯憑五字中　　面に代えて唯だ憑む五字の中
　　爲向兩州郵吏道　　爲に両州の郵吏に向かいて道う
　　莫辭來去遞詩筒　　辞する莫れ　来去して詩筒を遞するを

と述べられている。これは長慶3年（823）、杭州刺史の時、隣接する越州の刺史であった元稹に、竹筒に詩篇を密封して寄せた詩である。この時、元稹と白居易は、容易に会うことは出来なかったものの、五言詩を作って互酬することは可能であった。それというのも、両州を往来する郵便配達の役人のお蔭だ、というものである。いわば詩篇専用の速達書留ともいうべき「詩筒」は、この時の元白から始まるとされるが、こうした郵便配達の官吏に親愛の情を込めて呼びかけた詩は珍しい。高尚な詩作の唱酬や手紙の交換、ひいては友情の相互確認も、形而下的なシステムがあって初めて可能であることを、おそらく白居易は誰よりもよくわきまえていたのであろう。杜甫とは異なり、終生、高級官僚としていわば特権的に駅伝制度を利用できたことも、白居易と友人達との書簡の往来を容易にしていたのである。[5]

【注】

(1) 以下、白居易詩の引用は「那波本」（〈四部叢刊本〉）に拠り、花房英樹著『白氏文集の批判的研究』の作品番号を付すが、他本によって改めた箇所もある。傍線は筆者。また、作詩の時点・地点・背景や解釈等については、基本的に岡村繁著『白氏文集』（〈新釈漢文大系〉明治書院、1988年〜、既刊冊）、朱金城箋校『白居易集箋校』全六冊（〈中国古典文学叢書〉上海古籍出版社、1988年）、謝思煒撰『白居易詩集校注』全六冊（〈中国古典文学基本叢書〉中華書局、2006年）等に拠っている。

(2) 拙稿「杜甫の詩における手紙——妻子・弟妹・故郷への思い」（『新しい漢字漢文教育』第61号、2015年11月）、「杜甫の詩における手紙——友人・知人・同僚へのまなざし」（『学術研究 人文科学・社会科学編』第64号、2016年3月）。小稿で引用する杜甫の詩については、これらを参照。なお、李白については、「李白の詩における手紙」（『学術研究 人文科学・社会科学編』第66号、2018年3月）、参照。

(3) 白居易の〈故郷〉については、澤崎久和著『白居易詩研究』「第一部 Ⅱ 八章 白居易の詩における〈故郷〉」（研文出版、2013年）、参照。

(4) 以下に引用する詩の他に、0494・0639・0939・0963・2315・2316・2325・2340・2473等の詩がある。

(5) 当時の駅伝制度と唐詩の伝播の関係については、李徳輝著『唐宋時期館駅制度及其与文学之関係研究』（人民文学出版社、2008年）、呉淑玲著『唐代駅伝与唐詩発展之関係』（人民出版社、2015年）等、参照。

「児郎偉」の語源と変遷および東アジアへの伝播について

金 文京

一、はじめに

　三年前（2015年）の7月4日、慶應の三田キャンパスで第50回にして最後の早慶中国学会が開かれた。講演者は早稲田が稲畑さん、慶應は関根謙君であった。講演後、稲畑さんと話しているうち、詳しいことは忘れたが、「児郎偉」が話題となり、私が「児郎偉」は朝鮮で多数作られたと言うと、稲畑さんはご自分にも関係論文があると言って、その場で持参のノートパソコンを検索されたが、その時は出て来ず、後日、件の論文を含む論考数十篇のPDFをメールで送っていただいた。それらは『楚辞』や古代楚文化に関するものから、近年、稲畑さんが関心を持っておられ、早慶中国学会での講演題目でもあった傅増湘についてのものまで、稲畑さんの長年にわたる幅広い研究領域を一望できるものであった。そのうち数篇はすでに読んでいたが、これによって、特に近年の稲畑さんの興味のありようを詳しく知り得たことは、望外の幸いであった。まさにエビで鯛である。

　「児郎偉」についての論考は、「長沙の「賛梁」をめぐって――上梁文と上梁歌」（『中国文学』15　1989）で、まず落語の「牛ほめ」に始まり、ついで『日本書紀』の「室寿」に転じた後、中国の同様の例に及ぶという、いかにも稲畑さんらしい視野の広い、かつ楽しい文章である。ただし何分、今から30年近く前の論文であり、また私の関心は稲畑さんとはやや異なり、上梁文よりもむしろ「児郎偉」という言葉にある。以下、最後の早慶中国学会での立話を縁とし、稲畑さんの驥尾に附して、私なりの狗尾を続ぐことで、ご退休のささやかなはなむけとしたい。

二、唐代の「児郎偉」とその意味、語源

　「児郎偉」という言葉が見える早期の有名な例は唐五代の敦煌文書で、邪気を追い払う追儺儀式での「駆儺文」、棟上げ儀式での「上梁文」、婚礼で新郎が新婦の家に入るのを故意に邪魔し、金品などを要求する一種の遊戯的慣習の際の「障車文」の三種の文章に用いられる賦体の韻文に現れる。ただし後に述べる宋代以降の「上梁文」のような決まった形式はなく、大部分は韻文の冒頭、または韻文中の換韻の位置などに、あたかも合いの手のように不規則に置かれ

⁽¹⁾
る。

　また敦煌以外の伝世作品には、唐末の司空図「障車文」（『司空表聖文集』巻10、『全唐文』巻808）があり、敦煌の「障車文」と同じく、賦体の韻文の中に「児郎偉」が四箇所挿入されている（換韻の位置と必ずしも一致しない）。

　「児郎偉」の意味については、以下の三説がある。

(1) 稲畑論文にも引用されている南宋の楼鑰「跋姜氏上梁文藁」（『攻媿集』巻72）の説で、「偉」は「懑」（現代語の「們」、複数を示す）の関中方言で、「輩」に相当し、「児郎偉」は「若者たち」という意味である。

(2) やはり南宋末、葉某『愛日斎叢抄』（巻5）にみえる、「偉」は「邪許」（ヤホー）と同じで、大木などを皆で運ぶ労働の時の呼声（掛け声）である。

(3) 明の方以智『通雅』「釈詁」（巻4）の説（方日升『韻会小補』の引用）で、「児郎偉」全体が「邪虎」つまり掛け声である。

　現代では、太田辰夫⁽²⁾、呂叔湘⁽³⁾は（1）説、周紹良、季羨林⁽⁴⁾は（3）説、つまり意味のない音声のみの語であると主張している。

　今この問題を考えてみると、まず「児郎偉」の語源が、たとえ掛け声で意味のないものであったとしても、「児郎」は唐代以降、主に軍将が配下の兵士を指して言う言葉として頻見する常用語⁽⁵⁾であるから、「児郎」を無意味な掛け声とすることはできない。ついで「偉」については、太田辰夫、呂叔湘両氏がすでに指摘するように、唐代に複数形を表す語として文献に見える語は、「偉」のほかに「弭」（明母上声紙韻）「弥」（明母平声支韻）があるが、「偉」が関中方言であるとの楼鑰の記述を信じれば、「偉」（喩母上声尾韻）は「弭」「弥」の声母（明母ｍ）が脱鼻音化かつ弱化したものと考えるのが妥当であろう。

　そして「弭」「弥」「偉」の語源は「毎」（明母上声賄韻）である可能性が高いと考える。呂叔湘が唐代の「弭」「弥」「偉」と宋代の「們」「懑」との双声関係のみに言及し、同声母同声調で、韻母も近似する「毎」に触れない理由は、「毎」が元代以降の文献にしか現れないからである。太田辰夫が、唐代の「偉」が後に「毎」に変化したと推測するのも、両者の音の近似と時代の前後を考慮したためであろう。しかしよく知られるように、明代では北方では「毎」、南方では「們」と使い分けがなされており、「毎」が元代に突然出現したとは考え難く、呂叔湘が宋代すでに「毎」が今の北京地域の方言として使用されていたと仮定するように、「毎」の出現は宋以前に遡るであろう。とすれば、「毎」と唐代の「弭」「弥」を結ぶ可能性が出てくることになる。このような口語語彙は、古い時期ほど文献に現れる確率は低く、文献での用例の有無のみをもって時代の前後を決めることはできない。なによりも複数を現す諸語の中で、「毎」だけが字義的に複数形に結びつく点が重要である。

　「毎」の本義は、言うまでもなく「〜ごとに」で、通常は名詞、動詞に前置されるが（毎日、

毎逢など）、唐代には「毎」が名詞に後置されて「～ごとに」を示す例がある。それは『華厳経
問答』（『大正蔵』45巻、1873）で、以下の例がある。[6]

(1) 又既諸經經每云，三世佛拜故諸罪業滅。（巻上、604 c）

(2) 今所説之諸地地每，各各有所作之障，所行之行，所得之果等不同。（同上）

(3) 是故位位每滿位成佛現示。（巻下 607 a）

(4) 約普法實行位位每極。法門每極如善財。（巻下 607 b）

(5) 如下普賢知識中所現十方世界，一切微塵微塵每有諸佛大會，其中諸佛皆將諸大衆説法、
　　其諸佛前每，普賢菩薩在受各諸佛所放光明等事，一微塵一微塵每如是等事。（巻下　607 c）

(6) 望一一衆生每，各各差別益，亦能利他。（巻下 611 b）

(7) 約一乘教實法，念念每，成佛等。如前説也。（巻下 612 b）

(7) の「念念每」は動詞のようにも思えるが、他の例から推してやはり名詞であろう。(4)
「法門每」と (5)「佛前每」を除き、すべて名詞が繰り返される点に特徴があり、(1) は「また
諸經ごとに云う、三世の佛を拜するが故に諸罪業は滅す」という意味であろう。「～毎」が
「～ごとに」の意味であることは、(6) で「一一衆生每」を「各各」で受けていることからも
明白である。「～ごとに」から複数形「～たち」への展開は容易に想像できよう。

　『華厳経問答』は、唐の華厳宗第三祖、法蔵（643─712）の著述とされるが、その変体漢文的
文体から早くより法蔵著述説には疑問がもたれており、近年、石井公成氏は、法蔵の兄弟子で
ある新羅の義相（湘）の講義録であるとの説を提唱された。[7] 上記の (1) は、新羅華厳宗の僧で、
日本で活動したと考えられる見登『華厳一乗成仏妙義』（『大正蔵』45巻　1890）にも引用されて
おり、[8] 新羅人の著述である蓋然性が高い。

　とすれば、「～毎」は新羅での変体漢文的用法と見なされそうだが、そう即断はできない。
「～毎」と同じく「～ごとに」を表す変体漢文的用法に「～別」があり、『日本書紀』や正倉院
文書に見えているが、これは中国の北朝、唐の文書に見える用法を援用したもので、日本独自
のものではない。[9] 同じことが「～毎」についても言える可能性があろう。現在のところ、「～
毎」を複数形に用いた宋代以前の用例は見いだせないので、確実なことは言えないが、現在の
「們」は「毎」の韻尾 i が n に変化したもので、「偉」は「毎」の唐代における関中方言であっ
たと仮定してみたい。この仮説によれば、「児郎偉」は「若者たち」という呼びかけの言葉と
なる。

三、宋金元代の「児郎偉」と上梁文

　宋代以降の「児郎偉」は、先述の敦煌文書と異なり、上梁文のみに用いられ、かつ一定の形

式がある。その具体例は、稲畑論文で王安石「景霊宮修蓋英宗皇帝神御殿上梁文」（『臨川文集』巻38）を挙げて説明してあるので、ここでは省略し、その骨格のみを示す。全文は三つの部分に分かれる。

前段－冒頭の「児郎偉」につづき、建物を建てるに至った経緯などが、主に平仄を整えた駢文で語られる。

中段－三・三（韻）・七（韻）・七・七（韻）からなる歌詞六組の韻文で、「児郎偉、抛梁東。七（韻）、七、七（韻）」の形式が、「児郎偉、抛梁西」、「児郎偉、抛梁南」、「児郎偉、抛梁北」、「児郎偉、抛梁上」、「児郎偉、抛梁下」と繰り返される。これを歌いながら餅や銭を撒いたものと思われる。

後段－「伏願上梁之後」につづく隔句押韻の賦体韻文または駢文で、建築後の幸福を寿ぐ慶祝文である。

ただしこれは典型的な例で、前段の「児郎偉」がないもの、中段の「児郎偉」が「抛梁東」にだけついたもの、あるいはすべてないもの、「東西南北上下」ではなく「東南西北上下」の順序になっているものなど様々なヴァリエーションがある。稲畑論文は、これに基づいて、五代1、北宋4、南宋16、金3、元2、明3の上梁文を挙げている。コンピュータ検索、『全宋文』がまだない時期に、これだけの例を集めるのはさぞ大変であったろう。以下、「文淵閣四庫全書」検索などを利用して、「児郎偉」の位置および有無によって分類し、時代別に関連作品を示すことにする。

A　－前段1、中段6（東西南北上下）、合せて7の「児郎偉」がすべてそろったもの。

B1－前段には「児郎偉」がなく、中段6のみあり、かつ「東西南北上下」の順のもの。

B2－B1と同じだが、順序が「東南西北上下」のもの。

C1－「児郎偉」はあるが、前段冒頭または「抛梁東」のみなど、ＡＢ以外で「東西南北上下」の順のもの。

C2－C1と同じだが、順序が「東南西北上下」のもの。。

D　－「児郎偉」はないが、中段に「東西南北（東南西北）上下」の歌詞があるもの。

まず問題となるのは、稲畑論文でも最初に挙げる五代、後唐の李琪「長蘆崇福禪寺僧堂上梁文」（『全唐文』巻847）である。この作品には「児郎偉」はないが、上後段は駢文、中段は「東南西北上下」の後に、各々七言三句があり、かつ前段最後に「聊陳六詠、助擧雙梁」、後段冒頭に「伏願上梁之後」とあり、上記D型に相当する。作者の李琪は、敦煌の人で、五代の梁、唐に仕え、後唐の長興年間（930―934）に60歳で没した（『新五代史』巻54及び『全唐文』の伝）。

ところで敦煌文献には「唐長興元年河西都僧統和尚依宕泉靈迹之地建龕一所上梁文」（P.

3302 v⁽¹⁰⁾）があるが、その形式は有韻の賦体で、冒頭と換韻の箇所に四つの「児郎偉」があり、李琪の作とは文体が全く異なる。敦煌出身の李琪の上梁文が、同時期の敦煌の上梁文と全く形式を異にするのは不審であろう。かつ『全唐文』に見える李琪の作は9点あるが、他はみな『冊府元亀』などに典拠があるのに対して、この「上梁文」は出典が明らかでない。この「上梁文」は李琪の作ではなく、南宋ごろの作品が誤って『全唐文』に収められたものと考えられる⁽¹¹⁾。以下に宋代以降の作品を挙げる。

(1) 北宋

1 王禹偁「單州成武縣行宮上梁文・太平興國九年（984）」（『小畜外集』巻8）－ Ｃ1。「抛梁東」のみに「児郎偉」。

2 楊億「開封府上梁文」（呂祖謙『宋文鑑』巻129「上梁文」）－Ｃ2、前段冒頭のみに「児郎偉」。

3 胡宿「醴泉觀涵清殿上梁文」（『文恭集』巻28「上梁文」）－Ａ

4 同上「集禧觀大殿上梁文」（同上）－Ａ

5 同上「修蓋睦親宅吳王院神御堂上梁文」（同上）－Ａ

6 石介「南京夫子廟上梁文」（『徂徠集』巻20「啓表移祝文」）－Ｃ1、「抛梁東」のみに「児郎偉」。

7 欧陽修「醴泉觀本觀三門上梁文・至和二年（1055）」（『文忠集』巻83）－Ａ1

8 王安石「景靈宮修蓋英宗皇帝神御殿上梁文」（『臨川文集』巻38）－Ａ

9 鄒浩「上梁文」（『道郷集』巻31）－Ｂ1

10 傅察「槐堂上梁文」（『忠肅集』巻下）－Ａ

11 陳師道「披雲樓上梁文」（『後山集』巻17）－Ｄ、「抛梁東（南西北上下）」のみ。

12 黄庭堅「靖武門上梁文」（『山谷外集』巻11）－Ｄ、「抛梁東（西南北上下）」のみ。

13 鄭俠「一拂先生祠上梁文」（『西塘集』附録本伝）－Ｄ、「抛梁東（南西北上下）」のみ。

14 黄裳「三清殿上梁文」（『演山集』巻35）－Ｄ、「抛梁東（南西北上下中）」のみ。

(2) 南宋

1 李綱「中隱堂上梁文」（『梁谿集』巻156）－Ｂ2

2 同上「桂齋上梁文」（同上）－Ｂ2

3 張守「倦飛亭上梁文」（『毘陵集』巻10）－Ｂ1

4 程俱「常州華嚴教院上梁文」（『北山集』巻17）－Ｂ1

5 同上「山居上梁文」（同上）－Ｂ1

6 李彌遜「漳州移學上梁文」（『筠谿集』巻21）－Ｂ1

7 王庭珪「盧溪讀書堂上梁文」（『盧溪文集』巻40）－Ａ

8 同上「安福縣廳上梁文」（同上）－Ａ

9 同上「安福縣學上梁文」（同上）－Ａ

10 劉子翬「脩祖居上梁文」（『屏山集』巻6）－Ｂ1

11 同上「屛山新居上梁文」（同上）－Ｂ１

12 史浩「四明新第上梁文」（『鄮峯真隠漫録』巻39）－Ｂ１

13 同上「明良慶會閣上梁文」（同上）－Ｂ１

14 同上「竹院上梁文」（同上）－Ｂ１

15 羅願「愛蓮堂上梁文」（『羅鄂州小集』巻4）－Ｃ。前段冒頭のみに「児郎偉」。

16 朱熹「同安縣學經史閣上梁文」（『晦庵集』巻85）－Ａ

17 周必大「修蓋射殿門上梁文」（『文忠集』巻118『玉堂類藁』18）－Ａ

18 同上「後殿上梁文」（同上）－Ａ

19 林亦之「上梁文・海口夫子廟」（『網山集』巻8）－Ｂ１

20 呂祖謙「題欠」（『東萊集』附録巻3）－Ｂ１、前段末尾に「輒依六偉之聲、用相百夫之役」とある。

21 楊万里「南渓上梁文」（『誠斎集』巻104「雑著」）－Ａ

22 同上「施參政信州府第上梁文」（同上）－Ａ

23 程珌「上梁文・雲渓上梁」（『洺水集』巻19）－Ｂ１、前段末尾に「聽我六偉、作而一心」。

24 劉克莊「慈済殿上梁文」（『後村集』巻29「上梁文」）－Ａ

25 同上「建陽縣西齋上梁文」（同上）－Ｂ１

26 同上「徐潭草堂上梁文」（同上）－Ａ

27 釈居簡「彰教法堂上梁文」（『北磵集』巻9）－Ｃ２、抛梁東のみに「児郎偉」。

28 同上「大梅護聖僧堂上梁文」（同上）－Ｃ２、抛梁東のみに「児郎偉」。

29 同上「袞金新之上梁文」（同上）－Ｃ２、抛梁東のみに「児郎偉」。

30 同上「育王姚氏子裏飣奉母主僧宗印墟其廬利州定袞金新之上梁文」（同上）－Ｃ２、抛梁東のみに「児郎偉」。

31 同上「華亭楊木浦朱寺法堂上梁文」（同上）－Ｃ２、抛梁東のみに「児郎偉」。

32 同上「碧雲藏殿上梁文」（同上）－Ｃ２、抛梁東のみに「児郎偉」。

33 同上「下天竺造僧堂上梁文」（同上）－Ｄ、「抛梁東」の上に欠文。

34 同上「丘運使後堂上梁文」（同上）－Ｄ、「抛梁東」の上に欠文。

35 同上「慧日僧堂上梁文」（同上）－Ｃ２、抛梁東のみに「児郎偉」。

36 文天祥「山中堂屋上梁文」（『文山集』巻17「上梁文」）－Ｄ、「東南西北上下」各字の下に七言三句。

37 同上「山中廳屋上梁文」（同上）－Ｄ、「東南西北上下」各字の下に七言三句。

38 同上「代曾衢教秀峰上梁文」（同上）－Ｃ２、前段冒頭に「児郎偉」、中段「東南西北上下」各字の下に七言三句。

39 牟巘「七先生祠」（『陵陽集』巻23「上梁文」）－Ｂ１

40 熊禾「書坊同文書院上梁文」（『勿軒集』巻4）－Ｂ１

41 葛立方「小樓上梁文」（『帰愚集』巻9、宋刻本）－Ａ

42 陳宓「安溪縣重架縣廨」(『龍図陳公文集』巻19、清鈔本)－Ｂ１

43 同上「白湖順濟廟重建寝殿」(同上)－Ｂ１

(この他、Ｄは例が多いので省略)

(3) 金元代

1 元好問「南宮廟學大成殿上梁文」(『遺山集』巻40「上梁文」)－Ｃ２、前段冒頭と「抛梁東」に「児郎偉」。

2 同上「南陽廨署上梁文」(同上)－前段のみ、原注に「後逸」とある。

3 同上「外家別業上梁文」(同上)－Ｃ２,〔抛梁東〕のみに「児郎偉」

4 李俊民「髙平縣宣聖廟上梁文」(『莊靖集』巻10「上梁文」)－Ｄ、「抛梁東(西南北上下)」。

5 同上「湯廟上梁文」(同上)－Ｄ、同上。

6 同上「神霄宮上梁文」(同上)－Ｄ、同上。

7 同上「錦堂上梁文」(同上)－Ｄ、同上。

8 同上「崇安寺重修三門上梁文」(同上)－Ｄ、同上。

9 同上「髙平顯真觀三門上梁文」(同上)－Ｄ、同上。

10 戴表元「楡林瓦嶺廟上梁文」(『剡源文集』巻23)－Ｂ１

11 徐世隆「廣寒殿上梁文」(『元文類』巻47「上梁文」)－Ｄ、「抛梁東(南西北上下)」。

12 王磐「太廟上梁文」(同上)－Ｄ、「抛梁東(西南北上下)」。

13 盧摯「東宮正殿上梁文」(同上)－Ｄ、同上。

14 閻復「尚書省上梁文」(同上)－Ｄ、「抛梁東(南西北上下)」。

15 薛友諒「九先生祠上梁文」(同上)－Ｄ、「抛梁東(西南北上下)」。

16 宋本「太次殿上梁文」(同上)－Ｄ、同上。

以上の挙例から、およそ次のようなことが言えるであろう。

(1) この形式の上梁文は北宋初期に生まれ、南宋で盛んになり、元では衰えた。南宋と同時期の金代の例が少ないのは、残存文献がそもそも少ないからと思える。

(2) 北宋の例は宮殿など公の建物がほとんどだが、南宋では個人の住宅や寺院の例が大半で、元では再び公の建物にもどる。これが上梁文の時代的変遷の実態を反映したものなのか、あるいは各時期の文集編纂の方針の違いなのかはわからない。

(3) 前段冒頭の「児郎偉」は、敦煌の例から考えても、一種のタイトルのようなものかも知れず、それがあるＡ型とないＢ型は、本質的に大差ない。ただＡ型には中段が「東南西北」の順になったものはないので、やはりこれが原型であろう。

(4)「抛梁東」にのみ「児郎偉」が付くＣ型は、全体の整合性から考えて、「西南北(南西北)上下」の「児郎偉」が省略されたものであろう。また「児郎偉」のないＤ型は、「3・3

（韻）・7（韻）・7・7（韻）」が安定した詩形であるのに対し、「3（韻）・7（韻）・7・7（韻）」あるいは「7（韻）・7・7（韻）」が不安定であることから考えて、やはり「児郎偉」または「児郎偉、抛梁東（西南北上下）」が省略されたものである。釈居簡（南宋27～35）、文天祥（同36～38）のように同一人物の作に「児郎偉」があったりなかったりするのは、省略によるとしか考えられない。要するにＡＢＣＤすべての型において、実際の儀式では中段の「児郎偉、抛梁東」以下があったはずで、これがこの文体の中核であろう。「六偉」（南宋20、23）、南宋の作と考えられる「長蘆崇福禪寺僧堂上梁文」に「六詠」とあるのは、これを指す。

(5) ただし南宋の楼鑰「跋姜氏上梁文藁」が、「上梁文必言児郎偉、舊不曉其義」として、その意味を推測しているように、おそくとも南宋では、すでに「児郎偉」の意味は不明となっていた。これがこの文体が衰退し、南宋から元にかけて「児郎偉」のないＤ型が増える原因であろう。

(6) 元代にこの文体が衰えたもうひとつの原因に、科挙との関係が考えられる。金・元好問『中州集』巻8「盧宜陽洵」の条に「洵字仁甫、高平人。李承旨致美見所作上梁文、勉使就擧。六十一歳呂造牓登科」とあり、上梁文の巧拙により科挙の合否を予見することができたことがわかる。これは金および南宋の科挙では、進士の詞賦科において、唐代以来の律賦（有韻の賦）と詩が特に重んじられ、また制挙の詔、誥、章、表などは、すべて駢文で書くことになっており、これが上梁文の文体と共通しているためである。元代の科挙では、律賦と詩は廃され、韻に拘泥しない古賦に代わり、明代はもっぱら八股文となったため、士人が律賦や駢文を作る機会が減ったことが、上梁文が衰えた一因であろう。

(7) この型式の上梁文と敦煌文書に見える唐・五代の上梁文には、双方ともに「児郎偉」を用いること、前者の後段の有韻賦形の文体が後者と同じである以外、共通点がない。何より前者中段の所謂「六詠」が後者にはない点が大きな相違である。しかし後者の「唐長興元年上梁文」にも、「蒸餅千盤萬擔、一時雲集宕泉。盡向空中亂撒、次有金釵銀錢」と見え、上梁に際し、餅や錢を投げる儀式は行われていた。とすれば、後者にも「抛梁東」のような文句があった可能性もあろうが、現存文献からはこれを証明できない。

四、明代の「児郎偉」

「四庫全書」の検索では、「児郎偉」のある明代の上梁文は、以下の二例しかない。

1 殷奎「崑山縣敨角樓上梁文」（『強齋集』巻6）－Ｃ1、前段の駢文に、「對張鴟吻、消患全資守令賢。聿擧虹梁、成功快覩児郎偉」と、「守令賢」と「児郎偉」が対になっており、本来の用法ではない。中段は「抛梁東（西南北上下）」。

2 同上「蘇州府養濟院上梁文」－Ｃ１、前段冒頭に「児郎偉」、中段は「抛梁東（西南北上下）。

　殷奎は楊維楨の門人で、洪武初に官についた（『四庫提要』）というから、むしろ元末の人である。この他、唐桂芳「紫陽書院上梁文」（『白雲集』巻7）の前段末尾に「六偉齊歌、雙虹高舉」と、南宋以来の「六偉」の語を用いながら、中段には「児郎偉」がない例、羅洪先「松原新居上梁文」（『念菴文集』巻18）の前段末尾に「擧大木呼邪許、試聽同聲」と、「児郎偉」を呼声（掛け声）と解釈したものであるが、やはり「児郎偉」はない。また瞿佑『剪灯新話』の「水宮慶会録」（巻1）は、潮州の士人、余善文が、海神に請われて水宮の上梁文を作る話だが、時代設定は元末の至正年間になっており、中段は「抛梁東（西南北上下）」で、「児郎偉」はない。このほか、明初の詩人、高啓が、所作の「上梁文」が忌諱に触れ腰斬された事件は有名である。なお1のように「児郎偉」を変則的に用いた例に、凌雲翰「送趙永貞改丞德化縣、以萬水千山路、孤舟幾日程爲韻」詩（『柘軒集』巻3）に「中流雙艫鳴、愛此児郎偉」という句がある。
　以上を併せても、明代の上梁文は全部で30例ほどしかなく、かつ嘉靖以前に集中しており、嘉靖17年の進士である沈錬「三忠祠上梁文」（『青霞集』巻2）には中段の韻文自体がない。やはり嘉靖年間の文人、徐渭の雑劇『女狀元』（「四声猿」の一、『盛明雑劇』初集巻8、）第四齣の丞相、周庠（外）の台詞に「上梁文一字千金、那児郎偉不消也罷了」（上梁文は一字千金、あの児郎偉はなくともかまわない）とあるのは、上梁文から「児郎偉」が消えて行く状況を反映している。王世貞「宛委餘編」五（『弇州四部稿』巻160）に、「宋時上梁文有児郎偉、偉者關中方言㒲也。其語極俗」とあり、楼鑰の所説を踏まえて、「㒲」を明代通用の「㒲」に改めているが、王世貞にとって「児郎偉」を用いた上梁文は宋代のものであったのである。以上により、「児郎偉」の上梁文は、明末にはほぼ消滅したと見なしてもよいように思われる。

五、清代の「児郎偉」

　「四庫全書」の検索では、清代の「児郎偉」の用例はなく、上梁文もわずか1例（Ｄ）のみである。稲畑論文は、これまで述べてきた三段型式の上梁文の清代の例を挙げず、清代以降については、『魯般経』や現代の長沙「賛梁」などの民間資料を紹介している。明言はしてないが、北宋以来の上梁文は明代で終わったという認識であろう。筆者もコンピュータ検索がない以前から「児郎偉」に関心を持っていたが、やはり同じ印象で、「四庫全書」の検索はその印象によく合致するものであった。ところがその後、「四庫全書」よりさらに範囲の広い「中国基本古籍庫」が現れたので、検索してみると、明代では明末、崇禎年間の戴澳「郊居上梁文」、「西郊居上梁文癸酉年」（『杜曲集』巻11、崇禎刻本）、ともにＢ１）を補い得ただけであるが、意外なことに、清代にも「児郎偉」をもつ上梁文がかなりあることがわかった。以下に列挙する。

133

1 蔡衍鎤「漳浦縣先師廟上梁文代」（『操斎集』巻4「駢部」、清康熙刻本）－Ｂ1

2 同上「喬木堂上梁文」（同上）－Ａ，ただし中段の「上下」がない。

3 査礼「重建龍溪宋黄文節公祠堂上梁文」（『銅鼓書堂遺稿』巻31、乾隆刻本）－Ｂ2

4 陳瑚「尉遅廟上梁文」（『確庵文稿』巻23「説雑著」、康熙汲古閣刻本）－Ａ

5 焦循「兒郎偉有序」（『雕菰集』巻二「詩」、道光刻本）－通常の上梁文ではなく、序「築者請爲歌，以宣其力」とある七言詩で「兒郎偉，築隄築隄莫惜力」を繰り返す。

6 金堡「斗母殿上梁文」（『徧行堂続集』「文」巻五、乾隆5年刻本）－Ｂ1

7 同上「海幢寺大雄寶殿上梁文」（『徧行堂集』文集巻8、乾隆5年刻本）－Ｂ1

8 同上「丹霞山法堂上梁文」（同上）－Ｂ1

9 同上「華藏莊嚴閣上梁文」（同上）－Ｂ1

10 凌廷堪「銅鼓齋上梁文」（『校礼堂文集』巻33、嘉慶18年刻本）－Ａ

11 桑調元「濂溪書院上梁文」（『㵞甫集』巻16「雑著」、乾隆刻本）－Ｂ1

12 張九鉞「萬樓上梁文」（『紫峴山人全集』外集巻6、咸豊元年刻本）－Ｂ1冒頭なし。

13 汪士鐸「冶山新建江甯府學文廟上梁文」（『汪梅村先生集』外集、光緒7年刻本）－七言詩第四句に「兒郎偉、多士品峻不可攀」など「兒郎偉」を挿入。

　うち金堡、陳瑚は共に著名な明朝の遺民、焦循、凌廷堪は乾嘉期の学者、その他も康熙年間の蔡衍鎤以外は、それ以降の人物で、「四庫全書」に出て来ないのは当然である。明末の方以智『通雅』「釈詁」（巻4）は、万暦年間の方日升『韻会小補』を引いて、「今人上梁之中稱兒郎偉、即邪虎類也」、また銭謙益「跋蕭孟昉花燭詞」（『牧斎有学集』巻4、四部叢刊本）に、「譬如樂工撒帳歌、滿庭芳、匠人抛梁唱兒郎偉、雖其俚鄙號嗄不中律呂、而燕新婚者、賀大厦者亦必有取焉」とあり、これを信じれば、明末にはまだ「兒郎偉」を用いた上梁文が実際に行われていたことになり、先の想定とは矛盾する。これをどのように考えればよいか、今のところ判定すべき資料を持ち合わせないので、しばらく保留として後考を俟ちたい。

六、朝鮮の「児郎偉」

　さて中国の状況はひとまず措くとして、「児郎偉」の東アジア漢字文化圏への伝播に目を向けると、まず重要なのは朝鮮である。韓国古典翻訳院が無料公開する「韓国古典綜合ＤＢ」で「児郎偉」を検索すると、「児郎偉」を含む804の作品、うち「韓国文集叢刊」だけで673の作品が検索される。うちもっとも古いのは高麗の李奎報（1168－1241）「乙酉年（1225）大倉泥庫上樑文，詰院奉宣述」（『東国李相国全集』巻19「雑著・上樑文」、Ａ）、もっとも遅いのは韓運聖（1802－63）「日月書社重修上樑文，戊午（1858）」（『立軒文集』巻16、Ｂ1）で、朝鮮王朝期の作例は、すべて前段と後段は駢文、中段は「児郎偉、抛梁東（西南北上下）」のＢ1型である。そ

134

の他にも『日省録』の4例には、正祖の御製も含まれる。

　朝鮮後期にはこれを「六偉頌」と呼んだようだが、この作例数はむろん中国を凌駕しており、また前後六百年余りに亘り、ほぼ同じ形式が維持されたことにも驚かされる。これが朝鮮では上梁文が中国以上によく作られたことを示すのか、または中国でもよく作られたが、記録が少ないのかは俄に判断できないが、いずれにせよ朝鮮で上梁文が盛んに作られた事実には変わりがない。

　ちなみに中国の上梁文には、三韓、百済など朝鮮半島の国名、また日本に言及するものがある。

楊億「開封府上梁文」（北宋2）：抛梁東。三韓百濟慕華風。
胡宿「醴泉觀涵清殿上梁文」（北宋3）：兒郎偉、抛梁東。石橋觀日任施功。三韓百濟歸封内。
胡宿「集禧觀大殿上梁文」（北宋4）：兒郎偉、抛梁東。三韓鼓舞樂華風。
熊禾「書坊同文書院上梁文」（南宋40）：兒郎偉抛梁東。書籍高麗日本通。
徐世隆「廣寒殿上梁文」（元11）：抛梁東、海外三韓向化風。鴨綠江頭無戰伐、盡銷金甲事春農。

　いずれも「抛梁東」の後の詩句で、東だから朝鮮、日本というわけであろうが、さりとて西南北には、それに相当する国名は挙げられておらず、中国にとって朝鮮と日本が特別な存在であったことを示すが如くである。わずか5例ではあるが、北宋初から元代にまで及んでおり、一種の常套表現であったことが察せられよう。特に熊禾の例は、高麗、日本が中国書籍の輸入に熱心であることが、出版の本場である建安の書坊鎮でも知られていたことを示す資料として興味深い。ただしこれが朝鮮の上梁文の流行に影響したかどうかはわからない。

七、日本の「児郎偉」

　日本で初めて上梁文を作ったのは、おそらく鎌倉末期に元に留学した禅僧、中巌円月（1300 – 1375）であると思える。中巌円月は至順元年（1330）、百丈山大智寿聖禅寺（江西省奉新）において、師の東陽徳輝の書記となり、唐の百丈禅師の『百丈清規』を記念して建設中であった天下師表閣の上梁文を書いたことが、その年譜に見える[12]。作品は残念ながら現存しないが、当時の作例に鑑みて、三段型式の上梁文であったことは間違いないであろう。ちなみに完成後に「天下師表閣記[13]」を撰したのは、当時著名な文人官僚であった黄溍であった。

　この他、日本人の上梁文としては、「雕龍日本古籍全文検索叢書シリーズ」によると、以下の例が検出される。

1 伊藤東涯「藏書庫上梁文」(『紹述先生文集』巻19) －A型だが、中段が「兒郎偉、抛梁東」以下、「南北下西上」となり、かつ韻も合わない。最後に「韻按六偉之文。原本題上項以押韻皆誤。據乘烠談、以東西南北上下字取韻爲是。蓋初年不辨後詳其格云」という按語がある。元禄11年(1698)の作。

2 同上「祠堂上梁文」(同上) －最初に「享保十四年歳次己酉春三月乙卯、祠堂上梁。永言配命、自求多福。伏願上梁之浚(後)…」とあり、中段の韻文はない。

3 同上「講堂上梁文」(同上) －同上。

4 同上「正宅上梁文」(同上) －同上。

5 荻生徂徠「前國主保山將公壽影堂上梁文」(『徂徠集』巻18) －D、「抛梁東(南西北上下)」。

6 同上「後慧林寺殿機山霸主影堂上梁文」(同上) －D、「抛梁東(西南北上下)」。

江戸時代を代表する東涯と徂徠の作であるが、いずれも中国の模倣作で、実際の儀礼に使用されたものではないであろう。日本の棟上式で餅を撒く風習は中国と関係あるかもしれないが、漢文の上梁文は日本では普及しなかった。上梁文のような実用文の受容が、朝鮮と日本で対照的なのは興味深い。ヴェトナムの例がわからないのは残念だが、漢字文化圏における文体ごとの受容の有り様を調べれば、何か面白い結果が出るかもしれない。

八、おわりに

以上、稲畑論文を補うかたちで述べてきたが、材料はほとんどがコンピュータ検索によるものばかりであった。最後に検索によらず、筆者が発見した資料を紹介することにしたい。冒頭で、稲畑さんに「兒郎偉」は朝鮮で多数作られたと述べたことを記したが、それは上記、朝鮮での多数の作例のほか、もうひとつの例が念頭にあってのことであった。それはソウル市の中心、南山の北麓にある臥龍廟の上梁文である。臥龍廟は、言うまでもなく諸葛孔明を祀る廟で、堂内には孔明と関羽の像がある。全文は次のとおり。

○臥龍廟上梁文

經天緯地，萬古才學。隆中決策，已定三分。

濟世安民，生來理念，伊呂之功，開濟兩朝。

澹泊明志，古往今來，前無後無。

寧靜致遠，大小凡百，平生謹愼。

檀紀四千三百九，木覓松柏，四時蒼蒼。

槿域首都서울市，漢水綠波，千古悠悠。

追慕士女，淨財重修，大名垂宇宙。

焚香奉饋，無時不絕，遺像蕭清高。

啓蒙於道，能作規範。

兒郎偉，拋樑東。誠勤所到，何事不成。

萬丈峰頭日輪紅。古城芳草還自綠。

兒郎偉，拋樑西。杜宇年年爲誰啼。

遼望錦官入夢中。漢天風雨千八百。

兒郎偉，拋樑南。今日中共亦有人。

雲間奇嶽有時出。溶溶春水鏡中開。

兒郎偉，拋樑北。短笛一聲白鳥飛。

三角瑞氣來相照。李朝五百年史後。

兒郎偉，拋樑上。舊苑風景蕭森，

萬里雲霄一羽毛。五丈秋風大星落。

兒郎偉，拋樑下。南陽皓月鶴孤飛。

撲地閭閻棋局喪。

高層樓屋可攀天。應是玲瓏圖一幅。

伏願上樑之後，國泰民安，海內海外，

縉紳士女，均被德化。保家亨福，自在

其中。世世相傳，永久不忘。恩深義重。

謹奉香火也。

韻目高低不均，以趣爲主。多謝具眼之士。

西紀一九七六年丙辰四月二十一日午時

後學完山后人　李用植　謹作

　　　　　　　白淑姬　謹書

　作者自身、「韻目は高低均しからず、趣を以て主と為す」と弁解するように、韻は踏んでいないに等しいが、三段構成で、中段は「兒郎偉，拋樑東（西南北上下）」、後段は「伏願上樑之後」で始まり、上梁文の最低要件はかろうじて備えている。製作時期は1976年（文中の檀紀4309年もこの年に相当）で、管見のかぎり漢文の上梁文としては、もっとも新しいものである。その他、少しく注釈を加えると、ハングルの「서울」はソウル、「木覓（山）」は南山の正式名称、「萬丈の峰頭に日輪紅なるも、古城の芳草は還た自ら綠」というのは、日本の植民地時期、南山には朝鮮神社があったことをふまえ、解放を迎えたことを言う。なお臥龍廟の下には、1910年から26年まで日本の総督府があった。「今日中共も亦た人有り、雲間の奇嶽は時有りて出でん」というのは、20世紀の諸葛孔明出現による中国共産党の崩壊を願ったものであろう。

臥龍廟の由来は定かでないが、堂内の説明版によると、朝鮮王朝の太祖、李成桂が、この地に都を置くべく、ひそかに南山を踏査した際、懸崖に孔明の石像があるのを見て、廟宇を建てたことになっている。上梁文の作者が「完山后人」と名乗るのは、李成桂の子孫である全州（完山）李氏の一員であることを示す。臥龍廟はなかなかユニークな場所だが、今のところまだ観光スポットにはなっていないようである。もしご興味があれば、定年後の清閑を利用して、遊覧されるよう稲畑さんに勧めたい。

【注】

(1) 敦煌文献の「兒郎偉」については、黄徴・呉偉編校『敦煌願文集』（岳麓書社　1995）943 頁以下に実例がある。また周紹良「敦煌文學〈兒郎偉〉并跋」（『出土文献研究』文物出版社　1985）、季羨林「論〈兒郎偉〉」（『季羨林文集』第 6 巻　江西教育出版社　1996）、楊明璋『敦煌文學與中國古代的諧隱傳統』（台灣新文豐 2010）第六章「敦煌文學中的節慶儀式諧隱」第一節一「兒郎偉的意義及其節慶儀式中的作用」など参照。

(2) 太田辰夫『中国語歴史文法』（江南書院　1958）111、347 頁。

(3) 呂叔湘『近代漢語指代詞』（学林出版社　1985）2「們和家」。

(4) 注 1 前掲論文参照。

(5) 『旧唐書』巻 77「楊弘禮傳」に、「太宗自山下見弘禮所統之衆人皆盡力，殺獲居多。甚壮之，謂許敬宗等曰：越公兒郎故有家風矣」とあるのを始め、後世の『水滸伝』などの小説に至るまで多くの例がある。

(6) 以下は、崔鈆植「『華嚴經問答』의 變格漢文에 대한 검토」「『華嚴經問答』の變格漢文に対する検討」（『口訣研究』35　韓国口訣学会　2015）による。

(7) 石井公成「『華厳経問答』の著者」（『印度學佛教學研究』32 - 1　1985）。

(8) 崔鈆植「新羅見登の活動について」（『印度學佛教學研究』50 - 2　2002）参照。

(9) 小川環樹「稲荷山古墳の鉄剣銘と太安万侶の墓誌の漢文における Koreanism について」補考之二（『小川環樹著作集』第 5 巻　筑摩書房　1997）、「釈別」（『中華文史論叢』74 輯　2004）、金文京「古代日中比較文学についての断想——読むことと書くこと」（『古代文学』52　2013）参照。

(10) 注 1 前掲『敦煌願文集』965 頁以下に見える。

(11) 路成文「《全唐文》誤収南宋人所作〈長蘆崇福禪寺僧堂上梁文〉考」（『文献』2007 - 4）参照。

(12) 上村観光編『五山文学全集』（五山文学全集刊行会　1936）第 2 巻『東海一漚集』巻五「自歴譜」、また玉村竹二編『五山文学新集』（東京大学出版会　1970）第 4 巻「中巌円月集」の「佛種慧濟禪師中岩月和尚自歴譜」。

(13)「百丈山大智壽聖禪寺天下師表閣記」（『敕修百丈清規』巻 8『大正蔵』巻 48、NO2025）。

項託と関羽

大塚 秀高

前言

　敦煌の莫高窟から発見された俗文学作品のひとつに「孔子項託相問書」がある。19本の写本があり、そのうちの16本が漢文、残り3本が蔵文の写本で、蔵文本は漢文本から翻訳されたものであるが漢文本との差異が大きいとされる[1]。本論はこの「孔子項託相問書」につき論じようとするものである。

　王重民他の編になる『敦煌変文集』（人民文学出版社、1957）所収の「孔子項託相問書」の校記によれば、「孔子項託相問書」は「敦煌所有俗文中、伝本最多、流伝亦最広」なだけでなく「従其他有関資料観之、不但流伝最広、亦最長」なものであるという。それゆえ関連する論文も少なくない。本論もその驥尾に付そうとするものであるが、先人とは違った角度からこれを論ずることにしている。とはいえその内容紹介を省くわけにはゆかない。先の『敦煌変文集』所収の「孔子項託相問書」により、以下にそのあらすじを紹介しておく[2]。

一、あらすじと研究史

　孔子が荊山の麓を通りかかり三人の子供を見かけた。そのうち一人は遊んでいない。不審に思った孔子がその子（項託）と問答をするが、ことごとく言い負かされてしまい、遂に殺意を抱く（以上は賦体、以下は七言詩）。危険を察知した項託は父母に「百尺樹下児学問、不須受寄有何方[3]」と言い残し、身を隠す。孔子はわざと車に載せた草を項託の両親に預け、両親がそれを焼却したり家畜の餌にしてしまったりした頃を見計らい返還を求める。困った両親から先の項託の言葉を聞き出した孔子は、項託が隠れる石堂を掘りあて、石人に変わった項託に刀で斬りつける。瀕死の項託は母親に「将児赤血瓮盛着、擎向家中七日強〈襁〉」と依頼する。だが母親はその血を糞堆の傍に捨ててしまう。するとそこから竹が生え、「節節兵馬似神王、刀剣器械沿身帯、腰間宝剣白如霜」というから、竹の節ごとに武装兵が現われ、「二人登時却覓勝」というから、「二人」は勝利を求め（戦っ）た（この「二人」については後述する）。だが「誰知項託在先亡」というから、傍で見ていた者には項託がとっくに死んでいるとはわからなかった。懼れた孔子は州県ごとに廟堂を設け（項託を祀っ）たという。

　ひるがえって、これまでの「孔子項託相問書」に関する研究であるが、主人公を異にする類

話を含め、前後の時代、ならびに東アジア世界におけるその流伝の状況を明らかにすることにもっぱらその精力が費やされてきた感がある（なお、本論では「孔子項託相問書」とその類話——孔子に代表される権威を象徴する人物が項託に代表される権威を持たない人物と問答し、前者が後者にやり込められるタイプ（類型）の物語——を孔子項託故事とよぶことにする）。

　まずは「孔子項託相問書」自体の成立時期であるが、その S.395 の巻末に「天福八年癸卯歳十一月十日浄土寺学郎張延保記」とあるから、後晋の天福 8 年（943）以前にそれが成立していたことは明らかである。孔子項託故事の一方の当事者たる孔子は、誰知らぬ者のない著名人であるが、項託はどうか。近頃、項託の「託」は「橐」を同音の筆画の少ない字に換えたものであるとし、その名称に托された意図の検討をへて孔子項託故事の何たるかを明らかにしようとする研究が発表された。拙論はこの研究を承けたものであるが、項橐そのものにはこだわらず、やりこめられた権威を象徴する人物が権威を持たない人物を殺すという部分をこの類型の中核とみて、その秘められた意味を闡明しようとする点がそれと異なる。ちなみに、項橐について記す最古の文献は『戦国策』で、その「秦策」巻 5 に「甘羅曰、夫項橐生七歳而為孔子師」とあるから、孔子項託故事前半部の成立が戦国時代に遡ることに疑問の余地はない。

　順序として次は『戦国策』と「孔子項託相問書」の間を埋める孔子項託故事を紹介すべきなのであるが、まずは『敦煌変文集』の校記で言及される「孔子項託相問書」以後の類話を紹介しておきたい。

　『敦煌変文集』の校記は明本『歴朝故事統宗』巻 9 所収の「小児論」と解放以前に北京の打磨廠宝文堂同記から鉛印された『新編小児難孔子』を挙げ、前者の（前半の）文言の八九割、後者の七八割が「孔子項託相問書」と一致することを指摘する（明本『東園雑字』への言及もあるが、William Hunter の "Bits of old China"（1885）を参照したと思しい）。

　漢族の間における類話の報告はその後も続いた。河北省の民間故事「拝師」、伝統相声の「蛤蟆鼓児」、台湾歌仔戯の「孔子項橐論歌」、新竹・竹林書局から 1955 年に発行された『孔子小児答歌』などがそれであるが、なかでもベトナムから複数の手鈔本「孔子項橐問答書」が発見されたとの報告が貴重である。

　ひるがえって「孔子項託相問書」以前の類話についてであるが、これまでふたつの重要な発見があった。ひとつは『楚辞』の「天問」を思わせる唐代の民間通俗読物『孔子備問書』がパリのペリオ将来資料（P.2570、P.2581、P.2594、P.3756）から発見されたことであり、いまひとつは吐魯番阿斯塔那の唐墓から、整理後「孔子与子羽対語雑抄」と命名された、龍朔 2 年（662）以前の鈔本が 1969 年に発見されたことである。

　漢語以外の言語で記載された類話も見つかっている。既述の蔵語文献の他に、日本からは夙に『今昔物語』巻 10 震旦部に収められた「第九　孔子道行値童子問申語」の存在が報告されていたが、牧野和夫により、その類話を記す複数の 16 世紀以降の文献資料の存在が報告された。満洲語、モンゴル語の類話、朝鮮王朝後期の漢文及びハングルで記された類話の存在も、金文京によって報告されている。

しかく妍を競う類話研究のなかで異彩を放っているのがすでに紹介した金文京の論文で、金代の詩人王寂の「小児難孔子辨」や『明一統志』『大清一統志』の記載から山西省に項槖に関する民間信仰や祠があったことを指摘し、転じて「項」は頭、「槖」は「囊」と同じく袋であって、項槖は「孔子の頭の窪みから創出された人物」であり、古代のある一部の階層、おそらくは孔子の生まれた魯の地方の民衆の中に孔子を水神的存在とする認識があり、後にその「水神的存在の表徴である頭の窪みが孔子から分離し、別に人格化されるに至った」ものが項槖であり、「孔子と項槖は、本来同一の存在」であるとし、『玉燭宝典』所引の嵆康『高士伝』の記述を挙げ自説の傍証としていた。このあたり、誠に天馬空を行く感がある。

だが「孔子項託相問書」をめぐる先行研究は、金論文にしても、その孔子項託故事——すなわち「孔子項託相問書」前半の賦体部分（と項託即項槖の名）にこだわったものであって、後半の七言詩部分への言及を欠く点を共通にしていた。拙論はこの七言詩部分の検討を通じ、そこで語られる項託と孔子の争いの意味するところを闡明せんとするところが、既存の論文と異なっている。

二、七言詩部分の解釈

「孔子項託相問書」の後半七言詩部分であるが、地下に隠れていた項託を孔子が捜し出し、石人に変わった項託に鉄刀で斬りつけ、これに瀕死の重傷を負わせるところあたりまではなんとかわかるのだが、そのあとがいささかわかりにくい。それゆえ金岡照光は原文の「将児赤血瓷（金岡は甐とする）盛着，擎向家中七日強」を「子供（わたし）の赤い血を碗に入れて、家の中で七日以上おいて下さい」と「要約」した。[11]

金岡が「七日以上」とした「強」であるが、私見によれば「襁」であり、項託は七日（七夜）の間、わが血を瓷にいれ保護してほしいと父母に求めたはずである。「襁」本来の意味は背中に赤子を背負うための衣であり、転じてそうした動作やこもりかごまで指すようになったものであって、保護するまでの意味はない。だが、液体（血）を背負うことは蓋があれば不可能ではないにせよ、家の中で七日間となるとすこぶる困難であろう。やはりここは背負ってほしいといったのではなく、何らかの方法で保護してほしいと求めたと解釈すべきであろう。そもそもこの「襁」は韻字であった。「強」が「襁」であることについては、『史記』「魯周公世家」の「成王少在強葆之中」の索隠に「強葆即襁褓」とあることを挙げれば十分であろう。

だが「年老昏迷」で、項託「入山遊学」のおりの「不須受寄」との忠告を忘れ、挙句孔子に項託の残した隠れ家のヒント、「百尺樹下児学問」まで聞き出され、項託が斬殺される事態を出来させてしまった父母であったから、その最後の願いも聞き届けることができず、見るに忍びないとその血を棄ててしまった。するとその血を捨てた糞堆の傍らから竹が生えて百尺に達し、その節々に刀剣器械を身につけ宝剣を腰に帯びた兵馬が簇生した。両親はその兵馬を率い

141

て孔子のところへゆき闘った。勝てなかった孔子は恐れをなし、州県の廟堂に項託の像を置き、これを祀ることで妥協をはかったというのである。[12]しからば項託は自身が再生するための条件である、なんらかの方法で届けた自身の血を七日間保護することを両親に求めたのだが、その願いは叶えられず、棄てられた血（の傍ら）から竹が生え、そこに武装した兵馬が簇生し、その兵馬が両親とともに孔子と闘い敵討ちをしたということになろう。「将児赤血瓮盛着，撃向家中七日強〈繦〉」は項託再生のために必須な過程を示すものだったに違いない。

　諸家の考証により、項託（権威を持たない人物）が孔子（権威を象徴する人物）を言い負かしてその師となるという類型の物語が古代から存在しており、現代に至るまで広く東アジア世界に分布していることはすでに明らかとなっている。だが熱心な探索にも関わらず「孔子項託相問書」の後半を構成する七言詩部分については、「孔子項託相問書」のみに見え、類話はいまだ見つかっていないようである。[13]しかし本当にそうなのか。

　筆者は過去、現在のいずれにおいてであれ、口頭で語られ、後に文字化された作品、ならびにこれにもとづく作品を物語とよぶのだが、すべての物語は、それが神話、伝説、民間故事（民間説話、昔話）、小説のいずれに分類されようと、ひとつ以上のモチーフにより構成されていると考えている。漢語ではモチーフを母題または情節単元、モチーフの特定の排列にもとづく物語の類型、すなわちテール・タイプを話型とよぶ（タイプの類型に対し、テール・タイプは厳密にはこうよぶべきだが、区別されない場合が多いから、以下では両者をともに類型とする）。物語の研究、とりわけ類型研究においては、孔子や項託といった固有名詞はさして重要な要素とはならないのだが、[14]これまでの研究者は孔子や項託へのこだわりが強かったから、鵜の目鷹の目で探しても「孔子項託相問書」後半の類話が見あたらなかったのである。それゆえ以下では「孔子項託相問書」の後半を、孔子に限ることなく、広く権威を象徴する人物への項託に代表される権威を持たざる人物の反抗の物語とみて、そうした梗概を持つ物語を上記のすべてのジャンルの作品から捜すことにしたい。

三、AT 索引と丁乃通の『中国民間故事類型索引』

　上記の目的を達成するには「孔子項託相問書」の後半のみを検討すれば事足りるのだが、順序としてその前半部分についても検討することにしたい。

　孔子項託故事はS.トムスンの『民間説話 理論と展開』[15]のテール・タイプ・インデックス（漢語では民間故事類型索引）では AT.921 の「王様と百姓息子」に相当する。AT.921 はこの分野の研究に先鞭をつけたアンチ・アアルネと、その大成者であるステルス・トムスンによって附された分類番号で、代表として挙げられた「王様と百姓息子」と同類型の物語は、すべてこの番号のもとに属ししめられている（AT はアアルネとトムスンの頭文字をとったものであるが、以下では省略する。なおこの類型索引そのものを指したい場合、以下では AT 索引とよぶ）。アアルネと

142

トムスンはフィンランドとアメリカの研究者であって、二人が分類の対象としたのは欧米の民間説話（物語）であったから、東アジアのそれに過不足なく適合しているわけではなかった（たとえば AT 索引にはキリスト教関係のモチーフの占める割合が高かった）。そこでそれぞれの国の研究者が本国の物語を対象に独自の類型索引を編集した。中国では丁乃通の『中国民間故事類型索引』（鄭建成・李倞・商孟可・白丁訳、李広成校、中国民間文芸出版社、1986）がその代表であるが、[16] AT 索引と同一類型のものには同一の番号を付与する原則のもと、多少異なる場合にはそれに「＊」や大文字のアルファベットの枝番を附すことになっている。孔子項託故事は『中国民間故事類型索引』では「921. 国王与農民的児子（国王和貧児）」と命名され、「這個恭順的男孩可能是一個猟人、皮匠等。他回答種々古怪的問題」と注記が附されている。農民の子は一例で、それが猟師や皮なめしなどに替わることもあるというわけである。

　AT 索引を改良したハンス＝イェルク・ウター[17]は、この類型につき「少年（農夫の息子、ソロモン）が賢明な答えをして、小屋の前を通りかかった王を驚かせる。その答えとは、お前（父親、母親、兄弟、姉妹）は何をしているのかという問いに対する発言である。さらに（または）、それらの答えは、ある条件のもとで王のところに来いという不条理な要求に対するものである」と述べ、最も頻繁にみられる問いの例を五つ挙げていた。

四、「蜂的故事 蜂王（韋承祖）」を手懸りに

　中国の民間故事研究の先駆者としてその名を逸せないのがウオルフラム・エーベルハルト（艾伯華）である（以下では通例によりエバーハードとよぶ）。エバーハードは中国滞在の間に蒐集した物語を独自の観点で分類した[18]"Typen Chinesischer Volksumärchen（中国昔話タイプ・インデックス）"[19]をヘルシンキで 1937 年に出版した。これを中国語に翻訳したものが『中国民間故事類型』（王燕生・周祖生訳、劉魁立審校、商務印書館、1999）である。遺憾にも『中国民間故事類型』には AT 表の 921 に相当する類型の物語は収められていないのだが（エバーハードは AT 表とは異なる独自の番号を附している）、「孔子項託相問書」後半の七言詩部分を彷彿とさせる物語なら収められている。「59. 蜂王」がそれである。『中国民間故事類型索引』は「592. 荊棘中舞踏（在蒺藜中跳舞）」の亜型に「592＊. 険避魔箭（早発魔箭）」を立て、「59. 蜂王」に引かれる『民俗』第 31 期所収の「蜂的故事 蜂王（韋承祖）」を類話のひとつとして挙げている。「592＊. 険避魔箭（早発魔箭）」は、Ⅰ. 密謀殺害皇帝、Ⅱ. 魔弓和魔箭、Ⅲ. 射出過早、Ⅳ. 陰謀失敗、Ⅴ. 懲罰という情節単元排列を同じくする物語群であるが、それぞれの情節単元には複数のバリエーションがあり、その認定にも研究者による差異がある。劉守華の「楚文化中的民間故事──《早発的神箭》文化形態剖析」（『比較故事学』所収、上海文芸出版社、1995）は、上記にかわり、1. 密謀取代皇帝坐天下、2. 神弓神箭、3. 竹人竹馬、4. 提前発射、5. 失敗被害をあげ、3. 竹人竹馬の（b）として、皇帝になるべき聖胎が生まれる時に竹林が破裂し、竹から武装した兵馬が

出現し天下取りを援ける、4. 提前発射の（b）として、妻または母の粗忽により聖胎が早産してしまう、5. 失敗被害の（b）として、首を斬られ、（c）として、屍体が螞蜂（オオスズメバチ）に変成して皇帝を刺し殺す、を挙げている。だが劉守華の述べるごとく、琴笛と弓箭に魔力を賦与する部分以外592と592*は一致しないから、両者は、関連はあっても独立のタイプとみなすべきもののようである。また592*を楚文化の中心地で流布した物語とみる劉守華説についても、竹との関わりをどこまでその必須要素とみるかにより判断が分かれよう（後述）。

「蜂的故事 蜂王（韋承祖）」は『中国昔話集』1（平凡社、2007）に翻訳があるのだが、その前半は「孔子項託相問書」の前半とも後半とも一致しない。そこで、以下にその要約を掲げておきたい。

魔力で夜な夜な都から故郷の妻のもとに帰ってこれを妊娠させた官吏が、姑に不義を疑われた妻に魔法の鞋の片方を隠され、早朝に遅れて皇帝に斬首される。官吏には三度の復活の機会があったが、二度まで愚かな母（姑）により失敗してしまう。最後の機会が変成した竹から復活するというものであったが、その竹が母親により定められた期日（百日）以前に定められた金額（百文）以外で売られたため、やはり復活に失敗してしまう。伐採途中で破裂した竹の節にはすべてに未成の人と馬が入っていた。竹の尖端の節には大きな蜜蜂がいて、皇帝のもとへ飛んでゆきこれを刺そうとした。皇帝はおそれ、蜜蜂を三日帝位につけ、あわせて蜜蜂の王に封じた。百日経てば竹の節中の人馬は本物となり、鎗や刀を持って都に攻め入り、皇帝を殺して帝位を奪うはずだったが、愚かな母のためにそれは成らなかった云々。

同様な事態が三度繰り返されたり、三人兄弟が登場したりするのは物語の顕著な特徴のひとつで、ここでは、死人でも復活できると言わねばならなかったにもかかわらず、そんな道理はないといったこと、一定の期間斬られた首をかめに入れ、涌いた蛆に毎日餌をやらねばならなかったにもかかわらず、熱々の飯をぶちこみ蛆をすべて焼き殺してしまったこと、蛆を棄てた空き地から生えた竹を百日後百文で売らねばならなかったにもかかわらず、それ以前にそれ以下で売ったことがそれであるが、なかで、いささか合理化されているが、斬られた首を入れたかめに涌いた蛆に餌をやって養うことと、蛆を棄てた場所から竹が生えたが、期日以前に伐ってしまったため節々に入っていた人馬が未成に終わり、唯一生き残った蜜蜂だけが皇帝への復讐に向かい、三日の天下と蜜王の位を勝ち得たとされる点がとりわけ注目される。後者の皇帝が「孔子項託相問書」の孔子であり、未成の人馬と唯一生き残った蜜蜂が「孔子項託相問書」の兵馬と夫子を甚だ惶怕させた何者かだったことは誰の目にも明らかであろう。

申すまでもなく、竹の葉の形状は刀に似ているが、その姿そのものも大地に刺さっている剣や鎗を想起させたし、事実竹槍として武器にもなった[20]。竹は成長が速いから、短時日における再生を語るにはうってつけであったから、『竹取物語』のかぐや姫のごとく、異常に成長の速い小さ子を誕生させるに相応しいものと考えられたのも道理である。『李娃伝』に見える竹林神、『華陽国志』巻4「南中志」などに見える竹王および竹王祠のごとく、竹には出産と結びつく信仰や始祖伝説も存在していた[21]。

エバーハードの『中国民間故事類型』は「59. 蜂王」のひとつ前に「58. 漂来的孩子（摩西母題）」を置く。これは「竹から生まれた子が竹王となったが、唐蒙（漢の武帝時の人）に斬首された。恨んだ夷獠が祠を建てるよう求めたので、あわせて息子三人を侯に封じた。三人の息子は死後父の祠に合祀された。それが今の竹王三郎祠である」と語るものであった。この「漂い来る子（モーゼのモチーフ）」は『西遊記』に繋がるのだが、それについてはかつて論じたことがあり、ここでは贅言しない。ちなみに『竹取物語』と同類型の物語は「日本昔話タイプ・インデックス」では「130. 竹娘」として分類されており、中国にも同類型の民間故事「斑竹姑娘」が存在することが君島久子により報告されている。

最後に「59. 蜂王」との対比により明らかとなった「孔子項託相問書」で不明な細部につきまとめて筆者の見解を述べておくことにしよう。「孔子項託相問書」では、定められた期間への言及がない。だから竹の節々に入っていた刀剣器械を身に帯び宝剣を腰に差した神王のごとき兵馬は無事に生まれたとみてよい。それゆえ蜜蜂が活躍する余地はなかったろう。両者とも人としての復活再生には失敗した物語であるが、「59. 蜂王」は竹中の人馬の誕生にも失敗し（、蜜蜂のみ生き残っ）たのに対し、「孔子項託相問書」はそれに成功し、蜜蜂を必要としなかった物語だったのであろう。

なお「眠っている人（の鼻や口）から霊魂が蜂や蠅の姿となって離れ、目覚める間際に戻ってくる。目覚めた人はその間に蜂や蠅が見たことを夢で見たと思い込む」という類型の物語（「夢買い橋」）は「日本昔話タイプ・インデックス」では「254. 夢と蜂」として分類されており、AT 索引の 1645A「宝の夢を買う」、『中国民間故事類型索引』の「購買別人夢到的財富（発財夢）」がこれに相当する。しからば「59. 蜂王」の蜂は斬首された官吏の怨霊だったに相違ない。「孔子項託相問書」の兵馬（蜂）も項託の怨霊とみなして差支えなかろう。針をもつ蜜蜂は腰に利剣を差した兵馬と同じものだったのである。

五、「狗耕田」を手懸りに

続いて人の血が棄てられた場所から成長の速い植物が生えるというモチーフについて考えたい。人の血が棄てられた場所ではなく犬の死体が葬られた場所、竹ではなく木とその可変項を替えれば、誰しも「花咲か爺」が思い浮かぼう。「花咲か爺」は「日本昔話タイプ・インデックス」では「364A. 犬むかし――花咲か爺型」として分類される物語で、「婆が川で拾った子犬が大きくなり、爺を山中に案内し宝を掘り当てさせる。隣の爺が犬を借りて掘るが汚物しかでず、怒って犬を殺す。爺が犬の墓印に植えた木がみるみる大きくなり、それで臼を作って餅を搗くとお金がでる。隣の爺が……」というものであった。犬の墓印に植えた木がみるみる大きくなるというモチーフは「364B. 犬むかし――雁取り爺型」にも見えている。しからば、タイプ364は「犬の死体を埋めた場所から異常に成長の速い植物が生える」というモチーフを中

核とするものであって、その前後を構成するモチーフの相違により大きく「花咲か爺型」と「雁取り爺型」に分かれるとみるべきであろう。

「雁取り爺型」は「上の爺が捨てた犬の子を下の爺が拾う。子犬はみるみる大きくなり、爺を山に案内し鹿をとらせるが、上の爺が借りると蜂が飛んできて刺される。上の爺に殺された犬の墓印に植えた木がみるみる大きくなりたくさんお金がなる。上の爺が……」というものである。「犬むかし」では生えるものが木で竹になっていないが、それはおそらく臼を作ったりお金がなったりするのに竹が不向きであったからで、異常に成長が速いことが強調されている以上、本来は竹だった可能性が高かろう。「雁取り爺型」では飛んできた蜂に上の爺が刺されることになっているが、これは「蜂王」で皇帝が蜜蜂に刺されることと通底しよう。皇帝が上の爺、殺された官吏が犬に相当することは明白であろう。

中国では「犬むかし」の類型に属する物語を「狗耕田」と命名しており、『中国民間故事類型索引』はこれに503Eの番号を与えている。「狗耕田」は「犬一匹を残し親の遺産をすべて兄と嫂にとられた弟が、犬が牛に替わって田を耕したことで財をなす。兄が犬を借りるが働かなかったため殺され、埋められる。その墓から狗尾草または竹が生え、弟がそれを揺すると金銀が降ってくるが、兄が揺すると……」というものであって、『中国民間故事類型索引』に60例近くがすでに挙げられており、その後も全国各地から続々と異文が採録されつつあるという。『中国民間故事類型索引』は「売香屁」を503Mとしてこれと並置するが、弟と同じことを兄がしても失敗するという点のみが共通するだけだから、並置するには相応しくない。ちなみに「503E. 狗耕田」では親の遺産の分配の不公平、「犬むかし」では隣近の二人の爺の性根の違いをめぐって物語が展開されることになっているが、これは中国では遺産均分が原則なのに対し、日本では長子の単独相続が原則だったため、「503E. 狗耕田」のごとき物語が日本では成り立たなかったための変化であろう。[25]

六、「聖公山のおはなし」を手懸りに

最後に、「項託（権威を持たざる人物）にやり込められた孔子（権威を象徴する人物）が（権威を脅かす）項託を殺す。殺された項託は復活への援助を有縁者に依頼するが失敗する。だが失敗に挫けずなおも闘い続け、結句その怨念に懼れをなした相手により祀られる」という、「孔子項託相問書」後半七言詩部分や「蜂王」後半部分の物語の意味するところを考えてみたい。

「蜂王」の斬首された官吏が再生復活するための条件の二番目に、一定の期間斬られた首をかめに入れておき、そこに涌いた蛆に毎日餌をやるというのがあった。既述のごとく、これは合理化された語り口に相違なく、本来は一定の期間、おそらく四十九日か百日の間供養するというものであったろう。四十九日や百日が選ばれたのは偶然ではなく、それが仏教での中陰（中有）の期間や百箇日にあたるからに違いない。だから供養者には和尚が選ばれるのが通例

であった。しかしなんらかの事由によりその期日が守られなかったため、復活再生は失敗して
しまうのだが、完全な失敗に終わる物語はまれで、復活再生はしたが、常人とは異なる特徴が
残ったとする場合が多かった。筆者はかつてそれを「失敗した祀血転生」「「見るな」の禁忌違
犯によるしるし」と命名して論じたことがあるのだが、「蜂王」のごとく、竹の節中の人馬は
未成に終わったが蜜蜂は生き残ったと語るのも、この類型のひとつとみてよかろう。

　項託はどうやら再生に失敗したようだが、再生、否転生に成功した者もいる。関羽がそれで
ある。物語の世界における関羽は、人々を苦しめる災厄の天帝による故なき発動に反発し（心
を痛め）、秘かに人々を援けた下級神（龍神）であったが、天帝にその行為が知られて斬首され、
見せしめのため首を下界に投げ落とされた（または血の雫が下界に落ちた）とされている。あら
かじめ下級神（龍神）からの依頼を受けていた和尚（『三国志演義』では普浄または普静）が首を
拾うか血の雫を受け止めるかして、一定の期間、密閉した容器の中に保管し祭祀する。かくて
下級神（龍神）は関羽として再生することができたのだが、一定の期間密閉しておくという条
件が完全には果たされなかったため、関羽は赤ら顔になったというのがその代表的な語り口で
ある。結句「孔子項託相問書」は権威を持たない人物を項託、官吏、関羽、権威を象徴する人
物を孔子、皇帝、天帝と替えつつ語られる物語のひとつということになろう。項託が復活再生
を果たせなかったのは、項託がそもそも人間であって、下級神（龍神）であった関羽のように
おいそれと下凡転生させるわけにはゆかなかったからであろう。

　以上に述べた結論を支持する物語が「山東省のおはなし」の２として採取報告された「聖公
山のおはなし」である。「聖公山のおはなし」の前半では、ある役人が山の上のとある村で生
まれた神童に言い負かされるのだが、その部分は省き、後半の役人が人をやって神童を殺そう
としたところから、以下にそれを引こう（語り手のデータはない）。

　　手下の人間が神童を捕まえたんだが、どうしたわけか、この神童は刀で切っても死なな
　いし、棒で打っても死なない。どうすれば神童は死ぬのか教えろ、と役人は神童の母親を
　脅した。母親は慌てず騒がず、「うちの息子は刀で切られるのは平気。棒で打たれるのも
　平気。殺そうなんて諦めなさい」といった。役人は何度も何度も聞いたけど、母親の答え
　は毎回同じだった。ところが最後に役人が尋ねると、母親はついうっかり口を滑らせてし
　まった。「うちの息子は刀で切られるのは平気。棒で打たれるのも平気。ただ聖公山の茅
　の草が怖いだけ。殺そうなんて諦めなさい。」役人は聖公山から茅の草を抜いてきて、そ
　れで神童の体を真っ二つにひきさき、死体を神童の家になげいれた。神童の母親はそれを
　見て、そりゃあとても悲しんだ。ところが思いがけず、神童の頭がしゃべりはじめた。
　「母さん、泣くのはおやめよ。僕の体を大きな甕にいれて、地面の上にひっくりかえして、
　七七四十九日間、けっして中を開けてみてはいけないよ。」母親はいわれたとおりにした。
　でも四十八日目、どうしてもがまんできなくなって、中をこっそり覗いてみた。中には一
　甕ぶんの血があるばかりだった。結局、神童はそれから生き返ることはなかった。

最後の「見るな」の禁忌違犯の部分が「孔子項託相問書」にはないが、関羽の物語には頻出するものであり、両者が同根より生じた物語であることは明らかであろう。ひっくりかえしておいた甕に血がたまるかは不審だが、この神童が項託、役人が孔子であることまた言を待つまい。その採集地が山東省であり、聖公山の茅が怖いというのも、この物語が「孔子項託相問書」の現代版であることを示唆していよう。

　「孔子項託相問書」の後半七言詩部分は、『敦煌変文集』『敦煌変文集新書』の両書では全28対56句から構成されることになっているのだが、上記両書が原巻としたP.3883には第13対が脱落しており、潘重規に「訛脱極多」とされたP.3833ならびに残巻のS.5674により補入されているし、原巻となったP.3883にしても第18対後半の三字目（両伴読）までしか残っていない。しからばいささか唐突感のある、「孔子項託相問書」第20対の上句「変作石人總不語」と下句「鉄刀割截血汪汪」の間に脱落があり、その間に孔子がなんらかのアイテム、たとえば「茅の草」を使うなどして石人を鉄刀で割截できるようにしたと考えてもさしつかえないのかもしれない。

【注】

(1) 馮蒸「敦煌蔵文本「孔子項託相問書」考」（『青海民族学院学報』1981年第2期所収）による。なお以下で紹介する先人の業績の紹介については、主に伏俊璉『俗賦研究』（中華書局、2008）の「敦煌論辯俗賦考述」の「二《孔子項託相問書》考述」によっている。漢文写本の数については17本とするものもある。

(2) 『敦煌変文集』はP.3883を底本とし、他の10本を参照し校訂したとする。

(3) 本論に引く「孔子項託相問書」後半韻文部分については、P.3883、P.3833、S.1392などを中心に、筆者において斟酌したものを原文として示した。なお、先行する『敦煌変文集』や潘重規『敦煌変文集新書』（中国文化大学中文研究所、1984）の校記などで指摘される文字の異同及び校改を根拠としない、筆者独自の校改については、原文字に続け〈　〉内にそれを示すことにした。

(4) 金文京「孔子の伝説――「孔子項託相問書」考」（『説話論集』第16集「説話の中の善悪諸神」所収、清水堂、2007）。

(5) William Hunter と "Bits of old China" については金文京前掲注4の論文を参照されたい。

(6) 王昆吾「越南本《孔子項嚢問答書》謭論」（『従敦煌学到域外漢文学』所収、商務印書館、2003）、王小盾・何仟年「越南本《孔子項嚢問答書》謭論」（項楚・鄭阿財主編『新世紀敦煌学論集』所収、巴蜀書社、2003）による。

(7) 鄭阿財『敦煌文献与文学』（新文豊出版公司、1993）の「敦煌写本《孔子備問書》初探」を参照されたい。

(8) 張鴻勲「《孔子項託相問書》故事伝承研究」（『敦煌研究』1985年第2期所収）による。後に氏の『敦煌俗文学研究』（甘粛教育出版社、2002）に収められた。

(9) 「敦煌蔵経洞蔵「孔子項託相問書」類の日本伝来・受容について」（郝春文主編『敦煌文献論集――紀念敦煌蔵経洞発現一百周年国際学術研討会論文集』所収、遼寧人民出版社、2001）による。

(10) 金文京前掲注4の論文を参照されたい。

(11) 金岡照光『敦煌の文学文献』（講座敦煌9、大東出版社、1990）による。金岡は『敦煌変文集』所収の「孔子項託相問書」を底本にしている。

(12) 参考のために、注3に示した方針に従い定めた「孔子項託相問書」後半七言詩部分の原文を以下に

示しておく。S.1392 は『敦煌変文集』が「嬢嬢」「阿嬢」とするところを多く「耶嬢」とする。この場合、下文の「二人」については父母とみるのが自然で、本論で示したあらすじもこれによっているのだが、「嬢嬢」「阿嬢」を正しいとし、「却覚勝」にかえ「各覚勝」を採ることも出来よう。その場合、争いは項託の母と孔子の間におこったことになるかもしれない。待考。なお張鴻勲『敦煌講唱文学作品選注』（甘粛人民出版社、1987）、項楚『敦煌変文選注』（巴蜀書社、1990）所収の「孔子項託相問書」をも参照した。

孫敬懸頭而刺股、匡衡鑿壁夜偸光。子路為人情好勇、貪読詩書是子張。項託七歳能言語、報答孔丘甚能強。項託入山遊学去、抄手堂前啓嬢嬢。百尺樹下児学問、不須受寄有何方。耶嬢年老昏迷去、寄他〈託〉夫子両車草〈輔草糧〉。夫子一去経年歳、項託父母不承望。取他百束将焼却、餘者他日倭牛羊。夫子登時却索草、耶嬢面色転無光。当時便欲酬倍価、毎束黄金三錠強。金銭銀銭總不用、婆婆項託在何方。我児一去経年歳、百尺樹下学文章。夫子当時聞此語、心中歓喜倍勝常。夫子乗馬入山去、登山驀嶺甚芬芳。樹樹毎量無百尺、葛蔓交脚甚能長。夫子使人把鍬钁、撅着地下有石堂。一重門裏石師〈獅〉子、両重門外石金剛。入到中門側耳聴、両伴読書似雁行。夫子抜刀撩乱斫、其人両両不相傷。変作石人總不語、鉄刀割截血汪汪。項託残気猶未尽、迴頭遙望啓嬢嬢。将般赤血甕盛着、擎向家中七日強〈褋〉。阿嬢不忍見児血、擎将瀉着糞堆傍。一日二日竹生根、三日四日竹蒼蒼。竹竿森森長百尺、節節兵馬似神王。刀剣器械沿身帯、腰間宝剣白如霜。二人登時却覚勝、誰知項託在先亡。夫子当時甚惶怕、州県分置廟堂。

(13) 張鴻勲の「《孔子項托（ママ）相問書》伝承研究」（『民間文学論壇』1986 年第 6 期所収）などによる。

(14) ウラジミール・プロップの『昔話の形態学』（北岡誠司・福田美智代訳、白馬書房、1983）は、昔話には定項と可変項があり、「〔話・例ごとに〕変る〔可変項〕は、登場人物たちの呼び名（と、それと共に変る属性）です。〔話・例が変っても〕変ることのない〔定項〕は、登場人物たちの行為です。つまり、機能です。以上のことから出てくる帰結は、昔話は、しばしば、相異なる人物たち〔（可）変項〕に同一の行為〔定項〕をおこなわせる、ということです」と述べている（32-33p）。

(15) 荒木博之・石原綏代訳（社会思想社、1977）による。

(16) 丁乃通の『中国民間故事類型索引』の翻訳には、孟慧英・董暁萍・李揚による抄訳もあり（春風文芸出版社、1983）、類型名称が多少異なるので、こちらについてもあわせて丸括弧内に附記しておく。なお中国を対象とするタイプ・インデックスとしてはほかに金栄華の『民間故事類型索引』（中国口伝文学学会、2007）などがある。

(17) 加藤耕義訳、小澤俊夫日本語版監修『国際昔話話型カタログ 分類と文献目録』（小澤昔ばなし研究所、2016）による。

(18) この間の事情については馬場英子編『民国期中国の昔話研究』（平成 12 年度～平成 14 年度科学研究費（基盤研究（C）(2)）研究成果報告書、2003）に詳しい。

(19) 馬場英子・瀬田充子・千野明日香『中国昔話集』（平凡社、2007）は、エバーハードの挙げる 215 の昔話タイプそれぞれから代表的な一話を選んで翻訳し、注としてエバーハードによるそのタイプの梗概及び出処を訳出したうえで筆者によるコメントを附している。

(20) この点については、拙論「剣神の物語（上）――関羽を中心として」（『埼玉大学紀要 教養学部』第 32 巻第 1 号所収、1966 年 10 月）の第 5 節第 3 項「馬跑泉物語」を参照されたい。

(21) 竹林神については、金文京「「竹林神」考」（『中国古典小説研究動態』最終号所収、1994 年 6 月）ならびに拙論「研究前後」（『中国古典小説研究』第 1 号所収、1995 年 6 月）の「竹林寺について」を、竹王と竹王祠については上記金論文ならびに前掲注 20 の拙論の第 5 節第 1 項「九隆伝説をめぐって」を参照されたい。

(22) 「王府と原小説――江流和尚の物語から「西遊記」を考える」（『埼玉大学紀要 教養学部』第 29 巻所収、1994 年 3 月）を参照されたい。

(23) 稲田浩二の『日本昔話通観 28 昔話タイプ・インデックス』（同朋舎、1988）に収められている。稲田のタイプ・インデックスは先行業績である柳田国男監修・日本放送協会編の『日本昔話名彙』ならび

に関啓吾の『日本昔話集成』（とその増補版『日本昔話大成』）の分類を踏まえており、それらとの対照表も備えている。

(24) 「幻の夜郎国——竹王神話をめぐって」（君島久子編『東アジアの創世神話』所収、弘文堂、1988）の「三 竹中生誕と竹崇拝」を参照されたい。

(25) 劉守華主編『中国民間故事類型研究』（華中師範大学出版社、2002）所収の劉守華「分家分得一条狗——"狗耕田"故事解析」、ならびに張玉安・陳崗龍主編『東方民間文学比較研究』（北京大学出版社、2003）所収の于長敏「日本対中国"狗耕田"型故事的吸収与改造」を参照されたい。なお伊藤清司の『中国民話の旅から 雲貴高原の稲作伝承』（日本放送出版協会、1985）の第4章「新嘗祭の村々を訪ねて——穀物将来説話と「花咲爺」の原像」ならびに『昔話伝説の系譜 東アジアの比較説話学』（第一書房、1991）の第1章「農耕文化と民間説話」もこの問題を扱っている。

(26) 「斬首龍の物語」（『埼玉大学紀要 教養学部』第31巻第1号所収、1995年9月）の「第四節 下凡転生者のしるし」を参照されたい。

(27) 下凡神関羽の物語については、拙論「関羽の物語について」（『埼玉大学紀要 教養学部』第30巻所収、1995年3月）を参照されたい。

(28) 当時北京師範大学の院生だった西村真志葉が、2002年2月から翌年10月にかけ山東省日照市巨峰鎮平家村で採取したもののひとつで、『中国民話の会通信』第70号（2004年3月）に見える。

(29) 「聖公山のおはなし」に相当するものは『中国民間故事集成・山東巻』（中国ISBN中心、2007）には収められていない。

150

北宋の陳舜兪撰『廬山記』考
——香炉峰の瀑布と酔石の詩跡研究を含めて

植木 久行

一、序に代えて

　長江下流域の南岸、江西省九江市の南十数キロの地に横たわる廬山は、90余りの連峰（主峰の漢陽峰は海抜1473メートル）が楕円形を呈しながら西南から東北方向に約29キロにわたって連なり、唐の白居易が「匡廬（廬山）の奇秀は、天下の山に甲たり」（「草堂記」）と評した名山である。北に長江、東に鄱陽湖をひかえる中国屈指の景勝地であり、神聖な五方の名山「五岳」の中には入らないものの、東晋の高僧慧遠が住した名刹・東林寺が太元9年（384）、その西北麓に建立されて以降、宗教（特に仏教）の聖地となり、豊かな歴史と文化を形成してきた。廬山を詠む詩は、東晋に始まり、南朝期最大の詩跡（詩歌に詠まれて著名になり、作者の詩情に点火して作品へと結晶させる力をたたえた地名）となる。唐代は、李白・孟浩然・韋応物・白居易・徐凝・貫休・斉己らの名詩によって、詩跡・廬山が花開いた時代である。宋代以後も廬山詩は継続的に作られ続け、中国を代表する詩跡の一つに成長した。[(1)]

　この詩跡・廬山を具体的に顕彰した現存最初の著作が、北宋の陳舜兪撰『廬山記』五巻八篇本である。

二、陳舜兪撰『廬山記』五巻八篇本

　北宋の陳舜兪（字令挙、1026—1076）は、熙寧4年（1071）、山陰県（現・紹興市）の知事に在任中、上書して青苗法の施行に反対し、その罪を問われて廬山の南を管轄する南康軍（現・九江市廬山市〔旧・星子県〕）塩酒税の監督官に左遷された。着任後、彼は廬山を愛してその南麓に隠棲して20年、廬山を知りつくした劉渙（字凝之、1000—1080）と知り合う。劉渙は高齢（72歳）を厭わず、自ら進んで廬山を踏査・遊覧する案内役を務めた。陳舜兪は彼とともに寺観・旧跡・名勝を遊覧・調査した後、古今の諸資料（地志・雑録・碑文）や劉渙の記録などを参照して、翌年（熙寧5年）の後半期に、廬山の地理と文化の遊覧案内（山岳地志）『廬山記』五巻を編纂した。

　わが国立公文書館（旧・内閣文庫）には、南宋初期に刊行された陳舜兪撰『廬山記』五巻八篇の完本が伝存する。[(2)]落丁がなく、脱字や誤字も少ない、『廬山記』最良のテキストである。

151

巻頭に「簡便な廬山遊覧ルート図」（俯視之図）を置き、目録の後、知人の李常・劉渙の「廬山記序」、そして本文となる。本文は総叙山篇第一・叙山北篇第二（第一巻）、叙山南篇第三（第二巻）、山行易覧篇第四・十八賢伝篇第五（第三巻）、古人留題篇第六（第四巻）、古碑目篇第七・古人題名篇第八（第五巻）から成る。

　清代以降の中国では、前三篇（総叙山篇第一〔巻一〕・叙山北篇第二〔巻二〕・叙山南篇第三〔巻三〕）のみの三巻三篇本（四庫全書・守山閣叢書）が伝わるのみであり、「山行易覧篇第四」以下の五篇と「簡便な廬山遊覧ルート図」（俯視之図）を欠いていた。五巻八篇の完本なしに、陳舜兪撰『廬山記』の価値を正しく評価することはできない。この南宋版『廬山記』はかつて影印され、現在、国立公文書館のホームページからダウンロードして、自由に参照・利用できる。わが江戸時代の元禄 10 年（1697）には、訓点を付した『廬山記』五巻八篇の整版本も刊行されたが、所収の図（「俯視之図」1 葉を欠き、「廬山十八賢図」8 葉を収める）が異なるほか、譌脱が多く、テキストとしてかなり劣る。これも現在、国立国会図書館所蔵元禄刊本がインターネットで公開中である。

三、南宋版『廬山記』五巻八篇の内容

　以下に五巻八篇の内容を簡略に記して、その豊かな内容と体系を理解したい。

○「総叙山篇第一」（山を総叙する篇第一）…廬山に関する総論篇として、地理的位置、山名の由来、神話・伝説、行政区の変遷と分属を叙述する。北宋期、廬山の北は江州、南は南康軍に属した。廬山を、古今の賦詠に彩られた「天下の名山」であると指摘する。

○「叙山北篇第二」（山北を叙ぶる篇第二）…山北とは江州の管轄下にある廬山の北麓面を指す。北の江州城（＝徳化県城、現・江西省九江市）の西南の門を出て南下、延寿院・濂渓（北宋・周敦頤の隠居）を経た後、東に向かい、宝厳禅院などを経て呉章嶺（江州・南康軍の境界）に到る。その後引き返して西に向かい、大中祥符観（三国呉・董真人〔名は奉〕の杏林の故地に建つという道観）・太平観（唐の玄宗が霊夢によって創建した道観）を経て、太平興国寺（旧・東林寺）・乾明寺（旧・西林寺）に赴き、南下して香炉峰に登り、峰頂院・宝林寺（唐の白居易が遊んだ旧・大林寺）などを経て下り、錦繍谷・石門澗を通り、西南端の（円通）崇勝禅院（北宋期、山北第一の大伽藍・円通寺）に到る。

　この探訪順序に従ってルートと距離を記し、対象の寺観や名所旧跡の来歴・変遷・景趣などを記述する。言及される仏寺・僧居の数は 55、道観は 2（「叙山南篇」の末尾に拠る）。なかでも慧遠の東林寺に関する記載は詳細を極め、唐・五代の「文士の碑志、遊人の歌詠・題名、班班として存する者有り」という。

○「叙山南篇第三」（山南を叙ぶる篇第三）…山南とは南康軍の管轄下にある廬山の南麓面を指し、叙山北篇と同じ方式で、寺観や名所旧跡の来歴・変遷・景趣等を記述する。西南麓にあ

る康王谷の景徳観（旧・康王観）・龍泉院・水簾などを記した後、南下し、浄慧禅院（旧・黄龍霊湯院）・謝康楽（謝霊運）経台・陶公（陶淵明）酔石・承天帰宗禅寺（東晋の王羲之が梵僧仏陀耶舎のために創建。北宋期、山南第一の大伽藍）などを経て、北東へと向かい、太虚簡寂観（南朝宋の陸修静の故居）・開先禅院・万杉院・棲賢禅院などを経て、白鹿洞（唐・李渤の読書処。南唐時、学館となる）・承天観（旧・白鶴観）などに到る。さらに南康軍城（＝星子県城、現・九江市廬山市）を起点に寺院をめぐる。本篇に言及される仏寺・僧居の数は93、道観は9（「叙山南篇」の末尾に拠る）。特に簡寂観の条では、「頗る陳・隋より唐に至る人の題詠を存す」と指摘する。

○「山行易覧篇第四」…山北・山南を含めた廬山の域内にある寺観や名所等を、スムーズに遊覧するための道順、および方角と距離のみを述べて、場所の解説を一切省略した、「簡便な山歩き遊覧案内」である。本篇は、冒頭の「簡便な廬山遊覧ルート図」（俯視之図）の作成とともに、廬山遊覧ガイドブックとして役立つことをめざしたものであろう。

○「十八賢伝篇第五」…白蓮社の社主慧遠、彭城の劉遺民以下、全18人の簡略な伝記『十八賢伝』（東林寺旧蔵、撰者未詳、別名は東林十八高賢伝・蓮社高賢伝）を校正して収録する。本篇の小序によれば、廬山の文化理解に必要と考え、『廬山記』を作り終えた後に追加補充する。

○「古人留題篇第六」…廬山に関わる唐五代以前の人、あわせて41人（聯句の作者8人を含まない）の100首の詩を収録する。本篇の小序には、「廬山には、古今の人の留題多し」云々という。東晋の慧遠「遊廬山」詩と劉遺民・張野らの奉和詩以下、南朝宋の謝霊運・鮑照、梁の江淹・劉孝綽、梁・陳の張正見・劉刪など、六朝期の詩人は10人、14首の詩を収める。唐五代詩は、初唐の崔融に始まり、盛唐の孟浩然・李白、中唐の韋応物・顔真卿・韓愈・白居易・徐凝・霊澈・張祜、晩唐・五代の秦韜玉・曹汾・貫休・斉己ら、あわせて31人、86首（聯句1首を含む）の詩を収める。所収詩の多い人は、22首の白居易、ついで7首の李白となる。六朝・唐五代のいずれにも、作者の誤記や誤収が若干見られる。

○「古碑目篇第七」…古碑が失われていく状況を憂慮して、太平観・太一観・東林寺・西林寺・簡寂観の五寺観に伝存する、五代以前の人が作った碑志目録46条を収め、碑名・撰者・書者・立碑年月を記録する。東林寺だけで6割を占め、碑文は繁多のため未収録。

○「古人題名篇第八」…題名とは、名所を遊覧した記念のために日付と姓名を入れて書きつけた文章を指し、時には訪問の経緯、訪問時の行動や感懐なども記される。東林寺・西林寺・開先禅院に伝存する、唐・永泰2年（766）の顔真卿以下、唐・五代17人の題名を収録する。

四、詩跡的観点の存在

陳舜兪撰『廬山記』には、詩跡に対する視点・まなざしが早くも明瞭に存在しており、廬山が多くの美しい詩で彩られた場所であることを例証した画期的な地志である。「古人留題篇」

の項目を設けて唐五代以前41人、100首の廬山詩を収録したのは、この端的な表れであり、さらに「叙山北篇」「叙山南篇」内にも詩歌が引かれ、作詩された場所に注意を払う。これは南宋期に多く出現する、当地関連の詩歌を引用・収録する地志の先駆的存在として位置づけることもできよう。さらに碑刻や題名にも深い関心を抱いて収録し、廬山の域内を豊かな歴史と文化に包まれた土地、として捉えている。

　地理書（方志）の中に人物や芸文（詩文）を組み入れて総合的な文化誌へと高めようとする試みは、『四庫全書総目提要』巻六八、地理類一によれば、北宋初期の楽史撰『太平寰宇記』に始まるという。しかし『太平寰宇記』では芸文に関する部門はまだ独立せず、引かれる詩句も多くない。その約90年後に成る陳舜兪撰『廬山記』が、書中に「古人留題篇」を設けて100首の廬山詩を収録したことは、きわめて斬新で画期的な行為である。北宋期の『元豊九域志』や『輿地広記』はいずれも詩文の引用に冷淡であり、現存する北宋の地志、宋敏求『長安志』、朱長文『呉郡図経続記』、范致明『岳陽風土記』も、詩歌の引用はごくわずかである。

　南宋期になると、詩文の創作・鑑賞のための地理知識に重点を置いた、王象之『輿地紀勝』と祝穆『方輿勝覧』が出現した。この両書には新たに「詩」（『方輿勝覧』では「題詠」）の部門が設けられており、経世致用を重視する「輿地の学」としての地理書とは異なった、「詞章の学」に偏る地理総志である。現存する南宋期の地方志、張津等『乾道四明図経』、范成大『呉郡志』、孫応時・鮑廉『琴川志』、施宿等『嘉泰会稽志』、高似孫『剡録』、梅応発等『開慶四明続志』、周応合『景定建康志』、潜説友『咸淳臨安志』、史能之『咸淳毘陵志』などは、独立した部門を設けて詩文を集録する。高似孫『剡録』（紹興府嵊県〔旧名は剡県、現・浙江省嵊州市付近〕の地志）の場合、名勝・剡渓を有することもあって、巻六に「詩」の項目を立て、「詩中に剡に及ぶ者有れば採る」と収録方針を注し、南朝宋の謝霊運以下、南宋の王十朋に到る56人の詩を収めている。こうした地志の歴史的展開・変遷を考えると、北宋の陳舜兪『廬山記』は、南宋期に多く出現する、当地関連の詩歌を引用・収録する地志の先駆的存在であり、廬山が多くの美しい詩で彩られた詩跡であることを例証した画期的な地志であった、と評せよう。

五、香炉峰の瀑布考

　陳舜兪撰『廬山記』は、北宋の神宗熙寧5年（1072）の後半期に成る。3年後の熙寧8年、陳舜兪は湖州太守在任中の知人・李常に対して、『廬山記』の出版を要請したが、かなわなかった。

　蘇軾は元豊7年（1084）49歳のとき、流罪の地・黄州（現・黄岡市）で、汝州（現・汝州市）団練副使に移すとの命を受けた。赴任途中の5月、廬山の南北を十余日遊覧する。このとき、没後8年になる知人・陳舜兪の労作『廬山記』を贈られて読む機会を得た。『廬山記』成立後、わずか12年のことであり、写本であったと推定される。蘇軾『東坡志林』巻一、記遊廬山の

条に、

　　僕初入廬山、山谷奇秀、平生所未見、殆應接不暇、遂發意不欲作詩。已而見山中僧俗、
皆云、「蘇子瞻來矣」。不覺作一絶云、「芒鞋青竹杖、自挂百錢遊。可怪深山裏、人人識故
侯」。既自哂前言之謬、又復作兩絶云、……　　是日、有以陳令舉廬山記見寄者、且行且讀、
見其中云徐凝・李白之詩、不覺失笑。旋入開先寺、主僧求詩。因作一絶云、「帝遣銀河一
派垂、古來惟有謫仙辭。飛流濺沫知多少、不與徐凝洗惡詩」。

云々という。銀河の一筋が流れ落ちてきたかのような壮大な瀑布。それを詠んだ徐凝の拙い詩
と李白の優れた詩が、ともに『廬山記』（古人留題篇）の中に収録されているのを知った蘇軾は、
思わず失笑したという。この瀑布は開先寺（＝開先禅院）の西に位置して「開先の瀑布」と呼
ばれた。このため、リップ・サービスの思いをこめて、開先寺の主僧の求めに応じて作詩した
のであろう。蘇軾が見た徐凝と李白の詩とは、以下の詩である。

①徐凝「瀑布」詩（『全唐詩』巻四七四には「廬山瀑布」と題す）
瀑泉瀑泉千丈直、雷奔入海無暫息。今古長如白練飛、一條界破青山色。
②李白「望廬山瀑布」二首（『廬山記』所収の詩題は「望廬山瀑布水」。其一は全22句の五言古
詩、其二は七言絶句）
○西登香爐峯、南見瀑布水。挂流三百丈、噴壑數十里。欻如飛電來、隱若白虹起。初驚河
漢落、半灑雲天裏。仰觀勢轉雄、壯哉造化功。……　　（其一）
○日照香爐生紫煙、遙看瀑布挂長川。飛流直下三千尺、疑是銀河落九天　　（其二）

　　廬山の奇勝を代表する風景は、断崖絶壁から流れ落ちる十余箇処の瀑布であった。廬山の瀑
布は南朝・劉刪「登廬山」詩から詠まれはじめ、唐代では盛唐初期の張九齢「湖口望廬山瀑布
水」「入廬山仰観瀑布水」の二詩を始めとして、顧況の「廬山瀑布歌、送李顧」、裴説「廬山瀑
布」、夏侯楚「秋霽望廬山瀑布」など、それ自体が詩題になるほど、廬山を代表する重要な詩
跡となった。前掲の李白と徐凝の詩は、その中でも著名な詩である。
　　『廬山記』巻二、叙山南篇には、「凡そ廬山の天下に著るる所以は、蓋し開先の瀑布有りて、
徐凝・李白の詩に見ゆればなり」という。「開先の瀑布」とは、山の南（南麓）の開先禅院（＝
開先寺、南唐の中主李璟〔元宗〕の読書堂。即位後の保大年間、寺院となる。清代、秀峰寺と改名）の西
側にある瀑布を指し、西瀑・黄巌瀑布とも呼ばれる。
　　『廬山記』の同篇（叙山南篇）、開先禅院の条には、李白・徐凝の詩と開先の瀑布との関係を、
より詳しくいう。

　　當寺門有招隱橋。……　　元宗始作橋焉。瀑布在其西。山南山北有瀑布者、無慮十餘處。

故貫休題廬山云、「小瀑便高三百尺、短松多是一千年」。惟此水著於前世。唐徐凝詩云、「今古常如白練飛、一條界破靑山色」。李白詩云、「飛流直下三千尺、疑是銀河落半天」。卽此水也。香爐峰與雙劒峰相連屬、在瀑水之傍。

　「瀑水（開先の瀑布）の傍らに在り」という「香炉峰」は、廬山の西北部、東林寺の東南にある名峰「香炉峰」（＝北香炉峰）ではなく、開先禅院に近い山南の「南香炉峰」を指す。『廬山記』巻一、叙山北篇には、北香炉峰に言及していう（香爐峰の爐は鑪にも作る）。

　　次香鑪峯。此峯、山南山北皆有。其形圓聳、常出雲氣。故名以象形。李白詩云、「日照香鑪生紫煙、遙看瀑布掛長川。」卽謂在山南者也。孟浩然詩云、「挂席數千里、好山都未逢。艤舟潯陽郭、始見香鑪峯。」卽此峯也。東林寺正在其下。過香鑪峯、至峯頂院。

　同じ孟浩然「彭蠡湖中望廬山」詩中にも香炉峰が出現し、「香爐初上日、瀑布噴成虹。久欲追尙子、況茲懷遠公」という。この孟詩も、『廬山記』「古人留題篇」の中に収録する。「太陽が今しも香炉峰を照らすと、瀑布が激しい水しぶきをあげて美しい虹を描き出す」と詠まれる香炉峰の瀑布は、先の北香炉峰の例（艤舟潯陽郭、始見香鑪峯）とは異なって、陳舜兪は山南の南香炉峰を指すと考えるのであろうか。

　現存する文献によれば、廬山には北と南の香炉峰が存在し、盛唐の李白「望廬山瀑布二首」と中唐の徐凝「（廬山）瀑布」詩は、いずれも山南の「開先の瀑布」を詠み、李詩中の香炉峰は南香炉峰であって、古くから知られた廬山の名峰・北香炉峰ではない、と初めて明言したのは、この陳舜兪『廬山記』である。開先の瀑布は、陳舜兪が自ら廬山を遊覧して眺めた瀑布の中で最大であったため、李白や徐凝の詩に詠まれたのもこの瀑布に違いない、とする確信に基づくらしい。開先の瀑布は、陳舜兪自ら種々の角度から眺めただけでなく、自ら作った「開先寺」詩の中でも、この瀑布を「一条の飛瀑　中天より落つ」（『都官集』巻一三）と歌う。この開先瀑布説は、北宋の蘇軾、南宋の楊万里・朱熹ら、著名な人だけでなく、南宋の王象之『輿地紀勝』（巻二五、南康軍）と祝穆『方輿勝覧』（巻一七、南康軍）にも採用されて広く流布し、現在に至っている[5]。

　ところで徐凝と李白の詩は、同じ山南の「開先の瀑布」を詠んだものなのであろうか。ここでは紙幅の都合もあり、李白の「望廬山瀑布二首」詩に詠まれる香炉峰の瀑布についてのみ考えてみたい。李白の詩は故郷の蜀（四川省）を離れてほどない頃、初めて廬山に遊んだ開元13年（725）、25歳ごろの作である。其一の冒頭には「西のかた香炉峰に登り、南のかた瀑布の水を見る」とあって、詠まれた瀑布の位置を探索する手がかりが見える。これを、南香炉峰と開先の瀑布（西瀑）双方の位置を記した「廬山名勝図」（周鑾書『廬山史話』[6]所収）等で確認すれば、陳舜兪のいう「開先の瀑布」は南香炉峰の東北にあたり、「南」ではなく、「北のかた瀑布の水を見る」と表現すべきであろう。本詩は、平仄の韻律に対する配慮が基本的に不要な五言古詩

である。従って実景描写であるならば、地理的・方角的に矛盾が生じるのである。

この南香炉峰説の弱点を克服しようとしたのが、清の黄宗羲「匡廬遊録(7)」である。

　　　以予観之、文殊塔一峯、乃所謂香鑪峯耳。太白詩「西登香鑪峯、南見瀑布水」。又云、
　　「日照香鑪生紫煙、遙看瀑布挂前川」。此峯正在瀑布之西、登此峯而望瀑布、正在其南。若
　　今之所謂香鑪峯者、懸隔一山、瀑布全然不見。若言山北之香鑪峯、其峯於廬山爲東、登之
　　亦無瀑布、可見不相渉也。

　要するに、一般にいう南香炉峰は李白詩の香炉峰ではなく、開先の瀑布を眺める格好の場
所、文殊塔の峰こそ、李白詩の香炉峰だと述べて、方角的矛盾を解消しようとした。この新説
に対して、民国の呉宗慈編撰『廬山志(8)』山川勝跡、山南第五路、南香炉峰の条には、「梨洲（黄
宗羲）は文殊塔の一峰を以て香炉峰と為す。確かに見地有り」として賛同する。他方、「南香
炉峰から開先瀑布を見ることは出来ないばかりか、仮に見えたとしても見える方角が違う」た
め、李白詩の「西」とか、「南」という語は、ただ単に修辞的な表現で用いられているにすぎ
ない、とする説(9)もある。しかしこれは、李白詩が「開先の瀑布」を詠んだとする説を認定した
うえでの判断に過ぎず、従うことはできない。

　ちなみに、李白の主要な注釈書、詹鍈主編『李白全集校注匯注』（百花文芸出版社、1996年）、
安旗等『李白全集編年箋注』（中華書局、2015年）、郁賢皓『李太白全集校注』（鳳凰出版社、2015
年）は、いずれも「開先の瀑布」を詠み、詩中の香炉峰は南香炉峰とする立場である。そして
慧遠『廬山記』の逸文「東南有香鑪山、孤峯秀起。…」（『芸文類聚』巻七所引）等を引いて李詩
中の香炉峰と見なすが、この「東南」は慧遠の住した東林寺の東南を意味し、廬山全体からい
えば、慧遠『廬山記』中の香炉山（峰）は「西北」（『太平寰宇記』巻一一〇）に位置した。黄宗
羲が北香炉峰を廬山の東と見なすのも同じ誤りを犯している。

　李白詩の香炉峰の瀑布を廬山南麓の「開先の瀑布」に比定する見解は、かなり疑わしい。六
朝・唐詩に現れる香炉峰は、ほとんどみな北香炉峰を指し、南香炉峰と明言できる作例が確認
できないからである。ただこの北香炉峰説にも大きな弱点がある。それは、肝心な瀑布そのも
のが現在、北香炉峰付近に見えないことである。しかし、古来、瀑布の水脈は、変化が特に大
きい。このことは充分考慮されるべきであろう。

六、陶淵明の酔石考

　東晋の隠逸詩人・陶淵明（365―427）が酔臥したという「酔石」（大きな平たい岩）の伝承につ
いて言及したい。陶淵明は29歳の初任官から41歳の最終官（彭沢県令）に至る、仕官と辞職
をくり返した13年間を除いて、故郷の尋陽郡柴桑県（廬山の北と南を含む）内で過ごした、定

住型の詩人であった。「南岳〔盧山〕之幽居者」（南朝宋の顔延之「陶徴士誄」）と称されるが、近年の研究に拠れば、陶淵明の住居は盧山の山中ではなく、山下に広がる農村、おそらく尋陽郡城（義熙8年〔412〕以降、江州・尋陽郡・柴桑県の各治所を兼ねる。江州城・柴桑県城）に近い地域（負郭〔郊外〕や近距離の地）、やや遠い南郊（盧山の北辺）にあったとされ、いずれも南に盧山を望める場所であったらしい。陶淵明は日々定住者として盧山を眺めて、人生の真のあり方を自らに問いかけながら農耕生活を送り、江州尋陽郡城を訪れた官僚たちや純朴な村人と交遊しながら、数々の名篇を生み出した。

　当時の尋陽郡城（＝江州城・柴桑県城）の中心は、江西省九江市西南の賽湖村（鶴問賽）に属する七里湖（＝八里湖）の湿地（砂州）にあり、現・九江県城（沙河街鎮）の北9キロ、九江市区龍開河（盜水）の西南8キロ、北の長江まで約600メートルの地に位置した。当時の尋陽郡城から盧山西北麓の東林寺に到る距離は、約15キロほどであったらしい。

　陶淵明が酔臥したと伝える「酔石」は、陶公（陶令）の酔石ともいう。この酔石に関しては、陶淵明の作品集にも、南朝の沈約『宋書』等、正史に収める陶潜伝等にも見えない。最も古い酔石の記事は、『太平御覧』巻四一、盧山の条に引く『尋陽記』（晋宋間の張僧鑑撰？）の、「陶潜栗里、今有平石如砥、縦廣丈餘。相傳靖節先生酔臥其上、在盧山南」である。酔石の語は見えないが、民間伝承として「盧山の南に在」る、陶淵明の酔石を記している。文字に誤りがないとすれば、これは陶淵明の住む、山南の「栗里」（村名？）が見える最古の文献でもある。「盧山の南に在り」としか記さない、巨石の具体的位置を初めて特定したのは、北宋の陳舜兪『盧山記』巻二、叙山南篇である。

　　　靈湯之東二里、道傍有謝康樂經臺。又三里過栗里源、有陶令酔石。陶令、名潜、字元
　　亮。或曰、字淵明。義熙三年、爲彭澤令曰、「吾安能爲五斗米折腰於郷里小兒」。乃弃去、
　　賦歸去來。晋書・南史有傳。所居栗里兩山間有大石、仰視懸瀑、平廣可坐十餘人。元亮自
　　放以酒、故名酔石。自栗里三里、至承天歸宗禪院。

　陶令（陶公）の酔石は、「簡便な盧山遊覧ルート図」（俯視之図）の中にも見える。栗里のある旧・星子県（現・盧山市）は遅くとも北宋以来、陶淵明の故郷とも見なされ、今日、盧山西南麓の「栗里」（宋代以来、陶淵明の旧居の地とされた栗里陶村。温泉鎮温泉村の北）には、「酔石」（栗里の酔石）が伝存する。これが陳舜兪『盧山記』にいう、栗里の山谷内にあった「陶令の酔石」と同一のものかどうかは不明ながら、場所的にはほぼ同じである。南宋の朱熹が栗里の酔石を訪ね、陶淵明を記念する帰去来館を造って有名になったところである。

　陶淵明の「酔石」伝承が存在すれば、彼の住居もその近辺にあったと推測するのが自然である。「栗里」の名は陶淵明の別集中には見えないが、沈約撰『宋書』巻九三、隠逸伝（陶潜伝）に、「江州刺史王弘欲識之、不能致也。潜嘗往盧山、弘令潜故人龐通之齎酒具於半道栗里要之」とある。酒を持参して、盧山に赴く「半道（途中）の栗里」で待ちかまえさせたとあるため、

栗里は山北の陶淵明の住居と廬山との間に位置する。この意味で陶淵明の没後、ほどない晋宋間に成る『尋陽記』の記事（山南の栗里酔石の記事）は、かなり疑わしいのである。

廬山の北にある「栗里」は、唐代、陶淵明の旧宅の地として現れる。白居易の「訪陶公舊宅」（陶公の旧宅を訪ぬ）詩の序には、

　　　　予夙慕陶淵明爲人。往歳渭川閑居、嘗有傚陶體詩十六首。今遊廬山、經柴桑、過栗里。
　　　　思其人、訪其宅。不能默默、又題此詩云。

とあり、詩の後半部には、「今來訪故宅、森若君在前。不慕樽有酒、不慕琴無絃。慕君遺榮利、老死此丘園。柴桑古村落、栗里舊山川。不見籬下菊、但餘墟中煙。子孫雖無聞、族氏猶未遷。每逢姓陶人、使我心依然」という。

江州司馬に左遷された白居易は、元和10年（815）の初冬、江州（現・九江市）に到着、翌年の仲春2月、初めて廬山に遊ぶ途中、深く敬慕する陶淵明の旧宅に立ち寄った。白居易は当時の江州城（＝潯陽県城、九江市龍開河〔溢水〕西岸の地）の官舎から、おそらく馬に乗って、陶淵明の愛した廬山に遊ぼうとして、「尋陽郡柴桑県の人」たる陶淵明の郷里の旧県城・柴桑故城を通って、栗里村に立ち寄り、彼の旧宅を訪ねたらしい。「過栗里」の「過」は立ち寄る、訪ねる意であり、柴桑と栗里の両地に陶淵明の旧宅と伝えるものが存在したわけではなかろう。江州から出発すれば、廬山は約16キロ強である。この「栗里」は、明らかに廬山の北麓に向かう途中にあった、山北の栗里と考えてよい。

晩唐の李咸用「廬山」詩（『全唐詩』巻六四五）の一節に、「月好虎溪路、煙深栗里源。醉吟長易醒、夢去亦銷煩」とある。虎溪は山北（西北麓）の名刹・東林寺門前の渓流を指すため、栗里も山北の栗里を指していよう。白居易の詩によれば、山北の栗里（村）には陶淵明の旧宅が伝わっており、彼の酔臥した「酔石」も当地付近にあるほうが望ましい。この意味で、南宋・王象之『輿地紀勝』巻三〇、江州、景物上、「栗里」の条に、「在（德化）縣西南栗里源。舊隱基址猶存、有陶公醉石。然山南亦有之。二事重出、姑兩存之」とある記載が注目される。宋代、廬山の北は江州徳化県、南は南康軍星子県に属していた。白居易が訪ねた陶淵明の旧宅は山北の栗里の旧宅であり、南宋期、旧宅自体はすでに失われたが、その遺跡（旧隠の基址）だけは残っていたらしい。ただ白居易は山北の栗里の酔石については、まったく言及していない。酔石の伝承がまだなかったのか、単に関心を示さなかっただけなのかは未詳である。

ちなみに、早期の「酔石」詩として、中唐の張固「酔石」詩、晩唐の王貞白「書陶潜酔石」・陳光「題陶淵明酔石」の3首が伝わる。この3首は、その詩句から山南・山北、いずれの酔石を詠んだものかは判定しがたい。陳舜兪『廬山記』には「酔石」に関する詩を収めていない。『四庫全書総目提要』巻七〇に「考據精核」と評される地志であるだけに、『廬山記』は山南の酔石だけではなく、山北の酔石の伝承にも言及すべきであった。ただ栗里陶村と当地の酔石は、遅くとも宋代以来の長い歴史をもつ詩跡である。しかしそれは結局のところ、廬山の南に

ある陶淵明の他の「遺跡」とともに、彼に対する深い敬慕の念が生み出した「幻の詩跡」というべきであろう。

【注】

(1) 凌左義「中国山水文学的揺籃——廬山詩文略説」（『文史知識』中華書局、1992 年第 9 期）によれば、逯欽立『先秦漢魏晋南北朝詩』に収める、廬山とその周辺の山水を描写した詩は 22 首で、五岳（衡山は 5 首、泰山は 3 首、嵩山・恒山・華山は 0 首）にまさる。『全唐詩』に収める、廬山の詩は約 180 首。さらに、宋代詩人の吟詠が最も多いのは廬山の山水で、清の毛徳琦『廬山志』に収める、宋代の廬山詩文の作者は王禹偁以下 71 人、清の呉之振等編『宋詩鈔』（全 2780 首収録）には、廬山の山水を詠む詩が 92 首、杭州の西湖や南京の鍾山を詠む詩よりも多いと指摘する。

(2) 長澤規矩也「国立公文書館内閣文庫所蔵　宋刊本廬山記」（『長澤規矩也著作集』第 10 巻　漢籍解題二、汲古書院、1987 年）や、澤崎久和「内閣本『廬山記』所収詩の本文及びその校異と問題点」（『福井大学教育学部紀要』第Ⅰ部　人文科学〔国語学・国文学・中国学編〕、第 48 号、1997 年所収）参照。

(3) 松尾幸忠「南宋の地方志に見られる詩跡的観点について」（『中国文学研究』第 32 期、2006 年）参照。

(4) 『廬山記』「古人留題篇」に収める、孟浩然「晩泊潯陽望廬山」詩。詩題は「晩泊潯陽望香鑪峰」にも作る。

(5) 植木久行「香炉峰と廬山の瀑布——二つの香炉峰の存在をめぐって」（『中国詩文論叢』第 3 集、1984年）、同「香炉峰和廬山的瀑布——関于両座香炉峰」（夏文宝訳、馬鞍山市李白研究会編『中日李白研究論文集』中国展望出版社、1986 年）参照。

(6) 上海人民出版社、1981 年。

(7) 清の王錫祺編『小方壺斎輿地叢鈔』所収。

(8) 胡迎建・宗九奇・胡克沛校注、江西人民出版社、1996 年。

(9) 渡部英喜『唐詩解釈考』（研文社、2005 年）「十二　李白「望廬山瀑布　其二」詩考——作者の視点をめぐって」。

(10) 逯欽立「陶淵明行年簡考」「陶潛里居史料評述」（同『漢魏六朝文学論集』〔陝西人民出版社、1984年〕所収）、井上一之「陶淵明研究の現状と問題点——陶淵明故里（江西省九江）調査報告」（『中国詩文論叢』第 10 集、1991 年）、同「六朝時代の尋陽について——陶淵明をめぐる時代と環境」（『早稲田大学大学院文学研究科紀要』別冊第 19 号〔文学・芸術学編〕、1993 年）、同「廬山——文人墨客が遊んだ天下の景勝の地」（『月刊しにか』2000 年 8 月号）、鄧安生「陶淵明里居弁証」（同『陶淵明新探』〔文津出版社、1995 年〕所収）、龔斌「陶氏宗譜中之問題」（同『陶淵明集校箋』〔上海古籍出版社、1996 年〕附録三）、龔斌「陶淵明里居考弁」「陶淵明旧居及遷徙探索」（同『陶淵明伝論』華東師範大学出版社、2001 年）など参照。

(11) 『元和郡県図志』巻二八、江州潯陽県の条に、「柴桑故城、在縣西南二十里」とある。李科友・劉暁祥「江西九江県発現六朝尋陽城址」（『考古』1987 年第 7 期）も参照。

(12) この指摘は、井上一之「廬山——文人墨客が遊んだ天下の景勝の地」（前出）に見える。

(13) 南宋・王象之『輿地紀勝』巻二五、南康軍、古跡、陶令酔石の条に、「在（南康軍星子縣）城西之四十五里、淵明所居。有大石、淵明飲酒、常酔、坐臥于此。…」とあり、南宋・祝穆撰『方輿勝覧』巻一七、南康軍、館駅、帰去来館の条に、「在歸宗（寺）西五里。有陶公酔石。是館乃朱文公〔朱熹〕建」とある。宋代には「楚城郷」（九江県馬回嶺郷馬頭村、廬山の西南麓）の酔石（南宋・曾敏行『独醒雑志』巻四）もあった。さらに南宋の楊万里「遍游廬山、示萬杉長老大瑔」詩には、「淵明酔眠處、石上印耳迹」と見え、原注の一部に「山上有淵明酔石・右軍鵝池」とあるが、その具体的場所は不明である。

(14) 中唐の張固「酔石」詩は陳尚君輯録『全唐詩続拾』巻二九（影印天一閣蔵『正徳南康府志』巻一〇により補充）、晩唐の王貞白「書陶潛酔石」は『全唐詩』巻八八五、陳光「題陶淵明酔石」は『全唐詩』巻八八六に収める。

宋末元初における「詩人」の変質
―― 13 世紀中国の詩壇に何が起きたのか？

内山 精也

一、はじめに

筆者はここ数年、13 世紀中国、宋から元への王朝交代期における、伝統文芸の変質、とりわけ古今体詩（以下、「詩」と略称）の近世化（通俗化）を主たるテーマとして、少しずつ研究を進めてきた。[1] 私見では、宋末元初を境として、詩は本格的に「近世」へと突入する。ただしそれは、この時期の詩が白話系の語彙や統辞によって取って代わられ始めたことを意味するわけではない。言語現象としての詩は、13 世紀以前のそれと外形的には何ら違いはない。筆者がそれを強く感じるのは、作品よりも、作り手に対してである。13 世紀を境として、士大夫階層の周縁に位置する江湖詩人たちが表舞台に躍り出て、空前の活躍を見せ始めるからである。13 世紀の詩を論じる際、彼らの存在を無視することはとうていできない。彼ら新興勢力の活躍は、士大夫層の外縁に新たな詩人層が誕生したことを証明し、その存在はただちに作者層の拡大、すなわち詩の通俗化を体現している。筆者はこの点を「詩の近世化」における最も顕著な表象と見なす。しかし、その一方、魏晋以来、13 世紀に至るまで、およそ一千年にわたって詩壇の牛耳を執り、詩壇を牽引してきた士大夫の存在感が、彼らの活躍を前に、にわかに希薄になった。この時期、士大夫はいったいどこに姿を眩ましたのであろうか。本稿は、変転の渦中にあった士大夫の言説に着目して、当事者である彼らの間で如何なる認識上の変化が起きていたのかについて考察するものである。

二、新たなる「詩人」の位相

今日の我々が宋代を代表する詩人を思い起こす時、おそらく誰もが真っ先に、蘇軾、黄庭堅、陸游、范成大、楊万里等々の名を想起するであろう。彼らに加えて、王禹偁、楊億、欧陽脩、梅堯臣、蘇舜欽、王安石、陳師道、張耒、陳与義、劉克荘等々の名を思い浮かべる人もいるかもしれない。しかし、いずれにせよ、ここに列挙した詩人はすべてが士大夫である。彼らが宋代詩史において最重要の役回りを演じたという見方は、けっして今日の我々のみが共有する認識ではない。『詩話総亀』『苕渓漁隠叢話』『詩人玉屑』『詩林広記』等々、宋元を代表する

詩話総集をひとたび繙けば、その圧倒的な言及頻度の多さから、この認識が宋元においても一般的であったことを容易に窺い知ることができる。よって、士大夫が宋代の詩壇を強力に牽引した創作主体であったことは、古今を通じて、相共通する認識と見なしてよい。

　ところが、宋代の末期、この「詩人＝士大夫」という、宋代詩史における強固な認識、もしくは関係性に、大きな変化が兆し始めた。それは、宋末を代表する士大夫詩人、劉克荘（1187-1269、字潜夫、号後村居士、莆田〔福建〕人）の以下の言説に如実に現れ出ている。

　　　詩必與詩人評之。……天台劉君瀾抄其詩四卷示余，短篇如新戒縛律，大篇如散聖安禪，
　　　詩之體製略備。然白以賀監知名，賀以韓公定價，余未知君師友何人，序其詩者方侯蒙仲。
　　　余謂蒙仲文章人，亦非詩人也。詩非本色人不能評。賀韓皆自能詩，故能重二李之詩。余少
　　　有此癖，所恨涉世深，爲俗緣分奪，不得專心致意。頃自柱史免歸，入山十年，得詩二百餘
　　　首，稍似本色人語。俄起家爲從官詞臣，終日爲詞頭所困，詩遂斷筆，何以異於蒙仲哉。君
　　　足迹徧江湖，宜訪世外本色人與之評。儻得其人飛書相報，余當從君北面而事之。

　　　　　　　（「劉瀾詩集」、中華書局、辛更儒『劉克荘集箋校』巻一〇九、10-p.4520）

　この文は、天台出身の劉瀾（？-1276、字養原）の詩集四巻に寄せた跋文である。元・方回（1227-1307、字万里、号虚谷、別号紫陽山人、徽州歙県〔安徽〕人）の『瀛奎律髄』（「冬日」類／上海古籍出版社、『瀛奎律髄彙評』巻十三、上冊p.486）や、元・韋居安（？-？ 呉興〔浙江湖州〕人、景定間進士）の『梅磵詩話』（巻下、中華書局、丁福保『歴代詩話続編』中冊p.582）に、彼に関する簡単な記載があり、それらを総合すると、劉瀾は、——もと道士で、還俗して仕官を目指し江湖を旅したが、夢を果たせぬまま没した——江湖詩人の一人で、晩唐体を奉じた。詩集四巻は散佚して現存しない。

　劉克荘の跋文に戻る。文中の「入山十年」とは、祠禄を得て、郷里の莆田に里居した、淳祐12年（1252）以後の約8年間を指す。劉克荘66〜73歳の間である。劉克荘は景定元年（1260）11月に召還され、権兵部侍郎兼中書舎人兼直学士院の職に就き、翌月にはさらに史館同修撰を兼ねている。文中「従官の詞臣と為り、終日 詞頭の困ずる所と為る」というのは、この任官を指す。74歳のことである。翌景定2年の9月に、文中に登場する同郷の門弟、方澄孫（1214-1261、字蒙仲、号烏山、莆田人）が病に罹り急逝している（享年48）が、その死にまったく触れていないので、この跋文はそれ以前、おそらく景定2年（1261）の前半に記されたものであろう。時に劉克荘75歳、死去の8年前となる。よって、この跋文は、劉克荘が自らの来し方を振り返って記した、晩年の総括と見なされる。

　劉克荘は、詩を評することができるのは、ひとり「詩人」だけである、と断じ、己より先に序を記した方澄孫は「文章人」ではあっても「詩人」ではないから、その資格はない、と述べている（その実、方澄孫にも劉克荘の「梅花百詠」に和した作例を始め、多くの詠梅詩がある）。そして、我が身を振り返り、若い時分、たしかに詩作に耽ったけれども、官途を歩むうち、だんだ

んと詩作に専念できないようになり、「入山十年」間は、一時、詩の「本色人」＝専家らしくなったけれども、今回、詞臣として召還され、日々文辞と格闘するうち、その気運も完全に失せて、結局は方澄孫と同じく「文章人」になってしまった、と自己分析している。

このように、晩年の劉克荘は、己が畢竟「詩人」ではない、と明言していた。彼の認識によれば、「詩人」とは、「文章人」と一線を画す存在であり、「二李」すなわち李白や李賀と同様、詩作に専心した専業詩人を指すかのようである。今日の我々から見ると、他ならぬ劉克荘こそが宋末第一の詩人であるように映るが、右の内容を額面通りに信じれば、当の本人は己を「詩人」とさえ見なしていなかった。

もしも劉克荘のこの認識が当時の実情を反映していて、一定の普遍性をもつのだとしたら、士大夫の地位にある者は、そもそもすべてが「詩人」ではない、という結論に帰着せざるを得なくなろう。なぜならば、士大夫には「官―学―文」の総合性が求められるが、北宋後期以降の実情を踏まえれば、「文」よりも「学」が、「学」よりも「官」が、より優先・重視されており、「文」の一角を占めるに過ぎない詩作を最優先するという姿勢は通常ありえないことだったからである。劉克荘のように詩学に大きなシンパシーをもつ者をしても、士大夫でありながら「詩人」をつづけることは困難極まりないことであった。ひるがえって、劉瀾は詩作を専業とする江湖詩人であった。あるいは劉克荘は、若かりし頃の己の姿を彼に重ね合わせつつ、もはや純粋に詩学に打ち込むことのできない現状を嘆いていたのかもしれない。[2]

この跋文が書かれてから約20年後（1281）、自称「景定詩人」の鄭思肖（1241-1318、字億翁、号所南、連江〔福建省〕の人）は、自編詩集『中興集』二巻に、自序を記している。時すでに宋朝は滅んでおり、彼は遺民の一人として、理宗朝（在位1224-1264）の盛世と度宗朝（1264-1274）の冷落を回顧している。鄭思肖は、理宗朝の多士済々ぶりを示すため、「名相」（6名）、「閫臣」（6名）、「名臣」（24名）、「道学」（7名）、「文臣」（8名）、「詩人」（21名）の六類に分け、計72名の氏名を具体的に列挙している。ちなみに劉克荘は、彼の分類でも、「詩人」の列には並べられず、「文臣」の一人と目されている。

思肖生於理宗盛治之朝，又侍先君子結廬西湖上，與四方偉人交遊，所見所聞廣大高明，皆今人夢寐不到之境。中年命於塗炭，泊影鬼區。仰懷理宗時朝野之臣，中夜倒指，……詩人，①徐抱獨逸、②戴石屏復古、③敖臞菴陶孫、④趙東閣汝回、⑤馮深居去非、⑥葉靖逸紹翁、⑦周伯弜弼、⑧盧柳南方春、⑨翁賓暘孟寅、⑩曾蒼山幾〔原一〕、⑪杜北山汝能、⑫翁石龜逢龍、⑬柴仲山望、⑭嚴月澗中和、⑮李雪林葬、⑯嚴華谷粲、⑰呉樵溪陵、⑱嚴滄浪羽、⑲阮賓中秀實、⑳章雪崖康、㉑孫花翁惟信。……

（鄭思肖「〔中興集〕自序」、上海古籍出版社、『鄭思肖集』p.99）

鄭思肖は、理宗朝を代表する「詩人」として、上のごとく徐逸以下計21名を列挙している。このうち、⑩曽幾はおそらく曽原一の誤記であろう。[3] 21名の社会身分は、⑫翁逢龍が州級の

知事を歴任した中級の士大夫であるのを除くと、他はすべて下級士大夫（③～⑨、⑬、⑯、⑰）か布衣（①、②、⑩、⑪、⑭、⑮、⑱～㉑）のいずれかである。このうち、②戴復古、③敖陶孫、④趙汝回、⑥葉紹翁、⑦周弼、⑬柴望、⑮李龏、⑯厳粲の8名は、張宏生『江湖詩派研究』（中華書局、1995年1月）においてリストアップされた計138名の江湖詩人のなかに含まれる。さらに、②、③、⑥、⑦、⑮の5名は、現存する陳起の書籍鋪刊行の江湖小集シリーズにも、その詩集が収められている。このように、鄭思肖の認識でも、「詩人」とは主として江湖を活躍の場とする民間の専業詩人と官界の最下層に沈澱する寒士詩人たちを指していた。

　少なくとも、南宋の中期まで、「詩人」といえば、まず初めに士大夫が名前を連ねるのが当たり前だったはずである。新しい「詩人」認識を披瀝した劉克荘でさえ、彼自身の編選にかかる『中興絶句続編』の自序（前掲『劉克荘集箋校』巻九七、9-p.4086）のなかでは、――彼にとっては祖父の時代に当たる――南宋中期の詩壇を代表する詩人として、范成大（1126-1193、字至能、号石湖居士、呉郡〔江蘇蘇州〕人）、陸游（1125-1210、字務観、号放翁、会稽山陰〔浙江紹興〕人）、楊万里（1124-1206、字廷秀、吉水〔江西〕人）、蕭徳藻（？-？、字東夫、閩清〔福建〕人）、張孝祥（1132-1170、字安国、号于湖居士、歴陽烏江〔安徽和県〕人）の5名を掲げており、一人の例外もなく士大夫であった。この自序は、前掲跋文の僅か5年前、「入山十年」期間の、宝祐4年（1256）に記されたものなので、前掲跋文執筆時の認識と著しい異同があったとは思われない。

　士大夫である以上、この5名が専業詩人であり得たはずはない。よって、劉克荘は、今と過去とで相異なる二つの尺度を用いて、「詩人」をイメージしていたことになる。では、なぜ劉克荘は二つの尺度を用いたのであろうか。その理由として考え得るのは、彼を取りまく現実が大きく変化したということを除いて他を想定しがたい。つまり、彼が周囲を見回した時、詩の潮流を創り出し、「詩人」を自認して活躍している人々の多くが、もはや士大夫ではなくなっていた、という現実である。

三、宋末の詩壇に何が起きたのか？

　劉克荘は、前掲『中興絶句続編』自序のなかで、陸游、范成大、楊万里の後につづく詩壇についても触れているが、彼は三大家を継ぐ者として、項安世（1129-1208、字平甫、号平庵、括蒼〔浙江省麗水〕人）と李壁（1159-1222、字季章、号雁湖居士、丹稜〔四川省〕人）という二人の士大夫を挙げた後、「江西一派」と「永嘉四霊」に言及している。「江西一派」とは、周知の通り、黄庭堅を祖とし、北宋末から南宋中期に至るまで長期にわたって士大夫に多大な影響を及ぼした詩派を指す。これに対し、「永嘉四霊」は浙江永嘉出身の下級士大夫2名――徐璣（1162-1214、字文淵、号霊淵）、趙師秀（1170-1219、字紫芝、号霊秀）――と布衣2名――翁巻（？-？、字続古、一字霊舒）、徐照（？-1211、字道暉、号霊暉）――の、あわせて4名を指し、13世紀の初頭、

忽然と注目を集め、一世を風靡したグループである。前者が「伝統」を象徴するのに対し、後者は「新変」を象徴するので、後者の方が宋末の時代的特徴をより鮮明に反映している。

「永嘉四霊」が一躍著名になったのは、彼らと同郷の大儒、葉適（1150-1223、字正則、号水心居士、永嘉人）が、彼らを見出し顕彰したからである。葉適は彼らの詩選を編み、首都臨安の書肆、陳起の陳宅書籍鋪からそれを上梓刊行し、その流行を促した。四霊の詩は、形式面では五律を中心とする近体詩に偏り、内容風格面では中唐後期の賈島や姚合の「寒瘦」の境地を追求する、という顕著な特徴をもつ。また、字句の鍛錬に心血を注ぎ、苦吟を常とした。江西派が「以学為詩」といわれるように、学識を重んじて典故を多用するのに対し、四霊は典故には拘泥せず白描を主とする。また、士大夫が社会批判や時世諷刺をしばしば題材としたのに対し、四霊は曯目の景を中心に叙景詩を多作し、脱政治・脱社会の傾向が強い。この四霊詩のスタイルは通常、「晩唐体」と呼ばれる。

それでは、葉適は、いったい四霊の詩のどこを高く評価したのであろうか。葉適が四霊の一人、翁巻の詩の長所を語った一節を引用する。

　……若靈舒（翁卷）則自吐性情，靡所依傍，伸紙疾書，意盡而止。乃讀者或疑其易近率，淡近淺，不知詩道之壞，每壞於僞，壞於險。僞則遁之而竊焉，險則幽之而鬼焉，故救僞以眞，救險以簡，理也，亦勢也。能愈率則愈眞，能愈淺則愈簡，意在筆先，味在句外，斯以上下三百篇爲無疚爾。試披吟風雅，其顯明光大之氣，敦厚溫柔之敎，誠足以津梁後人，則居今思古，作者其有憂乎。乃知集成花萼，夢入草塘，彼各有所長，詎苟焉而已也。然則非得少陵之深，未許讀松廬之什，非得三百之旨，尤未易讀西巖之篇也哉。（「西巖集序」、『全宋文』卷六四七二、285-p.174）

翁巻の詩が「易」であって「率」に近く、「淡」であって「浅」に近い、という世評に対し、葉適は詩道が崩れるのはいつも「偽」と「険」からであるとし、「偽」になるのを救うのが「真」、「険」になるのを救うのが「簡」、そして「率」であればあるほど「真」になり、「浅」であればあるほど「簡」になるのだ、という持論を展開している。

やや敷衍するならば、江西詩派のように古典的作例を換骨奪胎したり模擬したりするのではなく、あるいはまた典故を多用して学識を盛り込み、ことさら晦渋に表現するのをよしとするでもなく、真率な思いを、研ぎ澄ました己の言葉で表現することこそが尊い、という詩歌観であり、明末公安派の性霊説の遠い魁をなすものといってよい。あるいは、清末・民初の陳衍による唐宋詩の概括、唐詩＝「詩人之詩」と宋詩＝「学人之詩」という対比の原型とも見なしうる。葉適にとっては、「真」と「簡」を具現するものが「唐詩」、より厳密にいえば晩唐詩であり、それを祖述した翁巻等の四霊であったわけである。この序文は、ある意味で、反江西詩派宣言でもあった。

葉適によって打ち上げられた変革の烽火はすぐさま大きな波紋を呼び（同時に多くの批判をも

招いたようであるが)、嘉定年間 (1208-1224) 以降、四霊に始まる晩唐体の流行はいよいよ勢い
を増し、半世紀以上持続して、元初にまでなだれ込む。この間、士大夫の多くは晩唐体反対の
立場に立ったが、彼らの思惑がどうであれ、晩唐体が宋末元初の詩壇を席巻したことは拭いよ
うのない事実である。『全宋文』『全元文』を一覧すると、執筆時期をかなり特定できるものに
限っても、その流行を伝える、以下のような 17 名による 18 則の言及例を見出すことができ
た。執筆時期未詳のものを含めれば、この倍以上の言及例が存在する。紙幅の都合上、原文の
引用は割愛し、以下に氏名と作品名のみ列挙する (※印のあるものは、製作年を特定できないも
の)。

①【嘉定十七年 (1224)】徐鹿卿 (1189-1250、字徳父、号泉谷、隆興府豊城〔江西〕人)「跋杜子
野小山詩」(『全宋文』巻七六七五、333-p.252)

※②劉宰 (1166-1239、字平国、号漫堂、鎮江府金壇〔江蘇〕人)「書修江劉君詩後」(『全宋文』巻六
八三九、300-p.36)

③【淳祐二年 (1242)】呂午 (1179-1225、字伯可、徽州歙県〔安徽〕人)「宋雪巌詩集敍」(『全宋
文』巻七二一五、315-p.82)

④【淳祐十一年 (1251)】陳必復 (? - ?、字无咎、福州長楽〔福建〕人、淳祐十年進士)「端隠吟
稿序」(『全宋文』巻七八七八、341-p.299)

⑤【宝祐三年 (1255)】欧陽守道 (1209-1273、字公権、号巽斎、吉州廬陵〔江西吉安〕人)「呉叔
椿詩集序」(『全宋文』巻八〇〇八、346-p.440)

⑥【宝祐三年 (1255) ~咸淳五年 (1269)】劉克荘 (1187-1269、字潜夫、号後村居士、莆田〔福建〕
人)「虞徳求詩」(中華書局、辛更儒『劉克荘集箋校』巻一〇九、9-p.4131)

⑦【宝祐四年 (1256)】姚勉 (1216-1262、字述之、瑞州新昌〔江西宜豊〕人)「賛府兄詩藁序」
(『全宋文』巻八一三四、352-p.447)

※⑧方岳 (1199-1262、字巨山、号秋崖、徽州祁門〔安徽〕人)「跋趙兄詩巻」(『全宋文』巻七九〇七、
342-p.343)

※⑨趙孟堅 (1199-1264、字子固、號彝斎居士、寓海塩〔浙江〕)「孫雪窓詩序」(『全宋文』巻七八七六、
341-p.246)

※⑩釋道璨 (1213-1271、字無文、俗姓陶、豫章〔江西南昌〕人)「瑩玉潤詩集序」(『全宋文』巻八〇
七八、349-p.301)

⑪【咸淳七年 (1271)】謝枋得 (1226-1289、字君直、号畳山、信州弋陽〔江西〕人)「与劉秀巌論
詩」(『全宋文』巻八二一四、355-p.62)

⑫【咸淳八年 (1272)】孫徳之 (1197- ?、字道子、号太白山人、婺州東陽〔浙江〕人)「跋先君崎
庵詩巻後」(『全宋文』巻七六九四、334-p.168)

⑬【祥興元年 (1278)】舒岳祥 (1219-1298、字景薛、号閬風、台州寧海〔浙江〕人)「劉士元詩序」
(『全宋文』巻八一六一、353-p.2)

166

※⑭陳著（1214-1297、字子微、号本堂、慶元府鄞県〔浙江寧波〕人）「史景正詩集序」（『全宋文』巻八一一〇、351-p.14）

※⑮【元・至元二十年（1283）以後の数年間】張之翰（1243-1296、字周卿、号西巌、邯鄲〔河北〕人）「跋王吉甫直渓詩藁」（『全元文』巻三四八,10-p.301）

⑯【大徳六年（1302）】方回（1227-1307、字万里、号虚谷、徽州歙県〔安徽〕人）「恢大山西山小藁序」（『全元文』巻二一四、7-p.136）

※⑰方回「跋胡直内詩」（『全元文』巻二一七、7-p.205）

⑱【大徳八年（1304）】戴表元（1244-1310、字帥初、一字曽伯、自号剡源先生、慶元奉化〔浙江〕人）「洪潜甫詩序」（『全元文』巻四一八、12-p.123）

　このうち、⑥、⑫、⑱において、流行の仕掛け人として、葉適の名が明記されている。葉適が四霊を顕彰し始めたのは、開禧の北伐失敗後、永嘉に退居した、嘉定元年（1208）以後のことである。中期を代表する両巨頭、楊万里が死去したのが開禧２年（1206）、陸游が他界したのが嘉定３年（1210）であるから、葉適が四霊と親交を始めたのは、まさしく一時代が終わりを告げた直後のことであった。士大夫を失意のどん底に落とした開禧の北伐失敗と、詩壇の巨人の死去とがほぼ同時に起きて、時代が否応もなく大きな曲がり角にさしかかったタイミングで、葉適による四霊鼓吹が始まったことを、まず我々は銘記すべきである。その鼓吹がすぐさま大きな旋風となって宋末の詩壇を覆った理由については、それまで詩壇の中核にいた士大夫側と新興の非士大夫層の側の、両面から考察すべきであるが、本稿では前者に限定して考察を進める。

　士大夫側の理由として指摘すべきは、楊・陸の死後、彼らに匹敵するような次代の詩人がついぞ現れなかった、という事実がある。士大夫詩人に勢いがあれば、彼らの詩歌観（後述）が詩壇においても指導力を発揮し強い求心力を保てたはずであるが、おそらく彼らの求心力が衰えたため、士大夫の詩歌観から大きく逸脱する晩唐体（後述）が非士大夫層の詩人を中心に勢力を強めたのであろう。

　本節冒頭で言及した劉克荘の自序では、楊・陸の後として、項安世と李壁の二人が挙げられていたが、うち項安世は楊・陸と完全に同一世代である上に、没年も彼らと相前後するので、劉克荘の概括はそもそも誤認に基づく。⑰方回の跋文では、「乾淳之風」の継承者として、趙蕃（1143-1229、字昌父、号章泉、僑居玉山〔江西〕）と趙汝談（?-1237、字履常、号南塘、余杭〔浙江〕人）の二人が挙げられているが、この両者に李壁を加えて概観してみても、楊・陸と比べれば、かなり小粒になったことは否めない。つまり、嘉定年間以降、かつて詩壇の中心に鎮座した士大夫詩人の存在感がかなり希薄になったことは否定しようがない。劉淮（?-?、字叔通、号泉翁、又号渓翁、建陽〔福建〕人、紹熙元年〔1190〕進士）が、嘉定10年（1217）に記した序文（「方是閑居士小稿序」、『全宋文』巻六八一九、299-p.137）のなかで、「近世の詩人　零落して殆ど尽き、攷訂すべき無し、前輩は唯一章泉老人のみ」と述べており、このことを裏づけている。「章泉

老人」とは、方回も挙げる趙蕃のことである。それでは、士大夫詩人が嘉定年間を境に突如
「零落」した原因はいったいどこにあるのであろうか。この点に関して、葉適が以下のような
示唆的な言説をのこしている。

　　　顏記十五六，長老詰何業，以近作獻，則笑曰，「此外學也。吾憐汝窮不自活，幾稍進於
　　　時文爾。夫外學，乃致窮之道也」。余媿，詩卽棄去，然時文亦不能精也。故自余輩行累數
　　　十百人，皆得大名，登顯仕，而終不以文稱。(「題周簡之文集」、『全宋文』巻六四七四、285-
　　　p.199)

　葉適が 15、16 歳の頃というのは、隆興 2 年（1164）から乾道元年（1165）のこととなるが、
その頃から詩学は立身出世にとっての「外学」と見なされ、長老から、詩作に耽ることは貧窮
の道に進むだけだと厳しく戒められた、というエピソードを伝えている。若き葉適はこの戒め
を聞き入れ、詩作の道を断念した、という。そして、より重要なのは、彼の世代より以降、名
をなした者、顕官に昇った者が「数十百人」に上るにもかかわらず、「文」を称賛された者が
いない、と記している点である。これは、詩作を「棄去」したのが、彼一人の特異な経験なの
ではなく、彼と同世代ならびにそれより下の世代の進士及第者も、同様の過程を履んだことを
示唆している。「余が輩行より」と明言しているところを見ると、葉適は詩作をめぐる前輩た
ちとの世代間ギャップをはっきり認識していたのであろう。
　葉適より 13 歳年長の楼鑰（1137-1213、字大防、自号攻媿、鄞県〔浙江寧波〕人）も、上の「長
老」に類似する考えを記している。それは、彼が嘉定 3 年（1210）に、江湖詩人の一人、戴復
古の詩集に寄せた序文のなかに見え（浙江古籍出版社『戴復古詩集』附録二「序跋」p.323、1992 年）、
文ならばまだしも名をなすことを助けてくれるが、詩はいくら巧みでも、むしろ高尚すぎて無
用の技となりかねない、と述べている。楼鑰は隆興 2 年（1164）に同進士出身を与えられてい
るので、奇しくも葉適が「長老」から訓戒された時の科挙を受験していた。よって、彼のこの
指摘も、12 世紀後半以降、士大夫における文体的価値観が科挙を契機として大きく変化した
ことを示唆している。
　遡って、陸游、楊万里、范成大の三者がともに応挙したのは、紹興 24 年（1154）である。
おそらく、南宋初代の高宗から二代の孝宗に代替わりした紹興 32 年（1162）の前後に、科挙
をめぐって比較的大きな改変があり、その改変とともに挙子業の内実にも大きな変化が生ま
れ、それがそのまま、士大夫内部における文体的価値観に多大なる影響を与えたものと考えら
れる。『宋史』の選挙志には、「科目」の一項も立てられているが、科目改変の跡は必ずしも詳
細には記録されていない。紹興 27 年（1157）における経義強化の記載、同 31 年（1161）にお
ける経義と詩賦の及第者の比率を 2 対 1 に定める発議、淳熙 14 年（1187）の朱熹による詩賦
廃止私案、の 3 件（巻一五六、中華書局校点本、11-pp.3630-34）しか、関連の記載を見出せない。
紹興 31 年の議案ははっきり実施されなかったと記されているし、朱熹の記載はあくまで私案

168

に過ぎないので施行された可能性は低い。よって、現実に如何なる改変があったのかは不明であるが、まさにこの時代を生きた葉適や楼鑰が上記の言をのこしている以上、少なくとも詩学の比重が南宋中・後期の科挙において著しく軽くなったことだけは、動かぬ事実として理解すべきであろう。

　科挙に及第しなければ、栄達が望めない以上、挙子も及第をすべてに優先する目標に掲げてその準備に専念せざるを得ない。そして、詩作の上達が科挙及第にほとんど役に立たないということになれば、その学習を後回しにして軽視するのは、ごく自然な道理であろう。本節で採り上げた、葉適、劉淮、楼鑰が、期せずして三者三様に士大夫における詩学の衰退を指摘しているが、それは嘉定年間に突如起きたわけではなく、実際には遡ること半世紀近く昔に、その種がすでに蒔かれていて、水面下で少しずつ進行していた、と考えられる。嘉定年間に入るまで、衰退が表面化しなかったのは、前世代の、楊・陸がいずれも 80 を超える長命であったため、彼らの晩年の活躍によって、それが覆い隠されただけのことであった。

　つまり、科挙の改変にともない、挙子業全体に占める詩歌創作の重要性が著しく軽くなったがゆえに、士大夫層全体の詩作も構造的に奮わなくなったのだと考えられる。そして、その転換点に位置した士大夫が葉適と彼の同世代なのであった。科挙における詩学のウエイトは、嘉定年間以後も復旧することなく、そのまま宋末に至る。さらに、元・明・清三代にあっても、それが低下することはあっても、浮上の機会はついぞ一度もなかった。後漢末の建安以来、清末に至る約 1700 年間の士大夫詩学史には、幾つかの転機が存在したであろうが、最大の上昇の転機は唐代の科挙によってもたらされ、最大の下降の転機が南宋中期の科挙改変によってもたらされた、といえるかもしれない。

　ところで、士大夫には伝統的に彼らが理想と仰ぐ詩歌観が存在した。一言でいえば、為政者として、またあるいは「士」の伝統文化の体現者として、相応しい形式と内実を備えた詩歌こそが、彼らの理想とする詩であった。より具体的にいうならば、まず形式面では、古今体の別なく、すべての詩型に長ずることが求められたが、理念的には『詩経』以来の伝統に連続する古体がとりわけ重視された。内容面では、社会の不正を暴いたり、時世批判を展開したりする諷諭詩が求められるほか、学問的素養を盛り込み典故を多用する詩も同様に重視された。士大夫詩人の存在感が希薄になるということは、この詩歌観の社会的規範力も弱化することを意味する。

　一方、葉適が鼓吹し、四霊が実作によってその魅力を喧伝した晩唐体は、そもそも士大夫の詩歌観から大きく逸脱するものであった。形式的には五律、七絶等の近体に偏り、題材的には脱政治・脱社会の傾向がより強く、典故は多用せず、かりに用いる場合にも平易なものを中心とした。総じて、等身大の自己を表現する手段として、あるいは個人的抒情の具として、詩を作る傾向が強い。ここには、士大夫が半ば運命的に担いつづけてきた、社会全体に責任を負う為政者としての気負いや気概は、原則として存在しない。その理由はもはや多くを説明するまでもないであろう。それは、晩唐体の流行を支えたのが布衣と下層の士大夫だったからであ

る。彼らにとって、まず肝要であったのは、己の表現欲を満たすことであり、そもそも古代と
の連続や天下国家に対する責任というのは、彼らの社会的身分からすると、いささか背伸びし
すぎていて、リアリティーに乏しいテーマであったからであろう。新興の詩人層には相応の新
しいスタイルが必要であった。

四、元初の展開

　前節において論及したのは、主として南宋嘉定年間以後、宋朝滅亡までの状況である。「詩
人」の道を歩んだ者の多くは、挙子業に躓いたり、科挙による仕官を断念したりした経歴をも
つ者や、運良く及第したものの、下級の官職に甘んじて生活するうち、自己表現の手段として
詩作の道に没入した者たちの何れかであった。
　ところが、宋が滅び元に入ると、事情が大きく変わる。南宋中期以後の科挙は挙子から詩学
を遠ざけ、結果として士大夫層における詩作の軽視をもたらした。しかし、その科挙が、宋の
滅亡の約5年前、咸淳10年（1274）を最後に、元の延祐2年（1315）に至るまで、実に40年
もの間、実施されなかったのである。その結果、進士及第を目指して挙子業に勤しんでいた若
者は完全に行き場を失った。また、すでに官として宋朝に仕えていた士大夫の多くも失職し、
行政的手腕を発揮する場と機会がほぼ完全に失われたのである。士大夫にとって、もっとも重
要な生命線が失われたことで、彼らはいったいどこに向かったのであろうか。
　牟巘（1227-1311、字献之、湖州〔浙江〕人）は、「唐月心詩序」（『全宋文』巻八二二八、356-p.285）
のなかで、「場屋　既に廃され、詩を為す者　乃ち更に加へて多し」と、科挙の停止によって、
むしろ作詩する者がますます増加した、と述べている[5]。また、舒岳祥（1219-1298、字景薛、号
閬風、台州寧海〔浙江〕人）も、──予定されていた科挙が中止された──景炎2年（1277）に
記した「跋王槃孫詩」（『全宋文』巻八一六二、353-p.16）において、科挙が実施されていた頃、己
が詩人の列に連なることを忌み嫌っていた挙子が、科挙の停止とともに、一転して詩業の上達
を求めるようになった、と記している。
　戴表元（1244-1310、字帥初、一字曽伯、自号剡源先生、慶元奉化〔浙江〕人）も、当時の変化を詳
細に伝える一人である。「陳晦父詩序」（『全元文』巻四一八、12-p.122）では、宋末の科挙盛んな
りし頃の実態を伝えている。──科挙が行われていた時代、羽振りをきかせていた士大夫は十
中八九が進士及第者であり、進士に及第するためには、「明経」でなければ「詞賦」に秀でた
者と決まっていて、「詩」によって及第した者はいなかった。ごく稀に「詩」に秀でた者が及
第することもあったが、彼らは「雑流」と呼ばれ、歯牙にもかけられなかった、という。この
文には、前掲の舒岳祥も彼の同志として登場し、進士及第後、彼らは周囲の冷淡な視線に耐
え、人知れず努力を重ね、他人には披露しなかったものの、折に触れて、詩の創作を続けたこ
とを述懐している。同じく戴表元の「張仲実詩序」（『全元文』巻四一七、12-p.119）では、科挙実

施時にあって、晩唐体の詩を「眉を攢め鼻を擁」って毛嫌いしていた者たちが、科挙の廃止とともに、詩を作り始めたが、すぐには上達せず、晩唐らしくない詩しか書けず、負け惜しみして、古こそが目指すところで、晩唐などどうでもよいと嘯いていたことを記している。科挙の廃止によって読書人の文体的価値観が急変し、前文とは正反対に、詩作の価値が一気に高まったことを伝えている。

　以上の言説は、前節で論じた宋末の詩学をとりまく状況を確かに裏づけている。葉適が若かりし頃、長老から受けた訓戒に滲み出ていた認識が、約1世紀の時を経て、挙子の間ではいっそう徹底的に浸透した観がある。しかし、それが科挙の停止という現実を前に、挙子もその認識を改めざるを得なくなった。元朝の統制下にあって、南宋出身の人士は「南人」として長らく国政に与ることが許されなくなった。宋末の科挙における最重要科目「経義」において問われた能力は、つきつめていえば国政に関わる基本理念や哲学に対する理解力である。科挙が停止され、出仕の道が閉ざされたなかで、「経義」のための勉学は、完全にその目的を喪失した。この点も当時の挙子たちがなだれを打って詩作に傾倒していったことの理由の一つに数えられるであろう。

　南宋における毎回の科挙には、優に10万を超える挙子が参加した。挙子業に勤しむ学生の総数は少なく見積もっても100万人は下らなかったであろう。この人口が科挙の停止によって、にわかに行き場を失った。もちろん、そのすべてがそれまで軽視していた詩作の道に転じたわけではないであろう。しかし、かりにその1割だとしても、10万という人口である。その人口がまるまる作詩人口に加わることになった。彼らの参加によって、元初における作詩人口は、宋末の科挙実施時に比べ、少なくとも数倍～数十倍に膨れあがった、と想像される。

　それでは、元初における詩人の生活実態はどうであったのだろうか。宋末のような権貴は、南宋の故地にはすでに存在しない。筆者が捜し得た関連の記載は決して多くないが、戴表元が伝える方回の身辺に起きていた以下の現象は示唆的である。

　　聞翁爲州日，江湖詩客羣扣其門，傾箱倒槖贈施之，無吝色。……

　　　　　　　　　　　　　　　　　（戴表元「桐江詩集序」、『全元文』巻四一七、12-p.109）

　嘉定以来、多くの江湖詩人がそうであったように、元に入っても、江湖詩人は同様に名士の門を叩きつづけていたようである。厳州知事であった方回を訪ね、得意の自作を示して、彼の印可を得ようとしたのであろう。理宗の頃の賈似道や「閫臣」（外任大臣）のように大盤振る舞いはできなかったが、方回もできる限り金品の贈り物をして、彼らの平素の艱難辛苦に報いようとしたことが分かる。

　元初には、陳起のように大がかりに江湖詩人をプロデュースできる書商はもはや存在しなかったようだが、それでも詩人は自撰詩集をなんとか上梓しようと努力していたようである。たとえば、当時、作詩が最も盛んであった地・杭州の詩人、仇遠（1247-1326、字仁近、号近村、

又号山村民、銭塘人）が生前、詩集を刊行していたことは、戴表元の「仇仁近詩序」（『全元文』巻四一七、12-p.107）に、「余に鏤成せる一巨編を贈る」とあることによって分かる。刊行時期は元に入った後であろう。また、仇遠と並び称された白珽（1248-1328、字廷玉、号湛淵、銭塘人）にも生前の自撰詩集があったようだ。陳著の「銭塘白珽詩序」（『全宋文』巻八一一〇、351-p.10）に、「好事者 将に取りて諸れを梓に鏤まんとす」とあることによって裏づけられる。陳著の序文は、至元26年（1289）に書かれたものである。仇遠と白珽は、宋末元初の当時、詩名の高かった詩人であるが、無名の詩人にとっても、己の詩集を刊行することは悲願であったようである。そのような願望を抱きながら、詩稿を方回に渡し、佳作の選別とともに序跋を求めた余好問なる詩人がいた。方回はその「跋余好問丙申丁酉詩稿」（『全元文』巻二一七、7-p.221）のなかで、異例ともいえる手厳しい内容を記している。題にいう「丙申丁酉」は、元貞2年（1296）と大徳元年（1297）を指す。詩が未熟なのを見て、方回はそんなに慌てて刊刻する必要はないし、そもそも誰が刊行したいと願うだろうか、と疑問を隠さない。今の若輩は幾らか詩が貯まると、すぐに刊刻して書房に詩集を並べたがるが、誰も買おうとしない、とも述べている。方回のこの跋文から、宋朝滅亡から20年近く経った後にも、自撰詩集を進んで上梓しようとする詩人が跡を絶たなかった様子を窺い知ることができよう。

五、おわりに——職業としての詩人

　以上の各節で見てきたように、13世紀の初め、嘉定年間以後、それまで士大夫によって牽引されてきた詩壇が大きく様変わりし、士大夫の求心力は急速に衰え、それに代わって布衣と下級士大夫を中心とする江湖詩人によって詩壇が席巻されるようになった。それとともに、「詩人」の認定という点でも、嘉定以前と以後とでは大きな断絶が生じている。嘉定以後の「詩人」は、もはや士大夫層に専属する存在ではなくなり、詩作を本業とする専業詩人を指すようになった。元初においても、詩の文体的価値観という点で宋末と大きく様変わりしたが、「詩人」は「専業詩人」を指すといってよい。

　それでは、「詩人」が「専業詩人」を意味する言葉となった宋末元初において、詩人はもっぱら詩作に頼って生活することが可能となったのだろうか。結論から先にいえば、おそらく純粋に詩のみを頼りに生活できた「詩人」は、かりに存在したとしても極めて稀であったであろう。南宋の江湖詩人を例にすれば、戴復古はもっぱら詩のみを頼りに著名になった詩人の代表だが、「謁客」としての臨時収入だけで悠々自適の一生が過ごせたとは、とうてい思えない。彼であれ、故郷黄巌に一定の家産があればこそ、長期家を留守にして諸国を巡り歩くことができたのであろうし、詩だけを収入源にしていたのでは、旅を続けることすら覚束なかったに違いない。

　江湖詩人のなかで名を成した詩人の多くが、実は詩以外に詞や書に巧みであったことも、十

分に考慮に入れるべきであろう。江湖詩人の魁、姜夔は雅楽に通じ、雅詞の創始者として、当時の権貴や著名士大夫からも一目置かれる存在となったが、彼は書法にも通じていた。劉過も、詞に巧みであった。孫惟信も詞と書法に巧みであった。書芸に通じていれば、自作の詩詞に付加価値を加え、商品としての価値を高めることができる。しかし、そのような特殊能力がない場合は、己の価値を証明するために、同時代の著名人が書いた序跋を冠する詩集、とりわけ上梓した詩集が必要不可欠となったに違いない。前節末尾で言及した方回の跋文が伝える、当時の詩集刊行の風はこのような背景から生まれたのだと考えられる。

　このように、宋末元初において、職業としての詩人は単独には成り立ちがたい不安定さを抱えていた。社会階層の側面から見た場合にも、専業詩人は士大夫のように確たる上流の人士とはとてもいいがたく、常に浮遊する存在である。このような特質は、近世後期の明清においても継承されたのであろうか。本稿の最後に、呉敬梓（1701-1754、字敏軒、号粒民、又自号秦淮寓客、安徽全椒人）の『儒林外史』を手がかりにこの問題を少し考えておきたい。

　第 17 回に、杭州で頭巾屋を営む景蘭江なる詩人が登場する。彼は杭州には八股文など眼中にない名士が沢山いると嘯く。景蘭江にとって、挙子に向け科挙受験参考書（時文の答案集）に評点を書いて一儲けする「選書」家は、まったく己とは相容れない俗物である。他方、「選書」家にとって、景蘭江たち詩人を自認する者たちは、道理を知らず、浮世離れした閑人、もしくは道楽者としか映らない。このほか、牛布衣や、彼の死後、彼に成り代わろうとする浦郎、挙人の杜慎卿、杜少卿等が登場するが、詩人はせいぜい挙人止まり、過半は民間で商売を営む者か道士かである。沈瓊枝という「売詩女士」も登場するが、これは明清ならではの現象であろう。いずれにしても、――「儒林」の外縁の人々がこの小説の主人公なのだから当然といえば当然ではあるが――『儒林外史』に登場する詩人たちは、宋末元初の江湖詩人よりさらに下層の市民階層の人々と見なされる。しかし、挙子業と一線を画している点は、宋末の状況と似通っている。さらにまた、詩人が専業詩人の謂であることも同様である。とするならば、『儒林外史』が描く明末清初の状況も基本的に宋末元初とそう大差ないことになろう。詩人という職種が士大夫から分化し、挙子業とも一線を画して、分業化してきた結末を、『儒林外史』のなかにも認めることができる。

　これを詩学の衰退とみるか、進化とみるかは、基準の立て方如何で大きく変わる。だがしかし、これを通俗化の一現象と見なすことに異議を差しはさむ者はいないであろう。筆者も、南宋嘉定年間以降の展開に、詩学の「近世」化を認める立場にほかならない。

【注】

(1) 本稿と直接関わる既発表の拙論は以下の 4 篇である。①「古今体詩における近世の萌芽」（宋代詩文研究会江湖派研究班『江湖派研究』第 1 輯、p.1-54、2009 年 2 月）、②「宋末元初の文学言語―晩唐体の行方―」（日本中国学会『日本中国文学報』第 64 集、p.171-186、2012 年 10 月）、③「転回する南宋文学―宋代文学は「近世」文学か？―」（名古屋大学中国文学研究室『中国語学文学論集』第 26 号、p.1-10、2013 年 12 月）、④「南宋後期における詩人と編者――江湖小集刊行の意味すること」（宋代詩

文研究会『橄欖』第20号、pp.221–245、2016年3月）。

(2) 劉克荘のこの詩人観は宋末元初の士大夫に大きな影響を及ぼしたようである。注4を参照のこと。

(3) 南宋後期において、「曾蒼山」といえば、通常、曽原一（?–?、字子実、号蒼山、贛州寧都人）を指す。曽原一は4度科挙にトライして失敗したが、推挙されて知南昌県に除せられている。曽原一の詩に対する当時の評価は、元・韋居安の『梅磵詩話』に見える（巻上に1則、巻下に2則ある）。曽幾、号茶山は、南宋前期における江西詩派の重鎮として著名であるが、姓が同一で号も似通っていることから、混同したのかもしれない。

(4) 葉適のこの考えは、元初の詩人に確実に受け継がれている。たとえば、牟巘（1227–1311、字献之、湖州〔浙江〕人）の「潘善甫詩序」（『全宋文』巻八二二九、356-p.288）では、劉子翬の詩を評して「非詩人詩」というように用いている。舒岳祥（1219–1298、字景薛、号閬風、台州寧海〔浙江〕人）は、「劉士元詩序」（『全宋文』巻八一六一、353-p.2）のなかで、専門的に詩を究めることの重要性を説いている。また、劉辰翁（1232–1297、字会孟、号須渓、吉州廬陵〔江西吉安〕人）の「趙仲仁詩序」（『全宋文』巻八二六三、357-p.57）では、劉克荘「劉瀾詩集」を踏まえ、「後村謂文人之詩與詩人之詩不同」と述べており、葉適〜劉克荘と展開した詩説の影響を見てとることができる。

(5) 元初における作詩熱の高まりについて論じたものに、奥野新太郎「挙子業における詩──元初の科挙廃止と江南における作詩熱の勃興」（九州大学中国文学会『中国文学論集』第39号、pp.58–72、2010年12月）がある。

西崑体と古文運動に関する諸問題

王 瑞来

はじめに

　北宋の古文運動は中国文学史上における極めて重要な一里塚である。それはある意味で言えば、儒学の道統のように唐代の韓愈などの作家が示した方向に沿って、北宋の特殊な時代的背景の下で、唐代のような個人的提唱に止まらず、気勢のすさまじい集団的提唱・実践として中国文学史ひいては文化史上のルネサンスを迎えることとなった。さらに後の文学のスタイルにも大きな影響を与えた。これまで北宋の古文運動に関しては多大な研究成果があった。ところが、細部にいたると、未解明な問題がいくつか存在している。古文運動がいつ起こったのか、西崑体と古文運動との関係は対立するものか、范仲淹は古文運動でどう位置づけられるのか、欧陽脩は古文運動の中でどういう地位を占めるのか、等々の基本的な問題を解決しなければ、古文運動に関する研究の深化はあり得ないであろう。以上の諸問題につき、試論を提示したい。

一、北宋の古文運動はいつ起こったのか

　北宋の古文運動はいつ起こったのか。これについて、従来、二説がある。一つは宋太宗朝（976—997）出現説。柳開（947—1000）・王禹偁（954—1001）・穆脩（979—1032）などが代表者とされる。もう一つは宋仁宗朝（1023—1063）出現説。尹洙（1001—1047）・欧陽脩（1007—1072）・梅堯臣（1002—1060）などが代表者とされる。

　この問題について、以下の3点から考察したい。

(1) 時代的背景

　太宗朝から真宗朝にかけて、科挙規模の拡大（一回十数人から数十人だったのが数百人から千人以上になった）という人的整備（宋王朝自体の官僚養成）により次第に士大夫政治が形成され、その基盤上で、仁宗朝に入ると全面的な思想文化領域の精神建設が始まった。古文運動はその機運に応じて現れたものである。[(1)]

（2）古文運動に革新された対象

　西崑派たちの努力は士人の古典的な修養と詩文の修辞能力を高めた。しかし文化的な建設が数十年間同じレベルでとどまるはずはない。古文運動は「西崑体」を踏まえた詩文革新であると考えられた。

（3）古文運動の主将たちの活躍した時期

　事実として尹洙・欧陽脩・梅尭臣などの古文運動の主導者たちが活躍した時期も仁宗朝であった。官途についた時期から見れば、尹洙は仁宗天聖3年（1025）、欧陽脩は天聖8年（1030）に進士及第となり、梅尭臣は天聖9年（1031）に恩蔭補官となった。入官したばかりの彼らが、高い政治的な地位と文壇での影響力をもつようになるには、まだ長い道程を必要とした。

　『西崑酬唱集』が世に出た大中祥符元年（1008）から尹洙・欧陽脩・梅尭臣たちの入官まで、30年余りが経過している。古文運動が文壇の主流となる時期までには20年余りを要した。

　宋初の太宗期は政治の整備期であり、精神的な建設の余裕はまだなかった。従って、古文提唱は作家個人の意見にすぎない。その意見は当時多くの反響を呼んではいなかった。しかし、かれらの意見は数十年後の精神的な建設期の到来とともに、改めて重視され、提唱者の武器として使われた。それゆえ、宋初の諸人も北宋の古文運動の系譜に納められた。韓愈・柳宗元たちが唱導した唐代の古文運動は、初盛唐まで依然として盛んだった魏晋以降の駢儷体の「時文」に対して古代の散文に復帰する活動であったように、北宋の古文運動も真宗朝の「西崑体」に対する詩文革新であった。それゆえ、真宗朝に先行するのは不可能であり、後の仁宗朝から始まったと考えられる。

二、西崑体と古文運動との関係

　先に西崑派に触れた。西崑派という命名は西崑体からである。「西崑体」とは、詔を受けて『歴代君臣事跡』[(2)]を編纂した楊億と劉筠・銭惟演などの文人たちを中心として、多くの唱和の詩をつくったもので、大中祥符元年（1008）楊億はこれらの17人の唱和詩250首を集めて1冊2巻にまとめ、「玉山策府の名を取りて、之を命じて『西崑酬唱集』と曰う[(3)]」とした。

　これまでの研究はほとんど西崑体と古文運動を対立させてきた。これが事実かどうかは綿密な考察を加える必要があると思われる。これにつき以下の4点より考察したい。

(1) 西崑体出現の積極的な意義

　唐代中後期から五代にかけてほぼ百年間戦乱が相次いだ。世の中の経済や文化は大きな被害を受けた。このために、宋初には、士人の文化水準は低かったのである。宋朝の科挙合格者数が、建国後の十数年間、数人から数十人の間を上下したのは、この実情を反映している。この士人の文化水準の低迷は、太宗朝が科挙規模を数百人から数千人まで大幅に拡大した後でも、相変わらずであった。史書は以下の出来事を述べている。宋朝建国の32年後、太宗治世の後期、淳化三年（992）の科挙試験に「尼言日出賦」を出題したが、「時に就試する者は、凡そ数百人なり。咸な謬眙として其の出づる所を忘る。当時の場屋に馳聲する者と雖ども亦た難色有り」という状態であった。この試験問題は太宗が「詞場の弊、多いに輕淺を事として、古道に該貫する能わず」と考えた上で出題したのである[4]。このように、古典的修養を提唱することから、やはり太宗および当時の朝廷の意思がわかる。楊億と錢惟演たちが、唐の李商隠を学び、古典を多用し、詩律を整え、華麗な詞藻を運用するのも、朝廷の提唱とかかわる。『西崑酬唱集』の出現は、こうした背景の下での朝廷の提唱の結果であるといえよう。

　古文運動の際、仁宗治世の後期に枢密使を担任した田況がその随筆『儒林公議』に西崑体につき公平な評価を下した。

　　　楊億、兩禁に在りて、文章の體を變え、劉筠・錢惟演の輩は皆な從いて之を學び、時に楊劉と號す。三公は新詩を以て更に相い屬和して、一時の麗を極む。億乃ち編して之に叙し、題して西崑酬唱集と曰う。當時の佻薄なる者は之を西崑體と謂う。其の它の賦頌章奏は頗る彫摘に傷つけらるると雖ども、然れどもて五代以来の蕪鄙の氣、茲に由り盡くせり[5]。

　士人の文化水準の低下に対して、楊億たちは朝廷の政策を執り行い、古典の追求と修辞に力を尽くした。かれらのやり方は結果的にすこし是正が過ぎる点を非難されたが、やはりかれらの努力によって「五代以来の蕪鄙の氣、茲に由り盡くせり」という一新される局面を迎えた。「蕪鄙の気」が一掃された文壇は古文運動の興起のため恰好の基盤を築いたといえる。

(2) 西崑体の数十年間にわたる影響

　「西崑集出づる自り、時人争って之に效い、詩體一變す[6]」。西崑酬唱に参与する楊億と劉筠・錢惟演たちは、ほとんどが当時の「館閣の士」たる翰林学士或いは知制誥を担当している。

　翰林学士と知制誥は士大夫層のエリートとして、「士大夫と天下を治む[7]」という政治的な雰囲気の中で、当時名声があり、士大夫たちに敬慕されていた。宋の太宗は次のように語っている。

學士の職、清要貴重にして、他官の比ぶ可きに非ず、朕、常に之と爲すを得ざるを恨
　む。朕、早に人言を聞く、朝廷、一知制誥を命ぜば、六姻相い賀し、以て一佛出世と謂
　う、と。

　南宋の宰相である周必大も「國朝の兩制、天下の選びを極め、文章をもって世に名とする
者、率ね此の官に居る」という。

　権力的地位から見れば、宰相は官僚の頂点だといえるが、精神的な観点からすれば、翰林学
士は文人の頂点だといえる。皇帝が文壇の有名人を任用するのは、士大夫階層を籠絡する手段
である。逆に有名人にしてみれば翰林に入れば、文壇での地位が承認されることになる。かれ
らは領袖として、文壇で大きな影響力をもつ。それゆえ、『西崑酬唱集』が出ると、それは直
ちに文壇を風靡した。宋祁の詩句「共束『西崑』峽」は当時の生き生きとした有様を示してい
る。士人たちはこの風潮を追従した。

　当時の文化的な建設の一環として、『西崑酬唱集』は数十年間にわたって、多数の士大夫に
大きな影響を与えた。それによって士人たちが堅固な古典的な修養の基礎を築いた。後の仁宗
朝で起きた古文運動は、まさにその基盤に立脚したのである。

(3) 西崑派の活動は古文運動の前奏

　西崑派は古典を追求する。「稽古」という二文字は楊億の好んだ言葉で、かれの文集『武夷
新集』に 34 回使用されている。また「学古」は 8 回、「師古」も 2 回使われていた。楊億の
『武夷新集』自序には「励精爲學、抗心希古」と述べている。また他の「修詞有古風」の人も
ほめる。もちろん、この「古」は主に「古典」を指すが、復古主義の提唱はやはり文風の質朴
と繋がりやすいため、後に西崑派の後学たちを文風の質朴を追求する古文運動に転じさせた。
ゆえに西崑派が数十年間にわたり提唱した古典的修養と丁寧な修辞は後の古文運動にとっては
不可欠の前提、かつ前奏として全プロセスの一環であると思われる。

　質朴な文風に復帰するには、高い水準の古典的な修養と壮麗な言葉遣いで文をつづる能力が
必要とされる。この基礎の上に立ってこそ、はじめて一段と高い水準の質朴な文風に達するこ
とができる。歴史的な背景について言えば、西崑派の提唱と西崑体の流行は「五代以来の蕪鄙
の気」を受けた北宋前期における必然的な一段階である。その文化的な建設から古文運動に移
行するのは、きわめて自然なことである。西崑体と古文運動は前後して継続する同じ文化的な
建設過程での異なる二段階であるといえよう。

　実は後期の西崑派の銭惟演はすでにかれに習っていた謝絳・梅堯臣・尹洙・欧陽脩たちに駢
儷体から脱出するよう要望を出した。「錢相、希深に謂いて曰く、君輩、臺閣禁従の選なり。
當に意を史學に用うべし、聞見する所を以て之を擬せ」とある。駢儷体が流行していた時代、

文学作品から実用文まではとんど駢儷体で書いていたが、史書だけは散文体で書く。銭惟演の
「當に意を史學に用うべし」という教えはやはり後学たちを古文に転じさせる意味があった。
これも文学傾向の変化を示しているのであろう。

(4) 西崑派による古文運動の人材養成への貢献

朱東潤先生はつぎのように述べる。

> 宋代詩文革新的発動是従這里（洛陽）開始的。但当時並没有提出革新的要求。梅尭臣・
> 尹洙・欧陽脩只是在西崑派詩人銭惟演和得到西崑派領袖楊億推崇的謝絳両人領導下、進行
> 創作活動。他們不但没有強烈的政治主張、甚至連韓愈・柳宗元・元稹・白居易那様的創作
> 動機也没有。這不是貶低梅尭臣等這一班人、而只是当時的事実。[15]

朱先生の史料的根拠は以下のものであると思う。
第一は北宋・魏泰『東軒筆録』巻三の記事。

> 錢文僖公惟演、貴家に生まる、而れども文雅樂善は天性に出づ。晩年使相を以て西京に
> 留守す。時に通判謝絳・掌書記尹洙・留府推官歐陽脩は皆な一時の文士なり。遊宴吟詠は
> 未だ嘗て同じくせず。洛下、水竹奇花多し、凡そ園囿の勝、到らざる者無し。[16]

第二は、北宋・邵伯温『邵氏聞見録』巻八の記事。[17]

> 天聖・明道中、錢文僖公、樞密自り西都に留守す。謝希深通判と爲り、歐陽永叔推官と
> 爲り、尹師魯掌書記と爲り、梅聖兪主簿と爲り、皆な天下の士なり。錢相、之を遇して甚
> だ厚し。一日、普明院に会す、白樂天の故宅なり。唐の九老畫像有り。錢相と希深而下と
> は亦た其の旁に畫し。府第に因りて雙桂樓を起し、西城に閣を建て圜驛に臨み、永叔・師
> 魯に命じて記を作らしむ。永叔の文先きに成り、凡そ千餘言なり。師魯曰く、「某は止だ
> 五百字を用いて、記すべし」と。成るに及び、永叔其の簡古に服す。永叔此れ自り始めて
> 古文を爲す。錢相、希深に謂いて曰く、「君輩、臺閣禁從の選なり。當に意を史學に用う
> べく、聞見する所を以て之を擬せと。故に一書有りて之を都廳閒話と謂う者は諸公の著す
> 所なり。一時の幕府の盛、天下、之を称す。

前述したように、西崑体と古文運動は対立する二つの文学史上の流派ではなかった。以上の
史料によって、西崑派と後の古文運動の提唱者は敵対的な関係ではなく、むしろ親密な関係を
持っていたといえる。かれらはほとんど西崑派の門生である。尹洙・欧陽脩・梅尭臣などの古

179

文運動の主導者たちは、すべて西崑派の領袖の一人である銭惟演の指導と恩恵を受けていた。実際には西崑派は直接に後の古文運動の中心人物を育成しただけでなく、数十年間にわたって、前にふれた宋祁のような一世代の士人は西崑体にならって文学者になったのである。直接の師承ではなく、西崑体の巨大な影響下で多くの人材が育成された。これは後の古文運動の人的基盤であろう。

さらにいえば、古文運動の主唱者欧陽脩が西崑派の主要人物である銭惟演に対する態度には、興味深い趣がある。真宗後期の政治闘争の中で、同じ西崑体の中心人物である銭惟演と楊億はそれぞれ違う政治陣営に所属した。その政治闘争で銭惟演は丁謂に身を預け、翰林学士の身分を利用して寇準と李迪を迫害する多くの悪業に励んだ。すでにその直後に是非の批評があったが、欧陽脩は『帰田録』などの著書で、それを顧みずに銭惟演を高く評価している。

　　銭思公、生長富貴に生長するも、而も性、倹約たり。閨門の用度、法を爲すこと甚だ謹しむ。子弟輩、非時に輒ち一銭も取る能わず。公に一珊瑚の筆格有り、平生尤も珍惜する所にして、常に之れを几案に置く。子弟に銭を欲する者有りて、輒ち竊みて之れを藏す。公卽ち悵然自失し、乃ち家庭に牓し、銭十千を以て之れを贖わんとす。居ること一、二日、子弟伴りて求得すると爲し以て獻ず。公、欣然として十千を以て之れを賜う。他日、銭を欲する者有り、又た竊去す。一歳中、率ね五、七此くの如きも、公、終に悟らざるなり。余、西都に官し、公の幕に在りて親しく之れを見て、毎に同僚と公の純徳を嘆くなり。[18]

とある。

さらに、

　　銭思公富貴に生長すと雖ども、而も嗜好する所少し。西洛に在りし時、嘗て僚屬に語りて言う、平生惟だ読書を好む。坐せば則ち經史を讀み、臥せば則ち小説を讀み、厠に上らば則ち小辭を閱す、と。蓋し未だ嘗て頃刻も卷を釋かざるなり。[19]

とある。

欧陽脩は無原則な人ではない。かれの執筆した『新五代史』の中で無節操とされる馮道など「弐臣」を痛烈に批判した。范仲淹と宰相呂夷簡との闘争では、かれは范仲淹の立場に立って范仲淹を援助しない諫官高若訥を「是れ復た人間に羞恥の事有るを知らざる」[20]と叱った。なぜ銭惟演に対してこのように寛容だったのであろうか。私的な随筆で、欧陽脩は公的な立場から離れ、自分の恩師であるため銭惟演を褒めたのだろう。

別の視点から見ると、欧陽脩の銭惟演評価は政治的な行為をかなぐり捨てて、主に古文運動の接点である西崑派の文化振興に対する貢献に着目したのであろうか。これについては、古文

運動の主将たる欧陽脩には明らかに西崑体のため弁護する言論が見える。たとえば、「時文、浮巧と曰うと雖れども、然れども其の功を爲すや亦た易かざるなり」とある。または「偶儷の文、苟くも理に合わば、未だ必ずしも非と爲さず」と言うのである。

欧陽脩の西崑体に対する態度につき、明代人がすでにはっきりと論じている。徐伯齡『蟬精雋』巻十五「宋詩家数」に「…又た西崑体有り、李義山を祖とす。楊文公億自り、首めて劉筠と宋初の詩格を変う。緫織華麗にして、蓋し晩唐詩体・香山詩体を一変す。然れども欧公も亦た之を非とせず、而して其の工に服す。張乖崖と雖ども、亦た其の体に学び、二宋尤も深く入る者なり。蘇子美・梅聖兪の如きも、並びに欧公の門に出づ」とある。

従来、中国文学史において、西崑体と西崑派の役割につきやや消極的な言辞を与えていたかもしれない。以上の諸点から考えれば、新たに西崑体と西崑派に公正な評価をあたえるべきである。

三、范仲淹は見落とされた北宋古文運動の早期唱道者の一人である

従来、研究者の間では范仲淹が北宋古文運動と無関係であると論じるのは多数派であった。しかしながら、時代背景や古文運動の主要な指導者との交友関係、および諸々の言行から考察すれば、范仲淹は北宋古文運動と密接な関係を持ったというべきである。これについて以下の5点から論じたい。

(1) 范仲淹による「興復古道」のよびかけ

天聖3年（1025）に范仲淹は早くも朝廷に「奏上時務書」を提出した。その書には、

　　國の文章、風化に應ず。風化の厚薄、文章に見る。是の故に、虞夏の書を觀れば、以って帝王の道を明らかにするに足り、南朝の文を覽れば、衰靡の化を知るに足る。故に聖人の天下を理むるや、文弊あらば則ち之れを救うに質を以てし、質弊あらば則ち之を救うに文を以てす。質弊ありて救わざれば、則ち晦にして彰ならず。文弊ありて救わざれば、則ち華にして將に落ちんとす。前代の季、自ら救う能わず、以て大亂に至るも、乃ち來者の起ちて之れ救う有り。故に文章の薄は、則ち君子の憂と爲る。風化其れ壞るるは、則ち來者の資と爲る。惟れ聖帝明王、文質相い救うは、己に在り、人に在らず。……伏して望むらくは、聖慈もて、大臣と文章の道を議し、虞夏の風を師とせんことを。況んや我が聖朝、千載にして会し、三代の高きを追わずして、六朝の細なるを尚ぶを惜しむをや、然れども文章の列、何れの代にか人無からん。蓋し時の尚ぶ所、何ぞ能く獨り變らん。大君、命有らば、孰か風從せざらん。詞臣に敦諭して、古道を興復す可し。更に博雅の士を延

し、臺閣に布き、以て斯文の薄を救い、而して其の風化を厚くせんや。天下幸甚たり。[24]

とある。

　ここでは、范仲淹は文風の善し悪しを国家の興亡に関わることとして重視する。そして皇帝と朝廷の力で「敦諭詞臣、興復古道」を希求しているのである。

(2)　范仲淹の教育活動

　天聖5、6年頃（1027—1028）、范仲淹は晏殊の招きによって応天府学を司った。専ら学生のために『賦林衡鑑』を編纂した。その書の序文に「由有唐而復兩漢、由兩漢而復三代」という目標を出した。范仲淹の教育活動はこれからの古文運動に多くの人材を養成した。

　これについて、司馬光に

　　晏丞相殊、南京に留守たりしとき、仲淹、母の憂に遭い、城下に寓居す。晏公府學を掌らんことを請う。仲淹嘗て學中に宿し、学者を訓督するに、皆な法度有り。勤勞恭謹、身を以て之れに先んず。夜、諸生に讀書を課し、寝食皆な時刻を立つ。往往潜に齋舍に至り之れを詗い、先に寝る者有るを見れば、之に詰る。其の人給きて云う、適々疲倦して暫く就枕するのみ、と。仲淹、「未だ寝ざるの時何れの書を觀しか」と問う。其の人亦た妄對す。仲淹即ち書を取りて之れに問う。其の人對うる能わず、乃ち之れを罰す。題を出だして諸生をして賦を作らしむるに、必ず先に自ら之れを爲り、其の難易及び用うる所の意を知り、学者をして準じて以て法と爲さしめんと欲す。是れ由り四方の学に従う者輻輳し、其の後、宋人の文学を以て、場屋・朝廷に聲名有る者、多く其の教うる所なり。[25]

とある。

(3)　范仲淹と古文運動の主要人物との関係

　尹洙・欧陽脩・梅堯臣・蘇舜欽は、政治上において范仲淹の盟友である。宰相呂夷簡との闘争で范仲淹は左遷された。范仲淹を弁護した尹洙と欧陽脩も左遷された。梅堯臣はこの3人に同情する詩を贈った。蘇舜欽は後に范仲淹の「慶暦新政」の失敗により左遷された。尹洙は范仲淹を「義兼師友」と自ら言った。

　また范仲淹は陝西の軍政を主宰したとき、かつて欧陽脩を幕僚として招こうとした。文学上において、以上の4人は范仲淹との間で詩文唱和がある。わたくしの考証によれば、『范文正公文集』の中で「和人遊嵩山十二題」「絳州園池」「晋祠泉」「送隰郷尉黄通」等の詩はすべて欧陽脩と唱和した作品である。[26]

(4) 范仲淹の古文運動についての総括

時期的に、范仲淹による古文運動についての総括は最も早い部類に属す。

范仲淹の「尹師魯河南集序」に

　　予、堯典・舜歌而下を觀るに、文章の作るや、醇醨迭に變じ、殆ど窮まり無きか。惟
だ末を抑え本を揚げ、鄭を去り雅を復し、聖人の道を左右する者は之れを難しとす。近き
は則ち唐の貞元・元和の間、韓退之の文に主盟たる、而して風雅最も盛なり。懿・僖以
降、寖く五代に及び、其の體薄弱たり。皇朝、柳仲塗起ちて之れを麾き、髦俊焉に率從
す。仲塗の門人、能く經を師し道を探り、文、天下に有る者多し。楊大年、應用の才を以
て、當世に獨歩するに泊び、学者詞を刻し意を鏤し、以て髣髴を希い、未だ古に及ぶに暇
あらざるなり。其の甚しき者は專ら藻飾を事とし、大雅を破碎し、反って古道用に適せず
と謂い、廢して學ばざる者之れを久うす。洛陽の尹師魯、少くして高識有り、時輩を逐わ
ず、穆伯長と遊び、力めて古文を爲る。而して師魯、『春秋』に深し、故に其の文謹嚴、
辭約にして理精なり。章奏疏議、大いに風采に見わる。士林始めて焉を聳慕す。復た歐陽
永叔、從いて之れを振うを得、是れ由り天下の文一變す。[27]

とある。

　これは単に尹洙の詩文革新の業績についての総括だけでなく、北宋の古文運動の最も早い総
括である。尹洙の死後、范仲淹は、尹洙記念事業をそれぞれ分担して行うことを友人たちと約
束した。つまり欧陽脩は墓誌銘の作成、韓琦は墓表の作成、孫甫は行状の作成、范仲淹は文集
序の作成をそれぞれ担当することにした。范仲淹が文集序を作成した後、みんなに回覧して意
見を求めた。後に范仲淹は韓琦が提出したいくつかの具体的な意見を採用した。[28]これをみる
と、范仲淹の北宋の古文運動に関する総括と評価は当時文壇のリーダーたちに認められていた
ものである。この意味からすれば、これも北宋の古文運動の当事者たちが自ら下した総括と評
価といえる。

(5) すでに南宋人は范仲淹を古文運動の先駆者と見なしていた

南宋の趙孟堅は

　　皇朝、文明代々に興り。慶暦以前、六一公歐氏未だ體を變ぜざるの際、王黃州・范文正
諸公、充然富贍、宛乎として盛唐の製なり、亦た其の天姿の夐、已に五季瑣俗の陋を脱去
す。一陽黃鍾に動くは、厥れ維れ本有り。伯長一倡して、尹・歐・仲塗之れに和し、南
豐・三蘇又た之れに和し、元祐の諸君子又た之れに和す。轟然たる古雅、淳乾に至るも尚

お音韻を餘す。其の風稜骨峭として、繁華を擺落するは、亦た一代の體なり[(29)]。

という。

　これによって、南宋人が早くも范仲淹を古文運動の先駆者と見なしていたことがわかる。に
もかかわらず、今日の研究者は逆にこの正確な識見を見過ごしている。

　范仲淹の「岳陽楼記」は名文である。その中の「天下の憂いに先んじて憂い、天下の楽しみ
に後れて楽しむ」という名句は、後世の人に大きな影響を与え、日本でも後楽園の由来となっ
た。「岳陽楼記」のほか、范仲淹は文学の分野で多くの業績をあげている。ただ、范仲淹の文
学的な成就はその政治家としての眩しい輝きに隠蔽され、文学史上でそれ相応の地位を与えら
れなかっただけでなく、古文運動を唱導する言行も看過された。

四、欧陽脩の古文運動に占める地位

　従来、北宋の古文運動を論じる場合、欧陽脩を第一人者としてきた。これはおそらく欧陽脩
が「唐宋八大家」の宋代第一人者であるという高名に導かれた後世の人の感覚であり、事実と
は相違すると思われる。少なくとも宋朝の同時代人の認識とは異なっており、是正すべきであ
る。

　これにつき、以下の4点から考察してみよう。

（1）范仲淹の配列

先に引用した范仲淹の「河南集序」には、以下の記述があった。

　　尹師魯、少くして高識有り、時輩を逐わず、穆伯長と遊び、力めて古文を爲る。而して
　師魯『春秋』に深し、故に其の文謹嚴し、辭約にして理精す。章奏疏議、大いに風采に見
　わる。士林始めて焉を聳慕する。復た歐陽永叔、從いて之を振うを得、是由り天下の文一
　變す。

という。

　注目すべきは、范仲淹の記述によれば、古文運動の主要人物の序列は尹洙を第一位として、
欧陽脩を尹洙の次に配列している。

(2) 欧陽脩の「范仲淹配列」への反応

欧陽脩の『文忠集』巻七三「論尹師魯墓志」に「古文を作るは師魯自り始まるとするが若きは、則ち前に穆脩・鄭條の輩有り、及び大宋の先達甚だ多き有り、敢て師魯自り始まると断ぜざるなり。……近年、古文、師魯自始まると謂うが若きは、則ち范公の祭文に已に之を言えり。以て互見すべし、必ずしも重出せざるなり」とある[30]。

前述した尹洙死後の記念事業の分担執筆として、欧陽脩は墓誌銘の作成を担った。しかし欧陽脩の作成した墓誌銘を見ると、その中で尹洙の最も主要な業績、つまり古文運動への貢献について一文字も触れなかったのである。この「論尹師魯墓志」で欧陽脩は何故触れなかったかの言い訳を自ら述べる一方、周囲が尹洙を古文運動の創始者とすることに不満を表している。「文人相軽」（文人が互いに軽んじる）だろうか、尹洙に対しては、北宋では「欧公終に未だ師魯の下に在るに伏さず」という噂があったようである[31]。

(3)「范仲淹配列」は古文運動の当事者を含めた宋人の共通した見方である

韓琦が執筆した尹洙墓表には、

> 文章唐自り衰え、五代を歴て日々淺俗に淪り、寖く以て大いに敝る。本朝、柳公仲塗、始めて古道を以て之を發明するも、後、卒に振う能わず。天聖初、公独り穆参軍伯長と時の尙ぶ所を矯め、力めて古文を以て主と爲す。次に歐陽永叔、雄詞を以て之を鼓動するを得、是に於いて後學大いに悟り、文風一變す。我が宋の文章をして唐漢を蹴えて三代を追わんとせしむ者は、公の功、最多と爲す[32]。

とある。
宋朝国史「尹洙伝」には、

> 文章、唐末自り五代に歴て、氣格卑弱たり。本朝の柳開に至りて、始めて古學を爲む。天聖初、洙、穆脩と大いに之を振起す[33]。

とある。
南宋文壇の四大家の第一人者である尤袤の見方には、

> 我が朝、古文の盛、倡するは師魯自りす。一再傳して後、歐陽氏・王氏・曾氏有り。然らば則ち師魯、其れ師資と云々[34]。

とある。

　はっきりと論じたのは、尹洙の生きた時代からやや遅れた北宋の邵伯温である。かれの『邵氏聞見録』には、

　　　本朝の古文、柳開仲塗・穆脩伯長首めて之が唱を爲し、尹洙師魯兄弟其の後を繼ぐ。歐
　　陽文忠公早に偶儷の文を工し、故に國學南省に試し、皆な天下の第一と爲る。既に甲科に
　　擢き、河南に官とし、始めて師魯を得て、乃ち韓退之の文を出で、之を學ぶ。公の自敍に
　　云うなり。蓋し公と師魯、文に於いて同じからざると雖も、公古文を爲すは、則ち師魯の
　　後に居るなり。⁽³⁵⁾

とある。

　『邵氏聞見録』は詳細に欧陽脩の騈儷文から古文に転じた経緯を述べている。しかし欧陽脩
の政治的地位（副宰相にあたる参知政事と枢密副使）と文学的成就によって、北宋後期からすで
に、古文運動を述べるとき、欧陽脩を尹洙の前に配列してしまい、以後の文学史も宋人のこの
方式を踏襲している。これに対して、『邵氏聞見録』は上の引用文に続けて、

　　　崇寧の間、神宗正史を改修し、歐陽公伝乃ち云う、「同時に尹洙なる者有り、亦た古文
　　を爲す。然れども洙の才は以て脩を望むに足りず」と。蓋し史官皆な晩學小生、前輩の文
　　字淵源、自とより次第有るを知らざるなり。

と欧陽脩を尹洙の前に配列することを批判した。しかし邵伯温の批判は文学史の研究者に看過
されたようである。

おわりに

　以上は、十数年前の旧作を踏まえて、中国文学史における北宋の重要な出来事と人物につい
て新たに考えたものである。主に従来の文学史研究に対して、古文運動の興起時期、西崑体と
西崑派への過小な評価、范仲淹が古文運動の早期唱道者であることの見落とし、欧陽脩が古文
運動に占める地位等々の問題に関して、未熟な私見を披瀝した。忌憚のないご叱正をいただき
たいというのは、もはや門外漢となったわたくしの切なる願いである。

【注】
(1) 拙著『宋代の皇帝権力と士大夫政治』（汲古書院、2001 年）の終章第 3 節「唐宋変革論についての私
　　見」を参照。
(2) 後に『冊府元亀』と改名。

（3）楊億『西崑酬唱集』序。

（4）『宋史』巻四四一「路振伝」。

（5）田況『儒林公議』に「楊億在兩禁、變文章之體、劉筠・錢惟演輩皆從而敩之、時號楊劉。三公以新詩更相屬和、極一時之麗。億乃編而叙之、題曰西崑酬唱集。當時佻薄者謂之西崑體、其它賦頌章奏、雖頗傷於彫摘、然五代以来蕪鄙之氣、由茲盡矣」とある。

（6）欧陽脩『六一詩話』。

（7）李燾『續資治通鑑長編』巻二二一熙寧四年三月戊子の条。

（8）『宋史』巻二六七「張洎伝」。

（9）『續資治通鑑長編』巻二七雍熙三年十月丙申の条。

（10）周必大『文忠集』巻一七「跋江權卿所藏諸家帖」に「國朝兩制、極天下之選。文章名世者、率居此官」とある。

（11）翰林学士に関しては前掲拙著の第8章「皇帝の代弁者か——真宗朝の翰林学士を中心に」を参照。

（12）宋祁『景文集』巻八「潁上唐公張集仙相券」。

（13）楊億『武夷新集』巻五「章羣下第東歸」。

（14）邵伯温『邵氏聞見録』巻八。

（15）朱東潤『梅堯臣伝』、中華書局、1979 年。

（16）魏泰『東軒筆録』巻三に「錢文僖公惟演、生貴家、而文雅樂善出天性。晚年以使相留守西京。時通判謝絳・掌書記尹洙・留府推官歐陽脩、皆一時文士。遊宴吟詠、未嘗不同。洛下多水竹奇花。凡園囿之勝、無不到者」とある。

（17）邵伯温『邵氏聞見録』巻八に「天聖・明道中、錢文僖公自樞密留守西都、謝希深爲通判、歐陽永叔爲推官、尹師魯爲掌書記、梅聖俞爲主簿、皆天下之士。錢相遇之甚厚。多会於普明院、白樂天故宅也。有唐九老畫像、錢相與希深而下、亦畫其旁。因府第起雙桂樓、西城建閣臨圜驛、命永叔・師魯作記。永叔文先成、凡千餘言。師魯曰、某止用五百字可記。及成、永叔服其簡古。永叔自此始爲古文。錢相謂希深曰、君輩臺閣禁從之選也、當用意史學、以所聞見擬之。故有一書、謂之都庁閒話者、諸公之所著也。一時幕府之盛、天下稱之」とある。

（18）欧陽脩『帰田録』巻一に「錢思公生長富貴、而性儉約。閨門用度、爲法甚謹。子弟輩非時不能輒取一錢。公有一珊瑚筆格、平生尤所珍惜、常置之几案。子弟有欲錢者、輒竊而藏之。公卹悵然自失、乃牓於家庭、以錢十千贖之。居一二日、子弟佯爲求得以獻。公欣然以十千賜之。他日有欲錢者、又竊去。一歲中、率五七如此、公終不悟也。余官西都、在公幕親見之、每與同僚歎公之純德也」とある。

（19）『帰田録』巻二に「錢思公雖生長富貴、而少所嗜好。在西洛時、嘗語僚屬言、平生惟好讀書、坐則讀經史、臥則讀小説、上廁則閲小辭。蓋未嘗頃刻釋卷也」とある。

（20）『宋史』巻三一九「欧陽脩伝」に「是不復知人間有羞恥事」とある。

（21）欧陽脩『文忠集』巻四七「与荊南楽秀才書」に「時文雖曰浮巧、然其爲功亦不易也」とある。

（22）『文忠集』巻七三「論尹師魯墓志」に「偶儷之文、苟合于理、未必爲非」とある。

（23）徐伯齡『蟫精雋』巻十五「宋詩家數」に「又有西崑體、祖李義山。自楊文公億、首與劉筠變宋初詩格。總織華麗、蓋一變晚唐詩體・香山詩體。然歐公亦不非之、而服其工。雖張乖崖、亦學其體、二宋尤深入者。如蘇子美・梅聖俞、並出歐公之門」とある。

（24）『范文正公集』巻七「奏上時務書」に「國之文章、應於風化。風化厚薄、見乎文章。是故觀虞夏之書、足以明帝王之道。覽南朝之文、足以知衰靡之化。故聖人之理天下也、文弊則救之以質、質弊則救之以文。質弊而不救、則晦而不彰。文弊而不救、則華而將落。前代之季不能自救、以至于大亂、乃有來者起而救之。故文章之薄、則爲君子之憂。風化其壞、則爲來者之資。惟聖帝明王、文質相救、在乎己、不在乎人。……伏望聖慈、與大臣議文章之道、師虞夏之風。況我聖朝、千載而會、惜乎不追三代之高、而尚六朝之細。然文章之列、何代無人。蓋時之所尚、何能獨變。大君有命、孰不風從。可敦論詞臣、興復古道。更延博雅之士、布於臺閣、以救斯文之薄、而厚其風化也。天下幸甚」とある。

187

(25) 司馬光『涑水記聞』巻一〇に「晏丞相殊留守南京、仲淹遭母憂、寓居城下、晏公請掌府學。仲淹嘗宿學中、訓督學者、皆有法度、勤勞恭謹、以身先之。夜課諸生讀書、寢食皆立時刻。往徃潜至齋舍詷之、見有先寢者詰之。其人給云、適疲倦暫就枕耳。仲淹問未寢之時觀何書、其人亦妄對。仲淹卽取書問之。其人不能對、乃罰之。出題使諸生作賦、必先自爲之、欲知其難易及所用意、使學者準以爲法。由是四方從學者輻輳、其後宋人以文學有聲名于場屋・朝廷者、多其所教也」とある。

(26) 四詩とも『范文正公文集』巻二に収録。

(27) 『范文正公文集』巻六「尹師魯河南集序」に「予觀堯典・舜歌而下、文章之作、醇醨迭變、殆無窮乎。惟抑末揚本、去鄭復雅、左右聖人之道者難之。近則唐貞元・元和之間、韓退之主盟于文、而風雅最盛。懿僖以降、寖及五代、其體薄弱。皇朝柳仲塗起而麾之、髦俊率從焉。仲塗門人、能師經探道、有文於天下者多矣。洎楊大年以應用之才、獨步當世、學者刻詞鏤意、以希斧藻、未暇及古也。其甚者專事藻飾、破碎大雅、反謂古道不適於用、廢而弗學者久之。洛陽尹師魯、少有高識、不逐時輩、與穆伯長遊、力爲古文。而師魯深於春秋、故其文謹嚴辭約而理精、章奏疏議、大見風采。士林始聳慕焉。復得歐陽永叔、從而振之、由是天下之文一變」とある。

(28) これについては『范文正公尺牘』巻中「与韓魏公書二五」を参照。

(29) 趙孟堅『彝齋文編』巻三「凌愚谷集序」に「皇朝文明代興、慶歴以前、六一公歐氏未變體之際、王黄州・范文正諸公、充然富贍、宛乎盛唐之製、亦其天姿之复、已脱去五季頑俗之陋。一陽動於黄鍾、厥維有本。伯長一倡、尹・歐・仲塗和之、南豐・三蘇又和之、元祐諸君子又和之。轟然古雅、至淳乾尙餘音韻、其風稜骨峭、擺落繁華、亦一代之體也」とある。

(30) 『文忠集』巻七三「論尹師魯墓志」に「若作古文自師魯始、則前有穆脩・鄭條輩、及有大宋先達甚多、不敢斷自師魯始也……若謂近年古文自師魯始、則范公祭文已言之矣。可以互見、不必重出也」とある。

(31) 文瑩『湘山野錄』巻中に「歐公終未伏在師魯之下」とある。

(32) 尹洙『河南集』附録「墓表」に「文章自唐衰、歷五代日淪淺俗、寖以大敝。本朝柳公仲塗、始以古道發明之、後卒不能振。天聖初、公独与穆參軍伯長、矯時所尙、力以古文爲主。次得歐陽永叔、以雄詞鼓動之。於是後学大悟、文風一變。使我宋之文章將躡唐漢而追三代者、公之功爲最多」とある。

(33) 「文章自唐末歷五代、氣格卑弱。至本朝柳開、始爲古学。天聖初、洙与穆脩大振起之」とある宋朝国史「尹洙伝」は『河南集』附録に所載、『宋史』「尹洙伝」とは違う箇所が多い。

(34) 『河南集』の跋文に「我朝古文之盛、倡自師魯。一再傳而後、有歐陽氏・王氏・曾氏。然則師魯、其師資云」とある。

(35) 邵伯温:『邵氏聞見録』巻十五に「本朝古文、柳開仲塗・穆脩伯長首爲之唱、尹洙師魯兄弟繼其後。歐陽文忠公早工偶儷之文、故試於國學南省、皆爲天下第一。既擢甲科、官河南、始得師魯出韓退之文、學之。公之自敘云爾。蓋公与師魯、於文雖不同、公爲古文、則居師魯後也。崇寧間、改修神宗正史、歐陽公伝乃云、同時有尹洙者、亦爲古文。然洙之才不足以望脩云。蓋史官皆晩學小生、不知前輩文字淵源、自有次第也」とある。

【付記】拙文は2004年11月27日の早稲田大学中国文学会第29回秋期大会にて同題で講演したレジュメを整理したものである。これをもって謹んで30年以上の友人の稲畑耕一郎先生の退任記念としたい。

白玉蟾「蟄仙庵序」における「蘭亭序」の反映
——同時代の王羲之評価をふまえて

大森 信徳

一、はじめに

　白玉蟾（1194-1228？）は「南宗五祖」の一人に数えられる南宋の道士である。宗教家であるばかりでなく、詩文や書画にも才能を開花させているが、これまでこの方面にはあまり注目されることがなく見過ごされてきた感がある。近年中国では彼の思想・文学に関する学問的研究が盛んに進められつつあるが、日本におけるそれはまだ緒についたばかりであり、一般にあまり馴染みのない人物といってもよいだろう。まずはじめに、白玉蟾について簡略に紹介しておきたい。[1]

　原名は葛長庚、家は代々福建省閩清県にあったが、彼自身は海南島瓊州の生まれであるという。字は白叟、如晦、号は海瓊、紫清にとどまらず、他にも様々あったようだが、『佩文斎書画譜』等には諸家の説を併記するのみであるため、その意図するところは窺い知れない。さらに父の没後に母が白氏に改嫁したため、彼は白玉蟾と改めた。この名は母が夢に蟾蜍のようなものを食べ、目覚めて彼を産んだことに由来する。7歳にして詩賦を善くし、九経を諳んじた。10歳（或いは12歳）の時に童子科に応じたが失敗し、陳楠に師事すること9年、内丹と雷法を学び、とくに雷法の完成において重要な役割を果たしたとされる。嘉定8年（1215）武夷山に止住するまで、福建・江西から江南に至る各地を雲遊した。いずれにしても、その行跡には神秘的な逸話がつきまとっており、それがむしろ宗教家としての威光を高らしめている印象を受ける。

　学問においては博学多識にして三教に通じ、禅学や朱子学にも造詣が深かった。また、数多くの詩文を残し、自ら白居易の後裔であるとまで語る。書画にも巧みで、紙片を携えることなく遍歴し、処々で筆を揮っていたようで、至る所の寺廟で書画の筆蹟を遺している。絵画では梅花、竹石、人物を善くした。なかでも梅竹は人文画の主要な題材のひとつであり、南宋では陸游、陳亮、范成大等によって詩・詞にも詠まれ貴ばれたものである。書法においては幅広く書体に通じ、例えば、清の顧復『平生壮観』巻三に「茲に其の草書の旭（張旭）、素（懐素）の如くなるを見るを得て、神仙も亦た多能の好を免れずや」とあるように、とりわけ草書に焦点を当て評価される。

　彼はパフォーマンスによる宣伝力と、かかる優れた芸術的才能を駆使して、布教活動およびそれを遂行するための著作の出版にも勉めて、官僚、文人、宗教者らの各界の人士に人脈を広

げていったのである。

　さて、本稿で取り上げる白玉蟾の手になる「蟄仙庵序」は、史上名高い王羲之「蘭亭序」を
下敷きにして記されたものであり、当時を去ること860年余り、諸賢の集う雅宴に事寄せて、
玉蟾自らも仲間とともに春の風情を心置きなく楽しもうとする主旨にもとづき催されたものと
思しい。しかし、この序文を仔細に読むと、けっして「蘭亭序」の焼き直しではなく、むしろ
彼独自の思想を盛り込んで展開されており、非常に興味深い。この「蟄仙庵序」においてどの
ように「蘭亭序」が反映されているかという問題について、その背景にあると考えられる南宋
の時代性までも含めて、以下に考察を加えてみたいと考える。

二、「蟄仙庵序」

　本節ではまず「蟄仙庵序」(2)が「蘭亭序」をどのように意識し捉えているのかについて以下に
両者を比較検討し、白玉蟾の独自性を浮き彫りにしたい。検討に当たっては、全文を五つに分
段し、始めに原文、訓読を掲げ、その後に多少の解説を施しながら進めてゆくことにする。な
お、道教特有の概念を踏まえていると思われる難解な語句や比喩も少なからず見られるが、そ
れらの詳細な解釈については拙論を草する主旨ではないので、さしあたり深く立ち入って問わ
ないことにする。

　　己卯之春三月適閏。溪山已夏、草木猶春。瓊山白玉蟾、遊於鼓山之下、飮於蟄仙之菴。前
　　眺後嘯、左瞻右盼。崇岡複岫、豐泉茂樹。諸友皆賢哲、不減蘭亭之集也。是日宿雨爲霽、
　　翌日差明。殘枝有花、老鶯無語。於是舉太白以酌客。客有沈嘿而以恕自持者、雍容而以謙
　　自牧者。好尙有異、靜躁不然。惟一吟一醉、其樂所同。
　　己卯の春三月、適たま閏。溪山已に夏なるも、草木猶お春なり。瓊山の白玉蟾、鼓山の
　　下に遊び、蟄仙の菴に飮す。前に眺め後に嘯く、左に瞻て右に盼む。崇き岡、複なる岫、
　　豐かなる泉、茂れる樹。諸友皆な賢哲、蘭亭の集いに減らざるなり。この日宿雨霽と爲
　　り、翌日差明たり。殘枝に花有りて、老鶯に語無し。ここに於いて太白を擧げて以て客に
　　酌す。客に沈嘿して恕を以て自持する者、雍容として謙を以て自牧する者有り。好尙異な
　　る有りて、靜躁然らず。ただ一吟一醉、其の樂しみを同じうする所なり。

　己卯（1219）の春3月、福州郊外の名勝として知られる鼓山の麓にある蟄仙庵で宴が催され
た。旧暦の3月の初めと言えば、春もたけなわの時期にあたる。蘭亭の雅会が催された永和9
年（353）3月3日は、空は晴れ渡り空気は澄んで、風が軟らかく吹き渡る絶好の日和であった。
そのなかで会稽の名士たちは風光明媚な景観を背後にして、春の風情を心ゆくまで楽しんだの
である。一方、白玉蟾の催した遊宴は、ちょうど閏月に当たっていたために春の盛りはすでに

過ぎた頃であった。「残枝」「老鶯」の語もそのことを象徴的に示している。前夜から続いた雨も上がりはするものの、空にはまだ雲が漂う天候であった。参集するものはみな人徳を備えた賢者であり、蘭亭の集いに劣らぬと豪語している。好むところも人それぞれではあるが、酒を酌み交わし詩を詠むことにおける楽しみはみな同じであると述べる。この前段においては、ことに「蘭亭序」の表現に基づいているところが多く見られる。「諸友皆賢哲、不減蘭亭之集也」は「群賢畢至、少長咸集此地」とあるのを踏まえ、「咸」を「減」に換えてもじるあたりは、面白みを加えている。「崇岡複岫、豊泉茂樹」は「崇山峻領、茂林脩竹」、「一吟一醉」は「一觴一詠」、「好尚有異、靜躁不然」は「雖趣舍萬殊、靜躁不同」に基づいている。

　しかし、ここまで遊宴の楽しみを詠いながらも、突如として白玉蟾だけは得も言われぬ感傷的な気持ちに包まれることになる。この場面の転換も「蘭亭序」のそれと符合する。

　　而獨予凄然自感、喟然自嗟。慨絳闕之寥寥、懷青鳥而杳杳。嚼大道以自笑、驚浮生而自
　　悲。有不可釋然者寓之於酒、而又不能超超然者形之於詩。頃而杲日麗空、祥風無邊。俄若
　　有所憶、復若有所脱。
　　しかれども獨り予のみ凄然として自ら感じ、喟然として自ら嗟く。絳闕の寥寥たるを慨
　　き、青鳥を懷いて杳杳たり。大道を嚼みて以て自ら笑い、浮生に驚き自ら悲しむ。有た釋
　　然とすべからざる者は之を酒に寓し、また超超然とする能わざる者は之を詩に形す。　頃
　　して杲日麗空、祥風無邊なり。俄に憶する所有るが若く、復た脱する所有るが若し。

　その哀傷の因って来たるところは、苦労しながら修業を重ねてはきたが、すべての苦悩や欲望から解き放たれるという究極の境地にはまだ至っていなかったことにあったのだろうと想像される。自らの望みを果たし得ない虚しい心情は、がらんとした宮殿という描写に暗示されている。これは班固『漢武故事』に見える故事に基づいている。仙女西王母の使いとして青鳥がやって来て宮殿の前に止まり、漢の武帝は宮殿の中を払い清めて西王母を迎えたが、武帝がまだ情欲から抜け出していないことから、不死の薬を与えられなかった。「嚼大道以自笑」は、「必竟恁地歌」に「天地日月軟きこと綿の如し、忽然嚼み得て虚空を破り、始めて鍾呂も皆な玄に參ずるを知る」とあり、陳楠に神仙や天界の実在を教えられ、入門して間もなく太陽や月が綿の如く軟らかいものとして体験したことと関連があるか。「浮生」は、苦しみの多いはかない世の中を意味し、阮籍「大人先生伝」に「夫れ大人なる者は、乃ち造物と體とを同じうして、天地と竝び生ず。浮世に逍遙し、道と俱に成る」とある。心が晴れ晴れしないものは酒にかこち、世俗にかかずらうものは詩に表す。そんな現実的な憂いを打ち消すがごとく、先ほどまでの空模様とは一転し、曇りなき光景が眼前に開ける。美しく澄み切った空が広がり太陽が煌煌と輝き、ことほぐ風が果てしなく吹きそよぐ。それはあたかも蘭亭の雅会を彷彿させる情景であると言ってもよいだろう。それに伴い、俄かにすこし気後れするような、また少しこだわりから離れられるような心情的変化が生じる。そして、白玉蟾は生きることの意味を見つめ

直し、さらに問いかける。

　　顧謂諸友曰、夫人之根於斯世、而朝菌何異焉。方嚆嚆然於東嵎、而又茫茫然於桑榆矣。然則半炊之睡、早巳一生。七日於山、歸而千載。亦無怪乎其非誕也。蓋天地日月之不同、夢幻泡影之中、身隨境轉、心逐物移。未悟老椿之春秋、大鵬之南北。而或與腐草俱化而爲螢者有之、或朽麥與之俱化而爲蝴蝶者亦有之矣。塵沙浩劫、邈然澁灑。來日如波、任緣也已。以今觀之、俯仰一世、酬酢百爲、似以明月夜光而彈斷巖之禽。此而難矣乎。

　　顧みて諸友に謂いて曰う、夫れ人の斯の世に根ざすも、朝菌と何ぞ異ならんや。方に嚆嚆然として東嵎に於いてし、また茫茫然として桑榆に於いてす。しからば則ち半炊の睡、早に一生を已えり。七日山に於いてし、歸りて千載。また怪しむこと無きか。それ誕に非ず。蓋し天地日月の同じからずして、夢幻泡影の中、身は境に隨いて轉じ、心は物を逐いて移る。未だ老椿の春秋、大鵬の南北を悟らず。或いは腐草と俱に化して螢と爲る者之れ有り、或いは朽麥之と俱に化して蝴蝶と爲る者亦た之れ有り。塵沙浩劫、邈然として澁灑す。來日、波の如く、緣に任せるなるのみ。今を以て之れを觀れば、一世を俯仰し、百爲に酬酢するは、明月・夜光を以て斷巖の禽を彈つに似たり。此れ難しきか。

　人がこの世に生きるということは、夢のようにはかないものであり、束の間の出来事にすぎない。この宴遊が楽しいものであるだけに、その楽しみも人生の一瞬に過ぎないという無常感が現実として胸に迫りくるのである。『荘子』「逍遙遊」に言うように、朝菌と称する茸は朝生えて晩には枯れてしまう。太陽も東方より昇り西方に沈む。これらの例の如く人もしかり、束の間のうちに一生涯を終えてしまうことをいう。「半炊之睡」は、唐代の伝奇小説の沈既済『枕中記』に見える、よく知られた「邯鄲の夢」の故事を踏まえる。「七歸於山、歸而千載」は、樵の王質が童子らが打つ碁を棗を食べながら見ていると斧の柄が腐り、急いで家に帰ってみるとすでに数百年が経っていて、見知った人たちの姿はどこにもなかったという、『述異記』などに見られる「爛柯」の故事に基づく。

　「移ろう」という視点から捉えれば、天地であれ人の体や心であれ、そのままの状態を保つことはできない。このような有限の認識に立てば、老椿（長寿を得る神樹）が時間を知らないことや大鵬が空間を知らないことを悟ることはできない。大鵬はひと飛びに九万里を飛ぶという想像上の大きな鳥の名であり、『荘子』「逍遙遊」に見える。腐った草が蛍に変化し、朽ちた麦が蝴蝶に変化するとは、干宝『捜神記』巻一二に「天に五氣有りて、萬物化成す。〈中略〉腐草之れ螢と爲る也、朽葦之れ䗜と爲る也、麥之れ蝴蝶と爲る也」とあるのを踏まえ、気が変化して万物が生成されることを言う。その過程において創出される一瞬たりとも変化してやまない世界は、すなわち「夢幻泡影」なるものである。『黄帝陰符経』に金剛経を引いて、「一切有爲の法、夢幻泡影の如し」とあり、張伯端『悟真篇』上篇にも「夢幻泡影の身は、生老病死の苦を脱すべし」とある。時間、空間ともに果てしなく広がる世界のなかで、波乱に満ちるであ

ろうこれからの日々を、運命に任せて生きていくしかない。「塵浩」は仏教用語。『楞厳経』
巻一に「縦い塵劫を經るも、終に得ること能わず」と見え、「來日」は陸機「短歌行」に「來
日は苦だ短く、去日は苦だ長し。今我樂まずんば、蟋蟀房に在らん」と見える。今と言う視点
に立って見れば、この世を生きてゆくなかで、諸々の行いに対処していくのは、あたかも暗闇
でも光を放つ明月の珠と夜光の璧で崖の鳥を射落とすかのようだとし、さらにこの考えが正し
いかどうかを強く問いかけている。この比喩も、生々流転する世界にあって人の一生が一瞬に
過ぎないことを言うのであろう。またここに示される光と速度という要素には道教思想が色濃
く反映されているものと考えられる。また、「以今觀之」は「蘭亭序」の「由今之視昔」に基
づき、「俯仰一世」についてはまったく同じ表現がそれに見られる。さらに告白は続く。

吾亦日、與其軼蕩於心目之外、放浪於事物之表、孰若回風返景於寸田尺宅之間、而飛神馭
炁於大庭華胥之國。以虛無之境界、爲靜定之工夫。鑿開混沌、擘裂洪濛可。吾復繹思其所
否者。經不有云乎。「生我於虛、置我於無。我本虛無、因物而有」。苟悟乎此、可以了萬世
於一電。括大千於粒粟、縱赤子於大方。彼有朝煎金鼎、夜控火符者、亦贅哉。顏跖彭殤、
吾亦不可曉也。鶴長鳧短、非天而何。尹子則日「以盆爲海、以石爲島。魚遊其中、一日萬
里」。又日「眾人逐於外、賢人執於內、聖人皆偽之」。噫、理哉斯言。
吾れ亦た曰う。其の心目の外に軼蕩し、事物の表に放浪せんよりは、寸田尺宅の閒に回風
返景し、大庭華胥の國に神を飛ばし炁を馭するに孰れぞ。虛無の境界を以て、靜定の工
夫と爲す。混沌を鑿開し、洪濛を擘裂するも可なるか。吾れ復た其の否とする所の者を繹
思す。經に云う有らざるか。「我を虛に生じ、我を無に置く。我は虛無に本づき、物に因
りて有る」と。苟しくも此れを悟らば，以て萬世を一電に了るべし。大千を粒粟に括り、
赤子を大方に縱つ。彼の朝に金鼎を煎じ、夜に火符を控つる者有るも亦た贅なる哉。顏跖
彭殤、吾れも亦た曉るべからざる也。鶴長鳧短、天に非ずして何ぞや。尹子則ち曰う、
「盆を以て海と爲し、石を以て島と爲す。魚は其の中に遊ぶこと、一日にして萬里」と。
また曰う、「眾人は外に逐い、賢人は內に執え、聖人は皆な之を僞る」と。理なる哉、斯
の言。

　心の目の働きの外にほしいままにし、事物の表面をさすらうよりは、小さな庵につむじ風が
吹いて、夕日の照り返しに染まる時に仲間たちと俗気を離れた談話を交わし、平和な理想郷に
神を飛ばし気を馭するほうがよいと述べる。この「飛神馭炁（氣）」は道教の修練法である内
丹の実践に重なる。「回風返景」は、王維「瓜園詩」に「回風　城西の雨、返景　原上の村。
前に尊に盈てる酒を酌み、往往　清言を聞く」とあるのを踏まえる。「寸田尺宅」は、小さな
土地と住まい。「大庭華胥之國」は、『列子』「黄帝」第二に「退いて大庭の館に閒居し、心を
齋め形を服え、三月政事を親らせず。晝寝ねて夢み、華胥氏の國に遊ぶ」とあり、黄帝が昼寝
の夢のなかで遊んでいたという平和な理想郷を言う。そして、真実の世界は人間の主観的認識

を越えたところに広がっていることを、後にも返す返す論じる。なかでも、人間の自己意識や形体を否定する空無化の論理にも触れて、『老子』と思われる経典を引用している。北宋末、南宋初の道教学者曾慥の編撰になる『道枢』「西升篇」に「老子曰く、我を虚に生じ、我を無に置く、故に我を生かす者は神也」と見える。「粒粟」「朝煎金鼎」はともに、呂洞賓（『全唐詩』巻八五七）の七言詩に「一粒粟中に世界を藏し、二升鐺内に山川を煮る」、「時に玉蟾を弄び鬼魅を駆け、夜に金鼎を煎り瓊英を煮る」とあり、煉丹なる道術と深い関わりがあると思われる。しかし、このような修行が本当に実のあるものなのかどうか疑問が投げかけられる。また、「顏跖彭殤」「鶴長鳧短」を引き合いに出して、絶対的主宰者である「道」は、人間のさかしらな道理では捉えることができないものであることを説きつつ、白玉蟾自身もまだ悟りきれていないことを素直に打ち明けている。これは「蘭亭序」の「固より知る　死生を一にするは虚誕爲り、彭殤を齊しくするは妄作爲るを」を意識した表現であるとともに、作者の偽らざる内面の吐露という点においても重なり合う。前者は、『荘子』等に見える大盗賊の盗跖が長寿を得て、仁者で利欲を求めない顔回が夭折したことを踏まえ、天の不公平さを歎いた言葉である。後者は、『荘子』「駢拇」に「鳧の脛は短しと雖も、之を續げば則ち憂い。鶴の脛は長しと雖も、之を斷てば則ち悲しむ」と見え、物にはそれぞれの自然の特性があり、他からむやみに手を加えるべきでないことを言う。さらに、老子の門人の尹子、すなわち関君子の言葉を引用して深遠な「道」の理法を示している。「以盆爲海」云々は、『関君子』[5]「一宇篇」に「盆もて沼と爲し、石以て島と爲す。魚は之を環游し、其の幾千萬里を知らずして窮まらざる也」とあり、「眾人逐於外」云々は「六匕篇」にそのままに見える。

　ここで注目すべきは、「其の否とする所の者を繹思す」「吾れも亦た曉るべからざる也」などの例に見られるように、白玉蟾が真摯に自らに問いかける姿勢である。鈴木健郎氏は「白玉蟾の體系化した理論も、無限の「道」を志向するがゆえにあくなき相對化と自己否定の深化の契機を内包している。突きつめれば、柔軟な論理的構造自體が一つの閉じた言葉の體系にすぎない爲に、否定的思辨が先鋭化する可能性が高い」と指摘する[6]。そうしてみれば、たどり着いた境地に安住せず、常に自問自答を繰り返し、飽くなき思辨的追求を実践する宗教者の姿が浮かび上がってくる。

　　嗟夫、石火電光出然如呼、入然如吸。蟲臂鼠肝、倏然如此、忽然如彼、尚非異也。曾知、夫海與天接、月隨水生、吾道只一氣爾。天無冬夏之可爲寒暑、而人以裘葛自時其身。時無晝夜之可爲明晦、而人以日月自幻其目。地無山川之可以胡越、而人以飛伏自局其足。物無葷茹之可以美惡、而人以饑飽自萌其念。有能窮一氣之根、掣造物之肘、則雖天地水火、山澤風雷，吾皆得與之俱化。夫何悲歡之有。
　　嗟夫、石火電光出然として呼くが如く、入然として吸うが如し。蟲臂鼠肝、倏然として此くの如く、忽然として彼くの如し、尚お異なるに非ざる也。曾て知る、夫れ海は天と接し、月は水に隨いて生まれ、吾が道只だ一氣のみなるを。天は冬夏の寒暑と爲すべき無け

れども、人は裘葛を以て自ら其の身に時う。時は晝夜の明晦と爲すべき無けれども、人は
日月を以て自ら其の目を幻す。地は山川の胡越を以てすべき無けれども、人は飛伏を以て
自ら其の足を局む。物は葷茹の美悪を以てすべき無けれども、人は饑餔を以て自ら其の念
いを萌ゆ。能く一氣の根を窮め、造物の肘を掣する有らば、則ち天地水火、山澤風雷と雖
も、吾れ皆な之れと倶に化し得たり。夫れ何ぞ悲歡之れ有らんや。

　自然の稲妻の光や石を打った時に発する火花は、非常に短い時間のメタファーであり、また
宗教的には雷法を象徴的に現わしていると思われる。続けて、虫の肘や鼠の肝のような卑小な
物の命も同じくはかないことを描写する。「蟲臂鼠肝」は、『荘子』「大宗師」に「汝を以て鼠
の肝と爲すか。汝を以て蟲の臂と爲すか」とある。さらに、それとは対照的な天、海、月、水
といった至大なものを取り上げて、時間的、空間的有限性を超克して、万物は「道」において
斉しく包摂され、また究極的には「道」の発現としての一元「気」と把握される。それゆえ
に、「吾が道只だ一氣のみ」、すなわち天地自然を巡る気を自らの内にある気と一体化して感得
することになるのである。
　造化の真実在の世界においては本来区別や対立もない。しかし、人間は心知の働きによって
表面的な事象の差異に囚われて生きていることが述べられる。例えば、「地無山川之可以胡越」
は、『淮南子』俶真訓に「其の異なる者自り之を視れば、肝膽も胡越なり。其の同じき者自り
之を視れば、萬物も一圈也」とあるのを踏まえ、北胡と南越との遠く隔たった距離も、人間の
心知によって生じた主観的認識にすぎないことを言う。これも『荘子』斉物篇に説くところの
「万物斉同」論と同じい。さらに他の用例も挙げて、この論理を繰り返し述べるのは、やはり
白玉蟾が自ら主張する気一元論を強調するためであろう。そして、それを窮めることで自他の
境界を乗り越え、天地山水と渾然一体になることを本懐とする彼の哲学が披瀝される。
　「夫れ何ぞ悲歡之れ有らんや」。ここには「蘭亭序」の「古人云えり、死生も亦た大なりと、
豈に痛ましからずや」「後の今を視るは、亦た猶お今の昔を視るがごとし、悲しい夫」といっ
た悲哀や感傷は些かも見られない。また、「蘭亭序」には「固より知る　死生を一にするは虚
誕爲り、彭殤を齊しくするは妄作爲るを」と、まぬがれざる現実に爲すすべもなく立ち尽くす
王羲之の姿を見せているが、「蟄仙庵序」においてはそれを敢えて否定し、それを乗り越えた
根源的な境地に必ずや到達できることを信じる、宗教家としての玉蟾の姿が映し出されてい
た。
　かく見てくると、玉蟾の「蟄仙庵序」を記す意図は、昔日の蘭亭に想いを馳せて雅宴の歓楽
を描くなかで、王羲之の死生観を再現しようとすることにあったのではなく、むしろ王羲之の
口吻を借りつつ、自身の道教思想を展開することにこそあったと理解されよう。

三、南宋における王羲之の評価

　本節では、白玉蟾が「蘭亭序」を意識して「蟄仙庵序」を書いた意図を探るべく、南宋期の王羲之評価をめぐる時代思潮を概観してみたい。王羲之と言えば一般に能書家として最も名高いが、当時貴族官僚として少なからぬ政治的発言をしていることは看過できない側面である。この時代においては、彼の政治的側面の言説が大きく取り上げられたことの意義は大きい。なお、以下の検討を進めるにあたり、関係資料がよく整理されている方波『宋元明時期「崇王」観念研究』「第三章　対王羲之政治、道徳形象的建構　二、南宋文人対王羲之之歴史資源之挖掘」100頁─110頁（弘陶主篇『書法研究博士文庫』、南方出版社、2009）を参照した。

　まず最初に、南宋において書法への造詣が深い人物として高宗の名が挙げられる。高宗は父の徽宗の芸術的素養を受け継ぎ、書芸の練磨を怠らず、また自らも『翰墨志』を著わして書法に関する所感を述べている。なかでも二王（王羲之、王献之）に傾倒したが、それはたんに書芸の面ばかりではなかった。国防の危機的状況に臨み、政治運営を如何にすべきかを考えるうえで、とくに王羲之の政治的、精神的ありかたに範を求めて、近臣たちと折に触れ議論を重ねていたようである。これが契機となって朝野を挙げて王羲之を議論の俎上に置く気運が醸成されていったことは注目すべき点であろう。高宗は王羲之の北伐を諌める政論が自身の意に適っているとして、すこぶる称賛している。例えば、韓淲『澗泉日記』巻上（四庫全書本）に次のような記述を見ることができる。

　　朕讀晉書、愛王羲之傳、凡誦五十餘過。蓋其與殷浩書及會稽王牋所謂自長江以外羈縻而已、其論用兵誠有理也。

　高宗が書法に関して王羲之に傾倒していたことは、『晋書』の王羲之伝を五十余遍読み返していたことにもよく示されている。また、王羲之の政治的見識に対しても同様に尊崇の念を抱いていた。王羲之が殷浩および会稽王司馬昱に送った書翰に、兵を引き返させて長江の線を保ち、国外に出陣している都督将軍たちを各々国内の本拠地に還らせて、長江以北の地は繋ぎとめておくだけにするように忠告したことは、まことに道理に適っていると述べている。高宗にとって自らの政治政策の正当性を主張するうえで、王羲之の言辞が歴史的事例を示す恰好の資料を供することとなったのである。桑世昌『蘭亭考』巻二「睿賞・高宗皇帝」によれば、高宗は蘭亭序の跋文を紹興元年（1131）秋8月14日に書き、また後学に広めるために定武本を禁中に摸刻させた。跋文には、蘭亭序を鑑賞するにあたり、清談に耽る謝安に対して政事に励むように忠告した、王羲之の憂国の情を忘れぬ気概に触れて、高宗自らが想いを遠くに馳せて奮起する気持ちに駆り立てられたことを述べている。また、劉克荘は次のように上奏している。

夫蔡謨、王羲之、孫綽之言、蓋英雄豪傑之所誚侮、以爲怯懦者。然自晉至今欲保守金甌、使之無缺者、終不能易此論也。（『後村先生大全集』巻八六「辛亥閏月初一日」、四部叢刊本）

　蔡謨、王羲之、孫綽三人の北伐中止を求めた主張は、英雄豪傑たちの眼には軟弱と映ったが、晉より今日に至る歴史的経緯を見ると、外敵の来襲を受けず国家の威信を保ってゆくためには、彼らの提起した政策のほかに講ずる手段がなかったと述べる。

　そのほか、南宋が金と講和を結んだことの正当性を付与するために、北伐中止を求めた王羲之の忠告を歴史的論拠として示した上奏文には、魏了翁による「答館職策一道」（『鶴山集』巻二一）、真徳秀による理宗紹定6年（1223）「甲午二月應詔上封事」（『西山先生真文忠公文集』巻一三）、徐鹿卿による嘉熙3年（1239）「己亥進故事」（『清正存稿』巻二）などが挙げられる。こうして見ると、高宗と家臣との間ではもっぱら現政策を是認する意図のもとに王羲之の言説が利用されている印象がもたれる。巷間では、伝えられてきた書聖としての大きな声望と対峙し、もう一度王羲之を史実に則して評価し直そうとする新しい気運が生まれるに至った。まず、洪邁『容斎四筆』巻一〇（四部叢刊本）に見える用例を挙げてみよう。

　　王逸少爲藝所累。王逸少在東晉時、蓋溫太眞、蔡謨、謝安石一等人也。直以抗懷物外、不爲人役。故功名成就、無一可言。而其操履識見、議論閎卓、當世亦少其比。公卿愛其才器、頻召不就。

　王羲之の書芸における名声が、社会的評価にとってかえって仇となった。官界を退いて隠棲し、人々のために力を尽くさなかったことにより、役人としての栄誉や功績について取り上げるべきものは何もない。しかしながら、品行、見識、論議にわたり、当世における数少ない逸材であったと評する。続けて、殷浩に任官を依頼された書翰、再度の北伐を諫める殷浩への書翰を引用し、さらに次のように述べる。

　　其識慮精深、如是其至、恨不見於用耳。而爲書名所蓋、後世但以翰墨稱之。『晉書』本賛、標爲唐太宗御撰。專頌其研精篆素、盡善盡美、至有「心慕手追」之語。略無一詞論其平生、則一藝之工、爲累大矣。

　洪邁は、王羲之が高い見識と思慮の深さを持ち合わせながらも、官界で活躍できなかったことが残念に思われるという。当代切っての名門貴族でありながら、最後には右軍将軍・会稽郡内史というそれほど高くない官位で終えていることが、かく言う理由であると考えられる。その事蹟は書の名声に隠れて評価されず、後世翰墨を以てのみ称されたといい、唐の太宗の撰になる『晉書』本伝の賛には「書蹟を深く調べてみると、善を盡くし美を盡くしているのは王羲之だけである」と記し、さらに「心に慕い、手に追い求める」とまでも称賛するが、そこには

ほとんど王羲之の事蹟について語られることがない。その理由は、書という一芸に秀でたことが大きな影を落としていると重ねて指摘している。

　陸游も「跋傅給事竹友詩稿」（『渭南文集』巻三一）において、王羲之の気持ちは隠棲にあって、軽々に世に用いられることは望まなかったため、道徳経を揮毫し鵝鳥と交換したという、書の名手にまつわる故事のみが後世に伝えられることになったと記す。翻って見れば、王羲之は生涯にわたり際だった政治的功績がなく、書の名手を窺わせる逸話以外には特筆すべきものがなかったということになろう。

　また王羲之の隠棲についても、異なる視点による評価を見ることができる。例えば、王之望『漢濱集』巻一四（四庫全書本）は、隠棲して自適の生活を送る謝安を諫めておきながら、自らは晩年、王述との確執によって官界を去り、再び宮仕えはしない旨を父の墓前に誓った史実を取り上げて、それは美しい山水を眺め清談を愉しむ代わりに君臣間の道義を捨てたことを意味し、この誤ちは謝安以上であると厳しい非難を加えている。

　　　謝安石蘊濟時之具出入將相、而東山之志猶不少衰。嘗登冶城、悠然遐想、有超世之心、王
　　　右軍譏之。然右軍一不得意於懷祖、遂自誓棄官。窮登臨之娛、以廢君臣之義、則其所失又
　　　過於安石。

　一方、程俱は「晉右軍將軍會稽內史王逸少贊」（『北山小集』巻一六、四部叢刊本）に、『老子』四四章の文句を引いて、「逸少の若きは剛と謂う可し。足るを知らば辱られず、止まるを知らば殆うからず。士生くるに身に逢わず、更に辱に殆きこと屢なり」と述べ、王羲之の為人は剛直であったが、時代に恵まれていなかったために恥辱を受けそうになったこともしばしばであったと言う。続けてその贊には、その処遇について王羲之を擁護する程俱の所感が具体的に述べられている。

　　　觀逸少三書、所陳皆晉國之至計。其憂深見遠、所以援古今而論成敗者、其才蓋足以經世。
　　　然進於朝不得用其長、其出守也、不得伸其志。雖秩千種（筆者注：「種」は「鍾」の誤り）、
　　　更顯位矣、是直以犬馬梟鴈畜之耳。此逸少之所取也。

　殷浩、会稽王司馬昱、尚書僕射の謝安に提言をしたためた各書翰の内容は、晋国にとって最上の方策と言えるものであったという。王羲之は、そのように深く考えをめぐらせて、遠い将来を見通しているからこそ、古今の事例を引いて成敗を論じたとし、その才識はいわば世を治めるのに充分なものであったが、朝廷にはその長所を見出してもらえず、地方への任官も望んだが、それも受け入れてもらえなかったと述べる。また俸禄は多く、さらに高い位に進むことができたにもかかわらず、官界から身を引くことに決めた理由は、敬愛する気持ちをもって処遇してもらえなかったことにあるとしている。「是れ直かに犬馬梟鴈を以て之を畜うのみ」は、

198

『孟子』万章篇第五下などに見える、魯の繆公が孔子の孫の子思にたびたび肉を贈ったが、家畜を扱うようにして自らを処遇したとして受け取らなかった話を踏まえる。

　次に王羲之の示した和平論それ自体を否定する見解の例として、李燾『六朝通鑑博議』巻三「東晋論」（四庫全書本）が挙げられる。

　　　雖庾亮、庾翼、殷浩、桓温終無成功、亦由晋之君臣畏怯過甚、務相循習。是以羲之、蔡謨、孫綽之徒争爲苟安之計、不欲用兵。

　庾亮、庾翼、殷浩、桓温の北伐は結局失敗に終わったとはいえ、晋の君臣たちもひどく畏れ怯え、旧来のやり方にとらわれ、羲之、蔡謨、孫綽のつまらぬ忠告を彌縫策として出兵をうながさなかったという。失地を回復できない理由を王羲之ほかの特定の人物に帰するばかりではなく、政治をつかさどる者たちの無為無策にも批判の目を向けている。

　最後に、書画の収蔵に富み鑑識に優れた岳珂（1183—1234）の「右軍河南帖」（『宝真斎法書賛』巻七、中国書画全書本）を挙げることにする。まず前段では、王羲之が見識と人倫を兼ね備える儒教的倫理観を体現した人物として評価される。深慮遠謀なき晋の政権担当者に与せず孤高を保っていたとし、その摹帖が世に伝えられるなかで書法の作品としては珍重されてきたが、その忠義心は知られてこなかった主旨を述べる。さらに続けて、

　　　蓋自愍懷抱痛于終天。而王業偏安于江濱、敵愾之勇、復讎之義、已不復談于搢紳。則姚襄之已歸而終叛、張平之既晋而復秦。此皆後來必致之理。安得不慨想乎撃楫之逖、拔劍之琨。而徒欲保所有以終身。如是則右軍之書雖不免拳拳于後慮、而右軍之心實未暇歷歷以前陳、至于守江棄淮、以憂爲欣。是欲保堂奥之安而乃捐其所由入之門、予尤未之敢聞也。

とあり、王羲之は自らの志が遂げられないことに生涯心を痛めたが、国の統治が長江の線に引き下がったにもかかわらず、戦う勇気と復讎のための正しい道理について高官たちと再び論議を交わすこともなかった。それゆえに、異民族の姚襄や張平の反乱を招いたのも必然の道理であるとする。そこで岳珂は、国に報いんと敢然と立ち向かった祖逖や劉琨の忠誠心に感慨を催している。祖逖は、元帝に見出されて東晋の武将として活躍した人物で、ここでは北伐に臨み長江の中流を渡る時に、櫂を叩いて中原回復の誓いを立てたことを踏まえる。劉琨については、早く夷を平定したいがために夜ごと剣を枕にして寝ており、仲の良い祖逖が先んじて功名を挙げるのではないかと気にしていたと伝える、「先鞭」の語の出典ともなっている故事を踏まえている。

　当時、官僚たちがそれぞれ自身の権益や地位の安泰に汲々としている情況があった。そのなかで、王羲之は国家の行く末を気にかけてやまないとはいえ、現実の情況をつぶさに考える余裕がなく、淮水の一線を捨てて、長江の一線を繋ぎとめておくことで憂いを喜びに変えた。こ

の「堂奥の安きを保たしめんと欲して、乃ち其の入るに由る所の門を捐つ」る、いわば現実逃避とも看做されうるこのような姿勢に対して、岳珂は自身の内にある理想化された王羲之像との間で戸惑いを抱いていたことが窺い知れる。この想いは、金軍の侵攻と勇猛果敢に戦った名将岳飛を祖父に持つ彼にとって、当然の帰結であると理解される。

かく見てくると、当時、王羲之の実像をめぐり様々に議論されたのは、国家の命運を分ける只中にあった社会情勢とも大きく関わっていたからであり、書芸の世界に限定された趣味的、遊戯的なものではなかった。これを契機として、書聖たる王羲之像が解体され問い直されるに至ったことは、当時の文人たちの意識にも少なからぬ影を落とすことになったであろうと想像される。

四、おわりに

これまで述べてきたように、「蟄仙庵序」は「蘭亭序」を下敷きにしながらも、内容のうえでは王羲之の人生観を否定する方向へと導かれ、そこには白玉蟾自身の道教思想が語られていた。これは個人のユニークな創作であることにとどまらず、当時の時代風潮を視野に入れた場合、王羲之をめぐる新たな批評の展開という点において奇しくも符を合わせるものであった。その時代風潮とは、南宋に至りはじめて、書聖王羲之から偶像のベールが剝がされ、実在した一人物として事蹟や為人に及んで客観的に検討し直されるようになったことである。白玉蟾が序文を記すにあたり、どこまでそれを意識していたかは知る由もないが、結果的に王羲之の人生観を否定するに至った事実は、当時王羲之に対する批判的な言説が現われたことと全く無縁であるとは思われない。幅広い交友関係を結んで己を世に喧伝し、嘉定の末には、朝廷より紫清明道真人に封ぜられたことにも示されるように、白玉蟾は無欲恬淡な道士のイメージとは程遠く、俗物的な面も充分に持ち合わせていた。それだけに、彼は時代の空気も敏感に捉えていたのではないかと推し量られるのである。視点を変えれば、南宋という時代性が、白玉蟾による王羲之の人生観に対する否定を許容したとする言い方も成り立つであろう。そうした時代精神ともいうべきものも、この「蟄仙庵序」を通して具体的に看取されるのである。

【注】
(1) 白玉蟾の行跡に関する先行研究には、宮川尚志「南宋の道士白玉蟾の事蹟」(『内田吟風博士頌寿記念東洋史論集』同朋舎、1978年)、横手裕『白玉蟾と南宋江南道教』(『東方学報』(京都)第68冊、1996年)、方宝璋、于洪濤『白玉蟾交友考論』(『世界宗教研究』2015年、第3期)などがある。文学に関する先行研究には、中尾健一郎「南宋の詩人、白玉蟾における白居易受容─その「琵琶行」の創作を中心にして─」(『白居易研究年報』第15号、2015年)、万志全「論白玉蟾詩的審美意象、意境与意趣」(『雲南財経大学学報(社会科学版)』、2012年)などがある。
(2) 『道蔵輯要』六冊176頁(巴蜀書社、1995年、縮印本、重刊本)。また、陸文栄統籌、六六道人輯纂

『白玉蟾真人全集』（海南出版社、2015 年）、蓋建民輯校『白玉蟾文集新編』（社会科学文献出版社、2013年）も適宜参照した。

(3) 鈴木健郎「白玉蟾と道教聖地」（『東方宗教』第 120 号、2012 年 11 月）を参照。

(4) 鈴木健郎「白玉蟾の雷法説」（『東方宗教』第 103 号、2004 年 5 月）24 頁を参照。

(5) 『漢書』芸文志に「関君子九篇」の著録があるが散逸し、今本の『関君子』一巻は後人の偽託である。

(6) 注（3）35 頁。

(7) 「蘭亭序」の死生観については、吉川忠夫『王羲之──六朝貴族の世界』（岩波書店、1972 年）、興膳宏「石崇と王羲之」（『乱世を生きる詩人たち─六朝詩人論』研文出版、2001 年）、下定雅弘「蘭亭序をどう読むか──その死生観をめぐって」（『六朝学術学会報』、2004 年 3 月）などがある。

木鹿大王攷
―― 『三国志演義』 とメルヴと雲南ナシ族をつなぐ一試論

柿沼 陽平

はじめに

　木鹿大王。三国志好きを自称する者ならば、誰しもが一度は耳にしたことのある名前であろう。筆者自身は子供のころ、同世代の他の多くの青少年と同様、横山光輝氏の漫画『三国志』や吉川英治氏の小説『三国志』を入口として、三国志の魅力にとりつかれた。そのときに木鹿大王や兀突骨といった南蛮武将から受けたインパクトは、今でも忘れられない。では、彼らは実在したのか。もし実在の人物でないとすれば、彼らはいつ、なぜ、どのような社会的背景のもとで創造されたのか。本稿は、以上の諸問題に関し、筆者なりの仮説を提示するものである。

一、『三国志演義』 版本研究よりみた木鹿大王らの起源

(1) 毛宗崗本『三国志演義』よりみた諸葛南征

　現代日本で人口に膾炙している横山光輝『三国志』や吉川英治『三国志』といった作品は、いうまでもなく、『三国志演義』（以下、『演義』）に基づいている。『演義』は、紀元前2世紀〜紀元前3世紀のいわゆる三国時代の史実をふまえて作られた文学作品の一種で、一般に羅貫中の作とされ、「七分實事、三分虚構」（章学誠『丙辰札記』）といわれる。もとより近現代の歴史哲学者が指摘するごとく、「實事」（史実）と「虚構」（フィクション）の線引きは困難を伴うが、少なくとも『演義』に何らかの「虚構」が込められたのは「實事」である。その意味で筆者は、史実と虚構の線引きを不可能と断ずる考えに賛同しないけれども、とくに諸葛亮の南蛮遠征に関しては、虚構とおぼしい箇所が多く、「蛮族」然とした体の南蛮西南夷が頻出する。彼らの名前も非漢人風のものが多く、彼らの実在性を疑うには十分である。まずは現行の毛宗崗本『演義』を用い、彼らの登場場面を概観しよう。

　蜀漢では、劉備亡きあと、丞相諸葛亮が皇帝劉禅を輔佐する体制をとっていた。だが建興3年（225年）、南蛮王孟獲が建寧郡太守雍闓と反乱し、牂牁郡太守朱褒・越巂郡太守高定も早々に孟獲側に寝返ったため、諸葛亮は南征を開始する。諸葛亮はまず、高定側の先鋒隊長鄂煥を

破り、離間の策によって雍闓・朱褒・高定の仲を裂き、高定に雍闓・朱褒を殺害させ、高定と鄂煥を赦免した。また孟獲に抗する永昌郡城に入り、太守王伉・功曹呂凱と面会する。諸葛亮は呂凱を道案内役とし、彼のもつ『平蛮指掌図』を手がかりに、さらに奥地へ進軍する。雍闓敗北の報を耳にした孟獲は、さっそく三洞の元帥（第一洞の金環三結、第二洞の董荼奴、第三洞の阿会喃）を集め、金環三結を中央に、残る二人を左右に配するが、金環三結は殺され、董荼奴・阿会喃は捕縛される。そこで孟獲が出陣し、忙牙長がその先鋒を買って出るが、敗北して孟獲・忙牙長は捕えられる（一擒）。しかし孟獲は諸葛亮に心服せず、そこで諸葛亮は孟獲を捕らえるたびに、意図的に解放することにする。孟獲は瀘水付近の土城に立てこもるが、董荼奴らの裏切りで再度捕縛される（二擒）。のちに解放された孟獲は、裏切者の阿会喃・董荼奴を殺すと、弟孟優を諸葛亮のもとに派遣し、偽装降伏を試みる。だが諸葛亮は真意を見抜き、孟優を宴会で酔い潰させ、奇襲を図った孟獲を捕縛する（三擒）。続いて孟獲は、黄金・真珠・宝貝を八番・九十三旬等の地に送り、獠兵を借りて決戦に備えるが、諸葛亮は西洱河（洱海）に達すると、三度敗北を偽装して相手を油断させ、またも孟獲を破る（四擒）。そこで孟獲は西南の禿龍洞洞主朶思大王を頼る。蜀漢軍は炎天下の日射や毒泉等に苦しむも、後漢・伏波将軍馬援廟で出会った人物（山神）から万安隠者（孟獲の兄孟節）の存在を教えられ、万安隠者から毒泉の攻略方法等を聞く。おりしも西の銀冶洞洞主楊鋒が孟獲に加勢するが、楊鋒は裏切り、孟獲はまたも捕縛される（五擒）。つぎに孟獲は、本拠地銀坑洞での決戦を決意し、帯来洞主（孟獲の妻の弟）の発案によって銀坑山（梁都）西南の八納洞洞主木鹿大王（魔術に通じ、象に乗り、風雨を起こし、虎・豹・狼・毒蛇・蠍と、三万の兵を従える）にも援軍を頼む。諸葛亮軍は連弩の毒矢攻撃を受けながらも三江城を陥し、朶思大王を殺し、銀坑洞から出陣してきた祝融夫人（孟獲の妻）も返り討ちにする。さらに猛獣の絡繰人形を駆使して木鹿大王を殺し、偽装降伏を図った孟獲を捕える（六擒）。孟獲はいよいよ東南七百里の彼方にある烏戈国の兀突骨を頼る。兀突骨は身長２丈で、五穀を食べず、生きた蛇や獰猛な獣を食べ、体には鱗が生え、刀矢を通さない。配下も藤甲を着用し、それは渡河時には沈まず、刀矢を通さない。兀突骨は土安・奚泥を率いて桃花水に出陣し、蜀漢軍を破る。そこで諸葛亮は烏戈国―三江城間の盤蛇谷（手前は塔郎旬）に伏兵して兀突骨軍を焼殺し、孟獲を捕縛し、さしもの孟獲も諸葛亮に心服した（七擒）。

　以上が毛宗崗本の南征関連記事の梗概である。そこには奇妙な名前をもつ南蛮人が次々登場し、諸葛亮の行く手を阻む。だが当時の出土文字史料や、陳寿『三国志』・常璩『華陽国志』等の魏晋期の伝世史料には、鄂煥・金環三結・董荼奴・阿会喃・忙牙長・朶思大王（禿龍洞洞主）・孟優（孟獲の弟）・万安隠者（孟節）・楊鋒（銀冶洞洞主）・帯来洞主（孟獲の妻の弟）・祝融夫人（孟獲の妻）・兀突骨（烏戈国）の名は一切登場しない(1)（以下、木鹿大王ら）。では、彼らの登場時期はいつか。つぎに毛宗崗本以外の『演義』の諸版本を確認してみよう。

木鹿大王攷

(2) 『演義』版本研究よりみた木鹿大王らの登場時期

　周知のごとく、『演義』は手抄本として伝わり、明の嘉靖年間に刊本化し、現在では膨大な諸版本がある。ほとんどは万暦年間（1573年—1620年）以降に刊行されたもので、比較的古いものとしては、嘉靖元年（1522年）の『三国志通俗演義』（いわゆる嘉靖本）や、嘉靖27年（1548年）の『新刊按鑑漢譜三国志伝絵象足本大全』（いわゆる葉逢春本）が有名である。これらの版本を総覧すると、上記南征関連記事には版本間で文字の異同がある。とりわけ関羽の子の関索（架空の人物）が登場する版本系とそうでない版本系の別[2]や、二十四巻系版本（毛宗崗本を含む）・二十巻系繁本・二十巻系簡本の別は重要である。また二十四巻系版本（嘉靖本以外）と二十巻系簡本では関索は南征にのみ登場するが、二十巻系繁本（葉逢春本以外）では荊州の関羽を訪問するさいに登場し、南征には登場しない。かかる版本研究が上海市嘉定県明代墓出土の説唱詞話『花関索伝』の研究をもふまえている点は、いまや周知のことである[3]。結果、『演義』版本に関しては現在、中国はもとより、日本でも井上泰山・金文京・中川諭・小松謙・上田望・井口千雪諸氏などの研究があり[4]、朝鮮銅活字本の発見もあいまって活況を呈している。そこでは南征関連記事の文字の異同を一つの手がかりとし、版本同士の先後関係を探る試みがなされている。

　上記の『演義』版本研究の成果をもとに上記南蛮武将名を確認すると、管見のかぎり、版本間の多くの文字異同とは対照的に、彼らはどの版本にも登場する。すなわち『演義』版本は、たとえば金文京氏が列記するものだけでも相当な数になるが[5]、筆者が目睹したのは嘉靖本・葉逢春本のほか、陳翔華主編『三国志演義古版叢刊続輯』所収の日本蔵夏振宇刊本三国志伝・日本蔵熊仏貴刊三国志史伝（忠正堂本）・南京蔵李卓吾評本三国志・北平旧蔵熊清波刊本三国志全伝（誠徳堂本）・北平旧蔵周日校刊本三国志通俗演義や、『三国志演義古版叢書五種』所収の喬山堂本三国志伝（劉龍田本）・双峰堂本批評三国志伝（余象斗本）・湯賓尹校本三国志伝・朱鼎臣輯本三国志史伝・六巻本三国志（聚賢房本）、そして天理図本（明清善本小説叢刊初編第十三輯）・劉栄吾本（古本小説叢刊所収）、夷白堂本・黄正甫本・楊美生本である。このうち、どの版本が原『演義』に最も近く、版本同士の関係が如何かには諸説あり、しかも上記版本は全版本の一部にすぎない。だが南征関連記事を含む版本のうち、先行研究者が原『演義』に近いと指摘する版本はほぼ網羅したつもりである。しかも、たとえば金文京・中川諭・上田望・井口千雪諸氏はそれぞれ諸版本をいくつかの系統に分類し、みな原『演義』より分岐したものとしているが、上記版本はそれら全系統にまんべんなく配されうる。そして結論的には、それらすべてに上記南蛮人名がみえる。するとこれより、上記南蛮人名の発祥は『演義』諸版本の分岐以前（つまり原『演義』）に溯ると考えられる。ではその起源は具体的にどこまで溯りうるのか。

205

二、元末明初に生まれた木鹿大王ら

　以上のとおり木鹿大王らは、三国時代当時の出土文字史料や、陳寿『三国志』・常璩『華陽国志』等の魏晋南北朝期の伝世史料に登場せず、またその出現は原『演義』に溯る。すると木鹿大王らの出現は隋代〜元末明初に求められることになる。そこで当該時期の関連史料を概観すると、次のとおりである。

　唐代には、職業としての説話人（話芸を行なう芸人）がおり、三国時代物語の語り手も含まれ、魏晋南北朝時代にはない三国時代関連の伝説・伝承が登場しはじめている。また史書・仏典・詩歌等にも三国時代の英雄が散見する。だがそこに木鹿大王らは登場しない。

　宋代には、子供相手の三国志語りの存在が確認でき、すでに「説三分」のごとく劉備を善玉、曹操を悪玉とするプロットも登場していた。「説三分」は北宋の首都汴京で上演され（『東京夢華録』巻五京瓦伎芸）、南宋の上演演目には確認できない（呉自牧『夢粱録』）。また『三国志平話』（後述）も、精確な華北の地理描写を含むものの、他地域の地理描写は粗略である。ゆえに「説三分」や『三国志平話』の内容は南宋臨安であまり上演されなかったともいわれる（ただし南宋の洪邁『容斎随筆』巻十一や朱熹『朱子語録』巻三二等に講談師の語り口を彷彿とさせる三国志記載がみえるため、南宋期に三国志語りが皆無だったとはおもえない）。

　その後、宋代の盛り場（瓦市・瓦舎）での雑劇（舞台演劇の一種。唱中心で白と科も加わる）の流行に伴い、俳優座や脚本書きは南北に分化し、とくに北では元代戯曲（元曲）が生まれた。それは、冷遇された元代漢人知識人が戯曲作成に食扶持を求めたためとも、伝統的漢人文化（戯曲軽視）を解さぬモンゴル人が戯曲を支持したためともされるが、実際には戯曲の台頭は金代に溯り、読書人と文盲庶民の中間に位置する下級知識人（科挙官僚の元で働く実務家等）が台頭したことによる。結果、金元代には『三国志』関連の雑劇・戯曲もさかんに上演された。ただしそこにも木鹿大王らは登場しない。

　また宋元代には、陳亮『三国紀年』・李杞『改修三国志』・蕭常『続後漢書』・翁再『蜀漢書』・鄭雄飛『続後漢書』・郝経『続後漢書』・趙復『蜀漢本末』・張枢『続後漢書』・王希聖『続漢春秋』・趙居信『蜀漢本末』も登場する。これらは三国時代に関する史書で、一部は『演義』の典拠になったことで知られる。現存するのは『三国紀年』・『蕭氏続後漢書』・『郝氏続後漢書』・『蜀漢本末』である。とくに『演義』（葉逢春本）の南征記事は、『三国志』（及び裴松之注）・『資治通鑑』・『資治通鑑綱目』の文面との一致度が低く、『蜀漢本末』との関係が深く、原『演義』（いわゆる羅貫中原本）とは別の撰者が『蜀漢本末』や民間伝承を参考に後補したとされる。だが結論をいえば、これらにも木鹿大王らは登場しない。

　元の至治年間（1321年—1323年）以降には、『三国志平話』・『三分事略』も登場する。『三国志平話』は、正式名称を『至治新刊全相平話三国志』という。中国ではつとに散佚し、日本の国立公文書館内閣文庫に所蔵され、福建刊本特有の上図下文形式を有する。当時勾欄（芝居小

屋）で催された小唱（小唄）・傀儡戯（人形劇）・影戯（影絵芝居）・説話（語り芸）・説諢話（落語）等のうち、説話には小説（講談師が怪談・恋愛・裁判等の短話を語る芸）や講史（講釈師が歴史物語を語る芸）があり、小説が書物化したものを話本、講史が書物化したものを平話という。平話は説話人の種本といわれることもあるが、当時三国志物語の説話人は盲人ゆえ（嘉靖元年刊『三国志通俗演義』序）、彼らが直接本書を読んだわけではあるまい。また本書は印刷され、各頁に挿絵がある以上、本来読むための本でもある。[13]内容は荒唐無稽な話や相互矛盾する話を含み、登場人物が唱を歌いつつ登場する場面もあり、芝居小屋で売っているパンフレット類といわれることもあるが、通俗性は必ずしもそれが民間でのみ読まれた証拠たりえない。むしろ先行する郝経『続後漢書』・趙居信『蜀漢本末』・胡琦『関王事蹟』も元帝アユルバルワダと深い関わりをもち、『三国志平話』も官人・文人間でよく読まれた。[14]『三国志平話』は啓蒙的教養書として刊行され、のちに娯楽書としても受容されたということなのであろう。[15]以上をふまえて南征記事をみると、諸葛亮が孟獲を「七擒七縦」する点は『華陽国志』に基づくが、雍闓がすぐ斬られ、呂凱や杜祺が反乱軍に与し、蜀将王平が軍功なく処刑される点等は史料的根拠なき独創で、『演義』とも異なる。ここで注意すべきは、本書が元代雑劇中の三国故事と内容面・文字面で多く共通し、『三国志平話』以外の別種のテクストが当時並存したとは思われないことである。[16]もっとも、『三国志平話』以外にも『三分事略』があり、正式名称を『至元新刊全相三分事略』というが、それは『三国志平話』と同じ挿図・版式の書で、内容の異同は少ない。『三分事略』のほうが杜撰で、従来両者の先後関係が争点となってきたが、どちらにせよ両者は同系統と目される。だが『三国志平話』・『三分事略』にも木鹿大王らはみえない。

　以上、木鹿大王らは隋唐の文献や、金元代の雑劇・戯曲・文献に登場しないだけでなく、『三国志平話』・『三分事略』にも登場しない。ただし前節で論じたように、彼らの出現が『演義』の諸版本分岐以前に溯るのも事実である。すると彼らは元末明初に登場したとみてよかろう。ちなみに焦玉『武備火龍経』の序（永楽十年）には「火焚藤甲（火もて藤甲を焚く）」とあり、兀突骨焼死関連記事とみられる。本書には後世の記録が混在するが、内容は焦玉本人の経歴と符合し、明代火器関連の部分は精密ゆえ、後人による一部書き換えを含む原著と目される。[17]するとこれも木鹿大王らの元末明初起源説の傍証となる。ともあれそれでは木鹿大王らはなぜ元末明初に創作されたのか。

三、木鹿大王らの起源

（1）木鹿大王とメルヴ

　諸々の架空の人物のうち、まず木鹿大王らの由来を鑑みると、じつは「木鹿」の語は魏晋南北朝期史料に唯一一例のみみえ、『後漢書』西域伝安息国条に、

安息国は和檀城に居り、洛陽を去ること二万五千里。北のかた康居と接し、南のかた烏弋
　　山離と接す。地は方数千里、小城は数百、戸口勝兵は最も殷盛為り。其の東界の木鹿城は
　　号して小安息と為す。洛陽を去ること二万里。[18]

とある。隋唐宋史料にも同様の記載が散見する（唐・杜佑『通典』巻一九二辺防八、宋・楽史『太
平寰宇記』巻一八四・四夷十三西戎五安息国条、宋・王欽若『冊府元亀』巻九五七外臣部）。本文の「安
息」はアルシャク朝パルティアをさす。「木鹿」は一般にホラーサーン地方の大都市メルヴ
（Merv）に比定される[19]。この通説には音韻学的批判もあるが[20]、地理的配置上は木鹿＝メルヴと
みて大過ない[21]。蘇其康氏によれば、メルヴは「Muru」・「Maru」・「Mary」ともいい、アラビ
ア語で「Marw」、古代ペルシア語で「Margu」に作る。漢文史料では「木鹿城」・「穆国」・「木
鹿」・「馬蘭城」・「馬魯」・「馬盧」・「麻里兀」に作り、「馬里」もメルヴとおぼしい。さらに
「朱録国」は「末録国」の誤字で、ともにメルヴと解される[22]。「穆国」に関してはアムル説もあ
るが[23]、他に異説はない。

　　またメルヴはいわゆる梁職貢図にも登場する。南朝梁の蕭繹（のち元帝）は、父武帝の即位
が40年前後に及んだ紀念にそれを作った。蕭繹は当時荊州刺史（526年—539年）で、武帝の
徳を慕い入貢した諸外国使節のうち、荊州訪問者の容貌を写生し、各国風俗を付記し、荊州未
訪問者に関しては別途調査し、職貢図を書き上げた。裴子野「方国使図」に倣ったとされる[24]。
両者は佚文を残すのみだが、1960年に南京博物院蔵の謨本残片（1077年作成）がみつかり、滑
国以下12国の使節絵図と13国の記述があった[25]。そこに「末国使」がみえ、使者の容貌が描か
れ、メルヴの使者と解される[26]。付記も一部あり、『梁書』巻五四諸夷伝末国条とほぼ同文で、
『梁書』の典拠とみられる。後者によって前者を補うと、ほぼ次のように釈読できる[27]。

　　　末国は漢世の旦末国の□□。勝兵万餘戸。北は丁零と、東は白題と接し、西は波斯と接
　　　す。土人は剪髪し、氊……を着る。……牛羊騾驢多し。今、王姓は安、名は末㚑盤。

「旦末」や「且末」は他文献にもみえ、一般にチェルチェン（Cherchen）に比定されている
が、「北は丁零と、東は白題と接し、西は波斯と接す」る「末国」は、音韻的・位置的にメ
ルヴと解される。どうやら本文に「末国は漢世の旦末国の□□」とあるのは、末国と旦末国が
当時混同されていたことをしめすようである[28]。

　　メルヴには、もともと紀元前三千年紀以来、バクトリア—マルギアナ文化複合の村落遺跡が
あった。アケメネス朝ペルシア（前550年—前330年）の版図に組み込まれ、のちにアレクサン
ドロス大王の支配下に入り、アレクサンドリアとよばれた（アレクサンドロスが直接メルヴに赴い
たとの伝説や、彼が都市を創建したとの伝説の是非は措く）。彼の死後は、セレウコス朝、バクトリ
ア、パルティア、ササン朝、エフタル、ウマイヤ朝イスラム、セルジューク朝トルコのもとで
繁栄を続ける。三国時代のメルヴはちょうどササン朝アルダシール一世（在位224年—241年）

に帰した頃で、梁職貢図所見のメルヴはエフタル領であろう。だがホラズム朝と交戦中のチンギス＝ハンが1221年に第四子トルイを遣わし、メルヴを徹底的に破壊した結果、メルヴは100年以上荒野と化し、ティムール朝シャー・ルフ（在位1409年―1447年）に再建された[29]。すると『演義』成立時（元末明初）にはメルヴは存在しないことになる。

以上、「木鹿大王」は「メルヴの大王」としか解せず、三国時代のそれはササン朝初代君主アルダシール一世となる。だが現実に孟獲がそこまで影響力をもつはずがなく、木鹿大王は『演義』の創作と考えられる。その出典を探ると、『演義』の典拠といわれることもある『三国志』・『資治通鑑』・『通鑑紀事本末』・『資治通鑑綱目』・『増修陸状元集百家注資治通鑑詳節』・『十七史詳節』・『少微通鑑節要』にはみえず、『後漢書』に基づくのではないか[30]。

（2）西域・モンゴル系統の名前

では、なぜ『演義』作者は「木鹿大王」（ホラーサーン地方メルヴの大王）等を創作したのか。ここで注意すべきは、これが孟獲の本来の統治範囲を大きく越えることである。『演義』の読者や聞き手は、かかる奇怪な人名や地名を通じて南蛮西南夷のエキゾチックさを味わえる。また多少史書に通ずる者は、これによって孟獲がいかに広大な地を治め、それを倒した諸葛亮がいかに偉大かを感じる。するとこれこそが原作者の意図ではないか。そこで木鹿大王以外の人名・地名の由来も検証すると、現時点で典拠不明の孟優・楊鋒・禿龍洞・藤甲兵を除けば、以下のごとく分類される。

（1）**自らの特徴や役回りをしめす名前**（万安隠者孟節、帯来洞主・金環三結・兀突骨）。万安隠者（劉龍田本・朱鼎臣輯本・聚賢房本は万安先生に作る）の名は、蜀漢兵の解毒を担う役回りに由来し、孟節は「節」を重んじる彼の性格を体現する。帯来洞主の名は、木鹿大王等を味方として「帯来」（連れてくる意）する役回りを体現する。金環三結は、「耳帯金環」する蛮兵の筆頭で、阿会喃・董荼奴を含む三個師団の中核的存在ゆえの名か。兀突骨は（1）（3）双方に由来する可能性がある（後述）。

（2）**南蛮西南夷を象徴する名前**（八番、九十三旬、銀坑洞、阿会喃、董荼奴・祝融夫人）。八番は羅・程・金石・臥龍・大小龍・洪・方・韋という元代の南方少数民族を、九十三旬は雲南省に属する元代の地名（「九十二旬」に作る版本もある）をさす。銀坑洞も、元代雲南で銀鉱山が栄えたことを反映する地名であろう[31]。阿会喃の阿は、元末明初の非漢人武将の姓名として散見し、現に明代雲南木氏土司の本名は「阿琮阿良」・「阿甲阿得」等で、南宋討伐戦で活躍したモンゴル軍将校に阿朮（アジュ）（兀良合台（ウリャンカダイ）の子。襄陽の呂文煥を降す）や阿里海牙（アリハイヤー）もいる（「会喃」の由来は不明）。董荼奴は、「董茶奴」に作る版本もある点、「荼」と「茶」が古来混用されやすい点（現に葉逢春本・朱鼎臣本・湯賓尹校本）、唐代以降の雲南が茶馬貿易の要衝と化す点を鑑みると、「茶奴を董す（ただす）もの（茶葉を運ぶ奴僕の監督者）」に由来するか。祝融夫人は祝融氏（顓頊の子で火の神。

『山海経』海外南経によれば南方の神）に由来する。しかも三国時代南蛮西南夷には祝融の後裔を自称する者が実在し（爨龍顔碑）、その点でも好都合な命名である。

（3）西域・モンゴル系統の名前（木鹿大王、烏戈国、鄂煥、忙牙長、朶思大王、兀突骨、盤蛇谷）。木鹿大王は考証済。「烏戈」国は他にみえない語で、「烏滸」（現在の壮族）と解されることもあるが、両者は居住地が異なるうえ、両字の字形や音韻も一致しない。また烏戈を烏滸に作る例は皆無で、烏滸は漢代以来史料に散見し、烏戈と混同されたこともない。むしろ烏戈は、本来「烏弋」に作り、「烏弋山離」の略称であろう。現にソグディアナ（Suguda）は漢文史料で「粟弋」・「栗弋」・「粟戈」・「粟特」等に作り、「弋」字と「戈」字の混同例がみられる。[32]「烏弋山離」はアレクサンドリアの訳で、一般にカンダハル（Kandahar）に比定されるが、松田壽男氏はガズニ（Gazni）に比定する。[33]中央アジアにはアレクサンドロスの東征以来、アレクサンドリアと名づけられた都市が複数存在し、それが本論争を生んだ。「盤蛇谷」は、保山市隆陽区の蒲縹鎮馬街村・潞江鎮道街村内に比定されることもあるが、[34]確たる史料的根拠はなく、それは明代以後の伝承にすぎまい。現に「盤蛇」の地名は宋代以前の史料にみえず、「長蛇の如し」とされるその地形に由来する名か。またその通仮字を含む地名に漢盤陀・渇槃陀・渇盤陀・喝盤陀・渇飯檀・揭盤陀があり、タシュクルガン（Tashkurghan）に比定され、[35]それとの関わりも皆無とはいいきれない。「鄂煥」に関しては、鄂を氏とする者や、煥を名とする者が宋代以前の史料に若干登場するが、「鄂煥」の組み合わせは他にみえない。案ずるに、鄂州と呂文煥に由来する氏名か。呂文煥は南宋襄陽の守将で1273年にモンゴルに降伏し、鄂州（現武漢）は1258年〜1259年にモンゴル軍を防いだ要衝で1274年に降伏した。[36]南宋・文天祥「指南録」（1276年）が呂文煥を売国奴と罵った点を鑑みれば、呂文煥も鄂州も南宋を裏切ったには相違なく、ゆえに両者の名が対蜀漢反乱兵の名に転用されたのではないか。「忙牙長」も他にみえないが、「忙」はモンゴル人名（たとえばクビライ三男忙哥剌〈マンガラ〉）に散見し、牙長は牙帳と通じ、やはりモンゴルを彷彿とさせる。「朶思大王」・「兀突骨」も他にみえない。『世本』輯本・『風俗通義』姓氏篇・『潜夫論』志氏篇・『元和姓纂』・『通志』氏族略序等にも漢人姓の「朶」・「兀」は登場しない。魏晋南北朝期唯一の例として『万姓統譜』巻八四引の何承天『姓苑』に朶姓が収録されるが、人名の実例はない。だが両字はモンゴル人名の漢訳（のち漢人姓化）として元代史料に散見する。とくに朶顔衛は兀良哈三衛〈ウリャンハイ〉の中心で、元末明初の漢文史料に頻出する。その前身の東方三王家は鄂州・襄陽における対南宋攻防戦で活躍した象徴的存在である。また兀良合台〈ウリャンカダイ〉（兀良哈の長。スベデイの子でトルイ家宿将）はモンケ期にクビライらと大理遠征を行ない、モンゴルの雲南支配（―1381年）を確立し、1256年にはモンケの命で南宋鄂州にも侵攻した。[37]つまり兀良合台は南蛮との関わりが深い。しかも金文京氏は、関索伝説（諸葛亮南征時に関羽の子の関索が活躍したとの民間伝説）に基づく関索関連遺址が元明代雲南に多数創設され、それが兀良合台の進軍路に集中していることから、兀良合台伝承が三国志物語に影響を与えたと推測する。[38]この点も鑑みれば、朶思大王と兀突骨が朶顔衛・兀良哈・兀良合台に由来する可能性は十分にある。しかも兀突骨は身長2丈（元明代の単位だと6.2ｍ）で、「高く聳える」意の

「兀突」（突兀や兀兀突突にも作る）でもある。現に「兀突骨」を「兀突」や「突兀国王」に作る版本（湯賓尹校本等）もあり、兀突骨の由来の一つを兀突・突兀（高く聳える）に求める一証たりうる。また「骨」も漢人名として類例がなく、むしろ「突骨」は「突兀」の通仮字と解するべきであろう。しかも「骨」は種族・家族を意味するモンゴル語（yasun）の漢訳でもあり、兀突骨は「高身長の種族」とも解釈でき、それは烏戈国兵が全員高身長とされる点とも符合する。

　以上、『演義』で新たに登場する人名・地名の由来を、一部推測も交えつつ分類した。これをふまえて改めて注目されるのは、西域・モンゴル系統の名が少なくないことである。これによって諸葛亮は、雲南人のみならず、木鹿大王（メルヴ）、烏戈国（アレクサンドリア）、モンゴル（鄂煥、忙牙長、朶思大王、兀突骨）を束ねる孟獲を破った形になる。作者はこの手法を通じて、偉大な諸葛亮像を演出しようとしたのではないか。なおこれは一見すると、「中華＝諸葛亮」・「蛮夷＝モンゴル」とし、「モンゴルを破った明帝国」と「南蛮を破った諸葛亮」を重ね合わせ、漢人の民族的勝利を顕揚するごとくでもある。だが元末の諸乱は対モンゴルより対地主の意味合いが強く、『演義』作者の意図を民族主義に直結させるのは逡巡される。

おわりに

　以上、本稿では敢て推測を重ね、一つの仮説に辿り著いた。すなわち、『演義』諸版本にみえる木鹿大王らは元代以前の史料に登場せず、元末明初に創作された架空の人物と解される。それらには自身の特徴や役回り、もしくは南蛮西南夷を象徴する命名がなされるほか、西域・モンゴル系統の名前が含まれる。それは、木鹿や烏戈をも統べる孟獲の強大さと、その孟獲らを一網打尽にした諸葛亮の偉大さとを演出する目的があったのではないか、と。

　ここで最後に、木鹿大王等の後世への影響にも触れたい。1381 年に明が梁王を駆逐し雲南を接収する過程で、麗江の支配者阿甲阿得は明に帰順し、「木」姓を賜わり土司となった。土司は少数民族首領に与える宣慰使・宣撫使・招討使等の官職の総称で、一見木氏は明朝に編入されたごとくであるが、実際の関係は複雑だった。その詳細に関しては、木公自身による歴代木氏の家譜の『玉龍山霊脚陽伯那木氏賢子孫大族宦譜』（『木氏宦譜』。正徳十一年序有り）があり、木氏の祖先は後漢時代に越巂王、のち筰国王となり、定筰県が昆明県になる唐代に昆明総軍官に昇進した等々とある。かかる木氏自身の歴史認識とは別に、ここで注意すべきは、彼らの出自を木鹿大王に求める文献も明代に登場することである。管見のかぎり、謝肇淛『滇略』巻九や劉文徵『滇志』巻二八木邦軍民宣慰使司条にその起源を求めうる。劉文徵『滇志』は天啓年間（1621 年—1627 年）の書で、顧炎武『天下郡国利病書』や顧祖禹『讀史方輿紀要』等にも影響を与え、それゆえ『天下郡国利病書（稿本）』木邦軍民宣慰使司条にも木鹿大王祖先説がみえる。謝肇淛も 1619 年—1621 年に雲南へ赴任したさい『滇略』を著わした。劉文徵・謝肇淛

はほぼ同時期に木邦を木鹿大王の末裔とする説を現地で仄聞したのであろう（『滇志』は天啓五年の擱筆で、『滇略』に言及していないので、『滇略』は天啓五年以後の刻成とされる）。当該説は『滇考』巻下三宣六慰・『（雍正）雲南通志』巻二十四附録・『（乾隆）騰越州志』巻十辺防等にも継受された。これは、架空の木鹿大王がしばらくして雲南木邦の起源へ転化したことをしめす。もっとも、明清地方志は信憑性を欠く記載を含み、当時あまり読まれたわけでもなく、その編纂も中央政府や地方官の主導でなく、地方志上で自己の名を顕揚せんとする地方郷紳層の求めに応じたものにすぎない。ゆえにそれはあくまでも俗説で、せいぜい一部の人の希求をしめすにすぎない。だがこれより雲南木邦には、『木氏宦譜』に基づく者以外に、木鹿大王にアイデンティティを求める民もいたとわかる。その後、木邦を含む摩梭からいわゆる摩梭人と納西族が生まれることは贅言するまでもない。

　同様の事例は他にもあり、清人は西番瓦部人の祖を金環三結とみなした。既述のとおり、金環三結も本来架空の人物である。これより、雲南ではつとに諸葛亮や関索の存在が神格化されるだけでなく、明清時代には架空の南蛮武将も雲南人のアイデンティティ形成に関わっていたと考えられる。諸葛亮に惨敗する架空の南蛮武将（諸葛亮の引立て役）を敢て祖先に据えた彼らの心裡は、もはや知りようもない。彝族の現代民話「七擒諸葛」故事のごとく、南蛮武将側が諸葛亮に一矢報いたとの現地独自の伝承が古来存在したのか、それともたんに有名人だからなのかは今後の課題である。

【注】

(1)　三国蜀漢期南蛮西南夷に関する魏晋南北朝隋唐史料の詳細は、拙稿「三国時代の西南夷社会とその秩序」（『中国古代貨幣経済の持続と転換』汲古書院、2018年）。

(2)　井上泰山「私と『三国志演義』研究（上）」（『関西大学文学論集』第52巻第2号、2007年）所載の「関索・花関索関係文献目録（稿）」参照。

(3)　井上泰山・大木康・金文京・氷上正・古屋明弘『花関索伝の研究』（汲古書院、1989年）。

(4)　井口千雪『三国志演義成立史の研究』（汲古書院、2016年）の学説史整理参照。

(5)　金文京『三国志演義の世界〔増補版〕』（東方書店、2010年）。

(6)　魯迅（今村与志雄訳）『中国小説史略』（筑摩書房、1997年）。

(7)　金文京「『三国志』から『三国志演義』へ」（『三国志演義の世界〔増補版〕』東方書店、2010年）、角谷聡「「三国時代物語」の形成――『全唐詩』における三国時代の人物」（『中国学研究論集』第5号、2000年）、角谷聡「「三国時代物語」の形成――唐代小説における三国時代の人物」（『中国学研究論集』第6号、2000年）。

(8)　中鉢雅量「宋金説話の地域性――「五代史」「説三分」語りを中心として」（『中国小説史研究――水滸伝を中心として』汲古書院、1996年）。

(9)　小川環樹「『三国演義』の発展のあと」（『小川環樹著作集』第四巻、筑摩書房、1997年）。

(10)　宮崎市定「宋と元」（『宮崎市定全集12　水滸伝』岩波書店、1992年）。

(11)　高橋繁樹「三国雑劇と三国平話（1）――虎牢関三戦呂布」（『中国古典研究』第19号、1973年）、関四平「三国題材的戯劇化」（『三国演義源流研究』上編、龍視界、2014年）。

(12)　井口千雪「『三国志演義』と『蜀漢本末』」（『三国志演義成立史の研究』汲古書院、2016年）。

(13)　魯迅（今村与志雄訳）『中国小説史略』（筑摩書房、1997年）。

(14) 宮紀子「モンゴル朝廷と『三国志』」(『モンゴル時代の出版文化』名古屋大学出版会、2006 年)。

(15) 小松謙「読み物の誕生──初期演劇テキストの刊行要因について」(『吉田富夫先生退休記念中国学論集』汲古書院、2008 年)。

(16) 小川環樹「『三国演義』の発展のあと」(『小川環樹著作集』第四巻、筑摩書房、1997 年)。

(17) 有馬成甫「中国の近代火器」(『火砲の起原とその伝流』吉川弘文館、1962 年)。

(18) 安息國居和檀城、去洛陽二萬五千里。北與康居接、南與烏弋山離接。地方數千里、小城數百、戸口勝兵最爲殷盛。其東界木鹿城、號爲小安息、去洛陽二萬里。

(19) Hirth, H. 1885. *China and the Roman Orient*. Leipsic. pp.142-143。

(20) Laufer, B. 1919. *Sino-Iranica*. Chicago. pp.186-187。

(21) Hill, J. E. 2009. *Through the Jade Gate to Rome. A study of the Silk Routes during the Later Han dynasty 1st to 2nd Centuries CE. An Annotated Translation of the Chronicle on the Western Regions in the Hou Hanshu*. Book Surge. pp.238-239。

(22) 蘇其康編著『西域史地釈名』(中山大学出版社、2002 年)。

(23) 白鳥庫吉「粟特国考」(『白鳥庫吉全集』第 7 巻、岩波書店、1971 年)。

(24) 榎一雄「職貢図の起源」(『榎一雄著作集』第 7 巻、汲古書院、1994 年)。

(25) 金維諾「職貢図的年代与作者──読画札記」(『文物』1960 年第 7 期)。

(26) 榎一雄「描かれた倭人の使節──北京博物館蔵「職貢図巻」」(『榎一雄著作集』第 7 巻、汲古書院、1994 年)。

(27) 斉藤達也「安息国・安国とソグド人」(『国際仏教学大学院大学研究紀要』第 11 号、2007 年)。

(28) 余太山『両漢魏晋南北朝正史西域伝要注』(中華書局、2005 年)。

(29) ドーソン（佐口透訳）『モンゴル帝国史 1』第 7 章（東洋文庫、1968 年）に前後の詳細がまとめられている。

(30) 井口千雪「成立と展開──段階的成立の可能性」(『三国志演義成立史の研究』汲古書院、2016 年）の学説史整理と研究によると、現在は『演義』と『後漢書』の関係を否定的に捉える研究が主流のようである。

(31) 土屋文子「蜀漢南征故事──三国故事遺跡二探」(『中国文学研究』第 24 期、1998 年)。

(32) 白鳥庫吉「粟特国考」(『白鳥庫吉全集』第 7 巻、岩波書店、1971 年)。

(33) 松田壽男「烏弋山離へのみち」(『松田壽男著作集 1　砂漠の文化』六興出版、1986 年)。

(34) 成都武侯祠博物館編著『図説諸葛南征』(科学出版社、2014 年)。

(35) 楊衒之（入江義高訳注）『洛陽伽藍記』(東洋文庫、1990 年）の巻第五「漢盤陀國」注参照。

(36) 鄂州戦に関しては宮崎市定「鄂州の役前後」『宮崎市定全集 11　宋元』(岩波書店、1992 年)、杉山正明「モンゴル帝国の変容──クビライの奪権と大元ウルスの成立」(『モンゴル帝国と大元ウルス』京都大学学術出版会、2004 年)。

(37) 堤一昭「クビライ政権の成立とスベエデイ家」(『東洋史研究』第 48 巻第 1 号、1989 年)、堤一昭「大元ウルス江南統治首脳の二家系」(『大阪外国語大学論集』第 22 号、2000 年)。

(38) 金文京「解説篇」(井上泰山等共著『花関索伝の研究』汲古書院、1989 年)。

(39) 『水滸記』慕義「但見四山兀突、一水漭洄」や『徐霞客游記』游黄山日記「矼之兀突独耸者、為光明頂」等参照。

(40) 小林高四郎「モンゴル民族の姓氏と親族名称」(『モンゴル史論考』雄山閣出版、1983 年)。

(41) 山根幸夫「「元末の反乱」と明朝支配の確立」(『岩波講座世界歴史 12　東アジア世界の展開 Ⅱ』岩波書店、1971 年)。

(42) 山田勅之『雲南ナシ族政権の歴史──中華とチベットの狭間で』(慶友社、2011 年)。

(43) 東漢爲越巂詔。詔者王也。年之後六代、改爲笮国詔人、定笮縣改昆明、昇爲昆明總軍官……。阿琮阿良。宋理宗寶祐元年、蒙古憲宗命御弟元世祖忽必烈親征大理、良迎兵于剌巴江口、……功列蒙古將兀

良合台之右、昇授副元帥……。知府阿甲阿得。……大明洪武十五年、天兵南下、克復大理等處。得率衆首先歸附、總兵管征南將軍太子太師潁國公傅友德等處奏聞、欽賜以木姓。

(44) 劉文徴『滇志』巻二八木邦軍民宣慰使司条「舊名孟都、一名孟邦。相傳蜀漢木鹿王苗裔。元至元二十六年立木邦府。後改木邦軍民宣慰使司」、『滇略』巻九「木邦蜀漢時木鹿大王之後也。在姚關南度壁里江千餘里、土酋罕姓以征緬功分土」、『天下郡国利病書（稿本）』木邦軍民宣慰使司「舊名孟都、一名孟邦、相傳蜀漢時木鹿王苗裔。元至元二十六年立木邦軍民總管府、領三甸。國初内附、改木邦府、後改木邦軍民宣慰使司」。

(45) 古永継「劉文徴及天啓《滇志》的史料価値」（『思想戦線』1990 年第 1 期）。

(46) 方国瑜『雲南史料目録概説』上（中華書局、2013 年）。

(47) 井上進「方志の位置」（『山根幸夫退休記念明代史論叢』下、汲古書院、1990 年）。

(48) 金縄初美「雲南省と調査地の概要」（『つながりの民族誌　中国摩梭人の母系社会における「共生」への模索』春風社、2016 年）。

(49) 清・曹掄彬『(乾隆) 雅州府志』（乾隆四年刊本）巻十一冷邊土司条「始祖悪他原籍西番瓦部人。蜀漢金環三結之後。世為西番瓦部酋長」。

鉄鉉と二人の娘の史書と小説
——建文朝の「歴史」と「文学」

川 浩二

一、はじめに

　中国歴代の歴史文芸といえば、詠史詩、史劇、歴史小説が代表的であるが、たとえば筆記に見える伝記の形を取った記事を含めて考えると、それらは歴史文芸に数えうるうえに、また史書にも重要な材料として取り上げられていったものといえる。

　明代初頭、とくに建文帝の統治時期から永楽初年にかけての時期は、根本史料が失われているために異説が錯綜し、筆記も含めた雑多な史籍は明代後半の民間出版の隆盛により、版刻されて広まっていった。

　清朝考証学はしばしば明代の史学をそしり、清朝に編まれた正史『明史』は歴代でも最高の完成度とされるが、それでもなお時に出所不明の資料に拠らざるをえず、さらには明代にすでに考証によって否定された記事を取りこんでしまうこともありうる。

　それは明代に作られた史書の多くが、史的事実よりも各時期に応じた思潮を反映し、人物と事件をいかに評価するかを重視していたためだろう。だからこそ、史書と歴史文芸の関連が密になり、場合によってはその境界が不分明になりさえしたのである。

　本論では、建文朝の史書と歴史文芸を検討対象とし、とくに建文年間の兵部尚書鉄鉉とその娘、さらに高賢寧という人物に焦点を当てて、かれらに関する言説をたどっていく。そのさい、明末の短編白話小説集『型世言』巻一「烈士不背君　貞女不辱父」がどのような史書と歴史文芸を背景に作られているかを中心に展開していく。

二、鉄鉉とその二人の娘

　建文帝の臣下の筆頭といえば、あくまで京師で政治の中心にあり、削藩政策を主張した斉泰・黄子澄や、建文帝の詔勅を起草していた方孝孺らである。[1]彼らは靖難の後に族誅された。建文時期の忠臣の伝を載せる各種の史書も、ほぼ一貫して彼らを最初に取り上げる。また、建文帝の出亡伝説を取るさいには、最後まで帝のそばを離れずつき従ったという程済が第一に挙げられる。

　それに対して、史書と歴史文芸の中で以上の各人と同じく頻繁に名が挙がるのが、靖難のさいに兵部尚書に任じられた鉄鉉（1366—1402）である。鉄鉉、字は鼎石、河南鄧州の人。洪武

年間に国子監生から礼科給事中を授けられ、建文初に山東参政となった。字の鼎石は太祖朱元璋にその果断を讃えられて賜ったものである。

鉄鉉は文臣でありながら山東済南で燕軍の南進を食い止め、戦役の後、捕らえられて京師に送られ、即位した永楽帝の前に引き出されても決して屈さず、罵ることをやめなかったために処刑された。

このとき鉄鉉の家族も罪に問われたが、二人の娘は教坊司に娼妓として配されながら長く純潔を保ち、やがて詩才をもって許され、士人にめあわされたという話がある。

王鏊（1450―1524）の『震沢紀聞』（一名『守渓筆記』）は、「其の家属教坊に発して娼と為す、鉉に二女有り、皆な誓いて辱めを受けず、仁宗即位して赦して之を出だし、皆な朝士に嫁せしむ」という。二人の娘が詠んだという詩は以下の通りである。

教坊脂粉洗鉛華　　教坊 脂粉　鉛華を洗う
一片間心對落花　　一片の閑心　落花に対す
舊曲聽來猶有恨　　旧曲 聴き来るに　猶お恨み有るがごとく
故園歸去已無家　　故園 帰り去るも　已に家無し
雲鬟半綰臨妝鏡　　雲鬟 半ば綰ね　妝鏡に臨めば
雨涙空流濕絳紗　　雨涙 空しく流れ　絳紗を湿す
今日相逢白司馬　　今日 白司馬に相い逢わば
樽前重與訴琵琶　　樽前 重ねて与に　琵琶に訴えん

骨肉傷殘舊業荒　　骨肉 傷残し　旧業 荒るるも
一身何忍去歸娼　　一身 何ぞ忍びん　去きて娼に帰するを
涕垂玉筋辭官舍　　涕は玉筋に垂れ　官舎を辞し
步蹴金蓮入教坊　　歩は金蓮を蹴り　教坊に入る
覽鏡自憐傾國色　　鏡を覧 自ら憐れむ　傾国の色
向人羞學倚門妝　　人に羞じて学ぶ　倚門の妝
春來雨露寬如海　　春来 雨露 寛きこと海の如し
嫁得陶郎勝阮郎　　陶郎に嫁し得るは阮郎に勝る

これらはそれぞれ長女、次女の作とされている。詩の内容から見ても、長女の詩は教坊司に入れられたもと良家の子女が、「琵琶行」でのそれのごとく、白居易のような文人に出会って我が身の悲運を訴えたい、というものであり、次女の詩も同じく官舎から教坊に入った子女の作として、大きな矛盾はないように思われる。また前詩をふまえれば、末句は桃源に迷いこんで仙女に出会った阮肇と、『桃花源記』の作者陶淵明を指し、士人に嫁げたことを謝すものと解せよう。この鉄鉉の二人の娘と詩は建文旧臣が受けた酷刑の中で、数少ない佳話として広く

知られていくことになる。[(3)]

三、『型世言』第一回「烈士不背君　貞女不辱父」

　白話文芸における鉄鉉とその二人の娘の物語が見える作品には、小説に『続英烈伝』『女仙外史』があり、戯曲に来集之『鉄氏女花院全貞』、夏綸『無瑕璧』がある。しかしこれらは『続英烈伝』の制作年代が明末にかかると考えられる他は、いずれも清代の作品である。

　明代に作られたことが確実であり、鉄鉉とその二女を取り上げる作品としては、短編白話小説集『型世言』第1回「烈士不背君　貞女不辱父」が挙げられる。

　『型世言』十巻41回は、崇禎年間、おそらく崇禎6年（1633）以前に出版された。[(4)]巻首には『崢霄館評定通俗演義型世言』と題する。韓国漢城大学奎章閣蔵の孤本が存する。

　『型世言』は基本的には陸人竜（？—1673前？）という一人の作者が書いたものと考えてよいだろう。陸人竜、字は君翼、浙江銭塘の人。崢霄館は陸人竜と兄の陸雲竜の書坊である。

　『型世言』の特徴として、明代を舞台にする物語を多く収め、明の開国時期や靖難を材に取り、実在の人物を中心とする回が散見されることがある。第1回の「烈士不背君　貞女不辱父」が鉄氏二女の物語を書くほか、第8回「矢智終成智　盟忠自得忠」は程済と建文帝の出亡を、第34回「奇顛清俗累　仙術動朝廷」は開国時期の周顛の逸話を書くものである。

鉄鉉の守城

　『型世言』第1回「烈士不背君　貞女不辱父」の本編はいくつかの部分に分かれており、それぞれ性質が異なる。最初の部分では、ほぼ史書の伝に基づいて靖難の戦役における鉄鉉の事跡を述べる。

　済南を包囲された鉄鉉が偽って降伏を申し出、燕王（小説の中では「成祖」）を誘い出す場面は以下の通りである。[(5)]

　　（成祖が）ちょうど城の中に入って来たところで、早くも前方の将兵たちの多くが落とし穴に落ちこんだ。成祖はそれを見て、すぐに馬にむちを当てて城の外に戻ろうとした。鉄参政が袖を一振りすると、刀斧が振り下ろされ、まるで雷のような轟音とともに、鉄の扉板が落とされた。さいわい成祖の馬は素早く、すでにたづなを取られて頭をめぐしており、命中はしなかった。しかしその音への驚きに、馬は棹立ちになると、命からがらまっすぐつり橋を駆けていった。

この策に関する具体的な記述は、靖難時期についての史書としては比較的早い、李賢（1408[(6)]

—1466）の『天順日録』にも載る。[(7)]

　　　文廟の兵、城下に至り、之を囲むこと月余、下し得ず。時に城に攻め破らんとする者有
　　　り、之を完うせんとするに随い、計を以て詐りて門を開き、降すに板を用い、其の入るを
　　　候ちて之を下す。幾んど其の計中らんとす。後に復た出でて戦うに、文廟其れに窘しめら
　　　るること甚し、克つ能わざるを知り、乃ち棄てて去る。

　この後、『天順日録』のこの記事はさまざまな史伝に取り上げられる。また、済南を守備し
ていた時期の鉄鉉に関して、もう一つ著名な記事がある。『型世言』に言う。[(8)]

　　　燕王の軍は大砲をしつらえ、大石をその大砲の中に仕掛けると、城壁に向かって撃ちこん
　　　だので、城壁はひどく崩落してしまった。鉄参政も計が尽き、そこで「太祖高皇帝」と書
　　　いた神牌を崩れたところに掛けた。燕王の兵はそれを見ると、どうしようもなく、文書を
　　　射ちこんで降伏を迫るほかなかった。

　この鉄鉉が砲撃を受けたさい、高皇帝朱元璋の威光を借りて防いだ、という記事は、管見の
限りでは鉄氏二女の詩を載せたのと同じ王鏊『震沢紀聞』から見える。[(9)]

　　　文皇の師、城下に至り、之を百方より攻む。鉉、機に随い変を設け、終に克つ能わず。砲
　　　石を以て其の城を撃ち、将に破れんとす。鉉、太祖高皇帝の牌を書きて、城上に懸く、師
　　　敢えて撃たず。之に久しうし、下らず。

　その後、建文時期の旧臣の伝を集めた郁衮（生没年未詳）『革朝遺忠録』では、割注の形でお
そらく異なる伝承もしくは書物に基づき「太祖の御像」であったと言う。[(10)]
　ここで「牌」位牌と「像」肖像の二説が出たことになるが、おそらく後世への影響が最も大
きかった鄭暁（1499—1566）の『吾学編』と、屠叔方（生没年未詳、万暦5年の進士）の編んだ
『建文朝野彙編』はこの記事自体を疑ったためか、どちらの説も載せていない。
　さらに後の銭士升（1575—1651）の『皇明表忠紀』（崇禎六年序）巻十の考証は以下のように述
べる。[(11)]

　　　鉄鉉、済南を守るに、北師砲を用いて城を攻め、将に破れんとするに、鉉、太祖の像を砲
　　　の犯せし処に懸く。燕、敢えて撃たず。按ずるに、倉卒の中に安くに従いて像を得んや。
　　　神位を書くと作る者有り、是と為す。其の二女の詩、疑うらくは附会に出づ、今録さず。

　『型世言』は攻撃を防ぐために位牌を掲げたという記事については、同時期の『皇明表忠紀』

と同じ立場を取っているといえよう。

高賢寧と永楽帝

　山東済陽の書生高賢寧（生没年未詳）は、『型世言』においては、一方の主人公とも言える人物である。鉄鉉の旧知の人物として登場し、「周公輔成王論」で燕王に軍を返すことを勧め、後には鉄寿安を匿い、また錦衣衛指揮となる紀綱と同郷であったことから、ついに鉄鉉の娘二人を娶るに至る。しかし各種の史書に載せられる記事は多くはなく、『明史』の伝には字すら載っていない。

　高賢寧が燕王に許された、ということに関しては、陸容（1436—1494）の『菽園雑記』に載せられて以来、『革朝遺忠録』がほぼ同文を載せ、その後も各種の史書がいずれも載せるため、高賢寧の伝に欠かせない逸話となっている。しかも抄本の『国朝典故』所収本『菽園雑記』によれば、陸容は「済陽安監生」という人物に直接聞いた話だとしている。高賢寧は「年九十七にして終ゆ」とあるから、直接面識のある人物が生きていておかしくはない。そのさい、高賢寧が捕らわれた時期については、『菽園雑記』巻三は済南で包囲されていた直後のこととする。[13]

　　　文皇の兵、済南に至り、城未だ下らず、箭書を以て城中に射、降を促す。時に国子監生済
　　　陽の高賢寧適たま城中に在り、乃ち「周公輔成王論」を作りて、城外に射ち、兵を罷めん
　　　ことを乞う。未だ幾ばくもせず、城下に賢寧を執う。此れ即ち論を作るの秀才なりと云
　　　う。文皇曰く、好人なりと。之に官せんと欲するも、固辞す。その友紀綱、勧めて職に就
　　　か令めんとするも、賢寧曰く、君は是れ学校の棄才なれども、我れ已に稟を食むこと年有
　　　り、不可なりと。綱、上に言い、その志を全うして之を遣る、年九十七にして終ゆ。

　別の説を取る史書もあり、例えば『吾学編』所収の高賢寧伝、李贄（1527—1602）『続蔵書』高賢寧伝は燕王即位の後のこととし「靖難の後執わる」とする。これは後には正史『明史』もこの説を取って「燕王即位の後、賢寧執われて入見す」とする。

　一方『型世言』では、鉄鉉が洪武帝の位牌をかけて攻撃を防いだ後、高賢寧がさらに「周公輔成王論」を城外に送って燕王に兵を退くように求める。

　この策を取り上げない史書もある中で、小説の次の展開へのつなぎとして使ったのは、まさしく陸人竜の工夫によるものであろう。[14]本編の冒頭、高賢寧の父の葬儀に関する記述や鉄鉉の次男を助けたという部分についても『型世言』の創作であると思われる。
　また『型世言』では高賢寧が捕らわれた時期を、燕王が即位した後のこととする。[15]

　　　高秀才はこの知らせを聞いて、鉄鉉の亡骸を受け取りに行ったが、思いがけず地方官に捕
　　　らわれてしまい、京城に報告された。成祖が「お前は何者か。どうしてわざわざ罪人の遺

骸を受け取りになど来た」と尋ねると、高秀才は「賢寧は済陽の学の生員でございます、かつて鉄鉉どのに抜擢していただきました。今鉄鉉どのの死を聞き、かつての知遇を思ったまでです。陛下が罪人と自ら断じて誅されたものとしても、わたくしは知己を葬ろうとしたまででございます。それで思いがけなくも官吏に捕らわれました」と言った。成祖は「お前は『周公輔成王論』を書いた済陽学の生員高賢寧ではないか」。高秀才は答えて「間違いございません」。成祖は「胆のすわった秀才だな、お前は書生に過ぎず、正規の役人ではないから、奸党のものたちとは違う。論を書いたのも朕を諷諭して兵を止めさせようとしたもので、国と民を思う心からのこと、給事中の位を授けよう」。

　この部分は帝の度量を示す部分にもなっている。そしてこの後の部分で、高賢寧の旧知であった紀綱が、職を受けようとしない高賢寧をたしなめ、また帝に申し開きをする。これは『型世言』に限らず、他の資料とも共通する。
　『型世言』は、ここでも嘉靖年間後期から万暦年間に至って漸く広まった説をもとにして展開を作っていると言える。

四、鉄鉉の子孫の運命

　『型世言』では、鉄鉉には父仲名と母胡氏、息子福童・寿安に娘孟瑶・仲瑛がいたとされている。ただしこの息子と娘については、各資料における名の異同が多く、記される命運もまた異なることがある。そのため、一度『型世言』から離れて資料を年代順に整理しておく。
　鉄鉉の娘について記した最初期の資料である前述の王鏊『震沢紀聞』は鉄鉉に二人の娘がいたとするが名を記さない。これに対して、ほぼ同時代の宋端儀（1446？―1496）は、『立斎閑録』巻二に李賢『天順日録』とともに「南京錦衣衛鎮撫司監簿」を引用して、このように言う。[16]

　　男福安、十二歳、永楽二年、河池千戸に発し軍に充てらる。康安、七歳、永楽元年鞍轡局に在りて病故す。妻楊氏、年三十五、十月初五日取りて教坊司に送らる。元年閏十一月初病故す。女玉児、四歳、教坊司に送らる。父仲名、年八十三、母薛氏、並びに海南に安置せらる。六年、故す。

　これによれば鉄鉉には二人の息子がおり、娘は一人しかいなかった、ということになり、娘玉児のその後についてはこの記事では記していない。しかし、もしそのまま存命であったとするならば、『立斎閑録』巻三には『大明仁宗昭皇帝実録』永楽22年11月壬申の記事に基づき「家属初め教坊司、錦衣衛、浣衣局並びに習匠に発するもの、及び功臣の家に奴為るもの、今存する者有らば、既に大赦を経て、宥して民と為し、田土を給還すべし」とあり、永楽帝の次

代洪熙帝の即位後に許されたと読みとることができる。[17]

　なお、『天順日録』は『震沢紀聞』『立斎閑録』いずれよりも成立が早いが、鉄鉉の子女については記述が無い。

鉄氏女を誰が守ったか

　その後、嘉靖年間には、徐々に靖難に関する資料が版刻されることで入手が容易になり、相互に参照され、影響しあうようになった。この時期には先行の資料を再構成したものが現れてくる。郎瑛（1487─1566）は、筆記『七修類稿』続稿巻五において、「鉄氏二女詩」の項を立ててこう言う。[18]

　　鉄鉉、湖南鄧州の色目人なり。革除間参政たり、成祖に忤（さから）うに因りて誅せらる。二女金児、玉児、教坊司に発せられ、女誓いて辱めを受けず、而して色長陳儀特に之を護持す。仁宗即位し、官に命じて教坊に至らしめ、査審して放出し、皆人に適か（ゆ）令む。因りて各おの詩を上（たてまつ）り一律に謝恩す。

　色長は教坊司の長官を指す。陳儀なるものは『七修類稿』続稿巻六「三高人」の項にも登場している。[19]

　　永楽初、溧陽の徐尚書、建文を潜匿するが為に、朝廷一門を抄戮す。幼女有り、発して楽籍に入らしむ。色長陳儀、陰かに之を眷（かえり）み、汚辱せしめず。後に赦に遇うに、儀為に之を嫁せしむるに、尚お童なり。聞くならく、鉄鉉の能詩の二女、亦た儀の成全し、以て従良すと。

　この部分は先行する沈周『客座新聞』「楽官陳儀存義」に基づくものであるが、一方で『客座新聞』には鉄氏二女のことは見えない。そこでは「歴陽（溧陽を指すか）」の「徐尚書（常州武進の人、洪武年間の戸部尚書徐輝を指すか）」が「六竜（天子、ここでは建文帝）」を匿ったことで永楽帝の怒りをかい、妻と娘を教坊に落とされ、妻は輪姦された末に死んだが、娘は陳儀が守り、「択びて良家に嫁せしめ」たという。

　これを合わせて考えれば、『七修類稿』は『震澤紀聞』以来の二人の娘がいた説を取り、『立斎閑録』にあった娘の名である「玉児」に合わせて「金児」と付けたことになる。そのさい、許したのは洪熙帝だとし、『客座新聞』から鉄鉉の娘の庇護者を陳儀としている。幼いころに教坊に預けられた鉄鉉の娘が、どうして身を汚されることなく生きることができたのか、という疑問に答えるように類似の話柄から人物を借りてきたものと考えられる。これは複数の資料から新たな物語を創作するための発想であり、白話小説や戯曲の創作に似た手法だと言えるだ

ろう。

鉄氏女を誰が許したか

これに対して、郎瑛とほぼ同時代の許相卿（1479—1557）の『革朝志』巻四は長子の名を福安、次男の名を福昌とし、詩こそ載せないものの、鉄鉉の二人の娘について書く[20]。

> 家属教坊司に発す。鉉二女終に辱めを受けず、之に久しうして、鉉の同官以て文皇に聞かしむ、曰く、渠竟に屈せざるやと、乃ち赦して之を出し、皆士人に適かしむと云う。

そこでは、娘を許したのは洪熙帝ではなく永楽帝になっており、「渠竟に屈せざるや」と言って赦し、士人に嫁がせたという。

二人の娘が、たとえば『立斎閑録』が「四歳」と記すように、靖難の時期に幼児であったとしたなら、『震澤紀聞』に見える永楽年間の20年あまりを経て、洪熙帝の時代に許されて嫁したという記事にはいちおう無理がない。しかし、『革朝志』のように許したのが永楽帝だとすると、鉄鉉の娘は靖難の時期にすでにあるていどの年齢でなくては嫁すことはできないことになる。

なお嘉靖年間に出た史書であっても、鉄氏二女についてふれないものもある。鄭暁『吾学編』遜国臣記巻一の鉄鉉伝の末には、男子と父母についての簡潔な記述があるだけである[21]。

> 子福安、河池に戍せらる、康安先に卒す、父仲名、年八十三、母薛氏、海南に安置せらる。

この部分は、万斯同の『明史』を経て、正史『明史』にも取られていく。鄭暁が基づいたと思しき前掲の『立斎閑録』から、妻楊氏と娘の玉児が教坊司に送られたという部分のみ削除したのは、単なる字数の省略ではないだろう。鉄氏女を誰が守ったか、誰が許したか、何より鉄氏女はいたのか、という問題を鉄鉉の伝と切り離したのであろう。

嘉靖末までの状況として、筆記である『七修類稿』が先行の資料を再構成しつつも鉄鉉の娘を許したのは洪熙帝であるという説を受け継ぐいっぽうで、史書『革朝志』が許したのは永楽帝であるとする説を取って広めていること、また史書の中でも『吾学編』のように娘については書かない、という異なる立場を取るものもあったことになる。

鉄氏女はいつ詩を詠んだのか

王世貞（1525—1590）はその『弇山堂別集』巻二十二史乗考誤三において、鉄氏二女につい

て考証しており、そのさい、『天順日録』『震澤紀聞』『立斎閑録』に拠るという。[22]

　李文達『天順日録』紀すところの、鉄鼎石死義の事、甚だ烈なり。二公同に鄧の人なり。
故に能く之を知る。王文恪『紀聞』に謂う。公死せし後、二女教坊に入る。数月、終に辱
めを受けず。鉉の同官の至る有り。二女詩を為り、以て献ず。文皇曰く、彼終に屈せざる
やと。乃ち赦して之を出だし、皆な士人に適かしむ。按ずるに、二詩の首章、謂う所は
「今日　相い逢う　白司馬、尊前　重ねて与に琵琶に訴えん」と。同官なる者は何れの人に
して、乃ち敢えて此の詩を以て上に聞かすかを知らず。第二部に謂う所の「春来　雨露
深きこと海の如し、劉郎に嫁し得るは阮郎に勝る」も亦た已に嫁せし後の詩の似きなり。
按ずるに、『立斎閑録』に云う。公、三十五年十月十七日に典刑せられ、子福、安、河池
千戸に発して軍に充てられ、子安、先に鞍轡局に於いて病故すと。父仲名、年八十三、母
薛と与に海南に安置せらる。一女四歳、教坊司に発せらると。文恪、精核を以て名ある
も、紀す所の審ならざること此くの如し。二詩必らず好事なる者に出でん、然るに当時鼎
石、内朝の臣に非ざるを以て、故に数たび上に窘いて且つ屈せざるも、尚お未だ族誅に至
らざるなり。

　王世貞は明代における当代史考証の先駆者といわれるが[23]、この箇所の考証には問題がある。
まず『震沢紀聞』の引用だという文が、前掲の資料に拠れば『震沢紀聞』よりむしろ『革朝
志』に近く、許したのが永楽帝になっていること、また詩句も『震沢紀聞』とは字が異なるこ
とである。2首目の末句は「劉郎に嫁し得るは阮郎に勝る」となっている。[24]
　王世貞が拠った『震沢紀聞』の版本の問題の可能性もあるが、これらはいずれも王世貞の手
になるとされる文言小説集『艶異編』に見える記事と重なっている。今、原文のままに示せ
ば、以下の通りである。

　　鐵氏二女
　　鐵氏，色目人。父鉉爲山東布政使。靖難師攻城，百計終不能下。文皇入正大統，禽鉉至，
　　殺之。其家屬發教坊司爲樂婦。二女入司數月，終不受辱。有鉉同官至，二女各獻以詩。長
　　女詩曰：教坊脂粉洗鉛華，一片寒心對落花。舊曲聽來猶有恨，故園歸去已無家。雲鬟半挽
　　臨粧鏡，兩淚空流濕絳紗。今日相逢白司馬，尊前重與訴琵琶。次女詩曰：骨肉相殘産業
　　荒，一身何忍去歸娼。淚垂玉筋辭官舍，步蹴金蓮入教坊。覽鏡自憐傾國色，向人羞學倚門
　　粧。春來雨露寬如海，嫁得劉郎勝阮郎。同官以詩上達　文皇，曰：「欲終不屈乎。」乃赦出
　　之。皆適士人，以終老焉。

　清代以降の『列朝詩集』『明詩綜』などの諸資料でも、「劉郎」の字は受け継がれている。対
して「陶郎」に作るのは『震沢紀聞』や『七修類稿』である。『型世言』は「劉郎」と作る。

『艶異編』が王世貞の手になることが間違いないのだとすれば、ちょうど一方では『弇山堂別集』において考証し、二女が永楽帝に許されたとするのは虚構であると示しながら、嫁いだあとの作品ではないかという説を立て、また『艶異編』において、文言の小説として永楽帝に許されたという説を広めたことになる。

鉄氏女は誰に嫁いだか

『型世言』では、鉄鉉の息子の名は福童・寿安とし、娘の名は孟瑶・仲瑛とする。これらは先行の史料と重ならず、『型世言』独自のものといえそうである。

鉄氏女を誰が守ったか、という問題については、『型世言』では父が洪武帝の位牌を掲げて城の陥落を防いだのに対して、娘たちは父の位牌を掲げて自ら純潔を守ろうとする。[25]

> 二人はすぐにあでやかな衣装や楽器、遊び道具などを一部屋に積み上げてしまった。姉妹は二人で同じ部屋に住まい、白い喪服をまとって、客間の真ん中に紙の位牌を立てた。そこには「明忠臣兵部尚書鉄府君霊位」と書いてあり、二人は朝晩痛哭しながら食事を捧げた。

この部分はあとの鴇母とのやり取りも含めて真剣な中にもユーモアのある場面になっている。また3年の喪が明けて次の展開が訪れるようにしているのも効果が高い。

鉄氏女を誰が許したかについては、永楽帝が赦したとしており、詩を見てその才能を認めた永楽帝は、「このような美貌が有りながら、純潔を失わなかったのは、忠臣の娘に恥じぬふるまい。そちは士人を選んで添わせてやるがよい」と鷹揚に言って許してやる。

鉄氏女はいつ詩を詠んだのかについては、『型世言』ではまず「四時詞」という6首の作品を載せてその詩才を示した上、冒頭で紹介した2首が詠まれるという工夫がされている。またそのさい、2首は同時に詠まず、『弇山堂別集』が2首目を「亦た已に嫁せし後の詩の似きなり」と述べたのと同じく、1首は紀綱が初めて訪ねて来たときの作、1首は高賢寧に嫁ぐことが決まったあとの作とする。[26]

> 三日して、紀指揮が祝辞を述べに来ると、高秀才はすぐに二人の令嬢と迎えに出た。紀指揮は「高先生は豪士、ご令嬢お二人は貞女、今日夫婦となったのは奇事というべきこと。詩でもってこの慶事を記されたかな」。高秀才は「それはまだ」。紀指揮は「ご令嬢は才女でござれば、きっとおありであろう」。再三ねだり、令嬢はやむなく一首作って進呈した。

詩句も『震沢紀聞』や『七修類稿』よりも『艶異編』に近いことから見ると、直接『型世言』がこれを参照した可能性もあるだろう。

そして『型世言』がおそらく初めて取り組んだのが、鉄氏女は誰に嫁いだのか、という問題である。「人」や「士人」としてしか書かれない結婚相手を、小説の上では誰か決めてしまいたいのは当然で、そのさいに高賢寧が選ばれたのは鉄鉉との関連から見て妥当な選択であっただろう。しかもそれによって永楽帝になぜ捕まったかも解決でき、旧友であった紀綱はまさしく建文旧臣に対する処罰を下す側にいたため、鉄鉉の娘との取り持ち役にもふさわしかった。そしてこれらの展開は、清代の夏綸の手になる戯曲『無瑕璧』にも受け継がれていったのである。

鉄氏女はその後どうすごしたか

『型世言』は、収められた各話がいかに創作されたか、という過程が回頭と回末の序・評によって理解できることにも特徴がある。「烈士不背君　貞女不辱父」の回末には陸雲竜の評がありこう述べる。[27]

　　而して高賢寧の論を作り、又た禄を食まざる、之を史冊に見ゆ。鉄氏二女の詩、之を伝聞に見ゆ、固より宜しく合して之を紀し、以て世型と為すべきなり。夫の後に能く全うするや否やに至りては、事尚お未だ知るべからず。総じて之、忠良に後有るは、固より亦た人の快として聞く所なるのみ。

この評によれば、「烈士不背君　貞女不辱父」の一話の眼目は、「史冊」に見える高賢寧の話と、「伝聞」に見える鉄氏二女の話を組み合わせたことにある。またそれぞれの話の来源が、「史冊」つまり史書と、「伝聞」を集めた筆記にあると意識されていることも着目されよう。また巻一に収められる話だけに、「世型」という語を用いて題名『型世言』とテーマとの結びつきも強調されている。

さらに後半では、この作品に書かれたことの真偽は確かならざることを述べて「人の快として聞く所」であるにすぎないと断ずる。

現代に至って、魯迅が『且介亭雑文』に収める「病後雑談」および「病後雑談之余」に、「鉄氏二女」の詩を取り上げたことはよく知られている。魯迅はそこで「もし鉄鉉に本当に娘などいないか、それとも実はすでに自殺してしまっていたのだとしたら、この虚構の物語から、社会心理の一端をうかがい知ることもできるだろう。つまり、受難者の家族に、娘がいるほうがいないよりも面白く、教坊に落とされるほうが自殺するよりも面白い、ということだ」と述べている。[28]

この見解は陸雲竜のそれと非常によく似ている。そして魯迅のこの文も含めた、考証による史実としての否定が、異説を生き残らせる働きをも持っていることは再度指摘しておくべきだろう。

さらに、『型世言』の中でもう一点指摘しておくべき部分がある。話の結末において二女と高賢寧、再会した福童と寿安は、淮安山陽で暮らすことになる。かつてその地で金賢に匿われて育った寿安は、後に二子を設け、一人に金氏を継がせ、金賢夫婦と鉄尚書の墓を並べて祀った。そして「今でも山陽には金、鉄の二氏がいるが、実は源は一つなのである」と結ぶ。

　これに拠ればとくに鉄鉉とはゆかりのない江蘇淮安の山陽に、鉄鉉の墓があったことになる。これは他の資料から証することは今のところかなわないが、必ずしも何らの根拠なく書かれたものではないだろう。

　王世貞は万暦元年（1573）、鉄鉉の故地である南陽に作られた唐の張巡と鉄鉉をともに祀る祠に『南陽張鉄二公廟碑』文を作っている。また『建文朝野彙編』の編者である屠叔方は、万暦 12 年（1584）に御史の任にあったさい、疏を奉り、鉄鉉らに諡号を定めて名誉を回復しようと図った。また万暦 3 年（1575）には南京に表忠祠が、万暦 19 年（1591）には山東済南に七忠祠が作られ、いずれも鉄鉉を祀っている。⁽²⁹⁾

　鉄鉉に関することでいえば、王世貞や屠叔方は、官僚として皇帝に直接名誉回復を請うことと並行して、あるいは歴史著述の中で考証し、あるいは文芸の中で異説を残し、さらに地方における祭祀も関連させるという総合的な活動を行っていた。どの状況においても鉄鉉を取り上げることで風説の中に広めていったのである。

　『型世言』も万暦年間に起こったこのような風潮を受けて、鉄鉉の墓と、山陽の金・鉄の二氏について記したのであろう。

　『型世言』の「烈士不背君　貞女不辱父」は万暦後期から崇禎初年にかけての、建文旧臣や史書や筆記の中に伝えられる記事の状況を色濃く反映して生まれたものであったと言えよう。

五、おわりに

　鉄鉉の娘に関する言説は、はじめは彼女たちが詠んだとされる詩により広まった。そして万暦年間に『弇山堂別集』により考証が行われ、鉄鉉に二人の娘がいたことは否定されたが、これはむしろ『型世言』に見られるように、鉄鉉の娘の物語が洗練の度を増すことのために働いたように思われる。

　『型世言』は各種の史書の記述をつづり合わせ、『弇山堂別集』の考証に対しても辻褄が合うよう物語を展開させている。高賢寧と鉄鉉の娘の結婚は『型世言』による創作と考えられるが、それらは清初に銭謙益や朱彝尊が再び鉄鉉の娘の実在と作詩を考証し否定した後にも、史劇の筋立ての中で受け継がれることになった。

　そして特に万暦年間から崇禎年間にかけては、建文旧臣に関して、そのような変化を起こすための環境が整った時期であったといえる。

　『型世言』巻一「烈士不背君　貞女不辱父」は史書や歴史文芸の中で変化してきた話柄を受

け、かつ当時の地方における建文帝の旧臣たちの顕彰の風潮をも取り込みながら制作され、この小説集の冒頭を飾ることになったのである。

　これは「もし」という仮定を歴史に持ちこみ、それを体現して史書を補うという歴史文芸の一つの典型を、小説の形で示したものといえるだろう。

※本研究は JSPS 科研費 JP16K16812 の助成を受けたものである。

【注】

(1) 建文帝の統治時期の時局の変遷については川越泰博（1997）を主に参照している。

(2) 原文：其家屬發教坊司爲娼。鉉有二女，皆誓不受辱。仁宗即位赦出之，皆嫁朝士。『震沢紀聞』は嘉靖三十年序本に拠ったが、後の万暦年間に刊行された『国朝典故』所収『王文恪公筆記』本や『紀録彙編』所収『守渓筆記』本はいずれも字句が大きく異なる。

(3) ただし、このいわゆる「鉄氏二女」については、明代後期から清代を経て現代に至るまで、その存在に疑念を持つ者も多く、清の銭謙益『列朝詩集』閏集香奩中、清の朱彝尊『曝書亭集』巻三十所収「史館上総裁第四書」はいずれも鉄鉉の娘の作であることを否定する。

(4) 成立年代については井玉貴（2008）43—46 頁の考証に拠る。

(5) 原文：剛到城下，早是前驅將士多下陷坑，成祖見了，即策馬跑回城頭上。鐵參政袍袖一舉，刀斧齊下，恰似雷響一聲，閘板閘下。喜成祖馬快，已是回轡。打不著。反是這一驚，馬直擸起，沒命似直跑過吊橋。

(6) 建文朝を書く史籍については、楊艶秋（2005）第五章第五節「明代建文朝史籍的編撰」が基礎的な整理を行い、呉德義（2013）が全面的に検討している。本稿もこれらの論考に拠るところが大きい。

(7) 原文：文廟兵至城下，圍之月餘不得下。時城有攻破者隨完之，以計詐開門，降用板，候其入下之，幾中其計。後復出戰，文廟被其窘甚，知不能克，乃棄去。

(8) 原文：北軍乃倣大炮，把大石炮藏在內，向著城打來，城多崩陷。鐵參政計竭，卻寫「太祖高皇帝」神牌挂在崩處，北兵見了，無可奈何，只得射書進城招降。

(9) 原文：文皇師，至城下，攻之百方。鉉隨機設變，終不能克。以礮石擊其城，將破。鉉書　太祖高皇帝牌，懸城上，師不敢擊。久之，不下。

(10) 原文：或云，鉉於壞處，輒懸太祖御像。兵畏忌矢石不敢犯。鉉於像內潛修築完固。

(11) 原文：鐵鉉守濟南，北師用礮攻城，將破，鉉懸太祖像於礮犯處。燕不敢擊。按，倉卒中，安從得像。有作書神位者，爲是。其二女詩疑出附會，今不錄。

(12) 雷慶鋭（2007）は『型世言』が旧主に殉じた忠臣と同様に高賢寧を評価すると指摘する。

(13) 原文：文皇兵至濟南，城未下，以箭書射城中促降。時國子監生濟陽高賢寧適在城中，乃作《周公輔成王論》射城外，乞罷兵。未幾城下，賢寧被執。云：「此即作論秀才。」文皇曰：「好人也。」欲官之，固辭。其友紀綱勸令就職，賢寧曰：「君是學校棄才，我已食廩有年，不可也。」綱言於上，全其誌而遣之，年九十七而終。

(14) 張安峰（1998）は『続蔵書』を『型世言』の直接の来源として考えるが、本論で述べるように同文は複数の資料に見られるため必ずしも断定できない。

(15) 原文：高秀才聞此消息，逕來收他骸骨，不料被地方拿了，五城奏聞。成祖問：「你甚人？敢來收葬罪人骸骨。」高秀才道：「賢寧濟陽學生員，曾蒙鐵鉉賞拔，今聞其死，念有一日之知，竊謂陛下自誅罪人。臣自葬知己，不謂地方，逕行擒捉。」成祖道：「你不是做《周公輔成王論》的濟陽學生員高賢寧麼？」高秀才應道：「是。」成祖道：「好個大膽秀才，你是書生，不是用事官員，與奸黨不同，作論是諷我息兵，有愛國恤民的意思，可授給事中。」

(16) 原文：男福安，十二歲，永樂二年發河池千戶所充軍。康安，七歲，永樂元年在鞍轡局病故。妻楊氏，年三十五，十月初五日取送教坊司，元年閏十一月初病故。女玉兒，四歲，送教坊司。父仲名，年八十三，母薛氏，并海南安置。六年，故。

(17) 原文：永樂二十二年十一月，御札付禮部尚書呂震，曰：「建文中奸臣，其正犯已悉受顯戮，家屬初發教坊司、錦衣衞、浣衣局並習匠及功臣家爲奴，今有存者，既經大赦，可宥爲民，給還田土。」

(18) 原文：鐵鉉，湖南鄧州色目人也，革除間參政，因忤成祖被誅。二女金兒、玉兒，發教坊司，女誓不受辱，而色長陳儀特護持之。仁宗即位，命官至教坊查審放出，皆令適人，因而各上詩一律謝恩。

(19) 原文：永樂初，溧陽徐尚書，爲潛匿建文，朝廷抄戮一門。有幼女，發入樂籍，色長陳儀陰眷之，不使污辱，後遇赦，儀爲嫁之，尚童也。聞鐵鉉能詩二女，亦儀成全以從良。

(20) 家屬發教坊司。鉉二女入終不受辱。久之，鉉同官以聞文皇曰，渠竟不屈耶，乃赦出之，皆適士人云。

(21) 原文：子福安，戍河池，康安先卒，父仲名，年八十三，母薛，安置海南。

(22) 原文：李文達『天順日録』紀：鐵鼎石死義事甚烈。二公同鄧人也。故能知之。王文恪『紀聞』謂：公死後二女入教坊。數月，終不受辱。有鉉同官至。二女爲詩以獻。文皇曰：彼終不屈乎。乃赦出之，皆適士人。按二詩首章所謂「今日相逢白司馬，尊前重與訴琵琶」不知何官者何人，乃敢以此詩聞上乎。第二部所謂「春來雨露深如海，嫁得劉郎勝阮郎」亦似已嫁後詩也。按『立齋閒録』云：公于三十五年十月十七日典刑，子福、安，發河池千戸所充軍，子安先于鞍轡局病故，父仲名年八十三，與母薛安置海南。一女四歲，發教坊司。文恪以精核名，而所紀之不審如此。二詩必出好事者，然當時以鼎石非内朝臣，故數窘上且不屈，而尚未至族誅。

(23) 錢茂偉（2003）138 頁。

(24) この部分は王世貞が『国朝典故』所収『王文恪公筆記』本や『紀録彙編』所収『守溪筆記』などに拠っている可能性が高い。より早い段階の「鉄布政女詩」の文と大きく異なるためである。

(25) 原文：兩個便將艷麗衣服、樂器、玩物都堆在一房。姊妹兩個同在一房，穿了些縞素衣服，又在客座中間立一紙牌。上寫：明忠臣兵部尚書鐵府君靈位。兩個早晚痛哭上食。

(26) 原文：三日，紀指揮來賀，高秀才便請二小姐相見。紀指揮道：「高先生豪士，二小姐貞女，今日配偶，可云嘉事，曾有詩紀其盛麼？」高秀才道：「沒有。」紀指揮道：「小姐多有才，一定有的。」再三請教，小姐乃作一詩奉呈。

(27) 原文：雨侯云：「而高賢寧之作論，又不食祿，見之史冊。鐵氏二女之詩，見之傳聞，固宜合紀之以爲世型也。至夫後之能全與否，事尚未可知。總之忠良有後，固亦人所快聞耳」。

(28) 原文：倘使鐵鉉真的并無女兒，或有而實已自殺，則由這虛构的故事，也可以窺見社會心理之一斑。就是：在受難者家族中，無女不如其有之有趣，自殺又不如其落教坊之有趣。

(29) 余勁東（2015）は明代における鉄鉉の「忠臣」としての評価の確立と、清代に至るまでの変化をまとめている。

参考文献

川越泰博（1997）『明代建文朝史の研究』汲古書院

張安峰（1998）「『型世言』素材来源（1）」『明清小説研究』1998 年第 1 期

錢茂偉（2003）『明代史学的歴程』社会科学文献出版社

楊艶秋（2005）『明代史学探研』人民出版社

雷慶鋭（2007）「陸雲竜忠君思想探析——以『型世言』評点為主」『青海師範大学学報（哲学社会科学版）』2007 年第 3 期

井玉貴（2008）『陸人竜、陸雲竜兄弟小説創作研究』中国社会科学出版社

呉德義（2013）『政局変遷与歴史叙事　明代建文史編撰研究』中国社会科学出版社

余勁東（2015）「従「姦臣」到「地方神」——明清時期対靖難遜国臣鉄鉉的形象建構研究」『済南大学学報（社会科学版）』2015 年 1 期

鉄扇公主と芭蕉扇

堀 誠

　トルファンの火焔山について『中国詩跡事典』は「火焔山（火山）[1]」の項に次のような地理・歴史的な概要を記す。

　　天山山脈東部の南麓、吐魯番盆地の東北部に、約一〇〇キロメートルにわたって屏風のように連なる、平均標高五〇〇メートルほどの赤い砂岩の山脈。古くは「火石山」「火山」と呼び、明代以降、「火焔山」と呼ばれた。高昌国の都城跡で、唐代、西州（交河郡）が置かれた高昌故城（吐魯番市の東南約四〇キロメートル）は、その南麓にある。（下略）

　火焔山は、史書にあっては『魏書』巻百一「高昌」・『北史』巻九十七「西域」「高昌」・『隋書』巻八十三「西域」「高昌」に「赤石山」と記載され、盛唐の辺塞詩人として知られる岑参の詩篇には「火山」の語を以て詠出される。「赤石山」は太陽の炎熱で焼ける山肌の色彩に基づき、「火山」は火焔の山を意味するのであろう。炎熱の陽光が赤砂岩の山肌を焼いて立つ陽炎が、皺のある赤い山肌をゆらゆらと立ちのぼり、山自体が火焔のごとく見えることに由来する。岑参は「経火山（火山を経）」（五言十句）に、その炎熱のさまを次のように詠む。

　　火山今始見　（火山　今　初めて見る）
　　突兀蒲昌東　（突兀たり　蒲昌の東）
　　赤燄焼虜雲　（赤焔　虜雲を焼き）
　　炎氛蒸塞空　（炎氛　塞空を蒸す）
　　不知陰陽炭　（知らず陰陽の炭）
　　何獨然此中　（何んぞ独り此の中に然ゆ）
　　我來嚴冬時　（我来るは厳冬の時）
　　山下多炎風　（山下　炎風多し）
　　人馬盡汗流　（人馬尽く汗流る）
　　孰知造化功　（孰か知らん造化の功）

　岑参は初めて目の当たりにした「火山」を、五感を動員して実見体感するままに「造化の功」とまで鮮烈に描きだす。これをはじめとする「火山」の詠唱を介して「火山（火焔山）」は

詩跡として勇名を馳せたが、近年は地球温暖化や水の消費量の増大などにともなう砂漠化のため、タクラマカンの砂塵が山肌を蔽って火焔山の火焔山たる所以は色彩的に薄らぎ消えつつあると仄聞する。[2]

　唐代に着眼すれば、第二代皇帝太宗の貞観元年（627）、玄奘法師が西天取経のために国禁を犯して唐土を出発した当時、このシルクロードの地には高昌国が栄えたが、太宗は貞観14年（640）に高昌国を滅ぼし、西州を置いた。玄奘が取経の目的を遂げて長安に帰還する貞観19年（645）には、すでに高昌国の地は中華の疆域となっていたことが明らかである。

　この火焔山の名が人口に膾炙するのは、必ずしも史跡や詩跡としての一面に負うばかりでなく、むしろ玄奘の西天取経を敷衍する明の小説『西遊記』（世徳堂刊本による）第五十九～六十一回に物語化する、この山を舞台とする故事に与るものが少なくないと考えられる。ただし、火焔山の地の説明に高昌国の国名は出ず、この難所を越えた第六十二回の「勅建護国金光寺」の話題の中で、その護国金光寺が所在する祭賽国の北に高昌国があると語られるのみであるが、それはそれとして『西遊記』に展開する火焔山にまつわる名高い故事を示せば、

　　　第五十九回「唐三藏路阻火燄山　孫行者一調芭蕉扇」
　　　第六　十　回「牛魔王罷戰赴華筵　孫行者二調芭蕉扇」
　　　第六十一回「猪八戒助力敗魔王　孫行者三調芭蕉扇」

となる。各章回の回目にストーリーの大略がうかがえようが、その3回の回目すべてにそろって「芭蕉扇」が出現する。この「芭蕉扇」無くしてこの故事がはじまらないことは多くの人々の知るところでもあろう。

一、「芭蕉扇」を考える

「扇」はいわゆる「うちわ」を意味する。明の小説『平妖伝』四十回本に、この「扇」にまつわる興味深い一節がある。第十一回、写し盗った天書の解読のため「聖姑」を訪ねて宛州の内郷県（河南省南陽市）にやってきた蛋子和尚は、折しも5月中旬の炎熱にたまらず道筋の扇舗に入り込む。その直後のナレーションに注目したい。

　　　那時摺疊扇還未興、舖中賣的是五般扇子。那五般是紙絹團扇、黒白羽扇、細篾兜扇、蒲扇、蕉扇。（そのころは摺疊扇はいまだ行われず、店で売られているのは五種類の扇子でした。その五種類とは、紙絹團扇、黒白羽扇、細篾兜扇、蒲扇、蕉扇。）

店に並ぶのは5種類の「うちわ」ばかり。「紙絹團扇」とは紙・絹を張った丸いうちわ、「黒

白羽扇」は黒や白の羽毛でつくったうちわ、「細篾兜扇」は露兜樹（タコノキ）の細い繊維でつくったうちわ、「蒲扇」は「蒲葵扇」の略称で、蒲葵（ヤシ科の檳榔樹）の葉で作ったうちわ、「蕉扇」は「芭蕉扇」を指すもので、おそらく芭蕉の葉や繊維を加工したうちわをいうのであろう。

　これらの「扇」に対して、ナレーション冒頭に出てきた「摺畳扇」は、「摺畳」（おりたたみ）のきくうちわの意で、「せんす」「おうぎ」の類を指す。中国の「摺畳扇」は、意外にも日宋貿易で日本から海を渡ったことにルーツがあり、やがて時を経てこの『平妖伝』四十回の成立した明の泰昌年間には、「摺畳扇」が普及して重宝されていたことは確かであろう。ただ、『平妖伝』は北宋の慶暦7年（1047）に河北の貝州に発動した王則の乱を敷衍する。ナレーションにいう「那時」とは、敷衍する小説の時代、章回に即してもう少し細かにいえば、貝州に妖術者たちが集合する過程にある天禧2年（1018）8月、蛋子和尚が華陰県の楊巡検の催す無遮大会に聖姑姑を訪ねた当時を指すに他ならない。「説話的」（ナレーター）はその当時を想定していったもので、その所説は宜なるかなといえる。

　かくて思案のあげくに細篾兜扇を買って「訪聖姑（聖姑を訪ねん）」の三文字を書きつけた蛋子和尚は、運良くその扇に目をとめた店主から聖姑姑の情報を教えられて、楊巡検が催す無遮大会を訪ねるというように、物語は時節の話題を巧みに織りこんでこぎみよく動いていくが、前引の5種の扇の中に「蒲扇」と「蕉扇」を列記していることによれば、両者は別種となる。この「蒲扇」と「蕉扇」とを考えるに、澤田瑞穂「芭蕉扇」[3]には、

　　ところで、この蒲葵扇は、また別に芭蕉扇ともよばれる。その形状が芭蕉の広葉のように見えないこともないから、比喩として芭蕉を持ち出したとも考えられるが、しかし芭蕉の葉は破れやすく、そのままでは団扇に製することはできない。だから現物の芭蕉扇というものは存在しない。ただその茎を解（ほど）いて繊維とし、灰水で練って織ったものを蕉葛または芭蕉布とよび、わが国では沖縄の名産になっていることが知られているだけである。

と論説する一方、『広辞苑』第三版[4]に、「唐扇の一種。芭蕉の葉鞘を細工して円扇としたもの」との記載にも言及して、

　　裂けやすい葉の部分ではなく、葉鞘（葉柄の下部が茎を抱いて鞘状をなしているもの）という別の部位を材料として製した団扇をいうことになる。それならば、破れない代りに、蒲葵扇のように素材のままでの量産はできず、またあまり手荒くは扱えなかったであろう。

とも述べるが、葉鞘を使ってどのように加工するかは詳らかでない。

　「芭蕉扇」の呼称や製法は明瞭（クリア）にはならないが、「芭蕉扇」を考えるに、この扇は火焔山に対していかなる特性を持つか。「芭蕉扇」の論説にもあった「芭蕉布」は手間暇かけて加工した繊維を織り上げたものになり、暑中にあって通気性に富むことはあっても、仮にこれを扇面に

使うとなると、扇げば空気が逃げて不適当な上に、必ずしも耐熱・耐火に優れる素材とは言えまい。古く『山海経』「大荒西経」に見える「炎火之山」の条には、「投物輒然（物を投ぐれば輒ち然ゆ）」との記載がある。郭璞の注に「火山国」があり、その火の中に「白鼠」がいて、その毛で布を作る。これが「火澣布」であると記す。『神異経』「南荒経」にもこれに適合する記述があるが、こうした不燃布であってこそ火焔山を通過するのに相応しいアイテムのように理解されるが、およそ「芭蕉扇」にその不燃の特性は認められない。

　しかも『西遊記』における「芭蕉扇」の持ち主は、鉄扇公主、又の名を羅刹女という。「鉄扇」は鉄製のうちわの意で、「公主」は天子の娘の呼称。「芭蕉扇」は何らかの植物素材を基本とする扇でありながら、「鉄扇」の語をもって所持者の名に冠する。この「芭蕉」と「鉄」の取りあわせに不均衡を感じるのは筆者のみであろうか。

　『西遊記』第五十九回、秋というのに炎熱の暑さにたまらず三蔵が土地の老人に問えば、この土地が火焔山とよばれ、春も秋もなく、四季そろって暑いとのこと。火焔山の四方には一寸の草さえ生えず、もし山を過ぎられたとしても、銅の脳蓋・鉄の身体も溶けて金属汁と化してしまうという。この地を無事に通過する手段やいかにと算段する折、孫悟空は通りがかった糕売りから、「鉄扇仙」が所有する芭蕉扇を一扇ぎすれば火は消え、二扇ぎすれば風が起こり、三扇ぎすれば雨が降る（「一扇息火、二扇生風、三扇下雨」）という神妙な道具のことを聞きつけた。かくて住処が翠雲山芭蕉洞であると聞いて当地に飛び来たった悟空は、樵夫から芭蕉洞はあるが、「鉄扇仙」はいず、鉄扇公主、又の名を羅刹女という牛魔王の女房が住むと教えられる。鉄扇仙の「仙」は、分解すれば「山」の「人」で、翠雲山芭蕉洞といった山に住む人に他ならないが、決して鉄扇公主の「駙馬」（公主の夫）ではあるまい。

　ただすでに指摘したように、芭蕉扇を所持するのなら、その所有者の名を「芭蕉扇公主」、落ち着きが悪ければ「蕉扇公主」とでも略称すればよさそうなものであるが、わざわざ「鉄扇」の語を冠するのは、「芭蕉扇」の植物性と「鉄扇」の金属性とで不均衡であるばかりか、火焔山の炎熱に対しても、「芭蕉扇」の植物性では耐火の面で難がある。とすれば、「鉄扇」の金属性はその弱点を補うべく不燃性を増強したものか。一見鉄壁の如きも、「鉄扇」とて極度の炎熱には軟化熔解する弱点をもつことは言うまでもない。この「芭蕉扇」の登場する明の『西遊記』から時代を遡って、元代の『西遊記』のテキストの周辺から探り直してみたい。

二、先行テキストにおける「火焔山」と「鉄扇」

　元朝の圧政と搾取に苦しむ高麗王朝の時代に編纂印行された中国語の会話教科書に『老乞大』『朴通事』がある。学習対象者を役人としたと推測される『朴通事』には元代の『西遊記』のテキスト資料が含まれ、その中で妖怪名・地名を列挙している部分に、「火炎山」の山名が見える。「火炎」の表記になるが、この山名が記載される事実から、この「火炎山」を舞台と

する故事が定着していたことは想像に難くない。鉄扇公主や羅刹女はもとより所持する扇に関する記載が無いことから、その炎熱に由来する「火炎山」なる特定的な山名がその故事を象徴する意味を負っていたといえる。後述する南宋の『大唐三蔵取経詩話』のテキストに「火類坳」のプロットが定着することからも、この山が初期から「西遊記」故事の一つの舞台として欠くべからざるものになっていたと推測される。

また、元・呉昌齢の雑劇「西遊記」のテキストと誤解された『楊東来先生批評西遊記』（「楊東来本西遊記」）は、楊景賢（1345—1421）の作で、その死後約200年後の万暦甲寅（1614）に刊行されたものであるが、その第十八〜二十齣に注目すべき情節が認められる。第十八齣「迷路問仙」において、唐僧から西天への道のりを尋ねられた採薬仙人はこの先に火焔山があり、鉄扇公主が所持する「鉄扇子」で風・雨・火を滅ぼせることを教える。

　　　俺此閒不五百里、有一山、名曰火燄山。山東邊有一女子。名曰鐵扇公主。他住的山、名曰
　　　鐵鎈峯。使一柄鐵扇子、重一千餘斤。上有二十四骨。按一年二十四氣。一扇起風、二扇下
　　　雨、三扇火卽滅、方可以過。（俺の此の間より五百里ならずして、一山有り。名づけて火焔山と
　　　曰ふ。山の東辺に一女子有り。名づけて鉄扇公主と曰ふ。他の住むところの山、名づけて鉄鎈峯と曰
　　　ふ。一柄の鉄扇子、重さ一千余斤を使ふ。上に二十四骨有り。一年二十四気に按ずるなり。一び扇げ
　　　ば風を起こし、二び扇げば雨を下らし、三び扇げば火即ち滅び、方に以て過ぐべし。）

孫行者は「鉄鎈峯」に借りに行くが、その住処の名は後述する明の小説に見える「翠雲山芭蕉洞」とは異なるものの、「鉄扇子」がもつ三扇の効用は、明代のテキストに共通するものが認められる。

第十九齣「鉄扇凶威」では、鉄扇公主がもと風部の祖師で、西王母と酒席で争いここ鉄鎈山に遷謫された身の上を明かす一方、孫行者を無礼と詰って鉄扇子を貸さずに戦いになる。鉄扇公主自ら語る「鉄扇子」の特徴に耳を傾けてみよう。

　　　我一柄扇子、重一千餘斤。上有二十四骨、按二十四氣。此般兵器、三界聖賢、不可量度。
　　　單鎭南方火燄山。若無此扇、諸人不可過去。好扇呵。（我が一柄の扇子、重さ一千余斤あり。
　　　上に二十四骨有り、二十四気に按ず。此の般の兵器は、三界の聖賢、量度すべからず。単に南方の火
　　　焔山を鎮む。若し此の扇無くんば、諸人過ぎ去くべからず。好き扇子かな。）

素材が鉄だけに「重一千余斤」は、なまじの重量ではない。「二十四骨」は、「摺畳扇」の折り畳みのきく骨ではなく、大きく重い扇の面を支えるために葉脈のごとく補強した骨を指すのであろう。その鉄扇は火焔山の炎熱を鎮めるのに必要不可欠の存在であることは間違いない。もちろんこの火焔山の通行に特化した異色の機能のみでなく、一たび戦って利あらず、劣勢を挽回すべく孫行者を一扇ぎすれば、

喫這婆娘一扇子、搧得我滴溜溜半空中。（這の婆娘の一扇子を喫して、我を滴溜溜と半空の中に搧ぎ得たり。）

と、孫行者自ら語り明かすとおりの頼もしい代物であった。残念ながら鉄扇をめぐる戦闘とその首尾はこればかりで、開陳された「南方の火焔山を鎮む」との特殊能力は実際に発揮されることはなく、孫行者は観音に救済を求める。

第二十齣「水部滅火」に入ると、観世音は孫行者の求めに応じて水部の諸将を派遣して、火焔山の火は消され、一行は無事火焔山を通過する。ここに天上界の水部の諸将が火焔山を鎮火する役務を一手に担うのは、劇作の筋立て上の迷走失態ともいわざるを得ず、展開上の醍醐味に欠ける憾みが残る。

加えて、発見当初は元鈔本と称されながら宝巻や羅祖の無為経の展開史的な観点から明末の鈔本と考えられている『銷釈真空宝巻』(9)には、「火焔山」「羅刹女」「鉄扇子」「降下甘露」の記述がある。それらの字句からは、「火焔山」を舞台として、その山の火を「羅刹女」の「鉄扇子」で鎮めて「甘露の雨を降らせる」という情節（プロット）の存在が想起される。その「鉄扇子」は、文字通り鉄製のうちわに他ならず、「千余斤」といった重さの記載はないものの、その鉄製の質量を備えていることに異論は無かろう。ただし、その所持者は羅刹女である。『織田仏教大辞典』(10)には、「〔異類〕人を食ふ鬼女なり。羅刹は悪鬼の総名。男を羅刹婆と云ひ、女を羅刹私と云ふ」とある。明の小説『西遊記』では鉄扇公主の又の名としてあり、孫悟空の名を聞いた羅刹女は、息子の聖嬰大王紅孩児が観音菩薩に帰依して善財童子とよばれるにいたった現実を恨み、その因果を作った孫悟空とは仇敵の関係にあったとするのである。

以上を要するに、明の『西遊記』にいたる前のテキストには、片や「鉄扇公主」が、片や「羅刹女」が、いずれも「鉄扇」を所持する情節（プロット）が認められる。しかるに、明の小説は「鉄扇公主」の又の名を「羅刹女」として両者を撮合一体化する体でありながら、その所持する道具は「鉄扇」を改め「芭蕉扇」として形象化したように推察される。

かくて『西遊記』第五十九回には、扇を借りにいきながら鉄扇公主と戦いになった孫悟空は、日暮れを前に一たび扇がれて、飛び来たったのが小須弥山。かつて黄風怪の退治で世話になった霊吉菩薩を訪ねれば、霊吉菩薩はその婦人と霊宝のいわれを笑って聞かせる。

「那婦人喚名羅刹女、又叫做鐵扇公主。他的那芭蕉扇本是崑崙山後、自混沌開闢以來、天地產成的一個靈寶、乃太陰之精葉、故能滅火氣。假若搧着人、要飄八萬四千里、方息陰風。我這山到火燄山、只有五萬餘里。此還是大聖有留雲之能、故止住了。若是凡人、正好不得住也。」（「あの婦人は羅刹女といい、またの名を鉄扇公主という。あの者の芭蕉扇は、元来崑崙山の後ろで、混沌開闢せし以来、天地の生みなせる霊宝である。太陰の精葉であるので、火気を滅ぼすことができる。もし人を扇げば、八万四千里も吹き漂わせて、ようやく陰風が止む。わがこの山は火焔山から五万余里ほどあるだけじゃ。これはやはり大聖（斉天大聖すなわち孫悟空）に雲を留め

る能力があったので、止まったのじゃ。もし凡人であれば、止まり得ぬはず。」)

　ここに芭蕉扇が、混沌開闢以来の崑崙山後の天地が生んだ、太陰の精華という霊宝で、火気を滅ぼす能力を有するとの特性が明らかにされる。同時に、人を扇げば八万四千里も飛ばすという能力も開陳される。悟空は飛ばされぬ対抗措置として、霊吉菩薩から如来の「定風丹」をもらい受けて、火焰山に戻ると展開する。この第五十九回の前段における孫悟空が扇がれて遠く飛ばされるストーリーは、前引の『楊東来先生批評西遊記』に認められる孫行者に対する1回だけの鉄扇の使用が踏襲されたと考えられる一方で、この扇の貸借争奪をめぐる一大スペクタクルに発展しているように考えられるが、ここに物語化に関わる不思議なからくりがあったように推察されてならない。

三、『西遊記』における2つの「芭蕉扇」

　「芭蕉扇」は明の小説『西遊記』には、どのように描かれるか。その故事は第五十九回から3回にわたって展開し、鉄扇公主の配偶者たる牛魔王も登場しての一大スペクタクルとなるが、何よりも注目しておかなければならないのは、明の小説『西遊記』において「芭蕉扇」は、鉄扇公主の所持物としてだけ登場するのではない事実である。実は、第三十二〜三十五回に登場する平頂山蓮花洞に住む金角・銀角が所持する5種の得物の一つに「芭蕉扇」が確かに存在する。この扇の特性は、弟の銀角を浄瓶に盛られてしまった金角が、「芭蕉扇」を襟首に指して七星剣を手に戦う中で発揮される。孫悟空の身外身の法のために手下をさんざんに打ちなされて慌てた金角は、右手で「芭蕉扇」を取り出し、南のかた離宮に向けて一扇ぎする。

　　原來這般寶貝，平白地搧出火來。（そもそもこの宝は、わけなく火を扇ぎ出すのである。）

　悟空は劫火に驚き、避火の術を使ってとんぼ返りを打って空に飛んで逃げる。扇げばまさに火炎放射器のように火炎を生みだす特殊な機能は、火をあおり、火勢を増すという扇の用途の一線を超えて、火の無いところに煙火を立たせる発想による。
　この金角・銀角の「芭蕉扇」は、前述した鉄扇公主の「芭蕉扇」と全く異なる機能を装着する武器に他ならず、同名異体の存在であることは大いに注目すべきであろう。この特異な得物は「乃是自開闢混沌以來產成的眞寶之物。（混沌開闢して以来、生みなされた真の宝というもの。）」という希有な存在であり、それを金角・銀角が所持する由来は、第三十五回に太上老君が自ら語り明かすとおりである。

　　「葫蘆是我盛丹的。淨瓶是我盛水的。寶劍是我煉魔的。扇子是我搧火的。繩子是我一根勒

袍的帶。那兩個怪、一個是我看金爐的童子。一個是我看銀爐的童子。只因他偸了我的寶具、走下界來、正無覓處、却是你今拿住、得了功績。」（「葫蘆はわしが仙丹を盛るものであり、浄瓶はわしが水を盛るものであり、宝剣はわしが魔を煉るものであり、扇（芭蕉扇）はわしが火を扇ぐものであり、縄はわしが袍をしめる帶である。あの二人の妖怪は、一人はわしの金炉を番する童子で、一人はわしの銀炉を番する童子であった。二人はわしの宝物を盗んで下界に逃げ、捜し出せぬうちに、そなたが今捉えてくれた。手柄じゃ。」）

　『西遊記』の妖怪たちは、天上界の権威ある神仏神仙の管理を逃れて地上で妖怪となっているものが少なくなく、これら天上界の権威者が管理能力の無さを露呈する風刺的な要素も認められる。「芭蕉扇」は太上老君ゆかりの得物であり、八卦炉で煉丹するのに不可欠な火を扇ぎだす道具であった。この金角・銀角の所持する「芭蕉扇」の「自開闢混沌以來產成的眞寶之物」という異宝の位置づけは、第五十九回における火焔山の「芭蕉扇」に対する「本是崑崙山後、自混沌開闢以來、天地產成的一個靈寶、乃太陰之精葉」の記載に文字的にも重複するものが認められる。ただ火焔山の芭蕉扇が火を滅ぼすという能力を負うのに対して、この金角・銀角の「芭蕉扇」は、扇いで火を生ずるという特性をもった。この特性のベクトルは、いわば扇が本来もつ効用の対極にある。すなわち、適度な風は火勢を増し、扇ぎだす風が強すぎれば火は消える基本的な原理に支えられている。かくて同名異体の「芭蕉扇」が共存する事実は、面白くはあれ、一篇の物語の整合性や統一性という点ではいささか自己矛盾の一面も無いではなく、不備や手落ちの誹りも免れ得ないと感じるのは筆者のみであろうか。

　手の込んだことに、第五十九回、定風丹を手に入れて芭蕉洞に戻った孫悟空は、蟭蟟蟲児に化けてお茶といっしょに羅刹女の腹中に入りこんで大暴れする。かくて、まんまと借りだした「芭蕉扇」を扇げば、

　　　行者果擧扇、徑至火邊、儘力一搧、那山上火光烘烘騰起。再一扇、更着百倍。又一扇、那火足有千丈之高、漸漸燒着身體。（行者が果たして扇を挙げて、火のあたりに真っ直ぐ進んで、力のかぎり一たび扇げば、かの山の炎はゴーゴー燃えさかる。もう一扇ぎすれば、百倍の火勢となる。また一扇ぎすれば、その火は千丈の高さに足るほどで、だんだんと身体が焼けてくる。）

という真っ赤なニセ物。その効用は金角・銀角が所持した「芭蕉扇」と同類といわざるを得ない。真贋こぞって火焔山の地をめぐる複雑怪奇な故事が発想されていることにも注意を要する。

四、火焔山の鎮火と「芭蕉扇」

　西天取経の旅行記としての一面を考えれば、その道途に火焔山の存在は欠くべからざるものであったとも推測される。明の『西遊記』第六十回の冒頭に、前回の末尾に登場した火焔山の土地神が、本物の芭蕉扇を借りるには大力王すなわち牛魔王を頼るべしと進言し、この火焔山の火の由来を語り明かしている。耳を傾けてみれば、

　　（略）此閒原無這座山。因大聖五百年前、大鬧天宮時、被顯聖擒了、壓赴老君、將大聖安
　　於八卦爐内、煆煉之後開鼎、被你蹬倒丹爐、落了幾個磚來。内有餘火、到此處化爲火燄
　　山。我本是兜率宮守爐的道人。當被老君怪我失守、降下此閒、就做了火燄山土地也。（こ
　　こには、もとはこんな山はありませんでした。ところが、大聖が五百年前に天宮で大暴れをしたあげ
　　く、太上老君に八卦炉の中に入れられ、丹が煉りあがって炉を開けたとたん、大聖は炉を蹴倒しまし
　　た。その際、いくつかの煉瓦が地上に落ちてきましたが、まだ余熱が残っていて、それがここで火焔
　　山になったのです。わたしは、もと兜率宮の炉の火焚きをしていた道士です。老君は私の失態を咎
　　め、ここへ追い落として火焔山の土地神にしてしまったのです。）

ここに火焔山の誕生が、孫悟空のいわゆる「大鬧天宮」に由来するとの秘話が披露される。この由来に起因して、孫悟空が芭蕉扇を借りるのは、一つに火を消して師匠を通過させるため、二つに未来にわたって火の害を除くこと、三つにはこの土地神を天上に戻し老君の勘気を解くことに意味があると説明する。この山に関していえば、古く南宋時代のテキストにすでに関係する記事が認められる。

　巻末に「中瓦子張家印」のある『大唐三蔵取経詩話』は、「中瓦子」が南宋の都臨安の娯楽街であることから、その当時行われた説話（話芸）のテキストであろうと考えられている。その「過長坑大蛇嶺處第六」において、「火類坳」「白虎精」のすみかに差しかかった一行は、まず長く大きな坑を毘沙門天王の加護で通りぬけ、さらに龍の如くでありながら人に危害を加えない大蛇の住む大蛇嶺を通過して、「火類坳」に進みかかる。「坳」は、窪地を意味する。その窪地をのぞきこめば、その上には40里あまりも骸骨が横たわる。「此是明皇太子換骨之處（ここは明皇太子が換骨されたところです[11]）。」と猴行者に教えられた法師は合掌頂礼して通り進むが、その先には、天に連なる野火が待ち受ける。

　　又忽遇一道野火連天、大生煙燄、行去不得。遂將鉢盂一照、叫「天王」一聲、當下火滅、
　　七人便過此坳。（たちまち天に連なる野火が行く手を阻み、煙や焔を激しくあげて、進むことがで
　　きません。そこで毘沙門天王から賜った鉢盂で照らして、「天王」と一声叫べば、すぐさま火は消え
　　て、七人はこの窪地を通り過ぎたのでした。）

いわゆる火焔山の地に相当する場面と想定されるが、その危難も毘沙門天の加護によって難なく通過しているところは、後世の『楊東来先生批評西遊記』第二十齣「水部滅火」における観世音が派遣した水部諸将による火焔山の鎮火と同様でもあろう。そこに一脈の故事の継承・発展性を見いだすこともできるが、扇による鎮火のプロットという発想は微塵もうかがえない。

　この「火焔山」に加えて「扇」に着眼すれば、同じく南宋の羅燁の『酔翁談録』に一つの資料を見いだすことができる。巻一「舌耕叙引」「小説開闢」に記される「小説」（読み切り短篇）話本の演目らしき名目の中に、「葫蘆児」と「巴蕉扇」を認める。「霊怪」の名目に属するものであり、「巴蕉扇」は「芭蕉扇」に他ならず、いわゆる火焔山の故事であろうとの推測が、譚正璧『話本与古劇』をはじめ、澤田瑞穂「芭蕉扇」にもその考察が見える。しかしながら、「巴蕉扇」が「葫蘆児」とともに「霊怪」類に記載されることに鑑みれば、いずれも金角・銀角の故事であったとは考えられまいか。なぜなら、「芭蕉扇」と「葫蘆児」は、『西遊記』第三十五回に見える金角・銀角の所持する５種の武器の中の２種となるからである。相手は孫悟空が想起されるが、『西遊記』の演変史において金角・銀角は明代には現れるものの、その定着する過程は不明で宋元の資料にその姿を確認することはできない。むしろ『西遊記』の話題とは無関係の環境の中にあった彼等の退治譚を『西遊記』に集合化させ、西天取経の聖僧玄奘の肉を食うべく争奪戦を繰り広げながら、遂に退治される命運にある故事として定着していったのでなかったかとさえ想像される。「芭蕉扇」のもう一つの可能性として指摘しておきたい。

五、「鉄扇」と「芭蕉扇」

　翻って「鉄扇」と「芭蕉扇」との関わりである。明の小説『西遊記』には、「如意金箍棒」「緊箍（金箍）」といった特殊なメタルが次々に登場する。「如意金箍棒」は大小粗細伸縮自在であり、「緊箍」は呪文の遠隔操作で弛緊自在である。それらがもつ伸縮性や遠隔操作性といった属性は、いまだ形状記憶合金の域を出ない今日の科学技術の水準を飛躍的に越える、先進的な創造物といわざるを得ない。「緊箍」は、観音菩薩が如来から託され（第八回）、玄奘三蔵が菩薩から与えられ、孫悟空の頭に嵌められて根をはった（第十四回）不思議なアイテムであり、「如意金箍棒」は孫悟空が東海龍王敖広から得た神珍鉄「重さ一万三千五百斤」（第三回）である。三蔵主従に関わる特殊な鉄の道具であり、それらは、西天取経の主従の側に帰属することに意味がある。ところが、彼らの行く手に控える火焔山の通過に欠かせぬ道具が、やがて戦う相手方の鉄扇公主の名にし負う特殊な鉄製の「鉄扇」であったとしたらどうか。

　奥野信太郎「水と炎の伝承──西遊記成立の一側面」[13]には、「（太上）老君が鍛冶職ギルドの祖神」であることに着眼して、「現行の西遊記の原型は、鍛冶職ギルドの伝承と、根本的にかなり深い関係をもったものであったろう」と考説する。その所説は『西遊記』に底流するモ

チーフを考えるときに重要な視点をもつことは言うまでもない。懸案の鉄扇公主すなわち羅刹女の使う「芭蕉扇」についても、『西遊記』が成立する明代において、特殊な鉄をめぐる話題は勧善懲悪的あるいは神魔的な意図で整理され、「鉄扇」を素材的に「芭蕉扇」に変容改変する積極的な創意が働いたのではなかろうか。すなわち、特殊な鉄に関わる話題は、玄奘ならびに従者の側に帰属するものに限るといった、一元的な組織化が図られたように考えられる。かくてその残滓こそ、実体の伴わない「鉄扇」を冠した「鉄扇公主」という均衡を欠いた人物呼称ではなかったか。「扇」という道具であれば、民衆生活の中にあって普遍的に流通する「芭蕉扇」こそ適材であろう。この何の変哲もない扇が意想外の特殊な霊力を有する。その際、白鼠の皮衣であるよりは、奇を衒わぬ可燃の植物素材の「芭蕉扇」こそ好適であったとはいえまいか。あるいは、金角・銀角が所持する「芭蕉扇」がその素材的な改変の発想を促したとも考えられる。しかるに、金角・銀角の使う5種の武器から芭蕉扇のみを削減するのも不都合で、結果的には特殊機能の方向性を異にする2つの芭蕉扇を並存させ、同名異体を許容する世界を現出せしめる結果となったと考えられる。

　かくて『西遊記』は火焔山の「芭蕉扇」について、貸借可能で「這山搧息火、只收得一年五穀、便又火發。（この山は扇いで火を消せば、一年は五穀を収穫できるものの、また火を生ずる。）」（第六十一回）と記すが、そもそも「芭蕉扇」の実物はいかなる形態か。第六十回、孫悟空が化けたニセ牛魔王とはつゆ知らず、久しぶりで戻った亭主にしなだれかかった羅刹女は、芭蕉扇の所在について問われるや、愛人の玉面公主のもとですっかり忘れてしまったのかと戯れながら秘密を明かす。不思議にも、その扇は「只有一個杏葉兒大小（杏の葉のような大きさのものがあるばかり。）」で、羅刹女の口の中に保持されていた。「杏の葉」とは、芭蕉なり蒲葵なりの葉を加工した扇を収縮収納した大きさを表す。そこには芭蕉の「芭」の字もないが、それを本来の大きさに戻すには呪文の作法が必須となる。

　　只將左手大指頭捻着那柄兒上第七縷紅絲、念一聲「呬噓呵吸嘻吹呼」、卽長一丈二尺長短。這寶貝變化無窮。那怕他八萬里火燄、可一扇而消也。（左手の親指で、柄のところの七本目の赤い糸をひねって、呬噓呵吸嘻吹呼と一声唱えれば、たちまち一丈二尺にもなるんです。この宝物は、変化きわまりなしですから、たとい、八百里の炎だって一扇ぎで消してしまうのですわ。）

かくて一丈二尺の大きさになってこそ火焔山の八百里の炎を消すのに十分で、果たして『西遊記』第六十一回、牛魔王、羅刹女、玉面公主の退治後、孫悟空が「一扇息火、二扇生風、三扇下雨」を実現する。そのさまを詠じては、詩にいう。

　　火燄山遙八百程（火焔山　遙かなること八百程）
　　火光大地有聲名（火　大地を光して声名有り）
　　火煎五漏丹難熟（火　五漏を煎りて丹熟し難く）

火燎三關道不清（火　三関を燎きて道は清からず）

　時借芭蕉施雨露（時に芭蕉を借りて雨露を施し）

　幸蒙天將助神功（幸ひに天將の神功を助くるを蒙る）

　牽牛歸佛休顚劣（牽牛　仏に帰し顚劣なるを休め）

　水火相聯性自平（水火相聯りて性自ら平らかなり）

　三蔵はここに焦燥も煩悩も除かれ、師弟四人は仏に帰命頂礼して金剛に礼を述べる一方、土地神の口添えで羅刹女から教えられた火を根絶やしにする法（49回つづけて扇ぐ）を行えば、山上に大雨が降り注ぐ。うちわを返された羅刹女は杏の葉ほどにして口に含むと、世を避けて修行に専心し、経蔵に名を留め得たという次第。

六、「鉄扇公主」と「羅刹女」

　因みに、「鉄扇公主」なる呼称は、『西遊記』に初めて登場する第五十九回には又の名を「羅刹女」として第一名的に使用されたが、第六十回に火焔山の土地神が大力王こと牛魔王を尋ねろと進言して以来、大力王は羅刹女の亭主であると説明するのをはじめ、積雲山摩雲洞の万年狐王の遺児である玉面公主に婿入り状態の牛魔王が孫悟空と戦う場面や、牛魔王に化けた孫悟空が芭蕉洞の女主人を訪ねて芭蕉扇を騙し取る場面でも、すべて「羅刹女」の名が単一に用いられた。牛魔王は、訪ねてきた孫悟空に、羅刹女のことを「わしの女房は、あそこで幼い時から修行に志して道を得たいっぱしの女仙だ」とも明かしている。「女仙」と「羅刹女」とでは意味するところが異なろうが、求道修道の風貌は「鉄扇公主」の呼称よりも仏教に根差す「羅刹女」の方が名称的には勝ろう。鉄扇公主の名が後半で劣勢であるのは、本来は鉄扇をもつパターンがより古いもので、そこへ「芭蕉扇」への作り替えという構造化が加えられた時点で、「羅刹女」と「鉄扇公主」が名称的に並列されたものの、「鉄扇」の語は払拭されず折中融合の痕跡として残存する結果となったのでないか。

　捉えられた牛魔王は太上老君の牛に他ならず、これもまた太上老君の監督不行届に起因する。金角・銀角、そして牛魔王といい、太上老君ゆかりの童子と動物の勢揃いである。小説におけるメタル化には、太上老君の八卦炉が不可欠で、孫悟空も金丹を盗み飲むだけでなく、炉中で煉られて不死身の肉体を獲得し、その折りに倒した八卦炉の煉瓦こそが火焔山に化したという。その火を消すには、八卦炉ゆかりの「芭蕉扇」こそ相応しく、「鉄扇」の作り替えが敢行される。それは一見素材面の作り替えの如くであるが、太上老君ゆかりの品揃えによる発想、それも八卦炉における孫悟空のメタル化にはじまる一連の発想が底流する。そして神珍鉄、禁箍という特殊な鉄をも織りまぜてメタル化を企図する一方、金角・銀角ゆかりの「芭蕉扇」は火焔山の火を消す「芭蕉扇」のみならず、変幻自在に同名異体のアイテムとなり、複雑

好奇な故事的空間が『西遊記』に降誕したと考えられる。

　まさに奇奇怪怪、故事の源泉は測り知れず玄妙至極であるといわざるを得ない。

【注】

(1) 矢田博士執筆。植木久行編、研文出版、2015 年刊。本書は「漢詩の歌枕」とサブタイトルする。

(2) 鈴木肇「「炎」消された火焔山」（『朝日新聞』2006 年 6 月 12 日夕刊）には、記事とともに同年 4 月撮影の「白く染まった火焔山。手前のわだちの部分だけ、元の赤い土が露出している」とキャプションをつけるカラー写真が載る。

(3) 『芭蕉扇——中国歳時風物記』（平河出版社、1984 年刊）所収。引用の論説に加えて、清・梁章鉅『両般秋雨盦随筆』巻八「葵扇」の言説に基づき、蒲葵扇を芭蕉扇と俗称する連想にも言及する。

(4) 岩波書店、1983 年刊。

(5) この火澣布こそ『竹取物語』に登場する「火鼠のかわごろも」に他ならない。

(6) 太田辰夫は注（7）所掲の論考の中で、鉄扇仙が鉄扇公主の配偶者であった可能性を指摘している。

(7) 下巻「逢多少悪物刁蹶」に対する諺解部分の記載による。『朴通事諺解』に関する考察は、太田辰夫「五『朴通事諺解』と『銷釈真空宝巻』」（『西遊記の研究』所収、研文出版、1984 年刊）、磯部彰「第五章「元本西遊記」の形態について」（『『西遊記』形成史の研究』所収、創文社、1993 年刊）を参照。

(8) 太田辰夫「戯曲西遊記考」（注（7）掲書所収）、磯部論文（注（7）所掲）を参照。

(9) 『銷釈真空宝巻』の成立等については、澤田瑞穂『増補宝巻の研究』（国書刊行会、1975 年刊）の「宝巻序説」「羅祖の無為経」を参照。『西遊記』との関わりについては、注（7）所掲の太田論文・磯部論文を参照。

(10) 織田得能著。新訂重版（大蔵出版株式会社、昭和 52 年刊）による。

(11) 「大唐三蔵取経詩話」の訳（太田辰夫・鳥居久靖訳『西遊記下』、平凡社、昭和 35 年刊）にも、「明皇太子」に注して「明皇とは唐の玄宗皇帝を言う。このところ、明皇の太子ということなのか、明皇が太子の頃ということなのかよくわからない。「換骨」とは道教の語で、もって生まれた俗骨を去り、これを仙骨に換えるのだという。ただし明皇太子換骨の故事はなお後考にまつ」という。

(12) 上海古典文学出版社、1956 年刊。

(13) 『日本中国学会報』第 18 集（日本中国学会、1966 年 10 月刊）所収。

東洋文庫蔵『出像楊文広征蛮伝』について

松浦 智子

一、はじめに

　東洋文庫に『出像楊文広征蛮伝』（以下、『楊文広征蛮伝』）という資料がある。『東洋文庫の名品』（東洋文庫、2007）に、「明、彩色鈔本、零本存2冊。北宋の将軍、楊文広が皇祐年間（1049—53）、狄青に従って広西南部に遠征した史実に取材した絵物語。明鈔本とおもわれる」と紹介されるように、北宋の楊家将を題材とする作品である。

　いわゆる楊家将の物語は、北宋に実在した山西の名将・楊業やその息子の楊六郎、その孫の楊文広ら一族が、異民族と戦った歴史的な事跡を通俗文芸にしたものである。楊家将の物語化は、楊業が遼との戦いで陣没して間もないころから始まっており、その後の南宋、金、元、明という長い時間のなかで楊家将を題材とするさまざまな文芸が形成され発展していった。そして、明代後半になると出版業の勃興にともない、楊家が代々活躍する「世代累積型」構造をもつ『北宋志伝』（万暦二十一年序刊本あり。以下『北宋』）十巻五十回と『楊家府世代忠勇演義』（万暦三十四年序刊本あり。以下『楊家府』）八巻五十八則という二つの楊家将の長編小説が登場した。この二つの楊家将小説（『北宋』『楊家府』。以下同じ）は、楊家将の物語を比較的まとまった形で伝えており、清代に入ると、その「世代累積型」構造と話型を模倣した「家将もの」ともいえる文芸作品が大量に出現し、近世中国の通俗文化に大きな影響を与えることとなった。

　一方、『楊文広征蛮伝』は、「明鈔本とおもわれる」と紹介されるように、その体裁などから二つの楊家将小説と同時期の明代後半に作成されたと推定される。しかも、楊家が代々活躍する「世代累積型」構造と、二つの楊家将小説には全く見えないストーリーをもつ。ならば、『楊文広征蛮伝』を検証することは、楊家将の文芸の全体像を把握し、さらに、それらの文芸が後世の模倣作品へ与えた影響を理解していく上で、必要な作業だといえるだろう。だが、これまで本作品に対する本格的な考察は、国内外でなされてこなかった。そこで本稿では、まず『楊文広征蛮伝』が「新出資料」としてもつ意味や重要性を提示すべく、調査を通じて得られた本作品の書誌と内容に関する情報を整理・分析し、そこから浮かび上がった作品の性格を示してみたい。また、本稿末尾には「新出資料」紹介の意味を込めて、現存部分に残る物語文を掲載する。これらをもって、楊家将と後出の「家将もの」文芸の研究領域に一石を投じてみたい。

二、書誌情報

『楊文広征蛮伝』は錯簡の激しい零本2冊のみが現存し、第1冊には32葉、第2冊には37葉が綴じられている。六針眼訂で、外寸は34.2cm×21.1cm。四周双辺手鈔紅格、対向双紅魚尾、上下粗紅口で、版心題や丁付はない。内匡郭は23.7cm×15.5cm。料紙は厚手の白綿紙。

現存の全半葉の匡郭内にはみな彩色の絵図が描き込まれ、絵図には金泥で簡単な物語文が記される。絵図は、青［群青］、緑［緑青］、深緑、黄土、黄、金［金泥］、黒、紫、薄紅、赤、朱、茶、白など10種類以上の顔料・染料などの色料を使って緻密に描かれている。錯簡の激しい零本という状態になる過酷な過程を経たにもかかわらず、絵図の色料自体は剥落が比較的すくない。ここから、絵図に使用されている色料や膠は上質なものであり、かつ着彩技術も高度なものであったことが指摘できる。さらに、各葉の画風の違いから、絵図は少なくとも5―6人以上の画工によって制作されたものであることが見て取れる。

絵図の破れや剥落部分には裏打ち補訂がされており、補訂部分には色絵の塗り直しや紅格の書き足しがなされている。また、破損した別々の葉のA面とB面の版心部分を継ぎ足し、1葉に仕立てあげている葉も少なくない。こうした処理はとくに第2冊に多く見え、同冊の物語の順序にも大きな乱れが生じている。

表紙の題簽、見返しや、序文・目録などの前付、跋文などの後付はなく、制作者、製作場所・年代を示す文字は見あたらない。ただし、【1-24A】（第1冊第24葉A面の意味。以下同様）には「出像楊文廣征蠻傳巻之八」の巻首題と「滿堂公主二女成親」の回目が墨書きされ、その絵図内右肩には群青の下地を塗った小長方形の枠内に金文字で記される「第十七回」の回数が見える。また、同様の形式で、【2-4A】には「楊滿堂復困殷林」の回目と「第十八回」の文字が、【2-18A】には「文廣收除二節婦」の回目と「第七回」の文字が記される。ここから本書は、『出像楊文広征蛮伝』の題名と、八巻以上、十八回以上の分量をもつ作品であったことが読み取れる。

第1冊の表紙の裏には「with 2nd（?）/Yu Che Wai（?）/bound in blue（?）/paper silk」［二冊組み（?）/Yu Che Wai/青（?）/紙 絹表紙］（（?）と［　］内翻訳は筆者。以下同）、第1冊の裏表紙には「判読不能 / of the 判読不能 / of China」との鉛筆によるローマ字の書き入れが見える。このローマ字は、同じく東洋文庫所蔵の「宣徳元年序」彩絵抄本『外戚事鑑』全5巻2冊の第1冊表紙の裏に、「+2nd of/illust（?）only/bound in/paper」［二冊組み（?）/絵図（?）のみ / 紙 / 表紙］と鉛筆書きされる字体と酷似している。ただし、『楊文広征蛮伝』は第1冊表紙の裏に「青（?）/紙 絹表紙」と書かれるのとは異なり、現状の装幀は質の良くない紙表紙である。また、『外戚事鑑』も「紙 / 表紙」と記されるのとは異なり、現在の装幀は「御製外戚事鑑」の題簽がついた縹色絹表紙である。あるいは、『楊文広征蛮伝』と『外戚事鑑』の装幀の情報を取り違えて書き入れたのかもしれない。これらのことから、『楊文広征蛮伝』

と『外戚事鑑』は、東洋文庫にもたらされる以前も同一の所蔵者によって管理されていたと推定されるが、そこに至るまでの経緯は不明である。また、第1冊第1葉A面のノド部分に「三張」との墨の書き入れがあるが、いつ誰が記したかは不明である。

　上述のように、本作品には制作者や製作場所・年代に関する記述はない。だが、厚手の白綿紙に四周双辺手鈔紅格というその体裁は明清内府（宮中）で用いられる定式であることから、本作品は内府で作成されたと推定される。さらに、次の①、②、④、⑤は明代内府で作成され、③は着彩が明代内府でなされたとの検証結果が得られた資料だが、これらはともに『楊文広征蛮伝』と酷似する四周双辺紅格の体裁（⑤は上下双辺紅格）と彩色絵図を有する（うち、①は明宣徳元年の官刻本をもとに、②は③の坊刻本をもとに、④はトレド聖堂参事会図書館蔵の明万暦二年『新刊明解増和千家詩（集）』と同系統の坊刻本をもとに内府で作成されたと推定される[3]）。

　①「宣徳元年序」彩絵鈔本『御製外戚事鑑』（東洋文庫）
　②〔明内府〕彩絵鈔本『大宋中興通俗演義』（中国国家図書館）
　③　着彩挿画をもつ万巻楼仁寿堂〔万暦前期〕『新刊大宋中興通俗演義』（中国国家図書館）
　④〔明万暦頃〕彩絵鈔本『明解増和千家詩註』（台湾故宮博物院、中国国家図書館）
　⑤「明宣徳三年製」彩絵経摺装『真禅内印頓證虚凝法界金剛智経』（台湾故宮博物院）

　この点からも、『楊文広征蛮伝』が明代内府で作成された蓋然性は非常に高いと指摘できる。その彩色絵図が金泥や群青、緑青などの高価な色料を多用し複数の画工によって作成されていることも、本作品が内府という資金力のある大きな「機関」で製作されただろうことを裏付けている。

三、内容について

　次に、本作品の内容であるが、『楊文広征蛮伝』の現存部分には、大きく分けて二つの世代の物語が見える。

　一つは、楊文広、楊宜娘、楊再興ら"兄姉弟"世代を中心とする「蛮王征伐」つまり「南蛮征伐」の話である。【2-18A】から最終葉の【2-37B】までに見え、【2-18A】には「第七回」「文廣收除二節婦」の回数・回目が記される。

　もう一つは、楊文広の子供である楊一郎、楊懐玉四郎、楊順虎五郎、楊満堂（偽名は李三郎）ら世代を中心とする「西霞征伐」の話であり、「西霞」は同音の「西夏」を指すものと思われる。【1-1A】から【2-17B】までに見え、【1-24A】には「出像楊文廣征蠻傳巻之八」「第十七回」「滿堂公主二女成親」の巻数・回数・回目が、【2-4A】には「第十八回」「楊滿堂復困殷林」の回数・回目が記される。

245

まず、前者の「南蛮征伐」の内容であるが、この部分は錯簡が激しいため物語が断片的に入り交じっている。そこで以下、本来のものと想定される順序で、物語のまとまりごとに粗筋を提示する（粗筋後ろの数字は、順序組み替え後の葉数）。

［宋側］：仁宗、楊令婆、楊文広、楊宜娘、楊再興、狄青、包文拯　［その他］：危家庄公
［南蛮側］：蛮王、趙豹、白節婦、王節婦

（1）白節婦が妖雲に乗り楊文広の軍営に襲来。文広は軍兵に犬の血を撒かせて白節婦を捕らえ殺す。【2-20B】、【2-18A】―【2-19B】

（2）宜娘の突撃に王節婦が応戦。王節婦の飛刀が宜娘の左腕に命中。宜娘は危家庄の庄公の屋敷に逃げこみ匿われる。追ってきた王節婦は庄公に宜娘など来ていないと告げられると、庄公に飯を要求。奥の間で傷の痛みに宜娘が声を上げる。負傷した息子の声だと説明する庄公に、王節婦は薬を与える。薬で傷が癒えた宜娘は、飯を食べていた王節婦を刺殺。宜娘は庄公のもとを辞去する。【2-20A】、【2-21A】、【2-21B】、【2-37A】、【2-22A】―【2-24B】、【2-35A】、【2-25B】―【2-26B】

（3）宋軍到来の報を得た蛮王は、将帥を召募する。趙豹は馬坑を準備し出陣。敗走するそぶりで文広をおびき寄せ、馬坑に落として捉える。文広を蛮王のもとに差し出し、趙豹は褒美を得る。文広は羅漢洞に繋がれ拷問される。【2-28A】、【2-28B】、【2-29B】―【2-31A】、【2-27B】、【2-31B】、【2-32A】

（4）文広が捉えられたと知った狄青と宜娘は朝廷に知らせをやる。文広救出の策を問う仁宗に、包文拯が楊令婆に救兵を求めることを提案。包拯が令婆のもとに赴くと、文広の幼弟の楊再興が出兵を申し出る。再興は五万の兵を与えられ出陣。宋の陣営に着き狄青と宜娘に挨拶した再興は、翌日、旅人に扮して敵情を探りにでる。【2-33A】、【2-32B】、【2-29A】、【2-33B】、【2-27A】、【2-34B】、【2-34A】、【2-35B】―【2-36B】、【2-25A】、【2-37B】

次に、後者の「西霞征伐」部分であるが、こちらにも錯簡が見える。以下同様に、本来のものと想定される順序で粗筋を示す。

［西霞側］西霞国王、陳駙馬、柳思平章、孫国舅、青琴公主、張海、劉清、鬼頭駙馬（鬼王）
［宋側］楊満堂（李三郎）、楊懐玉（四郎）、楊順虎（五郎）、楊一郎
［その他・不明］李長者（李善長）、李達、端陽太子

（1）陳駙馬と柳思平章より戦況報告を受ける西霞国王のもとに、宋軍襲来の報が入る。国王は孫国舅を差し向けるも、楊満堂に刺殺される。【1-1A】―【1-3B】

（2）飛刀を使う青琴公主が出陣し、神箭を使う満堂と戦う。満堂は飛刀で腕を斬られ敗走し、李長者の屋敷に逃げこみ匿われる。追ってきた公主は李長者に満堂など来ていないと告げられると、李長者に飯を要求。奥の間で傷の痛みに満堂が声を上げる。負傷した息子の声

だと説明する李長者に、公主は薬を与える。薬で満堂の傷は癒えるが、公主は声の主を確認したいと要求。満堂は男装し李三郎と名乗り公主に会う。三郎を見初めた公主は結婚を求め、立ち去る。【1-4A】―【1-15B】、【1-18A】、【1-18B】、【1-16A】

（3）李長者は自分が満堂の外祖父であると告げる。公主との結婚を心配する李長者に、満堂は状況を宋営に知らせるよう頼む。翌日、到来した国王の使者に伴われ、李三郎に男装した満堂は国王に面会。これを見込んだ国王は、公主と結婚させる。【1-19A】、【1-19B】、【1-16B】―【1-17B】、【1-20A】―【1-23B】

（4）数日後、公主より夫婦の契りがまだであると不満を言われた李三郎（満堂）は、自分は宋の楊懐玉の妹を娶る約束をしているので、懐玉にこの結婚の説明をしてからだと返答。納得した公主から楊家の兄弟が牢中にいることを聞き出し、牢中の懐玉（四郎）と順虎（五郎）に面会。刀を渡し放火を合図に牢破りするよう告げ、公主のもとに戻る。李三郎は公主を酔い潰して宮中に放火し、牢破りに成功した懐玉、順虎とともに西霞城を脱出。翌日、宋の軍営に戻り事の次第を端陽太子に告げる。太子は李長者一家を宋営に呼び寄せる。李長者と楊家の孫たちが対面。【1-24A】―【1-32B】

（5）公主より経緯を聞いた国王は、李長者一家捕縛に人をやるも、一家がすでに宋へ赴いたとの報告を得る。さらに楊満堂が殷林関を狙っているとの奏上を得て、関守の鬼頭駙馬のもとに張海と劉清を送る。鬼頭駙馬は、火牌で人の出入りを管理する、という張、劉の献策を採用。安堵から三人は酒浸りになる。【2-1A】―【2-6A】

（6）殷林関より父文広を救出する策を練る楊一郎ら兄妹六人に、楊兄妹の叔父で殷林軍把総である李達に相談するよう李長者が助言。四郎、五郎が旅人に扮して殷林関に向かう。入関に火牌が必要だと知った四郎、五郎は、通りがかりの民二人を殺して火牌を奪い入関。李達の家に向かい、李長者からの手紙を渡す。事情を知った李達は、外出せぬよう二人に言いつける。二日後の夜、四郎、五郎は禁を破り、家童を伴い街へ見物にでる。南街の屋敷前で宴の音を聞きつけた二人は、宴の主が西霞国王の差し向けた張、劉総管だと知り、屋敷に侵入し、酔い潰れた張、劉を殺して李達の家に戻る。翌日、張、劉の殺害が発覚。【2-6B】―【2-17B】

このように、『楊文広征蛮伝』の内容は、歴史的事跡から乖離し神魔的な色彩を備えた荒唐無稽なものとなっている。これは、本作品が、史書にあまり記録を残さない楊文広とそれ以降の架空世代を中心に扱っていることと関係しているだろう。歴史という枷がない分、自由に枠組みと内容を構築することができるからである。

こうした事が言えるとき、本作品の内容で注目される点が二つある。一つは「西霞征伐」（6）の、四郎、五郎が西霞の総管・張海と劉清を殺害するくだりである。この筋運びは『北宋』第二十八回、『楊家府』第十九則の「焦賛の謝金吾殺し」と、①言いつけを破り家童や見張りを供に街に見物にいき、②宴会の音で敵対者の居場所を知り、③夜半に屋敷に侵入して敵

対者を殺害する、という流れにおいて酷似している（この話は、雑劇『謝金吾詐拆清風府』（『元曲選』）の「謝金吾殺し」や、『三国志平話』の「張飛の太守殺し」、容与堂本『水滸伝』第三十一回の「武松の張都監殺し」の話型とも類似するが、それらには①②のくだりがない。そのため『楊文広征蛮伝』のこの話は、二つの楊家将小説の話型との共通性のほうが強い）。内容構築の自由度が高いということは、反面、ネタ不足に苦しむということでもある。その解決のために『楊文広征蛮伝』は、同領域の題材を扱う二つの楊家将小説（もしくはその祖本）から話型を借用したと考えられるのである。

　もう一つは、同一話型の使い回しである。「南蛮征伐」（2）と「西霞征伐」（2）の筋運びは、人物と世代が違うだけで、宋の女武将の敗走から、薬で傷を治す部分までが全く同じである。これは一つにはネタ不足の解消のためであるが、もう一つには物語を拡大するためである。明の楊家将小説より後出の清の薛家将、狄家将、呼家将などの「家将もの」諸作品を見ると、みな物語が冗漫で長いが、これは、「世代累積型」構造を利用して虚構の世代・人物を挿入することで物語を拡大しているためである。『楊文広征蛮伝』の同一話型の使い回しも、この手法で物語を拡大した結果の現象だと考えられる。

　ただし、「家将もの」文芸のこのような虚構の世代・人物の挿入は、虚構とはいえ完全に無規則に行われているわけではない。世代が蓄積され一族が拡大繁栄していく「世代累積型」を構造とする「家将もの」文芸は、同姓親族を収集し自己を拡大する機能を備える「宗族」との親和性が高いが、世代・人物の挿入はこうした「宗族」に対する志向性に強く関わる形で行われている。そして、『楊文広征蛮伝』にも、この志向性のもと「楊姓」「宗族」という共通項をもって挿入された人物が複数見えるのである。

四、楊姓の宗族と楊家将の文芸

　以下の表は、『楊文広征蛮伝』の楊家の人物を『北宋』と『楊家府』の人物と比較・整理したものである。『北宋』は楊文広を三代目の楊宗保の弟として本文（第三十七回、第五十回）と冒頭の「古風長篇」詩に名前を登場させるだけで、その南征の物語を扱っていない。そのため、『楊文広征蛮伝』の登場人物は、楊文広以降の世代の故事をもつ『楊家府』に近い。

　『楊文広征蛮伝』の人物で「楊姓」「宗族」との関わりから着目されるのは、楊宜娘と楊再興の二人である。

　まず、楊宜娘であるが、この人物が楊家将故事に登場するようになったのには、貴州に実在した宗族・播州楊氏が関係している。西南中国の巨族・播州楊氏は、元代以降に宗族の拡大と地位向上のために楊家将末裔説を次のように偽造した一族である―― 播州楊氏の五代目の楊昭には子がなく、血族の楊貴遷を養子に迎えた。貴遷は太原の楊業の曾孫にして楊延朗の孫であり楊充広の子である（元初程鉅夫『雪楼集』巻十六「忠烈廟碑」）――。播州楊氏は、宋代に儂

表

『楊文広征蛮伝』		『楊家府』		『北宋』		世代
人名	戦役	人名	戦役	人名	戦役	
楊令婆		楊業（楊継業）楊令婆	対遼戦	楊業 楊令婆	対遼戦	1代目
		淵平、延広、延慶、延朗、延徳、延昭（景、六郎）、延嗣	対遼戦	淵平、延定、延輝、延朗、延徳、延昭（六郎）、延嗣	対遼戦	2代目
［零本のため世代数不明］楊文広 楊宜娘 楊再興（文広の幼弟）	南蛮征伐［仁宗朝］	楊宗保（延昭の息子）	宗保・文広の南蛮儂智高征伐［仁宗朝］	楊宗保（延昭の息子）楊文広（宗保の弟）楊宜娘（姨娘）（世代不明）	楊宗保西夏征伐	3代目
		楊宜娘（文広の姉）楊文広（宗保の息子）		［4代目以降の話なし］		4代目
［文広の子6人］一郎、（二郎）、（三郎）楊懐玉＝四郎 楊順虎＝五郎 楊満堂＝李三郎	文広・次世代の西霞征伐	楊公正一郎 楊唐興二郎 楊彩保三郎 楊懐玉四郎 満堂春	文広・懐玉の西夏征伐［神宗朝］	＊注：『北宋』では、楊文広は本文の一部と第一巻冒頭の「古風長篇」詩に名前が登場するのみ。楊宜娘も「古風長篇」詩に名前が登場するのみ。		5代目

智高征伐に加わった歴史的事跡も持っており（南宋「楊文神道碑」）、元代に入るとその事跡も喧伝するようになった。そして、その喧伝の過程では、南蛮儂智高征伐に参戦する楊儀娘という女武将の形象が発生しており（元袁桷『清容居士集』巻四十五「黄宗道『播州楊氏女』」、元柳貫『待制集』巻六「黄宗道『播州楊儀娘独騎図』」）、この儀娘が南蛮征伐で活躍する楊家将の女武将・宜娘（儀娘と同音）の祖型となったと考えられるのである。[4]

　注目されるのは、播州楊氏の系譜を記す宋濂「楊氏家伝」（『翰苑別集』巻一）に見えるように、元末明初ごろより、播州楊氏の系譜に楊貴遷の孫として「楊文広」という名の人物が出現していることである。というのも、これと同時期にあたる元末から明にかけて、楊文広の南征に関連する詞話や俚歌、講談といった通俗文芸が多く存在したことを示す痕跡が複数残っているからである。[5]ならば、南蛮儂智高征伐に加わった経歴をもち、一族内に「楊文広」という名の人物を有す、自称「楊家将の末裔」の播州楊氏の存在により、楊文広南征の故事が普及した可能性が高いと言えるだろう。[6]『楊家府』第四十四―四十九則の南蛮儂智高征伐故事や、『北宋』冒頭の「古風長篇」詩で言及される南蛮儂智高征伐、そしてこの『楊文広征蛮伝』の南蛮征伐故事において、楊文広とともに必ず楊宜娘（『楊家府』は「宜娘」、『北宋』三台館本は「宜娘」、同世徳堂本は「姨娘」に作る）が登場・活躍していることも、播州楊氏という宗族の言説の影響[7]のもと、楊業や楊六郎世代の対遼戦故事とは別ルートで、楊文広南征の文芸が広がったことを示しているだろう。これを裏付けるように、王世貞は『宛委餘篇』巻六で、彼の生きた嘉靖当時、「俚歌」に楊文広南征の荒唐無稽な話がうたわれると述べた後、宋濂「楊氏家伝」を引用して、この「俚歌」が播州楊氏に由来していると示唆している。

播州楊氏の楊家将末裔説と楊家将の文芸との関係は、別の楊姓の宗族との関わりの中でも示されている。山西の楊家祠堂には、代州楊氏の系譜を刻む「天暦二年」繋年の石碑が伝存するが、そこには播州楊氏の楊家将末裔説を含む楊家将の系譜が記されている。そこに記される楊家の系譜が嘉靖ごろの楊家将の文芸と一致することなどから、この石碑は、宗族拡大を図った代州楊氏が、嘉靖ごろに、当時流行していた楊家将の文芸と播州楊氏の系譜を利用して捏造したものだと考えられる。通俗文芸の内容を反映し、播州楊氏の楊家将末裔説を記す代州楊氏のこの石碑からは、播州と代州の楊氏という実在の楊姓の宗族と、楊家将の虚構の物語が、「宗族」に対する志向性を共通項として相互に環流しながら、それぞれ拡大していった様子が見て取れるのである。そして、本稿にとって重要なのは、『楊文広征蛮伝』に楊文広の幼弟として登場する楊再興の名が、この石碑に文広の孫として刻まれていることである。

　この石碑に見える楊再興は、同じく楊家祠堂に伝存する「嘉靖二十九年」碑に『宋史』「楊再興」伝と符合する記述が刻まれていることから、岳飛の部下の楊再興であることがわかる。そもそも、歴史上の楊再興（？—1140）は楊家将とは無縁の人物であったが、清の『説岳全伝』で楊再興が楊景（楊六郎）の玄孫という設定になっているように、通俗文芸の世界では時に楊家将の一族として扱われていた。これらの点に鑑みれば、『楊文広征蛮伝』に挿入された楊再興も岳飛の部下の楊再興を意識したものだと言えるだろう。ならば、「楊姓」の武将という共通項から楊再興を取り込むことで、代州楊氏は宗族を拡大し、『楊文広征蛮伝』は物語を拡大していたことになる。ここでもやはり、実在の宗族の系譜拡大の動きと、通俗文芸の物語拡大の動きが、「宗族」志向のもと同期して起きているのである。

五、おわりに

　『楊文広征蛮伝』に登場する楊宜娘や楊再興は、「宗族」に対する志向性のもと、播州や代州の楊氏など実在の宗族の動きと連関しながら楊家将の文芸に取り込まれた人物であったことが確認された。そもそも、上述したように楊文広南征故事が播州楊氏という宗族と関わりながら普及したと考えられる以上、『楊文広征蛮伝』という題名自体にこの作品の性格が如実に表れていると言えよう。そして、この事を端的に示すように、楊文広南征故事と播州楊氏の関係性を意図的にほのめかす次の資料『征播奏捷伝通俗演義』の中に、『楊文広征蛮伝』に関する明代当時の重要な情報が記されているのである。

　万暦31年（1603）に佳麗書林が刊行した『征播奏捷伝通俗演義』（以下『征播』）は、播州楊氏の統領の楊応龍が起こした「楊応龍の乱」（万暦28年平定）の顛末を扱う時事小説である。その第十七・十八回では、柳州城で反乱した曹倫を楊応龍が平定する話が描かれるが、その中で、「柳州城」の語に次のような注が付けられている。

柳州城。宋楊文廣征蠻、曾陷入此城、後得妹宜娘用計救出。此載『征蠻傳』（宋の楊文広が南蛮を攻略した時、曾てこの城で危機に陥った。後に妹の宜娘が計を用いて救出した。この事は『征蛮伝』に載っている）

　楊文広が柳州城で宜娘に救出されるのは儂智高征伐つまり南征での話である。この話は『楊家府』第四十四則に「文広困陥柳州城」として見えるほか、万暦21年（1593）序劉元卿『賢奕編』巻三にも「楊文廣圍困柳州城中」なる講談が市中で行われていたと記されるように、万暦当時の巷間で人気の故事であった。『征播』は物語の筋とは全く関わりのないこの楊文広の人気故事について、わざわざ注記しているのである。これは、播州楊氏と楊文広南征故事との関係性を意図的に示そうとした結果のことであろう。そして何より注目されるのは、その故事が『征蛮伝』に載ると記されていることである。

　明成化10年（1474）に没した葉盛の『水東日記』巻二十一「小説戯文」には、当時、「楊六使文廣」を語る絵入りの「小説雑書」が出版され巷間に広く出回っていた、と記される。[12] ならば、『征播』が注記した楊文広南征を語る『征蛮伝』も絵入の作品であった可能性は低くない。これらの状況を併せて見た時、彩絵本の『楊文広征蛮伝』は、『征播』の言う『征蛮伝』と何らかの関係があったと指摘できるのではないだろうか。

　このように、史書にあまり記録を残さない楊文広と、それ以降の架空の世代を中心に語る『楊文広征蛮伝』は、「宗族」志向のもと、播州楊氏を始めとする実在の宗族と強く関係しながら形成された痕跡をもつ作品であることがわかった。『楊文広征蛮伝』は、歴史の枠組みという枷がなく、自由に物語を拡大し内容を構築できる性質を持つが故、その余白を、「宗族」志向のなかで生成された系譜や言説などで充足させていたと考えられるのである。このことは、物語を先に進める上で重要な役割を果たす李長者と李達が、楊満堂世代の外祖父と叔父として挿入されていることからも見て取れるだろう。では、そうした性格をもつ本作品が、なぜ明代内府において消費されていたのか。今後はこうした点を明らかにすべく検証を進めてみたい。

【注】

(1) 楊家の世代構成は、史実と文芸の間にズレがある。史実では「楊業 – 楊六郎ら二代目 – 楊文広」だが、通俗文芸では概ね楊文広の前に楊宗保という架空の世代が挿入される。

(2) 本作品については、磯部彰氏が『全像金字西遊記絵本』の研究で類似形式の絵本としてその名前に触れている以外は、管見の限り、これまで検証や考察はなされていない。『『西遊記』画三種の原典と解題』（東アジア善本叢刊第15集、「清朝宮廷演劇文化の研究」班、2013）「（Ⅰ）新出の唐三蔵取経物語絵本について――『全像金字西遊記絵本をめぐって』（3）明清の絵本と内府本の形式」を参照。

(3) これらについては2016年11月12日に名古屋大学主催「中部地区中文交流会」で「楊家将故事の新資料『出像楊文広征蛮伝』について」として口頭発表した。詳細は、当該発表レジュメと『宋代史料への回帰と展開（仮）』（汲古書院、2019年出版予定）に掲載予定の別稿を参照されたい。また②③資料の製作年代・場所については、筆者と同資料を共同調査した上原究一氏の「『大宋中興演義』と『皇明英烈伝』の王少淮双面連式挿画本をめぐって」（『中国古典文学挿画集成（十）小説集〔四〕』、遊子館、

251

『楊文広征蛮伝』第1冊の第23葉Bと第24葉A。李三郎に扮した楊満堂と西霞の青琴公主。　　同第2冊の第6葉Bと第7葉A。父楊文広の救出の策を練る楊一郎ら兄姉弟と、李長者。

2017）でも、明代内府製と論じられている。
(4) 詳細は拙稿「楊門女将「宜娘」考――楊家将故事と播州楊氏」（『東方学』121、2011）を参照。
(5) 元末劉夏「陳言時事五十条」（『劉尚賓文続修』巻四）、成化説唱詞話『仁宗認母伝』『包龍図断曹国舅伝』『張文貴伝』ほか。詳細は拙稿「『北宋志伝』と『楊家府世代忠勇演義伝』――その編著者、旧本、前後関係について」（『名城大学人文紀要』105、2014）参照。
(6) 小松謙『中国歴史小説研究』（汲古書院、2001）第六章「『楊家府世代忠勇演義傳』『北宋志傳』」（初出、1997）も同様の指摘をしている。
(7) …仁宗統御昇平盛、蠻王智高兵寇境。楊府俊英文廣出、旌旗直指咸歸命。更有宜娘（姨娘）法術奇、炎月瑞雪降龍池。…
(8) これらの詳細については拙稿「楊家将の系譜と石碑――楊家将故事発展との関わりから」（『日本中国学会報』63、2011）を参照。
(9) 「嘉靖二十九年」碑「再興御金兀朮。而身焚，箭鏃二升」、『宋史』「楊再興」伝「再興戰死，後獲其屍，焚之，獲箭鏃二升」
(10) 『説岳全伝』第十回「那個穿白的，姓楊名再興，乃是山後楊令公的子孫」、同四十八回「因我（＝楊景）玄孫再興在此落草，…」
(11) 沈屯子偕友入市、聽打談者説'楊文廣圍困柳州城中'。
(12) 今書坊相傳射利之徒、僞爲小説雜書。南人喜談如漢小王光武・蔡伯喈邕・楊六使文廣、…。農工商販、抄寫繪畫、家畜而人有之。…

＊付録
・【 】内の頭の数字は冊数、「-」の後の数字は葉数を、ABは葉のA面とB面を表す。例：【2-15A】は第2冊、第15葉、A面を示す。
・書名、回目題、回目は、[ ]で示す。
・判読に疑問が残る文字には（?）を付し、痕跡は見えるが摩耗や紙面の破れによる判読不能文字は■で示す。
・本資料は錯簡が激しいが、現在の装幀の順序のまま文字を示し、異体字、俗字はなるべくそのまま表示する。

【1-1A】（文字なし。摩滅か）
【1-1B】國王陛殿、陳駙馬、柳思平章奏説「宋将英勇，救去三人，又傷臣子四人」陳駙馬奏曰「臣傷去子二人」
【1-2A】帝聞奏大驚，忽報宋兵至城。

【1-2B】帝差金鎗孫國舅出陣。孫國舅謝恩出朝。

【1-3A】孫國舅與滿堂戰不十合，被滿堂一鎗刺死。

【1-3B】殘兵走入城中。

【1-4A】國王陞殿，衆臣奏説「孫國舅被宋将滿堂所傷」帝大怒，再問曰「誰敢出馬」

【1-4B】青琴公主見父王曰「女兒聞，楊滿堂有神箭。女兒有三把飛刀，愿去出馬」

【1-5A】國王即點随駕兵三千、女兵五百，跟公主前去退敵。

【1-5B】公主謝恩，出朝。

【1-6A】公主次日披掛出陣，単叫滿堂出戰。

【1-6B】滿堂聽見殺出，與公主大戰八十合，不分勝負。

【1-7A】滿堂射起神箭，公主丟起飛刀，抵住連戰二日一般平拆。

【1-7B】公主詐言曰「今日交戰，你也不要放神箭，我亦不用飛刀，以決戰勝負」

【1-8A】滿堂不知是計，公主詐敗，滿堂趕去，把 (?) 公主 (?) ■■■■滿堂膊上傷了一刀。

【1-8B】滿堂帶傷而走，公主一直趕去。

【1-9A】滿堂走入一庄，李長者出見聞曰「你這女将軍從何而来」滿堂将前事說了一遍。

【1-9B】長者曰「你入我後房去躱住，他来我自退他」

【1-10A】滿堂依言，即走入後堂躱了。

【1-10B】那公主果然趕到，叫開門。長者開門接入。

【1-11A】公主問曰「纔有一女将到你庄」李長者曰「並不曽見」公主曰「天色晚」

【1-11B】「你家有飯，討一湌止饑」

【1-12A】庄公即辦飯来，與公主喫。

【1-12B】滿堂在房叫痛，公主怒曰「你說女将未来。裏面叫痛不是滿堂」

【1-13A】李長者曰「滿堂若到，怎敢瞞公主」公主曰「叫痛是誰」庄公曰「是小兒。因上山砍柴，被刀砍着。

　　因此叫痛」

【1-13B】公主曰「若是你兒，我把㱥刀藥與你，去搽上，就好」

【1-14A】長者接藥入房中，與滿堂搽上，果然不痛。

【1-14B】公主曰「我恐是滿堂就是你兒，叫出来我看」

【1-15A】長者入後房，問滿堂曰「公主外面要你出去相見我」

【1-15B】滿堂曰「長者可取衣帽来，我扮作男子出去」即取衣帽與滿堂装成男子。

【1-16A】長者連忙荅曰「山野小兒，安敢配公主」說罷，就去。庄公父子送出。

【1-16B】庄公曰「你就害死了我」滿堂曰「公公放心。若有使命来宣，我就去不妨」

【1-17A】長者曰「你怎去得」滿堂曰「我在此等自有分曉，将此事叫一人到我本寨說知」

【1-17B】長者即叫義■■福 (?)，分付去寨中說知滿堂去做駙馬事。

【1-18A】滿堂粧成男子，出来見公主。公主問曰「你叫甚名」庄公曰「小兒叫李三郎」

【1-18B】公主曰「我觀此子一表人物。明日回朝奏父王差使命宣。汝兒進朝與我結成夫婦」

【1-19A】庄公曰「你認不得我」滿堂曰「自来未面」庄公曰「我是你外公」李善長将前事說了一遍。

【1-19B】滿堂聽罷，即便下拜。

【1-20A】次日，庄公與滿堂正坐，忽小厮報國王差使命到。

【1-20B】滿堂即避入後堂，粧作男子。

【1-21A】庄公出接使命，到廳相見畢，使命曰「昨者，公主見令郎，人才聰俊，来宣入朝爲駙馬」

【1-21B】庄公聽罷，喚出三郎来見，言朝中宣爲駙馬事。

【1-22A】三郎即于堂上拜別了庄公。

【1-22B】三郎同使命而来見朝。

【1-23A】使命帶三郎来見國王。國王見三郎一表人物，即封爲駙。

【1-23B】國王喚出公主，拜了天地洞／房，花燭成親。

【1-24A】［出像楊文廣征蠻傳卷之八］［滿堂公主二女成親］［第十七回］駙馬與公主成親過了數日。

【1-24B】駙馬在御園中遊賞。公主不悅。三郎問曰「賢妻為何不悅」

【1-25A】公主曰「自配夫，未見行雲雨之情」三郎曰「我流在大宋，與懷玉契為兄弟」

【1-25B】駙馬又曰「他將妹子許我結親。若要與公主成親，候我見懷玉一面，省他聘望另配他人」

【1-26A】駙馬曰「那時方敢說夫婦之情」公主曰「何不早說。今楊家大小被擒見在牢中。要見他解了誓愿，何不美哉」

【1-26B】駙馬大悅，公主分付手下人，跟隨三郎去牢中，見懷玉。

【1-27A】三郎別了公主，到牢中，叫四郎五郎。二人即出來見。

【1-27B】四郎■私與五郎曰「這人我與你面熟」滿（?）堂（?）以身三（?）郎（?）輕（?）說（?）■情（?）。

【1-28A】懷玉、順虎二人暗暗理會。滿堂曰「我今有刀與你。若見宮中火起，你就牢中放火殺出」

【1-28B】三人計罷，三郎即回宮。

【1-29A】公主問其前事，三郎說「多得公主，今可以成親矣」

【1-29B】公主大悅，夜間二人作樂飲酒。三郎把公主灌醉縛倒在床，將飛刀偷在身上。

【1-30A】二更，將候在宮中將火放起，即便殺出。

【1-30B】牢中望見火起，盡將牢中罪人放了，一齊殺起來。

【1-31A】西霞城中兵馬大亂，三人合兵殺出。

【1-31B】次日，入寨見端陽太子，將行計之事奏明。

【1-32A】太子大喜，即令人前去，接李長者大小一家來。

【1-32B】李長者一家到寨，與衆外甥相見，大悅。

【2-1A】西霞國王宣公主，問駙馬事。公主奏說，李長者藏滿堂假粧男子事。

【2-1B】國王大怒，即差指揮饒成去捉李長者來朝。李家老小走去宋寨矣。

【2-2A】指揮回奏國王說「李家大小都走往大宋去了」

【2-2B】衆臣奏曰「楊滿堂要去打殷林關。主上可差張海、劉清押兵去保」

【2-3A】國王依奏，即差張海、劉清二總管押兵去，與鬼頭王駙馬同守殷林關。

【2-3B】張海、劉清二人謝恩出朝。

【2-4A】［楊滿堂復困殷林］［第十八回］張海、劉清二總管帶兵行直到殷林關。

【2-4B】小軍報知駙馬鬼王。

【2-5A】鬼頭駙馬相見張、劉，二人曰「此城岩崖峻險，可給火牌一面與我軍照身，有火牌者許進，無者不放」

【2-5B】鬼頭駙馬即給火牌衆軍，各帶一面照身。

【2-6A】劉、張、鬼三人分付畢放心，日夜飲酒作／樂。

【2-6B】楊一郎等兄妹六人商議行一計，去打殷林關，救出父親文廣。

【2-7A】李長者言曰「賢甥不可起兵。尔母舅李達殷林投軍，今為把總」

【2-7B】長者曰「我作書一封。你們進關見母舅，與他商議用何計救汝父」

【2-8A】四郎五郎應聲曰「我二人愿往」李長者即修書與二人。

【2-8B】四郎五郎粧作客人，來到關前，聽見百姓說「關上把的嚴謹，有火牌詐（＊許の誤りか）進」

【2-9A】四郎二人聽罷，自相言曰「關上要有火牌許進，詐（?）討火牌照身」忽見兩箇百姓至。

【2-9B】四郎問「徃何處去」百姓曰「要入關買米」四郎詐言曰「你無牌，怎去得」百姓曰「我有火牌」

【2-10A】四郎兄弟跟隨到無人處，將二百姓殺死，把火牌解來，各帶一面。

【2-10B】四郎、五郎扮做百姓入城。守城軍士只查火牌，不認人。

【2-11A】四郎兄弟二人俱入關內，直問李達家。

【2-11B】李達正坐，小厮報說「有兩個客人來拜老爹」

【2-12A】李達叫請進，相見畢。

【2-12B】李達曰「二位有何見諭」四郎兄弟，即將外公書呈上。

【2-13A】李達見父親之書看畢，方纔相認。

東洋文庫蔵『出像楊文広征蛮伝』について

【2-13B】李達曰「你二人■■，你父在此受（?）苦（?）」■郎、五郎聽罷，哭。

【2-14A】李達曰「你二人只在我家，千萬不要出去」

【2-14B】二人在母舅家住了兩日，對家童言曰「你可領我二人街上走走，看有甚麼好處」

【2-15A】家童依言，夜間果候李達睡了，即同二人上街而行。

【2-15B】行到南街，聽見衙門内作樂飲酒。四郎問家童曰「是甚麼人」

【2-16A】家童曰「是國王新差来張、劉二總管。日間守城，夜間飲酒」四郎大怒「此是我對頭」

【2-16B】四郎、五郎潛入衙内，更深張、劉大醉而睡，被四郎二人入房，将張、劉二總管殺了。

【2-17A】二人漏夜走回母舅家，睡着。

【2-17B】次日，衆人不見總管出堂，軍人進看，方知被人殺死。

【2-18A】［文廣收除二節婦］［第七回］王節婦與白節婦言曰「文廣被我飛刀不久必死。你今夜可駕雲去■他營寨」

【2-18B】白節婦即駕妖雲，直望文廣大寨而来。

【2-19A】文廣先預備，見白節婦来，衆軍将狗血潑去，白節婦不能走脱。

【2-19B】白節婦被宋軍捉住，亂刀砍死。

【2-20A】宜娘催兵殺去。

【2-20B】■■■■■■■■■被（?）■■■■■■■■■■■（絵は、敗走する王・白節婦を楊文広が槍をもって追うものか）

【2-21A】王節婦大怒殺出，正遇宜娘子，兩下大戰。

【2-21B】宜娘被王節婦丢起飛刀正中左膊。宜娘心慌不及走回本寨。

【2-22A】庄公曰「你可走去我後面房中，躲住」

【2-22B】言未罷，王節婦到，問曰「有一婦人走在你庄来否」庄公曰「並未見到此」

【2-23A】王節婦曰「既無人到，有飣討歩我充饑」庄公曰「我去整飣」

【2-23B】房内宜娘叫痛，王節婦曰「裏面誰人叫痛」庄公答曰「是小兒。今日去山砍柴，被刀砍一下」

【2-24A】王節婦曰「我有藥末好把歩送你。與他搽上即愈」

【2-24B】庄公大喜，接藥到後房，與宜娘搽上，果好。

【2-25A】再興辞了娘娘狄青。

【2-26A】宜娘子問庄公姓名曰（?）「■■逢々當重　報（?）」

【2-26B】宜娘言罷，即拜謝庄公而■。

【2-27A】包相到楊家，見令婆說「文廣被擒。問汝楊家再有何人可為救兵」

【2-27B】蠻王重賞趙豹。

【2-28A】蠻王陞殿，又報宋軍殺到。

【2-28B】蠻王又出榜招取將帥。

【2-29A】文拯出班奏曰「臣可在徃楊家，問令婆還有誰人可為救兵」

【2-29B】趙豹去到城外，扎下營寨，分付小軍掘下陷馬坑。

【2-30A】趙豹出陣與文廣大戰，趙豹詐敗。

【2-30B】文廣不知是計，一直趕去，連人帶馬跌在坑中。趙豹用撓鈎，将文廣搭将起来。

【2-31A】趙豹令人将文廣押去見蠻王。

【2-31B】蠻王大喜，令駕前指揮将文廣押去囚在羅漢洞中。

【2-32A】指揮将文廣兩手捉在柱上，頭髮用生漆漆在柱上，百般受苦。

【2-32B】仁宗陞殿，傳表官傳上表章。帝見表大驚，問衆臣「用何計救他」

【2-33A】狄青與宜娘知文廣被趙豹拏去，寫表奏知朝廷。

【2-33B】包相出朝，徃楊家去。

【2-34A】包相同再興入朝見帝。帝即発兵五（?）萬（?）與再興前行。

【2-34B】令婆曰「止有再興一箇年幼」再興聞知，出見包相。「我是文廣之弟，願領兵去」

【2-35A】宜娘自思「若不出去殺死此潑婦，更待何時」手提長鎗殺出。

255

【2-35B】（判読不能。絵は、楊再興が出兵もしくは帰途につくものか）

【2-36A】再興来到大寨，見狄青宜娘。二人見再興来，大喜。

【2-36B】狄青問「小将軍有合計策」再興曰「来日假荘客人，打探消息。然後定計出兵」

【2-37A】宜娘走到一去處，乃是危家庄。王節婦趕来急，宜娘慌忙走入庄院。

【2-37B】再興上路而行。

汪道昆與徽州盟社考論

鄭利華

汪道昆（1525-1593），字伯玉，號南明，歙縣人。嘉靖二十六年（1547）舉進士，官至兵部左侍郎。在嘉靖至萬曆文壇，他以扮演巨擘的角色，所謂與李攀龍、王世貞等同"搴大將旗"、"主壇坫"，引人矚目。而汪道昆的里籍所在地徽州地區，也因為他頻繁活動其間，成為當時文人學子一處聚集和交往之地，這其中包括汪氏參與徽州文人盟社的建構，以及所展開的相關文學活動。關於汪道昆與徽州盟社，筆者曾在《汪道昆與嘉、萬時期文壇的復古活動——以汪道昆與七子派關係考察為中心》一文中有所涉及，但限於該文的篇幅和論述的重心，尚未得以充分展開。本文即就此問題作進一步的申述，以期對汪道昆與徽州盟社的關係，包括汪氏所參與的盟社的相關情況，獲得更為詳實的認知。

一

有關汪道昆與徽州盟社的問題，首先值得關注的是他發起和參與的豐干社。汪道昆於嘉靖四十三年（1564）四月，任都察院右僉都御史，巡撫福建，嘉靖四十五年（1566）六月，罷福建巡撫，隆慶四年（1570）二月，起撫鄖陽。在自福建巡撫任上罷歸里居的這一段時間，汪道昆創建了當地的豐干社，道光《歙縣志·雜記》云："邑中文社、詩社之盛，濫觴於明。……豐干社，則汪南溟道昆倡焉。"相關情形，汪氏在《豐干社記》一文中作了較為詳細的交代：

　　古者采詩民間，則太師事。近世以詩論士，其業有常。自經術興，學士鮮稱詩者。夫《國風》出自閭巷，即婦子猶或能之。學士誦說百家，莫不囊括，程材絜智，豈不閭巷婦子若哉？與之言詩，輒退然避席：士固有正業，惡用詩？藉第令囊括百家，其才智悉出閭巷婦子下，非夫也。往余家食，竊稱詩褉中。二仲雅從余游，獨嚮往當世作者，則以吾兄嶷然蛻矣，固當褉中，吾黨猶奉功令，守諸生，必得近地為幸。遂盟七君子，為會豐干。七君子則孝廉陳仲魚、文學方獻成、方羽仲、方君在、方元素、謝少廉、程子虛。會吳虎臣將游江淮，願以布衣來會。盟既合，虎臣行。適余起家，褉中虛無人矣，諸君子講業豐干之上，修故約如初。既余以歸省入褉中，諸君子介二仲，以詩為贄，余受而卒業，蓋洋洋樂之。今博士以經術繫諸生，不啻三木，童而屈首，既白紛如，即佔畢不遑，何知六義？諸君子孳孳本業，徒以其餘力稱詩，才人人殊，要皆不溢於法。他日釋業，《九歌》、《二雅》亦其優為，

無論閭巷婦子。不佞鄉人也，不亦愉快乎哉⁽⁴⁾！

在涉及豐干社而為數不多的文獻記載中，汪道昆的此篇記文無疑為我們提供了關於該社創建和活動的若干較為清晰的信息。顯然，這是一個以詩相締結的文人盟社，總觀汪氏所記，其對自經術盛興"學士鮮稱詩者"、乃至於"佔畢不違，何知六義"的現狀頗為感慨，以故推許諸盟友"孳孳本業，徒以其餘力稱詩。"由是，其締構和參與豐干社，蓋多少有意藉以詩相娛、以詩相酬的結社活動，突破專尚經術的時俗，還復"近世以詩論士，其業有常"的傳統。這大概可以說是汪道昆等人建立豐干社的初衷之所在。

從豐干社的基本人員構成來看，除汪道昆本人之外，上引記文提及的"二仲"，自屬其中的兩位重要成員。所謂"二仲"，指汪道貫和汪道會。道貫字仲淹，汪道昆弟，以道昆官兵部侍郎，人呼為"小司馬"。曾補郡諸生，為人性強記，潛心深造，博典籍，工辭賦，游歷甚廣；道會字仲嘉，汪道昆叔父仲子，與道貫齊名。為邑諸生，屢試不第。少即好讀書，又善詩，為學精熟。"二仲"素從汪道昆游，日常交往甚為密切，在某種意義上，他們也是道昆生平兩位親密的文學羽翼之士。李維楨在為汪道會所撰的行狀中曾稱，"慶、曆間，左司馬汪伯玉先生文名天下，而二仲佐之⁽⁵⁾。"汪道昆本人則謂"二仲"，"時而父師，時而盟主，時而夾輔，時而良朋⁽⁶⁾。"由此可以見出二人和汪道昆之間構成的一種特殊而緊密的關係。又汪道昆曾作《憶昔行端午紀事寄二仲》詩，其中詠述："有弟有弟雙騰驤，翩翩兩服當雁行。豐干結客恣清狂，碣石談天誰頡頏⁽⁷⁾。"這也從一個側面顯示，汪道貫、汪道會在協助汪道昆創建豐干社過程中曾經發揮重要作用，二人在社中的表現則甚為活躍。不僅如此，據汪道昆以上所述，豐干社在創立之際，社中的重要成員，除開汪氏兄弟三人，還應包括所謂的"七君子"。就此，梅守箕《九懷寄豐干諸君》詩，分《汪仲淹》、《汪仲嘉》、《吳虎臣》、《方獻成》、《方君在》、《方羽仲》、《謝少廉》、《程子虛》、《方元素》諸篇，所列豐干社成員包含"七君子"中的六人，也可參證之⁽⁸⁾。為了進一步顯明該社成員的有關信息，不妨簡述"七君子"生平之要如下：

陳筌，字仲魚，休寧人。汪道昆摯友陳有守仲子。隆慶四年（1570）舉鄉試，曾從汪道昆受古文辭。方策，字獻成，歙縣人。方宇，字羽仲，歙縣人。方簡，字君在，方策弟，與兄各負材不相下，少時受博士書，務屏剿說，好述古修辭。方太古，字元素，自號天蒙子，更號一壺生、寒谿子、蘭谿人。少受經業，既廢之，讀書修古。始壯周游四方，遍歷嶺南、閩中、金陵、吳會、歙縣諸地。為人負氣慷慨，高自標置，不應徵召，以終其身。曾以為"世之喪道者二，其一俗學，其一俗儒。大音既希，徒呻佔畢，以比里耳，則俗學也；雅道不作，徒藉濂、洛、關、閩為口實，以傳同聲，則俗儒也⁽⁹⁾。"謝陞，字少連，一作少廉，歙縣人。為人俊博，曾補諸生，數試不利，遂棄去，專攻古文。且長於史，嘗宗朱子帝蜀之意，著《季漢書》尤盛傳，以蜀承漢統，列魏吳為世家。生平多所結交，游道甚廣。程本中，字子虛，歙縣人。少時即善屬文，專意修古，曾入南太學，又師事汪道昆。為人豪放不羈，其所交游，大率以著論顯。

從實際的情況來看，參與當時豐干社活動的，尚不止汪氏三兄弟和"七君子"，其他如吳守淮、王寅、陳有守、江瓘、方于魯等，也都曾加入其中。李維楨為謝陞所作的《謝少連家傳》

258

云："左司馬汪伯玉，東南文章司命，郡人氏從，結社豐干，王仲房（寅）、陳達甫（有守）、江民瑩（璀）、吳虎臣（守淮）輩皆布衣，二仲、三方、陳仲魚、程子虛輩皆青衿，少連與焉。"[10]諸人之中，更值得一提的是詩名著聞的王寅和方于魯。王寅，字仲房，號十岳山人，歙縣人。自負具文武才，嘗北上問詩於李夢陽。補縣諸生，獨工古文詞，不喜舉子業。後棄諸生籍，周游吳、楚、閩、越名山。中年習禪，禮事古峰禪師。有《十岳山人詩集》。其詩人稱"師供奉而得其逸，師工部而得其雄"[11]，或謂之"音節宏亮，皆步趨北地之派。"[12]方于魯，初名大潋，晚以字行，改字建元，歙縣人。汪道昆招之入豐干社，獎飾甚至。後又以製墨名。有《佳日樓詩集》。李維楨評驚其詩，以為"取材於古，而不以模擬傷質；緣情於今，而不以率易病格。遁世之致、憤世之懷，遞相為用，而獨見其長。"[13]

應該說，作為文人士子一種特有的文化消費方式，與不少傳統的盟社一樣，豐干社的發起，並未有十分嚴格的結社宗旨和活動規程，參與集社的諸成員，在很大程度上當主要是因彼此詩趣相投聚合在一起，致力於詩道興復的取向和集聚相娛游消遣的熱情，成為他們相互聯結的紐帶。從總體上看，這是一個成員結構及活動方式相對鬆散的文人盟社，汪道昆在《潁上社記》中即言及，"豐干故有社，社者無慮十餘曹，聚散無常。"[14]與此同時，其中的成員絕大多數為歙縣、休寧等徽州當地的文學之士，地域性的特徵較為明顯。嘉、隆之際，汪道昆賦閑里居，豐干社得以成立，這一段時期由於他的參與，該社活動當處於相對活躍的階段。自隆慶四年（1570）汪道昆起撫鄖陽之後，社中諸士雖然一度仍"講業豐干之上，修故約如初"，而道昆本人也和盟友之間或有聯絡，頗為關注之，如其先後所作的《寄豐干社諸君子》、《寄豐干社諸子》、《象安下第謁行因訊豐干社諸子》等詩[15]，亦可證其一端，然而，汪道昆作為豐干社的倡起者，他在隆慶年間起官，終使該社活動因為缺少了核心人物，難免趨於冷寂，連汪道昆後來也不禁感歎"其盟寒矣，其社屋矣。"[16]儘管如此，豐干社的創建與活動的開展，畢竟不僅顯示了汪道昆本人的文學影響力和他所在的徽州地區擁有的人文基礎，而且成為該地區文士集團性文學活動趨於活躍的某種表徵。

二

汪道昆組織和參與徽州盟社的另一個重要標誌，乃是他對於白榆社的著力經營。關於白榆社的締構和活動情況，萬曆十二年（1584），汪道昆在為徽州府推官龍膺三載考績而撰作的《送龍相君考績序》一文中曾述及之：

龍氏甲楚世家，則君御（龍膺字）起公車而超乘。結髮理郡，郡中稱平。圜土虛無人，日挾策攻古昔。乃搆白榆社，據北斗城。入社七人，謬長不佞，君御為宰。丁元甫（應泰）奉楚前茅，郭次甫（第）隱焦山，歲一至，居守則吾家二仲洎潘景升（之恒）。諸賓客自四方來，擇可者延之入。君御身下不佞，左二甫，右二生，旬月有程，歲時有會。程則諤諤，會則于于，從人如流，虛己如壑，其取益無方矣。[17]

其在《游黃山記》中又云：

> 所部倚辦，司理（案，指龍膺）比歲周行列郡中。會計吏入朝，司理兼攝郡縣事，日多暇，則就余稱詩，且進余二仲及潘生。會郭山人次甫見客，乃就東郭宰白榆社，屬余長之。其地錯部婁而屬斗山，蓋聚星之義也。畢計得代，司理將泝秋浦，歷姑孰而抵吳門。[18]

龍膺中萬曆八年（1580）進士，同年除徽州府推官，而萬曆十一年（1583）屬大計之年，《明神宗實錄》萬曆十一年正月條："己巳……吏部會同都察院考察天下諸司官。"又汪道昆《游黃山記》曰"會計吏入朝……乃就東郭宰白榆社……畢計得代"云云，則白榆社的創建當在萬曆十年歲末（1582）至十一年（1583）春之間。白榆社在締構之初，據《游黃山記》所述，成員為歙縣人汪道昆兄弟三人、潘之恒，武陵人龍膺，長洲人郭第等六人，而《送龍相君考績序》則謂其初"入社七人"，合武昌人丁應泰而言之，二者述及的人數略有差異，當以前者所言為是，丁應泰係後入。《太函集》卷一百十六《首春招丁明府入社》詩云："白榆開社擬蘭台，赤縣登壇並楚材。"同卷後此有《同郭次甫、潘景升、舍弟仲淹、仲嘉過海陽客丁明府》詩。此處的"丁明府"，即指丁應泰，萬曆十一年（1583）中進士。據康熙《休寧縣志》卷四《官師·職官表》，丁氏於同年任休寧知縣，丁應泰《重修鳴琴堂記》也云"余以癸未捧檄來休寧"[20]，與汪詩所謂"海陽客"合。又《太函集》卷一百十六前上兩詩有《歲壬午余登三天子都，蓋從不其而知吾廬先生老矣，明年則詹孺人偕老，二子始得請稱觴。余既次酌者之辭，兼賦七言近體》詩，後上兩詩有《甲申春三月乙未宰公將以考績行，孫秘書、丁明府、郭次父、潘景升及不佞二三兄餞之扈蹕行營，去白榆社差近。……》詩，則招丁氏入白榆社，在萬曆十二年（1584）正月，時其方在休寧知縣任上。此後白榆社的人員逐漸得以擴充，其包括從各地來徽州的文士中，"擇可者"而招延之，龍膺為汪道昆所作的《汪伯玉先生傳》，又提到了歙縣人王寅、謝陛，鄞縣人屠隆、沈明臣，京山人李維楨，宣城人呂胤昌，吳江人俞安期等：

> 予小子釋褐徽理為萬曆庚辰，下車首式先生之廬。先生年五十六矣。……坐頃，接予片語，輒契合，直批衷，素朗如明月之入懷。已深叩之，淵如洪鐘之答響也。翌日，揖阿淹、阿嘉二仲，暨王仲房、謝少連、潘景升諸風雅士。居久之，屠緯真（隆）儀部、李本寧（維楨）太史、呂玉繩（胤昌）司法、沈嘉則（明臣）、郭第、俞羨長（安期）諸名流先後至，乃結白榆社於斗城。集輒命白墮為政，揚扢今古，辨析禪玄，衛玠神清，支郎理勝。彼既亹亹，次亦泠泠，遞獻異聞，雜呈雅謔。[21]

事實上，先後被招入白榆社的文士，並不止上列這些，若檢汪道昆等人所作可以發現，尚有南昌人來相如、德清人章嘉楨、長洲人周天球、餘杭人徐桂、莆田人佘翔、孝豐人吳稼竳、蘭谿人胡應麟、歙縣人張一桂、餘姚人孫鑨[22]等，也相繼參與了白榆社的集社活動。[23]

自白榆社成立之始，汪道昆乃以他有別於眾人的資歷和名望，儼然成為社中之長，主持相關

活動，龍膺《三先生詠·汪司馬伯玉先生》詩曰："齊盟主白榆，連城儷仲季。吐納傾眾賢，遇予以國士。"[24]又其《寄汪函翁白榆社長》云"白榆社函公為長"，[25]"而予稱之為長公云。"俞安期《重過新都述德詠懷奉呈汪左司馬伯玉先生一百韻》也謂汪道昆："寂寞耽玄草，風流主白榆。（原注：公開白榆社於斗山。）一麾招後進，多士奉前驅。"[26]綜合以上所述，不難見出當時汪道昆在社中非同一般的地位與影響力。值得一提的是，時任徽州府推官的龍膺，利用其職任之便，也成為白榆社的主要組織者和參與者之一，汪道昆《郡司直武陵龍公膺》頌文謂其"宰榆社兮蒞齊盟"，[27]即點示龍膺在社中身份及位置之特殊而重要。龍膺《勝果園記》也曰："遂以庚辰獲雋，筮仕理官，時年廿一也。……以公暇結社白榆，太函公屬予宰之，稱宰公云。"[28]與此同時，汪、龍二人之所以能協力開設白榆社，又不能不歸之於他們彼此的投合，乃至於相為引重。如龍膺《汪伯玉先生傳》，自言萬曆八年（1580）除徽州府推官之初與汪道昆相接，"輒契合，直批衷"；其《太函尺牘序》謂道昆"以文章為一代宗匠，集諸作者大成，無一言不陵三秦兩漢之上"；[29]而他的《三先生詠》，則將汪道昆與王世貞以及自己的岳父陳文燭並視為"一代作者"，又以為於汪、王二人"並荷知遇，而汪為最深且久"，[30]其和汪道昆的契分從中可見一斑。而如道昆，於龍膺也多予顧昐，稱之為"斲輪風雅匠，佐郡股肱臣"，"狼胡寧自主，牛耳更何人"，[31]所謂遇之以"國士"。對此，龍膺本人也言及，"予以弱冠侍函丈，幸廁白榆社學詩，而辱函翁國士我，屬予宰社"，"又翁別號泰茅，復號予茅龍氏"，"翁之國士予，於茲可想見一斑已。"[32]可說是對他甚為推重。

與豐干社相比，白榆社的成員結構和活動方式都發生了某些顯著的變化，一是盟社的規模有所擴大，入社者當中，除了像汪道昆、汪道貫、汪道會、潘之恒、王寅、謝陛等這些徽州當地人士以外，還有不少是來自"四方"之士，其成員結構顯得相對開放，因而也具有一定的包容性，從某種意義上看，這一盟社成為萬曆年間徽州地區突破地域界限、結納各地文人學士的一個重要的文學據點。對此，汪道昆在《社日集太函兼送景升北上》一詩中也詠及之："相君宰為社，往往出城門。綢繆二三子，睠此平生親。冠蓋何方來？東西南北人。虎林兼象郡，三吳暨七閩。"[33]可見當時來自不同地域的文士雜合於社中。二是如汪道昆《送龍相君考績序》提及龍膺參與集社"旬月有程，歲時有會"，說明白榆社的集社活動較為頻繁，又有一定的規程。這從一個側面也提示，徽州地區文人集團性的文學活動在此際的活躍程度呈現上升的態勢。

萬曆三年（1575）六月，汪道昆以兵部左侍郎告歸，由此結束了他的仕宦生涯。不過，這同時意味著其有相對充足的時間和精力在徽州當地從事文學活動，使得其時該地區因為汪道昆的歸居，多了一位富有影響力的重量級的人物，吸引四方文士過往。王世貞《壽左司馬南明汪公六十序》曾形容此際汪道昆在文士圈中影響之巨，以為其"以千古之業，收之於所謂七寸之管，整齊而廓大之，上本羲姒，下則姬孔，傍獵列國先秦之場而俯踞二京，海內之人苟燥髮而不廢觚翰，則必走汪公之廬以取質，若方者之就矩、圓者之就規。"[34]清人許楚《甲午七夕偕舊游諸子重修白榆社事，分得七言古體》詩，述及汪道昆在當時文壇的地位和白榆社結社之盛，也詠道："新都歸立七雄表，九苞翩翩淩層霄。天下憐才號無匹，太函一顧身扶搖。歸來開社白榆麓，名流麏至紛舟軺。"[35]應該說，白榆社的興起和擴充，與汪道昆自萬曆三年（1575）始主要在徽州地區居處和活動的經歷有著緊密的關聯，由此也形成了以汪氏為中心的集社唱和宴游之活動格局。如龍膺

《同社集汪司馬公太函》："曠彼魁父丘，開觀鄰仙源。縱橫列豐膳，情醴盈金尊。……四座發清嘯，翕若簸與堨。辨論泣海若，蹴趾移昆侖。秉燭淹深夜，極娛復何言。"佘翔《冬至汪伯玉招集大函館，同屠長卿、徐茂吳、吳少君、龍君御、吳叔嘉、汪仲淹、仲嘉、潘景升暨悅公，得燈字》："大函別館勢崚嶒，玟瑁筵開客並登。笑指天都宜盼望，坐依霄漢若騫騰。談揮玉塵紛成綺，酒進金巵湧似澠。"據詩詠述，其時汪道昆招集同社及詩友宴飲酬唱的情形，則大體可見出一端。

正是自萬曆初期以來，除間或出游訪友之外，汪道昆大多時間留滯在徽州故里，這自然有利於他投入白榆社的經營，所以，即使是萬曆十四年（1586）春，作為盟社主要組織和參與者之一的龍膺因大計"卒貶一級而從量移"，謫為溫州府學教授，白榆社並未因此渙散，而是仍在繼續運作。如屠隆於萬曆十三年（1585）已被汪道昆和龍膺招入白榆社，十五年（1587）四月又得汪道昆書函，約秋間"大修白榆社之會"，是年十一月前後，隆以汪道昆使使來迎，"暫詣白榆社，盤桓旬日"。又萬曆十四年（1586）秋俞安期入社，十六年（1588）春呂胤昌入社。再如汪道昆《大司成張公至志喜》、《招張大司成入白榆社》詩中提及的"大司成"張氏，即指張一桂，其為河南祥符籍，歙縣人，隆慶二年（1568）中進士，萬曆十七年（1589）任南京國子監祭酒，則其被汪道昆招入白榆社，時當在任南京國子監祭酒後。而又如曾加入此社的另一位重要成員胡應麟，其出訪汪道昆，"修社白榆之末"，時則在萬曆十九年（1591）之春。可以這麼說，白榆社的集社活動能得以長時間延續，陸續有四方文士加入其中，特別與汪道昆本人的文學影響和用心經營是分不開的。

三

如前所述，假若說，嘉、隆之際興起的豐干社，其成員主要限於"以其餘力稱詩"的徽州當地文士，地域性的特徵還十分明顯，那麼，萬曆年間結成的白榆社不僅規模上有所擴展，並且成員的結構和活動方式也發生明顯的變化，開放性相對增強。從某種角度來看，這一變化過程，實際上又是同作為徽州地區兩大盟社主導人物的汪道昆本人的文學經歷不無關聯。嘉、隆之際，汪道昆和當時已突進文壇的後七子文學陣營中的一些成員有所接觸，嘉靖四十年（1561），他出為福建按察副使，後兩年中先後昇按察使、福建巡撫，其間與時官閩中的吳國倫、余曰德有過交往；隆慶二年（1568）春，又曾赴吳中造訪王世貞、王世懋兄弟。相比起來，萬曆年間汪道昆自告歸故里之後，與後七子文學陣營特別是和其時主導壇站而獨操文章之柄的王世貞，交往更為密切，如他不僅於萬曆五年（1577）為王世貞《四部稿》作序，且在萬曆十一年（1583）八月攜汪道貫、汪道會，十四年（1586）春偕龍膺先後兩度前往吳中拜會王世貞，甚至以為"平生知我者，唯長公（案，指王世貞）一人"，視對方為交誼深厚的知己，顯示他此際向以王世貞為核心的後七子文學陣營的進一步靠近。白榆社相較豐干社的變化，在很大程度上，不可不謂得自於一社之長汪道昆萬曆年間和七子陣營聯絡趨向密切的這一經歷。

前引汪道昆《送龍相君考績序》，既謂於四方賓客"擇可者"招入白榆社，說明該盟社在成

員的組織上雖然與豐干社相比已非主要限於當地之士，乃成為跨地域的一種組合，但是也絕非濫漫相結，而顯然具有選擇入社的一定原則。儘管對於何者方為"可者"的問題，汪道昆並未作出進一步的解釋，不過，若結合被延入白榆社成員的情況來看，還是能大體判別之。在這其中，特別是多位成員懷抱的學古志趣或與後七子陣營相關聯的文學背景，多少凸顯了這一盟社在成員吸納上的某種取向。像先後入社的李維楨、屠隆、胡應麟等，他們本身又是萬曆年間進入七子陣營中的新生代成員，被登之於"末五子"之列[48]，自不需贅言。他如吳稼竳，為嘉靖年間曾和李攀龍、王世貞"折節定交"而入"廣五子"之列的吳維嶽之子[49]，生平好古，人論其詩，以為"其為古體，於漢魏以來諸作者無所不窺，降而為唐之初盛者有之，而卒未嘗為中晚之之為古也；其為近體，於唐之初盛諸作者無所不窺，降而為中晚者有之，而卒未嘗為唐以後之為唐也[50]。"錢謙益謂其"游弇州、太函之門，風聲氣韻，多所薰染[51]。"吳曾作有《贈汪伯玉司馬》詩，其中詠及，"語必稱先王，好古工修辭。左氏能專規，遷固亦不遺。明霞絢中天，光采射四維"，"一為兄弟稱，貴賤無等差。古道日就蕪，幸哉遘遇斯[52]。"不僅於汪道昆"好古"之趣多加褒許，並且以遘遇道昆這樣一位力復"古道"的知遇之士為幸，其本人以古為業的基本立場尤為昭晰。再如沈明臣，屠隆為其所作《沈嘉則先生傳》，言"姑蘇王元美、吳興徐子與、武昌吳明卿、新安汪伯玉輩咸高才玩世"，沈氏"以布衣游其間，雅為諸君子推轂[53]。"王世貞許之為"布衣之傑"，曾序其詩選，稱其詩由起初"格不能禦才，而氣恒溢於調之外"，臻於"抑才以就格，完氣以成調，幾於純矣"，又以為"其於文益奇，有秦漢風[54]。"沈氏於諸交游中則力推王世貞和汪道昆，他的《長歌行贈汪伯玉司馬》詩即云："東海王君少司寇，新安司馬汪長公。兩公筆力若扛鼎，東海闊大新安工。即如兩公旗鼓立，當場挑戰誰敢出[55]？"對於王、汪二人"筆力"的評斷不可謂不高。其交游所重及詩文所尚，也可見出一斑。又值得注意的如俞安期，生平和王世貞、吳國倫等人交誼較深。曾為五言排律一百五十韻贈與王世貞，謂對方"理蕪存季代，索隱及前皇。盡發千家覆，橫開萬古荒。青春陶物象，玄夜吐光芒。日月添昭晰，乾坤剖秘藏"，對世貞學古究索所為，極盡譽揚之辭[56]。萬曆十四年（1586），入楚中訪吳國倫，吳則"與之言詩者逾月，益復深相結而過信之"，以為"大較趣舍同而意氣不相狙也。"既又序俞紀游詩，稱之為"一時布衣之雄"，"真有古國士之風[57]。"俞安期弱冠厭經生業，善為詩，人稱其"古詩樂府伯蘇李而仲曹劉，近體歌行胚杜陵而孕盧駱諸子[58]"，又"取材漢魏、初盛唐，而心師當代諸名公，日恐不得其似[59]。"在學古的具體方式上，儘管他未全然附隨諸子，而有著自己一定的擬學原則，如關於擬古樂府的問題，他在《代漢鼓吹鐃歌二十二首》序中指出，"自我朝作者奮起，思復古昔，欲登炎漢之堂，競相擬效，慮其降格，命意指事，聯字調辭，亦步亦趨，必槀其舊"，以為"弇州、歷下一時卓識，猶所不免"，在其看來，比較二人，如果說王世貞之擬作，或能做到"本旨與己懷間出，師其意不泥其跡矣"，那麼李攀龍在《古樂府》自序中主張"擬議以成其變化"之說，屬"英雄欺人"，即"擬議非變化也"，而他所持的擬古樂府原則，"旨則取乎今，調則法乎古[61]"，乃異於李說；不過在擬學目標上，他和諸子之間則大趣不異。如於詩重"漢魏古辭"，除了曾為《代漢鼓吹鐃歌二十二首》，又作有《古意新聲十首》。其在後者的詩序中，議及寫作之緣起："世為七言近體者，效法於唐，取材櫛字，上者神龍，下乃規規大曆，至於漢魏古辭若弁髦之矣。余讀古樂府，愛其語直而真，情婉而切，時

發豔辭，終無雕繪，其猶存列國之風乎？竊取其語意，漫為時體，名曰古意新聲。"是以《四庫》[62]
館臣以為，"安期之名本由依附七子而成，故詩亦不出其流派"，可以說，多少點出了俞氏和諸子[63]
相近的詩習。

　　總之，白榆社的締結，特別是它表現在跨地域的開放性的增強，與作為社中之長的汪道昆萬
曆年間的文學經歷不無關聯，尤其是他和當時揚屬於中心文壇的後七子文學陣營聯絡趨於密切頻
密的態勢，構成難以分割的聯繫。由它從四方文士中招延"可者"入社的情形觀之，其不少成員
致力於"古道"的學古背景顯而易見，這由此也顯出，在當時復古風尚盛行的情形下，白榆社作
為徽州地區一大文學盟社應和中心文壇而展示的一種結社之本旨與導向。

【注】

(1) 畢懋康《太函副墨序》，汪道昆《太函副墨》卷首，明崇禎刻本。

(2) 見《求是學刊》2008 年第 2 期，第 95 頁至 102 頁。

(3) 道光《歙縣志》卷十之二。

(4) 《太函集》卷七十二，明萬曆刻本。

(5) 《文學汪次公行狀》，《大泌山房集》卷一百十四，《四庫全書存目叢書》影印明萬曆三十九年（1611）
　　 刻本，集部第 153 冊，齊魯書社 1997 年版。

(6) 《仲弟仲淹狀》，《太函集》卷四十四。

(7) 《太函集》卷一百八。

(8) 《居諸二集》卷七，《四庫未收書輯刊》影印明崇禎十五年（1642）楊昌祚等刻本，第 6 輯，第 24 冊，
　　 北京出版社 1997 年版。

(9) 汪道昆《處士方太古傳》，《太函集》卷三十二。

(10) 《大泌山房集》卷七十，《四庫全書存目叢書》，集部第 152 冊。

(11) 陳文燭《十岳山人詩集序》，王寅《十岳山人詩集》卷首，《四庫全書存目叢書》影印明萬曆程開泰等
　　 刻本，集部第 79 冊。

(12) 《十岳山人詩集》提要，《四庫全書總目》，下冊，第 1580 頁，中華書局 1965 年版。

(13) 《方于魯詩序》，《大泌山房集》卷二十一，《四庫全書存目叢書》，集部第 150 冊。

(14) 《太函集》卷七十五。

(15) 見《太函集》卷一百九、一百十三、一百十四。

(16) 《潁上社記》，《太函集》卷七十五。

(17) 《太函集》卷七。

(18) 《太函集》卷七十五。

(19) 《明神宗實錄》卷一百三十二，第 54 冊，第 2457 頁，臺灣中研院歷史語言研究所校印本。

(20) 康熙《休寧縣志》卷七《藝文·紀述》。

(21) 梁頌成、劉夢初校點《龍膺集·綸隱文集》卷八，第 202 頁，嶽麓書社 2011 年版。

(22) 即朱多炡，字貞吉，寧獻王之孫、弋陽王多煌之弟，為奉國將軍。善詩歌，兼工繪事。嘗輕裝出游，
　　 變姓名為來相如，字不疑。錢謙益《列朝詩集小傳》閏集有傳，見該書下冊，第 777 頁至 778 頁，上
　　 海古籍出版社 1983 年版。

(23) 見汪道昆《招李太史、來少仙入社》、《招章元禮入白榆社》、《招周公瑕入白榆社》、《秋閨招徐茂吳入
　　 社，同宰公賦》、《白榆社送佘宗漢還閩，末章即事》、《招吳翁晉入白榆社》、《招元瑞入白榆社》、《招
　　 張大司成入白榆社》諸詩，《太函集》卷一百十二、一百十七、一百十八、一百十九。孫鑨《答龍使君

見懷之作》題下小注："余與龍君同白榆社。"《端峰先生松菊堂集》卷十六，《四庫全書存目叢書》影印明萬曆三十八年（1610）張垣刻本，集部第 147 冊。

（24）《龍膺集·綸滙詩集》卷四，第 550 頁。

（25）《龍膺集·綸滙文集》卷二十四，第 421 頁。

（26）《寥寥集》卷十八，《四庫全書存目叢書》影印明萬曆刻本，集部第 143 冊。

（27）《太函集》卷七十九。

（28）《龍膺集·綸滙文集》卷七，第 182 頁。

（29）《龍膺集·綸滙文集》卷三，第 77 頁。

（30）《三先生詠》引，《龍膺集·綸滙詩集》卷四，第 550 頁。

（31）《再贈司理公五首》詩一，《太函集》卷一百十一。

（32）《太函尺牘序》，《龍膺集·綸滙文集》卷三，第 76 頁。

（33）《太函集》卷一百八。

（34）《弇州山人續稿》卷三十四，明刻本。

（35）《青岩集》卷二，清康熙刻本。

（36）《龍膺集·綸滙詩集》卷三，第 541 頁。

（37）《薛荔園詩集》卷四，《景印文淵閣四庫全書》，第 1288 冊，臺灣商務印書館股份有限公司 1986 年版。

（38）汪道昆《司理龍公遺愛碑》，《太函集》卷六十四。

（39）見屠隆《與汪仲淹仲嘉書》、《報龍君善司理》、《報汪伯玉司馬》諸書，《白榆集》文集卷十，《續修四庫全書》影印明萬曆龔堯惠刻本，第 1359 冊，上海古籍出版社 2002 年版。

（40）屠隆《與汪伯玉司馬書》，《栖真館集》卷十四，《續修四庫全書》影印明萬曆十八年（1590）呂氏栖真館刻本，第 1360 冊。

（41）屠隆《與陳伯苻》，《栖真館集》卷十五。

（42）《太函集》卷一百十八有《白榆社虛無人，喜俞公臨再至，以詩招之》（案，俞安期字義長，一字公臨），前此有《丙戌仲秋二十五日，同諸君子集淨慈寺西閣……》詩，後此有《往余登三天子都，元咸為主。越歲丁亥，月周孟陬，公臨挾二其續余舊游……》詩，俞安期《奉酬汪司馬伯玉先生招入白榆社》："林攀月樹分秋色，山擁星榆坐夕嵐。"（《寥寥集》卷三十二）以是知俞氏入白榆社時當在萬曆十五年（1587）秋。又《太函集》卷一百十八《往余登三天子都，元咸為主。越歲丁亥，月周孟陬，公臨挾二其續余舊游……》詩後，有《贈梅泰符送丘謙之入楚》詩，其云："誰掀炎海迸江流，底事憑陵作楚游。……行邊暑避江湘路，到處天迎李郭舟。"當作於夏季。後有《宛陵呂相君歷新都招入社二首》（案，"呂相君"指呂胤昌），詩一云："行春霧樹開三輔，入夜星河動七襄。"知時值春。後有《……戊子賓興，則玄成為余，吾近屬也。玄成余易之字，其名懋功，將與計偕，余從諸父老昆弟餞之祖道，驪駒且發，為賦七言近體一章》，則呂胤昌入社時在萬曆十六年（1588）春。

（43）《太函集》卷一百十九。

（44）見王世貞《南京國子監祭酒年表》，《弇山堂別集》卷六十三，明萬曆十八年（1590）翁良瑜雨金堂刻本。汪道昆《大司成張公至志喜》："南都詞賦擅張衡，北極招搖指漢京。駟馬乘橋經故國，單車取道借嚴程。"（《太函集》卷一百十九）所述與張一桂身份合。

（45）胡應麟《入新都訪汪司馬伯玉八首》序，《少室山房集》卷十二，《景印文淵閣四庫全書》，第 1290 冊。

（46）《祭王長公文》，《太函集》卷八十三。

（47）參見拙文《汪道昆與嘉、萬時期文壇的復古活動——以汪道昆與七子派關係考察為中心》。

（48）見王世貞《末五子篇》，《弇州山人續稿》卷三。

（49）見王世貞《吳峻伯先生集序》，《弇州山人續稿》卷五十一；王世貞《廣五子篇》，《弇州山人四部稿》

卷十四，明萬曆五年（1577）王氏世經堂刻本。

（50）吳夢暘《玄蓋副草序》，吳稼鐙《玄蓋副草》卷首，《四庫全書存目叢書》影印明萬曆刻本，集部第
186 冊。

（51）《列朝詩集小傳》丁集下《吳通判稼鐙》，下冊，第 626 頁。

（52）《玄蓋副草》卷二。

（53）《由拳集》卷十九，《續修四庫全書》影印明萬曆刻本，第 1360 冊。

（54）屠隆《句章先生全集序》，沈嘉則《豐對樓詩選》卷首，《四庫全書存目叢書》影印明萬曆二十四年
（1596）陳大科、陳堯佐刻本，集部第 144 冊。

（55）《沈嘉則詩選序》，《弇州山人續稿》卷四十。

（56）《豐對樓詩選》卷六。

（57）《奉呈大司寇王元美先生一百五十韻》，《寥寥集》十九。

（58）吳國倫《俞山人紀游詩序》，《甔甀洞續稿》文部卷五，《續修四庫全書》影印明萬曆三十一年（1603）
吳士良、馬攀龍刻本，第 1350 冊。

（59）龍膺《送謝少連俞羨長東還序》，《龍膺集·綸隱文集》卷三，第 80 頁。

（60）吳國倫《俞山人紀游詩序》，《甔甀洞續稿》文部卷五。

（61）《寥寥集》卷四。

（62）《寥寥集》卷二十九。

（63）《寥寥集》提要，《四庫全書總目》，下冊，第 1605 頁。

存世最早的小說版皇明開國史
——天一閣藏明抄本《國朝英烈傳》及其價值

潘建國

天一閣藏有一部明抄本《國朝英烈傳》，這一學術信息，較早見載于趙萬里《重整范氏天一閣藏書紀略》(1934)："又如《國朝英烈傳》，閣裡有藍格大字本，用對字句作章回標目，以審查明代抄本的有效方法觀察，至遲當是嘉靖時人手筆，遠在傳世崇禎刊本之前。"之後，馮貞群編《鄞范氏天一閣書目內編》(1940)"子部·小說家·章回之屬"、謝國楨《江浙訪書記》(1985)之七"寧波天一閣文物保存所藏書"之《武定侯郭勳招供》解題、《中國古籍善本書目》(1996)"子部·小說類"、《天一閣遺存書目》(1996)"子部·小說家類"均予著錄。可惜未能引起文學研究者的關注。直至 2011 年，日本學者川浩二發表論文《天一閣博物館藏〈國朝英烈傳〉與歷史小說〈皇明英烈傳〉》，首次對這一珍稀版本進行了介紹和研究，可謂獨具慧眼。2014 年暑假，筆者曾赴天一閣調查了此明抄本，今就其版本、編撰、文體及小說史價值諸問題，略作探討。

一、版本情況、編撰時間及素材來源

《國朝英烈傳》今存 5 冊，每冊 2 集，每集 5 卷，凡 10 集 50 卷。各集以十二地支命名，始於"寅集"第十一卷，終於"亥集"第六十卷，惜殘失首冊 2 集 (即"子集"、"丑集") 10 卷 (即第一卷至第十卷)。抄本使用統一印製的藍格白棉紙，四周雙邊，上下粗黑口，上下相對花魚尾 (圖1)，半葉九行，行抄十六字，正文均低二格抄錄，遇"太祖"、"陛下"則頂格，以示尊崇。

關於天一閣所藏抄本的年代，趙萬里曾云："以審查明代抄本的有效方法觀察，至遲當是嘉靖時人手筆"，但並未交待具體證據。各家著錄《國朝英烈傳》時，多籠統寫作"明抄本"。雖然，此本使用的藍格白棉紙，版式具有明代前期刻本特徵，但要將此本定為"嘉靖抄本"，仍缺乏足夠證據，故稱為"明抄本"較為穩妥。值得注意的是，《國朝英烈傳》"未集"(包括第三十六卷至第四十卷) 5 卷，乃素紙抄本，字體也與其它不同，當是後人補抄，視其字體風格 (圖2)，補抄時間似亦在明代，至於補抄所據底本，則尚難考知。

由於《國朝英烈傳》首冊殘失，未知卷首是否有序跋文字，今存諸卷之中，也沒有留下直接的編撰時間標記，因此，這部作品究竟成書於何時，需要借助其它旁證來加以推測。

演繹皇明開國史的小說，除了《國朝英烈傳》之外，另有兩部時間較早的作品，其一為萬曆十九年（1591）楊明峰刊本，題為《新鐫龍興名世錄皇明開運英武傳》(以下簡稱《英武傳》)，八卷六十則；其二為明刊本《皇明開運輯略武功名世英烈傳》(以下簡稱《皇明英烈傳》)，六卷六十

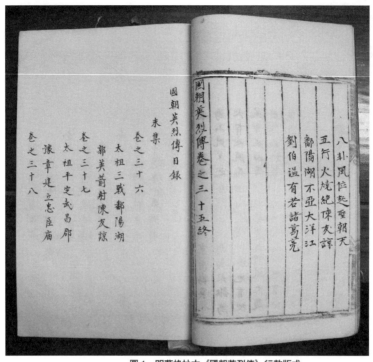

圖1　明藍格抄本《國朝英烈傳》行款版式

圖2　明抄本《國朝英烈傳》藍格與素紙書葉

則。比勘這兩個文本，回目文字全部相同，小說正文也大同小異；進一步比較異文，可知《英武傳》乃據《皇明英烈傳》（或其底本）增刪而成。那麼，《國朝英烈傳》與《皇明英烈傳》又是何種關係呢？比較兩書回目（其中不包括《國朝英烈傳》殘失的前 10 卷），現存 50 卷、100 句回目文字之中，全部相同或僅有一字之差的多達 49 句，約占一半，如再加上二、三個字差異的情況，回目文字的相近率還會更高，這表明《國朝英烈傳》與《皇明英烈傳》之間，一定存在密切的學術關係。川浩二調查了《皇明英烈傳》正文中的雙行小注，發現共有 10 處注及"原本英烈傳"、"舊本英烈傳"、"原本"、"舊本"，其中前 4 例位於卷一至卷十內，《國朝英烈傳》已殘失，無法進行檢驗；剩餘 6 例之中，《國朝英烈傳》與《皇明英烈傳》提示的"舊本"細節相符合的有 5 例。因此，川浩二認為：《國朝英烈傳》創作在前，《皇明英烈傳》創作在後；《國朝英烈傳》可能是《皇明英烈傳》編撰時參考的"舊本"之一。我覺得這個推論是成立的，至少可以確認，《國朝英烈傳》乃現存文本面貌最古老的皇明英烈小說。

事實上，關於《英烈傳》小說的編撰，明代典籍曾記載了一個帶有"陰謀論"色彩的故事，即開國功臣郭英的後裔"郭勳"，為抬高先祖功績，求得侑祀太廟，乃效仿《三國志演義》、《水滸傳》，編撰了一部《國朝英烈記》小說，將生擒張士誠、射殺陳友諒等功勞，均歸集于郭英一身。明鄭曉《今言》（刊刻於明嘉靖四十五年，1566）卷一載：

> 嘉靖十六年，郭勳欲進祀其立功之祖武定侯英於太廟，乃仿《三國志》俗說及《水滸傳》為《國朝英烈記》，言生擒士誠、射死友諒，皆英之功。傳說宮禁，動人聽聞。已乃疏乞祀英於廟廡。

類似記載還見於明郎瑛《七修類稿》卷二十四《郭四箭》、沈德符（1578-1642）《萬曆野獲編》卷五等書。之前，由於《皇明英烈傳》、《英武傳》兩個文本中生擒張士誠的白袍將，均寫為"沐英"，故有研究者懷疑《今言》記載的準確性，認為"鄭曉將沐英認作郭英，是自己犯了張冠李戴的錯誤"[2]。可是，明抄本《國朝英烈傳》卷四十五明確寫道：

> 吳王見事緊急，焚了諸寶，卻來前殿自縊而死。不防一將白袍銀甲，乃是郭英，擒了吳王，徐來見徐元帥獻功。且聽下回分解。詩曰：
> 郭英英雄誰可嘉，吳王未免喪黃沙。
> 呼風閃電龍截角，揭山巴山虎剉牙。

這段文字中兩處均作"郭英"，緊接著的卷四十六卷首，又再次敘及"卻說郭英擒了吳王張士誠，來見徐元帥獻功"；《國朝英烈傳》小說對於沐英和郭英的著裝描寫也有著明顯區分，沐英為"紅袍金甲"（卷十二），郭英則凡出場均統一描寫為"白袍銀甲"，不容有誤。所以，只能是後出的《皇明英烈傳》將"郭英"改作了"沐英"，而非相反。《國朝英烈傳》對於"郭英"的褒揚，態度鮮明，情感熱烈，且貫穿文本始終，顯示出一種預設的特殊的編撰動機，其中最為濃墨重彩的事

件，除生擒張士誠之外，還有大鬧婺源州（卷二十二）、射殺陳友諒（卷三十六）、護駕斬殺刺客陳英傑（卷三十七）等，後兩事《皇明英烈傳》雖有保留，但褒贊力度已相對減弱。

綜合上述情況，可以推知：1、史學家鄭曉《今言》關於郭勳編撰《國朝英烈記》的記載，應是可信的。至於郭勳是親自操觚，還是由他授意一二幕客文人編就，則難確考，依常理而言，後一種可能性或更大一些。2、天一閣藏本《國朝英烈傳》蓋即《國朝英烈記》的某一傳抄本（詳見下文），乃存世最原始的皇明英烈小說文本。3、據明黃光升《昭代典則》卷二十七、沈國元《皇明從信錄》卷三十等書載：嘉靖十年（1531），刑部郎中李瑜議進誠意伯劉基侑祀太廟，位次六王，郭勳受此事啟發，乃萌生奏進先祖郭英侑祀太廟的想法，嘉靖十六年（1537），郭英正式獲准侑祀太廟，故《國朝英烈記》的編撰散播和效應發酵，似當在1531至1537的六七年間。

《國朝英烈傳》雖是一部小說，但它基本上按照時間順序，系統敘述了元末朱元璋從濠州起事，率眾轉戰南北，攻城掠地，直至一統天下、建立大明皇朝的歷史故事，所涉人物、戰役及事件眾多，庶可視作一部通俗文學版的"皇明開國史"。有意思的是，因為受到特殊的政治文化政策制約，明代前期當代史編撰甚為沉寂，大概到了嘉靖時期才逐漸勃興，這一當代史編纂之風，又始於開國史的梳理。目前所知編撰時間較早的皇明開國史著作，為福建文人吳朴（1505-1566）的《龍飛紀略》，成書於嘉靖二十一年（1542），刊行於二十三年（1544），此書以太祖朱元璋事蹟為中心，記述了從壬辰（元至正十二年，1352）至"壬午"（明建文四年，1402）約50年間的歷史大事；另一名福建史學家陳建（1497-1567）在《龍飛紀略》基礎上，編纂了更為詳盡的《皇明啟運錄》八卷，卷一紀太祖因亂倡議起兵渡江之事，卷二紀太祖為吳國公、平定江東、浙江、江西事，卷三紀太祖初為吳王、西定荊湖、東平淮浙、北取齊魯事，卷四紀太祖即帝位、南平閩廣、北定中原事，卷五紀太祖平定關陝、大封功臣事，卷六紀太祖平西蜀、定遼東事，卷七紀太祖平定雲南貴州事，卷八紀太祖一統天下、賜賚功臣還鄉事，所敘時間和事件，與《國朝英烈傳》大致相埒但更為周詳。嘉靖三十四年（1555），陳建又續纂永樂至正德諸朝史事，編成《皇明歷朝資治通紀》三十四卷，並將其與《皇明啟運錄》合刊為一書，凡四十二卷，名為《皇明通紀》，成為一部流播甚廣影響極大的皇明當代史[3]。歷史演義小說《皇明英烈傳》，就是在《國朝英烈傳》基礎上，主要參考《皇明通紀》等書所載史料擴編而成，該小說文本多處用醒目方框，標注了"按《皇明通紀》演義"字樣。陳建曾在《皇明啟運錄》卷八中寫道"近日縉紳多喜閱國初之事"，因此，《國朝英烈記》的編撰，既有為郭英侑祀太廟製造輿情的現實功利目的，也未嘗不是迎合了當時朝野社會對於開國史的閱讀興趣。

問題是，在《龍飛紀略》、《皇明啟運錄》等當代史著作問世之前，《國朝英烈記》的編撰者如何來構建"皇明開國史"？或者說，他們從何處獲取開國故事的相關素材？檢點明代前期的新編史籍，涉及開國史事者[4]：有明洪武初官修《元史》、張九韶《元史節略》、永樂初胡粹中《元史續編》、宣德時劉剡編《資治通鑑節要續編》、成化時商輅編《續資治通鑑綱目》等史書的元順帝至正朝（即1341-1368，凡二十八年）部分；有皇明開國功臣事蹟傳記，如安徽文人黃金（1447-1512）編《皇明開國功臣錄》三十一卷（成書於弘治十七年，即1504年，初刊於正德二年，即1507年）；有若干重要戰役的專題史，如成化以降陸續編就的《平吳錄》、《平漢錄》、《平夏錄》、《平

蜀錄》、《平胡錄》、《北平錄》等書；有記載元明易代之際野史逸聞的筆記雜著，如徐禎卿《翦勝野聞》、陸容《菽園雜記》、葉盛《水東日記》、黃瑜《雙槐歲鈔》等書。還有以太祖朱元璋為中心的官修史料《太祖實錄》，這部實錄的修撰一波三折，初修本完成于建文帝時期，靖難之後，為永樂帝朱棣所得，因為其中涉及諸多敏感的政治問題，兩度下旨重修，至永樂十六年（1418），由楊士奇擔任總裁的《太祖實錄》三修本終於完成，凡 251 卷，但修成之後，一直秘藏禁中，直到嘉靖、萬曆時期才有傳抄本流出內府，但其流傳也局限在一個極為狹小的範圍內，故生活于嘉靖初年的小說編撰者，是否有機會讀到這部神秘的《太祖實錄》，還應打上大大的問號。不過，參與《太祖實錄》編修的劉辰，曾著有《國初事蹟》一卷，此書向被視為太祖事略之“草本”（《四庫全書總目提要·國初事蹟》），頗見流傳，陳建亦將其列入《皇明通紀》編撰的《采據書目》。

上述所列書籍史料（除《太祖實錄》外），郭勳輩應該都不難獲見，雖然沒有一部現成的開國史著作，可以供他簡便地“按鑑”演義，但根據這些史料，提取出國朝英烈事蹟以及皇明開國史的大致脈絡，也並非難事。況且，從明抄本《國朝英烈傳》來看，其主要人物情節雖粗具開國史輪廓，但它並不追求歷史細節的鋪敘，文本所涉及要人物中有不少於史無征，可能出於作者的虛擬編造，其對於開國史事的需求相對不高；另外，如鄭曉在《今言》中指出的那樣，這部小說存在極為明顯的模仿《三國志演義》的痕跡，譬如仿照三顧茅廬來敘寫徐達、劉伯溫出山，仿照赤壁之戰來敘寫鄱陽湖大戰，仿照諸葛亮借東風來敘寫劉伯溫祭風，仿照呂布射戟來寫常遇春射戟等等，還有諸如對壘、火攻、劫寨、設伏、詐降、義釋、獻城，這些《三國志演義》戰爭描寫的慣用套路，《國朝英烈傳》也一一照搬過來，每種套路在書中還重複多次運用，可謂不厭其煩。雖然，人物情節的過度模仿，再加上編撰者才情的不足，導致《國朝英烈傳》未能真正傳承《三國志演義》的藝術特質和文學魅力，但是模仿名著的寫法，操作簡便，易於掌握，無疑有助於作者將零散的素材，綴合成一部有模有樣的開國史演義小說。

二、《國朝英烈傳》為說唱文學重編本考

檢閱明抄本《國朝英烈傳》，其文本面貌與《皇明英烈傳》等書相比存在顯著差異，直觀的特點，就是韻文所占比例大大提高。茲以卷十一至卷四十的 30 卷為樣本，《國朝英烈傳》共插入詩作及韻贊 174 首（篇），而《皇明英烈傳》僅有 62 首（篇），前者約為後者的 3 倍；而與韻文情況相反，《國朝英烈傳》的散敘文字十分簡略，帶有提綱節略的特徵，譬如卷四十八中關於徐達設計破李思齊一段，《國朝英烈傳》作：

> 元帥與郭、薛二將突圍而出，三千兵折大半，回上陝州，常公等接著曰驚怕，元帥曰：“自家這千餘兵擒舍不的，他只十萬兵，便不破他。”眾將問計，元帥曰：“這般這般。”

《皇明英烈傳》作：

徐達傳令莫與交戰，只望東奔走，折兵千餘，急走回營。馮勝等迎慰曰："元帥今日致
受驚厄矣。"徐達曰："此小事，何驚之有？"眾將皆有憂色，徐達談笑自若，馮勝曰："末
將曾言，孤軍不宜深入，今果中賊人之計。"徐達曰："臨鋒對敵，豈能保士卒不傷？吾捨不
得千人，何以破李思齊十八萬之兵。"馮勝等驚問曰："元帥有何良策，敢問其略。"徐達曰：
"我輕兵追趕者，欲知彼寨之虛實。李思齊、張良弼不知兵法，豈可依樹為柵，左積糧草，
而右出軍乎？吾以火攻之，其破必矣。"馮勝曰："元帥奇謀，豈在韓信之右也。"

前者僅75字，敘述點到為止，草草帶過；後者則鋪陳人物對話細節，將文字擴展至239字，在
散敘文字比例上，《皇明英烈傳》是《國朝英烈傳》的3倍多。如此一正一反疊加起來，就更凸
顯了《國朝英烈傳》文本中韻文的特殊存在感。

以卷四十五尾段文字為例，敘劉伯溫仗劍祭風、率軍攻破蘇州城、生擒張士誠等情節。《國
朝英烈傳》作：

伯溫仗劍祭風，不一時大風就起，好風！贊曰：
　　初時揚塵播土，次後來走石飛沙。入畫閣，穿簾透戶；過園林，擺柳吹花。恰
才大風起，又早火器攻來。火銃火炮，呼魯魯，勢若春雷；火箭神槍，赤力力，聲
如劈力。
城上吳兵四散，然後城下襄陽火炮攻打蘇州，六門齊開，大兵攻入來。詩曰：
　　姑蘇城廓六門開，霧集雲屯兵入來。
　　戰馬踏番歌舞地，征夫塞滿太平街。
吳王見事緊急，焚了諸寶，卻來前殿自縊而死。不防一將白袍銀甲，乃是郭英，擒了吳
王，徐來見徐元帥獻功。且聽下回分解。詩曰：
　　郭英英雄誰可嘉，吳王未免喪黃沙。
　　呼風閃電龍截角，揭山巴山虎剉牙。

《皇明英烈傳》作：

劉基於正東臺上披髮仗劍，祭起風來，飛揚沙石，攻打城垣。臺上眾將齊放火箭神槍銃
弩，城上軍卒被傷，爭先奔潰。攻擊之次，忽大震一聲，如天崩地裂，將蘇州城攻倒三十六
處，軍兵舉手加額大呼曰："吾主之洪福也。"其城既破，眾將士方欲入城，徐達急令四面眾
將不許亂入，各依次圍困。達乃領兵五萬入城，二十萬民兵拜降者過半。徐達急傳令曰：
"軍士不許擾害居民。如有擒張士誠者，賜金千兩；斬首來獻者，賜金五百兩；斬妻子一人
者，賜金百兩。"時張士誠見城已破，乃集家族數十人于齊雲樓上，反閉其門，言曰免為他
人所辱，遂起火將全族盡皆焚之。士誠走至後苑梧桐樹下，歎曰："天喪吾也。"遂解下紫絲
條，欲自縊。忽一將馳至，白袍素甲，乃先鋒沐英也，一箭射斷紫絲條，張士誠墮地，沐英

即使人擒之。

兩相對讀，可以清晰地感覺到《國朝英烈傳》文本"散簡韻繁"的特點，迥異於《皇明英烈傳》那種以散敘為主較為標準的書面化歷史演義。

《國朝英烈傳》中穿插的韻文，大多語言淺白易懂，對仗押韻也不求工整，呈現出通俗化擬作的特點，符合古代通俗小說插增韻文的基本情形。不過，倘若進一步仔細考察這些韻文，還可發現若干耐人尋味的"異常"之處：

1、部分韻文參與情節敘事。

眾所周知，說唱文學中的韻文與書面文學中穿插的韻文，存在一個本質差異，那就是說唱文學中的韻文，參與情節敘事，或者說韻文乃是情節敘事的主要語言方式；而書面文學中穿插的韻文，多為關於某一場景、環境、人物裝束、外貌、心理等方面的吟詠複述，承擔的是抒情功能而非情節敘事功能。

在《國朝英烈傳》文本中，部分韻文參與了情節敘事。譬如卷十二結尾處，《國朝英烈傳》寫道：

> 為首一將，紅袍金甲，拈弓搭箭，喝聲中，正中海牙，三思額吞滿畫桃皮，腦門後透出金鈚箭。跳過船來，梟了首級，小將是誰？詩曰：
> 鉤簾槍起乾坤定，一柄金錘見太平。
> 幼為朱府螟蛉子，長大更名叫沐英。

按照章回小說的體例，前一回結尾處留下的情節懸念，必須等到下一回回首才給予揭出，篇尾詩或總結本回情節，或作某種道德層面的虛泛評述，絕對不會去揭示懸念。但《國朝英烈傳》的這首篇尾詩，卻是針對著"小將是誰"而設，提前一回交代了小將的名字為"沐英"，解開了懸念，換言之，它直接參與了文本的情節敘事。

類似的例子，又見卷三十九結尾處，敘史彥忠中計大敗，奔回泰州城：

> 走到城下，高叫開門，城上立著一人，高叫："我已取了太（泰）州也。"此人是誰？詩曰：
> 烏馬長槍孰可清，豪氣衝衝貫鬥牛。
> 慣戰能爭都領袖，挾人捉將總班頭。
> 徐元帥驕兵醉計，常遇春夜取太州。

此篇韻文，再次提前解開了"此人是誰"的懸念。而值得注意的是，抄本《國朝英烈傳》將 6 句韻文整齊抄錄，但最後兩句的句式顯然與前 4 句不同，或許前面脫漏了"正是"一詞，它們本應是兩句結束套語。不管"身份"如何，這兩句韻文都參與了文本的情節敘事。

再譬如卷十七結尾處，敘元將張虯正與常遇春激戰，軍中來報，胡大海劫了大營，殺了張氏兩位兒子：

張虯大驚，回兵急走，常公大怒，喝聲如雷，趕上只一鞭。詩曰：
打綻綠絨繩背凱，敗賤鱗甲滿天飛。
甲葉皮條都打斷，老龍退下一堆皮。
又曰：
常公英武猛搊搜，惡戰交兵肯甘休。
未見生擒張士信，先將鞭伏是張虯。

此處，散敘文字寫及常遇春"趕上只一鞭"而結束，實際上是將這一鞭的後果，作為一個懸念，如果是一般的章回小說，應該緊接著套語"欲知後事如何，且聽下回分解"，但《國朝英烈傳》以兩首詩歌作結，而且兩首詩作已具體描述和揭示了這一鞭的效果，即"鞭伏張虯"，又一次推進了文本的情節敘事。

2、部分韻文帶有襯字。

《國朝英烈傳》中的部分韻文，存在附帶"襯字"的獨特現象，造成詩體的某種增生變異。

譬如卷三十四篇尾七絕：

張興祖驍勇英雄越古今，陳友諒隨波落水碎天靈。
你眾將六駕飛舸繞漢寨，不如我一柄金撾定太平。

卷四十二文中七絕：

大兵東下勢如雷，破固催堅計不虛。
今日立誅謀才張士信，來朝生擒吳主定華夷。

卷五十五篇尾七絕：

一對英雄兩命亡，哀哉功業可悲傷。
顛折安邦白玉擎天柱，喪了立國黃金架海梁。

此外，卷十九篇尾2句韻文，也帶有襯字：

追殺的千年壯志史書標，獻城的萬載美名青冊贊。

274

3、部分散敘文字中夾雜有韻文。

《國朝英烈傳》散敘文字十分簡略，多為人物事件之交代，少有細節之鋪陳描摹，偶有一些文學性較強的文字，則往往可見化用韻文的痕跡。

譬如卷十八：

> 話說常公鞭伏張蚪吐血而走，眾將一勇破開西峪口兵，徐元帥從峪中鼓噪而出，兩勢夾攻，**如鼓狂風而掃敗葉，搧紅爐以燎毫毛**，吳兵大敗東走。

卷二十九：

> 劉福通大怒，令四將出馬，羅文素、盛文郁、王顯忠、韓咬兒，一勇來戰。那邊張蚪好漢，**欠身縱馬，有百將之威；轉背施槍，有萬夫之勇；槍舉千條閃電，馬沖萬里狂風**。不及十合，立誅四將落馬。

卷四十一：

> 張士信大怒，令張蚪出馬舉槍來迎，胡美舞雙鞭敵住，**鞭去謂兩道愁雲，槍來迸一溪綠水，鞭丟額角三分錯，槍刺胸中半寸斜**。兩家對陣二十餘合，不分勝負。

我認為：上述這些"異常"之處，都隱含著一個共同指向，那就是：《國朝英烈傳》有可能脫胎於一個說唱文學的母本，或者說它是一個說唱文學的重編本。正因為母本是一個以韻文為主的文本，所以《國朝英烈傳》中的韻文比例也明顯偏高；正因為脫胎於說唱文學，所以《國朝英烈傳》中若干韻文也參與情節敘事；至於韻文附帶襯字、散敘中夾雜韻文這兩個特點，則表明《國朝英烈傳》中的部分詩歌以及散敘文字，可能也是輯采原來的韻文編綴而成的。

事實上，明代人早就記載了《國朝英烈記》借助說唱方式流播的訊息，譬如鄭曉《今言》卷一謂《國朝英烈記》編成後，"傳說宮禁，動人聽聞"；至沈德符《萬曆野獲編》卷五"武定侯進公"條，則明說郭勳曾將此書"令內官之職平話者，日唱演於上前"。只不過，由於存世的《皇明英烈傳》、《英武傳》等小說文本，均難以看到說唱的遺痕，故研究者對此將信將疑。現在，有了明抄本《國朝英烈傳》，鄭曉、沈德符的記載終於得到了合理的文本印證。按照明代前期的說唱藝術形態，還可進一步推測：這部原始的說唱文學版《國朝英烈記》或是所謂的"詞話"本，其文本形態類似於在上海嘉定出土的成化說唱詞話，即通篇以七言韻文（亦雜有攢十字）敘事，間有少量散敘文字。而明抄本《國朝英烈傳》則是說唱詞話本《國朝英烈記》的重編本，它擴增了散敘文字，刪減了韻文，特別是將原本連貫的大段韻文，切割編綴成若干七律七絕為主的詩歌韻贊，穿插于文本之中，使其成為一部更適合閱讀的當代史演義小說。

三、重估"英烈傳"早期諸版本之價值及其關係

明抄本《國朝英烈傳》的發現，不僅增加了一個"英烈傳"小說的最早文本，也促使研究者重新檢討《皇明英烈傳》、《英武傳》等版本的價值及其彼此關係。這一重新檢討的工作，可以圍繞以下幾方面展開：

1、關於《國朝英烈傳》與《皇明英烈傳》。

仔細比勘兩個文本，根據近半回目文字相同、雙行小注所云"舊本"細節大部分核驗相符以及部分穿插的韻文文字近似等情況，可以確認《皇明英烈傳》是在《國朝英烈傳》基礎上增刪而成的。增的方面，《皇明英烈傳》主要依據《皇明通紀》、《皇明開國功臣錄》、《今獻匯言》、《西樵野記》諸書，增加了大量的開國史事、功臣事蹟以及逸史軼聞，也加入了周顛、鐵冠道人等帶有民間神異色彩的人物，使得原本在《國朝英烈傳》中僅僅粗具輪廓的皇明開國史，變得細節豐富起來。刪的方面，《皇明英烈傳》刪去了《國朝英烈傳》中的大部分韻文，較大地降低了韻文所占的篇幅比例。

值得注意的是，在一增一刪之間，《皇明英烈傳》表現出對於小說文本歷史感及書面化的刻意追求：譬如它特地強化了《國朝英烈傳》所沒有的歷史時間流程，每隔五回之首，均設有提示性的句子"起某帝某朝某年至某帝某朝某年，首尾凡 N 年事實"；譬如它以墨框標出"按《皇明通紀》演義"、"按《今獻匯言》"等醒目字樣，凸顯小說情節文字的史料來源；譬如它模仿史書格式，在朝代名稱上加"〇"號，在人名右側加豎劃線；譬如它在刪去《國朝英烈傳》俚俗韻文的同時，新增入奏疏章表書劄之類的史料，重擬了大部分篇首詩，並插增了相對雅化的《蝶戀花》、《鷓鴣天》等詞作。凡此云云，都令《皇明英烈傳》有效地消解了其底本原有的說唱文學痕跡，並成功構建出嚴格依據史書"按鑑"演義的文本新形象。可以說，從《國朝英烈傳》到《皇明英烈傳》，"英烈傳"小說完成了從口頭說唱到案頭閱讀的轉化。而類似的轉化，也曾出現在《水滸傳》等早期小說文本的演變史中，明胡應麟《少室山房筆叢》卷四十一云："余二十年前，所見《水滸》傳本，尚極足尋味，十數載來，為閩中坊賈刊落，止錄事實，中間游詞餘韻，神情寄寓處，一概刪之，遂幾不堪覆瓿。"胡氏所稱的"游詞餘韻"，大概就是《國朝英烈傳》中那些源自於說唱表演的詩贊韻文，刪去它們之後，《皇明英烈傳》自也成了"止錄事實"的枯燥的歷史演義。就此而言，《國朝英烈傳》和《皇明英烈傳》共同構成了考察早期小說文本此類轉換的絕佳個案。

2、關於《皇明英烈傳》與《英武傳》。

根據文本比勘的結果[5]，《皇明英烈傳》與《英武傳》文字大同小異，而進一步分析異文情況，可證《英武傳》乃據《皇明英烈傳》訂正翻刻而成。但是，《英武傳》又有若干文字為《皇明英烈傳》所無，特別是在卷三十五、三十六、三十七、三十八、四十一、四十二、四十五、四十六、四十七、四十八，《英武傳》共計多出了 22 首（篇）詩贊韻文，在《國朝英烈傳》發現之前，研究者只能推測這是《英武傳》編刊者所新增。可是，現在我們發現這 22 首（篇）詩贊韻文之

中，居然有 5 首也出現在《國朝英烈傳》之中（文字基本相同，偶有小異），這樣問題就來了：

其一，既然《英武傳》是據《皇明英烈傳》訂正翻刻的，那麼它為何會存有《皇明英烈傳》已經刪去的《國朝英烈傳》的韻文？如果說，這是《英武傳》翻刻時參考《國朝英烈傳》（或其同系統的別本）添加的，那麼《國朝英烈傳》有如此眾多的詩贊韻文，何以只添加這 5 首呢？

其二，《英武傳》多出的其它 17 首（篇）詩贊韻文，究竟是編刊者新擬的，還是另有目前尚不知道的特別來源？

其三，有沒有可能存在一個"別本"《英烈傳》，它的文字與存世《皇明英烈傳》相近，但保留的詩贊韻文卻更多，而《英武傳》就是根據這個"別本"《英烈傳》翻刻而成的？

總之，由於《國朝英烈傳》的存在，《皇明英烈傳》和《英武傳》的學術關係，一下子變得複雜起來，需要繼續進行考察研探。

3、關於《皇明英烈傳》《英武傳》的刊行年代。

先看《英武傳》的刊行年代，此版本首卷首頁首題"原板南京齊府刊行，書林明峰楊氏重梓"，書末有牌記"皇明萬曆辛卯年歲次孟夏月吉旦重刻"，辛卯為萬曆十九年（1591），這是楊明峰重刊的時間，其初刊時間自然更在 1591 年之前。《英武傳》文本內有一個特別的現象，即凡是《皇明英烈傳》中標示"按《皇明通紀》"之處，它都改成了"按史臣論"之類，實際上這並非隨意改動，而是與《皇明通紀》曾遭禁毀有關，據《隆慶實錄》卷六十一隆慶五年（1571）十月條記載，工科給事中李貴和上奏，告發陳建"以草莽之臣，越職僭擬，已犯自用自專之罪矣"，"（通紀）若不早加禁絕，恐將來以訛傳訛，為國是之類非淺淺也"。疏下禮部覆議，禮部"請焚毀原板，仍諭史館毋得採用"，最終穆宗批准了禮部決議，《皇明通紀》遂被毀版查禁。因此，《英武傳》的初刊時間，宜在隆慶五年（1571）之後的若干年間，至萬曆十九年（1591）楊明峰就推出了重刻本。至於楊氏標舉的"原板南京齊府刊行"，大概是書坊的廣告噱頭，因為齊王早在宣德三年（1428）已身亡國除，不可能遲至隆慶五年之後還在刻書，而《英武傳》自更不可能編刊於宣德時期。

再來看《皇明英烈傳》的刊行年代，既然它是《英武傳》的翻刻底本（至少是底本之一），則其刊刻下限為隆慶五年（1571）。《皇明英烈傳》將《國朝英烈傳》中生擒張士誠的"郭英"，改成了"沐英"，這一改動，應發生在武定侯郭勳失勢之後，據天一閣藏《武定侯郭勳招供》所載刑部衙門題奏，明世宗正式下旨處治郭勳的時間，在嘉靖二十一年（1542）十月，故《皇明英烈傳》編刊必在嘉靖二十一年之後。再者，《皇明英烈傳》編訂時曾重點參考了陳建《皇明通紀》，此書刊行於嘉靖三十四年（1555），故《皇明英烈傳》的編刊時間，當在嘉靖三十四年（1555）至隆慶五年（1571）之間。

【注】

（1）文載復旦大學中國古代文學研究中心主辦《中國文學研究》，2011 年總第十八輯。

（2）朱恒夫《〈英烈傳〉的作者、演變與它的藝術性》，載《明清小說研究》1995 年第 1 期。

（3）關於《皇明啟運錄》、《皇明通紀》兩書的詳細情況，可參閱錢茂偉《陳建及其〈通紀〉》，文為《皇明通

紀》整理本"前言"，中華書局 2008 年版。

（4）關於明代前期史學著述的編刊情況，可參閱錢茂偉《明代史學的歷程》，社會科學文獻出版社 2003 年版；《明代史學編年考》，中國文聯出版社 2000 年版。

（5）參閱劉兆軒《明版〈英烈傳〉校箋》，2014 年廣西師範學院"中國古典文獻學"碩士學位論文。

清・周春著『杜詩双声畳韻譜括略』における諸術語の定義
——特に頻度に関するものについて

丸井 憲

はじめに

　清代の音韻学者・周春（1729—1815）は、杜甫の詩中にしばしば見られる双声・畳韻という修辞技法の分析にあたって、正格・通用格・広通格といった術語を用いて精度上の等級を設定していた。[1] このほか、双声・畳韻の出現頻度に応じてさらにいくつかの格式を設定している。本稿は、双声・畳韻の頻度に関する格式について、周春が施した定義を確認しようとするものである。

一、『杜詩双声畳韻譜括略』の構成

　周春著『杜詩双声畳韻譜括略』（以下、『譜括略』と略称）は終始、杜詩および歴代詩からの豊富な事例を掲げながら論を展開しており、双声・畳韻を精度に従って扱った巻之一から巻之三までと、それらを頻度に従って扱った巻之四から巻之五までとの二つの部分が、同書の中核を構成している。本稿では後者、すなわち巻之四から巻之五までの頻度に関する格式の定義について確認する。なお、周春が用いた杜詩のテキストは、『譜括略』巻之一「杜古詩」「大雲寺賛公房」詩の条の割注に「余家蔵不全宋本」とあるのがそれである。本稿で杜詩の事例を挙げる場合は、『譜括略』中に引かれた文字にしばらく従うが、清・仇兆鰲注『杜詩詳注』（中華書局、1999）との間に異同が見られる場合には、その旨注記する。

二、諸術語の定義（頻度編）

　以下では、巻之四から巻之五までの術語・格式に付された周春による解説を仔細に読み進みながら、周春がそれらをどう定義していたのかを確認したい。

(1) 対句中に見られる双声・畳韻の頻度に関する術語の定義

A 「双声対変格」（巻之四）

この表題の下には「凡そ第一に双声を用ふる者、此に入る（凡第一用雙聲者入此）」という割注が付いている。周春の解説部分を読んでみよう。

　　正対を用ひざるは皆な変格なり。所謂る変とは、或いは二句の中、或いは四句の中にて、参差多寡、其の変一ならず。読者は当に細かに之を求むべし。畳韻も此に倣ふ（不用正對皆變格也、所謂變者、或二句中、或四句中、參差多寡、其變不一、讀者當細求之、疊韻倣此）。
　【通釈】正対を用いないものはみな変格である。ただ「変」とは言っても、あるものは二句の中、またあるものは四句の中に現れ、さらにその位置が不揃いであったり、その頻度にもムラがあったりと、変化は一様でない。読者諸氏はよろしく仔細にこれを見極めてほしい。畳韻（を第一に用いたもの。後述）についても同様である。

　周春がここでいう「正対」とは、『譜括略』巻之一から巻之三に挙げられていた、対句中の同位置に置かれた一組の「双声畳韻対」（双声同士または畳韻同士、あるいは双声と畳韻とを対にしたもの）を指す。上の解説から周春は「双声対変格」という術語を「上句に双声が最初に現れ、その後は双声・畳韻が位置も頻度も変則的に現れる格式」と定義していたことが分かる。以下では周春が巻之四に掲げる事例をいくつか取り上げてみる。

　　錦江春色來天地　　錦〔見母〕／江〔見母〕(2)　＊双声正格
　　　　　　　　　　　春〔昌母〕／色〔生母〕(3)　＊双声広通格（次清と清音）
　　　　　　　　　　　天〔透母〕／地〔定母〕　＊双声広通格（次清と全濁）
　　玉壘浮雲變古今　　古〔見母〕／今〔見母〕　＊双声正格
　　　　　　　　　　　　　　　　　　　　　　　—「登樓」（七言律詩 0746）(4)

　　恍惚寒山暮(5)　　　恍〔曉母〕／惚〔曉母〕　＊双声正格
　　　　　　　　　　　寒〔上平寒韻〕／山〔上平山韻〕(6)　＊畳韻広通格（※）(7)
　　透迤白霧昏　　　　透〔上平支韻〕／迤〔上平支韻〕　＊畳韻正格
　　　　　　　　　　　白〔並母〕／霧〔微母〕(8)　＊双声通用格（全濁と次濁）
　　　　　　　　　　　　　　　　　　　　　　　—「西閣夜」（五言律詩 0976）

　前者は七律の頷聯。上句に双声が高い頻度で出現している。また後者は五律の首聯。対句であるうえ、双声・畳韻が二組ずつ対置されている。1聯に四つの双声・畳韻が出現する事例を、周春は「四用」と呼んで一括りにしている。

鼓角緣邊郡　　　鼓〔見母〕／角〔見母〕＊双声正格

　　　　　　　　緣〔下平仙韻〕／邊〔下平先韻〕＊畳韻通用格（※）⁽⁹⁾

川原欲夜時　　　川〔下平仙韻〕／原〔上平元韻〕＊畳韻広通格（※）⁽¹⁰⁾

　　　　　　　　欲〔以母〕／夜〔以母〕＊双声正格

　　　　　　　　　　　　　　—「秦州雜詩二十首其四」（五言律詩 0287）

　五律の首聯。周春はこうした事例に「四用之変」という割注を付している。これはおそらく「緣邊」に対置された「欲夜」の２字が「夜ならんと欲す」という助動詞＋動詞の構造を持っているため、「四用」の一角が変則的になっていると周春は見なしたのであろう。

路經灩澦雙蓬鬢　　瀧〔以母〕／澦〔以母〕＊双声正格

　　　　　　　　蓬〔並母〕／鬢〔幫母〕＊双声広通格（全清と全濁）⁽¹¹⁾

天入滄浪一釣舟　　滄〔下平唐韻〕／浪〔下平唐韻〕＊畳韻正格

　　　　　　　　　　　　　　—「將赴荊南寄別李劍州」（七言律詩 0724）

朝廷問府主　　　朝〔澄母〕／廷〔定母〕＊双声通用格（全濁同士）

　　　　　　　　府〔上聲麌韻〕／主〔上聲麌韻〕＊畳韻正格

耕稼學山村　　　耕〔見母〕／稼〔見母〕＊双声正格

　　　　　　　　　　　　　　　　　—「晩」（五言律詩 1200）

　七律と五律の、いずれも頷聯に位置する対句。３種の双声・畳韻が出現しており、下句の一角が欠けた形になっている。１聯に三つの双声・畳韻が出現する事例を、周春は割注で「三用」と呼ぶ。

歲月蛇常見　　　蛇〔船母〕／常〔常母〕＊双声正格（慧琳合流）⁽¹²⁾

風颷虎忽聞　　　風〔非母〕／颷〔幫母〕＊双声通用格（全清同士）

　　　　　　　　虎〔曉母〕／忽〔曉母〕＊双声正格

　　　　　　　　　　　　　　　　—「南極」（五言排律 1035）

　五排の第３聯。「蛇常」と「虎忽」とがいずれも熟語を構成しておらず、主語と副詞の関係にある。周春はこうした事例を割注で「三用之変」と呼び、変則とみなしている。

關内昔分袂　　　分〔非母〕／袂〔明母〕＊双声広通格（全清と次濁）

天邊今轉蓬　　　天〔下平先韻〕／邊〔下平先韻〕＊畳韻正格

　　　　　　　　　　　　—「寄司馬山人十二韻」（五言排律 0752）

窓含西嶺千秋雪　　　千〔清母〕／秋〔清母〕＊双声正格
門泊東呉萬里船　　　門〔明母〕／泊〔並母〕＊双声通用格（次濁と全濁）

　　　　　　　　　　　　　　　　　　──「絶句四首其三（兩箇黃鸝鳴翠柳）」（七言絶句 0764）

　前者は五排の第1聯、後者は七絶の転結部分。いずれも対句ではあるが、双声・畳韻が同位
置に置かれておらず、不揃いな関係にある。こうした事例を周春は割注で「両用」と呼んでい
る。

　　　三分割據紆籌策　　　割〔見母〕／據〔見母〕＊双声正格
　　　萬古雲霄一羽毛　　　一〔影母〕／羽〔云母〕＊双声広通格（全清と次濁）

　　　　　　　　　　　　　　　　　　　　　──「詠懷古跡五首其五」（七言律詩 0997）

　七律の頷聯。周春は「一羽」を双声と見る。しかしこの2字が熟語を構成していないことか
ら、この事例を割注で「両用之変」と呼び、変則とみなしている。

B　「畳韻対変格」（巻之四）

　この表題の下には「凡そ第一に畳韻を用ふる者、此に入る（凡第一用畳韻者入此）」という割
注がついており、そのほか特に解説はない。この術語の定義は「上句に畳韻が最初に現れ、そ
の後は双声・畳韻が位置も頻度も変則的に現れる格式」となるだろう。事例のいくつかを取り
上げてみる。

　　　青冥猶契濶　　　青〔下平青韻〕／冥〔下平青韻〕＊畳韻正格
　　　　　　　　　　　契〔溪母〕／濶〔溪母〕＊双声正格
　　　凌厲不飛翻　　　凌〔來母〕／厲〔來母〕＊双声正格
　　　　　　　　　　　飛〔非母〕／翻〔敷母〕＊双声正格（慧琳合流）

　　　　　　　　　　　　　　　　　──「奉留贈集賢院崔于二學士」（五言排律 0059）

　　　十年蹴鞠將雛遠　　　蹴〔入聲屋韻〕／鞠〔入聲屋韻〕＊畳韻正格
　　　　　　　　　　　　　將〔精母〕／雛〔崇母〕＊双声広通格（全清と全濁）
　　　萬里鞦韆習俗同　　　鞦〔清母〕／韆〔清母〕＊双声正格
　　　　　　　　　　　　　習〔邪母〕／俗〔邪母〕＊双声正格

　　　　　　　　　　　　　　　　　　　　──「清明二首其二」（七言排律 1383）

　前者は五排の第6聯、後者は七排の第3聯。いずれの対句も確かに「青冥」「蹴鞠」という
畳韻語が最初に置かれており、かつ計4種の畳韻・双声の語が整然と対置されている。こうし

た事例に周春は「四用」という割注を付している。

艱難歸故里　　艱〔上平山韻〕／難〔上平寒韻〕＊畳韻広通格（※）
　　　　　　　歸〔見母〕／故〔見母〕＊双声正格
去住損春心　　去〔去聲御韻〕／住〔去聲遇韻〕⁽¹³⁾＊畳韻広通格（※）
　　　　　　　損〔上聲混韻〕／春〔上平諄韻〕⁽¹⁴⁾＊畳韻上平通用格（※）
　　　　　　　　　　　　　　　　　　——「送賈閣老出汝州」（五言律詩 0204）

　五律の頷聯。「歸故」「損春」の部分が熟語を構成していないため、周春はこうした事例を割注で「四用之変」と呼び、変則としている。

清江碧石傷心麗⁽¹⁵⁾　碧〔入聲昔韻〕／石〔入聲昔韻〕＊畳韻正格
　　　　　　　傷〔書母〕／心〔心母〕＊双声通用格（清音同士）
嫩蘂濃花滿目斑　滿〔明母〕／目〔明母〕＊双声正格
　　　　　　　　　　　　　　　　　　——「滕王亭子二首其一」（七言律詩 0718）

雷霆空霹靂　　霹〔入聲錫韻〕／靂〔入聲錫韻〕＊畳韻正格
雲雨竟虛無　　雲〔云母〕／雨〔云母〕＊双声正格
　　　　　　　虛〔上平魚韻〕／無〔上平虞韻〕＊畳韻広通格（※）
　　　　　　　　　　　　　　　　　　——「熱三首其一」（五言律詩 0896）

　前者は七律の頸聯、後者は五律の首聯。前者の「傷心」「滿目」が双声対であり、後者の「霹靂」「虛無」が畳韻対であるほか、「碧石」は畳韻、「雲雨」は双声と、いずれも単発で配置されている。こうした事例を周春は割注で「三用」と呼んでいる。

浮舟出郡郭　　浮〔下平尤韻〕／舟〔下平尤韻〕＊畳韻正格
　　　　　　　郡〔群母〕／郭〔見母〕＊双声広通格（全濁と全清）
別酒寄江濤　　寄〔見母〕／江〔見母〕＊双声正格
　　　　　　　　　　　　　　——「王閬州筵奉酬十一舅惜別之作」（五言排律 0673）

　五排の第2聯。「寄江」の2字は確かに双声の関係にあるが、熟語を構成していないため、周春はこれに「三用之変」という割注を付している。

雲散灌壇雨　　灌〔去聲換韻〕／壇〔上平寒韻〕⁽¹⁶⁾＊畳韻去平通用格（※）
春青彭澤田　　春〔昌母〕／青〔清母〕＊双声通用格（次清同士）

——「題鄭県郭三十二明府茅屋壁」（五言律詩 0611）

忽驚屋裏琴書冷　　　簷〔下平鹽韻〕／前〔下平先韻〕＊畳韻広通格（※）
復亂簷前星宿稀　　　星〔心母〕／宿〔心母〕＊双声正格

——「見螢火」（七言律詩 1142）

　前者は五律の頷聯。声調の異なる「灌壇」の２字を、周春は畳韻と見なす。後者は七律の頷聯。「簷前」の２字は明らかに韻母を異にするが、これを周春はあえて畳韻と見なす。そしてこうした二つの双声・畳韻の語を不揃いに用いた事例に、周春は「両用」という割注を付している。

徐庶高交友　　　高〔見母〕／交〔見母〕＊双声正格
劉牟出外甥　　　劉〔來母〕／牟〔來母〕＊双声正格

——「奉送二十三舅録事之摂郴州」（五言排律 1434）

　五排の第２聯。「高交」は熟語を構成していない。周春はこうした事例を割注で「両用之変」と呼んでいる。

(2) 散句中に見られる双声・畳韻の頻度に関する術語の定義

　巻之五「散句不単用格」の冒頭に置かれた周春の解説部分を読んでみよう。

　起結の顕らかに対偶に属する者、已に各門内に散見せり。若し対偶に非ずんば、則ち散句にして、元より拘らざる所に在り。而れども時有りてか筆到り天随ふは、亦た復た自然の湊泊なり。良に少陵由り此の法に於いて最も精熟せりと為す。初め意有りてこれを出だすに非ざるも、而れども往往相ひ合す。或いは一句の中に並び見え、或いは両句の中に相ひ応ず。総じて其れをして単用せしめず。調べの高亮たると律の和諧たるとを求むる所以にして、運用既に霊、筆を下せば遂に一字として疎懈する処無し。茲に特に拈出して以て少陵の有らざる所無きを見、是を以て詩壇集大成の聖なりと推し、其の餘の大家・名家の及ぶ可き所に非ざるなり。古詩の散句も亦た此の法に合するに至りては、尤も「熟すること極まれば巧を生ず」るを徴す可し（起結之顯屬對偶者、已散見各門內、若非對偶、則散句、元在所不拘、而有時筆到天隨、亦復自然湊泊、良由少陵於此法最爲精熟、初非有意出之、而往往相合、或一句中並見、或兩句中相應、總不令其單用、所以求調之高亮、律之和諧、運用既靈、下筆遂無一字疎懈處、茲特拈出以見少陵之無所不有、是以推詩壇集大成之聖、而非其餘大家名家所可及也、至於古詩散句亦合此法、尤可徵熟極生巧矣）。

【通釈】詩の初めの２句と終わりの２句が明らかに対句（であり、双声畳韻対を含むもの）に
なっている事例は、すでにこれまでの格式の中にも散見された。もし対句でなければ、そ
れは散句であるから、もともと（双声畳韻対とは）無縁であるが、しかし時として筆の赴く
ままに自然に成立することがある。まことに杜甫に至ってこの作法が最も成熟したといえ
よう。はじめから故意に作ろうとしたのではなかろうが、結果的にしばしば作法に合致し
ている。１句の中に２組（の双声畳韻）が並んでいたり、２句の中において（双声畳韻が）相
呼応していたりと、およそ単発では用いられていない。これは響きの高い調子と調和のと
れた韻律とを追求したためであり、その運用はすでに霊妙な域に達していて、筆を下せば
まず１字として緩み弛んだところがない。ここでは特にそうした事例を掲げ、杜甫が随所
に（双声畳韻対を）用いているのを確認してみよう。これにより、杜甫が詩壇の集大成で
ある詩聖の名に恥じず、その他の大家・名家の及びもつかない域にあることが分かろう。
古体詩の散句でもこの作法に合致する場合があるが、（そうした事例から）「熟練すれば自然
とすぐれたものを生み出す」ことを最もよく窺い知ることができよう。

Ａ「律詩起結散句（不単用格）」（巻之五）

この表題には周春による解説は付されていない。この術語はおそらく「律詩の首聯や尾聯の
散句（において、双声・畳韻を単発ではなく対にした格式）」という意味であろう。以下に事例をい
くつか掲げてみよう。

幽意忽不惬　　　幽〔影母〕／意〔影母〕＊双声正格
歸期無奈何　　　歸〔上平微韻〕／期〔上平之韻〕＊畳韻広通格（※）
　　　　　　　　　　　　　　　　　—「陪鄭廣文遊何將軍山林十首其十」（五言律詩0077）

西嶽崚嶒竦處尊　崚〔下平蒸韻〕／嶒〔下平蒸韻〕＊畳韻正格
諸峰羅立似兒孫　羅〔來母〕／立〔來母〕＊双声正格
　　　　　　　　　　　　　　　　　　　　　　　—「望岳」（七言律詩0230）

前者は五律の首聯、後者は七律の首聯。いずれも散句ではあるが、整然とした双声畳韻対を
なしている。周春はこうした事例を割注で「起句」の部類に入れている。

復見陶唐理　　　陶〔定母〕／唐〔定母〕＊双声正格
甘爲汗漫遊　　　汗〔去聲翰韻〕／漫〔去聲換韻〕＊畳韻通用格（※）
　　　　　　　　　　　　　　　　　　　—「奉送王信州崟北歸」（五言排律1133）

艱難苦恨繁霜鬢　艱〔上平山韻〕／難〔上平寒韻〕＊畳韻広通格（※）

潦倒新亭濁酒盃　　潦〔上聲晧韻〕／倒〔上聲晧韻〕＊畳韻正格

　　　　　　　　　　　　　　　　　　　　　　―「登高」（七言律詩 1213）

　前者は五拝の最終聯、後者は七律の尾聯。こちらはいずれも対句であり、かつよく整った双声畳韻対になっている。周春はこうした事例を割注で「結句」の部類に入れている。

王楊盧駱當時體　　王〔下平陽韻〕／楊〔下平陽韻〕＊畳韻正格
輕薄爲文哂未休　　盧〔來母〕／駱〔來母〕＊双声正格

　　　　　　　　　　　　　　　　　　　―「戲爲六絶句其二」（七言絶句 0544）

勃律天西采玉河　　勃〔入聲没韻〕／律〔入聲術韻〕(19)＊畳韻広通格（※）
堅昆碧盌最來多　　堅〔見母〕／昆〔見母〕＊双声正格

　　　　　　　　　　　　　　　　―「喜聞盜賊總退口號五首其四」（七言絶句 1298）

　両者ともに七絶の起句と承句。1句のみに双声・畳韻が集中して現れた事例と、2句で双声畳韻対をなす事例とになっている。周春はこうした事例を割注で「絶句」の部類に入れている。

B「古詩散句（不単用格）」（巻之五）

　この表題には周春による解説が付されていない。この術語はおそらく「古体詩の散句（において、双声・畳韻を単発ではなく対にした格式）」という意味であろう。以下に事例をいくつか掲げる。

修纖無垠竹　　修〔心母〕／纖〔心母〕＊双声正格
嵌空太始雪　　嵌〔溪母〕／空〔溪母〕＊双声正格

　　　　　　　　　　　　　　　　　　　　―「鐵堂峽」（五言古詩 0354）

歘吸領地靈　　歘〔曉母〕／吸〔曉母〕＊双声正格
濆洞半炎方　　濆〔上聲董韻〕／洞〔去聲送韻〕(20)＊畳韻上去通用格（※）

　　　　　　　　　　　　　　　　　　　　―「望嶽」（五言古詩 1394）

　前者は五古の第7句と第8句、後者は五古の第3句と第4句。いずれも2句全体が儼然たる対句となっているうえ、句頭に双声畳韻対が施されている。周春はこうした事例を割注で「五言」の部類に入れている。

清・周春著『杜詩双声畳韻譜括略』における諸術語の定義

悲臺蕭颯石籠嵸　　蕭〔心母〕／颯〔心母〕＊双声正格

籠〔上平東韻〕／嵸〔上平東韻〕＊畳韻正格

哀壑枒枒浩呼洶　　枒〔下平麻韻〕／枒〔下平麻韻〕＊畳韻正格

呼〔暁母〕／洶〔暁母〕＊双声正格

—「王兵馬使二角鷹」（七言古詩 1057）

嗚呼壯士多慷慨　　嗚〔上平模韻〕／呼〔上平模韻〕＊畳韻正格

慷〔溪母〕／慨〔溪母〕＊双声正格

合杳高名動寥廓　　合〔入聲合韻〕／杳〔入聲合韻〕＊畳韻正格

—「追酬故高蜀州人日見寄」（七言古詩 1429）

　前者は七古の第1句と第2句、後者は七古の第5句と第6句。前者は2組の双声畳韻対が配され、また後者の下句の「寥廓」は双声でも畳韻でもない連綿語でありながら、上句の「慷慨」とよい対称をなしている。周春はこうした事例を割注で「七言」の部類に入れている。

王郎酒酣拔劍斫地歌莫哀　　王〔下平陽韻〕／郎〔下平唐韻〕＊畳韻通用格（※）

我能拔爾抑塞磊落之奇才　　抑〔入聲職韻〕／塞〔入聲德韻〕＊畳韻通用格（※）

磊〔來母〕／落〔來母〕＊双声正格

—「短歌行贈王郎司直」（雑言古詩 1318）

　雑言古詩の第1句と第2句。双声・畳韻が不揃いに配置されている。周春この事例を割注で「長句」という部類に入れている。

(3) 古体詩の四句中に見られる双声・畳韻の頻度に関する術語の定義

「古詩四句内照応格」（巻之五）

　この表題の下には「略ぼ廿條を挙げて例と為す（略舉廿條爲例）」という割注が付いている。周春による解説部分を読んでみよう。

　古詩の双声・畳韻、四句内に於いて照応するに、或いは両つ見え、或いは三つ四つと見え、総じて単用せず。其の対も亦た正と参差との別有りて、此れは是れ一法なり。杜の古詩の起結の処に単用するもの、転た律より少なきは、蓋し此の格を用ふるが故に因るなり（古詩雙聲疊韻、於四句内照應、或兩見、或三四見、總不單用、其對亦有正與參差之別、此是一法、杜古詩起結處單用者轉少於律、蓋因用此格故也）。

【通釈】古体詩の四句中における双声・畳韻の照応の仕方には、二つだけ現れるものや、

287

三つ四つと現れるものがあるが、おしなべて単発では用いられない。その対のあり方も「正（対）」と「参差（対）」との区別があって、これはこれで一つの作法なのである。なお、杜甫の古体詩の起結部分において、双声・畳韻が単発で使われることがむしろ律詩より少なくなっているのは、おそらくこの格式を用いたことに因るのであろう。

よってこの術語は「古体詩の四句中において、複数の双声・畳韻が規則的あるいは不規則に照応するよう現れた格式」と定義できよう。事例をいくつか見てみたい。

半陂以南純浸山　　半〔幫母〕／陂〔幫母〕＊双声正格
動影裏窈沖融間　　裏〔上聲篠韻〕／窈〔上聲篠韻〕＊畳韻正格
　　　　　　　　　沖〔上平東韻〕／融〔上平東韻〕＊畳韻正格
船舷冥寞雲際寺　　船〔下平仙韻〕／舷〔下平先韻〕＊畳韻通用格（※）
水面月出藍田關　　月〔入聲月韻〕／出〔入聲術韻〕＊畳韻広通格（※）

　　　　　　　　　　　　　　　　　　　　　　　　　―「渼陂行」（七言古詩 0092）

七古の第 17 句から第 20 句。先の解説内の語を用いれば、「参差対」に相当する事例といえよう。

海圖折波濤
舊繡移曲折　　　　舊〔去聲宥韻〕／繡〔去聲宥韻〕＊畳韻正格
天呉及紫鳳
顚倒在裋褐　　　　顚〔端母〕／倒〔端母〕＊双声正格
…（中略）…
那無囊中帛
救汝寒凜慄　　　　凜〔來母〕／慄〔來母〕＊双声正格
粉黛亦解苞
衾裯稍羅列　　　　羅〔來母〕／列〔來母〕＊双声正格

　　　　　　　　　　　　　　　　　　　　　　　　　―「北征」（五言古詩 0188）

五古の第 69 句から第 72 句までと、第 75 句から第 78 句まで。いずれも句を隔てて対置された双声畳韻対となっており、周春はこれらに「正対」という割注を付している。

清・周春著『杜詩双声畳韻譜括略』における諸術語の定義

おわりに

　以上、清・周春著『杜詩双声畳韻譜括略』の巻之四から巻之五までに挙げられた術語・格式の定義について見てきた。その内容をまとめれば次のとおりである。

○「双声対変格」とは「上句に双声が最初に現れ、その後は双声・畳韻が位置も頻度も変則的に現れる格式」を指す。
○「畳韻対変格」とは「上句に畳韻が最初に現れ、その後は双声・畳韻が位置も頻度も変則的に現れる格式」を指す。
○「散句不単用格」は「律詩起結散句」と「古詩散句」の二つに分けて考察した。
　Ａ「律詩起結散句不単用格」とは「律詩の首聯や尾聯において、双声・畳韻を単発ではなく対にした格式」を指す。
　Ｂ「古詩散句不単用格」とは「古体詩の散句において、双声・畳韻を単発ではなく対にした格式」を指す。
○「古詩四句内照応格」とは「古体詩の四句中において、複数の双声・畳韻が規則的あるいは不規則に照応するよう現れた格式」を指す。

【注】

(1)　『専修人文論集』第 99 号（専修大学学会、2016）所収の小論「清・周春著『杜詩双声畳韻譜括略』の構成と諸術語の定義について」（以下、「前項『精度篇』」と略称）を参照されたい。
(2)　声母や韻母に付された実線の下線は、それが正格であることを示す。
(3)　声母や韻母に付された波線の下線は、それが広通格であることを示す。
(4)　詩型の後に付された番号は、『杜詩詳注』の作品編次を示す。以下同。なおこの作品番号は、下定雅弘・松原朗編著『杜甫全詩訳注』全四巻（講談社学術文庫、2016）に採用されているので、あわせて参照されたい。
(5)　『杜詩詳注』は「寒山」を「寒江」に作る。
(6)　「彭衙行」（五言古詩 0191）に寒韻と山韻とを通押した例が見える。馬重奇著『杜甫古詩韻読』（中国展望出版社、1985）第 194—196 頁参照。なお本稿では、杜甫の古体詩に通押した例が見える二字語を暫時「畳韻広通格」として処理する。
(7)　畳韻の格式表示の下に付された「※」印は、その格式表示が暫定的なものであることを示す。周春による畳韻語の判定基準の検証は、次稿「清・周春による杜詩畳韻語の判定基準について——慧琳音を参考に」において精しく行なう予定である。
(8)　声母や韻母に付された破線の下線は、それが通用格であることを示す。
(9)　『広韻』では別韻であっても平水韻では同韻となる二字語を、周春はしばしば「畳韻正格」と判定するが、本稿では平水韻にのみ合致する事例を暫時「畳韻通用格」として処理する。
(10)　「奉先劉少府新画山水障歌」（雑言古詩 0130）に仙韻と元韻とを通押した例が見える。『杜甫古詩韻読』第 166—168 頁参照。
(11)　前稿『精度篇』において、唇音の双声は清濁の異同に関わらず一律「通用格」としていたが、本稿

289

以降は、他の四音と同様、清濁の異同により「通用格」と「広通格」とに分けることとする。

(12) 本稿でいう「慧琳合流」とは、唐・慧琳著『一切経音義』の反切が反映する唐代中期長安音（慧琳音）に照らすと、二つの声母が合流していることを示す。詳しくは小論「清・周春による杜詩双声語の判定基準について——慧琳音を参考に」（『中国文学研究』第 42 期所収）を参照されたい。

(13) 「哀王孫」（七言古詩 0142）に魚韻と虞韻とを通押した例が見える。『杜甫古詩韻読』第 174—175 頁参照。

(14) 韻母も声調も不一致な事例であっても、それを畳韻と周春が判定している場合がある。こうした事例についても次稿で精しく検証する予定である。

(15) 『杜詩詳注』は「碧石」を「錦石」に作る。

(16) 『切韻』（王三）では桓韻と寒韻とは同韻とされている。三根谷徹著『中古漢語と越南漢字音』（汲古書院、1993）第 40 頁、注 27 参照。また、韻母を同じくし声調を異にするこのような事例を、本稿では暫時「畳韻通用格」として処理する。

(17) 「送高三十五書記十五韻」（五言古詩 0058）に微韻と之韻を通押した例が見える。『杜甫古詩韻読』第 125—126 頁参照。

(18) 『切韻』（王三）では翰韻と換韻とは同韻とされている。三根谷徹著『中古漢語と越南漢字音』第 40 頁、注 27 参照。

(19) 「自京赴奉先縣詠懐五百字」（五言古詩 0129）に没韻と術韻とを通押した例が見える。『杜甫古詩韻読』第 162—166 頁参照。

(20) 注 16 を参照されたい。なお「湏」字は全濁上声なので、杜甫の頃にはすでに去声に読まれていた可能性もある。それならば「湏洞」は「畳韻正格」となる。

(21) 「自京赴奉先縣詠懐五百字」（五言古詩 0129）に月韻と術韻とを通押した例が見える。『杜甫古詩韻読』第 162—166 頁参照。

《全清詞》誤收之明代女性詞人舉隅

周明初

　　易代之際人物的朝代歸屬，是個令人頭疼的問題。就文學研究而言，無論是文學史撰寫，還是斷代文獻總集的編纂，都會遇到這個問題。傳統的做法是，根據人物的政治立場來進行歸屬，如果一個人歸順新朝，在新朝應試或出仕的，則歸於新朝；如果一個人排拒新朝，起來反抗或以遺民自居的，則仍歸於舊朝。這樣的劃分，可以不考慮其人在新舊兩朝各自生活時間的長短，也可以不考慮其實際作品的創作年代。對於男性作家的朝代歸屬，劃分起來簡單易行，比較實用，但對於女性作家卻不是很適合，因為大多數女性作家的政治傾向性是不明確的。

　　明清時期湧現出了大量的女性作家，其中明清之際的也複不少。但這些女性作家能有別集留傳下來的並不多，她們的作品往往只是選入了各種總集中得以保存。她們的生平事蹟，往往沒有比較詳細的傳記資料可供考查，在各種總集及地方文獻中出現的小傳往往非常簡單。不要說對她們進行生卒年的確切考定，就是進行簡單的朝代歸屬，許多時候也非常困難。

　　《全明詞》和《全清詞》（順康卷）⁽¹⁾⁽²⁾中均收錄了為數眾多的明清之際的女性詞人，而為兩書所重複收錄的也不少。因為重編《全明詞》，要對明清之際的詞人包括女性詞人的朝代歸屬進行甄別，對其中的困難體會尤深。儘管如此，我們利用現有的一些資料，還是能夠甄別出某些女性詞人的朝代歸屬的。通過甄別可知，《全明詞》有將明顯的應當歸屬於清代的女性詞人誤作明人，同樣地，《全清詞》（順康卷）也有將明顯的應當歸屬於明代的女性詞人誤為清人。本文所舉，屬於後一種情況。

　　為行文方便起見，下文中諸如《全明詞》（第二冊）第412頁"簡作"明二412"、《全清詞》（順康卷）第八冊第4713頁"簡作"清八4713"、《全明詞》中詞人小傳簡作"明傳"、《全清詞》（順康卷）中詞人小傳簡作"清傳"，特此說明。

1. 儲氏（明二412、清八4713）

　　明傳："名字不詳，泰州人。文懿公儲巏之女。嫁興化舉人成學。"清傳："江蘇泰州人。文懿公瓘之女，成學室。"

　　按：兩書所收儲氏之詞作及小傳均據《眾香詞》⁽³⁾射集之小傳而來："泰州文懿公瓘之女，歸興化孝廉成學。"《眾香詞》作"文懿公瓘"，誤；明傳改"瓘"為"巏"，是。儲巏（1457-1531），字靜夫，號柴墟。明成化二十年（1484）進士。由南京吏部主事，累遷至南京吏部侍郎，正德八年（1513）卒於官。嘉靖初賜諡"文懿"。《全明詞》第二冊也收其詞，謂其"生年不詳"，今考其生於天順元年（1457）⁽⁴⁾。顧璘《通議大夫南京吏部左侍郎儲公行狀》謂儲巏"女三，長適陝西按察使仲公子承佑，早卒；仲適泰州守禦所千戶周沐，皆周出；季未適，側室嚴出⁽⁵⁾。"此女嫁成學

291

為妻，當為儲巏之第三女。儲巏逝世時，此女尚未出嫁，應該還不到二十歲，可推知其應當生於弘治七年（1494）以後、正德八年（1513）之前。其當為明人，此理甚明。

2. 張引元（明三 1050，清三 1926）

明傳："字文珠，又字蕙如，華亭人，王鳳嫻女。生卒年不詳，明正德十二年（1517）至嘉靖三十二年（1553）間在世。嫁楊安石。與妹張引慶俱工詩。有《雙燕遺音》、《貫珠集》。"清傳："字文姝，江蘇華亭人。張孟端女，楊安世室。家貧甚，仍吟詠不輟，中年遘疾而逝。有《貫珠集》。"

按：兩書所收之詞也均據《衆香詞》射集而來，清傳也據此集小傳撮要而來[6]。明傳詳而失誤多，清傳則失之過簡。

今作考訂如下：明傳謂其"字文珠"，誤。《衆香詞》射集及沈宜修所編《伊人思》等均謂其"字文姝"，當從。明傳謂其正德十二年（1517）至嘉靖三十二年（1553）間在世，也不確。張引元為張本嘉與王鳳嫻之女。其父張本嘉字孟端，號內庵，萬曆二十三年乙未（1595）進士，授宜春知縣。據何三畏《張宜春內庵公傳》"戊寅歲，公方十九齡，就試于學使郭公，即擢第一"、"享年僅僅四十有二[7]"，可考知其生於嘉靖三十九年庚申（1560），卒于萬曆二十九年辛丑（1601）。因此，作為其女的張引元應當出生於萬曆元年（1573）以後，不可能生活在正德至嘉靖年間。《（崇禎）嘉興縣志》卷十四《人物志·詞翰》稱："張孺人王氏，字鳳嫻，萬曆乙未進士張本嘉之妻也。其先嘉興人，後徙華亭……長女名引元，字文姝；次女名引慶，字媚姝。皆能詩，早夭。[8]"《（崇禎）嘉興縣志》刊刻於崇禎十年（1637），可知在此之前，張引元及其妹引慶已經逝世。周銘所編《林下詞選》卷六也收有張引元詞，其小傳云："字文姝，又字蕙如。王鳳嫻長女，楊世安妻。年二十七卒。范濂稱其詩爾雅俊拔，有劉長卿風骨。[9]"可知張引元只活了二十七歲，據此，可進一步考知張引元的生卒情況。《（崇禎）嘉興縣志》卷二十《藝文志·遺文二》收有張引元《題二親詩卷》詩並序，其序稱："癸卯春日，伯元弟以先君子與母夫人微時唱和寄答之詩，會成一卷……[10]"，癸卯為萬曆三十一年（1603），即張引元父親去世後兩年，其時張引元之弟伯元已經能夠將父母生前的唱和之詩匯成一卷，其時張引元及其弟應當已經成人。又清人張豫章所編《御選明詩》卷一一五在王鳳嫻詩後收有張引元的詩作《戊申上元寫懷》[11]，戊申為萬曆三十六年（1608），可知張引元活至該年以後。最大的可能是，張引元生於萬曆十年（1582）後，卒于萬曆三十八年（1610）前。即使萬曆三十一年（1603）張引元只有十來歲，她也應當在萬曆末年即萬曆四十八年（1620）前已經去世了。

又張引元之夫，明傳謂楊安石，清傳據《衆香詞》謂楊安世，《林下詞選》謂楊世安，莫衷一是。然明傳謂楊安石，不見有記載，"世"與"石"音近易訛，可能是《全明詞》編輯或刊刻時致誤。《林下詞選》謂楊世安，僅此一見。《歷代詩餘》卷一一〇[12]、《明詞綜》卷十一也謂楊安世[13]。《列朝詩集》閏集卷四小傳："字文姝，又字蕙如。王鳳嫻長女，楊安世妻。年二十七。[14]"兩相對照，顯然《林下詞選》之小傳與此條來源相同。而諸材料，以《列朝詩集》為最早，其謂楊安世，或可從。

292

3. 黃淑德 （明三 1132，清六 3131）

明傳："字柔卿，秀水人，承昊從妹，屠耀孫妻。生卒年不詳，明崇禎間在世。有《遺芳草》。"清傳："字柔卿，浙江秀水人，參政黃承昊妹。"

按：兩書所收詞均據《衆香詞》御集而來，而清傳也照抄該書之小傳[15]。《（崇禎）嘉興縣志》卷十四《人物志·詞翰》目錄中列有"黃淑德"其名，傳文云："黃氏，字柔卿，太學正憲之女，適文學屠耀孫。生而穎異。正憲絕愛憐之，授以詩史，輒能領略。所吟超然有致，兼通音律。不幸蚤寡，遂奉竺乾之教。年不滿四十，卒時朗然誦佛而逝。人以為有凤根云。所著有《遺芳草》[16]。"此書謂黃淑德卒時"年不滿四十"，可知崇禎十年前她已經過世。

又明傳謂黃淑德為黃承昊從妹，清傳據《衆香詞》謂其為承昊妹。當從明傳。黃承昊為黃洪憲之子，黃淑德為黃正憲之女，洪憲、正憲，俱為黃鏶之子，見《（嘉興）崇禎縣志》之《選舉志》、《人物志》等。

4. 黃雙蕙 （明五 2352，清一 476）

明傳："字柔嘉，秀水（一作嘉興）人，參政黃承昊之女，早卒。"清傳："字柔嘉，浙江秀水人，承昊女。"

按：兩書所收詞也據《衆香詞》御集，在《衆香詞》中黃雙蕙緊接黃淑德之後，小傳僅作："字柔嘉，黃參政女[17]。"《（崇禎）嘉興縣志》卷十四《人物志·詞翰》有傳較詳："黃氏，字雙蕙。給諫黃承昊之季女。賦性溫慈，兼有靜慧，好讀書，粗通韻語。長而好佛，不樂紛華，以幼女而長懷出世想。許字太學孫洪基，年十六未婚而夭。……所著有《禪闈小詠》一卷[18]。"可知雙蕙也為明人。其父黃承昊，盛楓《嘉禾徵獻錄》卷二十二有傳，據該傳，承昊為萬曆四十四年（1616）進士，崇禎年間曾任戶科右給事中，昇工科左給事，出為河南按察副使、加右參政，官至福建按察使[19]。

又明傳謂其"秀水（一作嘉興）人"，明清時嘉興、秀水兩縣同為嘉興府之附郭縣。黃淑德、黃雙蕙、黃承昊等俱為秀水縣人。《（崇禎）嘉興縣志》卷十一以下各卷的續纂者為黃承昊，在卷二十《藝文志·遺文二·詩》中收有《過東塔寺訪萬如禪師丈室》，在作者黃承昊下雙行小注作"給諫，秀水人"[20]，本人主持續纂的篇什中對於自己的籍貫應當不會搞錯。而且各種方志、文學總集，也往往記載他們為秀水人。

5. 項蘭貞 （明三 1290，清十六 9413）

明傳："字孟畹，秀水人。貢生黃卯錫室。明萬曆間在世。工詩。有《裁雲草》一卷。"清傳："字孟畹，浙江嘉興人。黃卯錫室。嘗與其姑黃柔卿倡和，為世所珍。有《裁雲草》"

按：兩書所收詞均據《衆香詞》射集。清傳也取自該書小傳[21]。《（崇禎）嘉興縣志》卷十四《人物志·詞翰》有傳較詳："項氏，字蘭貞。襄毅公之裔，適文學黃卯錫。性穎悟，能詩，落筆超異。事姑孝，理家有才。年僅三十二而卒。所著有《裁雲草》《月露吟》《詠雪齋遺稿》[22]。"可知此人也不可能是清人。

項蘭貞之夫黃卯錫，字茂仲，貢生。據《（崇禎）嘉興縣志》卷十三以後各卷卷首之題名，可知其是卷十三至十四《人物志》、十五《政事志》、十九至二十四《藝文志》之分纂者。黃卯錫

之父親黃承玄，為萬曆十四年（1586）丙戌科進士，與弟承昊同為洪憲之子，而承昊遲至萬曆四十四年（1616）才成進士，可知弟兄兩人年齡相差較大。黃卯錫與其叔黃承昊雖為叔侄，實際年齡可能差不多。

又項蘭貞之籍貫，明傳作秀水，清傳作嘉興。清傳當取自《眾香詞》射集之小傳“字孟畹，嘉興人。秀水黃卯錫孝廉室”。然項蘭貞實為秀水人。除各種文學總集、方志等記載項蘭貞為秀水人外，《（崇禎）嘉興縣志》卷二十《藝文志·遺文二》所收閨秀詩詞有項蘭貞《白苧村顏氏莊有海棠四樹，俱可合抱，芳華豔□，盛世所罕》詩，作者名下有雙行小注：“太學黃卯錫妻，秀水人。”[23]由叔父黃承昊續纂、丈夫黃卯錫任分纂的篇什中，總不至於將自己的至親的籍貫搞錯吧。

6. 周慧貞（明三 1565，清十四 8422）

明傳：“字抱芬，吳江人，周文亨之女，秀水黃鳳藻室。有《剩玉篇》。”清傳同，唯《剩玉篇》作《霞光集》。

按：《全明詞》據《笠澤詞徵》收一首，《全清詞》據《眾香詞》御集收兩首。兩書小傳也大抵取自《眾香詞》小傳，唯所著書《眾香詞》小傳不載[24]。《（崇禎）嘉興縣志》卷十四《人物志·詞翰》有傳：“字小朗，一字抱芬。吳江爛溪人。父鴻臚文亨，系恭肅公曾孫。慧貞生而端雅穎異，好觀書史，妙解詞賦。父母鍾愛之。十七歸秀水文學黃鳳藻。女紅之暇，時時臨池賦詩。尤好作畫，大有奇致。年二十六而卒。吟詠雖少，意調頗逸。所著有《剩玉篇》，松陵葉夫人沈宛君為之序。”[25]可知此人在崇禎年間已逝，也不可能為清人。

又按其夫黃鳳藻，為黃承玄之孫。清順治十一年（1654）盛京中式舉人，見《（康熙）嘉興府志》卷十六《選舉志上》[26]。又周慧貞之別集，清傳謂“有《霞光集》”，不知何據。而明傳謂“有《剩玉篇》”，與《（崇禎）嘉興縣志》卷十四所載相同，當從明傳。

7. 劉 碧（明二 872，清十六 9359）

明傳：“字映清，湖廣安陸人。著作甚多。少年殀歿，遂俱散佚。”清傳：“字映清，湖廣安陸人。能倚聲，富著作，惜早歿，遂多不傳。”

按：兩書所收詞均據《眾香詞》射集。明傳也取自該書小傳[27]。其中《浪淘沙·新秋》一首，沈宜修《伊人思》所收，作者作“劉氏”，並云：“楚人云著作甚多，少年殀歿，遂俱散佚。”[28]另外，《歷代詩餘》卷二十六、《瑤華集》[29]卷四、《林下詞選》[30]卷六明詞俱收有《浪淘沙·新秋》一首，作者均作“劉氏”，《林下詞選》並云：“楚人詞。止一闋，亦吉兆片羽也。”[31]《明詞綜》也僅收此首，作者作“劉碧”。

《伊人思》之編輯者沈宜修，字宛君，江蘇吳江人，生於明萬曆十八年（1590），卒於崇禎八年（1635），其所輯《伊人思》成於生前。劉碧之資料甚少，雖然不能更詳細地考證其情況，然《伊人思》謂其“少年殀歿”，可知在沈宜修編成是書前，劉碧已早夭。劉碧為明人，其理甚明。

8. 袁彤芳（明二 873，清五 3043）

明傳：“字履貞，吳縣人。文憲袁德門女，自號廣寒仙客。早逝。有《廣寒詞》。”清傳大致同。

按：兩書所收詞及小傳均據《眾香詞》御集而來[32]。沈宜修《伊人思》收袁彤芳詩二十首、詞

一首，小傳謂"字履貞，蘇州人。憲使袁德門女。年二十九卒。自稱廣寒仙客，才色俱絕世。"[33] 可知其人也為明人。《明詞綜》卷十一[34]、《御選明詩》卷六十七[35]、《明詩綜》卷八十六[36]、《林下詞選》卷六明詞[37]，俱收其詩或詞，可見均知其為明人。

其父"憲使袁德門"即袁年，字子壽，德門當為其號。《(崇禎) 吳縣志》卷四十五《人物志·政事》有傳。據該傳可知其人萬曆四年 (1577) 丙子鄉試、五年 (1577) 丁丑會試聯捷。因念祖父春秋高，亟歸省。至萬曆八年 (1580) 庚辰才參加殿試，授南京兵部武庫主事，轉職方郎中。後昇青州知府，擢江西副使、分巡臨紹，晉雲南參政[38]。

9. 張嫻婧 (明三 1368，清二 1020)

明傳："字蓼仙，廬州 (一作六安) 人。閔而學室。有《綠窗遺韻》 (一作《蕉窗逸韻》)。"清傳："字蓼仙，安徽廬州人。閔而學室。有《蕉窗逸韻》。"

按：兩書所收詞及小傳均據《眾香詞》射集而來。沈宜修《伊人思》收其詩八首、詞四首[39]，小傳稱："廬州人。世稍行矣。餘愛其人，故不忍置[40]。"視其語，其時張氏當已逝。其為明人，當無疑義。

《伊人思》、《眾香詞》等俱謂張嫻婧為廬州人、著有《蕉窗逸韻》。明傳謂其有"《綠窗遺韻》 (一作《蕉窗逸韻》)"不知何據；其謂張嫻婧一作六安人，當是誤讀地方志之緣故。《(雍正) 六安州志》卷十八《列女傳》謂其"明經閔而學妻也。閔攻舉子業而嫻婧工詩"[41]，然其夫為六安人其妻並不一定為六安人，故可不從。又據《(同治) 六安州志》卷二十二《選舉志五》，可知閔而學為順治二年貢生。其夫雖然在清初取得功名，而其妻明末已死[42]，仍為明人。

10. 周蘭秀 (明三 1576，清一 475)

明傳："字淑英，一字弱英，吳江人。周應懿之孫女，平湖諸生孫愚公室。有《粲花遺稿》。"清傳同，僅少"周應懿之孫女"一句。

按：《全明詞》據《笠澤詞徵》收其詞五首，《全清詞》(順康卷) 據《眾香詞》射集收其詞兩首[43]。此人為沈媛女，沈宜修是其姨母。《歷代詩餘》卷七[44]、《林下詞選》卷八明詞[45]、《明詞綜》卷十一[46]俱作明人，《列朝詩集》閏集卷四[47]也收其詩。沈季友《檇李詩系》卷二十一收有其夫"孫秀才愚公"詩《悼內二首》，第一首首句"花朝半與蕊珠飄"下有小注："淑英沒于甲申花朝"[48]，可知周蘭秀逝於崇禎十七年 (1644) 二月十二日。此為明人，甚為明確。

11. 黃幼藻 (明三 1293，清二十 11448)

明傳："字漢薦，莆陽 (一作莆田) 塘下人，蘇州別駕黃議女、林恭卿妻。明萬曆間在世。姿韻高秀，少受業于宿儒方泰，工聲律，通經史。有《柳絮編》。"清傳："字漢薦，福建莆田人。明通判黃議女，清舉人林恭卿室。少受業于老儒方泰。年十三四，工聲律，通經史，才藻雅麗。年三十九，患心病卒。有《柳絮編》。"

按：兩書所收詞據《眾香詞》御集。《眾香詞》小傳稱："字漢薦，莆田人。適林恭卿。《柳絮編》[49]。"沈宜修《伊人思》收其詩四首，小傳稱："字漢薦，莆田人。丰姿韶美。年三十九卒[50]。"可知其為明人。又《明史》卷九十九著錄其集[51]，《御選明詩》卷一一五[52]、《明詩別裁集》卷十二[53]、《明詩綜》卷八六[54]皆收其詩，可知都是將其視為明人。

據《伊人思》、《衆香詞》等，可知其人字漢薦，清傳謂其字漢蕘，當是"薦"、"蕘"兩字形近而致誤；明傳謂其莆陽（一作莆田）人，殊不知莆陽與莆田為同一地方。莆田為正式地名，莆陽為其別稱。

清傳謂其為"清舉人林恭卿室"，也誤。林恭卿不可能是清人。梁章鉅輯《閩川閨秀詩話》卷一謂黃幼藻："前明蘇州通判議女，歸舉人林仰垣，為儀部郎啟昌子婦。[55]"可知林仰垣與林恭卿為同一人，"仰垣"與"恭卿"在意義上互相補充，其一為名，其一為字。但查明清時的《莆田縣志》等方志，查不到此人為何時之舉人。林仰垣（恭卿）為林啟昌之子。查《（乾隆）莆田縣志》卷十三《選舉志‧明鄉舉》，知林啟昌為嘉靖三十一年（1552）壬子科舉人，其名下附注云："字時際。炳章從弟。府學。禮部司務。[56]"又俞汝楫編《禮部志稿》卷四十四"禮部司務"條中有："林啟昌，福建莆田縣人。舉人。國子監學正。嘉靖四十三年昇任[57]。"可知即此人。又黃幼藻之父黃議，據《（乾隆）莆田縣志》卷十三《選舉志‧明鄉舉》可知為嘉靖四十三年（1564）甲子科舉人，名下附注云："字時言，譜弟，順天中式。蘇州通判[58]。"黃幼藻的父親黃議和公公林啟昌俱為嘉靖年間舉人，中舉時離明朝滅亡有八十年以上的時間，其夫林仰垣如果真的中過舉人的話，也不可能是清朝舉人。沈善寶《明媛詩話》卷一云："莆田黃漢薦幼藻，孝廉林恭卿室。前明通判議女。與妹漢宮幼蘩俱擅才名，而漢薦尤工文章。夫亡，以清節稱。著有《柳絮編》，《詠孤雁》一律沉著悲涼[59]。"可知其夫死得比黃幼藻還早。

12. 紀映淮（明三 1369，清九 5003）

明傳："字冒綠，小字阿男，上元人，紀映鍾之妹，莒州諸生杜李室。明崇禎十五年（1642）夫被難，守節三十餘年。詩詞系少時作，夫亡遂絕筆。有《真冷堂詞》。"清傳："字冒綠，小字阿男。紀青女，紀映鍾妹，莒州杜李妻。清康熙十六年（1677）前後尚在世。有《真冷堂詞》。"

按：兩書所收詞據《衆香詞》射集，該書小傳云："上元人。蘗子詩妹，莒州諸生杜李妻也。壬午城破，夫被難。淮與姑先避深谷中，毀面覓衣食供姑，得不死。身與六歲兒皆忍饑凍。柏舟三十餘年，以節孝旌閭。詩詞系少時作，稱未亡，曰：此非婦人事也，少作誤為人傳，悔不及。遂絕筆不作[60]。"明傳即從此小傳而來。據此傳，可知紀映淮之詩詞作品，都是崇禎十五年（1642）丈夫不幸遇難之前的作品。其人雖然活至清代康熙年間，但其作品全部是明代所作。所以應當視作明人對待。《明詞綜》卷十二收其《小重山》詞一首[61]，《明詩綜》卷八十六收其詩二首[62]，《御選明詩》卷十五、卷一百各收一首[63]，同《明詩綜》所收。可知清人皆視其為明人也。

13. 胡 蓮（明三 1573，清十五 8733）

明傳："字茂生，天台人，閩妓。才情絕世，工詩畫，性不偕俗，以詩遊學士大夫間，一時閩巨公如曹石倉（學佺）、徐興公（𤊻）皆愛重之，相與往來贈答。有《涉江集》。"清傳僅謂："字茂生，浙江天台人。有《涉江集詞》。"

按：兩書所收詞據《衆香詞》御集。清傳據《衆香詞》小傳[64]，明傳不知何據。然明傳謂胡蓮與曹學佺（1574-1646）、徐𤊻（1563-1639）等人交遊，則為實事。曾異撰有詩《五月二日雨中同孫子長、曹能始先生、徐興公、陳克雨、周祥侯、陳昌箕集鄭汝交雙橋草閣觀競渡，遲胡茂生女史不至。次能始先生韻》，又有詩《夏日同徐興公、吳門陸視俯、周祥侯、吳興錢雲卿、天台胡

茂生女史集鄭汝交補山，視俯度曲，祥侯吹簫和之。時視俯已買舟歸，予偶赴汝交之招，非宿訂也。即席為視俯送行》。此兩首均作於崇禎十五年（1642）壬午，地點為鄭邦泰（字汝交）在福州城中的兩處別業。可知胡蓮為明末人，入清後事蹟無考，以作明人收入為宜。

14. 王曼容（明三 1284，清八 4754）

明傳："字少君，明萬曆初名妓。其居表以長楊，人遂呼為長楊君。學字于周公瑕，學詩于佘宗漢，學琴于許太初，爭以文雅相尚。有《長楊居集》。"清傳僅作："字少君，北里名妓，人呼長揚君。"

按：兩書所收詞據《眾香詞》數集，該書小傳稱："字少君。白皙而莊，清揚巧笑，殊有閨閣風。其居表以長楊，人遂呼為長楊君。曼容學字于周公瑕，學詩于佘宗漢，學琴于許太初，爭以文雅相尚。後昵張郎，遂絕跡不出，社客稍稍星散。"此小傳據潘之恒（1556-1622）《曲中志》[66] 而來，而梅鼎祚（1549-1615）《鹿裘石室集》卷二十四有詩《長楊館即席贈王姬曼容，兼別方超宗、嗣宗、陸成叔、劉季然、謝少白、汪肇邰、鄭微仲、吾家季豹諸子、徐大、楊二、張五諸姬十首，余時被放南還》，其侄梅守箕《梅季豹居諸二集》卷二也有詩《十月二日為余三十生辰，友人佘宗漢、謝少廉、少白、劉季然、金聲伯、徐蕫卿、王曼容置酒樂余，以詩報之》[68]。此三人主要生活于萬曆年間，而潘之恒之《曲中志》主要記萬曆年間南京之妓院及妓女狀況。傳中謂王曼容學字于周公瑕，周公瑕即周天球（1514-1595），明代著名書家，為文徵明的弟子，主要生活于正德至萬曆前期，故明傳謂王曼容為萬曆初人，基本是可靠的。

15. 郝文珠（明三 1131，清四 2486）

明傳："字昭文，金陵妓。明萬曆間在世，與祭酒馮夢禎有交往。能文章，工詩，尤工書法。有《夜光詞》。"清傳僅謂："字昭文。秣陵（今江蘇南京）名妓。有《夜光詞》。"

按：兩書所收詞據《眾香詞》數集，該書小傳稱："字昭文。才藝殊絕，談論風生。馮祭酒開之有酬文珠詩曰：'虛作秣陵遊，無因近莫愁。'李寧遠聞之，如掌書記。有《夜光詞》。"[70]此傳與錢謙益《列朝詩集》閏集卷四所作傳最為接近。另外，潘之恒《鸞嘯小品》[72]、姚旅《露書》卷四[73]等均有記載，不具引。

馮夢禎（1548-1605），字開之。浙江嘉興人。萬曆五年（1577）進士。後官至南京國子監祭酒。李寧遠指萬曆年間鎮守遼東的李成梁（1526-1615），因為軍功，萬曆七年（1579）封為寧遠伯，故稱"李寧遠"。馮夢禎卒于萬曆三十三年（1605），李成梁卒于萬曆四十三年（1615）。故郝文珠與這兩人的交往也是在萬曆年間。郝文珠生卒年雖不可考，但其主要生活在萬曆年間，則是可以確定的。

16. 沙宛在（明三 1254，清八 4712）

明傳："字嫩兒，又字未央，自稱桃葉女郎，金陵名妓。有《蝶香閣集》。"清傳："字嫩兒，隨姊游蘇台，卜居半塘。名噪一時。後歸吒利，鬱鬱而死。有《蝶香閣閨情絕句百首》。"

按：兩書所收詞據《眾香詞》數集，清傳也據《眾香詞》小傳[74]而來。所謂後歸"吒利"，當從"佳人已屬沙吒利"而來，用唐人韓翃美姬柳氏為蕃將所劫的故事，可能是指沙宛在在明清之際為南下的清軍將領所劫奪。

姚旅《露書》卷四："沙嫩，名宛在，字未央。桃葉伎。善弦管，工楷書。著《蝶香集》。馮化之為刻《閨情百首》。[75]"此為明天啟刻本。馮化之指馮時雨，江蘇長洲（今蘇州）人，隆慶二年（1568）進士。後官至浙江按察使。又李流芳（1575-1629）《檀園集》卷六有詩《寄答吳巽之兼訊沙宛在、張冷然二女郎》[76]，葛一龍（1567-1640）《葛震甫詩集·修竹編》有詩《曹吉甫、徐克勤同沙美人宛在訪予湖上，酬以短歌》[77]，綜合之，可知沙宛在主要生活在萬曆至天啟年間，在崇禎年間應當仍在世，在清兵南下時為清軍將領所奪，不久死去。《列朝詩集》[78]閨集卷四、《御選明詩》卷一一六收其詩[79]，《明詞綜》卷十二收其詞[80]，都是將她看作明人。

17. 尹 春（明三 1253，清九 5230）

明傳："字子春，金陵妓。擅戲劇排場，兼善生旦，能詩詞。"清傳僅作："字子春。桃葉渡妓。"

按：兩書所收詞據《衆香詞》[81]數集。余懷《板橋雜記》中卷麗品稱："尹春，字子春。姿態不甚麗，而舉止風韻，綽似大家。性格溫和，談詞爽雅，無抹脂郭袖習氣。專工戲劇排場，兼擅生旦。余遇之遲暮之年，延之至家，演《荊釵記》，扮王十朋，至《見娘》《祭江》二出，悲壯淋漓，聲淚俱進，一座盡傾。老梨園自歎弗及。余曰：'此許和子永新歌也，誰為韋青將軍者乎？'因贈之以詩曰：'紅紅記曲采春歌，我亦聞歌喚奈何。誰唱江南斷腸句，青衫白髮影婆娑。'春亦得詩而泣，後不知其所終[82]。"余懷（1616-1696）所作《板橋雜記》，記崇禎年間南京秦淮河長板橋一帶舊院名妓狀況，其時所見尹春已是遲暮之年，故不論尹春在清初是否還在世，她主要生活於明末，應當作明人看待。《明詞綜》卷十二收其詞《醉春風》一首[83]，可見也是把她視作明人的。

　　以上僅就《衆香詞》所收、為《全明詞》和《全清詞》（順康卷）同時入選的部分女性詞人進行甄別，所舉例子均為明人而為《全清詞》（順康卷）所誤收者，其實當為清人而為《全明詞》所誤收者、當為明人而《全明詞》失收而為《全清詞》（順康卷）所收錄者，也復不少。限於篇幅，今不一一舉例。

* 本文為國家社科基金重大項目"《全明詞》重編及文獻研究"（項目編號 12&ZD158）、浙江省哲學社會科學規劃立項重點課題（項目編號 11JCZW03Z）階段性成果。

【注】

（1）饒宗頤、張璋《全明詞》，中華書局，2004 年。

（2）南京大學中文系《全清詞》編纂研究室《全清詞》，中華書局，2002 年。

（3）徐樹敏、錢嶽等編《衆香詞》，大東書局 1934 年影印清康熙二十九年（1690）刻本，射集第 20 頁。

（4）周明初《〈全明詞〉作者小傳訂補》，《杭州師範大學學報》，2009 年第 3 期，第 60 頁。

（5）顧璘《息園存稿文》卷六，影印文淵閣《四庫全書》第 1263 冊，臺灣商務印書館，1986 年，第 542 頁。

（6）《衆香詞》射集，第 15 頁。

（7）何三畏《雲間志略》卷二三，《四庫禁毀書叢刊》史部第 8 冊，北京出版社，1999 年，第 651、652 頁。

（8）《(崇禎) 嘉興縣志》卷一四，崇禎十年（1637）刻本，第 83 頁。

（9）周銘《林下詞選》卷六，《續修四庫全書》第 1729 冊，上海古籍出版社版，2003 年，第 596 頁。

（10）《(崇禎) 嘉興縣志》卷二十，第 39 頁。

（11）張豫章《御選明詩》卷一一五，影印文淵閣《四庫全書》第 1444 冊，第 793 頁。

（12）沈辰垣等《歷代詩餘》卷一一〇，《四庫提要著錄叢書》集部第 223 冊，北京出版社，2013 年，第 156 頁。

（13）朱彝尊、王昶《明詞綜》卷十一，《續修四庫全書》第 1730 冊，第 703 頁。

（14）錢謙益《列朝詩集》閏集卷四，中華書局，2007 年，第 6500 頁。

（15）《眾香詞》御集，第 18 頁。

（16）《(崇禎) 嘉興縣志》卷一四，第 84 頁。

（17）《眾香詞》御集，第 19 頁。

（18）《(崇禎) 嘉興縣志》卷一四，第 84 頁。

（19）盛楓《嘉禾徵獻錄》卷二二，《續修四庫全書》第 544 冊，第 552-553 頁。

（20）《(崇禎) 嘉興縣志》卷二十，第 6 頁。

（21）《眾香詞》射集，第 19 頁。

（22）《(崇禎) 嘉興縣志》卷一四，第 84-85 頁。

（23）《(崇禎) 嘉興縣志》卷二十，第 42 頁。

（24）《眾香詞》御集，第 27 頁。

（25）《(崇禎) 嘉興縣志》卷一四，第 85 頁。

（26）《(康熙) 嘉興府志》卷一六，《稀見中國地方誌匯刊》第 15 冊，中國書店，1992 年，第 585 頁。

（27）《眾香詞》射集，第 27 頁。

（28）沈宜修《伊人思》，見葉紹袁原編、冀勤輯校《午夢堂集》（上冊），中華書局，1998 年，第 583 頁。

（29）《歷代詩餘》卷二六，《四庫提要著錄叢書》集部第 221 冊，第 404 頁。

（30）蔣景祁《瑤華集》卷四，《續修四庫全書》第 1730 冊，第 84 頁。

（31）《林下詞選》卷六，《續修四庫全書》第 1729 冊，第 594 頁。

（32）《眾香詞》御集，第 15 頁。

（33）《伊人思》，見葉紹袁原編、冀勤輯校《午夢堂集》（上冊），第 565 頁。

（34）《明詞綜》卷十一，《續修四庫全書》第 1730 冊，第 699 頁。

（35）《御選明詩》卷六七，影印文淵閣《四庫全書》第 1443 冊，第 674 頁。

（36）朱彝尊《明詩綜》卷八六，中華書局，2007 年，第 4166 頁。

（37）《林下詞選》卷六，《續修四庫全書》第 1729 冊，第 597 頁。

（38）《(崇禎) 吳縣志》卷四五，《天一閣藏明代方志選刊續編》第 18 冊，上海書店，1990 年，第 693 頁。

（39）《眾香詞》射集，第 33 頁。

（40）《伊人思》，見葉紹袁原編、冀勤輯校《午夢堂集》（上冊），第 558 頁。

（41）《(雍正) 六安州志》卷十八，清雍正七年（1729）刻本，第 19 頁。

（42）《(同治) 六安州志》卷二二，《中國方志叢書》華中地方第 617 號，臺灣成文出版社，1966 年續出，第 1435 頁。

（43）《眾香詞》射集，第 33 頁。

（44）《歷代詩餘》卷七，《四庫提要著錄叢書》集部第 221 冊，第 119 頁。

（45）《林下詞選》卷八，《續修四庫全書》第 1729 冊，第 612 頁。

（46）《明詞綜》卷十一，《續修四庫全書》第 1730 冊，第 704 頁。

（47）《列朝詩集》閏集卷四，第 6595 頁。

（48）沈季友：《樵李詩系》卷二一，影印文淵閣《四庫全書》第 1475 冊，第 494 頁。

（49）《衆香詞》御集，第 3 頁。

（50）《伊人思》，見葉紹袁原編、冀勤輯校《午夢堂集》（上冊），第 582 頁。

（51）《明史》卷九九，中華書局，1974 年，第 2493 頁。

（52）《御選明詩》卷一一五，影印文淵閣《四庫全書》第 1444 冊，第 794 頁。

（53）沈德潛、周准《明詩別裁集》卷十二，《四庫禁毁書叢刊》集部第 97 冊，第 228 頁。

（54）《明詩綜》卷八六，第 4172 頁。

（55）梁章鉅輯：《閩川閨秀詩話》卷一，《續修四庫全書》第 1705 冊，第 629 頁。

（56）《（乾隆）莆田縣志》卷十三，清光緒五年（1879）補刊民國十五年（1926）重印本，第 36 頁。

（57）俞汝楫編：《禮部志稿》卷四四，影印文淵閣《四庫全書》第 597 冊，第 842 頁。

（58）《（乾隆）莆田縣志》卷十三，第 38-39 頁。

（59）沈善寶：《明媛詩話》卷一，《續修四庫全書》第 1706 冊，第 550 頁。

（60）《衆香詞》射集，第 8 頁。

（61）《明詞綜》卷十二，《續修四庫全書》第 1730 冊，第 706 頁。

（62）《明詩綜》卷八六，第 4196 頁。

（63）《御選明詩》卷十五、卷一百，影印文淵閣《四庫全書》第 1442 冊，第 410 頁；第 1444 冊，第 475
頁。

（64）《衆香詞》御集，第 38 頁。

（65）曾異撰《紡授堂集》二集卷六，《四庫禁毁書叢刊》集部第 163 冊，第 677、679 頁。

（66）《衆香詞》數集，第 12-13 頁。

（67）潘之恒《曲中志》，《說郛續》卷四四，《續郛三種》第 10 冊，上海古籍出版社，1988 年，第 2048 頁。

（68）梅鼎祚《鹿裘石室集》卷二四，《四庫禁毁書叢刊》集部第 58 冊，第 133 頁。

（69）梅守箕《梅季豹居諸二集》卷二，《四庫未收書輯刊》第六輯第 24 冊，北京出版社，1997 年，第 429
頁。

（70）《衆香詞》數集，第 15 頁。

（71）《列朝詩集》閏集卷四，第 6651 頁。

（72）潘之恒《鸞嘯小品》，此書不見存書，見厲鶚《玉台書史》所引，《續修四庫全書》第 1084 冊，第
418 頁。唯厲書“文珠”誤作“文姝”，當改正。

（73）姚旅《露書》卷四，《續修四庫全書》第 1132 冊，第 591 頁。

（74）《衆香詞》數集，第 16 頁。

（75）《露書》卷四，《續修四庫全書》第 1132 冊，第 595 頁。

（76）李流芳《檀園集》卷六，《四庫提要著錄叢書》集部第 279 冊，第 494 頁。

（77）葛一龍《葛震甫詩集·修竹編》，《四庫禁毁書叢刊》集部第 123 冊，第 524 頁。

（78）《列朝詩集》閏集卷四，第 6653 頁。

（79）《御選明詩》卷一一六，影印文淵閣《四庫全書》第 1444 冊，第 806 頁。

（80）《明詞綜》卷十二，《續修四庫全書》第 1730 冊，第 711 頁。

（81）《衆香詞》數集，第 21 頁。

（82）余懷《板橋雜記》中卷，《續修四庫全書》第 733 冊，第 331 頁。

（83）《明詞綜》卷十二，《續修四庫全書》第 1730 冊，第 710 頁。

略論晚清"中國文學"之初構

陳廣宏

儘管康有為撰成於 1897 年的《日本書目志》在卷十一已著錄諸多日本學者所著之日本文學史以及希臘羅馬、英、德、法等文學史著作，然"中國文學史"的稱名在中國學者相關著述中出現，根據目前所得資料判斷，恐怕要在進入 20 世紀之後。最早運用這一概念者，或即開創"新史學"的梁啓超。一見諸署"中國之新民"的《新史學：中國之舊史學》："中國數千年，惟有政治史，而其它一無所聞。梨洲乃創為學史之格，使後人能師其意，則中國文學史可作也，中國種族史可作也，中國財富史可作也，中國宗教史可作也。"又見於《論中國學術思想變遷之大勢》："著中國儒學史，當以六朝、唐為最衰時代；著中國文學史，當以六朝、唐為全盛時代。"顯然，這顯示了一種系統之變，而從後者來看，亦已非空洞的概念。

"中國文學史"稱名之出現，明顯關涉兩個新的概念："中國文學"與"文學史"。前者是在民族、國家觀念下對傳統文學的重新建構，傳統文學自此有一統一納入的框架，有如當今所說的國家形象；後者作為具有某種體系性的專史體制，不僅僅關乎文章之學源流正變的重新建構，更關乎敘述者於此知識體系目標、路徑的自覺體認，在當時尤其受到一種進化論史觀的影響。梳理其建構與接受的過程，應該可以澄清不少問題。相比較而言，"文學史"作為一種精嚴學術體系，其建構可能是更為專業也更為深層的問題，如傅斯年當年評王國維《宋元戲曲史》時所認識到的："文學史有其職司，更具特殊之體制；若不能盡此職司，而從此體制，必為無意義之作。"不過，無論如何，其建構與發展都是圍繞前者而來，因為 19 世紀末、20 世紀初趨新的中國學者，顯然毫無保留地接受民族國家作為歷史學研究的組織體系，這種信念認為歷史學的主要目的就是鑄造民族意識。故相比較而言，"中國文學"這個認識性裝置的發現，是一個更為迫切的事件。

"中國文學"作為一個正式的名目，最早可見《奏定京師大學堂章程》分科大學的學科及課程設置，大概不會早於 1903 年，社會上的接受或更晚。我們看笹川種郎的《支那文學史》在中國被翻譯出版，是在光緒二十九年十二月，西元已是 1904 年，但翻譯生給予對譯的題名為《歷朝文學史》。又，現已被認定我國最早的中國文學史著作是竇警凡的《歷朝文學史》，有 1906 年鉛印本，當然，其脫稿更早，或在光緒二十三年（1897），同樣採用"歷朝"表一種集合概念，而非"中國文學"。

作為西風東漸的產物，"中國文學"這樣一種新名詞及其內涵建構，誠率先孕育於明治日本。在當時的東亞社會，日本屬最早睜眼看世界者，而其歷史上隸屬漢字文化圈的特殊地位，賦予其既是自我體認、又是他者觀照的特殊立場。川合康三教授曾提示一個值得注意的現象：相對于"日本文學史"於 1890 年代前半誕生，"中國文學史"則集中於 1890 年代的後半湧現。這種連

鎖反應，或可用來詮釋明治學者類乎推己及人的省察方式。

在"中國文學"的建構過程中，具有不同層面的聚焦。其中一個焦點在於，伴隨著民族國家觀念的植入，一個地大物博、人口眾多、具有三、四千年連續不斷歷史的文明實體被形塑。當傳統"天下"觀一旦被"萬國"觀所破解，中國所在的地理、民族與世界其他文明的關係，甚至關於國體與政體的概念，皆已在同步輸入新的觀念。這當然可以說是一個須與"新史學"同步解決的問題，我們看梁啟超《中國史敘論》、《中國學術思想變遷之大勢》、《地理與文明之關係》等所述中華民族國家的概念與認識，如不少學者已指出的，有浮田和民等史學論著的淵源影響[5]，但文學史畢竟有其自身的途徑。在這方面，藤田豐八《支那文學史稿 先秦文學》可以視作具有某種標誌性，因為該著在以古代中國文明為東亞文明源泉的同時，已相對自覺地視中國文學為世界文學之一，並運用泰納（Hippolyte Adolphe Taine）學說作為分析框架，從人種、自然地理環境、經濟生活、政治制度、宗教、風俗等因素，究明作為國民性體現的中國文學之諸多特質及其價值，對其後的同類著作具有決定性的影響。

1907 年，上海龍門學校留日學生主辦的《科學一斑》雜誌，於第 1 期與第 2、3 期分別連載了署名義人的《中國文學原論》與《中國文學通論》。該雜誌很可能後來未能再堅持辦下去，故《中國文學通論》亦未續完，然此實可視為早期的中國文學史專論著述。同年，陶曾佑在《著作林》上發表了《中國文學之概觀》，已是較為嚴格意義上的中國文學史論，結合其另文《論小說之勢力及其影響》[6]，所論亦明顯有來自日本的影響。綜觀他們的論述，首先便是在"中國文學"的概念下，確立起史地學維度的時空位置：

中國為五洲先進之國，文學思想之發達最盛。與西洋古代之希臘羅馬並峙于世界史，而文辭之優美瑰麗，殆又過之。東西載籍，概如斯云（日人白河氏，英人拉克伯利氏，皆盛稱中國文學之美）[7]。

大陸開化最早之國有四，祖國實居第一焉，而祖國之文明首推文學[8]。

試一研究其分合之理由，而我國四千年來之學術與夫政教風俗盛衰之大凡，約略可睹焉[9]。

這樣的敘述，其座標是全球之陸地中連續性的文明價值，關鍵在於以我國之文學思想發達與古希臘、羅馬文明並峙而重建自信，"中國文學"成為最具代表性的中華文明的內核，由寬泛之意義理解，乃主要由文字書寫承載的政教典章制度以及道德意識形態等構成的想像共同體。故兩位作者皆明確表述了"中國文學"作為國民思想或性格之表徵的觀點：

蓋吾祖國國民之思想之智識之能力之熱度之觀念之感情，舍此文學而外，實無以代表[10]。

文學者，國民特性之所在，而一國之政教風俗胥視之為盛衰消長者也。自形式言之，雖成為獨立之一科，而究其實質，則與社會學、風俗學、言語學、美術學、哲學、政治學、民族學等有種種之關係。是故觀于一代文學之趨勢，即可知其國家社會之趨勢焉[11]。

顯然，"中國文學"最根本的特質，就是作為這種中國文明的內質的呈現，時人亦將之視作"國粹"的承載物。謝無量曰："故國粹（Nationality）之本義（'國粹'之名，不見中國舊記，疑亦取諸譯名），所以示一民族之特性而卓然與他民族不同者，吾國輒往往以文章學術之事蔽之（凡道德習慣之善者皆原於學術）……吾雖未敢確定吾民族之特性當屬何等，然考諸今世薦紳先生之議論，則文章學術之事，固宜占吾國國粹之一大部分而無疑也。"[12]此所謂"國粹"，即 Nationality，實大有來歷。謝無量以推測的口吻說"疑亦取諸譯名"，自然是一種顯示嚴謹的說法，以其所處時代，應該清楚諸如此類的語彙，其影響源當來自日本。劉夢溪在《"國學"概念再檢討》一文中，曾指出鄭師渠在所著《晚清國粹派：文化思想研究》一書中，考證出"國粹"一詞的中文文本出處首推梁啟超 1901 年所撰《中國史敘論》，頗能說明問題。至於以之為標籤的晚清"國粹派"，從主張到概念本身，與日本同樣有相當密切的聯繫。劉先生又在該文中介紹美國康奈爾大學的馬丁·伯納爾（Martin Bernal）教授 1976 年撰寫的論文《劉師培與國粹運動》，謂其中對"國粹"一詞 1887 至 1888 年在日本流行的情形，作了豐富的引證，如志賀重昂於 1888 年發表新刊物《日本人》之出版方針時，即運用了"國粹（nationality）"這樣的概念，並主張將之解釋為民族性。另，劉氏所引黃節寫於 1902 年的《國粹保存主義》論述的"夫國粹者，國家特別之精神也。昔者日本維新，歐化主義浩浩滔天，乃于萬流澎湃之中，忽焉而生一大反動力焉，則國粹保存主義是也"（《壬寅政藝叢書》"政學編"卷五）[13]，恰可印證晚清"國粹派"對於明治日本之國粹保存主義的關注。因此，無論張之洞、康梁抑或章太炎、劉師培、黃節等，他們有關"國粹"的認識及訴求，正是謝無量所謂"今世薦紳先生之議論"，構成當時社會的一種語境。我們再看鄧實論《語言文字獨立》[14]中的一段文字："合一種族而成一大群，合一群而奠居一處，領有其土地山川，演而為風俗民質，以成一社會。一社會之內，必有其一種之語言文字焉，以為其社會之元質，而為其人民精神之所寄，以自立一國。一國既立，則必自尊其國語國文，以自翹異而為標致。故一國有一國之語言文字，其語文亡者，則其國亡；其語文存者，則其國存。"[15]用一種環環相扣的邏輯推斷，交待了由種族、自然環境等實體性構成，到風俗民質成就之社會，再到人民精神所寄之國語國文——這樣一個完整的鏈條，凸顯國語國文在國家文化認同當中的重要地位。明乎此，我們就能夠理解，為什麼林傳甲會說"文者，國之粹也，國民教育造端於此"[16]；黃人會說"保存文學，實無異保存一切國粹，而文學史之能動人愛國、保種之感情，亦無異於國史焉"[17]。或許可以這麼說，在傳統視點的轉型中，中國文學史作為中國文明史的具體書寫，為近代中國找到了識別自我的文化標誌。

另一個焦點是更為內面的，主要圍繞本民族國家的文字語言載體或傳統已形成的諸文體——"各體文辭"，重新組合論列其淵源流別，當然，從中明顯可以看到文學觀念演變在其間的關鍵作用。

劉師培 1905 年於"國粹派"陣地《國粹學報》各期分載的《論文雜記》，其實已是一種中國文學通論，不僅有"中國文學"一詞之用例，而且所論自"上古之時"而及"近代之文"，於語言、文字分合之際，列述歷代文章諸體的流別、變遷。如論"中國文學，至周末而臻極盛"，以莊、列、蘇、張、韓非、荀、呂諸子並屈、宋楚詞為"文章之祖"[18]；述"由漢而魏，文章變遷，

303

計有四端"（同上書，第116頁），包括非有韻之文亦用偶文之體，言詞由簡趨繁，聲色相秫、藻繪相飾，以及語意易明等。"故漢、魏、六朝之世，悉以有韻偶行者為文"，"降及唐代，以筆為文"，"則與古代文字之訓相背矣"（同上書，第118-119頁）。看上去是在傳統文章學基礎上的系統化論述，並且體現頗為鮮明的以駢文為正宗的主張，其實是有相關西方文學知識為參照的。所述歷史上的諸文體，不僅於文字與語言，有韻與無韻，皆各有其統系類屬，並且力圖呈現其演進之軌跡。如論"上古之時，先有語言，後有文字。有聲音，然後有點畫；有諺謠，然後有詩歌"，"歌謠而外，復有史篇，大抵皆為韻語"（同上書，第110-111頁），顯然已超越傳統小學或文章流別的知識範圍；同樣，其援達泰氏（按：Dante，今譯作但丁）以本國語言用於文學之例，論述"中國自近代以來，必經俗語入文之一級"（同上書，第109頁），故於詞曲、小說皆有申張，亦已顛覆傳統文類體系及其價值觀念。這樣一種認識的依據，如他在另文所述：

> 昔羅馬文學之興也，韻文完備，乃有散文；史詩既工，乃生戲曲。（見瀧江保《羅馬文學史》）而中土文學之秩序適與相符。乃事物進化之公例，亦文體必經之階級也。[19]

乃與章太炎所受影響同源，取資于瀧江保《希臘羅馬文學史》，標舉的是事物進化之公例。[20]我們亦可見他於進化論有所接受的同時，始終有一個言文一致的大問題盤桓於胸，只不過對於"文詞"營構的基礎與方向有不同的理解與主張，故在不廢古代文詞的訴求下，還提出當下文學演進之目標：

> 故近日文詞，宜區兩派：一修俗語，以啟淪齊民；一用古文，以保存國學，庶前賢矩範，賴以僅存。[21]

與之後"五四"學人竭力申張"白話文學"的要求相比，或可謂這一主張顯示他改良的立場，然而，這畢竟亦是基於所謂"文字之進化之公理"提出的一種方案，有他對中國文學總體及其演變頗為切當的思考與認識。

1906年，在《廣益叢報》上，劉師培又發表了《中國文學教科書序例》，"中國文學"作為學科、課程之概念更明確。《序例》介紹該套教科書計十冊，按設置的教學步驟，乃先明小學之大綱，次分析字類，次討論句法、章法、篇法，次總論古今文體，次選文，以此編為第一冊。[22]這裏的"文學"，看似與章太炎1903年在《新民叢報》上發表的《文學說例》之概念相近，所重在文字之一側，強調"作文之道，解字為基"，"故劉彥和有集字成句、集句成章。又謂觀乎《爾雅》，則文義斐然。豈有小學不明而能出言有章哉"[23]，這也就是為什麼就這一冊而言，實為小學論綱。不過，事實上，與上述《論文雜記》之"文章"或"中國文學"一致，劉師培所謂"文"，"出言之有章者為文，著書之有章者亦曰文"[24]，按照有學者的精當辨析，乃"超越於語言文字之上的以'章'為性質的統一屬性"[25]，故才會針對章氏曰："後世以文章之文，遂足該文字之界說，失之甚矣。"[26]因此，透過該套教科書所體現的循序漸進的教學法，我們可以看到，起先雖由溯源而

探討文字，其整個框架卻頗顯示"中國文學"的一種內在構造，從字句、篇章結構再到文體，依次論列其法式。在之後的中國文學史著作中，這種構造本身亦成為某種基因，其中文字等構件仍各以不同份額、不同層級呈現。如謝無量《中國大文學史》在開篇首論"文學之定義"後，隨即探討"文字之起源及變遷"，此所謂"文字"實包括文字（形體）、音韻、訓詁三項內容，又進而探討"字類分析和文章法"。至於"文字之最古特質"一節，亦旨在通過闡釋"中國文字，其音讀形式，在世界中，宜為最古矣。至於中國文句位置，亦得言語自然之序"，進而表彰"中國文章形式之最美者，莫如駢文、律詩，此諸夏所獨有者也"。甚或魯迅亦然。魯迅擬撰《中國文學史》，其首章欲探討的內容即是"從文字到文章"。

義人的《中國文學原論》是一種類似的構造論，視文字為文學之原，語言為文辭之原，此二者皆為文章構成要素，故論文體必自文字、文辭始，目的同樣在於"發揮我國文學之特質"。其辨文體則是將之大別為有韻之文與無韻之文兩類，前者下轄古今體詩、賦、詞曲、頌、銘、誄、箴；後者下轄傳記、檄文、奏疏、策對、詔誥、論說。這種分類大體上體現了當時新學人士對於"中國文學"文體構成的某種共識，比如我們常常引用的章太炎《文學說略》中"有句讀文"的分類："有韻文者，賦頌、哀誄、箴銘、占繇、古今體詩、詞曲；無韻文者，學說、歷史、公牘、典章、雜文、小說也。"兩相對照，頗可見其共有的語境與相似的邏輯。當然，若細究其標準，仍會發現章氏的"文學"家族顯得更為龐大，分類亦更細（從其《說文學》開始，章氏有關文學的定義，即已由追求文字本義的學問變成文體之學），那是因為他的這種以文字為根基的文學觀，在很大程度上是針對日本漢學於中國文學先已有的推演、構建，有意站在批判的立場，重作本質的思考。由當今去回溯明治日本與晚清中國文學史的構建之路，應該說，義人的這種分類及其所代表的文學觀念還是一種主流。

值得追究的倒是"中國文學"這種構造形成的機制，傳統學術固然有小學以為基礎，劉勰亦誠然有"積字成句，積句成文"之說，然其獲重整後被賦予近現代學術轉型的意義，恰還要從"文學"知識體系在經歷文學論或文藝學的蛻變前，與西方古典語文學中修辭、語法之學的遭遇說起。同樣借助日本中介，語法、修辭學已成為晚清新式學堂國文教學中通向"文學"專門之學的進階。我們考察日本岡三慶所著《新創未有漢文典》"編次及引書等"，以文典包含字學、韻學、辭學、文學四部分；廣池千九郎述《支那文典》"支那文典の範圍"一章，將文典大抵總括為文字論、音韻論、詞論、文章論四科目，而其重點在後二者，即詞法與文法。顯然，其內容即由語文構造之分析組成。受到日本諸如此類《漢文典》著作的影響，來裕恂《漢文典》（商務印書館1906 年初版）分"文字典"與"文章典"兩部分，"文章典"共四卷，分論字法、句法、章法、篇法、文品、文要、文基、文體、文論等。在這樣的語境下，我們對劉師培在《論文雜記序》中，通篇以傳統小學與西人字類分析對接，證文法原於字類，論文之書根于小學，以為以下論文全部之綱領，多少亦可有所理解。

不僅如此，與上述有韻與否之外形分類有所不同的，尚有另外一個系統的文章分類法，如王葆心在其《高等文學講義》（漢口維新中西書局1907 年初版）"總術篇"中，曾用情、事、理來統合古今文章分類。此種分類看似為桐城 - 湘鄉一系"古文辭"文章辨體（尤其曾國藩《經史百家雜鈔》）

的集成與完善，主要是以"告語門"為"述情之總匯"，"記載門"為"紀事之總匯"，"著述門"為"說理之總匯"，"三門之中，對於情、事、理三者，有時亦各有自相參互之用"，類似於以文章功能為標準的劃分，實則很可能受到日本傳來相關修辭學著作的影響，如坪內逍遙《美辭論稿》(1893)、島村瀧太郎《新美辭學》(1902)一系將文章分為"智之文"、"情之文"、"意之文"三大門，分別與人的瞭解力（understandic）、情感（emotion）、執意（will）相對應[34]。劉師培在提出要為"古文詞"正名問題時，順便亦由此對桐城派於"古今人之著作，合記事、析理、抒情三體，咸目為古文辭"戳了一槍，實際上這種結構已經過時人的闡釋。至於像武島又次郎《修辭學》(東京博文館，1898)第二編"構想"部分記事文、敘事文、解釋文、議論文的分類，在清末民初的影響或許更大。

因此，晚清以來有關"中國文學"的建構，其最初框架實在不同程度上受到西方古典語文學之語法、修辭學的影響，而中國傳統的文章學似亦更適應於與之對接。《奏定大學堂章程》中"中國文學門"的課程設置，大致說來是文字、音韻之學加上詞章學，當然，"文學研究法"有其重要的位置，詞章學中包涵了相當於文學史形態的"歷代文章流別"與相當於文學批評的"古人論文要言"。王葆心《高等文學講義》，是以修詞學為主，輔諸論理學、國文典、文學史三者，儘管他也已關注王國維美術的文學觀念。這構成有關"中國文學"內涵及其結構構建的一個階段，我們今天對之的認識已多少有些模糊。

當然，受西方近代社會如美學、語言學、文學科學等學科分化獨立的影響，東亞社會這方面的蛻變亦很快出現。明治二十年代即被認為是西方傳入的修辭學、美學、文學論等在日本漸次獲得分途發展的開端。在文學論方面，太田善男之外，如東京文學普及會以及曾編著修辭學著作的武島又次郎、島村瀧太郎等皆刊有《文學概論》。武島又次郎於 1903 年據美國 Colgate 大學 Crawshaw, William Henry 教授的 *The Interpreteration of Literature*，摘譯成《文學概論》一書。鑑於修辭學早已由一種雄辯術發展成為教示用語言有效表達人的思想感情的學問，與所謂詩學的界限原難劃定，故無論討論文學的風格、體制或性質、種類，在武島氏皆可較為自然地實現其內部轉換。於是，站在西方純文學的立場，有關敘事詩、敘情詩、戲曲、小說等文類概念被擇定，並成功地改造原來的文體分類[35]。在晚清，亦已出現如黃人《中國文學史》取諸西方文學論的界說、王國維及周氏兄弟持"美術的"文學觀念這樣具有先鋒性的傳輸，他們對於小說、戲曲文類的格外關注與研究，皆體現相當超前的意識。而如劉師培，亦曾經轉向以美術論文學，其 1907 年在《國粹學報》上發表的《論美術與徵實之學不同》，即被視作是西方"純文學"觀念影響下的產物。不過，就中國文學的學科而言，其內涵及其邊界，要至民國以來經歷又一波西方文學論的洗禮後，才愈益明晰而滴定，文學與語言學獲得裂變，各有分工，文字、語法、修辭學皆歸屬語言學。即便如此，如歐陽溥存《中國文學史綱》"緒論"所論："言中國文學略應析為三事，其一曰文字，考求形聲訓詁之本原。其二曰文法，指示安章宅句之程式。其三曰文學史，敘述歷代文章體制之變遷而評騭其異同得失[36]。"表明文字、語法仍被視作中國文學的有機組成部分，且如前述，它們始終以一種基因的形式存活於文學史中。

【注】

(1)《新民叢報》1902 年 5 月。

(2)《新民叢報》1902 年 8 月。

(3)《出版界評·王國維著〈宋元戲曲史〉》,《新潮》第 1 卷第 1 號,1919 年 1 月。

(4)參詳氏著《中國文學史的誕生:二十世紀日本的中國文學研究之一面》,收入葉國良、陳明姿編《日本漢學研究續探:文學篇》,華東師範大學出版社 2008 年版,第 128 頁。

(5)參見鄔國義編校《史學通論四種合刊》卷首《梁啟超史學思想探源——代序言》,華東師範大學出版社 2007 年版,第 7-40 頁;夏曉虹《〈論中國學術思想變遷之大勢〉導讀》,梁啟超《論中國學術思想變遷之大勢》卷首,上海古籍出版社 2001 年版,第 13-16 頁。又,山田利明在所著《中國學の步み——二十世紀のシノロジー》中,據梁啟超《清代學術概論》序中曾提到寫中國哲學史的抱負,而《概論》一書實亦具"清代哲學史"的內容推測,康、梁亡命日本期間,讀過明治二十八年至二十九年出版的藤田氏《支那哲學史》、古城氏《支那文學史》的可能性極大,故認為他是受到了二十世紀初日本中國學的影響。第一章"中國の中國學",大修館書店 1999 年版,第 32 頁。

(6)陶曾佑(1886-1927),字蘭蓀,湖南安化人。留學日本,歸國後活躍於報界,有"陶報癖"之筆名,在《月月小說》、《小說林》、《著作林》等發表小說及評論,呼應梁啟超的"小說界革命"。

(7)《中國文學原論》,《科學一斑》1907 年第 1 期。

(8)《中國文學之概觀》,《著作林》1907 年第 13 期。

(9)《中國文學原論》,《科學一斑》1907 年第 1 期。

(10)《中國文學之概觀》,《著作林》1907 年第 13 期。

(11)《中國文學通論》,《科學一斑》1907 年第 2 期。

(12)嗇庵《論中國文學之特質》,《中華學生界》1915 年第 1 卷第 1 期。

(13)以上參詳劉夢溪《大師與傳統》,中國青年出版社 2006 年版,第 13-15 頁。

(14)有意思的是,狩野直喜所撰《支那近世の國粹主義》,對晚清的專以保存國粹的風潮又有一即時的審視、介紹,連載于《藝文》第貳年(1911)第拾號、第三年(1912)第壹號。

(15)《癸卯政藝叢書》"政學文編"卷七,臺北文海出版社影印本,第 173-174 頁。

(16)《中國文學史》,武林謀新室 1910 年版,第 1 頁。

(17)《中國文學史》,國學扶輪社鉛印本,第一冊,第一編"總論",葉 5A。

(18)《中國中古文學史·論文雜記》,舒蕪校點,人民文學出版社 1959 年版,第 110 頁。

(19)劉光漢《文章源始》,《國粹學報》,第一年(1905)第一號。

(20)有關章太炎的文學概念與瀧江保《希臘羅馬文學史》關係的探討,可參看潘德寶《現代中國文學觀念的形成與日本中介》,復旦大學 2013 年博士學位論文,未刊稿,第 89-92 頁;其採取希臘的文學流變說的具體分析,參詳周振甫《章太炎的文章論》,汪龍麟編《20 世紀中國文學研究論文選》"近代卷",社會科學文獻出版社 2010 年版,第 260 頁。這樣的觀念在當時頗有影響,龍伯純《文字發凡》(1905)在論"音韻源流"時,亦引證《希臘文學史》所載此條以明文學自然發達之秩序。

(21)《中國中古文學史·論文雜記》,第 110 頁。

(22)《廣益叢報》1906 年 2 月。

(23)《中國文學教科書序例》,《劉申叔遺書》下,鳳凰出版社 1997 年版,第 2117 頁。

(24)《文章源始》,《國粹學報》第一年第一號。

(25)王風《劉師培文學觀的學術資源與論爭背景》,陳平原主編《中國文學研究現代化進程二編》,北京大學出版社 2002 年版,第 15 頁。

(26)《中國中古文學史·論文雜記》,第 118 頁。

(27)《中國大文學史》,中華書局 1918 年版,第 9-26 頁。

（28）同上書，第 45 頁。

（29）許壽裳《雜談著作》述魯迅擬作《中國文學史》，所分章節計有："（一）從文字到文章，（二）思無邪（《詩經》），（三）諸子，（四）從《離騷》到《反離騷》，（五）酒，藥，女，佛（六朝），（六）廊廟與山林。"載《亡友魯迅印象記》，人民文學出版社 1953 年版，第 50 頁。又可參看魯迅《漢文學史綱要》第一篇"自文字至文章"。

（30）《國粹學報》第二年（1906）第十號。

（31）出雲寺高出版，1891 年，第 2 頁。

（32）早稻田大學出版部，1902 年，第 4 頁。

（33）《論文雜記》卷首，《中國中古文學史·論文雜記》，第 106-107 頁。

（34）可參看陸胤《清末西洋修辭學的引進與近代文章學的翻新》，《文學遺產》2015 年第 3 期 。

（35）武島又次郎為東京帝國大學文科大學國文學科 1896 年畢業生，與同學大町芳衛及學弟鹽井正男曾共同編撰《國文學大綱》，已借助西方文學理論，笹川臨風等編撰《支那文學大綱》即為其同一語境下產生的姊妹篇。

（36）《中國文學史綱》卷上，商務印書館 1930 年版，第 1 頁。

陳独秀の早稲田留学問題についての一考察

長堀 祐造

はじめに

　陳独秀（1879—1942）は新文化運動、五・四運動を領導した近代中国の巨人である[1]。1915年、上海での『青年雑誌』（翌年『新青年』に改題）創刊から、1919年の五・四運動、1921年の中国共産党建党、さらには四・一二反共クーデタを契機とした国共合作崩壊までの中共指導者としての活躍、そして失脚後の中国トロツキー派指導者への転進、5年に及ぶ国民党の獄中生活から解放された後の晩年の思索と言論活動は、すべて中国近現代史、思想史、党史、文学史の重要な研究対象である。しかし、周知のように、陳独秀の中国トロツキー派指導者という経歴は、スターリンに依拠した王明、毛沢東らのトロツキー派＝漢奸説キャンペーンのため、新中国での正当な評価の妨げとなってきた。改革・開放後の1991年、中共は陳独秀・中国トロツキー派＝漢奸説を公式に撤回し、党史における「陳独秀右翼日和見主義」のレッテルは残された[2]ものの、公民としての陳独秀、中国トロツキー派は復権を遂げた。

　今年（本論執筆時）、2017年はロシア革命から100年、同時に、胡適、陳独秀が『新青年』誌上で狼煙を上げた「文学革命」から同じく100年の記念すべき年である。文学革命の立役者にして、ロシア革命の中国における継承者・体現者たる陳独秀の日本での事跡を究明することは意義あることであろう。本論は、巨人陳独秀の全体像からみると、微細なテーマではあるが、『中国古籍文化研究──稲畑耕一郎教授退休記念論集』の趣旨には沿うものであろうし、同時に陳独秀の伝記・翻訳文集を出してきた筆者（早稲田大学校友）としても、日本留学が陳独秀に与えた影響という観点から、いまだ日本で定説を見ないこの問題は避けて通れぬところでもある。この機会に陳独秀の留日期に関する事柄について、新資料も加味しながら、若干の補足を試みる次第だ。陳独秀の早稲田留学説を一歩補強するものとなることを願うものだが、一筋縄ではいかない点もあることは予めお断りしておかなければならない。

一、陳独秀の日本留学概要

　陳独秀は、1901年から1915年の間に都合、5回乃至6回、日本を訪れている。5回乃至6回とするのは、比較的長期の訪日期間中の一時帰国をどう扱うかに係わるが、本論では現時点

での陳独秀研究の集大成と言える唐宝林著『陳独秀全伝』[3]（以下『全伝』と略称）に従い、短期の一時帰国を挟む1907年春から1909年秋にかけての留日を一回と数え、都合5回の訪日として論を進める。この5回の訪日には、単なる観光と呼ぶべき短期旅行もあるが、これも含め以下、まずそれぞれの訪日時期とその際の状況とを、主に旧稿を参考に確認しておく。[4]

第1回　1901年11月頃～1902年3月頃。

　1898年から杭州求是書院で新教育を受け始めた陳独秀は、1901年の旧暦10月（新暦では11月から12月頃）、東京に姿を現す。当地で清国留学生組織、励志会に加入するもののほどなく脱退して帰国した。東京での動静の詳細は不明である。陳独秀は『清国留学生会館第一次報告』[5]で、自らの東京到着時期を、光緒27年10月（新暦では1901年11月頃）、在籍校を「東京学校」と自己申告している。この「東京学校」を早稲田大学の前身「東京専門学校」とする見方が、現在、中国では定説化している。

第2回　1902年9月～1903年3月。

　日本の陸軍幼年学校・士官学校の予備教育機関、成城学校入学を目指したようだが、清朝留学生監督の妨害に遭う。この時期、陳独秀は反清革命団体「青年会」に加入したが、この団体は「日本留学生のなかでは最も早いもの」で「民族主義を旨とし、破壊主義を目的とする団体」であったという。[6] 陳独秀は、張継、鄒容とともに留学生監督・姚煜（文甫）を襲撃してその辮髪を剪り落とすという挙にでる。駐日清国公使は日本外務省へ通報し、陳独秀は日本政府から退去処分を受けて帰国した。

　さて、ここで陳独秀の第1・2回訪日時の留学先について考察しておきたい。中島長文は、実藤恵秀の提起した「陳独秀もこの学校〔弘文学院〕をでて、高等師範にはいった」（『中国人日本留学史』）[7] という説に対し、陳独秀の弘文学院速成科在籍の可能性は否定しないが、東京高等師範入学説には疑義を呈している。[8] その後の北岡正子の詳細な弘文学院研究によれば、嘉納治五郎による弘文学院の正式開学は1902年4月で、これは陳独秀の第1回目の訪日期間後のことである[9]（弘文学院は前年11月から開校準備段階にはあった）。また、後述するが、『清国留学生会館第一次報告』の留学生名簿では「陳乾生〔独秀〕」の在籍学校欄は「東京学校」となっているが、これが弘文学院を指す証拠はない。第2回についても、もしこのとき、陳独秀が弘文学院に在籍していたなら、魯迅の在籍時期（1902年4月～1904年4月）と重なり、魯迅研究の蓄積、魯迅と陳独秀との関係からして、当然これまでに証言、研究が出てきているはずである。第1・2回とも、弘文学院在籍の可能性はないと見るべきである。とりわけ2回目は、革命派として郷里の官憲から日本に逃れて来ており、清国と正式な契約関係にあった弘文学院に在籍できたとは考えにくい。実際、管見の限りではあるが、講道館蔵の「弘文学院関係資料」では陳乾生、仲甫、重甫、慶同など、陳独秀の名と覚しきものを見出すことはできない。さらに、

『清国留学生会館第一次報告』の留学生名簿を見ると、弘文学院の在籍生は圧倒的に官費留学生で、陳独秀のような自費留学生は極めて例外的なのである。

また、2回目の訪日については、中国の研究書の中には陳独秀が成城学校に入学したという説を唱えるものあるが、1902年7月末から東京では清国留学生の成城学校入学問題で留学生と清国公使との間に紛争が発生し、入学資格が一部厳格化し、9月には「東京同文書院、弘文学院、清華学院」のいずれか一校に「六ヵ月以上」「在学」していることが条件化されていた。1902年9月に再来日したばかりの陳独秀にはそもそも入学資格がなかったことになる。また『清国留学生会館第二次報告』(1903年刊)の「壬寅二十八年八月〔新暦の1902年9月2日からの1ヶ月にあたる〕」時点での調査による留学生名簿には、「陳乾生〔独秀〕、安徽桐城〔籍貫〕、二十八年〔1902年東京着〕、予備入校〔入学準備〕」とあり、ここからも陳独秀が成城学校に入っていたとは考えられない。「予備入校」が陸軍学校の予備部門である成城学校入学を意味する省略記述の可能性も考えたが、中国語解釈の点でも、名簿の他の学生の記述などからもその可能性はないと言えよう。成城学校在籍者は「成城学校　陸軍」「成城学校　文科」などと記載されているのだ。陳独秀が成城学校入学を準備していた可能性は確かにあるのだが、上述の通り、陳独秀にはその資格がなかったのである。

第1回目の留学先ついては後でさらに詳述することとし先に進む。

第3回　1906年夏休み。

1903年、日本を退去処分となった陳独秀は、上海を経由して、郷里安徽に戻り、翌年初め、蕪湖で科学図書社を経営していた生涯の友、汪孟鄒の協力を得て、口語文の新聞『安徽俗話報』を創刊し、民族滅亡の危機を訴えると同時に、改革の方向を模索した。一方、安徽の学校で教鞭を執りつつ、岳王会などの革命運動に専心した。そしてこの夏、蕪湖皖江中学で一緒に教員をしていた蘇曼珠（前回の留日で知り、親友となっていた）、鄧以蟄と三人で日本に休暇旅行に訪れたのである。この帰国途次、陳独秀は「曼珠とともに日本より帰国する舟中にて」という七絶を残している。蘇・鄧の二人とは1907年からの日本留学をともにすることとなる。

第4回　1907年春〜1909年9、10月頃。

このとき、東京正則英語学校に学んだのは確かなようである。また、章太炎、張継、劉師培、蘇曼珠らと親しく交流し、彼らが幸徳秋水、山川均、大杉栄やチャンドラ・ボースらと組織したアジア和親会にも参加したという。この留学の直後に書いたとされるのが、英語の教科書『模範英文教本』全4冊（上海群益書局、1916年）である。正則英語学校から早稲田大学に進んだという説もあるが確証はない。なお、1908年の秋、陳独秀は一時帰国し、年末に東京に戻った。

第5回　1914年7月〜1915年6月

　清末の反清革命家時代からの知り合いである章士釗の招聘を受け、東京に赴き、章主編の『甲寅雑誌』に協力する。同誌は1914年5月、東京で創刊され、共和、独裁反対を唱え、陳独秀が翌年の帰国後、創刊した『青年雑誌』（のち、『新青年』）とともにこの時期、大きな影響力を持った。主な執筆者には当時早稲田大学留学中の李大釗や高一涵、易白沙、張東蓀、梁漱溟、蘇曼珠ら、のちの新文化運動で活躍する人々がいた。このときの留学ではアテネ・フランセに通いフランス語を学ぶ。中島長文は「『青年雑誌』あるいは『新青年』での〔陳独秀の〕フランス熱は、1914年の来日に際してアテネ・フランセでフランス語を学び、そこで得たものから来たのであろう」とし、陳独秀自身がフランス留学経験を持つという誤伝も、アテネ・フランセに学んだことに由来するだろうと言う。[18]

二、早稲田留学説の諸相

　さて、以上の訪日・留学事情のなかで、早稲田大学（東京専門学校はその前身）に関連する部分について、検討してみたい。陳独秀は果たして早稲田大学で学んだ可能性はどれほどあるのだろうか。

（1）清水安三の証言

　中島長文によれば、陳独秀が早稲田に在学したということを最初に述べたのは、清水安三（1891—1988）であるという。清水は、新島襄の同志社大学神学部に学び、日本組合教会から派遣され、1917年に北京に渡った。朝陽門外に崇貞学園を開校して、中国の下層女子教育に尽力し、戦後は東京・町田に桜美林学園を設立した。北京時代には、ジャーナリストも兼ね、北京の邦字紙『北京週報』にも寄稿していた。陳独秀、李大釗、胡適、魯迅・周作人兄弟ら新文化運動の中心人物とも親しく接し、中国の思想状況をいち早く日本に紹介した。また、魯迅に直接会って、日本に紹介記事を書いた最初の人物でもある。[19]

　清水はその著『支那新人と黎明運動』（大阪屋号書店、1924年）と『当代支那新人物』（同前）でそれぞれ次のように陳独秀の日本留学について語っている。

　　「陳独秀は安徽合肥〔正しくは懐寧〕の人、初めは督軍柏文蔚の傘下にあって革命志士の群に投じた。生来の革命児なるが故に、青年の頃康有為、梁啓超の新思想に興味を持った故に郷党彼を目して康梁の徒と為し指斥したものである。後東京に遊学して早稲田に学席を置いて、革命の志士聚合に奔走した」（『支那新人と黎明運動』275頁）

「柏文蔚が安徽都督たりし頃陳独秀は安徽省教育長〔正しくは秘書長〕の職にあった。柏文蔚が日本に亡命せるを聞いて、陳独秀も東京に来った。東京では早稲田大学の学籍を保ち乍ら、「群益社」という書舗を開店して、留日学生を顧客となし商売を行うた。……

早稲田大学の学生と称し、書舗群益社の掌櫃とは言うものの、実は革命の同志を集めることがなによりもの仕事であった。……」（『当代支那新人物』202―203頁）

「陳独秀は早稲田大学の出したる支那に於ける共産主義の頭目である」（同上、211頁）〔……は中略を表す。また引用に当たっては、新字体・新仮名遣いに改めた。〕

(2) 他資料の記載

また、中島によれば、『最新支那要人伝』（東亜問題調査会編、朝日新聞社、1941年）が同じく1902年訪日時の早稲田在籍説を、王森然著『近代二十家評伝』（北京杏厳書屋、1934年。新版は北京書目文献社、1987年）は1906年訪日時の、Howard L.Boorman 編 *Biographical Dictionary of Republican China.* Columbia U.P.1967、は1909年訪日時の早稲田在籍説をそれぞれ提示しているという。[20]

さらに中国の代表的陳独秀研究者である、唐宝林、任建樹はそれぞれ次のように書いている。

「1901年11月（光緒27年10月）、陳独秀は東京に自費留学し、東京学校（つまり東京専門学校、早稲田大学の前身）に入った。正式留学前には、まず高等師範学堂速成科で日本語と普通課程を学んだ」（任建樹『陳独秀伝』上、上海人民出版社、1989年、43頁）

「われわれは『清国留学生会館第一次報告』で陳独秀自身が書き込んだ留学時期が「1901年10月」、学校が「東京学校」であることがわかる。……〔陳独秀は〕日本語を学ぶ中国人留学生のための「東京学校」に入り、同時に東京高等師範学校でその他の補習を受けた」（唐宝林『陳独秀全伝』、香港中文大学出版社、2011年初版、17頁）

唐宝林は「東京学校」が「東京専門学校」すなわち早稲田大学の前身であるとは書いていない。唐宝林らがこの時期の陳独秀の事跡を語るときに参照していると思われるのは、安徽大学[21]の陳独秀研究者、沈寂が上述の『清国留学生会館第一次報告』にいち早く着目して発表した二論文、「陳独秀第一次留日考」（『近代史研究』1983年第4期）、と「陳独秀留学問題再考」（『安徽史学』1992年第4期）である。[22]

(3) 沈寂の先駆的論文

沈寂は、中島長文の「陳独秀年譜長編初稿（一）～（五）」をも援用して、陳独秀の日本留学事情を考証しており、この問題に関する中国でもっとも基本的な論考である。特に1992年の論文ではかなり緻密な考証がなされている。沈寂はそこで、1901年10月～1902年3月の陳独秀最初の留日期には、弘文学院が未開設であることから、陳独秀の弘文学院在籍の可能性を否定し、その前身の亦学書院を経て、「東京学校」すなわち「東京（専門）学校」に学んだと解釈している。その根拠として、陳独秀が1902年に商務印書館から出版した『小学万国地理新編』が亦学書院で教科書として使われていた斉藤鹿三郎著『地理教授法』を藍本とすること、1899年に張之洞が派遣した留学生が亦学書院を経て、この頃、東京専門学校に入っていたことをあげている。絶対的な根拠とはならないにしても、一定の説得力を持つものである。

沈寂はまた、1907年からの第4回目の留日でも、中島が挙げているような文献の記載を重視し、正則英語学校から早稲田大学に進んだという説を支持している。こうした沈寂の論文を根拠に、中国では陳独秀の早稲田留学説が有力なのである。

一方、沈寂も参照する日本の研究者中島長文や斉藤道彦の立場は、早稲田大学に証拠となるような書類が残っていない以上、陳独秀の早稲田在籍説についてはその可能性はあるにしても確定できないというものである。

ここでは、この中島の「陳独秀年譜長編初稿（一）～（五）」のほか、沈寂も参照した『清国留学生会館第一次報告』（これは日本における陳独秀研究では新資料と言える）も加えて、陳独秀の早稲田留学問題を筆者なりに再検討してみたい。中島の説では（沈寂もそうであるが）、早稲田留学の可能性があるのは、本論上記の区分で言う第1回と第4回の訪日時なので、この2回に絞って論じ、他については触れない。

(4) 1901—1902年訪日期の東京専門学校在学の可能性

沈寂が着目した『清国留学生会館第一次報告』は重要な一次資料であるが、管見の限り、日本では陳独秀の留学問題にこの資料を直接利用した研究は見当たらない。魯迅研究に関しては北岡正子の『魯迅　日本という異文化のなかで』が同資料や講道館資料、さらに他の一次資料をあわせて利用し、優れた成果を残している。筆者はこの研究方法は陳独秀研究にも応用できるものと考え、試みようとしたのだが日本で唯一の所蔵機関、京都大学人文科学研究所図書館で、『清国留学生会館第一次報告』はこの数年間、所在不明となっていた。今回、本論執筆にあたり、北京魯迅博物館所蔵の複製本の一部を入手して起稿したのだが、奇しくもその直後に（2017年5月末）京大人文研図書館の所定の場所に同資料が戻っていることが判明し、こちらのオリジナルをすべて参照できたため、これを使用することとした。なお、この『清国留学生会館第一次報告』（以下『第一次報告』、その後のものは『第×次報告』と略記）は以下の通り、第五次

まで刊行されている。筆者が本論執筆に際して見たのは、陳独秀の日本留学に関わる『第一次報告』と『第二次報告』のほぼすべて、及び中国国家図書館のデータベース上の『第三次報告』の一部である。

『第一次報告』：1902年10月刊（『報告』の対象時期は1902年2月8日～10月1日。刊行年月日は奥付に新旧暦で併記されている。ここでは新暦に従い、対象時期も『新編万年暦修訂本』科学普及出版社、1985年、によって旧暦表記を新暦に換算して表記する）

『第二次報告』：1903年3月　　　（同1902年10月—1903年3月）

『第三次報告』：1903年11月　　（同1903年4月—10月）

『第四次報告』：刊行時期不詳　　（同1903年11月—1904年4月。刊行もこの直後と考えられる）

『第五次報告』：1904年12月　　（同1904年5月—11月）

さて、これら『報告』には中国人留学生の名簿「同瀛録」あるいは「同学姓名報告」が掲載され、「姓名、年齢、籍貫、着〔東〕京年月、費別〔官費、公費、自費の区別〕、学校及科目〔在籍学校、科別〕」が記されている。沈寂によれば、これは「留学生が自分で名簿に署名して作成されたもので、一次資料である」という。ただ、この「報告」は活字で印刷されているので、原稿段階の名簿に留学生がさらに編集作業に類した書き込みをし、それが印刷にまわされたということであろう。北岡正子はこの名簿と他の資料の名簿との間に異同があることから、「〔原稿段階は〕おそらく毛筆であろう。それを転記する時の判読の誤りということもあるだろう。……これらの名簿にも、全面的に依拠するわけにはいかない要素が含まれている」とする。ともに留意すべき点である。

『第一次報告』の名簿では陳独秀は次のように登場する。

「陳乾生　重甫　二十四　安徽懐寧　全上〔二十七年十月〕　全上〔自費〕。東京学校」（写真1）

まず、この名簿がいつの時点を反映するかという問題であるが、それは同冊子扉が「清国留学生会館第一次報告　自壬寅年一月起八月止」（写真2）とあり、名簿部分の内扉に「同瀛録　光緒壬寅八月調査」（写真3）と明記されているところから、新暦の1902年2月8日から同年10月1日までが『第一次報告』の「報告対象期間」であり、名簿は同年旧暦8月（新暦では9月2日から10月1日に当る）時点の調査によることになる。

ついで、人物同定の問題であるが、「陳乾生」は陳独秀の官名であり、「重甫」は陳独秀の字「仲甫」と同音、さらに陳独秀は「重翁＝重輔」とも呼ばれていたことがありこれとも同音である。光緒5年8月24日〔新暦1879年10月9日〕生れの陳独秀はこのとき、数え年では24歳、安徽懐寧という籍貫も符合する。従って、この「陳乾生」は陳独秀と断定して間違いない（ち

（左）写真1　『清国留学生会館第一次報告』「同瀛録」三七頁。
（中央）写真2　『清国留学生会館第一次報告』表紙。
（右）写真3　『清国留学生会館第一次報告』「同瀛録」扉。

なみに陳独秀という名が最初に使われるのは『甲寅雑誌』第四期、1914年11月、に発表された「愛国心と自覚心」においてである）。

　このことを『第一次報告』で確認した研究者は中国では沈寂が最初で、その後の多くの論文は、現物を見るのが難しかったせいか、沈寂の引用で済ませてきたというのが実情のようである。この資料は、日中両国の魯迅研究領域では参照されてきたのだが、前述の通り管見の限りながら、日本の陳独秀研究では従前使用されることはなかった。本論で紹介する所以である。

　さて、これによって、何がわかるのか。まず、陳独秀の東京着の時期が、新暦の1901年11月11日から12月10日までの期間内だということである。唐宝林らも来京時期に注目しているのだが、単に「1901年10月」とのみ記し、旧暦と新暦の違いに言及しておらず、正確さを欠くきらいがある。

　ついで、「東京学校」在籍という記述が問題となる。写真1を参照して頂ければわかるように、同学校在籍者は陳独秀を含めて3名いる。他の2名、熊正瑗、郁延文の経歴が判明して、この二人が「東京専門学校」、あるいはこの翌年改称された「早稲田大学」に在籍していたという証拠が出てくれば、陳独秀の「東京専門学校」在籍も証明されるのだが、残念ながら筆者の調査では熊、郁両名の日本での留学先が判明する資料は発見できていない。しかし、沈寂は「東京学校」＝「東京（専門）学校」と判断しているのである。

　では沈寂の記述は正しいと言えるのか。前述の通り、従前の研究で、陳独秀の第1回留日期の在学先で想定されてきたのは、「弘文学院」と「東京高等師範学校」であり、このどちらか

が「東京学校」だといえるかと言うと、陳独秀は留学前に日本語ができたという話は聞かず、いきなり「東京高等師範学校」に入った可能性は低いだろうし、このことは中島長文もすでに疑義を提起していた。次いで考えるべきは「東京高等師範学校」預科のような位置づけで、日本語も学べた、嘉納治五郎設立の清国留学生のための学校「弘文学院」である。しかし、陳独秀が来京した1901年11月頃はまだ正式には開学しておらず、1902年4月の正式開学時には陳はすでに帰国していた。これも前述の通りだが、沈寂は開学準備段階の弘文学院の前身、亦楽書院の可能性を指摘し、同書院を経て「東京（専門）学校」に進んだと解釈しているが亦学書院を「東京学校」とは見なさない。「東京高等師範学校」の附属的性質が正式に付与される以前の亦楽学院に「東京」を冠した呼称はありえなかったのであろう。また、『第一次報告』の「同瀛録」の在学校欄には東京高等師範学校を指すとしか考えられない「高等師範学校」という記載が、「東京学校」とは別にある以上、特段の事由がない限り、「東京高等師範学校」と「東京学校」とは別の学校と見るのが妥当であろう。[32] とすると「東京」を名称に冠する学校は清国留学生を受け入れてきた「東京専門学校」[33] であった確率は確かに高くなる。「東京」を冠する学校は「東京法学院」などのように他にもあるにしても、陳独秀と直接面識があった清水[34] 安三が前記二著の中で、陳独秀の早稲田留学説を提起していることを（時期は特定していないが）、孤証だとばかりに無視することはできないのではないか。

　ただし、その際一つの条件が要る。実はこの名簿には「東京学校」の3名とは別に「早稲田大学校」の19名の名が載っており、これは、上記の通り、この名簿の記載が光緒壬寅8月（新暦1902年9月2日から10月1日）を基準としているためで、東京専門学校から早稲田大学に校名が変わるのがまさにこの間に挟まる9月2日なのだが、同一学校を示す二つの校名が併記さ[35] れたのは、この端境期特有の現象と見なすという条件である。

　もちろん、早稲田には陳独秀在籍を証明する書類はない以上、中島長文の言うとおり、陳独[36] 秀の早稲田「留学」は一時的在籍か、入学志望だけでモグリの聴講に過ぎなかったのかは確定[37] するには至らないことに変わりはないのだが。

　ただ、『第一次報告』の名簿は、陳独秀の自己申告の結果、記載が残ったものと考えられ、早稲田在籍の有無は証明しようがないものの、本論において原資料が確認できたことによって、陳独秀の「東京専門学校」＝早稲田勉学説は、日本においてもその可能性を従前より、半歩ないし一歩、認める方向に進めてもいいのではないか。

(5) 傍証及び可能性

　さて、ここでもう一点、東京学校＝東京専門学校説を補強する傍証が『第一次報告』と『第二次報告』とにあることを示しておきたい。それは、両報告の巻末近くに置かれた「分校分省人数統計表」（写真4）の比較から得られる。『第一次報告』では「早稲田大学」とともに「東京学校」の誤記とおぼしき「東京学院」[38] があるが、翌年の『第二次報告』ではこの統計表から

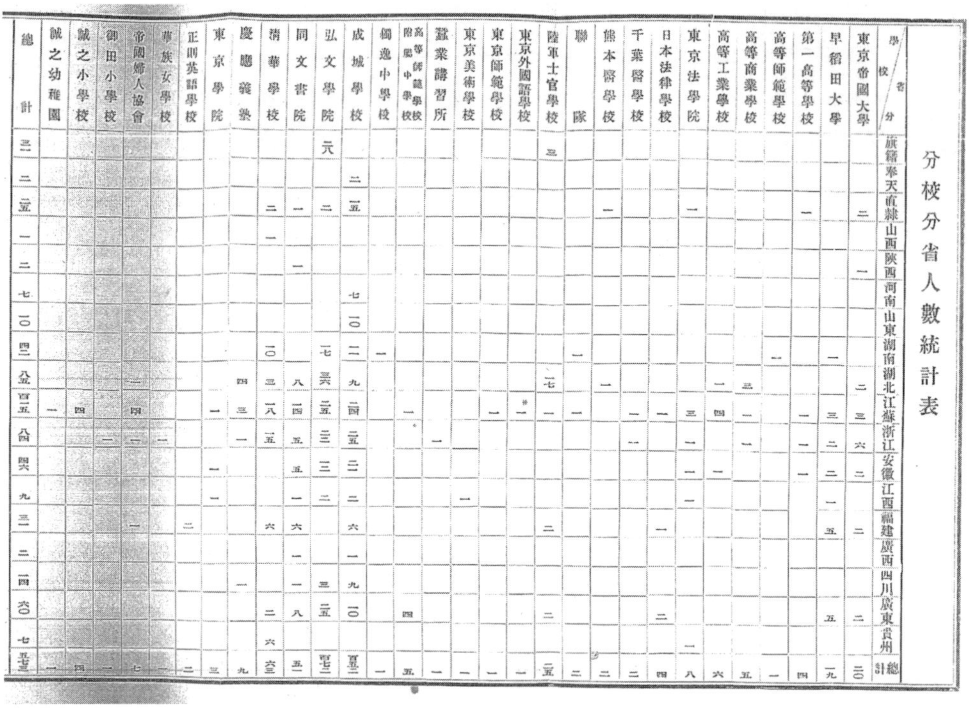

分校分省人數統計表

學校＼省分	旗籍	奉天	直隸	山西	陝西	河南	山東	湖南	湖北	江蘇	浙江	安徽	江西	福建	廣西	四川	廣東	貴州	總計
東京帝國大學			二		一				二	三	六	二		二			二		二〇
早稲田大學								一		三	二	二	一	五			五		一九
第一高等學校			一							一	一	一							四
高等師範學校								一											一
高等商業學校									三	一	一								五
高等工業學校									一	四		一							六
東京法學院			一							三	一	一	一					一	八
日本法律學校										一				一			二		四
千葉醫學校										一	一								二
熊本醫學校			一						一										二
聯隊								一		一									二
陸軍士官學校	三								一七	一				二			二		二五
東京外國語學校										一									一
東京師範學校										一									一
東京美術學校													一						一
蠶業講習所											一								一
高等師範附屬中學校										一							四		五
獨逸中學校								一											一
成城學校		二	一五			七	一〇	一一	九	一四	二五	一二	二	六	一	九	一〇		一五二
弘文學院	二八		二					一七	三六	二五	一三	二一	二			三	二五		一七二
同文書院			一		一				八	一四	五	五	一	六	一	一	八		五一
清華學校			二	一				一〇	三	一八	一五			六			二	六	六三
慶應義塾									四	三	一					一			九
東京學院										一		一	一						三
正則英語學校														二					二
華族女學校											一								一
帝國婦人協會									一	四	一			一					七
御田小學校											一								一
誠之小學校										四									四
誠之幼稚園										一									一
總計	三一	二	二五	一	二	七	一〇	四二	八五	一四五	八四	四六	九	三一	二	一四	六〇	七	五七三

写真４　『清国留学生会館第一次報告』巻末「分校分省人数統計表」。

「東京学院」は消え、「早稲田大学」のみとなる。これは『第一次報告』が1902年1月から8月を対象期間とし、同年10月発行の『第二次報告』はその半年後の1903年3月の発行であるためと考えられる。この間、1902年9月に東京専門学校は早稲田大学と改称されているので、「東京学校」（またその誤記の「東京学院」）が「東京専門学校」を指すとしたら、この変化は当然と言える[39]。また、同様に『第三次報告』の「分校分省人数統計表」にも「東京学校」「東京学院」の校名は見えない。

しかし、ここにもう一つの別の可能性が残る。『第一次報告』「同瀛録」の学校名欄の「東京学校」の方が逆に「分校分省人数統計表」にある「東京学院」の誤記で、陳独秀は「東京学院」という「東京（専門）学校」とは別の学校を在籍先として申告していたという可能性である。というのは、「東京学院」という学校が実際、存在したからである。同校は現在の関東学院大学に連なる、キリスト教系の学校で、『関東学院百年史』[40]によれば、当時、東京学院（中学部）は早稲田のすぐそば、牛込区左内町二九番にあった。同書によれば、中国人留学生も1903年には15名受け入れていた。今回、念のため、関東学院に問い合わせたところ、当時の留学生関係書類は震災と戦災で消失し、残っていないということだった。可能性は低いながらこの東京学院と陳独秀の関わりを完全に消去することはできないようだ。

さて、『第二次報告』の「同学姓名報告」40頁にも陳独秀は登場するので、紹介しておく。

「陳乾生 〔字・年齢は未記入〕 安徽桐城 〔光緒〕二十八年〔着東京〕 同上〔自費〕 予備入
校〔入学準備〕」

籍貫が懐寧から桐城に変わっているが、その理由についての推測は注（12）で述べたとおり
である。第2回目の来京は光緒28年としか記載がなく、何月かは不明である。しかし、光緒
28年は新暦の1902年2月8日から1903年1月29日に当り、『陳独秀年譜』によれば陳独秀
の東京再来は1902年9月とあり矛盾はない。このときは「入学準備」と記載され、在籍校は
ない。
　ところで、この名簿の27頁には「周樹人」＝魯迅も以下のように載っている。

「周樹人　豫才　二十一　浙江会稽　二十八年三月　南洋官費　弘文学院普通科」

　このとき、陳独秀と魯迅は東京で極めて近いところにいたことになる。『陳独秀年譜』1903
年3月31日の条が記す、陳独秀が鄒容らと、留学生監督・姚文甫を襲撃してその辮髪を剪り
落としたという事件も、魯迅は東京で聞き知っていたに違いない。当時郷里にいた周作人にも
このニュースは伝わっていたのである。[41]
　実はそれ以前、『第一次報告』でも陳独秀と魯迅・周作人兄弟は意識せざる遭遇をしていた。
『周作人日記』「壬寅年九月廿五日（新暦1902年10月26日）」の条に、『清国留学生会館第一次
報告』を受け取ったことが記されている。[42]東京到着後間もなく、魯迅は、「陳乾生」の名が記
されたこの『報告』を弟に送っていた。「狂人日記」が『新青年』に載る、15年以上前のこと
である。魯迅・周作人兄弟が陳独秀と北京で面識を得た後、彼らの間では果たして東京時代の
ことが話題に上らなかったであろうか。

（6）1907—1909年訪日期の早稲田大学在籍の可能性

　陳独秀の親友蘇曼珠に、1909年前半に書いた「過若松町有感示仲兄（若松町を過ぐるに感有り
て仲兄に示す）」という詩がある。仲兄とは陳独秀のことを指し、ここから彼ら二人が当時、早
稲田大学に近い牛込区若松町に住んでいたのではないかということを根拠に、早稲田在籍説が
ある。しかし、中島長文が言うとおり、この詩には大学のことは出てこず、留学や学校在籍の
証明とはならない。
　沈寂もこの詩と清水安三の前の証言などから、学籍はなくても早稲田で学んでいた可能性を
述べているのだが、沈寂の論には中島著「陳独秀年譜長編初稿」の日本語読解に誤りがあった
り、清水安三の証言にある、陳独秀の友人、安徽都督・柏文蔚の日本亡命時期などにも誤解が
あったりする。現時点ではやはり確度は低いと言わざるを得ない。[43]

おわりに

　従前、日本の陳独秀研究では使用されてこなかった『清国留学生会館第一次報告』〜『第三次報告』（主要には『第一次報告』）を用いて、中国では定説化し、日本ではまだ認定されたとは言い難い、陳独秀の早稲田留学説の妥当性を検討してきた。結論としては、陳独秀の第一回留日期（1901年11月頃〜1902年3月頃）の東京専門学校留学について、早稲田大学の記録では在籍の有無を確認できないものの、『清国留学生会館第一次報告』と『第二次報告』、『第三次報告』の記載から、東京学校＝東京専門学校説の確率が若干上がり、それに従いそこで学んだという意味での広義の早稲田留学説を唱えると解釈しうる沈寂説も同程度に補強されるのではないか、というのが現時点での一応の結論である。あとは、熊正瑗、郁延文関係の伝記資料と、早稲田大学からの未発見資料の発掘とを期待するほかない。

【注】

(1)　陳独秀については贅言を弄するまでもないだろうが、長堀著『世界史リブレット　人　陳独秀』（山川出版社、2015年）や長堀他編訳『陳独秀文集』全3巻（平凡社東洋文庫、2016—2017年）なども参照頂ければ幸いである。なお、本論では引用文中の〔　〕は長堀の付した注を、（　）は原注を示す。

(2)　同年刊行の『毛沢東選集』第2版の注は、明確に陳独秀・トロツキー派＝漢奸説を撤回した。

(3)　初版は香港中文大学出版社2011年、改訂版は社会科学文献出版社2013年。長堀『世界史リブレット　人　陳独秀』も同様に5回とする。横山宏章『孫文と陳独秀』（平凡社新書、2016年）は6回に数えるが、事情は本文の通り。

(4)　前掲、長堀著による。当該著の内容は主として中島長文「陳独秀年譜長編初稿（一）〜（五）」（『京都産業大学紀要』「外国語と文化」、『滋賀大学教育学部紀要』「人文科学・社会科学・教育科学」1969年〜1981年）、斉藤道彦「陳独秀略伝」（『中国文学研究』4号、中国文学の会、1966年）、北岡正子『魯迅　日本という異文化のなかで』（関西大学出版部、2001年）、唐宝林・林茂生『陳独秀年譜』（上海人民出版社、1988年）、前掲唐宝林『全伝』などの先行研究を総合、考証した結果をまとめたものである。

(5)　この資料については二一（4）で詳述するが、日本における陳独秀研究でオリジナルが使われるのはおそらく初めてであろう。

(6)　前掲唐宝林著『全伝』香港版19頁。

(7)　この書は中国人日本留学史の基本文献で、初版はくろしお出版、1960年、増補版は同、1970年。なお、慶應義塾大学図書館にはそのもととなった、実藤恵秀著『中国人日本留学史稿』（財団法人日華学会、1939年）がある。

(8)　「陳独秀年譜長編初稿（二）」（『京都産業大学論集』第2巻第3号「外国語と文化系列」第2号、1973年2月）。

(9)　前掲『魯迅　日本という異文化のなかで』65頁。

(10)　任建樹『陳独秀伝——従秀才到総書記』上巻（上海人民出版社1989年）45頁、前掲唐宝林著18頁など。

(11)　前掲北岡著260—261頁。この規則は東亜同文会の調停で日本、清国双方の関係者間で協定化され、同年9月17日に合意が成立している。陳独秀の来日はその前後のことで、たとえ協定成立直前に来日していたとしても、この紛争の最中に必要な推薦人を得て成城学校に入学できたとは到底考えられない。

(12) ここで、陳独秀が籍貫を懐寧の隣県「桐城」と申告した理由は不明だが、官憲を逃れての来日だったためか。なお、安慶、懐寧、桐城の行政単位としての歴史的変遷は入り組んでいて複雑なものがある。前掲任著に拠れば陳独秀自身は「懐寧人」を自称していた（15頁）。現在、安徽省には安慶市とは別に懐寧県が置かれている。

(13) 陳独秀の同郷。早稲田大学留学後、米国コロンビア大学留学、美学、美術史を学び、帰国後、北京大学、清華大学で教鞭を執る。晩年の陳独秀の江津での生活を援助した鄧仲純とは兄弟。中国の核兵器開発の先駆者、鄧稼先は長子。

(14) 前掲唐著51頁。

(15) 『陳独秀文集』第1巻所収、小川利康訳。

(16) 前掲唐著49—50頁。

(17) 早稲田大学は1905年9月にはすでに清国留学生部を設置しており（島善高『早稲田大学小史』早稲田大学出版部、2008年、67頁）、陳独秀が正式に在籍したなら何らかの資料が残されていてもいいのだが未発見である。

(18) 前掲「陳独秀年譜長編初稿（二）」による。同時に中島は誤伝説のもう一つの原因を、本文後出の清水安三『当代支那新人物』が陳独秀の、サンディカリストだった二人の息子、延年、喬年がフランス留学中だと書いていることに求めているが、その通りであろう。

(19) 清水安三は『清水安三遺稿集　石ころの生涯』（清水畏三編、キリスト新聞社、1977年初版、非売品。ここでは1988年改訂増補第4版による）の「回憶魯迅」の章で「魯迅を最初に日本へ紹介した者は不肖私である」と、『当代支那新人物』収録の1章「周三人」を引き合いに出して自認している。

(20) 前掲中島長文「陳独秀年譜長編初稿（二）」171頁。

(21) 筆者が直接唐宝林から聞き取りした際の言による。

(22) この両編はともに沈寂『陳独秀伝論』（安徽大学出版社、2007年）に収録されている。

(23) 内山書店『中国図書』「2001年度読書アンケート」（2002年2月号）。しかし、この問題に実際に取り掛かったのは『世界史リブレット　人　陳独秀』（山川出版社、2015年）執筆に際してのことで、2014年頃である。

(24) 魯迅博物館がこれを所蔵しているのは、本文後述の『周作人日記』から類推できたことである。

(25) 北岡正子著48頁による。

(26) 『第二次報告』は神奈川大学所蔵のものと、さらに魯迅博物館所蔵の複製本の「分校分省人数統計表」を参照した。

(27) 「陳独秀第一次留日考」（『近代史研究』1983年第4期、241頁）。これはおそらく、『第一次報告』15頁にある「館内規則」の第七条「館内設題名簿一冊新来之士請自簽名以便刊入同瀛録」によるものと思われる。

(28) 北岡著49—50頁。

(29) 前掲注4の『陳独秀年譜』1頁の注①が陳独秀の別名、筆名、化名を列挙し、そこにも重輔は登録されている。また、1905年9月13日の条に、「重翁（陳重輔即陳独秀）」ともある。

(30) 中国での例をいくつか例を挙げれば、魯迅博物館魯迅研究室編『魯迅年譜』全4巻（人民文学出版社、1981年初版、2000年増訂版）、鮑昌・邱文治編『魯迅年譜』上下巻（天津人民出版社、1979—1980年）、王若海・文景迅「了解魯迅留日時期生活的一份資料——関於《清国留学生会館第一次報告》」（『山東師範学院報』1976年4・5期合併号）、近年では陳潔「魯迅与教育部同僚交游考論」（『現代中文学刊』2016年第3期）などがある。

(31) 熊正瑗についてはウェブサイト「科学網」の「南昌月池熊氏科挙源流及熊大縝的人物家世」2016-09-27 22:36:37、作者thongkx、で、その経歴はある程度判明しており、民国時期の衆議院議員、他資料によれば、梁啓超の秘書も勤めたことがあるというが、日本での留学先は不明である。郁延文については、ほとんど資料がない。

(32) なお、「同瀛録」及び後述の『第一次報告』巻末の「分校分省人数統計表」では「高等師範学校」と「東京師範学校」という相似た校名が見られるが、当時の東京には東京高等師範学校（後の東京教育大学、現筑波大学の前身）と東京師範学校（現東京学芸大学の前身）とがあった。

(33) 『第一次報告』巻末の「壬寅年卒業留学生附録」には「東京専門学校」の卒業生3名の名が記録されている。

(34) たとえば前掲注19の『清水安三遺稿集　石ころの生涯』206頁の記載から、清水が魯迅や陳独秀らと直接面識があったことがわかる。

(35) 前掲注17『早稲田大学小史』60頁。

(36) 前掲注4の斉藤道彦「陳独秀略伝」による。なお、斉藤のこの記述は、『現代中国事典』（中国研究所編、岩崎学術出版社、1959年版）所載の新島淳良執筆になる陳独秀の項によると思われる（同書1969年版の同項目には執筆者署名はない）。

(37) 前掲中島長文「陳独秀年譜長編初稿（二）」172頁。

(38) 「同瀛録」の学生名簿欄の「東京学校」記載者3名の籍貫と、「統計表」にある「東京学院」の省分（別）在籍記載が微妙に食い違うが、「東京学院」は学生名簿欄でいう「東京学校」のことと一応判断しうるであろう。

(39) 「東京学校」に『第二次報告』期には留学生会館関係者が誰も在籍しなかったという可能性も否定はできないのだが。

(40) 神奈川新聞社、1984年、1003頁、「年表」参照。

(41) 北岡著396頁。出典は『周作人日記』（大象出版社、1996年）「癸卯年3月12日（新暦1903年4月9日）」の条。

(42) 長堀著『世界史リブレット　人　陳独秀』（山川出版社、2015年）22頁でも書いたが、本著執筆当時は『清国留学生会館第一次報告』が日本では見られず、陳独秀がいかなる名で登録されていたか、明記できなかった。

(43) この時期、『清国留学生会館報告』はすでに停刊となっていた。

(44) 一方同時に、『清国留学生会館第一次報告』の「分校分省人数統計表」から「東京学院」の存在も新たに確認されたことも今後の課題の一部としておかなければならないだろう。

（付記）
　本論で『清国留学生会館第一次報告』『同第二次報告』を使用するにあたり、以下の方々から協力を頂いた。記して感謝の意を表する次第だ。（五十音順）
　　京都大学人文科学研究所教授　　　　石川禎浩氏
　　早稲田大学商学部教授　　　　　　　小川利康氏
　　神奈川大学人文研究所客員研究員　　胡穎氏
　　神奈川大学外国語学部教授　　　　　孫安石氏
　　北京魯迅博物館副研究員　　　　　　陳潔氏
　また、関東学院大学の校史については、同大学国際文化学部教授・鄧捷氏に、郁延文については浙江大学中文系講師・張広海氏にお手を煩わせた。あわせて謝意を表する次第だ。

　なお、本論は2017年度科研費基盤研究（C）「周氏兄弟と『新青年』グループ」（研究責任者小川利康、研究分担者長堀祐造）の成果の一部である。

文白の間 —— 小詩運動を手がかりに

小川 利康

一、はじめに

朱自清は「『中国新文学大系・詩集』導言」（1935年8月）で次のように小詩運動を評価している。

> 周啓明〔作人〕氏は民国十〔1921〕年に日本の短歌と俳句を翻訳し、このようなスタイルは一目見た景観や刹那の情緒を写し取るのに適した虚飾なき簡潔な詩だと説いた。作り手は随処に山ほど現れた。しかし、短い詩型だけが取り柄で、刹那の感覚も分からず、字句も彫琢せず、安直さだけを狙ったため、含蓄ある余韻を失っていた。……民国十二〔1923〕年に宗白華『流雲小詩』が刊行された後、小詩も命数が尽き、新詩も道半ばで衰退した。[1]（〔　〕内は著者による注記）

朱自清は1922年に創刊された『詩』の主編を俞平伯、劉延陵とともにつとめ、小詩運動の始まりから終わりまでを見届けた当事者であるだけに、その特徴と欠陥を的確に指摘している。周作人自身は後年小詩運動に言及することはほとんどなかったが、1934年夏に日本に滞在した際、新聞記者の取材に答えて次のように述べていた。

> 俳句は支那の詩に対して、少しは影響する処あったが、詩の改革運動としては成功しなかった。短かい詩——という様なことを言っても、詩にはどうしても韻がなくては感じが来ない。或いは無くてもいいのかも知れぬが、今の処やはりそうは行かない。「小さい詩」という運動もあったが、結局生長しなかった。然し、この運動は失敗したが、影響は未だ残っていると思う。即ち、事象を表わす場合に、俳句的な把握の仕方をすることである。[2]
> （以下、引用は必要に応じて現代仮名遣いに改めた）

文章は記者の聞き書きなので、本人の発言通りではない可能性もあるが、「小さい詩」とは1921年から始まった小詩運動をさすものと考えられる。朱自清の評論にもあるとおり、周作人は日本の俳句を紹介することで、中国に新しい形式の口語詩を作ろうと試みたが、失敗に終わった。朱自清は、その原因を詩型の模倣が容易であるために安直な作品が増えたことにある

と考えていたが、周作人はこの談話で中国詩にはやはり韻律が必要で、小詩の失敗も韻律がなかったためだと述べている。韻律の問題については、ほかの訪日中の談話記事「現代支那文学を語る」でも次のように述べていた。

　詩も、支那では漢詩が立派な典型をなしていて、白話で新形式のものを作る事が困難になっている。日本の新体詩は成功した。日本の歌には韻があるが、白話で韻を踏むと徒らに単調になり勝ちだ。如何なる形式を新しき詩は採らねばならぬか、ここにも現代支那文学の迷いがあって、いい散文詩はあっても、どうもそれを詩と云う事ができず、詩人として成功している現代作家は寡い<ruby>寡<rt>すくな</rt></ruby>い(3)。

　この談話では中国と日本の詩歌と比較しながら、自らの「迷い」を語っている。韻律を持つ定型詩である漢詩と白話詩とを比べ、新たな形式を生み出すことが困難であると述べる部分で周作人の念頭にあったのは、やはり小詩運動であろう。日本では、明治以降、漢詩の影響を脱して、西洋詩を文語に翻訳する新体詩が誕生し、のちに口語自由詩へと発展した。また、短歌、俳句は明治以降も伝統的な韻律形式を維持しながら口語表現を取り入れ、新たな活力を得ていた。この訪日の際も、明治の短歌革新運動を主導した佐佐木信綱が主宰する竹柏会を訪問しており、定型詩としての短歌がどのように日本で発展してきたか依然関心を持っていた。「白話で韻を踏む」とは、聞一多らによる口語格律詩を指すのであろうが、口語の押韻は「単調になり勝ち」だと評価せず、日本の近代詩の発展と引き比べつつ、中国での口語自由詩は十分な成功を収めていないことに不満を示している。

　1934年にこうした認識を示したことは、その年の正月に打油詩「五秩自寿詩」を発表したことと無関係ではないだろう。打油詩と呼ぶ七絶2首が『人間世』に掲載されたのは林語堂の判断で、決して周作人の本意ではなかった。だが、1938年以降、作人は日本占領下の北京から「苦茶打油詩」と題した旧詩をたびたび『宇宙風』に投稿し、散文では表現し得ない苦衷や葛藤を婉曲に表現した。袁一丹が「打油詩という荘重にして滑稽味のある文体こそが、余りにあけすけな白話文よりも進退窮まった立場にある彼のレトリカルな戦略として適していた(4)」と指摘するように、ある時期から旧詩は作人にとって必要不可欠な表現手段となったことは間違いない。日本敗戦後、戦犯裁判の被告として収監された南京老虎橋監獄でも雑詩を作り、後年『老虎橋雑詩』にまとめ、少数の知己だけに限って筆写回覧していた(5)。旧詩の場合、その多くが原則的に私的な応酬のために作られるのに対し、口語自由詩は不特定多数に読まれることを前提とし、両者の性格は異なるとしても、1934年を境として旧詩に感懐を託すようになったことは大きな転換点であった。

　これは1922年に南京の学衡派と旧詩をめぐって論争を展開し、押韻する定型詩を断固として認めず、「私自身旧詩を作れないし、他人が旧詩を作ることにも反対する。その理由は旧詩が作るのが難しく、自由に思想を表現できないうえ、月並みの型にはまりやすいからだ(6)」と主

張していた立場を覆すものであった。この豹変ぶりが指弾を受けたのもある意味では当然だった。

　だが、周作人自身に即してみれば、豹変も実は必然だったのではないか。談話記事でも小詩運動での失敗が契機となって押韻しない新詩に限界を感じるに至ったと述べるが、それ以上に詩歌の本質を自ら感得したからこそ転換を決断したのではないか。ここで本稿が手がかりにしたいのは、小詩運動の失敗を認めながらも「俳句的な把握の仕方」が今なお影響を及ぼしていると作人が考える点である。この認識は、小詩運動で目指した理念を今なお放棄していない証左と考えられる。そして、「把握の仕方」が打油詩やその後の「苦茶打油詩」、「老虎橋雑詩」に至るまで堅持されたのなら、それは口語自由詩という形式を捨てても守るべき理念だったとさえいえるだろう。本稿は、小詩運動で提起された理念を検証し、その理念が1934年以降の打油詩、雑詩にどのように継承されたかを明らかにするものである。

二、小詩運動の提唱と波紋

(1) 文学観の変化──俞平伯、梁実秋との論争

　周作人による小詩運動関連の文章は1921年から1923年に集中している。俳句以外も含めた短詩型の総称として使われた「小詩」に係わる文章を時間系列で整理すると、下図のようになる。

　ここで注意すべきは1921年前半期に周作人が肋膜炎を患っていたことである。1月から6月までは入院治療中で、7月から9月までは北京郊外の西山で静養していた。また、この間に、周作人は五四時期に掲げた理想主義の行き詰まりを自覚し、文学観を大きく転換させた。西山で心身ともに破綻から回復へと向かうなかで、翻訳と詩作を中心とする生活が続いた。日本近代詩を選訳した「雑訳日本詩」の前書きで療養に負担とならない作業として翻訳を選んだと述べるように、

周作人「小詩運動」関連作品・翻訳年表	
1921年5月	「日本的詩歌」
1921年6月	（翻訳）「日本俗歌五首」
1921年8月	（翻訳）「雑訳日本詩三十首」
1921年10月	（翻訳）「日本俗歌八首」
1921年11月	「一茶的俳句」
1921年12月	（翻訳）「波特来耳散文小詩」（十篇）
1922年2月	（翻訳）「日本俗歌四十首」
1922年3月	（翻訳）「法国的俳諧詩」
1922年5月	「啄木的短歌」
1922年5月	「介紹小詩集『湖畔』」
1922年6月	「論小詩」
1922年9月	（翻訳）「日本俗歌二十首」
1923年3月	「日本的小詩」

肉体的にも精神的にもリハビリテーションが必要だった。翻訳作品も多岐にわたり、詩歌だけに限っても「日本俗歌」で端唄、都々逸を、「雑訳日本詩」で石川啄木、木下杢太郎、堀口大学らの近代口語詩を、「散文小詩」ではボードレール『パリの憂鬱』から選訳しており、健康を回復するとともに新たな方向性の模索を始めたと考えられる。

入院中に発表した「新詩」（1921年6月）での新詩批判も模索の現れと見られる。「現在の新詩壇は本当に消沈しきっている」として次のように批判した。

　　詩の改造は今なお道なかばと言わざるを得ず、口語詩の本当の長所を示した者はまだ一人もおらず、その土台も決して安定していない。……新詩が提唱されてすでに五、六年経ち、詩に関する会なり雑誌なりが一つぐらいあって、この問題の研究に専心すべきだ。だが、それもないどころか日増しに消沈しており、前人の失敗を再び繰り返すのではないか。

この批判に直ちに反応したのが北京大学で周作人に師事した兪平伯だった。平伯は「秋蟬之辯解」で努力不足を認めつつも、「進歩の過程がみな直線的に上昇するわけではなく、紆余曲折を経て波形曲線をたどることもある」と述べて、捲土重来を誓った。その努力の結果として誕生したのが『詩』であり、1922年に創刊し、小詩運動と命運を共にする形で、翌年5月に第7期まで刊行された。

ところが創刊号刊行と同時に師弟間の主張の違いが表面化した。兪平伯は『文学旬刊』紙上で鄭振鐸、葉聖陶らとともに「民衆文学的討論」（1922年1月）を連載し、『詩』創刊号には「詩底進化的還原論」（1922年1月）を発表して、あらゆる文学は民衆の手に返すべきだと訴えた。これらの主張はいずれも周作人を通して学んだトルストイの芸術論に基づくものだった。

「詩底進化的還原論」では「良い詩の効用は多くの人を深く感動させ、善に向かわせるものだ」という定義から、「私が思うに詩は将来平民に帰すべきだけでなく、原初の詩も本来平民のもので」あったと主張しており、ほぼトルストイの受け売りである。ところが、当の周作人がトルストイを否定し、「現在私の不満はトルストイの芸術論では勧善書に陥りやすいことである」と述べ、平伯の唱える民衆文学に対して懐疑的態度を示した。1920年に北京大学卒業後、北京を離れ、杭州で教鞭を執っていた平伯は作人の豹変ぶりに驚き、ほとんど反論しなかったため、論争としてはすぐに終息したが、作人の文学観の転換を象徴的に示す事件だった。

この論争で「多くの人を深く感動させ、善に向かわせる」という理念を周作人自らが否定し去った以上、新たな理念は道徳以外に求めねばならない。伝統的道徳観念に縛られた旧来の文学に対する批判として生まれた五四時期の理想主義文学観がキリスト教的道徳観に負うところが大きかったのは事実である。作人の場合、それはトルストイへの傾倒として現れ、「人的文学」や「聖書与中国文学」などに強い影響が窺われる。だが、道徳の強いくびきは、善なるも

のであっても時に足かせとなる。西山療養から戻った作人がボードレール『パリの憂鬱』翻訳に取り組み、散文小詩として発表したことからも新たな理念を模索していたことがわかる。周知のとおり、トルストイは『芸術論』で一章設けてボードレールを痛烈に批判しているが、そこで批判された作品を作人は翻訳している。[14]

　この時期、周作人は兪平伯との論争だけでなく、梁実秋や聞一多など清華学校（後の清華大学）で活動していた詩人たちと詩語をめぐる論争をしている。[15] 梁実秋は、詩に求めるのは美だとして、「汚らわしい言葉（醜的字句）」を用いることに反対した。これに対し、作人は石川啄木「歌のいろいろ」を引用して反論した。啄木は、土岐哀果の短歌で syoben（小便）という言葉が用いられていることを紹介し、このような日常生活の語彙を用いることに反対する者は「屹度歌というものに就いて或いは狭い既成概念を有ってる人に違いない」[16] と指摘し、生活に根ざした詩歌を作る者に忌避すべき言葉などないと述べている。作人はその主張に依拠して詩語に美醜の区別はないと主張した。そもそもトルストイすら『芸術論』冒頭で美的基準の曖昧さを指摘しており、トルストイ以前に後退するわけにはゆかなかった。善悪の道徳にも美醜の嗜好にも左右されない新詩が目指すべき理念を求め、作人が模索の末に辿り着いた一つの解が小詩であった。

(2) 小詩の理念——石川啄木の詩論「歌のいろいろ」から

　周作人が最も早く「小詩」に言及したのは「日本之俳句」（1916 年）であった。「小詩」という呼称は文中で引用する小泉八雲「小さな詩」に拠るもので、その特質について次のように要約引用する。

　　　日本の詩歌の原則は絵画の原則に合致している。歌人は数語で詩を作るが、それは画家が一筆か二筆で情趣を写しとり、見る者に伝えたい情景を自ずと感得させる流儀そのもので、暗示に全力を尽くす。[17]

　小泉が指摘する暗示の力は周作人に強い感銘を与えたものとみえて、5 年後の 1921 年に改めて俳句を論じる際には「小さな詩」から次の一段を追加引用している。

　　　短い詩を作るのに表現を完全にしようとしても失敗する。詩歌の目的は、読者の想像力を充足させるのではなく、ひとえに読者を刺激し、自ら想像力を働かせることにある。だからこそ「言ったきり」とは、まったく余韻を残さない駄作を批判する言葉となるのだ。[18]

　小泉の原文と比較すると、日本では克明な描写が嫌われるという説明が省かれ、暗示の重要性を説く部分だけを訳出し、暗示が読者に働きかける機能ゆえに重要だと説いている。さらに

周作人は自らの見解として一文字で一つの概念を担う漢詩より一単語が多音字となる和歌や俳句の方が制約度が高いため、漢詩の方が「言ったきり」となる危険が高いと指摘する。この「暗示」の重要性に対する認識は、翌年に書かれた「論小詩」（1922年6月）でも堅持されているが、ニュアンスに変化が生まれていた。

　　　小詩の第一条件たる実感の表現とは、<u>切実に感ぜられた平凡な事物に対する特殊な感興</u>をほとばしらんばかりに吐きだすことであり、ほとんど生理的な衝動に近く、その時<u>その事物がいかに平凡であろうとも作者から新たな生命を分かち与えられ、生きた詩歌となる</u>のだ。簡潔の方は、かなり明白なので多くを語るまい。<u>詩の効用はもともと明示にではなく、暗示にあるので、含蓄を最も重視し</u>、短い詩のなかでは当然字句の節約を大切にせねばならない。[19]（下線は著者による、以下同）

　基本的には小泉八雲による簡潔と暗示を継承するものだが、「平凡な事物に対する特殊な感興」という表現は今までとニュアンスが大きく異なっている。その大きな原因は石川啄木の歌論に触れたことにある。「醜的字句」をめぐる論争を経験した後、「小詩」に寄せる理念には変化が生まれ、そこに石川啄木の影響が看取される。

　周作人が初めて石川啄木を読んだのは日記によれば1920年5月である。新潮社版『啄木全集』全3巻は1919年、20年に刊行されたもので、周作人は全巻購入している。[20]とりわけ第3巻は啄木が社会主義への関心を強めた時期の評論や歌論が収録されており、その思想を理解するうえで重要である。作人が第3巻を入手したのは1921年11月だった。

　啄木への最も早い言及は、「雑訳日本詩三十首」（1921年8月）で、散文詩集『呼子と口笛』（1913年刊行）から5篇を選んで翻訳している。周知のとおり、この詩集は啄木が大逆事件（1910年）に衝撃を受けて書いた散文詩で、「はてしなき議論の後」では「V Narod〔人民の中へ〕と叫び出づるものなし」という慨嘆が各連でリフレインされ、啄木の社会主義への関心が明瞭に示されている。周作人自身も日本留学中に大逆事件に際会して衝撃を受けており、啄木の問題意識に強い共鳴を受けたことは十分想像できる。[21]歌論として翻訳引用される「歌のいろいろ」（1910年）でも、思うに任せない社会への諦念とともに歌を「悲しき玩具」と呼んで暗い時代への予感で締めくくるように、啄木の歌論で重視する生活に根ざした短歌のありようは大逆事件をはじめとする社会的関心と不可分であり、周作人の啄木への共鳴も歌論にとどまらず、社会主義への関心に裏打ちされているが、ここでは措く。

　「啄木的短歌」（1922年5月）の歌論を詳細に紹介した最初の文章だが、紙幅のほとんどが「歌のいろいろ」（第三節、第四節）の翻訳で占められ、周作人自身の見解はほとんど見られない。そのため、啄木の歌論をどのように小詩運動に取り込んだかは続いて書かれた「論小詩」を見なければならない。まず詩型について、「いわゆる小詩とは、目下流行している一行から四行にわたる新詩」で、「この小詩は形式上いささか新奇に見えるが、実のところ普通の叙情

詩で古代から存在していた」として、その一例として反復の多い「詩経」の詩句、唐代以降の小令を挙げ、日常的な利那の感覚を表現するには短詩型が適しているとして次のように述べる。

　　本来、詩は「志を言う」ものであり、叙事や説理にも使えるとはいえ、その本質は抒情を主とするものだ。感情が熱烈で切実なもの、例えば恋愛、生死、出会いと別れの悲喜交々はむろん長編大作にできようが、私たちの日常生活にはさほど切迫しておらずとも真実の感情に満ちている。その感情は浮かんでは消え、長く持続せず、文芸作品の精華となることできない。だが、私たちの内面が利那々々に移ろうのを表現するに足るものであり、ある意味では私たちの真の生活そのものなのだ。もしも私たちに「忙しい生活の間に心に浮んでは消えてゆく利那々々の感じを愛惜する心があって」、それを表現したいなら、数行の小詩が最良の道具である。

ここで条件とするのは、「利那々々の感じを愛惜する心」であり、そこには「内面が利那々々に移ろう」のを描くことで「真の生活」を見出すものであるという。文中の引用句は石川啄木「歌のいろいろ」からの引用である。啄木は「歌のいろいろ」の第四節で、書き物に疲れてぼんやりと思いを巡らし、次のように考えた。「凡そすべての事は、それが我々にとって不便を感じさせるようになって来た時、我々はその不便な点に対して遠慮なく改造を試みるが可い。またそう為るのが本当だ。我々は他の為に生きているのではない、我々は自身の為に生きているのだ」。ならば、短歌を一首ごとに一行で書く形式的習慣も改めるべきだと述べ、啄木は内容についても自由を主張する。

　　歌うべき内容にしても、これは歌らしくないとか歌にならないとかいう勝手な拘束を罷めてしまって、何に限らず歌いたいと思った事は自由に歌えば可い。こうしてさえ行けば、忙しい生活の間に心に浮んでは消えてゆく利那々々の感じを愛惜する心が人間にある限り、歌というものは滅びない。

ここでの「利那々々の感じ」を啄木の文脈に戻して考えるならば、明治末期の日本歌壇で話題を呼んだ尾上柴舟「短歌滅亡私論」（1910 年）を意識せざるをえない。尾上は文語定型詩である短歌で表現できる内容が西洋詩と比べて限られるとして、短歌滅亡論を唱えた。啄木はその滅亡論に抗して存在意義を主張しようと、短詩型の限界を逆手にとり、「利那々々の感じ」を活かして作歌すれば「滅びない」と反論したのである。

この「利那々々の感じ」に込められた意図は同時期の歌論を併せ読めば明らかになる。例えば「食うべき詩」（1909 年）では「自己の心に起りくる時々刻々の変化を、飾らず偽らず、きわめて平気に正直に記載し報告するところの人」こそが「真の詩人」であると述べており、自

らの生活身辺の事実を虚飾なく描くことを主張した。また、詩とは「人間の感情生活の変化の厳密なる報告、正直なる日記でなければならぬ。したがって断片的でなければならぬ。——まとまりがあってはならぬ」と述べ、その理由として「まとまりのある詩すなわち文芸上の哲学は、演繹的には小説となり、帰納的には戯曲となる」ためだとしており、詩歌は時々刻々の変化を演繹、帰納による概念分析を抜きにして表現されるべきだと主張している。ここにも概念化、抽象化を拒絶し、赤裸々な詩的真実に迫ろうとする意欲が感じられる。

　啄木が尾上柴舟「短歌滅亡私論」を強く意識していたことは、「一利己主義者と友人との対話」(1910年)で言及していることからも明らかで、「一生に二度とは帰ってこないいのちの一秒だ。おれはその一秒がいとしい。ただ逃してやりたくない。それを現すには形が小さくて、手間暇のいらない歌が一番便利なのだ」と登場人物に語らせている。そして、最後に書かれたのが「歌のいろいろ」であり、滅亡の危機に瀕した定型詩を守ろうとする意欲に満ちている。

　如上の文脈を踏まえるなら、「刹那々々の感じ」は単に刹那的であるだけでなく、虚飾を排して身辺生活の事実を描こうとする理念であり、語彙的には口語的な短歌を志向し、内容的には作歌対象として身辺生活のリアリティに肉薄する志向を持つものであった。じっさい啄木はその実践として自らの嫉妬や羨望などの感情も包み隠さず、貧窮する暮らしも正直に描いていたのは短歌として画期的なことである。こうした歌論を周作人は『啄木全集』第3巻で読んでおり、「食うべき詩」は1959年に翻訳さえしている。作人が自らの文章で「内面が刹那々々に移ろう」感情を描くことが「真の生活」を見出すことにつながると説いた時、啄木の如上の理念を正確に理解していたはずである。ただ、啄木が伝統的定型詩を解放するために提起した理念を、周作人は小詩運動という口語自由詩の定型化に用いた点は皮肉な対照をいわねばならない。

(3) マラルメの「暗示」——厨川白村を介した象徴主義

　1923年3月、梁実秋ら清華文学社の招きで清華学校で講演を行った。講演題目は「日本的小詩」であり、「醜的字句」で論争をした相手を改めて説得するために出向いた感がある。そのせいか、この論文は小詩の理念を最も系統的に論じるものであり、日本における短詩型の歴史を逐一紹介し、短歌、俳句の代表作もそれぞれの特徴とともに翻訳解説し、最後に総括として日本の短詩型の形式的特徴、性質、詩型と内容の関連について論じ、小詩運動の意義を説いている。

　石川啄木からの影響は「論小詩」とほぼ同様に看取されるが、与謝野寛「フランスの俳諧詩」からの翻訳引用しながら「現代フランスには俳諧詩の詩人がいるように、このような小詩は刹那の印象を描くのに適しており、近代人の必要とするもので」と述べ、日本の短詩型に止まらず、「刹那々々の感じ」を描くという理念が広く世界で共有されていることを強調している。暗示についても「詩歌は本来その精神を伝えることが重要で、明示にではなく、暗示にあ

るので、含蓄を最も重視し、さらに短い俳句に至っては、意図はほとんど言外にあり、説明が難しい」と述べ、「論小詩」での定義をそのまま使っている。ただ、暗示に関する定義については新たにマラルメの言葉を用いて説明する。

　　第一に詩の形式の問題だ。…他国〔古代ギリシャや中国〕の短詩は短いだけで簡潔ではないが、俳句は特別な助詞を利用して、わずか数語で、文法上不完全な句に言外に意味を持たせるのが、俳句の特色である。フランスのマラルメ（Mallarme）はかつて「作詩は七分まで言ってよいが、残りの三分は読者自身によって補完させ、創作の楽しみを共有しなければ、詩の本当の味わいを理解できない」と述べた。そういえば、この短詩型はたしかに素晴らしいが、極めて難しくもある。というのも浅薄な考えならわずか数語で言い切れようが、深遠な考えでは足りないからだ。[29]

ここで周作人は「言外の意」の「暗示」に新たな説明を加えた。フランスのマラルメのいう作詩では言わんとする内容を七分までに止めよというもので、マラルメの象徴主義を論じた一節として有名で、周作人は日本留学当時から知っていたはずだ。[30]北京大学で最初に担当した講義『欧州文学史』のなかでもボードレール、ヴェルレーヌについでマラルメがパルナシアンとして詩壇に登場したと記述している。[31]ボードレールの翻訳も含め、作人が象徴主義に一定の関心を持っていたことは間違いない。この頃作人が象徴主義理解のために参照したのが厨川白村『近代文学十講』であった。マラルメの言葉は、『文学の進化に関するアンケート』（ジュール・ユレ著）からのもので、厨川は『近代文学十講』でフランス語原文と対照させながら次のように翻訳引用する。

　　マラルメ：物を名ざして明らかにこれこれだと言ってしまうのは、詩興四分の三を殺ぐもので、少しずつ漸を追って推量して行ってこそ詩の面白味は出て来るのだ、そもそも暗示という事が即ち幻想であって、象徴とは畢竟この不思議の作業が最も完全に、うまく用いられたものに他ならぬ。[32]

原文でも「四分の三」は trois quarts と述べており、ほかの邦訳英訳でも同様で誤訳の余地はない。だが、厨川は説明のなかで、論述の便宜のためか、次のように分数を避けた言い換えを行っていた。

　　暗示とは、十のものを三だけ〔作者が〕言って、あとの七を読者の感ずるに任せるのだ、読者が其作から得る興味は、即ちこの七を塡める所に生ずるのである。[33]

周作人の引くマラルメの作詩法で作詩は七分までとし、読者の想像力に三分残すと述べるの

は誤解であり、管見の限りでは、ほかの翻訳にも同様の表現をするものは皆無であり、唯一厨川の言い換えが最も近く、作歌と読者の比率配分を不注意で逆にしたものだろう。また、厨川の象徴主義論で注意を引くのは、次のような指摘である。

　　なお最後に言い添えたいのは、こういう<u>近代の抒情詩は多く皆極めて短い詩形を用いている</u>。無論かのホオマアやミルトンの作のような長い叙事詩の領分は全く小説に奪われて了って近代文芸には跡を絶った。……ことに象徴詩などは<u>純然たる一つの暗示に過ぎず、また鋭い一瞬の刺戟を重んずるのだから、短い上にも短いことを必要とする</u>、そのためなおさら意味の連絡も何もないような謎語になる。或ものは電報の文句のようなのさえある位だが、これらの特色は皆要するに近代詩の本質上免るべからざることだ。[34]

　この説明には、小詩の理念として掲げた暗示の重要性から「刹那々々の感じ」の把握までが網羅されている。また叙事説理はもはや詩の領分ではないという表現も「論小詩」で述べていたものと対応する。厨川が近代詩に必要な要件として短詩型が必須であることを強調されるのを読み、周作人は小詩運動の成功を確信したに違いない。また、小泉八雲に依拠した「暗示」（英語 suggest）と述べた時、象徴主義における技巧としての「暗示」（仏語 suggérer）までは意識されていなかった可能性が高いが、ここに至って小詩における「暗示」に象徴主義的意味を賦与することに周作人は躊躇しなかったであろう。振り返ってみれば小泉が論じる暗示の力もまた読者の想像力喚起という点では共通している。短詩型を象徴主義と関連づける意識は、1926 年に刊行された劉半農の詩集『揚鞭集』に寄せた序文で次のように述べていることからも裏づけられる。

　　新詩の手法として、私は素描（原文「白描」）には感心しないが、くどくど物語を話す（原文「叙事」）のも嫌いだし、延々と道理を説く（原文「説理」）のは論外である。私が思うに<u>抒情こそが詩の本分であり、その手法といえば、いわゆる「興」が最も面白く、新しい言葉で「象徴」と呼んでもよい</u>。月並みな表現だが、象徴という手法は最も新しくて最も古く、中国にも「古より已にこれあり」なのだ。[35]

　『揚鞭集』は五四時期に書かれた新詩をまとめた劉半農の詩集である。周作人は序文中で二人がかつて熱心に詩を作っていた時期を懐かしみ、韻律の束縛から逃れた草創期の作品が冗長で緊密な構成力に欠けていたことを反省している。その反省から周作人が理念として掲げたのが詩歌の本分としての抒情性であり、具体的手法としての「興」と「象徴」だった。この「興」は厳密には象徴主義と同一ではないが、「暗示」という初歩的な手法によって象徴主義を志向していたことがここでも裏づけられる。[36]
　以上から、周作人の小詩運動は石川啄木、厨川白村の影響を受けるなかで、口語自由詩を小

詩という緩やかな定型詩の形へと導き、簡潔な表現で暗示に富んだ短詩型の確立を目指していたことが明らかになった。同時に小詩運動の目指していた理念から失敗は本質的に避けられなかったと言わざるを得ない。

　失敗の原因は、啄木が伝統的定型詩を解放するために提起した理念を、周作人は小詩運動という口語自由詩の定型化に用いた点にある。異なる韻律構造を持つ日本から理念を摂取することは可能だが、韻律形式までは移植することはできなかった。そして、中国で短詩型として定着するには「三、四行で一連とする」程度の規範では明らかに不足していた。その不足を明確に自覚するに至ったのが1934年のことであったと考えられる。

三、結語に代えて

　すでに見たように、1934年の談話記事で、周作人は小詩運動の失敗を韻律の欠如に求めていたが、それでも「俳句的な把握の仕方」について変わらぬ確信を持っていた。かつて否定した旧体詩に「五秩自寿詩」という形で再び手を染めたのは、小詩という新たな定型詩を作るより、啄木同様、伝統的定型詩を壊す方が手っ取り早いことに気がついたからだ。南京の老虎橋監獄に拘禁された際に書いた雑詩をまとめた際に題記として次のように記している。

　　　この詩の特色は雑であり、文字が雑で、思想も雑である。第一にこれは旧詩ではないが、些か文字数、脚韻の制約がある。第二に白話詩でもないが、それでも気ままに話す自由はあり、まことに「どっちつかず」であり、適当な名前がないのだ。自由といえば、白話詩に過ぎるものはないが、脚韻の制約がないと、散文と容易に混同、少なくとも似てしまうので、結局形式は詩というものの、効果は散文に等しいのだ。[37]

　ここでいう「文字」の「雑」とは、押韻は伝統的平仄でなく現代口語音によること、用語は方言俗語を避けないことを指し、「思想」とは伝統的規範道徳に従わないことを指すと述べている。だが、口語詩ではなく、五言もしくは七言の定型で作詩している。そのため、押韻の制約があるにもかかわらず、「気ままに話す自由」があるとしている。制約のない白話詩や散文で書かないのは脚韻がないと散文とまったく同じになるからだという。ならば散文で書くことに何か不都合でもあるのか。

　　　この雑詩は、旧詩とは比べるまでもないが、白話詩と比べても更に書きやすい。折々の感慨を書きつけたくても、散文には適さない。というのも中味が余りに単純で、気持ちが露わになりすぎるためで、散文で書くとすべて余すところなく見えてしまい、直裁で余韻がないからで、白話詩にしてもうまく書けず、上に述べたように最後は雑詩で用を足すの

(38)
だ。

　つまり、周作人が打油詩、雑詩を選択したのは、通常の散文では余韻が失われる内容を脚韻
のある定型詩に託して自らの心情を露わにならないよう表現するためであった。この表現の意
図はまさしく小詩において目指していた「暗示」である。また、韻律も現代口語音に従い、語
彙も方言俗語を排除しないとなれば、この打油詩のスタイルは実のところ啄木が古典的定型詩
である短歌において規範から逸脱して生活に密着した作品を作ってみせた方法論とよく似てい
る。それぞれがまったく異なる境遇にあったため、内容には大きな隔たりがあるが、生活身辺
を歌う取材の方法や歌のなかに自己批評ないし諧謔が看取される点でも共通する。その意味で
小詩運動で獲得された「俳句的な把握の仕方」は 1934 年以降も周作人の内面においては有効
に機能していたのである。

※本研究は JSPS 科研費「周氏兄弟と『新青年』グループ」（JP17K02651）の助成を受けたものです。

【注】

(1) 朱自清「導言」『中国新文学大系第八集・詩集』上海良友図書印刷公司、1935 年、4 頁。
(2) 周作人「日本文学を語る」『改造』1934 年 9 月、251 頁。
(3) 周作人「現代支那文学を語る」『読売新聞』朝刊 1934 年 7 月 26 日、10 頁。
(4) 袁一丹「動機的修辞：周作人"落水"前夕的打油詩」『魯迅研究月刊』2013 年 1 期。
(5) 拙稿「周作人『老虎橋雑詩』試論（上）──「雑詩」という形式をめぐって」『文化論集』第 21 号、
　　早稲田商学同攻会、2002 年参照。『老虎橋雑詩』は手抄本 3 種類があり、テクストに異同がある。
(6) 周作人「做旧詩」（1922 年 3 月）、『周作人散文全集』第 2 巻、広西師範大学出版社、2009 年、607 頁。
(7) 周作人「雑訳日本詩三十首」（1921 年 8 月）、『周作人訳文全集』第 9 巻、上海人民出版社、2012 年、
　　558 頁。
(8) 周作人「新詩」（1921 年 6 月）、『周作人訳文全集』第 2 巻、358 頁。
(9) 兪平伯「秋蝉之辯解」（1921 年 6 月）、『兪平伯全集』第 3 巻、花山文芸出版社、1997 年、531 頁。
(10) 拙稿「五四時期の周作人の文学観」『日本中国文学学会報』第 42 集、1990 年。
(11) 兪平伯「詩底進化的還原論」（1922 年 1 月）、『兪平伯全集』第 3 巻、536 頁。
(12) 同上、549 頁。
(13) 周作人「致兪平伯」（1922 年 4 月）、『周作人散文全集』第 2 巻、629 頁。
(14) Lev N. Tolstoi, *What is Art?*, London：W. Scott, Ltd, 1899. Chapter.X 及び appendix IV. 周作人が参
　　照した英訳版による。英訳版でのボードレールの引用は仏語原文のままで、付録に英訳がある。周作人
　　はトルストイの批判する「異邦人」を翻訳している。
(15) 拙稿「周作人と清華園の詩人達──「小詩」ブームの波紋」（『文化論集』第 20 号、早稲田商学同攻
　　会、2002 年）で梁実秋、聞一多の詩論を中心に「醜的字句」論争の経緯を検討した。
(16) 石川啄木「歌のいろいろ」『石川啄木全集』第 4 巻、筑摩書房、1980 年、298 頁。なお、ここでは詳
　　論するゆとりが無いが、土岐哀果の歌を批判したのは斎藤茂吉である。
(17) 周作人「日本之俳句」『周作人散文全集』第 1 巻、487 頁。小泉八雲の原文は Lafcadio Hearn, *In
　　Ghostly Japan, Bits of Poetry*. Little Brown & Com. Boston. 1899 P.154 を参照。邦訳「小さな詩」（『全

訳小泉八雲作品集』第 9 巻、恒文社、1964 年）118 頁を参照した。

(18) 周作人「日本的詩歌」『周作人散文全集』第 2 巻、318 頁。小泉八雲の原文は、前掲書 P.155 を参照。

(19) 周作人「論小詩」（1922 年 6 月）、『周作人散文全集』第 2 巻、558 頁。

(20) 『周作人日記』（中巻、大象出版社、1996 年）、1920 年 5 月 25 日に第 1 巻（小説）、1921 年 11 月 27 日に第 3 巻（評論）、同年 12 月 6 日に第 2 巻（詩歌）を入手したと日記に記載がある。なお、第 2 巻購入前に『呼子と口笛』を訳しており、早い時期に『啄木遺稿』（東雲堂書店、1913 年）も購入していたようだ。

(21) 最も早い言及としては「有島武郎」（1923 年 7 月）があり、晩年に「大逆事件」（1961 年 6 月、『知堂回想録』九〇）で詳細に述べている。拙稿「周氏兄弟与大逆事件」（『社会科学輯刊』2017 年第 3 期）で論じた。

(22) 周作人「論小詩」『周作人散文全集』第 2 巻、553 頁。

(23) 同上。『周作人散文全集』では初出（『晨報副鐫』1922 年 6 月 21 日）の文中で「利那利那」とあるのを重複として削除するが、啄木の原典での「利那々々」の直訳であり誤植ではない。

(24) 石川啄木「歌のいろいろ」『石川啄木全集』第 4 巻、299 頁。

(25) 近代短歌史については佐佐木幸綱執筆「短歌」（『世界大百科事典』）を参照。

(26) 石川啄木「食うべき詩」『石川啄木全集』第 4 巻、207 頁。

(27) 石川啄木「一利己主義者と友人との対話」『石川啄木全集』第 4 巻、289 頁。

(28) 「刹那々々の感じ」に関しては、木股知史「『一握の砂』の時間表現」（『論集石川啄木』おうふう、1997 年）、篠弘「明治四〇年代における近代の認識」（『和歌文学の世界』第 4 集、笠間書院、1976 年）を参照した。

(29) 『晨報副鐫』1923 年 4 月 3 ～ 5 日。『周作人散文全集』第 3 巻、123 頁。

(30) 管見の限りでは、邦訳として上田敏『海潮音』（1905 年）所収の「嗟嘆」（マラルメ作）解題で該当箇所の引用があり、英訳として Lev N. Tolstoi, *What is Art?*（上掲書）Chap.X P.81 でやはり該当箇所を引用する。いずれも周作人は日本留学時代に読んでいるとみられる。

(31) 周作人『近代欧州文学史』（団結出版社、2007 年）第五章写実主義時代、第三十五又（法国）、230 頁。

(32) 厨川白村『近代文学十講』（大日本図書、1912 年）486、487 頁。Jules Huret（1864-1915）, *Enquête sur l' Évolution littéraire*, bibliotheque chanrpentier 1894 Paris.P.60（http：//gallica.bnf.fr/ark：/12148/bpt6k49807k.pdf）、ジュール・ユレ著、平野威馬雄訳編『詩人たちとの対話：フランス象徴詩人へのアンケート』（彌生書房、1980 年）を参照。

(33) 厨川白村『近代文学十講』486、487 頁。

(34) 厨川白村『近代文学十講』492、493 頁。

(35) 周作人「『揚鞭集』序」『周作人散文全集』第 4 巻、637 頁。

(36) 呉暁東『象徴主義与中国現代文学』（安徽教育出版社、2000 年）54、55 頁では、留保つきながら最初に象徴主義と中国古典詩学の関連性に言及したものとして評価しており、学界でも周作人がいち早く象徴主義を意識していたことは既に認知されている。

(37) 「『老虎橋雑詩』題記」『周作人散文全集』第 9 巻、669 頁。

(38) 同上、第 9 巻、670 頁。

淪陥期上海における雑誌とその読者
―― 『小説月報』（後期）を例として

池田 智恵

一、はじめに

　筆者は近代中国における通俗小説、特に探偵小説について研究をしてきた。探偵小説の1940年代の変遷について注目した際、面白い発見があった。近代中国における探偵小説の二つのブーム、20年代と40年代の作品を比較してみると、40年代の方が小説としての質が深まっていたのだ。果たしてこれは探偵小説のみの事象なのだろうか。現存する近代通俗小説に関する文学史では、まだ研究が十分に尽くされたとは言い難いが、武侠小説などの代表作にも40年代の作品は多い。当時、通俗小説の量や質に変化があったと推測できよう。

（1）1940年代における雅俗の接近

　こうした通俗小説の質の変化などに、既存の文学史では、通俗小説の場である雑誌と、そして作品の内容についてこう言及する。雑誌に関しては、「この時期の文学の定期刊行物には幾つか総合誌があった。（中略）文章が美しいという以外に、これらの散文や随筆の内容は広きにわたっており、人々の生活の各方面にまでわたっている。文学性や、知識性や歴史的史料性があるのが40年代の通俗雑誌の特徴である[1]」。1940年代の通俗小説雑誌は小説だけを掲載していたのではなく、様々なジャンルの記事を掲載して総合誌的な性格を備えていたのだ。小説の内容については、「通俗文学の表現方法が新文学化していることが、この時期の中国通俗文学の重要な特徴である。（中略）この時期の中国通俗文学は近代性の完成に向かった。通俗文学の創作態度はその筋の運びに重きをおくという基礎の上にさらに生活の内在性へも注意を払った[2]」とし、通俗小説の質の変化が示唆されている。探偵小説で言えば、孫了紅の魯平シリーズでは、魯平は1920年代に登場した時こそ超人的なキャラクターだったが、40年代になると魯平自身が時代の中を生き、老い、そして悩む一般の人と変わらない一人の人間として登場し、また彼が関わる事件の中でも当時を生き抜く人々が描かれるようになったこととも重なるだろう。

　また、他の先行研究ではより具体的にこう指摘する。「この時期、通俗文学作家と新文学作家の関係がより一層深くなった。多くの新文学を書く作家の作品が、以前よりも頻繁に通俗作家が編集する雑誌に掲載された。いくらかの通俗作家（例えば平襟亜）も、新文学作家が編集

する雑誌（柯霊が編集を受け継いだ『萬象』）によく寄稿した。こうした状況は、異なる流派の上海の作家が、民族が危機に陥った時に、国難に一緒に立ち向かい、民族文学が生き延び、発展することを助けようと新たに団結したことを反映し、また異なる文学流派の間の助け合いと学びあいをも反映している。通俗文学作家が新文学を学んだということから見れば、こうした傾向は、孤島時期よりも顕著である[3]」。

　つまり、この時期、雑誌に注目してみると、新文学を「雅」、通俗文学を「俗」とすれば、この両者が接近していたというのである。この雅俗をめぐる新たな状況は、文学作品を生み出す場の変化といっても良いだろう。

（2）新たな作家の出現と読者への注目

　これは当時の文学作品の生産と受容のプロセスにも大きな影響を与えている。例えば、張愛玲を代表とした女性作家たちだ。通俗作家として有名な周瘦鵑が編集した通俗小説雑誌『紫羅蘭』からは、張愛玲がデビューした他、施済美や程育真ら「東呉系」と呼ばれた東呉大学の在学生または卒業生の若い女性作家がデビューした[4]。彼女らが書いた世界はいわゆる通俗文学とは一線を画したものだった。

　このように1940年代倫陥期の上海で、通俗と新文学とが接近し、新たな作品・作者が生まれた。作品の生みの親である作家は、同時に当時の読者でもある。文学生産が変化した際にはその受容にも変化があったと考えるのが妥当だろう。張愛玲や東呉系作家に関しては、作家という側面からの先行研究はすでに存在している。本稿では受容側、特に当時の雑誌の読者に注目してみたい。

　なぜ、ここで雑誌の読者に注目しなければならないのか。それは1940年代の雑誌において読者への関心の高さが指摘できるからだ。1940年代の通俗雑誌には色々な欄が設けられたと前述したが、その中にあって、以前の通俗小説雑誌にはみられなかったものが、読者に関する欄である。例えば、『萬象』（1941—1945）では、読者投稿欄として「萬象信箱」（1942）が、また読者、特に学生からの投稿小説を募ったものとして「学生文芸選」（1941—1942）が連載された。また『萬象』前期の編集だった陳蝶衣が新たに編集した雑誌『春秋』（前期）（1943—1945）では、「萬象信箱」に類似した欄として「読者信箱」（1943—1944）と「春秋信箱」（1944—1945）が掲載された。これは読者が寄せた人生相談に編集者が答える欄だ。さらに、雑誌『小説月報』（後期）でも学生による投稿を募った小説欄が1941年から1942年まで掲載され、1944年にも一時掲載された[5]。

　読者をいかに考えるか、これは大変に難しい問題である。当時、実際に雑誌を読んでいた人々を探し出し、話を聞くことは不可能だ。本稿では上記に挙げた読者が残したと考えられるものに注目する。当時、人生相談や投稿小説を寄せた読者たちはどのような世界を描き出したのだろうか。本稿では、上記の問題意識に基づき、『小説月報』（後期）誌上で行われた文芸コ

ンテストに焦点を当て、そこに描かれた世界と、その背後にあるものについて整理したい。

二、『小説月報』（後期）における文芸コンテスト

(1)『小説月報』（後期）について

　まず『小説月報』（後期）について整理しておこう。以下『小説月報』（後期）を『小説月報』
と書くこととする。1940年10月1日に創刊され、1944年11月25日までに全45期が刊行さ
れた。聯華広告公司出版部の発行で、発行者は陸守倫、名誉顧問に厳独鶴を迎え、編集は顧冷
観が担当した。聯華広告公司は、元々は『申報』のマネージャーであった張竹平が経営してい
た聯合広告公司と華成煙草公司とが合資によって作った会社で、1935年に創業された。標識
や新聞、雑誌、映画などの広告と印刷を行い、加えて「広告刊行物」と通称されるある種の通
俗雑誌を発行していた。顧冷観は聯華広告公司で雑誌『上海生活』の編集に関わっていた。そ
の後に始めたのが『小説月報』である。[6]

　『小説月報』は、どのような雑誌だったのか。創刊号（1940年10月1日発行）に掲載された陸
守倫、顧冷観による「創刊の言葉（原文：創刊的話）」に「いわゆる、精神的な食料は、毎日食
べるパンと同じくらい重要である。内地の出版界は非常に賑わっているというものの、上海と
は無縁である。（中略）この差し迫って厳しい状況下に、私たちは新鮮な精神的な食料を提供
するためにこの月刊誌を創刊した[7]」とあるように、上海における文化的困窮に応えての創刊と
なっている。そして「私たちには特に流派の別はない、新しいものも旧いものも、どんな体裁
のものも歓迎している。読者の皆さんはもしかしたらこう思うかもしれない。内容が色々あり
すぎる、と[8]」と自ら言うように、通俗文学と新文学の垣根は設けずに何でも掲載する、と宣言
している。小説にはこだわりがあったようだ。「このことは、今、小説を読む人が多いこと、
他の文章を読む人より多いことを証明している。私にはこれは自然な成り行きのように思われ
る。なぜなら上海は孤島だからだ。それでは小説は？　それは小説には特長があり、スタイル
がある。少なくとも、空っぽの、つまらない、低級の文章よりもずっといい[9]」とし、巷に溢れ
る低級の文章よりも、もう少し上等な暇つぶしともなる小説を読者に提供したいとする。具体
的に誰を読者として想定していただろうか。「在学している、そして仕事をしている若者は、
これでいくばくかの助けを得られるだろう！　小説は、文芸の一つだが、小説を読むことは決
してつまらないことではないと思っている。内容の浅い小説は暇つぶしと言われるが、しかし
その暇つぶしの中に形には見えないが良い習慣をつくっていくことができる。これは良い発展
だろう[10]」とあるように、当時の学生や仕事をしている若者を主に読者として対象にしていたこ
とがうかがえる。『小説月報』は、若者向けに雅俗様々な小説を中心に掲載した雑誌だったと
言えよう。

(2) 文芸コンテストの推移

　それでは、『小説月報』で行われた文芸コンテストについてまとめてみよう。文芸コンテストとして行われたものは、期間やタイトルなどを考慮すると三つある。

(1) 学生文芸選 (前期)

　最初に一番長く行われたコンテストが学生文芸選 (前期)[11] である。「『小説月報』が大学、高校生の文芸コンテストを行う (原文：小説月報擧辦大中學生 文藝獎金)」という投稿募集記事が『小説月報』第2期 (1940.11.1) に掲載された。それには、次のようにある。「もちろん、孤島での生活の閉塞感により、より良い文芸作品を書くことは難しい。この文芸作品が平時よりも重要な時においては (中略) 偉大なる時代の建設は若者の肩にかかっている。勇敢にも前へと向かう若者にはより痛切に「文芸家はいかにものを書くべきかわかっていなければならない」と感じているかもしれない[12]」。新たな若い書き手を発掘しようとしていたことがわかる。応募資格は、「国内の各大学と高校生[13]」であり、募集する体裁は、短編小説を主とし、訳文、ルポルタージュ、散文などを募った。『小説月報』には第4期 (1941.1.1) から第25期 (1942.10.1) に、9つの翻訳作品を含む全51作品が掲載された。

(2) 職業青年文芸コンテスト

　次に「職業青年文芸コンテスト (原文：職青徵文)」がある。第17期 (1942.2.1) に「本雑誌より職業についている若者への文芸コンテスト投稿募集 (原文：本刊向職業青年徵文)」記事が掲載され、「本雑誌が大学生高校生向けの文芸コンテストを始めて以来、毎号実に多くの投稿が寄せられていて、作品も実にいい。そこで投稿範囲を広げて、就業している若者の投稿を募りたい。自分の職業に抱く、希望や興味、感想、日記、文芸作品などどれも歓迎する[14]」とあるように、こちらは小説というよりはより知識的な興味や実録といったものに向いているようだ。第20期 (1942.5.1) から第25期 (1942.10.1) までで全13作品が掲載された。もちろん学生文芸選も同時に掲載された。

(3) 学生文芸選 (後期)

　学生文芸選及び職業青年文芸コンテストが第25期に終了した後、第26期から第38期まで「文芸新地」が掲載された。これは、学生文芸選や職業青年文芸コンテストが好評だが、学生や職業青年という枠にとらわれているので、それを取り払って、新しい書き手たちに場を提供するという目的であった[15]。詩や小説、エッセイなどが毎号4、5編掲載されたが、同じ書き手による作品が増えていき、実際に投稿原稿だったのかどうかが疑わしい。そのため本稿では分析の対象とはしない。

　第44期 (1944.9.15) に「学生文芸コンテストをまた開催することについての話 (原文：關於重

行擧辦學生文藝獎金的話）」が掲載され、「我々も新しく始めるものと改めるものとをいくらか企画している（中略）そして現在我々はより苦難に満ちた前途へと向かっているが、これから特に読者諸君の鞭撻と助けが必要だ。次の五周年号から、内容を革新するつもりだ。「大学高校生文芸コンテスト」を再び開催して、若者に耕すべき場を提供するとともに、読者諸君に実り豊かで新鮮な作品をお届けしたい[16]」とあり、『小説月報』の革新と同時に、文芸選を復活させようとしていた。応募資格は、大学生、高校生となっており、募集する体裁は、小説、散文、スケッチ、ルポルタージュ、翻訳など何でも歓迎され[17]、第45期（1944.11.15）に6作品が掲載[18]された。一度きりの開催だった。

　このように、『小説月報』には書き手であり、そして同時に読者である、学生を中心とした若者たちの投稿が掲載されていた。

三、投稿者／読者が描いた世界

(1) 作品の主体は誰か

　まず誰が作品の中の主体となっていたのだろうか。①の「学生文芸選」では、翻訳である9作品と古代の歴史などを背景として描いた歴史もの3作品をのぞいた39作品のうち、学生が主体であるもの16作品、学生か職業に就いているとは明記されていないが若者が主体であるもの14作品、就業した若者が主体のもの6作品、その他が3作品となる[19]。

　②の「知青徴文」では、全13作品のうち、学生が主体となるもの1作品、職業青年が主体となるもの12作品となる。

　③の「学生文芸選」では、全6作品のうち、学生が主体となるもの2作品、若者が主体となるもの3作品、歴史ものが1作品となる。

　ここから文芸コンテストの中で描かれたのは、投稿者とほぼ同じ年代の同じ立場の人々であることが指摘できる。

(2) 若者が描いた彼ら自身の物語

　では、彼らはいかに同世代の生活を描写したのだろうか。学生や就職している若者が主体であるので、彼らの学生生活と仕事をしながらの生活がどのように描かれたか考えてみたい。

①学生生活

　文芸コンテストの中に現れる学生生活はある傾向を帯びていると言って良い。第4期（1941.1.1）の「ロバート夫人を記念して（原文：「紀念勞勃脱夫人」）」では、新任の教師としてきた

ロバート夫人からそれまでにはない能動的な勉強の仕方を教わり感動するが、戦争のため、ロバート夫人が帰国せねばならないことになる。ロバート夫人の最後の授業の後、私は「暗闇が終わった時（原文：When the darkness is over）」という彼女の言葉を噛み締めなら「そうだ、我々の国家が勝利をおさめたその後、暗闇が光によって追いやられたら、先生は戻ってくるのだ[20]」と考える。戦争により得難い恩師を失う学生の姿が、そして現在を暗闇と捉える姿が描かれる。第22期（1942.7.1）「犠牲者」では、両親を幼い時に亡くし、親戚の家に引き取られた徐文奎が、親戚に虐待されながらも学校に行き、落第するならば退学させると脅され、努力するが上手くいかず、「世界はこんなにも空虚で残酷だ、生きていてどんな意味があるだろう？[21]」と終いには服毒自殺を図る。金に不自由しない同級生たちが、彼をどうやって病院に運ぶかとすったもんだしているうちに手遅れになり死んでしまうという物語が描かれ、「徐文奎は教育制度に踏みにじられ、旧制度の家庭の迫害を受けた。彼は犠牲になった。だが彼は生きている若者への教訓となった[22]」と締めくくられている。また、第4期（1941.1.1）の「長い髪の娘（原題：長髪姑娘）」では、ある人物が偶然出会った長い髪の娘に惹かれるが、最後に彼女からの手紙を受け取る。そこには、彼女は戦争が始まる前は学生で、学校内のアイドル的存在だったが、戦争が始まってから父親が行方不明になり、生活に困って母娘で上海に出てきたこと、そしてついには「舞女」になったことが告白され、彼女はこんな風に述懐する。「もしかしたらあなたは、残念がってくれるかもしれませんね。でも、どうしたってお腹をすかせているよりはましでしょう？　私はこの「職業」についてから、社会の暗部と人類の不公平さを深く感じずにはいられません[23]」。社会の激変によって、学園のアイドルが身を落とさざるを得ない、そして生き延びざるを得ない状況が描かれている。

　このように学生文芸選において学生生活は、楽しく明るいものとして描かれない。そのほとんどが戦争勃発や不安定な社会によって不幸な境遇に落とされた学生たちの姿を描く。

②就職以後

　では、若者と仕事の物語について目を向けてみよう。これも大学を卒業して、新たな生活を始めるなどの希望に満ちたものはほとんど描かれない。例えば、第22期（1942.7.1）の「希望」では、「我」が失業し、「失業したことのない人は、失業の辛さなんてわかりっこないのだ[24]」というように次の仕事を見つけるまでの過程で希望や理想が打ち砕かれて行く様を描き、ようやく見つけた仕事も「一週間もしないうちに痩せた。仕事が厳しすぎて、自分の体力ではどうにもならない。しかし生活のために私には他にどんな手があるだろうか？[25]」と絶望した様を描く。また第20期（1942.5.1）「一週間（原文：一星期）」では、クビの宣告から次の仕事を見つけるまでの緊張した心情が描かれる。「彼はどうやってこれからの生活の問題を解決すべきかわからなかった。頑張って奮闘するのか、それとも社会に淘汰されるに任せるのか。彼はきつくポケットの中の給料と生活手当を握りしめた。それが最後の生の望みだ[26]」。このように失業や転職など、若者を待ち受ける苦難が中心に描かれている。

③若者たちが抱える様々な問題と絶望

以上のように、学園生活や職業生活が描かれるが、彼らが抱える苦難の理由は様々だ。

第7期（1941.4.1）「不吉な兆し（原文：不吉之兆）」では、学生同士の恋愛を描くが、封建的な男性側の家庭のせいで引き裂かれ、彼女は「この凶悪で汚れ、迷信を信じている封建社会を、もう二度と目を開いて具に見ることなどできない[27]」と大後方へと去ってしまう。「逝！」（第9期1941.6.1）では、看護師と患者との恋愛が描かれるが、患者が爆撃で死んでしまう。戦争や伝統的家族制度のために恋愛が成就されない苦難を描く。女性の苦しみを描いたものも目立つ。若い時に田舎から上海に出てきて、色々な不幸が重なった結果売春する身の上になった女性を描く「復活」（第25期1942.10.1）、また「泯滅」（第25期1942.10.1）では、ある女性が、母親の借金のために売春し、挙句に妊娠してしまう。「大病にかかってしまいたい。死んだ方がまし、死を考えれば楽しくなるし、気持ちが明るくなるわ[28]」と彼女は絶望する。「さみしい秋（原題：寂寞的秋天）」（第4期1941.1.1）では都会で勉学に励む20歳の青年が田舎の母の訃報を受け取って悲しみにくれることが描かれる。

その他にも苦難の理由はあるが、彼らの前には、戦争や、困窮、親しい人との離別・死別、悲恋、旧い家族制度など様々なものが立ちふさがり、彼らを絶望の淵に追いやっていることを、見て取る事ができる。

（3）小説か実録か

文芸コンテストの中には、作者と同名の人物が登場する作品がある。例えば、田舎から上海へ大学に行くために送り出してくれた母を大事に思い感謝する「私のお母さん（原文：我的媽媽）」（第11期1941.8.1）や、ダンスホールなどに通うようになった友人を心配する「落とし穴に落ちて（原文：踏進了陥井的口）」（第16期1942.1.1）だ。さらに、自らの体験を語ったり、読者に呼びかけるような作品として、劇場前の駐車場管理に就いて仕事の流れや給与について紹介する「駐車場管理人（原文：自由車站管理人）」（第21期1941.6.1）、自らの学生時代からの投稿歴について書く「私の物書き生活（原文：我的寫作生活）」（第22期1942.7.1）、失業から再就職までのことを書く「希望」（第22期1942.7.1）、「人生の目的は奮闘だ！創造だ！（原文：人生的目的是奮闘！創造！）」（第23期1942.8.1）、看護師の生活を紹介する「看護小姐——我的生活」（第24期1942.9.1）、新しく仕事に行く日について家族との交流を交えながら紹介する「就業の一日（原文：就業的一天）」（第24期1942.9.1）、娼婦である自分の生活について嘆く「泯滅」（第25期1942.10.1）がある。職業青年文芸コンテストは、実録的な投稿がほとんどということになる。

以上の分析から考えると、学生文芸選と職業青年文芸コンテストは、作者と同年代の苦難に満ちた生活を描いたものであり、かつ実録物的な性格も持っていることがわかる。それは読者にとって如何なる意味があっただろうか。ただの投稿小説が掲載されるコーナー、というよりは自らを重ねることのできるような、より親密な関係を持って読むことのできるコーナーで

あった可能性があるだろう。

四、若者たちへの視線——『上海生活』と『小説月報』（後期）

　文芸コンテストのコーナーに掲載された小説にはある一定の傾向が見られることがわかった。それは、『小説月報』に編集者がいることを考えれば、その裏側には編集意図があると考えるのが当然である。それでは、『小説月報』側にどのような意図があったのか、その裏側について少し考えてみたい。

（1）『上海生活』とは

　学生文芸選の投稿募集の記事に戻ってみよう。第2期（1940.11.1）に掲載された記事には、「我々の『上海生活』が刊行されて既に4年が経った。（中略）現在の文芸は中身があまりにもなく、雑多であることを痛感し、姉妹雑誌としてこの『小説月報』を創刊した」とあり、『上海生活』を発行する中に『小説月報』の創刊のヒントがあったのだと示唆されている。

　『上海生活』は1937年3月1日から1941年12月22日まで発行された全60期の雑誌だ。発行元は聯華広告公司出版部で、発行者は銭瑞祥、編集は戈的であった。政治経済に関する記事から、文芸、映画、芝居、女性問題、医学や薬に関するものなど、様々なものが掲載されている雑誌であり、前にも述べたが、「広告刊行物」と呼ばれる媒体で、多くの広告を掲載しその収入によって発行されていた。小説の掲載は多くなく、むしろ実録的な読み物が多い。文芸雑誌というよりは、薄めの情報雑誌に近いものと言って良いだろう。第1巻にあたる1937年には巻末に時刻表も掲載されており、文字をじっくり読むよりは、情報を使用することを考えて作られた雑誌のように考えられる。

（2）若者たちへの視線

　『上海生活』は誰を対象とした雑誌だったのだろうか。雑誌からは若者へ注意が払われていると思われる記事が散見される。

　まず、第1巻では読者投稿欄として、「読者からの手紙（原文：読者信箱）」が数回に渡って設置された。この投稿欄は、第1巻第2期（1937.4.1）に南京の読者からの投稿に応える形で記事を書いた「どうやって若者の苦痛をなくすか（原文：怎様解除青年人痛苦）」が掲載された後、「投稿への回答（原文：來鴻回答）」という記事のタイトルで第1巻第4期（1937.6.1）、第1巻第5期（1937.7.1）、第1巻第6期（1937.8.1）に掲載されている。

　ここで注目したいのは、「どうやって若者の苦痛を解くか（原文：怎様解除青年人痛苦）」であ

る。この記事には何が描かれていたのだろうか。これは、南京の沈必恕という読者からの手紙を1頁引用し、その後見開き2頁を使って、編集者が回答を書いたものである。沈必恕からの手紙は元々は四千字を超えていたようだが、編集部はそれを縮めて掲載した。沈青年は切々と彼の窮状を訴えている。「私の状況は、最近どうしようもない深い穴の中に落ちてしまったようです！　暗闇の中、私は弱く勇気がでず、ただ手探りしているだけで本当にどうにもならないのです！　よく様々な難しい問題が、頭から離れず安眠できない時、特に静かな夜には、現在の状況と以前の学校生活とを無意識に比べてしまいます。現在の辛い状況のために以前の甘さや楽しさをより感じるが、それはもう触れることができないものです[31]」。これは冒頭部である。沈青年にとって現在の環境は苦しみでしかなく、過去に戻りたいと願っていることがわかる。また彼は学校生活にもこう言及する。「あれはただの墓場に過ぎないのです——私はもうその中に深く深く埋められてしまっています[32]」。沈青年は学生であり、そして学校の中で苦痛を感じていることがわかる。

　これに対して、編集は、「私は、現在の社会の中で——特に今の中国の社会の中で、沈君のように深くはまったら抜けることのできない苦痛の中に落ち込んだ青年は苦痛の程度が異なるだけでどこにでもいると思います[33]」と答える。沈青年が苦痛を感じている特別な誰かなのではなく、現在の青年とはこうなのだと考えている。編集からの返答は、現在、日本と中国の間に問題があり、戦争が始まるかもしれないということを踏まえた上で、道理に合わないことが起きている社会では、道理が通る教育制度などできないとし、こうアドバイスする。「もし十分な時間があれば、毎日新聞や良い雑誌、新しく出た良い本などを読んでください。そこから得た知識は十数年の学校生活で得るものより多いでしょう[35]」。ここで、編集が苦痛に苦しむ青年たちに、より良い本や雑誌、新聞を読むことを推奨していることは興味深い。そして最後に、「よって、ここで沈君に言いたいのは、過去にとらわれ現在を嘆くのはやめ、精神を奮いおこし、新たな自分の人生観や社会観を打ち立てて、目の前の混乱した社会から全て生きた知識をもう一度学んでください。苦痛の原因はあなたからきっとすぐに遠のくでしょう[36]」と締めくくる。

　『上海生活』の読者投稿欄は長続きしたわけではない。だがこの沈青年の手紙を引用し、「どうやって若者の苦痛を解くか（原文：怎様解除青年人痛苦）」というタイトルの記事を掲載し、紙片を費やして答えている。ここから『上海生活』にとってこうした青年たちの問題は重要だったということが推測できるだろう。そして様々な状況で学校に行けなくなった元学生、もしくは学校で苦しむ学生たちに、沈青年にアドバイスしたように、生きた知恵を授けることのできる雑誌を作り上げようとしていたのではないかと思われる。実際、『上海生活』には雑多な科学記事なども見え、直接青年たちが使えそうな就職に関する知識の記事や学生生活や、職業を持つ若者たちの実録的な記事も掲載されている。例えば、「女学生の生活（原文：女學生的生活）」（第3巻第2期 1939.2.17）、「職業青年の研修の問題（原文：職業青年進修問題）」（第3巻第9期 1939.9.17）、「いかに職業を探すか（原文：怎様謀求職業）」（第3巻第10期 1939.10.17）、「職業に就い

てから（原文：有了職業以後）」（第3巻第11期 1939.11.17）、「職業青年の苦悶（原文：職業青年的苦悶）」（第4巻第9期 1940.10.17）などだ。

『小説月報』の発刊は『上海生活』と関係があることはすでに指摘したが、その根底には、『上海生活』の端々に現れる若者への視線があったのではないだろうか。『上海生活』の編集の中で感じた若者の苦境が蓄積されていき『小説月報』となり、その延長に学生文芸選が存在したのではないだろうか。『小説月報』の創刊の辞に若者により良い文芸を提供したいというものの裏側がここに表れているように思われる。

五、小結

以上、『小説月報』（後期）に掲載された文芸コンテストとその前身である『上海生活』を見てきた。

『小説月報』に掲載された若者たちによる文芸コンテストは、投稿者と等身大とも言える人々（学生や就業したばかりの青年）の姿とともに、彼らの日常生活が描かれていたが、それぞれがそれぞれの苦境を抱えており、そこからは苦しむ若者たちの姿が見えてくる。言ってみれば文芸コンテストの場は当時の若者の実録的側面を持ち合わせた、読者にとって非常に感情移入のしやすいコーナーであったことが推測される。

『小説月報』の前身である『上海生活』も、小説雑誌ではないが、若者の生活に興味を寄せており、読者投稿欄や、若者の実録的記事も多く掲載していた。『小説月報』はこうした『上海生活』における編集の蓄積から、若者をターゲットにした文芸コンテストを開いたのだと考えられるだろう。とすれば、文芸コンテストには編集のバイアスとして、若者の苦境を描いたものを故意に選んでいた可能性があり、編集サイドの思惑が掲載されて、投稿者＝読者の実情とはかけ離れていたかもしれない。その可能性は否定できない。文芸コンテストの結果こそが当時の読者のありのままの姿だという議論は、慎重にやるべきだろう。だが、編集が故意に選んだものが掲載されていたとしても、もしそれが面白くなければ、若者たちはそういった作品を投稿しなかったのではないだろうか。学生文芸選は大学名も個人名も明記されており、そこからある程度作家も出ている。作品の水準も悪くはない。繰り返し、自らの苦境を吐露した作品が掲載されるのは、やはり投稿された作品群にある程度の傾向があったと考えられるのではないだろうか。

こうした苦境を吐露する読者たちの姿は、『小説月報』だけではない。『万象』、『春秋』の読者からの人生相談コーナー、それに1942年に創刊された『女声』にも読者投稿欄に女性に関する様々な問題が寄せられたことが指摘されており[37]、当時上海においてはよく見られるものだったと考えられ、読者にとって苦境を吐露すること、そして他人の苦境を読むことが彼らにとって何かの慰めになっていたのかもしれない。こうしたことを含め、吐露する読者たちがい

かに文学作品に影響を与えていったのか、それは今後の課題としたい。

『小説月報』（後期）文芸コンテスト作品一覧表

学生文藝選　第4期（1941.1.1）―第25期（1942.10.1）			
第四期 1941.1.1	紀念勞勃脱夫人　（1）	聖約翰高三	建昭
	長髪姑娘　（2）	大同高三	柳嘉淦
	寂寞的秋天　（1）	復旦大一	沙甄
第五期 1941.2.1	阿霞小姐　（翻訳）	新華中學生高三	牆萍
	眸子　（2）	滬江大學四年	葉芷
	關於我的住所　（1）	復旦大學二年級	魯國琴
第六期 1941.3.1	良知　（2）	之江大學二年級	智盲
	一杯茶　（翻訳）	滬江大學三年級	錢寶瑜
第七期 1941.4.1	沙翁的故事　（翻訳）	光華附中高一生	徐疾
	不吉之兆　（1）	東吳大學二年級	永修
第八期 1941.5.1	氯氣涙（1）	聖約翰大學三年級	陳恩風
	師生之間 千載下左忠毅公的遺風（歴史）	東吳附中高三年級	徐開壘
第九期 1941.6.1	不看話劇的人（1）	華華中學高三年級	朱沙浪
	女護士（2）	交通大學二年級	青峯
	逝！（2）	震旦大學一年級	徐綺
第十期 1941.7.1	阿三的夢（4）	上海商學院一年級	裴予貞
	牧歌（3）	光夏中學高二年級	魏道文
第十一期 1941.8.1	我的媽媽（1）	暨大商院一年級	楊璇瑋
	荊軻的餘恨（歴史）	約翰附中高三年級	紅洪
第十二期 1941.9.1	晩霞的餘韻（2）	東吳大學三年級	施濟美
	試探（1）	東吳大學三年級	薛武意
一週紀念特大號 1941.10.1	西服（1）	交通大學二年級	章復
	寂寞的口哨（3）	蘇美專二年級	容子
	歸去（3）	香港香江中學	曾木蘭
第十四期 1941.11.1	阿翠（3）	之江大學四年級	吳志駿
	琴桃（翻訳）	聖約翰高中三	忻建奮
第十五期 1941.12.1	東流水（3）	東吳大學四年級	俞昭明
	家書（3）	聖約翰附中高中三年級	傅翀划
元旦號 1942.1.1	藍衣女郎（翻訳）	之江大學一年級	文苓 直輿 合譯
	踏進了陥井的口（3）	東吳附中高中二年級	程慰宜
第十七期 1942.2.1	聖母曲（1）	東吳大學三年級	程育真
	新的「立像和胸像」（4）	東吳大學三年級	陳琲楨
	冬與春的交響（1）	大同大學三年級	盧世琴

第十八期 1942.3.1	滋愛（1）	交通大學三年級	沈訏
	約翰柏鯨斯（翻訳）	新華高三	牆萍
	望（3）	大夏大學一年級	宋德華
第十九期 1942.4.1	第一天（3）	東吳大學一年級	韓禾慶
	郵務長（翻訳）	聖約翰大學二年級	程一康 翻譯
	預約（3）	中國中學高三級	楊修文
第二十期 1942.5.1	縫衣婦（翻訳）	大同書院二年級	唐勤治
	寂寞（3）	紅淮中學高一年級	張宗尹
第二十一期 1942.6.1	小夜曲（1）	蘇州桃塢中學高二	潘耀東
	悼（1）	晏摩氏女中高二級	王烈貞
第二十二期 1942.7.1	蝴蝶姑娘（1）	松江女中高一年級	潘君昭
	犧牲者（1）	民立中學秋高三	張夢月
第二十三期 1942.8.1	孩子們的喜劇（3）	之江大學三年級	許念滋
	司馬遷（歷史）	事業中學初三	余茂宙
第二十四期 1942.9.1	此恨綿綿（3）	東吳大學四年級	梅兮
	阿珠（3）	蘇美專二年級	陳賢範
第二十五期 1942.10.1	丈夫的著作（翻訳）	暨南大學三年級	楊怡菊
	沙葬（4）	震旦附中高二年級	余振廉

「知青徵文」第 20 期（1942.5.1）—第 25 期（1942.10.1）			
第二十期 1942.5.1	這不過是一場夢（2）	銀錢業	東海颿
	一星期（2）	門房	楊葭康
第二十一期 1942.6.1	兩個女學生（1）	文牘	洛蒂
	自由車站管理人（2）	管理員	H.C.
第二十二期 1942.7.1	我的寫作生活（2）	呢絨業	白燕
	希望（2）	廠工	秋陽
第二十三期 1942.8.1	漩渦中（2）	抄號記錄員	侃
	人生中的目的是奮鬥！創造！（2）	信昌毛織廠	思蘊
第二十四期 1942.9.1	看護小姐—我的生活（2）	看護	蕙蓀
	影戀（2）	銀行	史埜堂
	就業的一天（2）	寶裕紗布號	岳青
第二十五期 1942.10.1	泯滅（2）	歌女	玲珠
	復活（2）	雜役	金浩程

「学生文藝選」第 45 期（1944 年 11 月 15 日）			
第四十五期 1944.11.25	旅店的一夜（3）	復旦大學二年級	歐陽芙之
	小姐生氣了（1）	聖約翰大學四年級	張朝杰
	復讐（歷史）	大同大學二年級	王民
	浪子的懺悔（1）	聖約翰大學二年級	張若虛
	窗下（3）	務光女中高三	陳贊英
	旱（3）	光華附中高商二	品芳

【注】

(1) 此時的文學期刊是一些綜合性雜誌。（中略）除了美文以外，這些散文隨筆的內容十分廣泛，涉及到人類生活的各方面。文學性，知識性，史料性和趣味性構成了 40 年代通俗文學期刊的風格。（『中國近現代通俗文學史』 范伯群主編 江蘇教育出版社 2010 年 507 頁）

(2) 通俗文學表現手段的新文學化是此時中國通俗文學的重要特點。（中略）此時的中國通俗文學則走向了現代性完成。通俗文學創作在注重曲折情節的基礎上更爲關注生活的內在行。（『中國近現代通俗文學史』 范伯群主編 江蘇教育出版社 2010 年 507 頁）

(3) 民族文學這一時期，通俗文學作家與新文學作家的聯繫進一步增強。不少新文學作家的作品，比早先更爲經常地出現在通俗文學作家主持的刊物上，有些通俗作家（如平襟亞）也成爲某些新文學作家主編刊物（如柯靈接編後的《萬象》）的經常作者。這種情況從一个側面反映出不同文學流派的上海作家，在民族危難之際，爲共赴國難和共同維護民族文學事業生存發展的新的團結，也反映出不同文學流派之間的互相支持和相互學習。就通俗文學作家向新文學學習而言，這種傾向也比孤島時期更爲明顯。（『抗戰時期的上海文學』陳青生 上海人民出版社 1995 年 209—210 頁）

(4) 他（筆者注：周瘦鵑）在刊物上推出的女作家有楊琇珍施濟美，程育真，湯雪華，邢禾麗，鄭家媛，俞紹明，張愛玲，蘇青等。以上作家除張愛玲蘇青以外，都是在讀或者已畢業的東吳大學的學生，因此又稱之爲“東吳系”。（『中国現代小説思辨録』湯哲聲 北京大學出版社 2008 年 116 頁）

(5)《小說月報（後）》似乎很注意發現和提携一些文學新人。（中略）此時，出現了一批通俗文學的新作家（中略）爲了鼓勵“國內各大學及高級中學學生”投稿，刊物專門設立了“文藝獎金”，專門開闢了“文藝徵文”的欄目刊載這些稿件。（『中國近現代通俗文學史』 范伯群主編 江蘇教育出版社 2010 年 533 頁）

(6)「顧曉悅：父親顧冷觀和他的文友們」（http://mjlsh.usc.cuhk.edu.hk/Book.aspx?cid=4&tid=962）（「民間歷史」香港中文大學中國研究服務中心）

(7) 原文：精神食糧，當然是同日常所需要的麵包有同等的重要性，內地出版界儘管熱鬧，上海卻無緣接觸。（中略）在這迫切需要條件下，我們爲要提供一種新鮮的食糧，所以出版了這本月刊。

(8) 原文：我們沒有門戶之見，新的舊的，各種體裁都歡迎的。讀者也許要說：內容太雜了。

(9) 原文：這可以證明了現在讀小說的人之多，多於讀其他一切的文章。我認爲這是自然的趨勢，因爲上海是孤島，而小說呢？自有它的特長，自有它的風格，至少，總要比空虛的，無聊的，低級的文字要好得多了。

(10) 原文：在校的和從業的青年，多少可以藉此得到一些幫助吧！小說，是文藝之一，我們想讀小說並不是無聊的。淺近的說是消遣，然而由消遣中，它會無形養成正確的習慣，而一種良好的發展。

(11) 同じタイトルのものがその後あらためて行われるので、本稿では便宜上前期と後期として扱う。

(12) 當然，因了爲孤島生活的窒息，希望寫好一點的文藝是很難的，而這個文藝的責任偏重過平時（中略）偉大的時代建築着一個年輕人的肩上的，有勇邁大青年一定更深切感覺着：「文藝家應該把握着怎樣之筆」。

(13) 原文：以國內各大學及高級中學學生爲限。

（14）原文：本刊自舉辦大中學生文藝徵文以來，每期收到稿件極多，成績頗佳，茲者擴大範圍，向職業青年徵文，就基本身職業所具之希望，興趣，感想，乃至日記，文藝作品等均所歡迎。

（15）本刊原有的「學生」與「職青」兩個文藝欄，談成績，還能滿意，這當然要感謝許多熱心寫稿的朋友。然而，繼承諸君這樣的熱愛愛護，我們自能不加倍努力來答謝諸君，「文藝新地」的產生就爲了這一點。學生與職青看起來似乎是相當的廣泛。當時還脫不了一個界限，凡是愛護本刊的，無分彼此，我們幾度考慮之下，感覺到這二個名詞的不妥，所以有更換「文藝新地」的必要，這是又一點。（「關於文藝新地」編者『小說月報』（後期）第 26 期 1942.11）

（16）原文：我們也企劃有一些新的開始和新的改進（中略）而現在當我們走向更艱苦的前程，今後尤需讀者諸君的鞭策和互助。從下期五週年號起，我們打算革新內容，重行舉辦「大中學生徵文」，給青年學生提供一塊耕耘的園地，給讀者諸君呈獻豐美的鮮果。

（17）原文：凡大中學學生均得投稿。

（18）原文：體裁不論：小說，散文，速寫，報告，譯文皆所歡迎。

（19）文末の文芸コンテスト一覧表のタイトルの後ろの（）内の数字は 1 学生、2 職業に就いた若者、3 若者、4 その他の分類になっている。

（20）原文：是的，當我們的國家勝利之後，當黑暗給光明趕走了之後，她會重來的。

（21）原文：世界是那麼空虛，殘酷，活著有什麼意思呢？

（22）原文：徐文奎被教育制度摧殘，遭奮家庭迫害，他是犧牲了，但卻教育了我們活著的年青人。

（23）原文：或許你會在替我可惜，但是這總比餓著肚子好罷？我自從做了這「職業」之後，我深切地感到社會的黑暗與人類的不平。

（24）原文：沒有身歷失業的人，是不會知道失業的痛楚。

（25）原文：不到一個禮拜，我人瘦了，實在說，工作太累重，與自己的身力差得遠。但是爲了生活，我能有什麼辦法呢？

（26）原文：他不知道應該怎樣解決以後的生活問題，是努力奮鬥還是聽憑社會淘汰，他只有手緊捏著衣袋裡的薪金和一部分生活津貼；那是最後一次的生機。

（27）原文：對這猙獰污濁而迷信的封建社會，不敢再張開眼來細看了。

（28）原文：我希望我能患一場大病，能死去更好。死倒能給我快樂，光明。

（29）原文：我們的『上海生活』已經刊行四年了（中略）我們又感到這個時候的文藝太空虛了，太雜了，才發行了這本姊妹刊『小說月報』。

（30）我們這裡，從態度嚴肅的政治經濟文字，以致文藝，電影，戲劇，婦女，醫藥等等的文字，都有一點。（「創刊辭」『上海生活』第 1 卷第 1 期 1937.3）

（31）原文：我的環境，近來更陷落在無辦法的深坑裏了！在黑路上，我太懦弱，沒勇氣，我只是摸索著，實在沒有打開它哪！常常當諸難題縈於腦際而不得安眠的時候，尤其在一個清夜，我下意識地會拿現實的環境和從前的學校生活來對照：目下痛苦的慘遇，使我回味到先前的甜蜜和快樂，只是一個不著邊際的夢

（32）原文：那只是墳墓—我已經深深地被埋葬在裡面了。

（33）原文：苦痛我相信，在目前的社會中—尤其是在目前中國的社會中，像沈君一樣深陷於不可拔的苦痛中的青年，是到處皆是，不過苦痛的程度有不同而已。

（34）在目前不合理的社會中，根本就產不出合理的教育制度的。

（35）若有充分的時間，每天看報，看好的雜誌，新出版的好書，所得知識，比十幾年的學校生活還要多。

（36）原文：故在此要對沈君說，不要迷戀過去，慨嘆現在，打起精神，重新立定自己新的人生觀，社會觀，重新從目前紛亂的社會中學習一切活的知識，苦痛的因子相信會很快從你身上遠離的。

（37）山碕眞紀子「田村（佐藤）俊子から左俊芝へ、戦時下・上海『女声』における信箱——「私たち」の声のゆくえ」『戦時上海グレーゾーン』（堀井弘一郎・木田隆文編　勉誠出版　2017 年）

第VI部

蠱の諸相──日本住血吸虫症との関連において

貝塚 典子

一、はじめに

　中国の古来より現在に至るまで受け継がれてきている習俗の一つに「蠱」がある。「蠱毒」とも表記され、呪術の一つとして様々な伝承が存在する。『隋書』巻三十六「地理志」下には

　　其法以五月五日聚百種蟲、大者至蛇小者至蝨、合置器中、令自相啖、餘一種存者留之、蛇則曰蛇蠱、蝨則曰蝨蠱、行以殺人。

とあり、これは５月５日に百種の虫を集めて大きいものは蛇から小さなものは蝨までを器に入れ、互いに食らわせ生き残った一種が、蠱毒となり、これを用いて人を殺す、という呪術である。この蠱の材料となる虫の種類や数については様々な記述があり、また蠱毒で呪われた人物の身におこった症状の記載や何の目的で蠱毒を利用するのか等、記述は多彩である。しかしながら、一方では、このような呪術とばかりは限らない別の意味で使われていると思われる蠱の記述が、古くからの文献に多数見られるところでもある。

　蠱は六朝の頃より虫を容器に閉じ込め他人を呪う目的で熟成される呪術となったと考えられているが、それ以前の時代の文献の記述に残る蠱の文字の持つ様々な意味を検討し、また六朝以後にも、呪いによる結果とは別のものを示していると考えられる蠱の記述を拾い、蠱の持つ別の側面にも着目することにより、蠱にまつわる伝承をあらためて考えてみることにしたい。

二、蠱毒の呪術伝承

　まず、六朝以後に盛んに記載される蠱の呪術面を見ておきたい。

　前述の隋書の記述では、呪術としての蠱の材料に使う虫は百種となっており、ここで言う百種とは多くの虫という程度の意味であろうが、特に素材とされる毒虫によって蠱にも名前がつくのである。清、陸次雲『峒谿纖志』中巻には

　　苗人能爲蠱毒。其法五月五日聚毒蟲於一器之中、使相呑噬、併而爲一、乃諸毒之尤也。以

之爲蠱。中者立斃。然造蠱之法多端、如有所謂金蠶蠱、蜈蚣蠱者、其術不可思議。大約其
　　用蠱、恆在冷茶冷酒中、及茱蔬肉食中第一塊。

とあり、5月5日に蠱を作ることが記述され、金蚕蠱、蜈蚣蠱が記されている。この金蚕蠱に
ついては、明、謝肇淛『五雑組』巻十一、物部に、金蚕毒が川筑の地に多く、蜀錦を食らわせ
て養い、その糞を取り、飲食の中に置き毒殺することで、人の家の財物を招き寄せることがで
きるため、蠱虫を祀る者は多く富をなす、という内容の記述があり、蚕に似た蠱虫と考えられ
ている[2]。また、この端午に毒虫として扱われるものは、中村喬『中国の年中行事』（平凡社
1988年）によれば、宋、呂原明『歳時雑記』には、蜈蚣（むかで）・蚰蜒（げじげじ）・蛇・蝎
（さそり）・草虫、と書かれ、明、沈榜『宛署雑記』民風では蜈蚣・蛇・蝎・虎・蟾（ひきがえ
る）、清、顧禄『清嘉録』五毒符に蟾蜍（ひきがえる）・蜥蝪（とかげ）・蜘蛛・蛇・蚿（おさむし）
が五毒と扱われているという。このように虫とは昆虫の類ではなく、毒虫全般を指し、虎も虫
の概念に含まれている。

　そして、蠱を作る時期が端午節であることが多い理由は、現在も行われる浙江の民俗が参考
になる。それは蛇・蝎・蜈蚣・蜘蛛・癩蛤蟆（ひきがえる）を五毒とし、五毒は天中節の端午
の正午から発生するので、端午に石灰をまき、雄黄酒を噴きつけ、薬効成分のある煙をいぶ
し、五毒を滅し、病原菌を殺し穢れを駆除する行事である[3]。元来5月は「悪月」[4]であり、中で
も端午は「天中節」で、陰陽の陽が高まり、害虫が発生する夏の訪れの時期にあたる。害虫の
勢いが活発になる端午に毒虫を集めて蠱毒を作れば、人を害する呪いの威力もより強まると考
えられたのではあるまいか。

　ではあらためて何の目的で蠱により呪いをかけ、他人を死に追いやるのであろうか。先程金
蚕蠱を操る者が財を成すことを述べたが、同様の記述が以下の如く見られる。清、東軒主人
『述異記』巻二、畜蠱に、

　　其用蠱也、其人既死、死者之家貲器物悉運來蠱家、其受蠱之鬼、即爲蠱家役使。凡男耕女
　　織、起居伏侍、有命即赴、無不如意。

とあり、蠱の用い方は、相手が死ぬと、死者の家の家財道具は蠱家に運ばれ、殺された者の霊
魂は、蠱の使い手の家のための労働力とされるのである。川野明正は、先に挙げた金蚕蠱が蚕
を象徴するように、手工業生産によって富を成した者や経済作物の生産によって利益を得た者
が存在する共同体内での貧富の差を説明する言説として、蠱が機能しているという[5]。

　以上のように、蠱毒は五毒などの毒虫を器に入れて養い、その毒性を以て人を呪う呪術であ
ることを整理した。また、現在までその伝承を伝える少数民族の居住地域や文献に残された蠱
毒の行われている地域を挙げてみると、雲南省、貴州省、四川省、湖南省、江西省、広東省、
福建省、浙江省など長江中下流域の中国南部の地域である[6]。何故このように蠱が南方の長江流

域においてばかり行われるのかは第5節で検討を加えることにするが、呪術の作法が広く書かれるようになる六朝よりも古い時代の文献の蠱の記述はどうであろうか。その蠱の字の示す所を次に考えてみることとする。またその上で、六朝以後でも呪術とは別の意味を示していると考えられる蠱の記載も検討する。

三、蠱をめぐる記述

　まず、蠱の字義については『説文解字』虫部に「蠱、腹中蟲也、（中略）從蟲從皿」とあり、『説文』に「皿、飯食之容器也、象形、與豆同意」と書かれ、これは前述の六朝以後の、虫をとらえて器に養い、その毒を人に放つ習俗を生んだ原型とも言える記載であろう。そして、第2節に見たような、呪術としての蠱の記述としては、『六韜』上賢に、周の文王が太公に国を治める道を尋ねた際に「巫蠱左道」と、七害の一つに巫蠱の術が挙げられており、これは『漢書』の漢の江充が巫蠱事件を捏造して太子を陥れようとした事件なども想起させるものである。

　しかし、一方では、蠱は個人が個人を呪う役割を担うものばかりではないと思われる記述も見ることができる。『周礼』秋官には「庶氏掌除毒蠱、以攻說襘之、嘉草攻之」とあり、鄭注に「毒蟲、蟲物而病害人者」と書かれ、毒虫が人を病気にするので攻說という祭祀を司ると記されている。庶氏は一人一人の個人の病害に応対し、それを取り除く医者のような役割を担うものではなく、社会、共同体の中に起こる疫病、災厄の蔓延に対処し、祈り、これに命を下し処置を行う存在であったと思われる。また『史記』封禅書には、「作伏祠、磔狗邑四門、以禦蠱菑」と、邪気を払う社を作り、犬を村の四門に磔にして、蠱の災いを防ぐとあり、同じ『史記』秦本紀、徳公二年には「初伏、以狗禦蠱」と書かれ『正義』に

> 蠱者、熱毒惡氣爲傷害人、故磔狗以禦之。（中略）磔、禳也。狗、陽畜也。以狗張磔於郭四門、禳卻熱毒氣也。

という。この記述の示す所は、第2節でみたような蠱は個人が別の家の者を呪うというものではなく、城市全体にふりかかる災いとしての蠱の侵入を陽物の代表の犬を使って防ぐ意図である。ここで蠱は特定の使い手が他の家の者を呪ってその財を奪うという結果を招くために行うものではなく、蠱は侵入経路が不明で、災いの発生源を特定することができずに、城市の多くの人々に共通の防ぐべき災厄として認識されていたものだと考えられる。

　また蠱があるべき範疇を超えて秩序を乱させるものという意味で使われているものもある。『春秋左氏伝』昭公元年では女色におぼれてかかる病を蠱と言い、更に続けて以下のように言う。

趙孟曰、何謂蠱。對曰、淫溺惑亂之所生也。於文、皿蟲爲蠱。穀之飛亦爲蠱。在周易、女
　　惑男、風落山、謂之蠱。

　これは蠱惑という語のように人を惑わすよこしまなものとして蠱を記しているが、同時に、穀
物から飛び立つ羽虫のようなものも蠱であるとしており、同様の記述は『国語』晋語、晋『述
異記』下、『論衡』商虫にも記されている。また、上海博物館所蔵の戦国時代の楚の竹書『周
易』の研究の中で、陝西省岐山風雛村出土の八十五号の卜甲「蠱」の卦の「卦」の下の文字が
「曰其卽魚」を意味していることから、蠱の卦は飲食と関わりがあると蕭漢明が指摘している
と陳仁仁が記している。このように、『左伝』などの、蠱は穀物の中に生じた羽虫のようなも
の、という記述は、蠱には、惑わし秩序を乱すものという意味以外にも、食べ物に関連し食べ
物から生じるものであるという考え方もあったことを示している。このことについてはまた第
5節で触れたいと思う。同じく蠱が秩序を乱すものという意味で使われているものに、銀雀山
漢墓竹簡の晏子の記述がある。孔子を批判して言うことに、「今孔丘盛爲容飾以蠱世、絃歌（中
略）衆、博學不□□□□思不可補民」とある。現存する『晏子春秋』外篇第八は「蠱世」では
なく「侈世（世におごる）」となっている。蠱はここでは動詞の役目で、前述の『春秋左氏伝』
のような、秩序を乱し惑わすという意味であろうと思う。
　以上、毒虫を容器に入れて毒を飼う呪術としての蠱毒の作法が六朝の頃に記述されるように
なるより以前の記載を整理してみた。蠱の示す意味は、かなり幅の広いものであったようであ
る。平穏を乱すものであり、災厄であり、原因が特定できないために対処に困惑する様々な災
いを含んでいたように思われる。
　では次に、六朝以後の文献に見られる呪術とは違い、病気を示す記述についても検討してみ
たい。『素問攷注』巻十九、玉機真蔵論篇には、

　　弗治脾傳之腎、病名曰疝瘕、少腹冤熱而痛、出白、一名蠱。（中略）蓋蠱者原是爲腹中蟲
　　之名。（中略）與蠱毒之蠱自別。

とあり、蠱には呪いによる蠱毒とは別に、病気としての蠱があると書かれている。医学書であ
る隋、巣元方『諸病源候論』には「蠱毒候・蠱吐血候・蠱下血候・風蠱候・任振中蠱毒候・蠱
毒利候」と蠱毒の様々な種類と症状が記載されており、巻三十七に、風蠱とは皮膚から風が入
り体全体が痛むとある。また、巻三十一に、水蠱について

　　此由水毒氣結聚在內、令腹漸大、動搖有聲、常欲飲水、皮膚麤黑如似腫狀、名水蠱也。

とあり、水毒により腹が腫れて皮膚が黒くなるという。他に、水蠱については、李玉尚が、長
年水を渉り耕す者が多く罹るとして、『衢州市志』を引いている。

356

蠱の諸相

　清嘉慶年間、衢州名醫江沛將水蠱症列爲不治之症、沛曰此症爲常年涉水之耕者、因積毒水
　腹、難於排泄、故罹難者皆難免一死。

更に、晋、葛洪『肘後備急方』巻七、治中溪毒方には、

　水毒中人、一名中溪、一名中灑、一名水病。似射工而無物其診法。

とあり、人が水毒病に感染するのは、射工虫による害に似ていると書かれている。この射工虫
とは『博物志』異虫に

　江南山谿水中射工蟲、甲類也、長一二寸、口中有弩形。氣射人影隨所著處發瘡。不治則殺
　人。

と書かれており、小さな虫ではないかと思われる。また、梁、鮑照「苦熱行」(『文選』巻二十
八「楽府八首」)には「含沙射流影、吹蠱痛行暉」とうたわれる。蠱も砂虫と対比され、人を病
気にする小さな虫の類と認識されていたように思う。
　ふりかえってみるに、第2節で検討したような呪術の蠱毒で呪われた者も、死に至るまでの
症状は「餘相伯歸與壽婦食、吐血幾死」(晋、干宝『捜神記』巻十二)や、「人噉其食飮、無不吐
血死」(晋、陶潜『捜神後記』巻二)と蠱を養う家の者に出されたものを飲食することにより吐血
して死ぬとある如く、事故や天変地異によるのではなく、やはり病にかかることにより死ぬも
のが多い。しかし一方では、ここで検討したように、原因が呪いによるものとは関わりなく、
病気と認識されて医学文献等に記される蠱もあることが分かる。
　そして、1950年代以降特に長江中下流域で流行した疫病のため、古典籍の中の蠱毒を記し
た記述のうち、下血痢、吐血、腹水などの内容に研究者の注目が集まった事例がある。その疫
病とは日本住血吸虫症である。先に挙げた李玉尚の明代以降の長江中下流域における日本住血
吸虫症に関する研究には次のように書かれている。江蘇省太湖東南部の昆山澱西区一帯の農民
達が1953年に、自分達はこれを大肚子病という腹のふくれる病気だと思ってきたし、水中に
怪異があり水脹がおこるのであり、風水がよくないと捉えてきた、と語っている。また医師
も、光緒年間に太湖水系で洪水氾濫が起きた後、蠱脹病で死ぬ者が増えた、と言っている。こ
の1950年代に蠱脹病と呼ばれ、大肚子病、水脹とも記される日本住血吸虫症に対処するにあ
たっては、先に挙げた『諸病源候論』等の書物の中の蠱毒の病症例が参考にされたというわけ
である。
　日本住血吸虫症は1904年に日本で発見された寄生虫による病である。中国においても1905
年にはアメリカ人医師が湖南省常徳でその虫卵を確認し、中国にもこの病気が存在することが
明らかになっている。しかしながら、流行地域である長江中下流域の農民には、1950年代で

357

も大肚子病という腹の膨れる病気だと認識されていたわけで医師にも蠱脹病と呼ばれている。感染症であるところの寄生虫病が蠱脹病と呼ばれ、古典籍の中の蠱毒の記述を参考に治療や対処法を考察されていることは、蠱が呪術とは別の病気として認識されてきた系譜があることを示していると言えよう。では、この日本住血吸虫症とはいかなる病気であるのか、次に考察したい。

四、日本住血吸虫症

　日本住血吸虫症とは、寄生虫病の一種であり、人から人へと伝染する感染症の一種である。住血吸虫病は現在でも世界に広く分布している。感染症は連鎖的に被害が拡大する伝染病の一種であり、特定の時期に多くの人々が同時に罹患するもので疫病とも呼ばれた。この日本住血吸虫の生活の循環の仕組みは以下のようである。まず、中間宿主である淡水産巻貝のミヤイリガイから泳ぎ出た幼虫セルカリアが、人や家畜の終宿主の皮膚に水を通して感染する。やがて成虫となって血管内に寄生し、雄と雌が交配し、腸管壁または膀胱周囲の細い血管内に産卵をする。虫卵は糞便または尿と共に外界へ排出され、水中で孵化してミランジウムとなる。そしてミランジウムはまた淡水に生息する中間宿主である所のミヤイリガイに入って感染の機会を得る、というように循環するわけである。一方で、人の体内においては血管内で産卵された虫卵の多くは血流に運ばれて肝臓などの体内の各臓器に蓄積されることとなる。[11]

　日本における流行域は、山梨県、福岡県と佐賀県にまたがる筑後川流域、広島県東部などである。古くは『甲陽軍鑑』巻二十、勝頼記下、に「しゃくじゅのちょうまん（積聚の脹満）」と記載があるところである。[12] 現在日本では根絶された病となっているが、古くは戦国時代から地方病、奇病として存在が記され、病気の原因が分かってからも、山梨県で流行終息宣言が出されたのが1996年になってからであることを考えれば、病気の根絶がいかに難しかったかが推測できる。

　そして、中国においては、古くは1972年に2100年前の湖南省馬王堆漢墓から出土した、漢代初期の長沙国の丞相の夫人と推定される50才代の女性の遺体の肝と直腸の組織から、また、1975年に湖北省江陵鳳凰山から出土した60才程の男性の遺体の腸と肝の組織内からも、日本住血吸虫症の虫卵が確認されている。[13] つまり中国における日本住血吸虫症の罹患は2000年余り前に遡ることができることになる。また、三国時代の赤壁の戦いは、西暦208年とされ、湖北省と湖南省の境に位置する長江一帯がその古戦場であるが、それは近年までの日本住血吸虫症の濃厚な流行地域でもあり、曹操の魏の水軍が大敗した理由の一つは、兵の多くが北方の魏の出身者であったためにこの病に免疫がなく、長江で水に接して急性の住血吸虫症を患ったためであるとする説もある。[14]

　前節で1950年代に、中国の研究者たちが、日本住血吸虫症の対策を講じる参考にするため

に、文献の中の蠱毒の記載を繙いたことは述べたが、1950 年代にはその流行はすさまじく、長江中下流域一帯、江蘇、浙江、安徽、江西、湖北、湖南、福建、広東、広西、四川、雲南及び上海の 11 省 1 自治市の 373 県に患者が蔓延し、その数 3200 万人と推定されていた。[15] 被害は現在でも、水に入る機会の多い農民、漁民の感染率が高く、男性が多いとされることからも、当時はわずかに寡婦と孤児が残され、田畑は荒れゴーストタウン化する村落が続出したという。[16] 毛沢東は党の重要課題にすえて 1956 年から大規模な人海戦術により、新しい溝を掘って古い溝を埋めるという方法で中間宿主のミヤイリガイの撲滅を試みた。毛沢東には 1958 年 10 月発表の「送瘟神（疫病神を送る）」とする詩があるが、ここに言われるような日本住血吸虫症の完全なる根絶は中国においては現在まで達成されていない。[17]

　さて、現在中国において日本住血吸虫症は、流行地が低湿地に広がる湖沼型と比較的標高の高い地域に広がる山岳型の二型に分類されている。湖沼型は、長江の水位差が乾季と増水期で 10 メートル以上の差ができて乾季に広大な草地が広がるため、中間宿主貝が繁殖して感染の場になってしまう。また一方、太田伸生は山岳型について以下のように述べる。[18]「山岳型は分布が四川省や雲南省の山岳地域にあり、標高も海抜二千メートル以上に及ぶなど高く、かなり冷涼な地域である。（中略）山間の小河川に沿って貝が生息し、社会インフラが未整備なため、洗濯、炊事など家事労働の際に感染する。かつてのわが国の流行地とも似通った印象を受ける光景である。経済的に恵まれない少数民族の居住地域にあることも対策を困難にしている」。

　以上のように、2000 年以上前の前漢時代から現在に至るまで、主に長江流域の湖沼部また山岳部でも、日本住血吸虫症が根強く人々を苦しめてきた歴史を考えてみた。その上で、長江流域の習俗として記載され語られてきた蠱について最後に再考してみたい。

五、おわりに

　蠱は第 2 節で述べたように、特に六朝以後の文献では、主に呪術として記載されることが多く、蠱毒として一つの習俗となっている。一つの容器に毒虫を集め互いに食らわせることで生き残った最強の毒虫が、蠱の使い手により、呪いを以て放たれる。選ばれる毒虫は様々であるが、五毒と称される五つの毒虫を合わせる方法もあり、蜈蚣・蛇・蠍・蜘蛛・癩蛤蟆等が挙げられる。蠱は 5 月 5 日に、陽の気が満ちる折に合わせて作られるという伝承もあり、毒虫の活動が盛んになる夏の始まりに作られる点には、蠱毒の威力を強める意図が感じられる。

　一方で第 3 節で蠱の文字が使われている六朝以前の文献資料を繙くと、その意味する所は、乱す、人を惑わす、平穏な秩序に波風をたてて物事をおこす、というような使われ方であろうかと思う記述がある。また原因不明で因果関係の特定できない災厄のような、避けるべきものを指しているであろう記述もあり、個人から個人への呪いの意味には限らない語であったことが窺われた。その後、医学書等の文献を検討すると、蠱は病気であり、呪いによる蠱毒とは別

のものであると記述されているように、水蠱、風蠱等の諸症状があり、前述の五毒と称される毒虫とは別の小さな虫を指すという記述もあった。時代が下って1950年代に特に長江中下流域で疫病が蔓延した際には古くからの諸々の文献に出てくる蠱の記述を医療の参考にしたことがあり、その疫病は蠱とほぼ同じものと認識されていた。最後に第4節で、その疫病は日本住血吸虫症であると考えられることを述べ、その流行地域も整理した。古くは前漢時代の馬王堆遺跡から出土した女性の体からもその病虫卵が発見されており、これは現在に至るまで中国において根絶されることなく2000年以上もの長い間人々を苛んできた寄生虫に由来する伝染病なのである。

　蠱毒をめぐる伝承は文献に記載されたところでも、また現在まで少数民族の間で伝えられてきた所でも、流布していたのは長江中下流域の中国南部の地域である。これは日本住血吸虫症がやはり長江中下流域一帯で猛威をふるい患者が蔓延していたのとほぼ同一の地域である。何故蠱毒の伝承は中原や北方ではなく、長江一帯の南部に限られるのかという疑問は、寄生虫に苦しめられ、その原因がしかとは特定できない中で、蠱毒の物語を編み出すことにより、奇怪な現象に説明をつけて納得するためであったのだろうと思われる。

　日本住血吸虫症は、経口感染ではなく皮膚から病虫の幼虫が水を通して侵入することにより感染する。長らく飲食物を通して体内に入ると思われてきて、1900年代にはじめて皮膚感染であることが確認された。[19]長江一帯は稲作文化であり、漁撈の文化でもある。水田に入り湖沼で魚を獲り、生業の日常の中に豊富な水がある。人が労働作業中に感染することもあれば、労働に従事させて水田に入った牛等の家畜から人が感染することもある。鼠や土竜などの小動物に触れてうつることもある。蠱毒を伝承してきた山岳部の少数民族も、第4節に記したように、インフラ設備が未整備であることが多いため、炊事洗濯等の家事労働を山間部の身近な川で日常的に行い、そのため多くの感染の機会がある。

　感染症は、その仕組みが解明されるより前の時代においても、共同体内で次々と身近な人々が病気に罹っていくため、誰からうつったのか、いつどうやってうつったのか等具体的な物語が語られやすいように思う。だが反面その病根が何であるかについては原生動物、細菌やウィルス等現在分かっている感染症の原因は目に見えず空気のようであり、分からないが故に想像はふくらんでいく。呪術としての蠱毒は、六朝以後に、容器に毒虫を入れて作るという作法を中心にして、いつ何を入れてどのような症状が出るか等付随する様々な物語が誕生し伝承され記述され増幅していった。特に共同体内で富を得た者と得なかった者が生まれた理由づけの言説に蠱は利用されるようにもなった。ここで日本住血吸虫症の症状を記すと「初期にはむず痒く、発熱、風邪、食欲不振、倦怠感、蕁麻疹の症状があり、5、6週間すると下痢が見られ、うすい糞便中に血液と粘液がまじり急性赤痢のようになる。発熱が続き、腹痛があり、肝臓脾臓が腫れて後は固く硬化し、顔青白く貧血となり、やせ細って腹部が腫れる[20]」のであるから、その激烈な症状はさぞ人々を驚かせたことだろう。あらゆる体調の悪さを全て集めたかのような症状である。特に末期の症状で肝硬変で腹水がたまり腹が膨れた症状は、まるで臨月の妊婦

程はあろうかという異様さである。現象が奇怪であればある程、説明をつけ物語を作り現実を理解しようとする力は大きくなる。第3節で挙げた水蠱は、長年水を渉り耕す者に多く見られる、とあり、また、毒水が腹にたまり排泄が困難になる、と語られていることからも、日本住血吸虫症の症状をよく示しているものだと思う。同じく風蠱の記述も、風が皮膚の間に入って体が痛む、とあり、ここでは水を媒体にはしていないものの、この皮膚感染であるという考え方は、飲食によらずとも蠱に罹ることがある経験から得た発想であったかもしれない。

　また呪術としての蠱毒は、蠱の使い手が飲食物に混ぜることが多いように思う。現在でも我々が見聞きするような、食べ物につく他の寄生虫の中には目で確認することのできる大きさのものもある。当時の人々が寄生虫の概念を経験として持ち合わせていたとしても不思議ではない。第2節で挙げたように、蠱が穀物から飛び出る羽虫のようなものであるとする食べ物に関連する蠱の記述もあったのは、やはり食べ物につく小さな寄生虫の類についての知識もあったためであろうかと推察する。更に何故六朝の頃から呪術の伝承が語られていくのかについてだが、六朝時代は王朝が中原を離れ、もともと蛮異の地として中心ならざる地域と見なしていた南の長江下流域に都を移さざるを得なくなった時代である。そこで初めて、その地域で流行していた感染症である所の日本住血吸虫症に接したため奇病の奇怪な症状に物語を与えることにより、その現実を理解しようとしたのではあるまいか。六朝期に志怪小説が誕生し、怪を語ることで不思議な事象に物語を作り理解していくという時代の流れも蠱の作法の誕生を後押ししたと考えられる。呪術としての蠱の習俗は毒を蠱の使い手が放つことにより、被害者は死に至る。この毒を放ち、受けるという行為は、感染症のうつしうつされる状況に酷似しているように思われる。それこそが蠱の呪いとしての習俗が形作られていった本質なのではないだろうか。

　以上、従来蠱と言えば呪術のイメージの強いものであったが、一方では日中の日本住血吸虫症の研究者の中には、蠱の記述伝承の中にその病を指すと思われるものがあることを指摘する論考も見られた。そこで今回、蠱の示す意味を文献を繙いて考察し、その呪術性を示す研究を整理した上で、日本住血吸虫症について検討した所、感染症のもたらす現実を蠱の呪術の物語を生むことにより、説明し理解しようとしたのではないかと考えた。もともと、古くからの文献に見られた蠱は原因の特定できない災厄や、秩序を乱すものを示す幅広い意味で使われていた。その中で、後世特に風俗習慣として定着した呪術としての蠱の意味と、病気そのものとしての蠱の意味が二本の中心的な流れとして現在にまで至っていると考え、その経緯と背景を探ってみた。

【注】

(1)　蠱の呪術としての伝承については川野明正が文献の記載と中国南部農村地域の民俗社会の実地調査による詳細な研究を行っている。「蠱毒伝承論──憑き物的存在の言説にみる民俗的観念」『人文学報』331号、東京都立大学人文学部中国文学研究室、2002年3月、「充溢する毒物──中国南部の蠱毒伝承

と日本の憑きもの伝承」『アジア遊学』58、勉誠出版、2003 年 12 月、「中国南部越族の挑生呪術と東ア
ジア稲作文化圏の生食習慣」『第十回国際アジア民俗学会国際シンポジウム発表論文集』国際アジア民
俗学会、2008 年 10 月の他多数ある。

(2) 澤田瑞穂「妖異金蚕記」『中国の呪法』平河出版社、1984 年

(3) 『浙江民俗』中国民俗大系、甘粛人民出版社、2003 年、「五月五日天中节，赤口白舌尽内灭。(中略)
金华各地以蛇、蝎、蜈蚣、蜘蛛和癩蛤蟆为五毒。俗传五毒俱自端午日午时起开始孳生，故民间则于此日
午前，在屋角及各阴暗处撒石灰、喷雄黄酒、燃药烟，以灭五毒，杀病菌，驱秽气」。

(4) 『荊楚歳時記』に「五月俗稱悪月」とあり、『史記』孟嘗君伝には 5 月 5 日に孟嘗君が生まれたため、
親に害を為すことを怖れられあやうく生まれてすぐに殺されるところであったと記される。

(5) 川野明正は共同体内での経済格差の説明として使われる蠱の機能とは別に、漢民族が明代から民国の
頃に西南地方へ旅した際に少数民族との接触を持った折に見られた、少数民族の女性が漢人男性をつな
ぎとめる手段として蠱を操るという言説も分析している。(「蠱毒・地羊・僕食──漢人の「走夷方」か
らみた西南非漢民族の民族表象（一）──」『人文学報』第 341 巻、東京都立大学人文学部中国文学研
究室、2003 年 3 月)。

(6) 川野明正「「蟲」と蠱毒──現代に脈々と伝わる中国の黒呪術伝承」『人と自然』第 3 巻、人間文化研
究機構、2012 年 3 月では、「雲南省貴州省では蠱毒は今でもまことしやかに人々の間で噂され語り継が
れる」と、六朝以来、壺中の毒虫の食らい合わせで蠱毒を作る伝承が南方の少数民族に伝えられている
ことが指摘されている。

(7) 陳仁仁「上海博物館蔵戦国楚竹書《周易》研究総過」『周易研究』2005 年第 2 期

(8) 孫紀文「二元互補与雑糅共生─中国早期文学思想的構成問題」『四川師範大学学報（社会科学版)』第
41 巻第 4 期、2014 年 7 月

(9) 小高修司「「蠱」病攷」『日本医史学雑誌』第 53 巻 4 号、2007 年 12 月

(10) 李玉尚「明初以降太湖北部和東部的血吸虫病」『J Chin Med Special Edition（1）2013』

(11) 松田肇・桐木雅史「住血吸虫症の歴史と現状」『医学のあゆみ』第 208 巻第 2 号、2004 年 1 月

(12) 酒井憲二編『甲陽軍鑑大成』第二巻本文篇下、汲古書院、1994 年

(13) 安羅岡一男「中国における日本住血吸虫症対策」『医学のあゆみ』第 175 巻第 7 号、1995 年 11 月

(14) 太田伸生「中国における住血吸虫」『住血吸虫症と宮入慶之助──ミヤイリガイ発見から九〇年』
宮入慶之助記念誌編纂委員会編、九州大学出版会、2005 年

(15) (13) に同じ。

(16) 李雅君「瘟神から日本住血吸虫病へ──清末民国上海における報道と情報の蓄積──」『史学研究』
第 286 巻、2014 年 12 月

(17) 中国における日本住血吸虫症については、飯島渉が感染症の歴史学を研究し、公衆衛生をめぐる制
度、近代日本の植民地学について論じている。『マラリアと帝国──植民地医学と東アジアの広域秩序
──』東京大学出版会、2005 年、「宮入貝の物語──日本住血吸虫病と近代日本の植民地医学」『実学と
しての科学技術』岩波講座「帝国」日本の学知第 7 巻第 4 章、岩波書店、2006 年、『感染症の中国史』
中央公論新社、2009 年

(18) (14) に同じ。

(19) 田中寛「宮入慶之助と中間宿主カイ発見」『住血吸虫症と宮入慶之助──ミヤイリガイ発見から九〇
年』宮入慶之助記念誌編纂委員会編、九州大学出版会、2005 年

(20) (16) に同じ。

鼬怪異譚考——日中比較の立場から[1]

増子 和男

前言

　江戸落語に、「宿屋の仇討ち」（別題『甲子待ち』、『庚申待ち』。上方落語では『宿屋仇』（『宿屋敵』、『日本橋宿屋仇』）という噺がある。[2]

　物語は、万事世話九郎なる侍が、さる宿場で旅籠に泊まるに当たり、前日周囲が喧しく十分寝られなかった為、是非とも静かな部屋に泊まりたいと所望する。ところが後からやって来た三人連れの町人がドンチャン騒ぎをするのに業を煮やすうち、話は思わぬ方向に進むと言う筋であるが、改めて聞き直すと、気になる一節があった。

　それは噺の冒頭。宿屋の客引きをしていた伊八という男の名前を聞いた世話九郎が、その名をとらえて、

　　なにイタチとな。その方か。あの尻の穴から血を吸うという恐ろしい奴は。

とからかう一節である。[3]この一節は、聴衆の軽い笑いをとる「くすぐり」と呼ばれるはなしである為、つい聞き流しがちな部分ではあるが、「イタチが血を吸う」とは一体どういうことであるかが改めて気になった。

　筆者は 1950 年代に東京郊外で生まれたが、当時は駅近くまで畑が広がる田園地帯で、土地っ子の年寄りたちからは、この辺でも少し前まで狸に化かされた、狐が出たと言う話をしばしば聞かされたものであった。しかし、鼬が血を吸うと言うのは耳慣れない話であり、試みに近隣に生まれ育った若い世代は勿論のこと、筆者と近い世代にも尋ねたところ、その話を知る人はほとんどと言って良いほどいなかった。

　ところが、2015 年 8 月に中国西安で開催された「第八回和漢比較文学会特別例会」でこの話について参加者に尋ねたところ、関西在住の数名の人たちからは、鼬吸血は自らも見聞した「実話」であるとの証言を得たため、これは関西で語り継がれている話と思い、更に関西地区で教壇に立つ知人にも授業担当校でアンケートを実施してもらったところ、東日本ではこの話を知る人がほとんどいなかったのとは異なり、若干名ではあるが、鼬吸血譚を聞いたことがあるとの結果を得ることが出来た。[4]

しかし、一部の人々には「実話」として語り継がれている鼬吸血譚は、鼬が鶏などの家畜を襲うに際して、頸動脈をかみ切ったり、頭蓋骨を噛み砕いたりする習性があり、その結果、獲物の血が大量に失われ、恰も鼬が血を吸い取ったかの如く見えたのであり、鼬が特段血を好むと言うことはないとする専門家からの指摘があり、どうやらこれが実態と見て良いようである。[5]

このほか、改めて様々な話に見える鼬怪異譚を見ると、この「鼬吸血譚」同様、鼬という小動物の実態とは凡そかけ離れた、おどろおどろしいものが少なくないことに気がつく。これは一体どうしたことと捉えるべきであろうか。

一、鼬怪異譚といえば

鼬怪異譚と聞いて、まず頭に思い浮かぶのは、恐らく「鎌鼬」であろう。これは辞書的には、

> 突然、皮膚が裂けて鋭利な鎌で切ったような切り傷ができる現象（『日本大百科事典』、スーパーニッポニカ所収、小学館、2002年）

と説明されているが、これが鼬の仕業であると考えられた。しかし、更に上に引いた辞書を読み進めると、その語源は風神が太刀を構える「構太刀（かまえたち）」であるとする説が紹介されている。この事から推せば、「構え太刀」という言葉が「鎌鼬」へと誤って伝えられたと想像されるが、何時の頃からか、鼬が鎌のように鋭い爪で人に傷を負わせるという方向で人々の間に定着した模様である。[6]

鎌鼬の図像化と伝承に大きく関わったのは、―他の多くの化物たちの例と同じく―徳川期の絵師・鳥山石燕（1712―1788年）の『画図百鬼夜行』に描かれた絵であろう（図1参照）。

ここで石燕は、鎌鼬を「窮奇（きゅうき）」と書いて「かまいたち」と振り仮名を振っている。窮奇は、『春秋左氏伝』「文公十八年」では四境を守る怪神とし、『山海経』巻二「西山経」では邽山に住み、牛のような姿で、はりねずみの毛を持ち、人を喰う怪獣の名であるとし、同書巻七「海内北経」では、虎のような姿で翼があるとする。これら中国側の資料からも明らかな通り、窮奇なる怪物は、鼬とは凡そ似ても似つかぬ姿のものと考えられていたようである。従って、窮奇の字を強いてかまいたちと読ませたのは、鳥山石燕乃至はその周辺の人たちの発想によるものと考えて良いであろう。

また、石燕と同じく徳川期の医師・寺島良安が1712年に著した『和漢三才図会』巻三九では、鼬が群れを作って啼くのは不吉であり、夜に突然火柱が立ち、火災を引き起こすことがあるが、これは鼬の仕業であるとする。[7]

『画図百鬼夜行』では、更に「鼬」と書いて、本来は鼬とは別の動物である「てん」（本来は貂と言う字の読みであることは言うまでもない）と振り仮名をつけ、数匹の鼬がアクロバティック[8]

図1　『画図百鬼夜行』前編「陰之巻」。　図2　『画図百鬼夜行』前編「陽の巻」。

に重なり合い、炎のような形を作っている様子を描くが（図2）、既に指摘のあるように、他の話柄同様、これもまた『和漢三才図会』の記述に直接の着想を得たと見て良いであろう。

この他、道の行く手を鼬が横切るのは凶兆であるとする「鼬の道切り」や、石工が鼬を見ると怪我をする、鼬は人を化かす、鼬が夜鳴きをすると不思議なことが起きる等々、鼬を不吉なもの、禍々しいものと見る伝承は、現在に至るまで、広く流布している模様である。

それでは、日本の多くの怪異譚の情報源と考えられる中国側の資料で鼬はどのようなものと見られているのであろうか。

二、中国の鼬伝説

中国側の資料に見える鼬伝承を見ると、『山海経』巻十「大荒南経」に、「鼬姓の国」とあるが、これは鼬を自身の属する部族の図騰すなわちトーテムとする一族がその姓としたものであろうとの指摘はあるが、その指摘通りであれば、鼬をある種の神秘的乃至霊性の宿る動物とした例と見ることも出来るのであるが、この他の古文献では、概ね動物としての鼬の記述が見られるだけであり、鼬怪異譚と思しき記述はほとんど見当たらない。

そこで更に、イタチ科の獺の怪異譚の現存する最古の記述が見られた『捜神記』を始めとする南朝の諸文献を調べても、鼬怪異譚に関する記述は見出されず、北斉・魏収の『魏書』（『北魏書』）巻六十七、列伝五十五「崔光伝」に、荒れ果てた洛陽の伽藍の様子を、

　　鼯鼬の栖宿する所、童豎の登踞する所となる哉。

と記しているのが目をひく程度である。これなども、荒れ果てた伽藍を走り回る現実の鼬であることは、前代の諸文献のそれとさほど変わらない。

次いで唐代の文献を見ると、怪異譚と思しき記述は未だ見当たらないが、段成式（803？―863？）『酉陽雑俎』巻一二「語資」に、

365

是れ狐の性は多疑にして、貁の性は多予、狐疑と猶豫とは此に因りて伝ふるのみ。⁽¹⁶⁾

とあるのは、注目して良い。何となれば、ここで始めて「狐」と言う、怪異譚が語られることの極めて多い動物と併称され、これが中国で後世、貁の怪異が語られ、また日本でもそれが語られる端緒の一つとなった可能性が極めて高いと思われるからである。

中国で貁が怪異譚の中で本格的に扱われるようになるのは、文献的には、同じイタチ科に属する獺が早くも東晋・干宝（？─三三六年）の『捜神記』の中で、人間に化けると語られたのより遙か後の元代（一二七一─一三六八年）まで待たねばならなかったようだ。

元代以降の文献を見ると、貁は黄鼠狼と表記されることが多いが、「鼠狼」の語は、更に古く、唐・欧陽詢等奉勅撰『芸文類聚』巻九五に晋・顧微『広志』を引いて、

黄鼠田野の間に在りて群れを為し、谷の麦を害し、凡そ善く走り、把るを得ず。惟ふに鼠⁽¹⁷⁾狼のみ能く之を得たるか。

と見え、北宋・陸佃『埤雅』巻一一に、「貁」を「今、俗に之を鼠狼と謂ふ」と説いていることからも、鼠狼が貁の俗称であることが分かる。

ただ、鼠狼について触れた比較的古い時代の文献では、現実の貁の習性や、その毛が筆の材料となるなどが示されるのみで、その怪異を語る例は、次の記述以前には見当たらないようである。

湖南の李五と言う者は猟で生計を立てていた。深山に入って獣を狩っていたが、数匹の黄鼠狼と出会ってこれを追って狭いところに追い込み捕らえようとすると、黄鼠狼はつま先立ちになって立つと、天を仰いで鳴いたが、その様子はまるで命乞いをするようであった。それを見た李五は哀れみの心が生じ、以後二度と再び狩猟をすることはなかった（元・無名氏『湖海新聞夷堅続志』後集巻二）。⁽¹⁸⁾

上の話は、仏教説話に見えるような内容であり、貁の怪異性を示したものとは見なし難いのであるが、それまで貁を単なる動物として扱う話から、一歩踏み出した話として注目すべきものと思われる。以後、明清の文言小説、白話小説共に貁怪異譚が徐々に見出されるようになる。

例えば、清・袁枚『続子不語』には、

（浙江省）紹興の周養仲は安徽（省）で地方官の顧問となっていたが、甥を連れて某県の役所に来ていた。そこには三部屋の空き室があり、誰も敢えて泊まる者がないと言われた

が、周はそんなことにお構いなく、部屋を掃除して一人灯りをともして横になっていた。すると急に戸が開くと、白鼠が人のように直立して数歩歩くと一礼し、彼の寝台の前でまた一礼した。その側らには二匹の黄鼠狼がおり、尾を垂れて口に芦の茎をくわえて、芝居で（『三国志』で知られる武人の）呂布（りょふ）が槍を構えている場面のように控えていたが、その様子はまるで白鼠の下僕のようで、王者に媚びを売っているかの如くであった云々（巻四）[19]。

と言う話が見えるほか、同書巻六では、狐仙[20]の配下に、紙の衣を着て「小将」と呼ばれる黄鼠狼が登場する話などが見える。

このうち、特に清・薛福成（せつふくせい）『庸庵筆記（ようあんひっき）』巻四の、

北方の人は、狐、蛇、蝟（い）（針鼠の意。増子。以下特に断りのない限り、括弧内の補足は増子）、鼠と黄鼠狼とを財神としている。民間ではこの五種の動物を見ても敢えて手出しすることはなく、「五顕財神廟」を祀っている。南方でもこうした廟を時折見かける―北方人以狐、蛇、蝟、鼠及黄鼠狼五物為財神。民家見此五者不敢触犯、故有五顕財神廟、南方亦間有之―。

とする記述は特に記憶されて良い[21]。

三、日本の鼬怪異譚

一方、日本の鼬怪異譚は、時代的にはどこまで遡りうるのであろうか。

南方熊楠「本邦における動物崇拝」では、本稿でも引いた『和漢三才図会』巻三九とデンマークの火災に関する類話（但し、鼬は関わらない）を引用した後、

○『源平盛衰記』巻十三に、鼬が踊り鳴いて程なく、後白河法皇が鳥羽殿より還御した[22]。
○『曽我物語』[23]に、泰山府君の法を修して、成就の兆しに鼬が現われた（南方は『義経記』か『曽我物語』とするが、その記述が見られるのは『曽我物語』である。また、単に鼬が現れたのではなく、二匹の鼬がやって来て鳴き騒いだという記述である）。

の２例を挙げて、「別に崇拝されしを聞かざれども、古来邦人の迷信上、鼬はなかなか一癖ある獣と知られたり」[24]と指摘する。

管見では、これらの記述より以前に鼬の不思議な能力に言及した例は見当たらないことから、こうした見方が鎌倉室町期に説かれるようになったと想像されるのであるが、両書共に鼬の鳴き声にある種の神秘性を認めている点が注目される[25]。

図3 『十二類合戦絵巻』より[27]。

鼬の実際の鳴き声は現在、YouTubeなどで公開されているので、容易に聞くことが出来るが、甲高いキーキーというような耳に障る鳴き声であり[26]、これに当時の人々は何らかの神秘的なものを感じていたと捉えることができそうである。

本稿注1に示したシンポジウムで発表後、同席した日本中世文学の二人の専門家により、中世の絵巻に擬人化された鼬の絵があり、その中に「鼬の予知能力」を示す絵画があるとの指摘があり[28]、当時、鼬に予知能力があるとする伝承が、ここでも見て取れることが確認された。その絵画とは、室町期の御伽草子『十二類合戦絵巻（十二類絵巻）』の一場面である。

　この物語は、十五夜に十二支の動物たちが歌合わせをし、その判者になった鹿が歌合わせ後の宴会で、たいそう大事にもてなされた。これをうらやんだ狸が次の歌合の判者になりたいと希望したところ、馬鹿にされた挙げ句に追い払われてしまう。このことを怨んだ狸は、仲間の狐、烏、フクロウ、猫、鼬などを集めて、十二支の動物たちに戦をしかけるという話である。その上巻第三段に、十二支の動物たちへの作戦会議の場面で、人と同じ甲冑や装束に身を包んだ動物たちの中で鼬の姿も認められるのだが、その鼬は右手（前足）をかざして遠くを見るようなポーズで描かれている。徳田和夫氏の解説によれば、鼬がこれからのことの推移を予見している姿であるとのことであった（図3）。

　こうした鼬の特徴的な鳴き声から、鼬には特別な力が備わっていると考え、更にはその姿形、習性などからのイメージが膨らみ、鼬怪異譚が発展していったとみて良いであろう。

　日本の鼬怪異譚が俄然精彩を帯びるようになるのは、他の多くの怪異譚同様、徳川時代（1603—1868年）とりわけ18世紀であった。

　この時代こそは、日本の博物学とも称すべき「本草学」の勃興した時期と重なり、こうした流れの中で、所謂「妖怪のキャラクター化」が発展したとされる。

　鼬怪異譚の急速な進展も、あるいはそれまでも語られていた鼬の怪異が、他の動物怪異譚同様、この時期に文字や図像に定着したと見て良いものと思われる。それに深く寄与したのが、前にも触れた、寺島良安『和漢三才図会』（1712年成立）と鳥山石燕（1712—1788年）の『画図百鬼夜行』とであった。

　特に注目されるのは、本稿図2に見えるように、『画図百鬼夜行』では、鼬と書いて「てん」とふりがなが振ってあるところであろう。「てん」とは言うまでもなく貂であり、同じイタチ科に属するとは言え、別の動物である。貂もまた近世以降急速に怪異譚が語られはじめ、鼬の場合と同様、全く別物の怪獣である雷獣（雷の眷属と伝えられる）の正体とされるほか、様々な怪異譚が伝えられているが、名称のみならず、鼬の怪異譚と貂の怪異譚とが入り交じって伝承されているのが特徴的であり、両者の怪異性が増幅されて行ったことが見て取れるようである[29]。

368

以後、鼬怪異譚は様々なバリエーションを生みつつ語り継がれることとなったのは、前記した通りである。

四、鼬怪異譚が生まれたのは

ここで、鼬怪異譚発生の理由について、日中の先行する考察を参考にして、簡単に整理する(30)と、

身体的特徴

①普段は四足歩行をするが、時として人間と同じように直立する。

②夜、猫や他の野生動物と同じく目が光るが、その光は知らぬ者が一寸驚くような赤い色を呈している(31)。

行動・習性的特徴

③夜行性である。

④群れになって行動する(32)。

⑤美しい姿に似ず、獰猛で、自分より大きな鶏や兎など（中国では鷙鳥なども(33)）を襲う。

⑥なかなか狡賢い。

⑦周知の通り、肛門付近に悪臭を放つ袋を持ち、身の危険を感じるとそこから所謂「イタチの最後っ屁」を放って危険を脱する。

⑧土穴で繁殖して、妖怪や神乃至は神の使いと考えられた狐や鼠、アナグマ、更に貂などと同様に語られる事が少なくない(34)。

の８点にまとめられよう(35)。

なお補足すれば、中国の鼬怪異譚の説明として、黄鼠狼が黄仙とも呼ばれると指摘し、それが民間で祀られる理由として、

１鼬が狐狸（言うまでもなく、中国では第一義的には狐を指す）と同じく美しい姿をしているにもかかわらず、性質は狡賢く、それが人に神秘的に思わせたのである。

２鼬が人の精神を左右し、錯乱状態に陥れると考えられていた。

との指摘がある(36)。

上の説明のうち、２については今日の科学的見地からすれば信じ難いが、１について言えば、先に引いた唐・段成式『酉陽雑俎』（巻一二「語資」）に、狐と鼬とを併称している点を想起すれば、この両者を「同類」と見なして、狐に備わっていると信じられた霊力を鼬もまた持つと考えるようになったのも無理からぬ所であろう。まして、その直立する姿は、人々にある種の神秘性と気味悪さをも同時に感じさせずにはおかなかったであろうことは想像に難くない(37)。

369

一方、日本側の鼬怪異譚の理由を考える手がかりとして、イタチと言う言葉の語源に関する次の考察が参考となる。

1 魚を捕らえるのが上手く食い尽くしてしまうため、「ウオタチ（魚絶ち）」とする説。

2 体毛が赤く、前足を上げて立ち上がった姿が火柱に似ることから、「ヒタチ（火立ち）」とする説（この説は貝原益軒『和釈名』によるものであろう）[38]。

3 獲物を捕らえる時、息をしないで近づくことから「イキタチ（息絶ち）」とする説。

4 敵に襲われると屁を放って逃げることから、「イタヘハナチ（痛苦屁放）」とする説。

5 背伸びをして周囲の状況を偵察することから、「立つ」に軽くはずみを表す発語の接頭語「い」を加えた「いっ立ち」が転じたとする説。断定は難しいが、目にしやすいイタチの習性は立っている姿なので、「2」か「5」の説が有力と考えられる[39]。

それでは、何故中国に比べて、日本で鼬怪異譚を語る頻度が高いのだろうか。

まず考えられるのは、日本では中国に比べて猛獣が少ないことが挙げられよう。日本にも、ニホンオオカミ、熊、猪、蝮、そして海中に住む鮫のように、人に脅威を与える動物は存在したが、中国の虎や鰐、そして、豺狼と併称される豺（ドール。アオオオカミとも）と大陸狼のような強いインパクトのある猛獣が少ない点が理由として挙げられよう。このため、勢い鼬などのような小型の肉食獣をも家畜を襲う敵対する動物として、より鮮明に意識することとなる。

また、『山海経』や『三才図会』に明らかなように、中国の場合、他の諸国と同様、人が怪異を感ずるのは我々の住む地域と遠く隔絶した地の事物であることが多いとする指摘がある[40]が、四方を海に囲まれた日本では、実際に頻繁に外国の人々が訪れ、遠い異郷の状況を伝え聞く中国に比べて情報量も少なく、想像力を働かせ難い点も、自分たちの身の回りのことどもに、より怪異を感じる重要な要素となろう。

更に、故沢田瑞穂博士の次の指摘は、この問題を解くための大きな手がかりとなろう。

○動物伝説を、こうした種類別に集めるのは誰でも思いつくことだが、それよりも、動物と人間との交渉もしくは距離ということを基準にすることが、この方面を研究する上での一つの着想ではないかと考える。

○そもそも動物説話というものは、動物専門家のナントカ博士がアフリカ砂漠の動物を観察しての学術報告でもなく、またナントカ女史が野生のエルザを育てた体験記でもない。多くは人間と何らかの交渉があり、それと馴れ親しみ、あるいは闘った経験からの話題が、やや尾鰭をつけて流伝し、また首尾を具えた昔話となって、炉辺の幼童を喜ばせ笑わせ、かつは怖がらせて、かの赤頭巾の狼のように、山野から村里を窺いにくる野獣に対して平素より警戒心を養うよう教育の一端ともしたのである[41]。

上の指摘に従えば、家の近くに出没し、大切に飼っていた鶏などの家畜を捕っていく鼬は、

まさに身近に住む「やっかいな隣人」とも呼ぶべき存在である。その鼬が、「人間のように」二本足で立ち上がり、容易に捕らえられぬ狡賢さをもち、そしていざ危険が身に迫ると臭い「最後っ屁」を放って逃げ去る。後には、家畜の姿はなく、その血だけが大量に残ると言うことになれば、家畜を奪われた失望と怒りも相俟って、鼬の存在そのものを実態以上に忌み嫌うようになるのも自然の成り行きと言って良い。その結果、人里近くの穴に身を潜めて家畜を狙う狐などと同じく、怪異をなすものと見なされていったのであろう。

おわりに

　以上、鼬にまつわる、日本と中国の怪異譚を概観し、特に日本でその怪異譚がより熱心に語り続けられた理由をも考察した。この問題は、鼬一種だけではなく、寺島良安は懐疑を示しながらもその年老いたものがなるとする説が行われていたとされる貂の怪異譚や、遠く東南アジアにまで源を遡り得ると考えられる獺怪異譚など、同じイタチ科の動物たち、更には鼠などの小動物にまつわる怪異譚などを突き合わせて、総合的に考えてみる必要があるであろう。今後考えていくべき課題としてここに記して稿を終えたい。

【注】
(1) 小稿は、2015 年 12 月 19—21 日に早稲田大学文学学術院で開催されたシンポジウム「東アジア文化交流—妖異・怪異・変異」の基調講演で発表した予稿を加筆訂正して論文としたものである。
(2) この噺の原話について、武藤禎夫氏は、「百物語」（〔柳々居、辰斎撰〕『無塩諸美味』・文化年間〔1804—1818 年〕頃）であり、それを肉付けして高座にかけたものが、『滑稽集』に見える「甲子茶ばん」であろうとし、恐らくその内容は漢文体笑話本（観益道人撰）『如是我聞』（天保〔1830—1844 年〕）巻一「庚申社会」に近いであろうと解説する（『定本落語三百題』、岩波書店、2007 年）。
(3) その後、改めて音源で確認すると、江戸落語にはこの一節がない系統の噺＊と、上方落語同様、この一節がある系統の噺＊＊とがあることが分かったが、落語の噺は多く上方から到来したものが多いことから推せば、上方落語特有の、この手の軽い「くすぐり」を江戸落語の語り手が嫌って削ったものと思われる。
　　＊筆者が参照したのは、三代目桂三木助（1902—1961 年）の音源である（NHK 落語名人選 35 三代目桂三木助『宿屋の仇討ち』、ポリドール、1993 年）。
　　＊＊五代目春風亭柳朝（1929—1991 年）の音源（『古典落語名作選 5』、NHK、2002 年）。
(4) 試みに、発表者の勤務する茨城大学や非常勤出講先の早稲田大学の複数の教員、大学院生、学部生に尋ねた所、東日本出身者の多くはこの話自体が初耳であると言い、一方、同じく西日本出身者は聞いたことがあるとの返事であった＊。
　　＊因みに、2015 年 10 月 16 日に筆者が本務校で担当した教養科目「人間と文学・芸術（日中比較妖怪学入門）」でアンケートを実施したところ、当日出席者 106 名（このうち、70 歳代の社会人 1 名）のうち、鼬の吸血伝承について知る者は 4 名。そのうちの 2 名が西日本出身者で、大摑みに見ても、東日本でこの伝承を知る特に若い世代は稀であることが見て取れた。
　　　そうした中では、唯一、子供時代に鶏を飼っていたと言う、生まれも育ちも東京下町生まれの人

（筆者より数歳年上）が、鼬吸血を「実話」であると教えてくれたため、都内でも、こうした話を知る人がいることを知った。江戸落語「宿屋の仇討」の話に、恐らくは上方落語に始まるこの部分を継承する人のあるのも故なしとしないものと思われる。

更に、この件について、アンケート調査を引き受けて下さった中国文学研究者の森岡ゆかり氏のアンケート調査によれば、同氏が 2015 年に出講した京都女子大学と近畿大学の合計 150 名に①鼬吸血譚を知っているか、②出身地域はどこか、③妖怪について知識や関心を持っているかと言う 3 項目について尋ねたところ、①知っていると答えた学生が 11 名、②知っていると答えた学生は全員西日本出身者（大阪 4 名、京都 2 名、奈良 2 名、和歌山 1 名、広島 1 名、徳島 1 名）であり、このうち③妖怪に知識があると答えた学生は 4 名（大阪 2 名、和歌山 1 名、広島 2 名）であった。仮に妖怪に知識があると答えた 4 名を除外しても西日本圏では細々ながら、鼬怪異譚が若い世代にも伝えられていることが推測される。

アンケート調査に協力頂いた森岡ゆかり氏には、心より御礼申し上げたい。

(5) 「いたちが血を吸うと云われているが、血は滅多に吸わない。常に肉や骨を嗜み、血のような流動物は止むを得ない時だけ飲むものだ。」（「鼬の飼い方」神戸大学デジタルアーカイブより）。
http://www.lib.kobe-.ac.jp/das/jsp/ja/ContentViewM.jsp?METAID=10076871&TYPE=IMAGE_FILE&POS=1
神戸大学図書館作成の新聞記事文庫 畜産業（4‐064）国民新聞、1931 年 2 月 17 日～同年同月 24 日）。

(6) なお、大正期頃に寺田寅彦によって、この現象は旋風の中心に出来る真空または非常な低圧により皮膚や肉が裂かれる現象であろうとする説が提出され、長くこの説を信じる人があったが、現代では皮膚表面が気化熱によって急激に冷やされるために組織が変性して裂けてしまうといったような生理学的現象であると考えられている＊。
　　＊飯倉義之「鎌鼬存疑『カマイタチ現象』真空説の受容と展開」（小松和彦編『妖怪文化の伝統と創造──絵巻物からマンガ・ラノベまで』所収。せりか書房、2010 年）では、この問題について詳細に論じている。

(7) 『和漢三才図会』では、明・王圻『三才図会』鳥獣四巻に「鼬鼠」と称し、明・李自珍『本草綱目』巻五一では「鼠類」に分類されているのを受けて鼠の類としているのだが、これらの漢籍には『和漢三才図会』の指摘するような怪異にまつわる伝承は全く述べられてはいない。
　　『和漢三才図会』では更に「能く鳥鼠を捕らへて、惟血を吮ひて全くはこれを食らはず」と見えることから、江戸期には既に鼬吸血が広く知られていたことが分かる。

(8) この問題については本稿後半で触れる事としたい。

(9) 「彼（石燕）は従来の絵巻系の妖怪を研究して再現したばかりでなく、『和漢三才図会』のような図彙類をも参照し、さらに先行する而慍斎＊（山岡元隣）の『百物語評判』などにみられる民間伝承による妖怪の諸国分布をも発展させた（安村敏信「描かれた妖怪」のうち、『画図百鬼夜行』解説〔『別冊太陽日本の妖怪』、平凡社、1987 年〕）。
　　＊なお、安村氏の解説では、この読みを「じおんさい」とするが、様々な辞典などに従い、「じうんさい」と訂正した。

(10) 国書刊行会、1992 年。

(11) 柴田宵曲『奇談異聞辞典』（ちくま学芸文庫、筑摩書房、2008 年。初出は『随筆辞典・奇談異聞辞典』と言う題名で、東京堂出版より出版、1961 年）、鈴木棠三『日本俗信辞典』（角川書店、1982 年）、小松和彦編『日本怪異妖怪大事典』（東京堂出版、2013 年）などを参照。また、今日まで伝承されている鼬怪異譚について、国際日本文化研究センターの「怪異・妖怪伝承データベース」（URL:http://www.nichibun.ac.jp/YoukaiDB2/search.html）で調べても、「鼬」だけで 62 例、「イタチ」137 例、「いたち」32 例が数えられ、一つ一つを本稿では到底挙げられないほどの分量であるばかりでなく、そのパターンも様々であった。

372

(12) トーテムつまり totem とは、社会の構成単位となっている親族集団が神話的な過去において神秘的・象徴的な関係で結びつけられている自然界の事物。主として動物・植物が当てられ、集団の祖先と同定されることも多い（『広辞苑』第五版）というのが辞書的説明である。

(13) 郭郛『山海経注証』（中国社会科学出版社、2004 年）の見解による。

(14) 『周易』を始めとする経典類、『後漢書』巻九十上を始めとする史書等には動物としての鼬や地名や人の姓で鼬を用いた例が多く見られる。

(15) 『荘子』雑篇第二十四篇「徐無鬼」に見える、人里を離れた人が通う「鼯鼬之逕」とは、「ムササビやイタチの通る獣道」を指すと言う例などがその代表的な例であろう＊。
  ＊森三樹三郎訳による（同訳注『荘子』雑篇、中公文庫 D-2-11-5、中央公論社、1974 年）。

(16) 今村与志雄氏は、『酉陽雑俎』の当該箇所の注で、「鼬豫」と「猶豫」とが同義語として使用されているとし、これは「猶」と「鼬」が同音であることから来た Volksetymologie ＊であると説明する（『酉陽雑俎』2、249 頁、東洋文庫 389、平凡社、1980 年）。
  ＊ドイツ語。英語に言う folk etymology。民間語源（民俗語源、通俗語源、語源俗解とも言う）。民間語源とは、学問的手続きを経ない、語源の説明。科学的根拠のない誤った語源解釈（『スーパー大辞林』3.0、三省堂、2008 年）。猶予とは、ぐずぐずして物事を決めないことを言う（『スーパー大辞林』）。

(17) 黄鼠は鼬の一種を指すと現代中国語の辞書では説明するが、この場合、鼠狼に捕らえられるとされることからすれば、その餌食となる小動物を考えるべきであろう。同名の小動物として齧歯類の学名 Citellus dauricus がある。こちらの黄鼠は鼠をやや大型にしたような小動物で、田畑の作物を食い荒らす害獣と扱われているとのことであり＊、まさに本文に言う黄色鼠の特徴を備えている。
  ＊『中国大百科全書』巻一〇「黄鼠」の項参照（中国大百科全書出版社、2009 年）。

(18) 常振国、金心校注『続夷堅志・湖海新聞夷堅続志』（古体小説叢刊、中華書局、2010 年）。

(19) 清・和邦額『夜譚随録』（巻四）には、酒と食とを愛する某佐領＊が羊の脚肉で晩酌をしていると、5、6 寸ほどで、当時の人と全く同じ服装をした男女の小人 10 人が現れその肉を持ち去ろうとしたので、佐領は腹を立て、火箸を投げつけたところ他の者たちは壁穴に逃げ込んだが、一人の下男に命中した。すると下男は鼠狼の正体を現すと息絶えてしまったと言う話しが見える。
    因みに、『夜譚随録』は、我が国江戸期に良く読まれたようで、大庭脩『江戸時代における唐船持渡書の研究』（関西大学東西学術研究所、1967 年）にも複数回の輸入の記録がある事は記憶されて良い。『夜譚随録』の影響下になったと思われる我が国の怪異譚も幾つかあると思われるからである。＊＊
    ＊佐領…清朝の八旗制の基礎単位の長。
    ＊＊古くは目も鼻も口も無い男とされることの多かった「のっぺらぼう」が、ある時期から綺麗な着物を着た若い女と語られることが多くなった背景に、本書が少なからぬ影響を与えていたと考えられている（柴田宵曲『奇談異聞辞典』本稿注 11 参照）等。筆者もこの問題について論じたことがある（「のっぺらぼう考」―中国古典文学の視点から―〔中〕〔『中国詩文論叢』第 25 集、2008 年 3 月〕）。

(20) 狐が修行を積んで、人間の姿に化けて人と交わるとされたもの。

(21) この点については、次項で考えることとしたい。なお、五財神について、堀誠氏は更に詳しく、「天津を中心とする北方では、〈胡仙〉と呼ばれる狐神や〈五大家〉と称される狐、鼬、針鼠、蛇、鼠の動物神が、巫女や商家のあいだで招財の神として信仰されたことも知られる」と解説する（『世界大百科事典』11、平凡社、1988 年初版発行、2005 年改訂版発行、2007 年改訂新版発行）。

(22) 「法王自鳥羽殿還御」（黒田彰・松尾葦江校注『源平盛衰記（三）』、三弥井書店、1994 年）を参照。

(23) 巻二「泰山府君のこと」（市古貞次・大島武彦校注『曽我物語』、日本古典文学大系 88、岩波書店、1966 年）を参照。

(24) 初出は、『東京人類学会雑誌』25 巻 291 号（1910 年 11 月）。後『南方随筆』（1926 年）に収録。増子が参照したのは、『南方熊楠全集』第 2 巻（筑摩書房、1971 年）である。

(25) 鼬の鳴き声については中国でも、唐・宋之問「桂州（今の広西壮族自治区）に在りて、修史学士呉

競に与ふる書」に、「風は木を揺らし、饑鼬は宵に鳴き、毒瘴は天に横たはる」と見えるが、これは「毒瘴」と併せて見れば、都の長安とは隔絶した南方地域の特異な風景を述べたものでり、鼬の鳴き声に特殊な力があることを示したものとは言い難い（『全唐文』巻二四〇）。

(26)「鼬の鳴き声が聞けました」https://www.youtube.com/watch?v=E3s4m-WcJAM、「鼬の威嚇の鳴き声」https://www.youtube.com/watch?v=S2MPYIktHwA など。

(27)『男衾三郎絵巻・長谷雄双紙・絵師草紙・十二類合戦絵巻・福富草紙・道成 』（新修日本絵巻物全集第一八巻、角川書店、1979 年）。

(28) その日本中世文学の専門家とは、小峯和明（説話文学）、徳田和夫（説話・御伽草子）の両氏である。両氏の示教に感謝申し上げたい。

(29) 貂の怪異譚については、筆者は第九回和漢比較文学会特別例会 （於国立台湾大学、2016 年 9 月 1 日）で、「貂怪異譚考」と言う題目で口頭発表した。これについては後日論文としてまとめる予定であるが、同会の予稿集『和漢比較研討会論文集』（台湾大学日本語文学系・和漢比較文学会、2016 年 10 月）にその概略が書かれているので参照願いたい。

(30) 本稿注 11 に示した資料の他、Wikipedia や中国版 Wikipedia とも言うべき「百度」を始めとするネット資料なども参照した。

(31) 鼬はしばしば怪異と結びつけて考えられた猫科と同じネコ目（食肉目）である。鼬の目が赤く光ると言うことについては、筆者も山口県在住時代、漁港で夜釣りをしていた際に初めてそれを目撃し、素朴に驚いた記憶がある。

(32) 鼬が群れを作って素早く走る姿はある種の驚きと共に人々に目撃されたようだ。増子がかつて目撃したのは数匹であったが、国文学研究資料館の相田満氏（広島県出身）によれば、大きな群れが走るのはある種不気味なものとのことであった（本稿注 29 で触れた学会での教示による）。

(33) 白話小説を見ると、鼬は鶏と共に鷙鳥を襲うものとして語られることが多い。

(34) 日本の貂が妖怪視されたことについて、荒俣宏『世界大博物図鑑』では、「古来日本に生息するテン Martes milampus（英名 Japanese marten）は山奥にすむため人に知られる機会が少なく、珍獣とされた。〈本朝食鑑〉によれば、水中にすむという俗説すらあったという。一節にテンが怪物〈雷獣〉の正体といわれるのも、こういった事情によるものだろう」と説明する（第一巻「哺乳類」、平凡社、1988 年刊行）。

(35) なお、中世北欧では、イタチは川や海でサケを捕獲することから、魚に変身する事の出来る魔物と恐れられていたとのことである（荒俣『世界大博物図鑑』哺乳類①）。

(36) 百度「黄仙」の項参照。URL:http://baike.baidu.com/view/2474664.htm

(37) このように、直立して人々に神秘と脅威とを与えていたもう一種の動物については後に詳しく述べることとしたい。

なお、清代の白話小説には、妖狐と戦う主人公が銀毛の黄鼠狼に変じてその鋭い歯で立ち向かう話（作者未詳『狐狸縁全伝』第二十回 天将妖狐斗変化、神鷹仙犬把妖擒）の他、本稿注 19 に引いた文言小説『夜譚随録』と同様の話が見出されるが、特に年を経た鼬の変幻自在ぶりを語る話が見出される。＊

＊例えば、清・郭小亭『済公全伝』には、女に化けた千二百年修行を積んだ黄鼠狼が、英雄に正体を暴露される話（第九五回『三英雄避雨金家荘、猛豪傑正気驚妖女』）の他、人の良い若様を誆かした女が、三千三百年修行を積んだ黄鼠狼であった話（同書第二百二十三回『金公子心迷美妖婦、済長老慈心救好人金公子心迷美妖』）。

(38) 荒俣『世界大博物図鑑』哺乳類①。

(39)「語源由来辞典」http://gogen-all.guide.com/。これらの説のうち、2 は 鼬の火柱、鼬火の伝承の理由を説明するものであろうか。

(40) 荒俣『世界大博物図鑑』の指摘（本稿注 34）。

(41)「動物と伝承」（『中国の伝承と説話』所収、研文叢書 38、研文出版、1988 年）

「滴血珠」故事説唱流通考
——清末民初の説唱本と宣講書を中心に

岩田 和子

はじめに

　筆者は、近代以降現在に至るまで伝承される物語において、清代説唱文芸が果たした意義や役割を、清末民初の湖南をはじめとする中国内陸部の説唱本の生成と流布の解明を通じて考察している。本論で取りあげる「滴血珠」故事は、清末民初の四川、湖南、貴州、雲南等の隣接する地域を中心に、説唱本として単独に出版された物語である。実際の上演も、湖南、湖北、貴州等の説唱芸能を中心に行われ、地方劇では現在も湖北の楚劇で「四下河南」が演じられる。その他、湖南の常徳花鼓戯、陽戯や、祁劇、辰河戯、武陵戯の「四下河南」、辰河戯、武陵戯の「滴血成珠」、雲南の演劇「滴血珠」や高甲戯「三下河南」などの演目も残されている。ここから、「滴血珠」故事は、出版や上演を通して、特に内陸部を中心に流行していたことがうかがえる。一方で、安徽の盧劇「滴血珠」、京劇「趙瓊瑤」も存在した。

　また、「滴血珠」故事で特徴的なのが、説唱本の出版時期と前後して、四川、湖南、湖北で刊行された宣講書にも、説唱本と類似する物語が、「滴血成珠」という題名で収録されていることだろう。宣講書については、阿部泰記氏の研究書に詳しい論考があり、それによると、清代の郷約の中で行われた宣講は、聖諭の講釈、故事の講説、勧善歌の歌唱などを通して、一般大衆を教化することを活動の目的としていた。その際、勧善懲悪や因果応報の実例である案証も白話体で講じられたが、清末になると、より民衆が身近に感じられるような、歌謡、説唱、演劇など通俗的な形式を用いた、芸能化した宣講が主流となり、同時に、説唱体の案証を集めた宣講書も盛んに出版されるようになったという。

　つまり、清代の説唱故事の流布を考える上で、宣講書は看過できない媒体であり、「滴血珠」故事は、説唱本と宣講書の関係をひもとく手がかりとなる重要な物語とも言える。本論では、「滴血珠」故事に関する現存するテキストを、出版と流通に着目しながら整理し、物語の流布系統の一端を明らかにしたい。

一、説唱本にみえる「滴血珠」故事

　説唱本「滴血珠」故事は、異母兄に殺された四川の趙秉桂の無念を晴らすため、残された妻

子が河南開封の包公に訴えるまでの艱難辛苦を描く。物語のあらすじは次のとおり。

　宋の仁宗の時、四川保寧府巴州の趙如山には、母親の異なる二人の息子がいた。一人は武挙の趙秉蘭、妻に王氏、息子に良金と良玉がいる。もう一人は儒生の趙秉桂、妻は田氏、14歳の娘の瓊瑤、7歳の息子の良英がいる。趙如山没後、秉蘭は秉桂の家産を狙って息子と謀り、元宵節に田氏が子供を連れて里帰りをしている機に乗じて、秉桂に麻薬入りの酒を飲ませ、鉄で撲殺する。秉蘭は田氏に、秉桂が酒に酔い、灯見物の際に誤って楼から転落したと偽りの報告をしたが、その夜、秉桂の冤魂が田氏の夢に現れ、秉蘭父子の悪事を暴くよう訴える。田氏は秉桂の母方の叔父岳在仁と相談し、下女李婆の目撃証言を得て、巴州太守に上告する。しかし、巴州太守の趙文炳と検死官は趙秉蘭から賄賂を受け取っており、訴えを退ける。その後、田氏と娘の瓊瑤は、保寧府、川北道、城都按察布政巡撫に上告するが、いずれの役所も時の権臣趙苟欽とその叔父である趙文炳を恐れて訴えを棄却する。

　ある日、河南内郷県の秀才古成璧が雨宿りで田氏宅に宿泊し、偶然田氏の訴状を目にする。事情を聞くと、河南開封の包公に訴えるよう提案し、その際は自身の実家を訪ねるよう告げる。田氏母子は河南へ向かい、古家にしばし滞在し、瓊瑤と成璧の婚約を決める。開封に到着すると趙虎の店に宿し、すぐ開封府へ直訴する。しかし、折しも包公は仁宗から罷免され、代理を趙苟欽が務めていたため、田氏母子は巴州へ送り返されてしまう。田氏母子の動きを知った秉蘭は、密かに瓊瑤をさらい王黒蛮に売る。道中、瓊瑤は縊死するが、助けられて蘇生する。

　田氏は包公が開封に戻ったと聞き、二度目の河南行きを決める。母子は再び趙虎の店に宿泊するが、そこで包公は陳洲へ飢餓救済に出て不在であると聞かされ、田氏は失意のうちに病死する。瓊瑤は幼い弟良英を真武観の道士の徒弟とし、母の柩も預け、自身は趙虎と義兄妹となり、白衣庵で女学生を教えて包公の帰還を待つ。半年後、包公は開封に戻ったが、今度は瓊瑤が誤って趙苟欽に訴状を渡してしまい、再度巴州に戻される。

　秉蘭は、瓊瑤を湖広保康県の富商張化堂に妾として売る。張化堂に嫁ぐ日、瓊瑤が喪服姿で位牌を抱えて現れたので、張夫妻は驚き、その理由を聞く。瓊瑤の孝行に感じ入り、義娘に迎えて河南行きを支援する。三度目の河南行きの道中、瓊瑤は大鹿山で山賊に捕まるが、果たして、山塞の主は叔父の田豹であった。話を聞いた田豹は、手下に命じて瓊瑤を開封まで無事に送らせる。

　ついに、包公は瓊瑤の訴状を受け取る。巴州を調査させると、太守の趙文炳、趙秉蘭とその子孫は、既に何者かによって殺されていた。瓊瑤は良英を連れて巴州に帰り、家産を取り戻し、古成璧との縁談を進めるよう趙虎に頼む。ところが、成璧は3年間も流浪の生活を送っていた瓊瑤の貞節を疑い、縁談を拒絶する。

　瓊瑤は自身の潔白を証明するために四度目の河南行きを決める。包公は瓊瑤の純潔を

376

「滴血成珠」（指に切り傷を付けて水を張った鉢に入れ、血が散らずに珠状に固まれば処女である）
の方法で証明し、その貞節と孝行を称えて仁宗に報告する。皇帝は瓊瑶を娘と認めて節孝
公主に封じ、成璧には翰林院の官職を授け、二人の結婚を命じる。

　田豹が武装蜂起したという情報が朝廷に入り、瓊瑶は自ら田豹に帰順を求めに行く。そ
こで初めて、田豹が仇討ちのために巴州太守や趙秉蘭らを殺害したことを知る。瓊瑶は田
豹を降伏させ、皇帝の赦しを請う。また、趙虎、張化堂、趙良英も皇帝から大恩を受け、
瓊瑶と成璧は二人の子供に恵まれ、末永く連れ添った。

　滴血成珠の方法で純潔を証明することや、四度の河南行きが、この物語の主題に選ばれたよ
うで、書名や演目名には「滴血珠」、「滴水珠」、「四下河南」等が付けられた。以下に、筆者に
よる調査で確認した説唱本の版本情報を記す。書名は巻首題を基本とし、［封面］、［板心］、
［標題］、［版式］の情報を採録した（判読不明な文字は□で補う）。その他の情報は［付記］に記
した。なお、四川説唱本については、劉効民『四川坊刻曲本考略』所収の目録「四川坊刻曲本
知見録」（以下「劉氏目録」と称す）も参照した。[9]

○四川説唱本
①『滴水珠』光緒31（1905）年、合州、榮生堂刻本
［封面］光緒31年　新刻／滴血珠／合州／榮生堂［板心］滴水珠［標題］滴水珠／元宵看燈
／避雨贈金／廟亭哭別／抱雙靈牌／過大鹿山／估搶瓊瑶／夜鬧巴州／四下河南／瓊瑶告狀／平
定湖廣［版式］毎半葉13行21字前後、全39葉
［付記］巻末に「和州榮生堂板」とある。香川大学神原文庫蔵。[10]

②『滴水珠』合州、□生堂刻本
［付記］①と同一テキスト。「劉氏目録」所収。

③『滴水珠』成都、古臥龍橋涼記刻本
［封面］四下河南／滴血珠／古臥龍橋涼記出版
［付記］①と同一テキスト。台湾中央研究院歴史語言研究所傅斯年図書館蔵。

④『滴水珠』銅邑（銅梁）、森隆堂刻本
［封面］滴血珠／一場苦戲蘭謀桂／四下河南壁配瓊／銅邑森隆堂［標題］滴水珠／陰魂托夢
／母女伸冤／初下河南／二下河南／廟亭哭別／抱雙靈牌／三下河南／謀財被殺／四下河南／招
安受封［版式］毎半葉10行22字、全45葉
［付記］「劉氏目録」所収。

377

⑤『滴水珠』重慶、明山書店刻本

［封面］滴水珠／一場苦戯蘭謀桂／四下河南壁配瓊／重慶明山書店

［付記］④と封面以外はほぼ同一。「劉氏目録」所収。

⑥『滴水珠』成都、傅長發刻本

［付記］「劉氏目録」所収。

○湖南説唱本

⑦『滴血珠』中湘、九總黃三元堂刻本

［封面］滴血珠上巻／新刻／秉蘭圖産害命　田氏女告狀伸冤／中湘九總黃三元堂發兌／百八十册、包公案下卷／新刻／父仇五下河南　瓊瑤女節孝受封／中湘九總黃三元堂發兌［板心］滴血珠［標題］新刻滴血珠全部卷一／新刻滴血珠初下河南卷二／新刻滴血珠設謀畢嫁卷三／新刻滴血珠龍公結案卷四／新刻滴血珠節孝受封五卷［版式］毎半葉10行21字前後、全51葉

［付記］復旦大学古籍所、浙江図書館、首都図書館、湖南図書館等蔵。

○貴州説唱本

⑧『滴水珠』民國7（1918）年、遵義、好樂山房刻本

［封面］滴水珠／民國七年戊午新攜　百册／遵義新城外來薰門　好樂山房梓［板心］滴水珠［標題］滴水珠／初下河南／設謀畢嫁／龍圖結案／節孝受封［版式］毎半葉12行21字前後、全43葉

［付記］復旦大学古籍所蔵。『弾詞叙録』では、このテキストを弾詞として収録する。

○雲南説唱本

⑨『滴水珠』滇省、榮煥堂刻本

［封面］四下河南／滴水珠／滇省榮煥堂［板心］滴水珠［標題］滴水珠／元宵看燈／母女伸冤／一下河南／田氏許親／二下河南／廟亭哭別／抱雙靈牌／三下河南／過大鹿山／夜鬧巴州／四下河南／招安受封［版式］毎半葉11行21字前後、全40葉

［付記］台湾中央研究院歴史語言研究所傅斯年図書館蔵。

　上に挙げた9種の説唱本は、若干の文字や文言の異同はあるが、全編同じ説唱形式で展開する類似のテキストである。いずれも毎半葉11行21字前後、40～50葉前後から成り、清末民初の内陸部で出版された説唱本の中では、中篇作品に位置づけられる。各テキストを文言の異同から細かく分類すると、雲南説唱本は四川説唱本と同系統で、湖南説唱本は貴州説唱本と同系統と言える。

　9種の中では、光緒31（1905）年の四川説唱本が最も古く、現存するテキストの種類も四川

説唱本が最も多い。また、この物語は、伝統的な戯曲や小説などの特定の作品を翻案したものではなく、当時、新たに創作されたものだと考えられ、物語の舞台の中心が四川であるため、四川では特に人気を博し、盛んに出版されたと推察される。恐らく四川説唱本として初めて創作され、その後周辺地域でも翻刻されたと思しく、少なくとも、四川、湖南、貴州、雲南において、この形式の説唱本「滴血珠」故事は共有、享受されており、内陸部を中心に流行していたことが分かる。また、そのことを顕著に示すように、江南の弾詞や北方の鼓詞のテキストに、「滴血珠」故事は確認できなかった。[11]

　以下に、それぞれのテキストの特徴をみてみたい。

　まず、四川説唱本は、しばしば末尾に書肆の主人による長文の後書きが掲載され、「そこから書肆の住所、経営規模、経営スタイル、書物の価格等の情報を知ることができるだけでなく、書肆の主人の喜怒哀楽までも理解することができる」[12]という特徴を持つ。

　例えば④⑤『滴水珠』の後書き[13]では、書肆による編集方針が次のように述べられる。「此書原有八十篇、減了大半在其間（この書はもともと80葉あったが、その間を大半削減した）」、「一來話繁冗（令）人厭、二來紙多費本錢、故爾刪刻新鮮板（一つには話が繁雑だと人々は厭きてしまい、二つには紙が多いと元手がかかる、故に削除して新版を作った）」、「近因所聽不耐煩、刪書改韻費無限、暑往寒來晝夜編、刻板成書將世勸（聴く人がうんざりするので、内容を削除し韻字を改める作業は尽きない、夏去りて冬来たり、昼夜を問わず編纂し、版木に彫って書物を完成させ世の人を教え導く）」とあり、「滴血珠」故事はもともと80葉近い長編で、それを書肆が苦労して大幅に刪改したという。

　確かに、現行のテキストは、半分程度の40～50葉前後から成るが、物語は田氏母子が河南行きを繰り返す道中で、見知らぬ人物に出会うたびに、夫あるいは父を謀殺された無念さ、貪官汚吏の卑劣さ、これまでの経緯を一から語り聞かせるため、内容の繰り返しが多く、大幅に刪改されたとはいえ、それでもなお冗長のきらいはある。

　また、その他にも「看書人要懂字眼、聽書人要把心專、總想事情如活現（読む人は文字を理解し、物語を聴く人は心を一つに集中すれば、事柄は生き生きと現れるだろう）」とも記され、これらの説唱本が「看書人」と「聽書人」両方に向けて出版された、読み物でもあり、語って聞かせるための書物でもあったことが分かる。

　次に、各説唱本の［標題］の情報を見ると、この物語は全体を幾つかの場面に分けてタイトルが付けられているが、場面の分け方やタイトルにも、各地の書肆独自の方針あった様子がうかがえる。

　四川説唱本は、各書肆共に11の場面に分け、少なくとも①②③と④⑤の二系統の分け方があったようだ。湖南と貴州説唱本は、ほぼ同タイトルで五つの場面に大きく分け、雲南説唱本は四川と湖南と貴州のテキストを融合させたような、13の場面に細かく分ける。

　なかでも、湖南説唱本（九総黄三元堂刻）は独特で、五つの場面に巻数を付し、それぞれの巻末には「要知田氏伸冤事、再看二卷便分明（もし田氏が無実を晴らす事を知りたければ、二卷を読

めば明らかに）」、「二巻在此唱完了、再看三巻見分明（二巻はここでおしまい、三巻を読めば明らかに）」、「要知包公結案事、再看四巻便分明（包公による事件の決着が知りたければ、四巻を読めば明らかに）」、「要知後事、且看五巻便明（続きが知りたければ、五巻をご覧くだされば明らかに）」という文言を新たに加え、まるで章回小説のように続きを促す仕掛けを施した。説唱本をより積極的に読み物として扱おうとする、九総黄三元堂の独自の編集、販売方針がうかがえる。清末民初の湖南における説唱本の出版活動が、他地域に比べて成熟していたことを表す事例とも言えるだろう。

　当時の内陸部における説唱本出版活動の隆盛は、説唱本の販売網を拡大させ、このような同じ内容、形式の説唱本を、省内のみならず近隣の地域間で共有することを可能にした。販売経路を通じて他省から持ち込まれた説唱本「滴血珠」故事を、現地の書肆が購入し、独自に翻刻したのかもしれないし、或いは、例えば光緒年間の四川では、ある作家が書肆から依頼されて執筆した原稿を、依頼主の書肆が無断で他所の書肆に売って利益を得ていた等、説唱本の原稿の売買に関する話題も数多く残されていることから、「滴血珠」故事の原稿も、ある書肆の人間が近隣地域へ直接売り込みに行き、原稿を購入した書肆が、それを新たに翻刻した可能性も考えられる。

　冒頭でも述べたとおり、これらの地域では、説唱芸能や地方劇での上演も盛んに行われた。「滴血珠」故事説唱本は、口承のみならず出版・流通を介して、近隣地域で共有される文化を形成していたことを示す、貴重な資料と言えるだろう。

二、続編の存在

　説唱本「滴血珠」故事は、その流行を裏付けるように、続編『後滴血珠』が出版された。いわゆる本編の「滴血珠」故事の結末は、趙瓊瑤の孝行、節女が称えられ、瓊瑤と古成璧は晴れて結ばれ末永く暮らしたと締めくくられたが、幸せな生活も束の間、続編では、成璧は趙苟欽に騙されて降職となり、気が塞いで亡くなり、瓊瑤が未亡人になるところから物語は始まる。

　また、続編創作の発端になったと推察されるのが、田豹が巴州での仇討ちの際に後禍を恐れて殺害した趙秉蘭の孫の存在である。本編では、この場面は「十月初二日夜、巴州太爺趙文炳被人殺死挖出心肝、全夜趙秉蘭父子孫兒共七個皆被人殺死挖出心肝、晒在牆上（10月2日の夜、巴州太守の趙文炳が殺害され、心臓と肝臓が抉り出され、同夜、趙秉蘭父子と孫の計7名が皆殺害され、心臓と肝臓が抉り出され、壁に晒された）」と描かれただけだが、読者および聴衆に与えた衝撃、特に無実の孫に対する同情は大きかったようで、続編では、冤魂となった孫のその後と、失意の中で他界した古成璧のその後が描かれる。

　現存する続編のテキストは以下のとおり。

○四川説唱本
① 『後滴水珠』重慶、金城書店印刷、劉敬芝起鳳堂刻本[16]
② 『後滴水珠』民國 23（1934）年、璧邑、三合堂刻本[17]
③ 『後滴血珠』成都、古臥龍橋涼記刻本[18]
④ 『後滴血珠』源盛堂刻本[19]

○貴州説唱本
⑤ 『後滴水珠』民國 8（1919）年、遵義、好樂山房刻本[20]

　四川では少なくとも民国 23 年までは版を重ねて出版された人気作品だったようである。湖南説唱本や雲南説唱本に続編の存在は確認できなかったが、もしかしたら当時出版はされたが、時代を経て散佚したのかもしれない。

　これまで見てきた現存する説唱本「滴血珠」故事のテキストは、本編・続編ともに木版印刷されたものであり、当時上海を中心に隆盛した、石版印刷のものは存在しない。光緒後期から民国期にかけて、上海で石印出版が勃興すると、説唱本出版界も一つの転換期を迎えた。石印説唱本が主流となると、清代以降各地で盛行していた木刻説唱本は、上海に集められて翻印されるようになり、石印説唱本として逆輸入の形で各地に販売された。また、翻印された作品の多くは、地域性を排除した内容のものが多かったため、各地で流行した地域色の濃い物語は、自ずと淘汰され、全国区の流行を築くことなく、上演などで限定的に地域に存続するに留まったという背景がある。

　このような説唱本出版界の趨勢の中で、四川、貴州、湖南、雲南を中心に、続編まで出版されるほど流行した「滴血珠」故事は、地域色が強かったためか、上海石印説唱本として単独で世に出ることはなかった。つまり、地域限定的な流行に留まり、全国区にはならずに淘汰された物語に該当する。ところが、京劇には「趙瓊瑤」という演目が存在し、脚本も残されていることから[21]、実際のところ、「滴血珠」故事は地域の垣根を越えて広く伝わり、定着していたのである。その要因の一つとして考えられるのが、次に見る宣講書の出版による影響である。

三、宣講書にみえる「滴血珠」故事

　清代、大衆教化を目的に行われた聖諭宣講は、清末になると、聴衆の好みに合わせて案証（勧善懲悪・因果応報の説話）の宣講が主流となり、娯楽性の強い芸能に変容していく。同時に、清末から民国期には、説唱体の案証を集めた宣講書の出版も盛んに行われた。

　当時、内陸部で流行していた「滴血珠」故事も、宣講のための案証となり、「滴血成珠」という題名で宣講書に収録され、陸続と出版された。阿部氏の研究によると「滴血成珠」の案証

は主に、『触目警心』『宣講珠璣』『宣講大全』『消劫大全』『宣講全集』の５種の宣講書に収録される。以下に５種の宣講書の特徴をみてみたい。(22)

　『触目警心』五巻は、光緒19（1893）年に沙市（現在の湖北省荊州市近隣）の善成堂から出版された刻本で、「滴血成珠」は巻一に収録される。目次を見ると、「滴血成珠」の題名の下に「採取『宣講珠璣』」と記され、この案証が『宣講珠璣』から採録されたことを意味する。本書は、「滴血成珠」以外の案証もすべて別の宣講書から採取し、再編集したものである。また、「早稲田大学蔵本の第一冊表紙には『宣講小説触目警心』と筆写されており、筆者や時期は定かでないが、宣講書が小説として読まれたことも示唆する」という特徴をもつ。(24)

　『宣講珠璣』巻四は、光緒34（1908）年湖南経元堂刊本が現存する。先述のとおり、光緒19(25)年刊の『触目警心』が、『宣講珠璣』所収の「滴血成珠」を採録していることから、光緒19年より古いテキストが存在したはずである。

　『新編宣講大全』六冊は、巻頭に、西湖俠漢が光緒34（1908）年に湖北省漢口の六芸書局で著した序文が掲載される。漢口六芸書局は上海六芸書局の支店だったそうで、上海との繋がり(26)があるためか、本書は、清末から民国期にかけて、上海裕記書荘、上海広益書局、上海鋳記書局（1902年）、上海錦章図書局（1923年）など、上海の多くの書肆から陸続と石印出版された。また、広益書局（1936年）、上海鴻文書局（1937年）からは活字本も出版され、５種のうち最も世に広く流布した宣講書と言える。(27)

　『消劫大全』残巻五、高霊宗手書、四川古臨江挽劫堂編輯。(28)

　『宣講全集』、民国36（1947）年初版、漢口鑫文出版社撰輯、重慶大同書局発行。(29)

　以上のように、「滴血成珠」は様々な宣講書に転載という形で採録されながら広まった。また、これらの宣講書の編集先や出版地は、湖北の沙市や漢口、湖南、四川、重慶などに集中しており、説唱本「滴血珠」故事の出版地とほぼ重なることも大変興味深い。

　特に注目に値するのは、『宣講大全』が、刻本だけでなく石印本や活字本としても、版を重ねて広く流通したことだろう。前章で既に述べたように、清末民初の上海で石印出版が盛行すると、内陸の説唱本「滴血珠」故事は、上海石印説唱本として単独で出版されることはなかった。しかし、宣講書の中に「滴血成珠」が採録されたことにより、「滴血珠」故事は、説唱本に代わって新たな流通経路を獲得し、全国的な流布を実現したのである。

　では、「滴血成珠」の物語の生成に、説唱本はどのような影響を与えたのだろうか。最後に、両者のテキストを比較しながら、その特徴をみていきたい。

　両者を比較すると、「滴血成珠」は説唱本を底本に、創作し直したものであることが分かる。それは、本文中に説唱本の文言が散見するからである。実際に、どのくらいの割合で説唱本の文言を踏襲しているのかを調査したところ、全体の一割程度を部分的に踏襲していることが明らかとなった。その他の９割に関しては、物語の内容や展開はほぼそのままに、冗長な韻文を削除したり、簡潔な文体で書き改めたり、読みやすさを重視した内容と、躍動感のある構成に改められた。大幅な編集作業を経た「滴血成珠」の物語の長さは、説唱本の約７、８割程度ま

382

で削減された。

また、編集のために底本とした説唱本のテキストはあるのか、案証「滴血成珠」と現存する各説唱本とを照らし合わせたところ、以下のような結果が得られた。具体的に2例を挙げてみてみたい。

一つは、科挙試験に向かう途中で大雨に遭遇した古成璧が、田氏宅の前で立往生している場面、「田氏聞知心中不忍、命嶽在仁、請他主僕、到書房安宿一宵、明日再行、隨茶隨飯、款待二人（田氏は話を聞くと心中忍びなく、岳在仁に命じて古成璧と下男を書斎に一晩泊まらせ、明日改めて出発するようにと、ありあわせの食べ物で二人をもてなした）」（『宣講珠璣』8葉a、8～9行目）を、下線の部分に注目して、説唱本の同じ場面を確認すると、四川説唱本は「田氏聞之心中不忍、命嶽在仁、請書房安宿一宵、隨茶隨飯、款待秀才」とあり、貴州説唱本は「田氏聞之心中不忍、命嶽在仁、請至書房宿此一宵、隨茶就飯、款待二人」と描く。雲南説唱本は四川説唱本とほぼ同じ、湖南説唱本は貴州説唱本とほぼ同じである。

次に、趙瓊瑤が3回目の河南行きを決める場面、「瓊瑤商議化堂夫妻、要同尼姑一路、三下河南伸冤（趙瓊瑤は張化堂夫妻と相談し、白衣庵の尼と一緒に、3度目の河南行きで無実を晴らすことにした）」（『宣講珠璣』25葉a、4行目）を、再び下線に注意して説唱本を確認すると、四川説唱本では「化堂送銀十兩、瓊瑤拜別、仝尼僧一路、三下河南」とあり、湖南説唱本では「化堂送白銀五十兩、瓊瑤、李婆拜辭而去此三次河南替父報仇」と描く。雲南説唱本は四川説唱本とほぼ同じ、貴州説唱本は湖南説唱本とほぼ同じである。

いずれも「滴血成珠」の表現は、どちらかと言えば四川説唱本や雲南説唱本とよく似る。雲南説唱本は四川説唱本を翻刻したものと思しいため、「滴血成珠」は、四川説唱本を底本に編集したのではないかと考えられる。

その他、創作における大きな特徴として挙げられるのが、説唱本「滴血珠」故事には詳しく描かれなかった場面を、新たに設けたことだろう。

一つは、田豹の仇討ちである。「滴血成珠」では、瓊瑤が開封で包公と対面する場面の直前に、田豹による復讐劇が挿入され、その様子は3葉の紙幅を費やして丁寧に描かれた。あらすじは以下のとおり。

　　田豹は巴州に潜入すると役所に忍び込み、陰地の詐取を謀る富豪の龔氏、訴棍の呉秀才、巴州太守を殺し、その足で趙秉蘭の屋敷に侵入し、秉蘭を殺した。息子の良金と良玉は、倉庫で米の転売を企んでいたところを田豹に殺される。田豹は父子の心臓と肝臓を壁に晒し、犯人は大鹿山に在り、と書き付けを残して去る。翌朝、秉蘭の妻や孫娘たちは惨場を目の当たりにして驚愕するが、その土地の人々は密かに貪官らの死を喜んだ。

そして物語の場面は開封に移り、瓊瑤が包公ついに訴状を渡す。その後の展開は説唱本と同じである。注目されるのが、新たに創作されたこの場面では、説唱本のように無実の孫は殺さ

れず、代わりに私利私欲を貪る龔氏や呉秀才が新しく登場し、良金と良玉は、説唱本には描かれない欲深い性格が付加されことだろう。悪を強調し、彼らの死を読み手或いは聞き手に痛快と思わせる仕掛けになっている。

　もう一つは、趙瓊瑤が自身の純潔を証明する場面である。説唱本では、瓊瑤は不貞の嫌疑を晴らすと、すぐに古成璧と夫婦になるが、「滴血成珠」では、自身を疑った成璧と夫婦になりたくないと言い、柱に頭を打ちつけて自殺を謀る。成璧は瓊瑤を介抱し、過ちを認めて赦しを請うが、瓊瑤は取り合わず３日間水も口にせず衰弱していく。慌てた成璧は地に跪き、涙ながらに彼女の節孝を称えると、瓊瑤はようやく成璧を受け入れ、翌日華燭の宴を執り行った、という展開に改められた。

　以上、紙幅の都合から２場面のみを取りあげたが、田豹による復讐劇にみえる新たな人物設定は、悪人をより一層際立たせ、悪事には必ず罰があるという因果応報、勧善懲悪を、読者や聴衆に知らしめる効果もあった。宣講で講じることを意識した案証だからこその編集とも言えるだろう。また、説唱本に比べて、簡潔かつ明瞭な文体でありながら、登場人物の複雑な心理、性格、人間臭さは色濃く描かれた。これらの特徴も、宣講書がいわゆる「小説」として読まれ、石印本、活字本となって広汎に流布した要因の一つだったのではないだろうか。

おわりに

　清末民初の内陸部における説唱本出版活動の隆盛、成熟を背景に、内容や形式を同じくする説唱本「滴血珠」故事は、四川、湖南、貴州、雲南を中心に、続編が出るほど流行し、一つの地域だけでなく隣接する地域の書肆間で共有され、流通した。なかでも四川説唱本として出版された本編・続編は、ともに現存する版本の種類も数量も多いことから、四川を舞台とするこの物語は、四川で特に人気を博し、それらが近隣地域の説唱本出版にも影響を与えたのではないかと考えられる。

　また、説唱形式で紡がれる「滴血珠」故事は、当時既に芸能化しつつあった宣講で講じるための、説唱体の案証としても採用された。趙瓊瑤の節女、孝行を描く内容は、民衆教化を目的とした宣講に合致したのだろう。案証では「滴血成珠」と題され、説唱本の文言を部分的に踏襲しながら、冗長な表現を改め、人間の心の機微を丁寧に描いて読みやすく、また勧善懲悪を強調した内容に再編集された。その際に底本とされたのも、他でもない四川説唱本であった可能性が高い。

　時期を同じくして、説唱体の案証を集めた宣講書の出版も盛行し、「滴血成珠」は、湖北、湖南、四川など、説唱本の出版地と重なる地域で木刻出版された宣講書に主として収録された。このように、宣講という新たな伝承媒体を獲得した「滴血珠」故事は、口承と文字テキストを以て一層流布し、内陸部における各種芸能で共有、享受され、一つの地域文化を築いたと

言えるだろう。

　一方で、光緒後期から民国期にかけて、上海で石印出版が勃興すると、内陸の木刻「滴血珠」故事説唱本は、石印説唱本として出版されることなく、テキストとしては淘汰される対象となった。しかし、「滴血成珠」を収録した宣講書の一つである『宣講大全』が、上海の各書肆で石印本や活字本となって陸続と出版されたことにより、「滴血珠」故事は、「滴血成珠」として再び新たな流通経路を獲得し、地域限定的な流行に留まることなく、全国的な流布を実現したことが明らかになった。

【注】

(1) 拙論『湖南説唱本研究』博士論文、早稲田大学、2015年7月

(2) 本論で取り上げる説唱本テキストの調査の範囲は以下のとおり。首都図書館、上海図書館、復旦大学古籍所、浙江図書館、湖南図書館、台湾中央研究院歴史語言研究所傅斯年図書館、香川大学図書館神原文庫、早稲田大学図書館風陵文庫、および注9所掲の劉効民『四川坊刻曲本考略』所収「四川坊刻曲本知見録」。

(3) 『中国曲芸志・湖南巻』（新華出版社、1992年）71頁、79頁「太平南曲」、『中国曲芸志・湖北巻』（中国 ISBN 中心、2000年）80頁「走馬漁鼓」、93頁「湖北大鼓」、95頁「漢川善書」、『中国曲芸志・貴州巻』（中国 ISBN 中心、2006年）54頁「八音坐唱」、76頁「青岩唱書」

(4) 湖南省戯曲研究所編『湖南地方劇種志（五）』（湖南文芸出版社、1992年）

(5) 譚正璧・譚尋『弾詞叙録』（上海古籍出版社、1981年）、304頁「一八八、滴水珠」参照。

(6) 『安徽省伝統劇目滙編・盧劇』第8集（『中国劇目辞典』河北教育出版社、1997年）参照。

(7) 中国戯曲研究院編、陶君起編著『京劇劇目初探』（上海文化出版社、1957年初版。本論では中華書局、2008年を参照）は、『上海市劇目』を引いて『趙瓊瑤』の演目を収録し、物語の梗概を掲載する。

(8) 阿部泰記『宣講による民衆教化に関する研究』（汲古書院、2016年）。木津祐子「「聖諭」宣講──教化のためのことば──」（『中國文學報』第66冊、2003年4月）も参照した。

(9) 劉効民『四川坊刻曲本考略』（中国戯劇出版社、2005年）。本書は、中国芸術研究院図書館、四川省図書館、成都市図書館、重慶市歴史文献館、台湾中央研究院歴史語言研究所傅斯年図書館等に所蔵される、清の嘉慶年間から1950年代までの四川説唱本（川劇崑腔、高腔、胡琴腔、弾戯、灯戯等諸腔の演目も含み、本書では「曲本」と総称する）、1100余種の演目と1600種の版本に対する詳細な目録「四川坊刻曲本知見録」が収録される。

(10) 香川大学附属図書館神原文庫には、清末民国期に出版された説唱本が32種31冊所蔵される。そのうち29種27冊は清末の四川説唱本、残りの3種4冊は民国期に上海で石版印刷された説唱本である。拙論「香川大学附属図書館神原文庫所蔵の清末四川説唱本について」（『日本文学』113号、東京女子大学、2017年3月）参照。

(11) その他、閩南歌仔に『滴血成珠歌』（竹林書局、台湾中央研究院歴史語言研究所傅斯年図書館蔵）のテキストがあるが、本論で取りあげる説唱本9種とは形式が全く異なる。

(12) 注9前掲書「導言」（5頁）で「這些刊記内容很豊富、語言生動、従中不僅可以得到書房的地址、経営範囲、経営方式、図書価格等方面的信息、甚至還可以體會到書房主人的喜怒哀樂」と指摘される。

(13) 本文中で引用する後書きは、注9前掲書「四川坊刻曲本知見録」に拠る。

(14) 注3前掲『中国曲芸志・湖南巻』「総述明清以来的湖南曲芸」、注9前掲書および于紅『清代南方唱書研究』（博士論文、山西大学、2016年6月）第4章「清代雲南、貴州、四川地区的〝唱書〟」参照。

(15) 四川説唱本『二龍珠』（道光29年文運堂刻）の後書きに、「我的書原放在他家放了三個月、暗地謄抄起來、騙我一串六百、私刻遠方去賣」と記される。注10前掲論文参照。また、注9前掲書「四川坊刻

385

曲本書業考」には四川説唱本の著作権問題に関する指摘がある。

(16) 注9前掲書「四川坊刻曲本知見録」所収。

(17) 注9前掲書「四川坊刻曲本知見録」所収。

(18) 注9前掲書「四川坊刻曲本知見録」所収。台湾中央研究院歴史語言研究所傅斯年図書館にも同一テキストの所蔵がある。

(19) 上海図書館蔵。

(20) 復旦大学古籍所蔵。

(21) 北京市戯曲編導委員会編輯『京劇彙編』六十六集（北京出版社、1957年）等に、趙燕俠蔵本が収録される。

(22) 注8前掲書に詳しい。

(23) 早稲田大学図書館風陵文庫蔵。

(24) 注8前掲書、383頁。

(25) 早稲田大学図書館風陵文庫蔵。

(26) 注8前掲書（337頁）において、テキストの末尾に「上海六藝書局、分設漢鎮新街口大街、漢分沙市七里廟大街、發行新出版書册」と記載がある石印本『宣講大全』を紹介する。

(27) 『宣講大全』のテキストについては、注8前掲書337〜340頁に詳細な情報が掲載される。

(28) 注8前掲書（410頁）に拠る。「湖北省漢川市政協学習文史資料委員会編『漢川文史資料叢書』第21輯『漢川善書』（2005年12月）「漢善案伝」収録」とある。

(29) 注8前掲書（410頁）に拠る。

(30) 『滴水珠』光緒31年合州榮生堂刻本、7葉b、4〜5行目。

(31) 『滴水珠』民国7年遵義好樂山房刻本、10葉a、4〜6行目。

(32) 注30前掲書、22葉a、4行目。

(33) 『滴血珠』中湘九總黄三元堂刻本、31葉b、8〜9行目。

王露「中西音楽帰一説」について——「三つの分類」を中心に

石井 理

はじめに

　清末民初、西洋文化が世界を席巻しつつある時代背景の中で、中国の古典文化を非難し、改めるべきだとする言論があった。それは、中国音楽界においても同様であった。西洋音楽推進派の立場に立ってみれば、中国音楽の方法論は、西洋音楽教育普及を阻害する障壁のようなものとして認識されていたといえる[1]。

　他方、古典音楽家の立場に立って見れば、西洋文化の流入は必ずしも古典音楽の存在を脅かすものではなかった。そのため、古典音楽家の言論活動は、必ずしも西洋音楽の排除につながったわけではない[2]。

　しかしながら、たとえば本論で考察の対象としてとりあげる王露（王心葵）は、古琴奏者として古典音楽の保護に務めた人物としては知られながらも、東西の音楽思想を理論面において融合しようと試みたことについては、ほとんど知られていない。当時の西洋音楽推進派の立場から発された「復古」や「守旧」という断定的な言葉の中に押し込められ、その事跡が矮小化されてしまっているといってもよいだろう。

　本論では、北京大学音楽研究会で古琴の指導者を務めた王露による「中西音楽帰一説」、とりわけ当該文章の中で提示された「三つの分類」を対象として、王露が音楽の「近代」化をめぐって試みた東西音楽思想の融合について明らかにしたい。

一、先行論について

　王露「中西音楽帰一説」に対するこれまでの評価は高いとはいえない。そればかりでなく、先行論の多くが王露の音楽観を「復古」や「守旧」を主張するものであったと断定する。しかしながら、筆者の考察によれば、これら王露「中西音楽帰一説」に対する断定的な評価は適切であるとは言いがたく、何らかの誤解が介在していると言ってよいだろう。そして、その誤解が生まれた背後には、以下いくつかの理由が考えられる。

　一つめの理由は、当時の社会背景に起因するものである。当時、社会進化論の構図におい

て、「近代化 ＝ 文明化 ＝ 西洋化」を追求することが、前近代中国を否定する意見として現れていた。19世紀西洋で興ったダーウィン、スペンサー、ハックスレイの社会進化論は、清末民国期の厳復『天演論』（1895年訳、1897年発表）、梁啓超「新史学」（『新民叢報』に連載）や「天演学初祖達爾文之学説及其略伝」（『新民叢報』第3号、1902年）、章太炎「倶分進化論」（1905年）、魯迅「人之歴史——徳国黒格爾氏種族発生学之一元研究詮解」（1907年）などに大きな影響を与えた。

　20世紀初頭から約1世紀が経過した現代においても、やはり同じ構図が描かれているのであり、つまりは同じ課題が遺されたままになっているといえるのではないか。吉田光男『東アジア近世近代史研究』（一般財団法人放送大学教育振興会、2017年3月）に「近代的知識の中には「文明—野蛮」という二項対立で帝国主義を後押しするような社会進化論的思考も含まれていた」そして「近代の体得が「文明化」を追求する一方でこのような論理を内面化することにもつながったことに注意しなければならない」と述べられている。

　現象的な側面から言えば、「西洋音楽—中国音楽」という二項が、「近代—前近代」あるいは「文明—野蛮」という進化論的前後の段階と関連づけられて、あたかも対立する構図であるかのように配置された。

　中国の近代音楽史において、蕭友梅は西洋音楽の導入を力強く推し進め、中国で最初の近代的音楽教育機関である国立音楽院を設立した人物として知られるが、それまでの中国音楽にみえる前近代的な要素に対する批判的な態度は終始一貫していた。少し踏み込んで、心理的な側面から言うことが許されるとすれば、蕭友梅の中国音楽批判は、西洋音楽に対する憧れの裏返しという要素が少なくない。そのため、蕭友梅によって中国音楽に与えられた評価は、必ずしも客観的な位置づけであるとは言い切れない部分がある。

　西洋音楽と中国音楽を真正面から対立するものとして捉えていたというよりは、中国音楽のいわゆる前近代性を指摘するという手段を通じて、西洋音楽の方法論の正当性を主張するという目的を果たしていたという事情も窺われる。

　21世紀においても、当時の音楽教育が西洋音楽の方法論を導入したことの功績を強調するための前提として、当時の中国音楽の抱えていたいわゆる「前近代性」が指摘されることが少なくない。

　二つめの理由は、王露の音楽思想についての認識である。

　先行論において、王露の音楽思想について、「儒家思想」「国粋主義音楽思想」「復古音楽思想」という表現がしばしば用いられる。李徳敬や張国慶は、王露を儒家思想の完全なる継承であるとみなす。また、馮長春は以下のように、「中西音楽帰一説」を王露の国粋主義音楽思想の集中的な表明であるとする。

　　「中西音楽帰一説」という文は、彼の国粋主義音楽思想が集中的に表明されたものといえる。今日の視点をもって見れば、文章には新味が無く、その論点は依然として古人を崇

め、音楽と陰陽や人神を互いに演繹し、そして古代音楽を「俗楽」「雅楽」「天楽」の三種に分類し、雅楽を崇め、俗楽を貶める。[(4)]

　このように断定していることの根拠として、「中西音楽帰一説」が挙げられていることに注意しなければならない。
　ここで馮は、王露の音楽思想を、雅俗の対立軸において、古代中国の儒教社会を象徴するものとしての「雅楽」を崇めるものとして理解している。しかしながら、王露が「中西音楽帰一説」で説いているのは、本論でも後述するように「有音音楽」「無音音楽」「離有離無音音楽」という音楽をめぐる三つの概念であって（以下、「三つの分類」と称する）、それは決して雅俗の二項対立に落としこまれるものではない。まずこの点を、先行論の王露「中西音楽帰一説」に対する誤解として指摘しなければならない。
　その上でさらに言えば、王露の音楽思想については、このような理解を基盤とする形で、先に挙げたように「国粋主義音楽思想」や「復古音楽思想」であると断定されるに至っている。
　馮は、王露「中西音楽帰一説」を、以下のように「中西音楽融合に対する批判であった」と解釈しているが、これは上述のような理解に則ったものであるといえる。

　　王露は最終的に…（中略）…中国と西洋の音楽はそれぞれに風土や人情が異なるため文化的特徴も異なるというのである。このような認識は正確ではあるが、王露はこのような理論上の合理性を持った本質を発展させず、最終的に「中西音楽は地理、時間、人情において異なるので、改良する方法があったとして、無理に一つに帰属させようとしても、実は一つに帰属させることは難しいのである」と言いたいのである。これは中西音楽は互いに理解し合うことができず、両者は異なる世界における二つの原理であり、二つのうちどちらかでなければならず、融合することができないというのに他ならない。これは当時の蕭友梅ら西洋音楽を学習する科学的方法を提唱し、旧楽を整理して新しい音楽を創造しようと主張したこととは完全に異なる。「中西音楽帰一説」は、実際には中西音楽融合論に対する批判であった。[(5)]

　このような王露の音楽思想についての理解は、王露があたかも復古音楽思想の代表であるかのような認識にまで展開した。
　楊和平は以下のように、王露の「中西音楽観」（「中西音楽帰一説」を指すものと思われる）を中国近代音楽界における復古音楽思想を代表するものであったとする。

　　このような復古思潮は音楽の領域における影響も大きかったが、主に中国近代における古琴および琵琶の音楽家である王露の観点を代表とする。

王露の「中西音楽観」は当時の復古音楽思想を代表する。⁽⁶⁾

　馮は、当時の中国音楽家の西洋音楽に対する態度に関連して、王露を「国粋主義音楽思潮」の代表として位置付ける。

　若干の開放的な意識を持っていた少数のものは西洋に学ぶことに反対したわけではなかったが、西洋音楽に対しては非常に慎重な態度をとった。彼らにとって、中国伝統音楽は、とりわけ歴史上光り輝き、古代礼楽文明の高度な成就を代表する雅楽は、中国音楽文化をもっともよく表せる「国粋」であり、必ず継承し保護しなければならないものであり、それらに対する批判や排除、西洋音楽の学習や受容は、音楽における国粋にさらなる凋落をもたらし、最終的には国粋の滅亡や国家の性質の変異にいたらしめるものであった。このような頑強な固執ならびに中国古代音楽文明の復興を試みたことは、外来音楽文化の影響を抑制し、外来音楽文化との融合を拒絶するという思想観念は、「五四」運動後の20年代には速やかに掘り起こされ、20～30年代の社会的影響力を持つ音楽思潮となった。したがって、われわれはこの時期のこのような音楽思潮を「国粋主義音楽思潮」とよんでもかまわないだろう。⁽⁷⁾

　このように、王露はあたかも「外来音楽文化の影響を抑制し、外来音楽文化との融合を拒絶するという国粋主義音楽思想」の代表であるかのような位置付けを与えられた。しかしながら、「中西音楽帰一説」を分析してみると、中国と西洋の音楽文化を理論的に融合することを説くものであったことが分かる。

二、「中西音楽帰一説」について

　まず、本論で扱うテキストについて整理しておく必要があるだろう。

　というのも、「中西音楽帰一説」と題されて『音楽雑誌』に投稿された文章は2篇ある。一つは『音楽雑誌』第1巻第7号（1920年9月、北京大学音楽研究会発行）に掲載されたもの（以下、「第1篇」と略称）、もう一つは、『音楽雑誌』第2巻第1号（1921年1月、北京大学音楽研究会発行）に掲載されたもの（以下、「第2篇」と略称）である。

　内容から判断するに、2篇の間に明確な論理的連続性があるとはいいがたい。第1篇は「三楽」論の理論体系について詳細に論じたものである。第2篇は、冒頭に「猶お未だ盡きざるの意 有れば、復た其の説を延べて以て之を補わん（猶有未盡之意，復延其以補之）」とあるものの、ほとんどが「雅楽」についての持論を展開するものであり、「天楽」や「俗楽」については二度と論じない。両篇の執筆にそれほど大きな時間的な隔たりはなく、その間に王露の考えが大

きく変わったという可能性はあまり大きくないように思われる。

　本節では、第1篇で述べられている「三つの分類」の理論体系を中心的に扱う。

　王露が第1篇で述べたことをまとめると、音楽を「有音音楽」「無音音楽」「離有離無音音楽」という三つに分類することから始まり、それぞれについて繰り返し定義する論理が展開され、結局は「俗人の耳を悦すは、俗楽なり（悦俗人之耳，俗樂也）」「雅人の耳を悦すは、雅楽なり（悦雅人之耳，雅樂也）」「天人の耳を悦すは、天楽なり（悦天人之耳，天樂也）」という三つの分類に収斂される。

　ここではまず、王露による「三つの分類」それぞれについて、論理展開を示す。

　　音楽の説は其の原理を約言すれば三 有り（音樂之説約言其原理有三）

　　一に有音の音楽あり……　有音の音楽は、音の妙なるを求むる者なり……音の妙なるを求むれば、形を離れず……形たるや何ぞ、發音の實なり……發音の實は、俗人の耳に聞こゆべし（一有音音樂……有音音樂，求音之妙者也……求音之妙，不離形……形者何，發音之實也……發音之實，俗人之耳可聞）

　　二に無音の音楽あり……無音の音楽は、音の妙なるを得たる者なり……音の妙なるを得たれば、情を離れず……情たるや何ぞ、叩音の虚なり……叩音の虚は、雅人の耳に聞こゆべし（二無音音樂……無音音樂，得音之妙者也……得音之妙，不離情……情者何，叩音之虚也……叩音之虚，雅人之耳可聞）

　　三に有るを離れ無音を離るるの音楽あり……有るを離れ無音を離るるの音楽は、妙音の言喩すべからざるを會する者なり……言喩すべからざるの音は、神を離れず……神たるや何ぞ、探音の元なり……探音の元は、天人の耳に聞こゆべし（三離有離無音音樂……離有離無音音樂，會妙音之不可言喩者也……不可言喩之音，不離神……神者何，探音之元也……探音之元，天人之耳可聞）

　王露の「三つの分類」の論理構造を無理に単純化してしまえば、たとえば先行論のように、あたかも「雅楽」と「俗楽」の対立構造に少し変化をつけただけのもののように理解されることもあるかもしれない。しかしながら、後述するように、王露が音楽について「三つの分類」という形を用いて論じたことには、少なくとも以下のような背景があったといえるだろう。

　まず、当時の北京大学音楽研究会で行われていた音楽をめぐる議論の中に、ボエティウス『音楽論』にある「音楽の三つの分類」からの影響を窺うことができる。ボエティウスの「音楽の三つの分類」は、音楽を「musica mundana（ムジカ・ムンダーナ：天体の音楽）」、「musica humana（ムジカ・フマーナ：人体の音楽）」「musica instrumentalis（ムジカ・インストゥルメンター

リス：鳴り響く音楽）」という三つに分類する考え方であり、西洋音楽史に大きな影響を与えた。王露の「三つの分類」はこれを完全に模るものではないが、やはりここからの影響を窺うことができる。

　次に、少なくとも宋代以降、禅の認識論が芸術観に及ぼす影響が大きかった点である。関連上掲の引用箇所に続く部分では、「俗人」「雅人」「天人」の相違について論理を推し進め、最終的には以下に見るように、「聞性」「聞根」「聞識」という概念を持ち出し、これらの違いに由来するという説明がなされる。

> 俗人の耳に、聞性 有り、聞根 有り、聞識 有り。雅人の耳に、聞性 有り、聞根 有り、聞識 有り。天人の耳に、聞性 有り、聞根 有り、聞識 有り（俗人之耳，有聞性，有聞根，有聞識。雅人之耳，有聞性，有聞根，有聞識。天人之耳，有聞性，有聞根，有聞識）

　ここに見える「根」や「識」とは、すなわち禅の認識論において用いられる概念である。
　そして、中国古典における「天楽」という語の用例を探れば、早くは『荘子』に見られる。似たような表現で「天籟」という語も『荘子』「斉物篇」にみられるが、これは音楽を天籟・地籟・人籟の三つに分類するものであり、道家の音楽観に大きな影響を与えた。
　以下、これらについて考察を行うことにより、少なくとも、王露「中西音楽帰一説」に見える「三つの分類」が、儒家による礼楽観に基づく雅俗の二項対立を主軸として構築されたものではないことが知られるだろう。

三、ボエティウス〈音楽論〉のこと

　ボエティウス（Anicius Manlius Severius Boethius、480年頃―524年）は、西洋音楽史の古代から中世への過渡期において、アウグスティヌスに続いて古代ギリシアの音楽観や音楽理論を中世に導入し、中世およびルネサンス時代に至るまでの音楽思想に大きな影響を及ぼした人物であり、また音楽を“学”としてとらえるヨーロッパの伝統的音楽観を築き上げることに貢献した人物とみなされている。
　ボエティウスの音楽論に関する研究には、津上英輔「ボエーティウス『音楽教程』におけるmusicaの概念」や平田公子「ボエティウスの音楽観――『哲学の慰め』を中心にして――」などがあるが、平田氏によれば、ラテン語による文献資料の読解が困難であること、および同時代の資料入手が困難であることにより、ボエティウスの音楽論についての研究は、あまり盛んではないようである[8]。そのような中で本論にとって最も助けとなるのはカルビン・M・ボウアー（Calvin M Bower）による英訳（『Fundamentals of music』、イェール大学出版社、1989年）および竹井成美「アニキウス・マンリウス・セベリウス・ボエティウス（480ころ―524）とその

「音楽論」」その1からその10まで計10本の論文である。

　ボエティウスの代表的な著書である『音楽論 (*De institutione musica*)』はヨーロッパ中世の修道院学校や大学などにおいて、重要な音楽理論書として使用されており、そこに記されている「musica mundana（ムジカ・ムンダーナ、天体の音楽）」、「musica humana（ムジカ・フマーナ、人体の音楽）」「musica instrumentalis（ムジカ・インストゥルメンターリス、鳴り響く音楽）」という、いわゆる「音楽の三つの分類」は、中世独特の音楽思想の基盤となるとともに、ルネサンス時代に至るまで人文科学分野に強い影響を及ぼした音楽観でもあるといわれる。

　彼の「音楽論」は、ヨーロッパ中世の修道院学校や大学などにおいて、重要な音楽理論書として使用されており、またそのなかに記されている"音楽の三つの分類—天体の音楽、人体の音楽、鳴り響く音楽"は、中世独特の音楽思想の基盤となるとともに、ルネサンス時代に至るまで人文科学分野に強い影響を及ぼした音楽観でもある。この「音楽論」によって、ボエティウスは、ヨーロッパの、音楽を"学"としてとらえる伝統的音楽観を築き上げることに貢献した人物とみなされている。[9]

　中世以降の音楽思想史において、冒頭に必ずボエティウスの「音楽の三つの分類」を引用するという保守的な理論書執筆の慣習が形成されたが、この慣習が完全に破られたのはティンクトーリス（Johannes Tinctoris、1435年頃—1511年）の時代（ルネサンス時代も全盛期を迎えようとするころ）であろうといわれている。[10]

　さて、西洋音楽史に強い影響を及ぼしたボエティウスの「音楽の三つの分類」は、「三種類の音楽があること、および音楽の影響について（There are three kinds of music, and concerning the influence of music）」と題された文章中に記されている。

　ここではまずその内容について、筆者が英訳本をさらに日本語訳したものによって紹介したい。

　　　まず最初に、音楽研究者には音楽の種類の数をめぐる発見について論じるのが相応しいと思われる。それは三つある。一つめは宇宙的なもの、二つめは人間的なもの、三つめはキタラー（kithara：弦楽器の一種。筆者注）やアウロス（aulos：笛の一種。筆者注）あるいは旋律を供するその他の楽器のようなものの中に残されたものである。[11]

　ここでは「天体の音楽」「人体の音楽」「鳴り響く音楽」にあたる三つの分類について、簡単に触れられている。特に、「天体の音楽」について、少し長いが、やはり筆者による日本語訳で紹介したい。

　　　最初の種類、つまり宇宙的なものは、特に天そのものにおいて観測されるものの中に認識されるか、あるいはいくつかの要素の組み合わせや季節の多様性の中に認識される。とても速い速度で動く天空の機械が無音の軌跡を動くというようなことがどのようにして起こ

るのか？　その音が我々の耳を貫通しないとしても——それはいくつかの理由によって必然的に起こるのだが——それでもやはりあれほど大きな物体による極端に素早い動きがまったく音を発しないということはありえないが、なぜなら星の進行は完全に結合されており完全にぴったりくっついているなどとは気づかれないほどまでに調和的な結合によって結び付けられているからである。いくつかの惑星は高いところで生まれ、いくつかの惑星は低いところで生まれ、それらはみな同等の力量で回転するので、それらの軌道の固定された順序はそれらの様々な不均等を通して計算される。この理由により、変化についての固定された順序は天体の革命から乖離しえないのである[12]。

　ボエティウスの「音楽の三つの分類」が西洋音楽史に与えた影響は上述の通りであったが、20 世紀初頭の中国音楽界にも少なからぬ影響を与えていた。
　その一つの例として、北京大学音楽研究会が発行していた『音楽雑誌』に楊昭恕が投稿した「中西音律之比較」という文章を挙げることができる。この文章は、以下にみるように、ボエティウスの唱えた「天体の音楽」を下敷きにした部分が象徴的である。

　　物理の定理によれば、あらゆる物体は、振動が速ければ速いほど、音波は大きい。地球は自転や公転をしており、その周囲の長さは約七万里あまりある。時速約三千里であり、また惑星の対転や大気の摩擦も加われば、その音の大きさは一体どれほどであろうか[13]。

　ここでは引用の形式がとられていないが、地球の自転や公転によって宇宙で大きな音が響いているはずだという説は、その是非はともかくとして、明らかに天体の音楽の引き写しである。この文章にはまた「天然之聲樂與人爲之器樂，則不能不與之相伴奏，以表現此宇宙之大調和」というように、音楽の目的を宇宙の「調和」を表現することにあるとする説は、やはりボエティウスの「天体の音楽」と通じる。
　このように、北京大学音楽研究会の中での中西音楽をめぐる議論にも少なからず影響を与えていたことが知られる。
　王露「中西音楽帰一説」も例外ではなく、やはりこのことを念頭に置いて読まれなければならない。

四、「天人」および「天楽」のこと

　前節では、ボエティウス「音楽の三つの分類」が西洋音楽史に与えた影響を踏まえ、王露「中西音楽帰一説」にも少なからずこの影響が見られることを指摘した。
　ただし、王露の文は楊昭恕「中西音律之比較」のようにボエティウスの「天体の音楽」を完

全に引き写したものではない。

　王露は、ボエティウスを発想の根底に置きながら、そこに禅の認識論や道家の「天楽」あるいは「天籟」を融合させることにより、独自の「三つの音楽」を構築した。

　具体的に言えば、「中西音楽帰一説」には「聞性」「聞根」「聞識」という用語が見える。これらについて理解を深めていくためには、禅の認識論について少し整理しておく必要があるだろう。

　禅の認識論は、宋代において詩歌と絵画の融合が目指されるにあたり、その理論的根拠の一つとなったものである。

　大乗仏教の経典とりわけ『楞厳経』の中の「六根互用」という観念は、北宋中葉以降の士大夫が禅を学ぶという背景下、次第に日常生活や芸術鑑賞活動の方面に影響を与えた。蘇軾、黄庭堅、恵洪らの人物を代表とする人々は、個人の道を修めるという体験から出発することにより、それが「六根」に遍く通じて浸透し、そして全身全霊から俗塵に染まらない境地を追求した。

　仏教において、ある人が対象を認識する際には、感覚器官である「根」をよりどころとする。「根」には「眼（げん）・耳（に）・鼻・舌・身・意」の六つがあるので「六根」と総称される。これらは感覚器官であり、また迷いや意識を生じさせるものでもある。「根」によって認識される対象には「色（いろかたち）、声、香、味、触（可触物）、法（考えられるもの）」の六つがあり、これらは「六境」と総称される。感覚器官である「根」が「境」を対象として認識する働きを「識」という。「識」には「眼識・耳識・鼻識・舌識・身識・意識」の六つがあり、これらは「六識」と総称される。

　中でも特に、「六根」と芸術の関係が根深いものであったということについては、先行論で夙に指摘されている。まずその概要を示せば、以下のようにまとめられるだろう。

　宋代においては、士大夫が禅を積極的に学ぶことにより、以下３種の変化が齎された。すなわち、1）眼、耳、鼻、舌、身体などの感覚器官の境界を意識的に混同させ、とりわけ眼で聴き、耳で見て、眼で誦するということが主張されることにより、聴覚芸術としての詩と視覚芸術としての画が相通ずるというような新たな意識が形成されたこと、2）「六根」の接触する現象世界を心霊の境地に昇華させ、詩、画、香、茶、花、飲食など多くの活動を、禅により道を悟るための道程や方法と見なすことにより、詩禅、画禅、香禅、茶禅などの宗教的精神が世俗の生活に入り込んだこと、3）文学の創作や理論において、様々な感覚を合わせて書くことが、「六根互用」という啓示により、心理学レベルの自発的な経験から哲学や宗教のレベルにおける自覚的意識に移行したこと、である。これらの変化と、宋代の士大夫が居士化したことは、切っても切り離すことができない。[14]

　以下の部分を見れば、王露の唱えた「三つの音楽」説の枠組みを形成するものとして、ボエティウス以外にも、禅の認識論としての「根」や「識」が大きな役割を担っていたことは明らかである。

俗人の聞くは、音の流転するに循い、性根識の三者 現前するも、而して知る所 無きなり。
雅人の聞くは、音の空寂たるに循い、性根識の三者 現前すれば、知ること有り知らざる
こと有るなり。天人の聞くは、音の返還するに循ひて、性根識の三者 現前すれば、知ら
ざる所 無きなり（俗人之聞，循音流轉，性根識三者現前，而無所知也。雅人之聞，循音空寂，性
根識三者現前，有知有不知也。天人之聞，循音返還，性根識三者現前，無所不知也）

「俗人」は「聞性」「聞根」「聞識」のいずれについても明るくなく、そのため音の「流転」
について注目する。「雅人」は「聞性」「聞根」「聞識」を全く知らないわけではないが、すべ
てに通暁しているわけでもない。そのため、音の「空寂」たる性質について注目する。「天人」
は「聞性」「聞根」「聞識」のすべてを熟知しているので、音の「返還」するという本質に注目
する。
　このように、王露の「三つの音楽」では、音楽をめぐる「聞性」「聞根」「聞識」についての
相違に由来し、「俗人」「雅人」「天人」という三つの主体について、音楽に対する認識方法が
異なるというモデルが提示されている。

知る所 無き者は、聞根を恃みとするなり……聞根を恃みとするは、識と性とに昧き者な
り……聞根は、耳の聾たるを用う……俗人の耳を悦ばすは、俗楽たるなり（無所知者，恃
聞根也……恃聞根，昧識與性者也……聞根，用耳之聾……悦俗人之耳，俗樂也）

　これは、「俗人」はただ「聞根」すなわち感覚器官としての「耳」に頼るのみで、そもそも
「聞識」という認識の働きについて明るくないことをいう。このようにして推し進められた論
理は最終的に、音楽の本質について「実」「虚」「空」という、やはり仏教的な観念の次元にた
どり着く。
　さて、「天楽」という語自体は『荘子』に見えるため、王露が「三つの音楽」の一つに「天
楽」という語を用いたことには、ボエティウスの「天体の音楽」が念頭にあったであろうと推
察される以外にも、また『荘子』の影響があったことを想定することができる。
　ただ、王露の言う「天楽」の内容はこれと完全に一致するわけではない。
　まず、『荘子』「天道」では「天楽」と「人楽」とが、対立する二つの概念として設定されて
いる。

夫れ天地の徳に明白なる者は、此に之を大本大宗と謂い、天と和する者なり。均しく天下
を調うる所以は、人と和する者なり。人と和する者は、之を人楽と謂い、天と和する者
は、之を天楽と謂う。（夫明白於天地之德者，此之謂大本大宗，與天和者也；所以均調天下，與人
和者也。與人和者，謂之人樂；與天和者，謂之天樂）

また、『荘子』「斉物篇」には、「人籟」「地籟」「天籟」という概念が登場するように、音楽を三つに分類しているものもある。

> 子游 曰く、「地籟は則ち衆竅 是れなるのみ、人籟は則ち比竹 是れなるのみ。敢えて天籟を問わん」と。子綦 曰く、「夫れ吹は万にして同じからざれば、而して其れをして自己たらしむるや、咸な其れ自ら取ち、怒る者は其れ誰ならんや！」と。（子游日：「地籟則衆竅是已，人籟則比竹是已。敢問天籟。」子綦日：「夫吹萬不同，而使其自己也，咸其自取，怒者其誰邪！」）

ある先行論では、「天籟」は現実世界には存在しない音を指すと解されているため、内容としては、こちらの方が王露の「三つの分類」に近いともいえる。

さらにいえば、先行論では『荘子』の音楽思想は、儒家の礼楽思想と対立するものである。両者の相違点を簡潔にまとめるとすれば、儒家の音楽思想が音楽と社会の関係を重視するものであるのに対し、道家の音楽思想は音楽と自然との関係を重視するという点があげられる。

おわりに

王露の提唱した「天楽—雅楽—俗楽」という構図を一見すれば、あたかも伝統的な雅俗観を基軸とし、その上に「天楽」が付け加えられたものであるかのようにも見えるかもしれない。しかしながら、王露の提示した「三つの分類」には、以下のいくつかの影響が見出されるため、先行論の主張するような儒家の礼楽思想にもとづく「雅楽—俗楽」の二項対立からの派生とはいいがたい。

1）ボエティウス『音楽論』「音楽の三つの分類」からの影響
2）禅の認識論からの影響
3）道家の音楽観からの影響

本論中でも紹介した通り、先行論は、王露の音楽論を「復古思想」や「国粋主義」として断定的に評価する。極端な評価としては、「中西音楽帰一説」を、「実際には中西音楽融合論に対する批判であった」と評するものもあった。

しかしながら、王露「中西音楽帰一説」にみえる「三つの分類」を対象として考察を進めた結果、実際のところ、王露は儒家の礼楽観だけでなく、道家の自然を尊ぶ芸術観、禅の認識論にもとづく「六根通用」という芸術観、そして西洋音楽史に強い影響を与えたボエティウス『音楽論』といった、様々な要素を融合することによって構築されたものであったことが分かった。

【注】

(1) 「近代音乐思潮对传统音乐的批判，以一九〇三年匪石在日本写的《中国音乐改良说》一文为起点。该文直指传统文化的"礼乐观"，对中国传统音乐进行了剖析，批判了封建音乐文化的落后性和保守性」（夏瀇州『中国近现代音楽史簡編』上海音乐出版社 2021 年 4 月）

(2) 第一に、外来音楽が中国に流入してくること自体は中国史上初めてのことではなく、常に周辺の民族や文化と接触しながら展開を続けた中国では、むしろ外来音楽を取り込みながら、文化の豊かさが醸成されてきた側面がある。たとえば琴学者の鄭觀文は中国音楽の歴史を『中国音楽史』に著したが、その歴史理論の特徴は、1）殷周の音楽を理想像として描いている、2）北魏から隋唐にかけて外来の仏教芸術を受容しながら中華世界を大成した歴史に注目している、3）2の歴史を民国初期の西洋文化流入においても参考にしようとしていた節が窺えるというものであった。鄭觀文は、大同楽会を組織して古典楽器の大規模な復元を行いながらも、近代化において外来音楽の受容が新しい中国音楽の創造のためにプラスの作用を果たすものと考えていたことが窺える。

(3) 李德敬・張国慶「王心葵音楽論文中的美学思想初探」（『天津音楽学院学報（天籟）』2005 年第 3 期）に「王心葵的这一思想是对儒家思想的完全继承」とある。

(4) 馮長春「二十世紀二〇、三十年代的国粹主義音楽思潮」『中国音楽学（季刊）』2005 年第 4 季）に「《中西音乐归一说》一文，可谓他国粹主义音乐思想的集中表露。以今天眼光看来，文章了无新意，立论依然是尊奉古人，将音乐与阴阳、人神〇互为比附，并把古代音乐分为"俗乐"、"雅乐"、"天乐"三类，推崇雅乐，贬抑俗乐」とある。

(5) 王露最终是想说明"中西方隔既隔，风气不同，政教判别，凡作音乐皆有士宜。是故各依音律自然，奏成节拍，莫不有器焉，莫不有音焉，莫不有理焉。"意即中西音乐因各有其不同的风土人情从而各具不同的文化特征，这种认识是正确的，但王露并没有把这种理论上的合理内核加以发展，他最终想说的是："中西音乐因有地异、时异、情异之别，虽有改良方法，强使归一，其实终难归一也。"这无异于说，中西音乐不可能相互融会贯通，二者是不同世界里的两元，非此即彼，不可融合。这与当时萧友梅等人提出学习西乐科学方法、整理旧乐从而创造新乐的主张完全不同。《中西音乐归一说》实际上就是对中西音乐融合观点的批判。

(6) 楊和平「従二十世紀前半葉中国音楽美学研究看"中西音楽関係"問題（下）」（『楽府新声（瀋陽音楽学院学報）』2000 年第 4 期）に「这种复古思潮在音乐领域中的影响也是很大的，主要以我国近代古琴、琵琶音乐家王露的观点为代表」および「王露的"中西音乐观"代表了当时的复古音乐思想」とある。

(7) 馮長春「二十世紀二〇、三十年代的国粹主義音楽思潮」（『中国音楽学（季刊）』2005 年第 4 季）に「少数稍具开放意识者则并不反对学习西方，但对西方音乐采取了非常审慎的态度。在他们看来，中国传统音乐，尤其是曾经在历史上辉煌一时、代表古代礼乐文明高度成就的雅乐，是最能代表中国音乐文化的"国粹"，必须继承与维护，对它们的批判乃至摒弃，对西方音乐的学习与接受，将会致使音乐国粹更加衰落，最终导致国粹沦亡、国性移易。这种顽强固守并试图复兴中国古代音乐文明，抵制外来音乐文化影响、拒绝融会外来音乐文化的思想观念，在"五四"运动后的二十年代迅速崛起，成为二、三十年代具有社会影响的音乐思潮。因而，我们不妨把这一时期的这种音乐思潮称之为"国粹主义音乐思潮"」とある。

(8) 平田公子「アニキウス・マンリウス・セベリウス・ボエティウスとその「音楽論」（その 1）」（『研究紀要』第 18 期、1981 年 3 月）に「ボエティウスの名は、前述した"音楽の三つの分類"と関連して、音楽史上知られているにもかかわらず、彼の＜音楽論＞は、今日までわが国においてはほとんど顧みられていない実情である。その理由として、一つには、その＜音楽論＞が今日では死語と化したラテン語によって記されているために、研究そのものが困難であること、また一つには、中世初期のその他の資料入手がきわめて困難であることなどが、研究の大きな障害となっているようである」とある。

(9) 竹井成美「アニキウス・マンリウス・セベリウス・ボエティウス（480 ころ—524）とその「音楽論」（その I）」（『研究紀要』第 18 期、1981 年 3 月）による。

(10) 竹井成美「アニキウス・マンリウス・セベリウス・ボエティウス（480 ころ—524）とその「音楽論」

（そのⅡ）：ボエティウスの音楽の三つの分類を中心として」（『研究紀要』第 19 期、1982 年 3 月）による。

(11) Thus, at the outset, it seems proper to tell someone examining music what we shall discover about the number of kinds of music recognized by those schooled in it. There are three: the first is cosmic, whereas the second is human; the third is that which rests in certain instruments, such as the kithara or the aulos or other instruments which serve melody.

(12) The first kind, the cosmic, is discernible especially in those things which are observed in heaven itself or in the combination of elements or the diversity of seasons. For how can it happen that so swift a heavenly machine moves on a mute and silent course? Although that sound does not penetrate our ears-which necessarily happens for many reasons—it is nevertheless impossible that such extremely fast motion of such large bodies should produce absolutely no sound, especially since the courses of the stars are joined by such harmonious union that nothing so perfectly united, nothing so perfectly fitted together, can be realized. For some orbits are borne higher, others lower; and they all revolve with such equal energy that a fixed order of their courses is reckoned through their diverse inequalities. For that reason, a fixed sequence of modulation cannot be separated from this celestial revolution.

(13) 原文は「中西音律之比較」（『音楽雑誌』第 1 巻第 2 号、1921 年）に「按物理公例，凡物體振動愈速者，則聲浪愈大。地球既有自轉公轉之分，其周徑約七萬餘里。每小時速度約三千里，又加以星球之對轉，大氣之摩盪，其聲響之宏大爲何如」とある。

(14) 周裕鍇「“六根互用”与宋代文人的生活、審美及文学表現——兼論其対“通感”的影響」（『中国社会科学』2011 年 5 期、四川大学俗文化研究所）による。

汲古閣本『琵琶記』の江戸時代における所蔵について

伴 俊典

一、問題の所在

　『琵琶記』は北方戯曲から伝奇が分化しつつあった中国の南方戯曲の一つとして当時民間に流行していた故事を巧みに改変して生み出された。『琵琶記』は詞曲の高い芸術性に加え、明太祖朱元璋に「四書五経は布地や五穀といった家々に必ず備えるもので、『琵琶記』は山海の珍味で富家に欠かせない」と推許せられるなど明一代に隆盛を誇り、「南戯の祖」、「伝奇の祖」となり明清の伝奇を導くとともに、各地に派生した脚本が後人の改作を生み、さらにそれが新たな改本を生むなど派生は衰えず、ついに「刻者無慮千百家、幾於一本一稿（刊刻する者はざっと千百家、およそ一刻本に一原稿）」と夥しい種類の版本が世に伝わるに至り、戯曲版本の広がりを見る上でも中国戯曲史上に大きな特徴を持つ作品である。

　近年、域外漢籍の所蔵が注目され、『琵琶記』テキストについても刊刻、流伝および所蔵が研究されているが、日本の『琵琶記』テキストの所蔵について、田仲一成は次のように解説する。

　　日本には中国から伝来した戯曲の刊本が蔵されており、数量が非常に多いというほどではないが、中国では既に散逸した希少なテキストが含まれる。その大部分は江戸時代の南方の大名が長崎商人を通じて買い付けたものである。大名たちは中国語を解さず、脚本は全く読めなかったが、これらの中国のテキストの多くに精美な挿絵が大量に附され、おおよそこれらの挿絵を見るために、印刷の質に関わらず、熱心に買い付けていった。これらにより、彫りの美しい脚本はもとより、印刷の粗い脚本であっても大量に買われていったのである。現在中国が所蔵する明刊の戯曲テキストは南京、蘇州、杭州で作られた版刻精美なものが多いのに対して、日本には、福建、江西などの拙劣な版刻による戯曲テキストが多く収蔵される。この現象は非常に注目される。

　田仲氏は既に諸研究を通じて『琵琶記』版本の分派展開を詳かにし、時代、地域、社会、上演場所と共に『琵琶記』テキストの展開を我々に解き示している。そして日本の江戸時代の『琵琶記』テキストの展開についても、中国に南京、蘇州、杭州で出版された精刻のテキストが残留する一方で、日本には福建、広西といった版刻拙劣なテキストが蓄積された特殊な事情を指摘し、それが大名が長崎の書商を介し蔵書を購求した結果起こったものであったことを示

し、日本が独自の基準に基づいて精粗交々する版本を擁するに至った経緯を、簡潔だが明快に解説している。

　近年、黄仕忠は日本所蔵の中国戯曲を網羅的に調査し、『琵琶記』についても研究成果をまとめている。黄氏は日本のおよそ19種の『琵琶記』テキスト所蔵、『舶載書目』等唐船持渡り書記録や各蔵書記録からおよそ15の『琵琶記』を含むとみられる著録を挙げている。その中で、黄氏は『硃訂琵琶記』（内閣文庫蔵）、『重校琵琶記』（蓬左文庫蔵）、『袁了凡先生釈義琵琶記』（京都大学文学部蔵）を弧本とし、『重訂元本釈義全像琵琶記』（琵琶記大全。『毛利元次公蔵書目録』）を他目に伝本を見ないテキストとした。これらのうち『硃訂琵琶記』が田仲氏の示す時本系統の京本、『重校琵琶記』（蓬左文庫蔵）が閩本にあたる。つまり田仲氏、黄氏の研究を参照すると、江戸時代の『琵琶記』テキストの広がりに中国とは異なる特徴を見出すことができるのである。

　これらのテキストは、『袁了凡先生釈義琵琶記』を除いて江戸時代の各著録文献から大体の日本所蔵に至った時期を探ることが可能で、『硃訂琵琶記』は紅葉山御文庫創設時の長崎の書籍元帳の写しである『御文庫目録』に最初の所蔵記録を見ることができ、家康死去以降紅葉山の御文庫（紅葉山文庫）創設までに所蔵したものであることが分かる。また『重校琵琶記』は蓬左文庫蔵『尾張家御書籍目録』によって、尾張藩初代藩主徳川義直（敬公）が受けた献書中の、戦国時代、加賀前田家の武将であったと伝えられる種村肖推寺（？―？）なるものの大量の召上書の１冊であったことが注記され、彼の死去以前に日本に存していた（明暦元年（1655）以前）ものであったことが分かる。また、『重訂元本釈義全像琵琶記』は上村幸次が整理した徳山毛利藩三代藩主毛利元次（1668―1719）の文庫である棲息堂に既にあったことが、その『毛利元次公漢籍蔵書目録』により明らかにされている。こうした所蔵記録を見ると、日本の大名による『琵琶記』所蔵は、おおよそ江戸時代前半に行われたと推定できる。唐船持渡書関連資料はその後の舶載を示す資料であるため、『舶載書目』などに記載のある第七才子書はそれ以降日本にもたらされたものである。

　次に現在日本が所蔵する『琵琶記』テキストのおおよそを整理したい。以下に黄氏の調査を基に日本の『琵琶記』テキストの所蔵状況を概観する。

日本所蔵琵琶記整理表

○　単刊

　　琵琶記（元本出相南琵琶記）三巻釋義一巻　4冊　静嘉堂文庫

　　硃訂琵琶記二巻　2冊　国立公文書館内閣文庫

　　重校琵琶記四巻 重校北西廂記五巻 重校蒲珠玉詩一巻 合六巻 重校西廂記考證一巻附一巻　4冊　国立公文書館内閣文庫

　　新刊巾箱蔡伯喈琵琶記二巻　2冊　京都大学文学研究科図書館

　　重校琵琶記二巻　1冊　蓬左文庫

李卓吾先生批評琵琶記二卷（闕卷上）　存1冊　龍谷大学

袁了凡先生釋義琵琶記二卷　2冊　京都大学文学研究科図書館

陳眉公批評琵琶記二卷釋義琵琶記二卷　2冊（夢鳳樓暖紅室刊校）　京都大学文学研究科図書館　2部

琵琶記四卷附録一卷　4冊　天理大学附属天理図書館

袁了凡先生釋義琵琶記二卷　2冊　京都大学文学研究科図書館

琵琶記四卷附録一卷　4冊　天理図書館

第七才子書　19部

繪風亭評第七才子書琵琶記六卷釋義一卷附才子琵琶寫情篇一卷　7冊　国立国会図書館

繪風亭評第七才子書琵琶記六卷附寫情篇一卷釋義一卷　6冊等　京都大学文学研究科図書館等　5部

鏡香園毛聲山評第七才子書十二卷首一卷　6冊等　京都大学文学研究科図書館等　4部

成裕堂繪像第七才子書六卷　6冊等　東京大学大総合図書館等　5部

芥子園繪像第七才子書琵琶記六卷　6冊　大阪府立中之島図書館

翻刻第七才子書　六卷　4冊　天理図書館

琴香堂繪像第七才子書琵琶記六卷　12冊等　国立公文書館内閣文庫等　2部

汲古閣本　14部

汲古閣訂正本衙藏版六十種曲本琵琶記　二卷　2冊　東京大学総合図書館

實獲齋藏版六十種曲本琵琶記　二卷　2冊　早稲田大学中央図書館等　8部

同德堂藏版六十種曲本琵琶記　二卷　2冊　国立国会図書館等　5部

○　散齣（集）

琵琶記二卷　2冊　東洋文庫

審音鑒古錄正續集不分卷　16冊等　京都大学文学研究科図書館等　7部

舊鈔本琵琶記曲譜本　1冊　慶応義塾図書館慶應義塾大学三田メディアセンター

　これらの所蔵状況を見ると、現在日本に確認できる『琵琶記』テキストは第七才子書本が最も多く（7種19部）、汲古閣本がこれに次ぐ（3種14部）ことが分かる。現状で調査しえていない資料がなお存することを考慮しても、この特徴は変わらないものと考える。これを江戸時代の所蔵に限って見ると、以下の通りになる。

硃訂琵琶記二卷　2冊　国立公文書館内閣文庫（『御文庫目録』寛永16年（1639）以前）

重校琵琶記四卷 重校北西廂記五卷 重校蒲珠玉詩一卷 合六卷 重校西廂記考證一卷附一卷　4冊　国立公文書館内閣文庫（『内閣文庫漢籍分類目録』）

重校琵琶記二卷　1冊　蓬左文庫（蓬左文庫（尾張家『御書籍目録』（1645以前）））

重訂元本釋義全像琵琶記（琵琶記大全）　2冊（『毛利元次公所藏漢籍書目』（1667—1719以前））

琴香堂繪像第七才子書琵琶記六卷 6 冊　内閣文庫（『内閣文庫漢籍分類目録』）

第七才子書（琵琶記）（『商舶載来書目』（享保 15 年（1730））、『昌平黌蔵書目』等）

こうした版本を推測できるもののほか、『琵琶記』とのみ記される記録もある。

　　琵琶記（『高野山釈迦門院外典書目録』、都賀庭鐘『過目抄』等）

　だが興味深いことに、江戸時代に所在が確認された『琵琶記』の記録には、汲古閣本『琵琶記』が現れない。このため現在の所蔵状況とは異なり、精美な挿絵が付された福建、江西で版刻されたテキストを大名が所蔵し、また第七才子書本を昌平黌などが所蔵する一方で、現在多数が所蔵する汲古閣六十首曲本『琵琶記』を確認できないという江戸時代の特殊な『琵琶記』の所蔵の特徴を見ることができるのである。

二、『琵琶記』訳本抄本と汲古閣本

　現在、江戸時代に『琵琶記』の内容に解釈を加えたものは『琵琶記』の部分訳を加えたものが存する。長澤規矩也は『諺解校注古本西廂記』と合わせて『〔譯〕琵琶記』（小論では以下『琵琶記』訳本とする）として影印[12]し、その解説で「『琵琶記』第五齣までの原文附和訳。未完成の稿本らしく、江戸末期の作と考えられる」とし底本、作者等に言及しない。これに対して岡崎由美は『琵琶記』訳本の底本について「基本的に汲古閣本に一致する」とする[13]。そうであれば、この『琵琶記』訳本が抄写する曲文が江戸時代に汲古閣本の存するはじめての証拠となる。岡崎氏は更に『琵琶記』は『水滸記』と共に『繍刻演劇』に収められて日本にやってきたか、と汲古閣本『繍刻演劇』にその由来を擬している。この点について調査したところ、まず『繍刻演劇』の東渡に関して、『水滸記』を含む『繍刻演劇』とは『舶載書目』に記録されている第 5 套 10 種（20 冊[14]）で、第 1 套に収められる『琵琶記』とは別の選集である。『繍刻演劇』は『六十種曲』と異なり 1 套 10 種を 6 度刊行したもののため、第五套に第一套所収の『琵琶記』が含まれる可能性は低い。また『水滸記』日訳本の底本は、その後岡崎氏と『水滸記』の山口本を共同調査した結果同徳堂本である事が明らかになっている。いずれにせよ『琵琶記』訳本の底本は、『水滸記』と共にもたらされた『繍刻演劇』本である可能性は低く、なお検討の余地があるると言える。小論はこれに基づき、その他の江戸時代に日本が所蔵した『琵琶記』の諸テキストも含めて分析を行い、改めて『琵琶記』訳本の底本を検討してみることにしたい。

汲古閣本『琵琶記』の江戸時代における所蔵について

図1　『琵琶記』訳本首葉『琵琶記』（『諺解校注西廂記　附琵琶記』395頁）

三、本文分析

まず第1葉巻首を見る。

首は首題「琵琶記」、次改行し「第一齣　末上」とし、さらに改行して【水調歌頭】上場の詞が歌われる。「秋燈明翠幕。夜案覽芸編。今來古往。其間故事幾多般。少甚佳人才子。也有神僊幽怪。瑣碎不堪觀。正是不關風化體。縱好也徒然」と曲文があり、句の後ろに小字で和訳「ともし火の、かげをよすがの長（なが）き夜（よ）は、ひもとくふみのかずくに、見ぬ世のひとを友（とも）として、むかしを今とくりかえす、ことのしぐさ乃多かるゆえ、いとみやびたるかたのなきにはあらねど、又めづらしく、あやしげなるは、なべて人の志ほりする。をしえぐさともならざれば、よしやおかしくつづけたりとも、いたづらごとにや、なりぬべき」が付される。さらに曲文「論傳奇。樂人易。動人難。知音君子。這般另作眼兒看。休論插科打諢。也不尋宮數調。只看子孝共妻賢。正是驊騮方獨步。萬馬敢爭先」が続き、和訳「それ物がたりててふふしは、めをなぐさむることはやすくして、心志（こころ）みんとはいとをかし、心しりの人く、此びは記（き）のごと記は、べつにめををひらき見玉ふべし、されば□□（けうけん）にあやつりては、をんがくのむづしげなる事もあらず、ただ孝子（こうしていふ）貞婦の事を作りて、なみくのものと同じからで、あるが中にも、世にすぐれたるものとや、もふすべからんかし」とあり、「問内科」に「がく屋へものいふしうち」とト

405

書きにいちいち和訳を付し、次いで楽屋とのやり取りの後【沁園春】曲を歌い末に「極富極貴牛丞相。施仁施義張廣才。有貞有烈趙眞女。全忠全孝蔡伯喈」七言四句の下場詩で第一齣を終える。このうち和訳、訓点等を除き、『琵琶記』の本文部分を抜き出すと以下の通りになる（便宜的に曲牌とト書きにそれぞれ括弧を付した）。

琵琶記

第一齣　末上

【水調歌頭】　秋燈明翠幕夜案覽芸編今來古往其間故事幾多般少甚佳人才子也有神僊幽怪瑣碎不堪觀正是不關風化體縱好也徒然論傳奇樂人易動人難知音君子這般另作眼兒看休論插科打諢也不尋宮數調只看子孝共妻賢正是驊騮方獨步萬馬敢爭先〔問內科〕且問後房子弟今日敷演誰家故事那本傳奇〔內應科〕三不從琵琶記〔末〕原來是這本傳奇待小子畧道幾句家門便見戲文大意

【沁園春】　趙女姿容蔡邕文業兩月夫妻奈朝廷黃榜遍招賢士高堂嚴命強赴春闈一舉鰲頭再婚牛氏利綰名牽竟不歸饑荒歲雙親俱喪此際實堪悲堪悲趙女支持剪下香雲送舅姑把麻裙包土築成墳墓琵琶寫怨逕往京畿孝矣伯喈賢哉牛氏書館相逢最慘悽重廬墓一夫二婦旌表門閭

　極富極貴牛丞相　　　施仁施義張廣才

　有貞有烈趙眞女　　　全忠全孝蔡伯喈

表一 楽屋との問答部分（引用文献前の漢数字は注17に掲げた数字による。表二も同じ）							
『琵琶記』訳本							
萬馬敢爭先〔問內科〕且問後房子弟今日敷演誰家故事那本傳奇〔內應科〕							
三不從琵琶記							
〔末〕原來是這本傳奇待小子畧道幾句家門便見戲文大意【沁園春】趙女							
姿容							
二、校訂琵琶記							
萬馬敢爭先〔問內科〕且問後房子弟今日敷演誰家故事那本傳奇〔內應科〕							
三不從琵琶記							
〔末〕原來是這本傳奇待小子畧道幾句家門便見戲文大意【沁園春】趙女							
姿容							
〔末二〕元來是這本傳奇待小子畧道幾句家門便見戲文大意【沁園春】趙女							
三不從琵琶記							
萬馬敢爭先〔問內科〕且問後房子弟今日敷演誰家故事那本傳奇〔內應科〕							
三、四、重校琵琶記							
五、琴香堂絵像第七才子書琵琶記							
萬馬敢爭先先生自許予亦以之許之							
【沁園春】今日梨園子弟唱演琵琶記、試把傳奇始末、畧述一番者【中呂慢詞】							
六、七、八、九、汲古閣本							
萬馬敢爭先〔問內科〕且問後房子弟今日敷演誰家故事那本傳奇〔內應科〕							
三不從琵琶記							
〔末〕原來是這本傳奇待小子畧道幾句家門便見戲文大意【沁園春】趙女							
姿容							
一、元本							
萬馬敢爭先×							
×××××××							
×　×　×　×　×							
×　×　×　×　×							
×　×　×　×　×							
×　×　×　×　×							
×　×　×　×　×							
×　×　×　×　×							
×　×　×　×　×							
×　×　×　×　×							
×　×　×　×　×【沁園春】							
×　×　×　×　× 趙女姿容							

一方、汲古閣本は第一齣の首の部分を「琵琶記上／第一齣　副末上」としていて、記述が明らかに異なる。この部分を「末上」とするのは『新刊元本蔡伯喈琵琶記』など元本系統の特徴で、さらに「極富極貴牛丞相。……」の句を下場詩に置く構成は、古い時代の体裁にはなく、明刊の元本系統の特徴であると銭南陽は指摘する。[16] 次に楽屋とのやり取りの部分に注目したい。以下に諸本との比較結果を挙げる。

【水調歌頭】後の「〔問内科〕且問後房子弟今日敷演誰家故事那本傳奇。〔内應科〕三不從琵琶記。〔末〕原來是這本傳奇待小子署道幾句家門便見戲文大意」にある楽屋とのやり取りは時本系統のテキストの特徴である。第七才子書は楽屋とのやり取りはあるがテキストが合わず、『琵琶記』訳本抄写に関連があるとは考えられない。以上の特徴から、『琵琶記』訳本第一齣は、体裁に元本、時本双方の特徴を併せ持つと言える。以上の結果から『琵琶記』の第一齣の体裁に符合する日本所蔵のテキストは内閣文庫蔵『重校琵琶記付北西廂記』及び蓬左文庫蔵『重校琵琶記』の第一齣部分のみである。

底本の特定

次に第二齣を見る。『琵琶記』訳本の第二齣以降（第五齣に至るまで）は脚色も含め汲古閣本にほぼ一致する。『琵琶記』訳本と第一齣が似る『重校琵琶記』、汲古閣本を比較する。

第二齣【酔翁子】曲牌を見ると、『琵琶記』訳本は生の曲を歌った後、外、生の挿入白があ

表二　第二齣【酔翁子】曲白		
『琵琶記』訳本	三、四、重校琵琶記	六、七、八、九、汲古閣本
【酔翁子】〔生〕囬首歎瞬息烏飛兔走喜爹媽雙全謝天相佑〔旦〕不謬更清淡安間樂事如今誰更有〔合〕相慶處但酌酒高歌共祝眉壽〔外〕孩兒你今日爲我兩箇慶壽這便是你的孝×人×須要忠孝兩全方是箇丈夫我纔想將起來今年是大比之年昨日郡中有吏來辟召你可上京取應倘得脱白掛綠儘可濟世安民這纔是你的忠×××〔生〕爹媽高年在堂無人侍奉孩兒豈敢遠離寔難從命	【酔翁子】〔生〕囬首歎瞬息烏飛兔走喜爹媽雙全謝天相佑〔旦〕不謬更清淡安間樂事如今誰更有〔合〕相慶處但酌酒高歌共祝眉壽〔外〕孩兒你今日爲我兩箇慶壽這便是你的孝×人×須要忠孝兩全方是箇丈夫我纔想將起來今年是大比之年昨日郡中有吏來辟召你可上京取應倘得脱白掛綠可濟世安民這纔是你的忠×××〔生〕爹媽高年在堂無人侍奉孩兒豈敢遠離寔難從命	【酔翁子】〔生〕囬首歎瞬息烏飛兔走喜爹媽雙全謝天相佑〔旦〕不謬更清淡安間樂事如今誰更有〔合〕相慶處但酌酒高歌共祝眉壽〔外〕孩兒你今日爲我兩個慶壽這便是你的孝心人生須要忠孝兩全方是個丈夫我纔將起來今年是大比之年昨日郡中有吏來辟召你可上京取應倘得脱白掛綠××濟世安民這纔是××忠孝兩全〔生〕爹媽高年在堂無人侍奉孩兒豈敢遠離實難從命

る。このうち外のセリフについて、『琵琶記』訳本、汲古閣本が一致する一方、『重校琵琶記』に異同がある（およそ200字に6―7字の頻度で異同が生じる）。第一齣の賓白も、唱者が末である点を除けば汲古閣本のテキストに一致し、以上から推定すると、『琵琶記』訳本と最も一致するのは汲古閣本である。

汲古閣本中の底本の確定

次に各汲古閣本のとの比較を行う。汲古閣本『琵琶記』は現在大まかに以下のテキストが確認されている。

一．「繡刻演劇十種」本（存58種？小論未見）
二．「汲古閣六十種曲」初印本（子集―亥集十二套？呉曉鈴旧蔵。小論未見）
三．汲古閣訂正本徇蔵版三多齋發兌「六十種曲」本（子集―亥集十二套）
四．實獲齋藏版「六十種曲」本（子集―亥集十二套）
五．同德堂藏版「六十種曲」本（子集―亥集十二套）

汲古閣本のこれらの戯曲選集は番号順に版木が移動したと考えられ、その都度補刻や改編が加えられている。「繡刻演劇十種」、汲古閣六十種曲初印本所収『琵琶記』は1988年までに呉曉鈴が発見したとするが小論未見。今回はそれ以外の3種について、『琵琶記』訳本第三齣【雁兒落】後の「西江月」にある、不自然に抄写が欠けた部分を比較したい。

図2に掲げた「西江月」は末による「自家」（第3行目上）から始まっている。第3行目下辺近くに「踒蹭」後におおよそ一文字分の空白があり、さらに次行（第4行目）には「生塵」の後にやはり一文字分の空白がある。この部分の各汲古閣本の版面は以下の通りである。

『琵琶記』汲古閣本は、第1―5齣に各版間のテキストの異同等は確認されていないが、版刻の時期に応じて版木の摩耗による墨の擦れや不明瞭な個所が現れる。その特徴が最も現れるのは第九葉表下辺框格付近の2字の擦れで、これが實獲齋本以降とそれより前を判別する際の指標となる。図3に掲げた實獲齋本は框下辺近くの2字が判別できず（第2行「踒□□」字、第3行「生□□」字）、これが實獲齋以前（汲古閣訂正刊本）と實獲齋、同德堂本との間で異なる。図4の東大総合図書館所蔵のテキストは汲古閣訂正刊清修本であるが、僅かに判読が可能で（第2行「踒□□」字の「踒」字の後の字のつくり、第3行「生□□」の「生」字の後の「塵」字）、框格に近い1字のみ判別できない。図5のドイツのバイエルン州立図書館（Bayerische Staatsbibliothek）所蔵「Xiu ke yan ju liu shi zhong（繡刻演劇六十種）」丑集所収『琵琶記』は東大本と同じ汲古閣訂正刊清修本と考えられるが、更に刷りの状態の良いもので、同一テキストからも版面の状態によって起こせる文字に差が生じる例として出した。バイエルン州立図書館蔵本は框格下2字目を完全に判読でき（第2行「踒蹭□」字、第3行「生塵□」字）、管見の限りでは、このテキストが『琵琶記』訳本の文字と最も符合する。

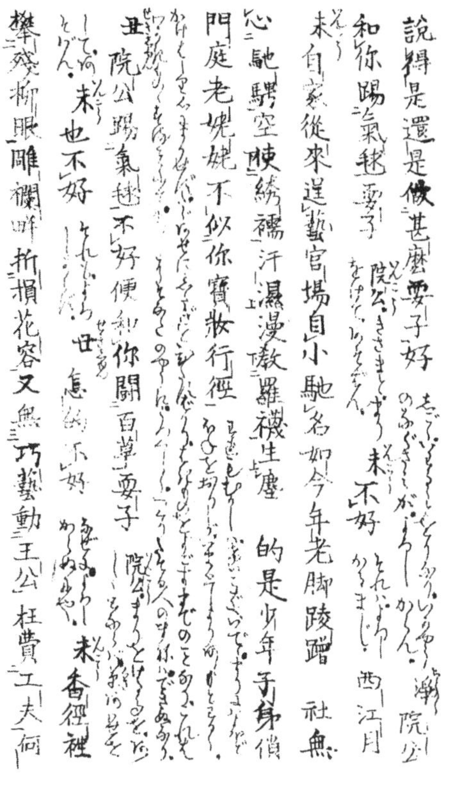

汲古閣本『琵琶記』の江戸時代における所蔵について

図3　早稲田大学中央図書館蔵汲古閣本『琵琶記』第九葉表下部（實獲齋本）。實獲齋、同徳堂本以降の不明個所は同じ。

図4　東京大学総合図書館蔵六十種曲本『琵琶記』第11葉下部（汲古閣訂正刊清修本）

図5　バイエルン州立図書館蔵『XIUKEYANJUSHIZHONG 120JUAN（繡刻演劇十種百二十巻）』（汲古閣訂正刊清修本）

図2　『琵琶記』訳本第三齣「西江月」
（『諺解校注西廂記　附琵琶記』410頁）

　『琵琶記』訳本第三齣【鴈兒落】後の「西江月」は、汲古閣本から見て本来「白打」を「自家」に誤り、版刻不鮮明な「踤蹭□」字が不自然な空き（空格）の位置に当たり、「生塵□」の不鮮明個所と「塵」字のあとの空き個所がやはり符合するため、『琵琶記』訳本の誤記、空白と汲古閣本の刷りの悪い個所がみな一致していることが分かる。汲古閣本以外の『琵琶記』諸版本は基本的に行款、文章共に異なり、『琵琶記』訳本の空字個所と一致する判読不能個所を持つテキストはない。この抄写の特徴により小論は『琵琶記』訳本の底本は汲古閣訂正本『六十種曲』以前の『琵琶記』であると認める。さらに『琵琶記』訳本は図2、図3でも判読が難しい「行」字（第4行目末）を起こしているため、これらよりさらに文字を判読できるテキストを参照していたと推測できる。しかし汲古閣本六十種曲本を排印した1935年開明書局版六十種曲はこの箇所の「白打」、「踤蹭圓」、「生塵兀」すべての文字を起こしていて、それよ

409

表3

『琵琶記』訳本第三齣『西江月』の汲古閣本版面相当部分
〔西江月〕〔末〕自家
年老脚跨蹭□
教羅襪生塵□
不似你賣妝行
鬪百草耍子〔末〕
攀殘柳眼雕欄
枉費工夫何用
若還尋得個並
〔淨丑〕院公你道

り早い「繍刻演劇」本がこの部分を摩耗しているとは考えられず、『琵琶記』訳本の底本であることはありえない。以上のことから、『琵琶記』訳本は汲古閣六十種曲初印本より後の、現在日本で確認されている汲古閣訂正刊本より前か、あるいは同版の更に刷りの良い汲古閣本を参照していたと推定される。

　既に述べた通り、現在に至るまで、江戸時代の汲古閣本『琵琶記』所蔵記録は見つかっていない。現在確認されている汲古閣本のテキストは、先に挙げた『商舶載来書目』が持つ『繍刻演劇』（第5套10冊）の舶載記録と、現在宮内庁書陵部が所蔵する徳山藩毛利元次旧蔵の『伝奇四十種』（所収の残33種）の2種を数えるのみであるが、その中に『琵琶記』を含んでいたとする確実な記録はない。本書が汲古閣本『琵琶記』テキストを確認できる日本最古の所在を示す資料である。その上、それがいかなる日本所蔵の汲古閣本『琵琶記』よりも刷りの状態が良いものであると考えられるのである。

訳本の特徴

　次に『琵琶記』訳本の抄写の汲古閣との異同によって抄写の特徴を確認する。

　第一、脱文
　　〔淨〕院公和你踢氣毬耍子〔末〕不好　　　　　　　　　（訳本第三齣）
　　〔淨〕院公和你踢氣毬耍子〔末〕不好〔淨〕怎的不好（汲古閣本第三齣）
　第二、異同
　　「差」（第二齣。汲古閣本作「羞」）、「閑」（汲古閣本作「閒」）、「曜」（第二齣。汲古閣本作「耀」）、「自家」（第三齣。汲古閣本作「白打」）、「濕」（汲古閣本作「溼」）、「箇」（汲古閣本作「個」）、「惜」（汲古閣本作「情」）、「椅」（第四齣。汲古閣本作「倚」）、「狂」（第四齣。汲古閣本作「往」）、「清」（第四齣。汲古閣本作「淸」）、「是」（第四齣。汲古閣本作「此」）、「々」（第四齣。汲古閣本作「脈」）、「浪」（第四齣。汲古閣本作「涙」）、「街」（第四齣。汲古閣本作「衔」）

　以上の個所に汲古閣本との不一致を見る。第一の脱文について、この句の欠けに相当する版

本はなく、抄写者の無意識の誤りと推測する。第二の異同について、「自家」（第三齣。汲古閣本作「白打」）など版刻不鮮明により生じたものを除き、やはり抄写の際の無意識の誤記（「差」と「差」、「曜」と「耀」など）、書写の癖（「濕」と「淫」、「箇」と「個」など）によるものと推測する。これらに一致するテキストはない。以上のことから、『琵琶記』訳本は底本とした汲古閣本（あるいはその抄本）以外に対校を行ったテキストはないと推定する。

以上の諸検討を総合すると、『琵琶記』訳本は六十種曲汲古閣訂正刊本衙蔵版のテキストよりも早期に刊刻されたテキストを主たる底本に置き制作されたもので、底本以外の他書に校訂した痕跡は認められないと結論づける。

まとめ

以上江戸時代の中国戯曲テキスト所蔵を、従来使用されていなかった写本の曲文の抄写の特徴から探ってきた。これまで江戸時代の汲古閣本の所蔵を指摘するものはなかったが、上述の分析結果を参照する限り、江戸時代、汲古閣本『琵琶記』は既に日本に存在していたと考えられる。『琵琶記』訳本第一齣の脚色と曲文の配合には、そのテキスト成立になお検討の余地を残す点が見られるが、その他の特徴からは、江戸時代の日本人が、現在日本が所蔵するいずれの汲古閣本よりも状態の良い汲古閣本『琵琶記』を主たる底本に置いて南曲『琵琶記』を読んでいたことは確実である。

【注】
(1)　「五教四書、布帛菽粟也、家家皆有。琵琶記如山珍海錯、富貴家不可無」明徐渭『南詞叙録』。小論は『中国古典戯曲論著集成』第3冊、中国戯劇出版社、1982年重印本によった。
(2)　清陸貽典「旧題校本琵琶記後」。
(3)　この方面の研究について小論が参照した研究のうち代表的なものを以下に引く。
兪為民「南戯《琵琶記》的版本流変及其主題考論」（『宋元南戯論考』（臺灣商務印書館、1994年）所収、289―345頁）（『琵琶記』32種のテキスト（「全本」、「折子戯」、「南曲譜中的佚曲」）を「元本」系統と「時本」系統に整理し分析）。「南戯《琵琶記》考論　二、《琵琶記》的版本及其在明清的流変」（『宋元南戯考論続編』（中華書局、2004年、291―318頁）に補足の上収録）（「『万錦嬌麗』所収明改本」、「『旧編南九宮十三調曲譜』所収明改本」、「『南九宮十三調曲譜』所収本」、「『永楽大典』所収『忠孝蔡伯喈琵琶記』本」を新たなテキストと認め上記系統中に整理し分析）。
黄仕忠「潮州出土本《蔡伯皆（喈）》考」（『《琵琶記》研究』（広東高等教育出版社、1996年）所収、189―201頁）、「昆山本《琵琶記》及其裔本考」（同書202―231頁）、「明人称引之《琵琶記》版本系統探考」（同書242―258頁）。これまで指摘された諸本の他、潮州で発見された『蔡伯皆』唱本を紹介。
田仲一成「15・6世紀を中心とする江南地方劇の変質について（五）」（『東京大学東洋文化研究所紀要』第72冊、129―440頁）（『琵琶記』単刊本、散齣本を京本（南京本）、閩本、呉本等出版、流伝地域に分類し性格を分析）、『中国祭祀演劇研究』「第二編　祭祀演劇の展開　第二章　祭祀演劇における戯曲題材の変化」及び「第三章　祭祀演劇における戯曲脚本の階層分化」（東京大学出版会、1981年、197―480

頁）（『琵琶記』呉本、閩本、京本（南京本）の形成・転化、及び呉本から徽本・弋本への転化を分析）、「浙東調腔古戯『琵琶記』について」（『東方学会創立50周年記念東方学論集』、東方学会、1997年、737—752頁）。(浙東調腔古戯『琵琶記』テキストを『琵琶記』版本系統中の徽本・弋本を継承したものと位置づける)。

土屋育子「『琵琶記』テキストの明代における変遷——弋陽腔系テキストを中心に」研究論文集−教育系・文系の九州地区国立大学間連携論文集−第3巻第1号、2009年、1—20頁。（後『中国戯曲テキストの研究』汲古書院、2013に改定収録）。19種のテキストを完本（陸貽典本系統（古本系統）と汲古閣本系統（通行本系統）、節略本系統（『風月錦嚢箋校』が示した「簡略本」））、弋陽腔系散齣集に分ける。

この他金英淑『琵琶記版本流変研究』（中華書局、2003年）による『琵琶記』版本の総合的研究、山下一夫「台湾皮影戯『白鴬歌』と明伝奇『鸚鵡記』」（『中国都市芸能研究』第15輯、2017年、5—30頁）による現在行われる皮影戯の演目の中にある『蔡伯皆』テキストの由来が閩本にあるとする研究などを参照した。

(4)「日本藏有従中國傳來的戲曲刊本，數量不算很多，但含有中國今日已經散佚的珍稀本。其中大部分是江戸時代南方諸侯通過長崎商人従中國買來的。這些諸侯不懂中國白話，完全不能閲讀劇本。不過，這種中國刊本中，大多附有許多精美的插圖，大約是由於欣賞這些插圖的縁故，他們才不論雕刻印刷品質的好壞，熱心購買。以此之故，那些刻印精美的劇本固不待言，即使是印刷拙劣的劇本，也多有買過來的。目前中國本土所藏的明刊劇本，以南京、蘇州、杭州等地出品的刻印精美的劇本爲多。與此相反，在日本，收藏有不少由福建江西等地出品的刻印粗劣的劇本。這是一個頗爲值得注意的現象。」（黄仕忠『日本所藏中国戯曲文献研究』（高等教育出版社、2011年）田仲一成「序二」（Ⅰ—Ⅱ頁））。

(5) 黄氏による日本所蔵『琵琶記』テキストの調査については「日本所見《琵琶記》版本叙録」（『中国古文献与伝統文化学術研討会論文集』（華文出版社、2005年、175—186頁。後『戯曲文献研究叢稿』（国家出版社、2006年、222—234頁）に改定収録）、黄仕忠、金文京、喬秀岩編『日本所蔵稀見中国戯曲文献叢刊』第1輯（広西師範大学出版社、2006年）所収黄仕忠「前言」、『日蔵中国戯曲文献綜録』（広西師範大学、中国俗文学研究目録叢刊第1種、2010年）、『日本所蔵中国戯曲文献研究』（高等教育出版社、2011年）などを参照されたい。

(6) ただし舶載記録のうち唐船持渡り書関連記録については資料の性質上同一の版本が複数記録されている例が多く、実際のテキストの数量を反映したものではない。

(7) 前掲注3所掲田仲氏論文による。

(8)『御文庫目録』中の中国戯曲の著録については青木正児「「御文庫目録」中の支那戯曲書」（『書誌学』第8巻8号、日本書誌学会、1923年。後『江南春』（1941年）、『青木正児全集』第7巻（1970年）に転載）に詳しく、『御文庫目録』成立の過程については大庭修「東北大学狩野文庫架蔵の〔旧幕府〕御文庫目録〔含全文翻刻〕」（『関西大学東西学術研究所紀要』3、関西大学東西学術研究所、1970年、9—90頁、附表1枚）に詳しい。

(9) 尾張藩の中国戯曲所蔵資料については拙論「日本における中国戯曲受容の基礎的研究——江戸期から明治期を中心に　第二章　江戸時代の中国戯曲書の所蔵と輸入」（博士論文（早稲田大学）、2015年）を参照されたい。

(10) 上村幸次『毛利元次公所蔵漢籍書目』、徳山市立図書館、徳山市立図書館双書　第12集、1965年。

(11) 本整理一覧表は本論の趣旨の元日本所蔵の『琵琶記』版本のおおよその状況を把握するために作成したもので、民国以降、日本明治以降の出版に係るテキストは省略している。分類も第七才子書本について成裕堂本、琴香堂本、絵風亭評本、鏡香園本等に分けるのみにして、冊数などは考慮しなかった。

(12) 長澤規矩也編『諺解校注古本西廂記　附琵琶記』、汲古書院、1977年。

(13)「《译琵琶记》抄写的原文跟汲古阁本基本一致，应是跟《水浒记》一样收在《绣刻演剧》里，后传到了日本」。岡崎由美「江戸時代日本翻訳的中国戯曲文本——《水滸記》《蜃中楼》《琵琶記》的日訳本」『文化遺産』2014年第4期、中山大学、2014年7月、105頁。

（14）宮内庁書陵部蔵『舶載書目』に「繍刻演劇　水滸記アリ　詞曲之書」（98 葉表）とある。

（15）句中の句点等は小論が和訳を参考に便宜的に附したものである。

（16）高明編、銭南揚校注『元本琵琶記校注』（中華書局、2009 年。（銭南揚文集））2 頁注①。

（17）今回比較に用いたテキストは以下の通り。基本的に江戸時代の所蔵にかかるテキストおよび底本と考えられる汲古閣本との比較を行った。一は元本との比較として、江戸時代に所蔵を確認できなかったが参考のため用いた。戯曲選集、折子戯は『綴白裘』が第二齣（六集一巻「稱慶」）から第五齣（八集巻二「分別」、「長亭」）までを録するなど特徴の一致するものはあるが、脚色、曲文ともに異同が大きいため参考には挙げなかった。五は江戸時代日本にもたらされた第七才子書である琴香堂本を挙げた。この他田仲氏は前掲中三所掲の各論文で「毛利氏棲息堂文庫旧蔵」として『三訂琵琶記』、『時調青崑』を、黄氏は毛利元次公所蔵漢籍として『重訂元本釋義全像琵琶記』を挙げるが参照できなかった。後日調査の上報告したい。

　　一．『新刊元本蔡伯喈琵琶記』二巻、清陸胃典鈔本、十三行三十字、『古本戯曲叢刊』初集所収

　　二．『硃訂琵琶記』二巻、十行二十一字、（国立公文書館（『御文庫目録』明暦元年（1655）））

　　三．『重校琵琶記』四巻、（重校琵琶記四巻四十二齣 重校北西廂記五巻二十齣 重校蒲珠玉詩一巻 合六巻 重校西廂記考證一巻附一巻所収）、十行二十字、内閣文庫蔵

　　四．『重校琵琶記』四巻、明周義堂刊本、十行二十六字、蓬左文庫蔵

　　五．『琴香堂絵像第七才子書琵琶記』六巻、八行十六字、国立公文書館内閣文庫蔵

　　六．『琵琶記』二巻、明毛晋汲古閣訂正刊清修本『六十種曲』丑集所収、九行十九字、東京大学総合図書館蔵

　　七．『琵琶記』二巻、實獲斎蔵版『六十種曲』丑集所収、九行十九字、早稲田大学中央図書館蔵

　　八．『琵琶記』二巻、清同徳堂蔵版『六十種曲』丑集所収、九行十九字、国立国会図書館蔵

　　九．『琵琶記』二巻、明毛晋汲古閣訂正刊清修本『六十種曲』丑集所収、九行十九字、ドイツバイエルン州立図書館蔵

（18）六十種曲の版刻及び日本蔵本の特徴については拙稿「『六十種曲』の日本における所蔵と流通について」（『中国文学研究』第 36 期、早稲田大学中国文学会、2010 年、74—90 頁）を参照。

（19）蔣星煜「《六十種曲評注》序—六十種曲的編刻与流伝」、黄竹三等主編『六十種曲評注』所収、吉林人民出版社、2001 年、20 頁。

（20）Germany、DIGITALEN SAMMLUNGEN OSTASIEN der Bayerischen Staatsbibliothek、Mao,Jin、Xiu key an ju liu shi zhong 120 juan、最終検索日 2017 年 6 月 30 日。(http://ostasien.digitale-sammlungen.de/de/fs1/object/goToPage/bsb00060407.html?pageNo=423&start=0&leftTab=toc&hl=true&mode=simple&rows=10&fulltext=%E7%B9%A1%E5%88%BB%E6%BC%94%E5%8A%87%E5%85%AD%E5%8D%81%E7%A8%AE&person_str=%7BMao%2C+Jin+%28%E6%AF%9B%E6%99%89%29%7D)。CC ライセンス 4.0 に基づき画像を一部加工し利用。

（21）不明部分の文字の確認は開明書店『六十種曲』排印本（1935 年）によって確認した。以下同じ。

江戸期における中国演劇——受容者の視点から

岡崎 由美

一、はじめに

1603 年に江戸幕府が開かれてから間もなく、海を隔てた大陸では、1616 年中国東北部に清が建国された。1644 年に明朝が滅ぶと、清が中国を統治する最後の王朝となった。清朝における演劇は、雑劇や伝奇の継承のほかに、新たに花部乱弾が勃興し、中国全土に地方色豊かな演劇文化が花開いていく。そうした中国の演劇に当時の日本人はどのように接したのだろうか。

江戸時代、日本への中国演劇の伝来は、舞台上演と書物を介して行われた。鎖国政策の強化に伴い、当初は市内に雑居していた中国人も居留区が制限されることになり、元禄 2 年 (1689) 中国人の居住地区である唐館が落成した。オランダ人ほどではないが、唐館の出入りに制限が加えられると、中国演劇の上演は専ら唐館内に限られた。館内に入って観劇できる人々の身分、資格も限られていた。しかし、江戸時代後期以降、武家と庶民とを問わず、公務や遊学、商売、また物見遊山と様々な理由で長崎を訪れた人々は、つてを頼って入場したり、戯場外から覗き見る機会がそれなりにあったのである。

文政 10 年 (1827) 9 月 4 日から文政 11 年にかけて長崎に遊学し、シーボルトの下で本草学を学んだ伊藤圭介[1] (1803—1901) の遊学時期の金銭出納帳に、「(文政 11 年) 二月唐人演劇」[2] という些か微笑ましい覚書がある。遊学の間に長崎ならではの外国文化体験として、中国演劇を見たのであろう。

これら中国演劇を目にした人々の中には、その観劇体験を書き記したものがあり、江戸時代に日本で演じられた中国演劇の様相を窺い知る貴重な資料となっている。当時長崎で上演された中国演劇の劇目や上演形態については、早くには浜一衛の論考[3]があり、近年も赤松紀彦[4]、徳田武[5]、林和君[6]諸氏の考察があるが、本稿の関心は、そのような中国演劇を当時の日本人がどのように受け止めたか、ということにある。

書物の受容については、長崎に舶来した中国書籍が将軍家、林家、諸大名へと納入され、漢籍コレクションが充実していくが、時代が下ると文化人の間での読書会や蔵書の貸借、個人蔵書家の増加に伴い、中国の戯曲書が市井の文化人にも読まれるようになる。この方面でも、本稿の関心は、彼らがそれをどう受け止めたか、ということであり、以下は、観劇と閲読の両面から、江戸時代、特に江戸後期の日本人による中国演劇受容について考えてみたい。

二、異文化としての中国演劇

長崎に来航する清国人は南京、蘇州、寧波、福州、広州など華東、華南沿海部の出身者が多く、彼らの習俗、生活、儀礼への関心は公的にも私的にも当時の日本にあった。その中で比較的早く演劇上演についての資料を提示したのが、寛政年間（一七八九―一八〇一）に当時の長崎奉行中川忠英の指揮下で編纂された『清俗紀聞(7)』である。それは当然ながら、芸能娯楽自体への関心よりも、節句祭礼の習俗の一環として捉えられている。『清俗紀聞』巻一「年中行事」によれば、以下の通りである（横書きの都合上くの字点は本来の文字に直した）。

　　○（元宵節）燈夜の間は市中の空地に戯台を拵へ做戯（左訓：於どり）を催す。
　　○二月二日土地神の誕日にて家家香燭供物をし又神廟に参詣する者もあり廟前にはおほく戯台をこしらへ做戯あり。
　　○三月廿三日は天后聖母の誕日の祭あり又二月八月春秋の祭は上の癸日を用ふ此三祀には廟前に做戯ありて諸人参詣多し。
　　○（重陽節）同日所により天后廟の前に戯台を拵へ做戯し神恩を謝するもあり。

とあり、元宵節、土地神の誕生日、天后聖母の誕生日と祭礼日、重陽節などに芝居を催す風俗が記されている。長崎唐館内にも土神堂と呼ばれる土地神廟や天后聖母廟が建てられ、この習俗は異国の地においても継承された。前述の伊藤圭介の「二月唐人演劇」なる覚書は、この土神堂の廟会戯を指すものであり、その上演が幕末まで続いていたことがわかる。

　『清俗紀聞』は、同時代の中国の習俗を紹介するものであり、中国演劇についても、中国人の呼称通り「做戯」と記しているが、その左訓に「於どり」とあるのが、外来文化受容の解釈である。当時の中国演劇を指す、いわゆる「唐人踊」の呼称は、文化文政から幕末までの資料に一般的に見られるが、それは中国演劇の歌舞音曲の特性を受け止めたものに他ならない。（以下、下線は筆者）

　　○<u>唐人踊</u>は春二月の初にこれを行ふ。古神祠の祭礼なり。二月二日を祭祀の日として前後二三日の間此事あり。むかしは秋の祭にも催せりとぞ。土神祠の前に高大なる舞局の臺を設け拵へ、色々に粧ひ成し、在館の唐人其事に堪たる者種々の衣冠装束を着け錦繍を装ひ、臺上に出て<u>歌舞</u>をなす。其事体は水滸傳三國志或は稗官小説の内を用ひ各々其郷曲の故事俗談の事を取りてこれを為す中にも<u>目連踊</u>とて佛弟子目連尊者母を救ひし事相をなすの<u>曲</u>あり。然れども状態（左訓：スガタ）手術（左訓：テワザ）にやゝ難き所ありて習熟せるもの多からずしてはたやすく催しがたしといふ。楽器は笛銅鑼拍板囃叭小鑼（割注：俗にチャンチャンと称す）太鼓提琴（割注：胴及び柄ともに竹を以これを作る蛇皮を張り二筋の糸

を懸るさんちくの前に橄欖の核に穴を穿ちたるを着て糸を留む二筋の糸の間に馬尾を通してこれを以て摺り鳴す）三絃（割注：木にて作り蛇皮を張る糸は三筋を懸く撥は鼈甲を以造り其形方長也）にて拍子をなす。日本の雑劇戯文に異なることなし。たゞ其扮装の異様以て奇とすべきのみ。（『長崎名勝図絵』巻二下「唐館」）[8]

○歌舞庫　天后堂の前の傍にあり。踊の道具蔵なり。歌舞に用ゐる所の衣装器物をおさむ。舞臺舞局もまた常は取疊みて此庫中に在り。用ゐる時其場に装ひ立つ臺局の中掲げ用ゐる聯額多し。（『長崎名勝図絵』巻二下「唐館」）[9]

「目連戯」も「目連踊」であるが、芝居における歌舞音曲は彼の国に限ったものではないとするのが、「日本の雑劇戯文に異なることなし」の一文であろう。これに対して、渓斎英泉の門人であった長崎在住の浮世絵師磯野信春の『長崎土産』は、『長崎名勝図絵』とほぼ同文の[10]解説を用ゐつつ、その受け止め方は些か異なるようである。

○唐人踊は、春二月の初にこれを行ふ、土神祠の祭礼なり。二月二日を祭日として、前後三日の間此事あり。土神祠の前に高大なる舞局の台を設け拵へ、色々に粧ひなし、在館の唐人其事に巧なるもの、種々の衣冠装束を着け、綾羅錦繍を装ひ、臺上に出て歌舞をなせり。其事体は水滸傳・三國志或は稗官小説の内を用ゆるなり。楽器は銅鑼・拍板・囉叭・嗩吶・鈔鑼・笛・大皷・提琴・三絃にて拍子をなす、是他邦に比類なき美観なり。（『長崎土産』「唐館」）

『長崎土産』では、「綾羅錦繍を装ひ、台上に出て歌舞をな」す唐人踊は、「他邦に比類なき美観」と捉えられている。『長崎名勝図絵』は、文政年間に編纂に着手したが、昭和6年に公刊されるまで、稿本のままで世に発表されることがなかったため、『長崎土産』との文言の一致は、両者が共通の底本に依拠したか、長崎で版元を営んでいた磯野信春がこの稿本を目睹する機会があったかといったことが考えられる。

三、唐館での観劇体験

御家人であり、また狂歌師として名を馳せた蜀山人こと大田南畝は、長崎奉行所に赴任中の文化2年（1805年）2月、唐館に招かれて中国演劇を鑑賞した。大田南畝の長崎赴任日記『瓊浦雑綴』に、その上演の有様は上演劇目一覧も含め、克明に記されており、極めてよく知られ[11]た資料である。（以下原注は〔〕で示す。）

○乙丑二月二日（文化2年・1805年）、唐館に戯場ありとききて行て見る。二の門の内に戯

台一座を置く。福徳正神の廟の前庭なり。…（中略）…今日は福州のものの戯をなすゆへに、南京人にもわかりがたしといふ。船主陳国振はかの国のものにて、予が写し置し戯文を見せしに、了解して扮戯するものを指し、かれは馬明元帥なり、かれは宗林兄弟なりなどいへると、訳司柳屋新兵衛かたれり。琵琶一ツ、銅鑼〔銅鈸子一ツ。清俗紀聞ノ小鈸也。銅鑼は金鑼也〕一ツ〔同楽館の字みゆ〕、太鼓一ツ〔小さし〕胡弓四ツにて合奏す。…（中略）…申の刻過る頃に終れり。これより夜戌の刻比にはじまるといふ。…（中略）……程赤城餐して酒肴をすゝむ。…田元帥の像は戯文の守也と云ふ。…今日、陳国振、胡兆新にも盃を伝えし也。江泰文をも見しが、大きなる漢也。髭もうるはしくみゆる。これより、明三日四日にも戯ありといふ。明日手妻つかふものゝ、上手出るといふ。
○乙丑二月三日唐館に倣戯あり。

　福徳正神とは土地神のことで、南畝が見たのは、土地神の誕生日に上演された福州戯であった。南畝は事前に長崎の乙名（町役人）田口保兵衛清民から２月２日と３日の上演プログラムを入手していた。「予が写し置し戯文」とは、この日記の記事の後に漢文で記されたもので、２月２日に上演された演目『双貴図』のあらすじである。開演時間は不明だが、昼の部と夜の部があった。

　南畝はこの記録において、「唐人踊」の語は一切使用していない。彼が『清俗紀聞』を読んでいたのは上掲の文中から明らかであり、これに拠って「倣戯」の語を用いたのであろうか。南畝にとって、この観劇体験が極めて興味深いものであったことは確かで、同年２月４日、嫡子大田定吉宛に書簡を送っている。[12]

　　○…此間之奇事は二月二日唐館内にて例年之土地神祭有之、唐人共狂言を致候。其日八つ時参り一見致候。あらまし別紙入候。然し同友其外吉見氏えも御見せ可被成候。是は俄羅斯事と違ひ何方へみせ候てもよろしく候。扨々一大奇事に候。

　こちらは、読み手のわかりやすさを考慮してか、「狂言」の語を用い、歌舞伎のイメージに比定している。いずれにせよ、南畝は「歌舞」「踊」の語を用いていない。
　唐館における観劇招待の最も重要な来賓は、むろん長崎奉行とその配下の役人たちであり、その点で演劇上演は、外交儀礼としても機能していた。観劇が終わると饗応があり、中国の船主や訪日文化人と日本側来賓の交流の場が設けられた。上述の大田南畝の日記にも船主陳国振や程赤城、清医の胡兆新らとの交流が記されている。
　唐館の営繕管理や門衛にあたる「唐人番」による記録『唐人番日記』に、長崎奉行の観劇の[13]記録が見られる。

　　○文化５年（1808）松平図書頭康秀

一　三月廿日<u>唐人踊</u>為見物。御家老高橋忠左衛門殿、御用人木部幸八郎殿、御給人田中直
助殿、其外御家中横山左九郎殿、服部茂七郎殿、木部源五郎殿、石川庄兵衛殿、嶋田庄蔵
殿、鈴木久右衛門殿、田中半次殿、御供被召連、未上刻御入、申中刻御帰相成候。
……
一　同日町年寄高嶋四郎兵衛、福田十郎左衛門、後藤惣太郎、久松善兵衛、久松喜兵衛、
上下拾七人
一　乙名通事遣用改役等例之通大勢出入致候事
……
一　三月廿一日<u>唐人踊</u>有之御奉行松平図書頭様御入。
○文化 6 年（1809）二月朔日　曲淵甲斐守景露
一　曲淵甲斐守様<u>唐人踊</u>為御覧。午中刻堀外御廻リ之末御入、申中刻御立。但御家中御供
凡五拾人程。

　松平康秀が観劇したのは、天后聖母廟の祭礼、曲淵景露が観劇したのは、土神堂の祭礼にお
ける上演であろう。また、文化 14 年（1817）に長崎奉行に着任した筒井和泉守政憲も、元宵
節の観劇において詠じた漢詩が、『長崎名勝図絵』に収録されている。[14]

　　酒氣滿堂春意深　　酒気堂に満ちて春意深し
　　一場演劇豁胸衿　　一場の演劇　胸衿豁かなり
　　同情異語難暢達　　同情異語　暢達し難し
　　唯有咲容通款心　　唯咲容の款心を通ずるのみ有り

　後半二句から察せられるのは、たとえ通訳がついていても、外国語の壁は厚く、思うように
意を通じ合うのは難しいということである。舞台の歌舞音曲や綺羅装束に目を向けるのは、畢
竟言語の壁があるからであろう。大田南畝の日記にあるように、福州戯が演じられると南京官
話の通訳にも荷が重かったのであるから、官話すら解さぬ日本人は推して知るべしである。
　この言語の壁を赤裸々に記したのが、日向の修験者野田成亮である。彼は、文化 10 年（1813
年）2 月 2 日、土神堂前で上演される「唐人踊」を見物したことを日記に記している。[15]

　　夫より唐人屋敷へ<u>唐人の踊り</u>あり一見に行く、館内は役目の者の外は出入を禁ず、故に
　十善寺村と云ふ所より垣越しに一見す、日本の芝居の様なるもの也、一切チンプンカンプ
　ン何とも分らず、京都壬生踊の如く見る計り也、鳴物は鐘太皷皷弓也、面白くも可笑くも
　なし、右踊の次第通詞に相尋ぬる所、彼の仕組は姫君の不義に付隠し文を落されて他人に
　見付けられ、夫より大亂になりたる仕組の處なりと云ふ。

唐館の内に招かれずとも、上演は露天に設けた戯台で行われ、しかも戯台は三方に開けた造りであるから、外の高台から塀越しに覗くことは可能であった。現在の唐館周辺の十善寺地区を歩くと、土神堂の裏手から次第に高く坂になっているため、土神堂の方へ向いて設置された戯台は、坂の上から覗き見ることができたと思われる。野田成亮の旅はあくまで修験者として霊峰の巡礼、寺社や札所の参拝、納経といった信仰目的であり、しかも托鉢しながらの行程であったが、好奇心にかられたのであろう。通訳はいたようであるが、大田南畝のように前日にプログラムを貰ったり、脇から「かれは馬明元帥なり、かれは宗林兄弟なり」とイヤホンガイドさながらの解説をしてくれる人がいるわけではなかったから、「一切チンプンカンプン何とも分らず」「面白くも可笑くもなし」というのは、やむをえぬところであっただろう。

四、唐館で演じられた劇種

　大田南畝が唐館での観劇にあたって入手したプログラムには、『双貴図』のほかに、21件の上演タイトルが収められており、唐館で実演された演目の現存する記録としては最も充実している。これらの演目の内容、素性の同定については、前掲の浜、赤松、徳田、林諸氏の考察で言及されており、以下、一覧表に整理しておく。

	劇目	浜	赤松	徳田	林
	双貴図		『双富貴』。浙江乱弾、桂劇にあり。広東漢劇、潮劇に『藍継子』あり。		
列国	崔子弑斉		秦腔、川劇、梨園戯、桂劇。京劇では『海潮珠』	京劇『海潮珠』	
三国	斬樹別庶〔走馬薦諸葛〕		梆子、乱弾、京劇	京劇『走馬薦諸葛』	
宋朝	釣亀謀宝		『釣金亀』。京劇、漢劇。	京劇『釣金亀』	
	托夢告廟		『焚香記』伝奇。梆子『打神告廟』、越劇『情探』。		
	別親過寇				
	贈帕下山		『香蓮帕』	京劇『香蓮帕』	
賜福	天官賜福		天官賜福		
回朝	『太子回朝』				『大回朝』

420

四綉旗		『賜綉旗』。浙江乱弾。		『賜綉旗』。
遊街	『綴白裘』第11集梆子腔「上街」か。	『義俠記』伝奇「打虎遊街」		
聞鈴	『長生殿』	『長生殿』「聞鈴」		『長生殿』「聞鈴」
三俠剣[17]				
補缸	『鉢中蓮』。梆子腔、揚州、江西戯にあり。	『鉢中蓮』。川劇に『大補缸』あり。		
斬子	楊家将。山西梆子より出づ。			『轅門斬子』
和番	崑曲の『昭君和番』か。	『昭君和番』。乱弾戯に多い。		
売拳				『殺金記』「売拳」
別妻	『綴白裘』梆子腔。	『綴白裘』第11集。		
打店	『綴白裘』第11集。水滸戯。	『綴白裘』第11集。水滸戯。		
走報				
救皇娘[18]				
頭二闖				

　表の通り、先行研究によれば、南畝が観劇した演目は、梆子腔、乱弾腔、皮黄腔など「花部乱弾」系統の演劇に伝わるもので、そこに些かの昆曲が混じっている。他にも絵画資料としては、唐館の景観、風俗を描いたいわゆる唐館図の中に、『唐館図説』、『長崎古今集覧名勝図絵稿本』の「館内唐人踊之図」や『唐蘭館図巻』の「清人館内戯場之図」、『唐館絵巻』など、上演中の舞台のありさまを描いたものがあり、その中の『唐館図説』[19]には「唐人踊題」として、『呉漢放潼関経堂殺妻』、『竜虎闘宗（ママ、「宋」とすべき）趙匡胤胡延賛』、『関雲長斬貂蟬女』、『打擂墓潘豹楊七郎』の４つの演目が記されている。いずれも梆子、乱弾、皮黄系諸劇に広く見られる題材である。２件目と４件目はいわゆる楊家将故事から派生したものと見られるが、上記の大田南畝が記した『斬子』もこれが『轅門斬子』であるとすれば、今も京劇などで演じられている楊家将物語の一段である。また、中国人との中国語の筆談を記録した野田希一（号は笛浦、1799—1859）の『得泰船筆語』[20]にもにも以下のようなやりとりがあり、楊家将の人気のほどが伺える。

　楊啓堂：現在所挑之劇、我公解否。

　野田笛浦：不知。

　楊啓堂：一、八仙祝王母壽、二、天官賜福、三、財神、四、團円、五、私下三關。

　野田笛浦：第五条私下三關一劇最妙。敢問出何書。

朱柳橋：書名楊家將稗官。楊六郎名忠保、宋代人、乃名將。

　ここで劇種劇目を取り上げたのは、唐館で上演された中国演劇に花部乱弾が多く、書物で伝わった雑劇や伝奇とは全く系統を異にすること、方言を用いた地方戯が含まれていたことを確認するためである。日本人にとって、上演を見て芝居の内容を理解するのは困難であろうが、音楽（音と声）はこの壁を越える。言葉はわからなくても原音で広まるといえば、「かんかんのう」で知られる『九連環』を代表とする民間俗曲、いわゆる清楽がある。おおむねその対象は清代の時調俗曲だが、長崎歴史文化博物館所蔵『清樂歌譜』には、3篇の演劇の唱本が収録されている。巻首題と版心題は「清樂歌譜」、篁所逸士による序は「清樂曲譜」と題する。収録された唱本は、『打蘆柴』、『水滸傳　林冲雪夜走梁山泊』、『水滸傳　武大郎賣燒餅』で、巻末に工尺譜がつく。唱本にはすべてカタカナで原音のルビがついており、『武大郎賣燒餅』には、「西皮」と腔調の注がついている。「唱」の文字は一律に赤字である。

　　　　西皮　　キンイヽレン　チウシウフワン
　　　　唱女　輕移蓮。出綉房。……（略）…
　　　　　　　　ヌ キヤバンズウキンレン　バイフ タラン
　　　　白女　奴家潘氏金蓮。配夫太郎。

　しかし、これだけ克明に原音を歌詞につけながら、実はこの書は演劇の上演のためではなく、月琴の演奏に供する曲譜なのである。篁所逸士の序に、長崎では古来月琴が盛んであったが、伝承者が次々鬼籍に入り、このままでは伝承が途絶えるのを恐れて、同好のためにこの譜を上梓する、との目的が記されている。即ち、月琴曲には、このように演劇の唱本も用いられることがあり、重要なのは月琴演奏の楽譜たる工尺譜であった。歌詞は、音楽と一体化したものとして原音が用いられたと考えられる。

五、中国戯曲書の舶載と翻訳活動

　中国では明代に伝奇が文人知識人の愛好者を増やしたことによって、観劇や歌唱の習得はいうまでもなく、戯曲作品や戯曲評論、曲譜などの出版が盛んになる。古典戯曲の校訂や名作集の編纂も続々と行われた。明末ごろには、舞台上演に関わりなく戯曲の形式の文学創作、すなわち机上の演劇作品創作の潮流も表れた。清代に入っても文人の戯曲愛好の風は変わらず、戯曲の創作と続く。戯曲文学は、文人のたしなみの一つになったといってもよい。
　こうした明、清に刊行された戯曲書は、長崎貿易を経て日本にも輸入された。早くには元禄年間から始まり、『名家雑劇』、『第六才子書西廂記』、『繡刻演劇』（『六十種曲』の祖本）、『元人百種』、『南九宮詞譜』、『李笠翁伝奇十種』など、戯曲作品集や曲譜が伝来している。なお清代の花部乱弾諸腔は広く刊行されることが希であり、刊行されても粗悪な坊刻本であったが、昆

曲と共に花部乱弾の折子戯を収録した『綴白裘』が江戸時代に日本へももたらされている。

日本への中国戯曲書舶来を促進した背景の一つには、17世紀後半から18世紀初にかけての唐話学習ブームがある。唐話とは当時長崎で清国人との交渉に用いられた中国語で、いわば活きた口語体の中国語であった。この清国との貿易交流を機に、江戸時代の知識人の間で学問の対象としての唐話学習ブームが起こったのである。唐話辞書の編纂や学習書の出版のほか、唐話を理解するために明清の白話小説や戯曲の翻訳が行われたことが、江戸文学にも大きな影響を与えた。その最たるものは「読本（よみほん）」で、都賀庭鐘の『繁夜話』や『英草紙』、上田秋成の『雨月物語』が中国の白話小説を翻案したことから勃興した。『水滸伝』が江戸時代に流行したのも、唐話学習ブームの産物といえるが、『新編水滸画伝』を著した曲亭馬琴も、中国戯曲を買い求めて読んでいた。馬琴は享和4年（1804年）に、李漁の『玉掻頭』伝奇を翻案し、中国戯曲風の形式体裁に仕立てた『曲亭伝奇花釵児』を上梓しているが、『曲亭馬琴日記』[24][25]によると、天保3年（1832年）から4年（1833年）ごろには、『西廂記』、『琵琶記』や、湯顕祖の玉茗堂四夢こと『南柯記』、『邯鄲記』、『牡丹亭還魂記』、『紫釵記』を購入し、日々少しずつ読み進んでいたことが見て取れる。

　　○天保3年7月2日
　　　夕七時比、大阪書林河内や茂兵衛、明日、帰坂出立のよしニて来ル。余、対面。過日やくそくの唐本西廂記代金壱分壱朱のよし。琵琶記代金壱分弐朱ニて、仲ケ間売直段のよしニて、持参せらる。まづ請取おく。
　　○天保3年7月3日
　　　予、西廂記一の巻、琵琶記一の巻、共ニ二冊繙閲。西廂記一ノ巻、二の巻ニ落丁有之、追て其段、大阪河茂へひ遣スベし。
　　○天保3年7月4日
　　　予、琵琶記二の巻半札餘披閲。
　　○天保3年7月8日
　　　河茂へ遣し候書状、認之。西廂記落丁の内、琵琶記も磨滅多く、よめかね候間、金壱分壱朱ニ直引いたし候様、申遣ス。
　　○天保3年9月8日
　　　丁子や平兵衛ゟ、手代を以、要用向聞せニ差越。且、昨日頼置候、横山町一丁めいづみや金右衛門ゟとりよせ候、古本琵琶持参。西廂記ハ無之間、近日とりよせ、上可申旨、申候よし也。是ハ大坂河内や茂兵衛ゟ、かひ取候同書、落丁有之ニ付、引かへ候様、河茂ゟ案内有之ニ付、右之趣、丁子やを頼、泉金江申遣し候故也。
　　○天保3年9月9日
　　　丁子や平兵衛ゟ使札。泉や金右衛門ゟ引かへの為、昨日差越候、古本琵琶記間違のよしニて、尚又、新本同書、同西廂記、披指越之。昨日のびわ記ハかえしくれ候様、申来ル。

一覧の上、今日の琵琶記も落丁有之、且、磨滅も同様ニ付、古本見合せ、かき入いたし、
　　返し申度候間、一両日かし置候様、返書ニ申遣ス。

　このように、せっかく購入した書籍に不備があり、口うるさくクレームをつけながらも、馬
琴は実に丹念に磨滅箇所の版本照合、校訂、書き入れを行っている。天保4年には新たに玉茗
堂四夢を入手した。

　○天保4年7月7日
　昼後飛脚問屋いづミや甚兵衛状配り、松坂小津新蔵ゟ之紙包一ツ来ル。請取書、遣之。右
　□先便案内有之候、八洞天、南柯夢記、邯鄲夢記、牡丹亭還魂記、紫釵記等、伝奇四種、
　冊数凡十二冊、此かけめ四百七十匁、六月廿二日出並便、今日着也。

　実に細々とした記述であるが、当時の市井の文化人が舶載書を入手する過程がリアルに記さ
れているといえよう。小津新蔵は、江戸時代後期の豪商で蔵書家として知られる小津桂窓であ
る。天保4年8月10日の記述に「借用の伝奇物郵邯夢記」とあり、これらは小津から借りた
ものである。

　馬琴の『花釵児』は中国戯曲風の形式ではあっても、日本語で日本を舞台にした物語を執筆
した翻案ものであるが、馬琴よりも早くかつ馬琴以上の荒業を見せたのが明和8年（1771年）
に刊行された都賀庭鐘の『四鳴蟬』である。これは、日本の謡曲、歌舞伎、人形浄瑠璃を伝奇
（南曲）の形式で中国語に翻訳するという試みであった。『四鳴蟬』に収録された作品は以下の
通りである。
・雅楽『惜花記』：謡曲『熊野』
・雅楽『扇芝記』：謡曲『頼政』
・俗曲『移松記』：歌舞伎の義太夫狂言『山崎与二兵衛寿門松』
・傀儡『曦鎧記』：人形浄瑠璃『大塔宮曦鎧』
　「雅楽」「俗曲」「傀儡」は、『四鳴蟬』で用いられた用語であるが、巻頭の「填詞引」には日
本の演劇の歴史と特徴を漢文で記す中で、「國朝有稱申樂者，因創之人而得名焉。至今日也。
善無所不盡。不流不狎。溫重高韻。豈非雅樂與」とあり、また「民間有俗劇者。文祿之際。女
妓玖珥爲始。當時男優女優同上場。今只有男優當場耳」「又有一種調傀儡者。曰淨瑠璃調。俗
樂也。木偶之技。今也極巧。一偶二三人。偶頭偶脚分役而使動」とあることから、雅樂は謡
曲を指し、俗曲は歌舞伎、傀儡は人形浄瑠璃を指すものである。
　中でも『惜花記』は伝奇の曲牌を用い、作詞法もかなり正確に曲牌の格式を理解しているこ
とが指摘されている。ただし、套曲には無頓着であった。『惜花記』で用いられた曲牌の配列
は以下の体を為す。

〔窣地錦襠〕詞（仙呂入雙調過曲）－〔黃龍滾〕（黃鐘過曲）－〔番卜算〕（仙呂引子）－〔黃龍滾〕

（黃鐘過曲）－〔粉蝶兒〕（中呂引子）－〔臨江仙〕（南呂引子）－〔出隊子〕（黃鐘過曲）－〔念奴橋〕

（大石調引子）－〔節節高〕（南呂過曲）－〔黃龍滾〕（黃鐘過曲）－〔甘州歌〕（仙呂過曲）－〔前腔〕

－〔尾聲〕（仙呂）－〔一剪梅〕（南呂引子）－〔千秋歲〕（中呂過曲）－〔前腔〕－〔黃鶯兒〕（商調過

曲）－〔前腔〕－〔玉交枝〕（仙呂入雙調過曲）－〔尾聲〕（雙調）

　套曲とは引子（序曲）－過曲－尾声（終曲）から構成され、過曲に配列される曲牌にも配列
順序のルールがある。『惜花記』の場合、異なる宮調の曲牌が不規則に入り混じったり、過曲
の途中に引子や尾声が配列されたりと、套曲のルールは無視され、到底実演に供しうるもので
はなかった。即ち、実際に舞台で鳴り響く歌曲音楽は念頭にないということであるが、都賀庭
鐘が試みたかったのは、「填詞」であり、日本語原文の歌詞に合致した形式の曲牌を選ぶこと
であったようだ。例えば、『惜花記』で用いた曲牌「黃龍滾」の場合、

　　謡曲原文：コノホドノ旅ノ衣ノヒモソヒテ、旅ノ旅ノ衣ノヒモソヒテ、イクユウクレノヤ
　　ドナラン。ユメモカズソフカリマクラ、アカシクラシテホドモナク、ミヤコニハヤクツキ
　　ニケリ。ミヤコニハヤクツキニケリ。
　　『四鳴蟬』翻訳：【黃龍滾】連日行行長路寬，行行長路寬。夜夜背月。朝朝傍幾彎。算來積
　　夢多。晝行夜停。程近意安。看早晚。已是便到都下。看早晚。已是便到都下。
　　参照例：六十種曲本『水滸記』第十齣【黃龍滾】當今一俊豪。當今一俊豪。遠踏芒鞋到。
　　誰料你浪得虛名。那裏肯虛左夷門老。我向驪龍頷下。探珠計巧。今日裏豈無因相溷擾。

　初句の反復、原文に近い句数、句の長短が曲牌を選ぶ基準と見られる。このような無理な填
詞は『惜花記』一作で懲りたのか飽きたのか、これ以外では伝奇の曲牌は用いず、原文に合わ
せた長短句の体で謡を訳している。版面の見た目は、大字の曲辞、中字の賓白、小字のト書き
からなり、登場人物を「生」「旦」「浄」「末」「丑」など伝奇の角色に振り分けているものの、
あくまで中国戯曲の唱本風の体裁に関心があったというべきであろう。とはいえ、江戸期にお
いてこのような戯曲の中国語翻訳は類例を見ず、都賀庭鐘が日本にもたらされた伝奇の作品や
曲譜を相当に読んでいたことは窺える。
　江戸時代に中国の小説や戯曲を翻訳受容する方法は、「国訳」と「通俗」の方式があった。
国訳はいわゆる漢文訓読である。中国古典の文語文とは文法も語彙も異なる近世中国語にも返
り点送り仮名をふって読む。通俗は原典を漢字仮名交じりの日本語に置き換えるもので、これ
が今でいう翻訳に該当する。中国戯曲の場合、曲牌の難しさからか、数は多くないが、『西廂
記』が上記の国訳を施されたほか、『琵琶記』、『水滸記』、『蜃中楼』などに「通俗」の方式が
行われた。ただし、全訳されたのは現在確認できる限り『水滸記』のみである。
　まず、『蜃中楼』は明和8年（1771）序刊八文舎自笑編『新刻役者綱目』に第五齣と第六齣

を抄訳し、中国語原文と併せて収録されたもので、一目でわかる歌舞伎調の訳文である。

　　第五齣：〔末扮仙人攜仗上〕

【皂羅袍】離卻清虛宮殿。倩紅雲一朵。扶下遙天。人看那洋洋大海詫無邊。俺覰着盈盈一水縱如練。只見些霏霏似雨。黿鼉噴涎。濛濛似霧。蛟龍吐烟。待要把瓊樓十二憑空建。

〔地唱曲〕仙人うたひもの出端

詞あアらふしぎや、この海原をうかがへば、青天ににわかにかきくもり、雲ともなく霧ともなく、ただへかたに凝あつまりしは、必定これは元留蛟龍、彼蜃樓をふきあらはすか、はて、いぶかしやなア。

　　第六齣：

【大勝樂】好一似攜雲夢覺裏王，渺巫峰，在那廂。青天白日豈有做夢之理。若說是水怪作祟，偶現幻形，怎麼贈我這兩件東西，又依然還在。這明珠兀自獸擎掌，左綃帕，有明璫。我知道了，若不是仙妃現出湘波上，一定是神女行來洛水旁。這椿事情，回去對張兄說了呵，他一定疑虛詫妄，還把我這真情實話，猜做奇謊。

〔地唱曲〕此所いろいろおひ入有　はれ心得ぬ事かな。夢かと思へは青天白日、拟は是龍神の所爲なるか、しるしのふくさ、しるしの玉左右の手に其儘あるは、洛水の濱の神女にてあつたか。此始終を歸て張伯滕にいひ聞すとも、眞實の事とはおもふまい。

　歌舞伎調の翻訳の中で、原文の曲牌は姿を消し、曲辞は襯字や「唱」と「白」の区別なく五七調の朗誦の台詞に転化されている。また、原文に則して訳すというよりは、原文の大意を汲んで、日本語で書き直すといった趣を呈している。そもそも『蜃中楼』が翻訳された背景には、明和年間を中心に、歌舞伎で竜宮ものが流行したことがあると見られる。その外題と上演状況は以下の通りである。[27]

　明和元年（1764）7月京都公演『女夫浪宮往来』

　明和元年（1764）11月大阪公演『竜宮城弓勢祝言』

　明和8年（1771）11月大阪公演『中睦妖竜宮島台』

　安永2年（1773）3月大阪公演『日本第一和布苅神事』

　安永2年（1774）11月大阪公演『大当百足山』

『蜃中楼』は唐代小説『柳毅伝』に取材した柳毅と龍女の婚姻譚であり、幻想的でけれん味のある作風であるから、歌舞伎の素材として興味を持たれたのではないか。そのため、歌舞伎調の翻訳とも歌舞伎への改編を目指したとも見える位置づけのものができたのであろう。

　一方、『琵琶記』と『水滸記』はいずれも鈔本で成立年代は不詳ながら、翻訳の風格は浄瑠璃に近い。[28]以下にその代表的な例を挙げる。

【紅繡鞋】一朝血濺紅裙。紅裙。一時粉碎青萍。青萍。把骸骨覆羅衾。把魚雁袋剣文。闇媽媽。你的女兒被我殺了。我如今自出門去哩。把蠟履出柴門。(『水滸記』第二十三齣)

【紅繡鞋】たちまちに紅染むる唐衣、即座に粉に砕く剣の光。衾を取りて亡骸に打ち覆ひ、縫ひ物したる物入れを取り上げつゝ、「小母御、そちの娘をわが手にかけたり、われ今すぐに帰るぞや」と、鞋履きしめて立ち出づる。

　基本的には曲辞は五七調で訳し、賓白は会話体に訳出しているが、浄瑠璃の特徴を援用して、会話から叙事へあるいは風景描写から叙事へと移る翻訳は可能であり、それは中国戯曲の曲辞もまた、単なる歌ではなく情景描写や心理描写、叙事をも請け負う語り物的要素を持ち合わせているからではないだろうか。

　全訳本である『水滸記』は、山口大学所蔵鈔本、関西大学所蔵鈔本、早稲田大学演劇博物館所蔵鈔本の三種類のテクストが現存するが、この三種は訳文がほぼ一致し、初期の試訳段階から順次推敲を重ねてきた経緯が伺えるものである。[29]この中で、山口大学本は徳山藩毛利家棲息堂旧蔵の稿本で、注記、語釈が極めて多い代わりに、翻訳は未完である。関西大学本は、六十種曲の版本に対訳を丁寧に書き入れたもので、すでに全訳が完了している。江戸末期の書肆待賈堂達磨屋五一(1817—1868)の印記がある。これから見るに、『水滸記』の翻訳は、毛利家ゆかりの儒者あるいは文人が手をつけ、幕末に市井の書肆が一度は刊行を目指したこともあったという推測もできるが、正確なところは不明である。早稲田大学本は、東京専門学校(現早稲田大学)教師千葉掬香の旧蔵書で、後に坪内逍遙の蔵書となった。関西大学本の訳文にさらに些かの手を加えている。

　中国演劇を浄瑠璃に比定する見方は、上記の通り、翻訳の形によく表れているといえるが、内閣文庫蔵鈔本『崎港見聞録』にも、

狂言仕組浄瑠璃之類、大凡百通リモ有之。昆腔_{クンキャン}、高腔_{カロウキャン}、四平腔_{スウヒンキャン}ナトノ若別アリ。当世ハヤリハ満床笏_{マアンシャン イユイキヤウロ}漁家楽_{シャンチュイキイ}雙珠記_{ジュウスウキイ}敘事記_{パア}琵琶記_{シイミヤロウ}西廂記_{シイレロウ}西楼記_{ジウヘクハン}十五貫_{フウ}虎符記_{フウキイ}精忠譜_{チンチョンプウ}八義記_{パニイキイ}金釵記_{キンサキイ}等ナリ

とある。浄瑠璃は語り物ではあるが、詞章の音楽性や叙事性が中国戯曲に近似した要素として捉えられたのであろう。

六、おわりに

　唐館で演じられた演劇は、そもそも刊刻して閲読に供することを余り想定していない、同時

代の花部乱弾の地方戯を多く含むものであった。それらは主に中国語原音も音楽の一部として、歌舞音曲として受容された。一方、すでに古典となった雑劇や伝奇の名作は閲読の対象となり、戯曲版本の体裁が文学表現の形式として関心を持たれた。そして漢文訓読から始まる翻訳を通じて物語内容が享受され、江戸文学に影響を与えたのである。この受容の多重性は、近代になったからといって一新されたわけではなく、明治期の中国演劇研究にも異なるバックグラウンドを提供していくことになったように見えるが、その具体的検証は今後の課題としたい。

【注】

(1) 明治期東京大学に奉職し、日本初の理学博士となった。

(2) 『瓊浦游記』(『伊藤圭介日記』第 1 集所収、名古屋市東山植物園、1995 年) pp.97。

(3) 「長崎の中国劇」(九州大学教養部文学研究会『文学論輯』第 2 号、1954 年) pp.1—17。

(4) 科学研究費補助金研究成果報告書「江戸末期に日本に伝わった中国伝統演劇に関する基礎的研究」(平成 23 年 5 月 30 日)

(5) 「大田南畝と中国演劇」(『明治大学教養論集』通巻 522 号、2017 年 1 月) pp.1—12。

(6) 「中國戲曲的海外傳播與演出：日本長崎唐館做戲暨相關文獻紀錄初探」(國立成功大學中文系『成大學報』第 49 期、2015 年 6 月) pp.113—152。

(7) 寛政 11 年 (1799) 東都本石町甕月堂刊行。

(8) 『長崎名勝図絵』(長崎史談会、昭和 6 年) pp.221。本書の成立は、昭和 6 年 1 月長崎市長富永鴻の序文に「抑々此の稿本は、文政年間に当時の奉行筒井和泉守の名を奉じ、当地の儒者で長崎聖堂の助教たりし饒田喩義を初め、野口文龍淵藏および画家打橋竹雲等の手によって編纂されたものであるが、脱稿迄に意外に年月を要した為めか之を世に発表せず、稿本のまゝ蔵せられ、後本市役所に保管したものである」とある。筒井和泉守は筒井政憲 (1778—1859)。

(9) 同上書、pp.206—207。

(10) 弘化 4 年 (1847)。新村出監修『海表叢書』巻 6 所収 (更生閣書店、1928 年) 所収。

(11) 『大田南畝全集』第 8 巻 (岩波書店、1986 年) pp.514—520。

(12) 『大田南畝全集』第 19 巻、「書簡」103。

(13) 『唐人番日記　参』(木下如一編輯『海色』第四輯所収、昭和 11 年 2 月) pp.197。

(14) 『長崎名勝図絵』(長崎史談会、昭和 6 年 4 月) pp.221。訓読は同書に付された返り点送り仮名に基づく。

(15) 野田成亮『日本九峰修行日記』(『日本庶民生活資料集成』第 2 巻『探検・紀行・地誌　西国編』所収、三一書房、1969 年) pp.22。

(16) 川原慶賀筆『唐館絵巻』に土神堂前の広場に設置された戯台が描かれている。現在は広場はなく、道路を挟んで家が建て込んでいるが、高台の地形は絵巻と同じである。

(17) 戴思望の伝奇「三俠剣」に基づくものか。中央研究院歴史語言研究所編『俗文学叢刊』第 92 冊に昆曲の劇本を収録。

(18) 豫劇、大平調、四股弦など梆子腔系の演劇に『王莽簒朝』があり、その折子戯に『救皇娘』と題するものがあって、今も演じられている。あるいはこれか。

(19) いずれも大庭脩編著『長崎唐館図集成』(関西大学出版部、2003 年) に収録。

(20) 早稲田大学図書館蔵写本。文政 9 年 (1826)、野田希一は漂流した中国船を長崎へ送り届ける任務につき、中国側の船主との交渉にあたった。その際の筆談記録である。田中謙二に『得泰船筆語』訳注がある (関西大学出版部、1986 年)。

(21) 活字本。奥付は「明治十二年五月八日御届／同年八月三十日出版／著者兼出版人　長崎県士族鹽谷五平」。

(22)「崎俗自古善月琴者。皆得傳於華人。故其曲調。與彼不異。中世其傳漸衰。天保間。江南林徳建來航。專擅其伎。一時從學者數十人。得其傳者。津田南竹。岩永子成。鹽谷雀園。秀蓮瑞蓮女士等也。今三人皆歸道山。惟雀園翁秀蓮女存。翁恐其傳之久而絕也。欲校所授之譜上梓以寄同好。其志亦深哉」

(23) 大庭脩『江戸時代における唐船持渡書の研究』(関西大学東西学術研究所、1967年)、伴俊典「江戸期における中国古典戯曲書の将来」(『早稲田大学大学院文学研究科紀要』第57輯第2分冊、2011年)pp.53—70。

(24) 徳田武「『曲亭伝奇花釵児』論——『笠翁十種曲』「玉掻頭」との関係において」(『明治大学教養論集』通巻118号、1978年)pp.77—98。

(25) 柴田光彦校訂『曲亭馬琴日記』(中央公論社、2009年—2010年)

(26) 川上陽介「『四鳴蟬』曲律考」(中央図書出版社『国語国文』72-2、2003年)pp.398—425。

(27) 北川博子「八文字屋本〈陳扮漢〉と浄瑠璃・歌舞伎」(笠間書院『西鶴と浮世草子研究』第五号，2011年6月)pp.165-178。

(28) 岡崎由美「江戸時代日文翻訳的中国戯曲文本——『水滸記』『蜃中楼』『琵琶記』的日訳本」(中山大学非物質文化遺産研究中心『文化遺産』2014年第4期)pp.100—109。

(29) 同上論文および伴俊典「江戸期における『水滸記』全訳の成立」(『東方学』第123輯、2012年)pp.70—87。

彷徨古今而求索，但開風氣不為師
——日本漢學家稻畑耕一郎教授訪談錄

稻畑耕一郎（王小林採訪）

　　早稻田大學的日本漢學家稻畑耕一郎教授，自上世紀八十年代起即活躍於中日學術界。稻畑教授學術研究的特點是範圍廣袤、視野開闊，其著述涵蓋了文學、考古、戲劇、民俗、歷史等各個方面。近年來，稻畑教授亦着力發掘江戶漢學的原始資料，對《儒藏》日本部分的編著貢獻極大。與此同時，稻畑教授不遺餘力地為日本學界介紹中國研究的最新成果，近期在日本出版界產生了重要影響的大型書籍《中國の文明》（八卷本）即為例證。那麼，稻畑教授的這種精力和熱情究竟緣何而來呢？帶著這個問題，本文作者特意對稻畑教授做了專訪。

前言

　　在為數眾多的日本當代漢學家中，稻畑教授的治學風格及其貢獻可謂獨特。流暢的中文、寬闊的視野、豐富的學識、充沛的精力，是與稻畑教授接觸後的印象。曾有日本學者將那些固守某一研究領域或某一個文本，皓首窮經的學者戲稱為"農耕型學者"。這種表達既有讚頌，也包含了些許諷刺。因為，學術研究固然應以對文本研究為主，但也極容易導致視野狹窄，見識短淺的缺憾。所謂見木不見林即為此意。同時，如何在學術研究與社會大眾之間建立橋樑，讓學術思想成為社會大眾的教養和知識，其實應該是學術研究的最終目的。從這一點來看，稻畑教授的中國研究，很難用來一個具體而狹窄的學術概念來描述。這也就是他自己將研究範圍描述為"中國古代學"的緣由。

　　然而，如果我們簡單地在日本的各大圖書館以及互聯網上搜索稻畑教授的相關資訊，就會發現，他的研究不僅包括了《楚辭》、青銅器、楚簡、考古發掘等與古代中國研究相關的領域，同時也延伸到現當代中國文化以及文學的研究。稻畑教授與陳舜臣、駒田信二等學者的合作就是例證。不僅如此，其近年來對梅蘭芳藝術史料的整理、對篆刻家松丸東魚與中國文化交流關係的考證、對日本江戶時期漢學家蘆東山的長達三十年的調查，並促成北京大學《儒藏》日本編的完成，均顯示出稻畑教授對中國文化全方位的關注。

中國古代學——研究古代以理解現代

王小林（以下簡稱「王」）：請問您是什麼時候開始對中國研究感興趣的？

稻畑耕一郎教授（以下簡稱「稻畑」）：我這一代的日本人從高中開始學習日本古典，同時也開始學習中國古典。這是因為中國古典對日本古文化有深刻的影響，沒有中國古典的基礎知識就不能瞭解日本古文化。不過，當時我們還沒有學習漢語，基本上用日本傳統的"訓讀"方式來閱讀中國古典。訓讀雖然是日語，但讀解方式有一定的規律和節奏。我比較喜歡這種節奏，同時也喜歡中國古典詩詞和各種歷史故事。上大學以後開始學習漢語，然後對中國的各種方面產生了興趣。當時正值大陸的無產階級文化大革命運動，我感興趣的中國古代文化都被視為封建社會的殘渣，成為被批判打倒的對象。但我沒有受到太大的影響，仍然專心學習現代漢語。

王：您將自己的研究稱為"中國古代學"，能否就其內涵做簡單介紹？

稻畑：我年輕時研究中國古代的《詩經》《楚辭》，但總覺得僅僅依靠這些文獻的訓詁和詮釋，很難瞭解中國古代真正面貌。所以84年有機會在北京大學訪問學者的時候，我選擇了中國考古學。恰巧北大考古系有一位著名考古學者俞偉超教授（後來他任中國歷史博物館館長），他主要研究戰國秦漢時期，非常認同我的想法，在他的熱情指導下，我開始學習中國考古學。同時也認識了不少年輕的考古學者。通過跟他們的交流，我學到了很多考古以外的中國知識。因為考古發掘工地大部分在農村，所以趁這些機會一方面瞭解發掘成果，一方面瞭解中國現代農村的情況。我覺得靠書面上的知識理解地方鄉鎮的情況相當不夠。所以這段進修生活至今仍然是一個寶貴的經驗。回國後，我在日本主持各種出土文物展覽，如四川三星堆、秦始皇兵馬俑等，也是出於這些原因，到現在我一直尊重中國古文化，也可能是因為深知中國考古學者們工作的艱苦及其成果的卓越。

我本來是很喜歡古代的，不僅限於中國。現在，我們的社會依賴各種技術，生活比過去便利了許多。但我覺得現代社會人們的頭腦裏，仍然有古代的影子。就好比我們腳下踩著古代的影子，是怎麼也離不開古代的思維的。我說的"古代"不僅在遠古的時期，也包括從遠古到近代一切過去的時間，因此我的"中國古代學"領域超過時間和地區。我認為將傳統文獻的內容與地下考古材料、現存民俗材料等多方面的資料相結合，才能恢復像3D那樣有立體感的古代文化面貌。幸虧世界上沒有第二個地方，像中國這樣具備豐富材料的國家。正因為中國最有條件做古代

學，所以我才做中國古代學的。遺憾的是我的學養還過於不足。

古今是相對的說法。比如說宋朝人也把自己的時代叫近世、或者近代。這是一種頗具自負的語氣，表示是我們時代已經不是野蠻時期的古代。我們的現代也過了幾百年就會成為古代。而我們現代文化比古代也沒有什麼了不起的。如同古代人能做的很多事情，現代人不能做一樣。很多人類課題一直沒有

解決呢。

從這箇視野觀察現代社會的各種文化現像是很有意思的。我們社會各方面的成果蔚為大觀，人類智慧進步也日新月異。但是有時候突然感覺我們好像是走在莫里茨・科內利斯・埃舍爾（Maurits Cornelis Escher）"迷惑的圖畫"之中，明明是向二樓上去的樓梯不知為什麼卻回到了一樓。

所以，我經常跟年輕人開玩笑說：古代對我們永遠是新的，而最新的馬上會變成舊的。去年的，大家已經認為是舊的。幾百年前的，大家認為是老的，不是舊的。舊的越老越有價值，也越來越有光輝。古代人能簡單製作的東西，現在不一定能做得出來，如部分青銅器和玉器。當然古代也有不少不好的，但是已被歷史淘汰掉了，只有好的被保存下來。而現在的東西是玉石混淆，當然玉少，石頭磚瓦居多，這需要等時代來淘汰。

對我而言，研究古代就是為了理解我們生存的現代和現在以前的歷史。我的古代研究課題表面上集中在古代，但是人活在現代，怎麼可能離開現代呢？所以每一代人都應該有屬於自己時代的學問。我們要認真考慮把什麼學術成果交給後代。我們二十一世紀初的古典學成果如何，只有將來的人可以評價。

中國研究的理論方法無法避免全球化

王：可不可以談一下您研究中國文化四十多年的感想？

稻畑：一言以蔽之，曰有趣，學而不厭。對我來說，中國本身是一個 wonderland，無論翻閱什麼書，每次都會有新的發現；無論去哪里都會發現新東西，一輩子都沒有厭倦感。中國文化內涵太豐富了，雖然我學了半個世紀，還有許多不知道的事情。所以說我依然懷有老驥伏櫪，志在千里的心情。

我們早稻田大學中文系有一條教旨，就是"古今兼學，語文雙修"。對剛開始學習中國古典的外國學生而言，這樣的教旨過於苛刻。但是到了我這個年齡回頭再來看，這條教旨可以稱為真理。我們外國人學習或者研究中國，主要目的是為了瞭解中國。如不能瞭解中國，研究是沒有意義的。不"古今兼學"就無法瞭解中國的真面貌，不"語文雙修"也不能體會原汁原味的中國。所以，我現在非常感謝當年老師們對我們學生的高度要求。慚愧的是自己還沒達到老師們要求的水準。唯一的安慰是開拓了一些他們沒能涉入的領域。

日本江戶時代最著名的俳句大師松尾芭蕉有這句話："古人の跡を求めず，古人の求めしところを求めよ（不要追求古人之痕跡，要追求古人之所追求的真理）。"所謂古人裏也包括先師、恩師。我覺得這句話不僅表現出了文藝的哲理，也表達出了學術進步的哲理。人文科學也是科學之一種，我們也需要追求"百尺竿頭，更進一步"。不然的話，我們的學科必然面臨衰落。

王：您認為在全球化日益高漲的本世紀，中國研究有無因應這種趨勢在方法和理論方面進行轉型的必要？如果需要，應該是什麼樣的？

稻畑：全球化跟中國研究的理論和方法，我覺得不是一個層面的問題。不過，既然我們古典學者也活在現在的世界，就必須考慮這個現象。全球化的趨勢總是無法避免的。

不僅是現在，過去的中國人，雖然程度不同，也曾面臨所謂全球化的影響。中國在歐亞大陸的東邊，自古以來歐亞各種動向對中國影響很大。古時候的全球化速度沒有現代這麼快，但許多考古材料證明，其實速度比我們想像的快，規模也相當大。所以中國古代文化的發展跟歐亞動態分不開。中國文明本來很包容，可以說沒有外來文化的因素，就沒有中國文明的發展。最簡單的例子是印度佛教。佛教傳到中國的時候，跟中國傳統思想有過不少衝突和鬥爭，經過很長的時間的磨合，最終佛教中國本土化了。類似的例子在中國歷史上數不勝數。

所以我們也需要在全球化的視野中理解中國傳統文化。我覺得這樣研究中國文化，也可能發現不同以往的新成就。為了達到這樣目標，中國優秀的年輕學者必須到國外去，跟國外學者交流，接受更多資訊，開闊眼界，以他山之石提高自己的學問水準。最重要的是面對全球化的波浪，與之拚搏，不要被它吞沒。全球化對中國文化本身是很好的發展機會。沒有變化就沒有發展。

研究人數減少非意味學術水準衰落

王：與上個世紀相比較，日本中國學研究似乎逐漸走向衰退。至少學科規模以及研究者陣容在縮小。您認為日本中國學是否需要積極應對這種局面？

稻畑：您說得對。但古人說"蓋物稀為貴，理應然也。"我同意這句話。少不一定是壞事，古典學本來就是少數人搞的"有閒無產階級"的學問。社會各個領域需要各種人才，我們的領域，研究人員少數就已足夠，太多了對社會也沒用。況且與其它學科比較，對現代社會做出的貢獻也不多。我追求的不是隊伍龐大，而是少數精英。少數化不一定意味著學術水準走向衰落。能夠培養出少數令人滿意的優秀人才就足夠了。

日本的傳統學問就是漢學，到了江戶時代才分為漢學、國學（日本古典學）、洋學（西學）。因此，過去的學者學術領域不同，卻都有很深厚的漢學底子。他們沒來過中國，但是有對中國文化一定的感覺、理解。現代，特別是上個世紀後半葉以來，教育制度變化很大，堪謂"全盤西化"了。結果，大家，包括我們這代人，都失去了漢學的基礎，社會上也很少有人瞭解中國傳統文化。我看到中國也有幾乎同樣的現象。但中國是漢學的發源地，最近在逐漸恢復原有的力量，出現了許多可期待的年輕學者。

我個人這十幾年很關注民國年間的中國古典學，具體研究對象是收藏大家、古文獻學家傅增湘。這個課題沒人做過。我自己發掘了不少新的材料並寫了十幾篇論文。目前正在利用這些材料編輯他的詩集草稿。

除了傅增湘，大家都知道清末民初出現不少古典大師。當時的社會太重視中國傳統學問，主

要方向也是"全盤西化"。這種社會環境下，一些知識分子努力奮鬥，開拓新的學術領域，取得了以前沒有的豐富成就。民國的古典學成就，現在來看，儘管風格不同於清朝乾隆嘉慶時代古典學，但同樣也很可觀。另外，目前我們之所以有"新國學"這種稱呼，可能是因為面臨中國古典學的某種危機。日本國內也遇到這種困境。所以我覺得瞭解民國的古典學的辦法，對現在的我們也有一定的借鑑。

另外，目前不少日本中國古典學研究好像迷失方向，陷入在陋巷裏徘徊的窘境。他們研究大部分，把自己限定於一個作家、一部文集，或者一個時代、一個文學形式。其實中國古典學是寬闊無垠的沃野。民國大學者的視野很廣，我們要借鑑的正是這種學術姿態。幸虧我們時代有他們時代沒有的電腦和數據庫等。

中國古典學應該沒有文史哲的區別，雖然對我們國外學者來說研究起來很費力，但這也是中國古典學的魅力所在，可以說是作中國古典學徒的命運，當然也是一種驕傲。我們古典學者搞的就是全面的學問，不僅是一方面的研究。

與其他海外國家比較，我相信日本中國古典學的水準總體來說相當高。唯一遺憾的，是他們大部分都用日語寫文章發表。我們做中國古典的，盡量用共同語言漢語交流，漢語則更有效果。日本中國學者要為中國古典學的"全球化"做好準備。其實，江戶時代的日本漢學家早就用漢文寫文章了，雖然他們不會說漢語。

現在國外學者，一般都是上了大學後先學漢語，然後開始研究古代漢語。先天地有很多handicaps，這沒有辦法。但是國外學者的研究視野、興趣、研究方法，不一定跟中國國內學者一樣。以往不少外國學者對這個領域中做出很大個貢獻。如高本漢 Karlgren、馬伯樂 Maspero、高羅佩 Gulik 等。我希望將來國外也有這些領先學者出現。

必須瞭解中國

王：我拜讀了您的大作《中國皇帝傳》（中央公論社），對您的中國歷史觀深有共鳴。相信許多讀者也會借此對中國文化的深部結構有更多認識。這種將宏觀視角與微觀研究相結合而講出自己的學術觀點方法，為學者與社會大眾的關係提供了一個典範。請問您是如何構思這部著作的？

稻畑：感謝您的謬讚。這本書原來是為日本廣播電台 NHK "歷史再發現" 節目撰寫的文稿《皇帝們的中國史》。我認為對現在的外國人而言，瞭解中國歷史和文化非常必要。因為中國在世界上的重要性超過了以往的任何時候。中國人口佔世界人口的五分之一，領土是歐盟的兩倍。避開中國，談論世界現代面臨的各種課題：環境、糧食、能源、宗教、民族等等沒有什麼意義。中國，現在是我們必須瞭解的對象。

但是，對外國人而言，瞭解中國不是簡單的事。因為中國國土遼闊，歷史悠久，人口眾多，社會複雜。現在的中國不同於半個世紀前，沿海地區的城市也不同於內地村鎮。同一個沿海地區的城市，南北也都不一樣。同一個城市裏的市民也有很多階層。但是這些都是現代的中國，現代的中國人。那歷史上的差距到底有多少大呢。

雖然有這麼巨大的區別，很多中國人的頭腦裏都有中國"一體"的感覺。這樣感覺從哪來的呢？歷史上怎樣生產和形成的呢？歐盟雖然只有中國一半的面積，卻有27個國家，語言也不同。所以歐盟很難共有一體感。中國比歐盟大兩倍，人口比它多好幾倍。那中國的一體感到底來自何處呢？

大家都知道歐盟各國語言不同。中國國內共同語言是漢語，但是南北發音差別太大。如過去孫中山、梁啟超等講的話，當時到底有多少中國人聽得懂呢？大部分可能聽不懂，但是寫成漢字，知識分子都看得懂。可見，一體感的最基本的要件是從文字"漢字"的一體來產生的。這樣，我們可以理解秦始皇"初幷天下"後，為何迅速實行文字統一政策的緣由了。所以也可以說，如果沒有漢字，估計中國也不一定有一體感的。漢字是為了造就一體感來發揮紐帶作用的工具。古今東西通貫之具就是文字——漢字。

漢字是記述中國文明最主要的工具。加之，釀成一體感的傳統思想是"天無二日，土無二王，家無二主，尊無二上。"（《禮記·曾子問》）。過去有皇帝在的地方就是中央，皇帝不能統治的地方不是中國，被認為是"化外"之地。所以，可以說皇帝能管治的地方就是中國，中國歷史可以用皇帝的事跡來介紹，中國的大歷史也可以從這個角度描述。

中國是一個，一個就是中國……。雖然"一個"的範圍，每個朝代都不一樣，各有大小。秦始皇帝實現了"幷天下"與"大一統"理念相結合，延續了兩千多年的歲月，對歷代王朝有很深的影響。通過坐在一極集權的統治體制裏的中央的"皇帝"的事跡，我只是嘗試了"何以中國"這個研究課題。通過這本講述中國歷代皇帝略歷的書，力求讀者認識中國大歷史。一個皇帝不一定能代表一個朝代，但是可以作為一個時代的象徵。對外國讀者，中國歷史的細節不必瞭解得太清楚。他們需要的是中國的大歷史。沒有這些知識，理解中國是很難的。所以說"何以中國"也是我個人的課題。

陳舜臣作品有着中國的現實感

王：從您的出版來看，您與歷史小說家陳舜臣先生交往甚深。陳舜臣與司馬遼太郎在當代日本讀書界的影響可謂無人企及。您能否談一下他們的歷史文學的價值和魅力？特別是陳舜臣對於中日文壇的象徵意義？

稻畑：我大學本科開始學習中國，那個時候兩國之間還沒有邦交，無法來中國留學，身邊也幾乎沒有中國人。沒有辦法，只能閱讀大量有關中國的書籍。其中就有陳舜臣的作品。他的小說、隨筆與其他日本作者的風格不同，但那個時候我還不明白緣由。隨著不斷翻閱他的作品，最終我認識到，他的作品裏有其他日本作家作品裏沒有的中國的現實感。我特別喜歡看他的最具代表性的畢生大作《鴉片戰爭》。我研究的方向不是中國近代，所以閱讀了很多他的作品，便開始逐步理解中國。後來我知道過去有一段時間，美國大學為了讓學生學習和瞭解中國，採用高羅佩的狄公案英語本。好像《紅樓夢》一部書是為瞭解清朝中期的社會氣氛最好的教材一樣的，陳舜臣的作品對我也是如此。

八十年代後半年，日本大出版社之一的講談社計劃出版陳舜臣全集27卷本。在那之前，我從來沒寫過當代作家的文學評論，出版社編輯來信，卻要我撰寫全卷的作品解說。信中說陳舜臣作家本人和著名學者、作家駒田信二先生也都推薦我。雖然我曾經跟他們做過一些工作，但當時我開始在北京大學進修考古學。如果只寫其中一卷的解說不那麼難，而若要撰寫所有作品的解說，難以想像自己會有那樣的時間和能力！後來我知道，他們找我也有一定的原因，就是陳舜臣作品雖然受到很多日本讀者歡迎，但實際上他的作品並不一定都能被他們理解。我也覺得日本文化界的人士也不一定瞭解陳舜臣各種作品所要表達的真意。因為他們都不那麼熟悉中國的歷史、文化和社會。一個很簡單而又象徵性的一個例子，就是《鴉片戰爭》這部作品。陳舜臣一輩子獲得了  很多文學獎、文化獎，如江戶川亂步賞、直木賞、日本推理作家協會賞等等，但是只有《鴉片戰爭》卻沒有獲獎。

當時日本文化界對陳舜臣的理解僅僅停留在這樣的水準。所以對於陳舜臣先生，他們也可能覺得，應從研究中國的年輕學者中找一位比較合適。我自己也認為或許能為改變這種狀況助一臂之力。最後我決定參戰。不少學術界的朋友都持疑問或者反對的態度。確實這些工作也花費了很多時間，朋友們持的疑問完全是對的，但是現在來看，通過這個評論工作，我學到了不少想法，成為了難得的學習機會。這也是我的命運。好不好，誰也都不能判斷。

陳舜臣背景特殊，既不同於普通的日本人，也不同於中國人。他年輕時候專攻印度語言，Hindi、Urdu語、Pārsī等，也翻譯過古代波斯數學家、天文學家和詩人歐瑪爾·海亞姆（Omar Khayyám）的《魯拜集》（*The Rubaiyat*）。所以很早就知道在日本、中國以外，世界上還有其他不少的文化和價值觀。我很喜歡他的這樣想法。他的作品都是根據這樣的思想和認識來構成的。所以我評論陳舜臣作品的著作就是以《超越境域：The World Will Be As One 我的陳舜臣筆記》為名的。英文書名借用約翰·列儂 John Lennon 寫的《*Imagine*》的最後一句。

現在有不少作家也在寫中國歷史小說，我認為除了少數一兩位，其他都不令人滿意。沒有辦法，他們都沒有中國古典的修養，讀不懂現代漢語，也幾乎不瞭解中國。他們描寫的是日本風味的中國，或者 Stereotype 的中國、superficial 的中國，所以讀者容易看懂，也很受歡迎。經濟學領域有"格勒善法則（Gresham's Law）"，即"劣幣驅逐良幣"，文化上有時也出現這樣現象。很遺憾，但沒有辦法。

互相信任是國際學術交流合作成功的關鍵

王：您多年來擔任北京大學古文獻研究中心的客座教授，能否談一下這些年在古文獻研究領域中日學者共同合作所積累的成就以及面臨的課題？

稻畑：現代社會，交通發達，資訊靈通，聯繫密切。國際合作也幾乎沒有了障礙。這些對我們的領域最為重要。如果大力推行交流，學術就會進一步發展。若無合作，學問便將窒息。正如古人所云：海"外"存知己，天涯若比鄰。

近年來中國學者很重視域外漢學，同時也關注海外圖書館收藏的漢籍。漢學、漢籍這些詞本來是日本學者使用的，現在中國學界也公認這些概念。這也是國際交流的一個象徵。除了日本以外，韓國、歐洲、美國，也有不少亡佚古籍善本或者現在中國國內罕見的、保存狀態更好的古籍。將這些文獻用現在的影印技術來複印，在圖書館的網站公開全貌數字資料，對世界各地的學者提供了很大便利。其實海外收藏機構，不一定有研究中國古籍的專家，所以需要中國專家的大力幫助。

目前中國開始重視這方面的工作，也提供了不少科研資金。我負責的合作項目中，有日本國內的資金，也有中國的，還有美國的。通過這些具體項目，我們可以一起合作研究。這些國際合作對我比國內的共同研究更有愉快，收穫也更多。通過國際合作，互相切磋，共同向上。

所以，我希望這些國際合作研究越來越多。今年我跟北京大學的朋友們開始了影印出版日本足利學校收藏的宋元善本的工作。國際合作成功的關鍵在互相信任，為了達成互信，需要經常走動，見面交流。現代資訊化社會中，我覺得我們的研究領域裏的學術資訊還很不夠，或者偏向一方，必須補正。

王：能否從東亞儒學研究的角度談一下您代表日本學者參與的《儒藏》編寫工作的感想？

稻畑：我年輕時對儒教沒有什麼興趣。除了先秦的儒家典籍以外，不太瞭解歷代儒教的文獻和思

想。感覺大部分儒教文獻描述和表達的是一個莫名其妙的世界。也不太想知道。也可能無意識的受到文學革命等新文化運動的"打倒孔家店"的口號以及魯迅的小說《狂人日記》等影響。相反我比較喜歡諸子百家。中國文化的主流雖然是儒家，但是有了諸子的思想才顯得豐富。我現在也還持有這個想法，沒有大的變化。

參加《儒藏·日本編》編輯工作，我知道中國出版界力量雄厚。僅《精華編》就已出版了一百多冊，在日本現在根本不可能出版這種大型叢書。而在中國，《儒藏》也只是這十幾年中出版界編輯出版的各種大規模古典叢書其中之一。這個現象表明，正因為中國歷代積累的文化 contents 極為豐富，才得以不斷出版這類大型叢書。這些都是人類文明的寶貴遺產。中國學

界各個方面都在嘗試把這些軟件保存起來，同時向社會推廣，也嘗試用數碼化的材料傳到後代。其背後，或許也有國際性的文化戰略，其中有的計畫也並不算理想。但是總的來說，這種出版盛況令人羨慕。由於各種要素，日本社會脫離書籍的情勢越來越厲害，出版界現在除了漫畫以外，書籍出版不很景氣，沒有了過去的氣勢。將來我們國外的漢學家也都可以用中文寫論文，只要在中國出版就行。因為我們都搞中國研究的。

應重視蘆東山對日本儒學的貢獻

王：聽說您已經對江戶時代的儒學家蘆東山關注了三十多年，能不能談一下這方面的情況？

稻畑：謝謝您的熱情關心。三十多年前，一個偶然的機會，我瞭解到蘆東山（1696-1776）的事跡。蘆東山是江戶時代中期日本東北仙台藩的學者。他因批判藩政獲罪，被迫謫居軟禁達二十四年。其間他在他被發配的寓所，撰寫了一部計十八卷、八十萬字的大著《無刑錄》。《無刑錄》來自《尚書·大禹謨》中"刑期于無刑"的文字。其宗旨在提倡對罪犯不應加以身體上的刑罰，而應使用道德教化爲主的教育刑作爲懲罰手段。他把中國古典作爲其理論根據。本著雖然成書於18 世紀後半葉，其主旨卻不乏先進的近代刑法精神的萌芽。

《無刑錄》在江戶時期通過抄寫流傳下來，到了明治十年（1877 年），政府元老院正式刊刻出版。對日本近代刑法的成立，特別是在思想上有很大的影響，所以過去知識分子大部分都知道這本書。但是這一百年裏，在學術界卻鮮爲人知。因爲該書完全是用漢文寫的。我三十多年前發現他的《楚辭評苑》這本書，認識到該書在日本早期研究《楚辭》中的重要性。還有保存至今的他的日記和書信等第一手資料。很多中國學者一直都關心江戶時代日本漢學，知道林羅山、藤原惺窩、伊藤仁齋、新井白石、中江藤樹、三浦梅園等，但卻不知道蘆東山。所以，我在《儒藏·日本編》編輯工作中，收錄了《無刑錄》，以此期待中國學者的對他做更深入研究。日本儒學的成就是東亞漢學的一個重要遺產。我們現在需要從新的視域來重新研究有關成果。我很希望以國際合作的辦法來共同研究蘆東山。

原載《國學新視野》2017 年冬季號，中華出版社，香港，（有刪改）。

編集後記

　早稲田大学中国古籍文化研究所は、2000年に早稲田大学プロジェクト研究所の一つとして発足した。中国は「文字」の国であり、有史以来、甲骨、金石、竹帛と様々な記録媒体に文字による記憶が記されてきた。特に紙の発明以降、そこに記された文化情報は時空を超えて、東アジア全域に伝播した。本研究所では、こうした多種多様な文字資料を対象とする。いわゆる古典籍の善本のみに偏らず、たとえ民間の粗雑通俗な刷り物であっても、それらが伝える情報を「文明の記号」として読み解き、それによって文字資料の背後にある文化諸事象を多角的に探求することを目指してきた。

　こうした趣旨の下、本研究所が発足以来展開してきた研究活動には、21世紀COEプロジェクト「アジア地域文化エンハンシング研究センター」への参加、学術誌『中国古籍文化研究』及び各種「単刊」の発刊、北京大学中国古文献研究センター・復旦大学古籍整理研究所との共催による年1回の国際シンポジウムの開催、海外の研究機関との共同研究や人的交流などがある。

　このたび、所長として本研究所の活動を牽引して来られた稲畑耕一郎教授が2018年3月をもって早稲田大学を定年退職されることに伴い、所長の任も退かれることとなった。そこで、本研究所の研究員と招聘研究員を母体として、研究活動の里程標とすべく、『中国古籍文化研究——稲畑耕一郎教授退休記念論集』の刊行を企画し、本研究所を通じて稲畑教授と学術交流の深い国内外の研究者及び早稲田大学などでの受業生に寄稿を呼びかけたところ、73篇の論文を頂戴した。更に、長年にわたって密接な交流のある中国教育部全国高等院校古籍整理研究工作委員会主任の安平秋北京大学教授には、特に序文を執筆して頂いた。執筆者各位には心よりお礼申し上げる。

　本書は上・下巻から成る。全体のテーマは中国古籍を巡る文化諸事象の研究であるが、対象は多岐に亘る。上巻はおおよその目安として、Ⅰ部は文献学、校勘学、目録学等古籍整理に関わる分野、Ⅱ部は学術や思想、Ⅲ部は言語学、Ⅳ部は考古学、歴史学の分野の論考を収録し、下巻は文学、民間伝承、演劇、芸能などに関する論考をⅤ部・Ⅵ部として収録した。こうした古籍資料が更なる学術交流を通して、価値を見出され、今後の研究へフィードバックされていくことを願っている。

　なお英文タイトルのネイティブチェックにはブランダイス大学のマシュー・フレーリ准教授のご助力を頂いたこと、並びに本書の刊行に当たっては、本研究所が所属する早稲田大学総合研究機構から「学術出版補助費」の助成を頂いたことを付記する。

　末尾ながら、東方書店の川崎道雄さん、家本奈都さんの労に篤くお礼申し上げる。

『中国古籍文化研究　稲畑耕一郎教授退休記念論集』編集委員
岡崎由美、古屋昭弘、内山精也、劉玉才

Studies in Ancient Chinese Book Culture:
a Festschrift for Professor Inahata Koichiro

Contents

An Pingqiu   Preface

Table of Contents

Inahata Koichiro A Scholarly Chronology

Inahata Koichiro A Categorized Bibliography of Scholarship

- I -

Takahashi Satoshi

On the Red Print Version of *Pangxizhai cangshuji*（湧喜齋蔵書記）as Material for Chinese Bibliographical Studies

Zhang Xueqian

A Study on the Text Composition of *Yi Wei Ji Lan Tu* in its Current Version: With a Concurrent Discussion of the Age of Two Literatures of Yi Divination and Yi Diagrams

Zhang Yongquan & Luo Mujun

The Patching-up and Catalogue of the Dunhuang Fragments: Centered on the Manuscripts of the Diamond Sutra

Li Mingxia

Research on an Edition of *Poems by Sixty Tang Dynasty Poets* Held by the Wenyuan Chamber Library

Ito Shintaro

What Were the Guandi Documents Compiled For?

Chen Hungsen

Correction and Annotation on the Biographies of Wang Xian and Zhu Wenzao in *Qing shi lie zhuan* (History of Qing: Arrayed Biographies)

Chen Jie

On the Publication of the Maisong Shuguan Copperplate Edition of *Xiqing gujian* (Mirror of Antiquities of Xiqing)

Zhu Daxing

A Preliminary Study of *Wulin lanshengji*（武林覧勝記）

Cheng Zhangcan

The Compilation, Composition, and Evaluation of *Qinhuai Guangji* (Encyclopiedia of Qinhuai)

443

Wu Ge
The Letters of Ren Mingshan to Zhong Tai

Cheng Sudong
Study on the 1528 *Xiaojingchao* (Epitome of the Classic of Filial Piety) Held by Seike Bunko

Fu Gang
Textual Research on the Japanese Gozan Edition of *Chunqiu jingzhuan jijie* (Collected Explanations on the Classic of the Spring and Autumn Annals and its Commentary)

Wang Lan
A Textual Study on the Gozan Edition of *Shangu shizhu* (Annotations on the Poetry of Huang Tingjian)

Chen Zhenghong
Some Knowledge for Analysis of Chinese Texts Reprinted and Published in Japan

Harada Makoto
Arai Hakuseki's *Shikyōzu* (Illustrations from the Classic of Poetry): its Compilation Process and the Verification of Objects

Gu Yongxin
A Comparative Study of the Reserved Copy and Transcript on *Emendation about Seven Confucian Classics & Mencius* along with the Early Block-Printed Edition of Addendum

Zhang Bowei
Documents and Research on Poetry-talks in East Asia

Gu Xinyi
A Study on a Song Dynasty Edition of *Lunheng* (Balanced Inquiries) Preserved in Japan

Zhu Xinlin
Collation Notes on the Edition of *Yuzhu Baodian* (Treasury of the Jade Candle) Collected in Japan's Sonkeikaku Bunko

Du Xiaoqin
An Examination of the Newly-Carved Selection of *Luo Binwang's Works* Annotated by Huang Yongzhong in the Kyoto University Library

Zhou Jianqiang
A Study of Various Publications of *Humeichao* (Records of Enchantment by Foxes) Held in Japan

Tang Zhibo
A Study on the Versions of the Individual Collections of Ming Dynasty Literati That Were Edited and Engraved in Japan

Kizu Yuko
On a Revision of *Shuowen Guwen Kao* by Tian Wuzhao Owned by Graduate School of Letters, Kyoto University

Lin Zhenyue

A Research Note on the Manuscript of *Kyūkei shoei teiyō* (Abstract on Reproductions of Books from the Old Capital) by Kuraishi Takeshirō

- II -

Cao Hong

The Exposition of "Xing and Ming" and the Art of Composition

Chang Kao Ping

Finding Meanings through Word Connection and the Tradition of Chinese Narration

Li Xiaohong

From "Jun Fu Shi"（君父師）to "Tian Di Jun Qin Shi"（天地君親師）: Study on the Authority of Teachers in Medieval China

Saito Taiji

Despotism and Democracy in the Political Thought of Qian Mu

Liu Yucai

A Detailed Exploration into Ashi Tōzan's Exegeses of the Analects and Mencius

Matthew Fraleigh

The Sinological Learning of Narushima Ryūhoku

Wang Xiaolin

The Ten Oxherding Pictures and Modern Japanese Philosophy

- III -

Nohara Masaki

A Preliminary Inquiry about "yimu（以母 *y-*）" in the Old Chinese Phonology

Mizutani Makoto

A Study on Loss of Annotation in *Leipian*（類篇）

Furuya Akihiro

On the Manchu "Twelve Heads" by Liao Lunji

Chiba Kengo

A Preliminary Remark on the Versions of *Wuche Yunfu* in Morrison's *A Dictionary of the Chinese Language*

Endo Masahiro

The Grammaticalization of ʃit5 識 in Taiwanese Hailu Hakka

- IV -

Kakudo Ryosuke
On the Origin of the Chinese Dragon as Seen in Archeological Relics

Sakikawa Takashi
A Preliminary Study on the Stone Mold for Casting Bronze Inscriptions Unearthed at the Zheng and Han Ancient City Site, Henan Province

Goto Ken
Buried Manuscripts from the Cemetery of Turfan Region, Xinjiang

Li Ruoshui
The Subsidiary Temples in the Nanjingdao Area in the Liao Dynasty: Emphasis on the Stone Inscriptions

- V -

Ogino Tomonori
Grasping Features of the Concept "Meici"（美刺）in the Minor Prefaces of the Mao Edition of the *Classic of Poetry*: a Statistical Analysis

Yata Naoko
A Reconsideration of Jia Yi's *Diao Qu Yuan fu* (Rhapsody Lamenting Qu Yuan)

Seki Masumi
The Establishment of Xie Tiao's Image: Focusing on the Period since Li Bo

Inoue Kazuyuki
An Essay of the "Revolution of Seasons" Poem by Tao Yuanming: a Consideration of Temporality

Uchida Seiichi
A New Interpretation of Wang Wei's "Luzhai" Included in *Wangchuan Ji*（輞川集）: with Discussion of Its Relation to "Zhuliguan"

Konno Tatsuya
On the Commentary of Wang Wei's *Wangchuan Ji*（輞川集）by Gu Qijing of Ming

Sato Koichi
On the Early Poetry of Du Fu: Dispersed or Disposed

Umeda Shigeo
Linking Expressions in the Poetry of Bai Juyi

Takahashi Yoshiyuki
The Letter in Bai Juyi's Poetry

Kin Bunkyo

The Etymology and Transition of Erlangwei（児郎偉）and its Propagation to East Asia

Otsuka Hidetaka

Xiang Tuo and Guan Yu

Ueki Hisayuki

An Consideration on *Lushanji* (Account of Mt. Lu) Written by Chen Shunyu of the Northern Song Dynasty: Including a Study of Poetic Sites about the Waterfalls in Mt. Xianglufeng and Zuishi

Uchiyama Seiya

The Transformation of Poets During the Transition from the Late Song to the Early Yuan Dynasties: What Happened to Chinese Poetic Circles in the 13th Century?

Wang Ruilai

On Some Questions about "Xikun Style"（西崑体）and the Movements for Revival of the Tang Classics

Omori Nobunori

The Reception of Wang Xizhi's "Lantingji Xu" (Preface to the Orchid Pavilion Collection) in "Zhexian'an Xu" (Preface to the Zhexian Hermitage) by Bai Yuchan: Including the Evaluation of Wang Xizhi in the Southern Song

Kakinuma Yohei

A Study on Mulu Dawang: A Hypothetical Connection among *Romance of the Three Kingdoms*, Merv, and Nakhi People in Yunnan District

Kawa Koji

Historical Works and Novels about Tie Xuan and His Two Daughters: History and Literature in the Jianwen Period

Hori Makoto

Princess Iron Fan（鉄扇公主）and Her Palm Leaf Fan（芭蕉扇）

Matsuura Satoko

Toyo Bunko (The Oriental Library)'s Collection *Chu-xiang Yang Wen-guang Zheng-man Zhuan*

Zheng Lihua

A Study of Wang Daokun and the Huizhou Literary Club

Pan Jianguo

On the Oldest Extant Novel Version of the Founding History of Ming Dynasty: the Ming Manuscript of *Guochao yingliezhuan* Collected in Tianyi Pavilion

Marui Ken

The Definition of Technical Terms in Zhou Chun's *Dushi shuangsheng dieyunpu kuolüe* (Alliteration and Rhyming Compounds in Du Fu's Poetry): with a Focus on Occurrence Patterns

Zhou Mingchu

A Study on Ming Female Writers Wrong Collected in the *Complete Ci-poetry of the Qing Dynasty*

Chen Guanghong

On the Preliminary Formation of "Chinese Literature" in Late Qing China

Nagahori Yuzo

An Examination of Chen Duxiu's School Life in Tokyo Early in the 20th Century: Did Chen Really Study at Waseda University?

Ogawa Toshiyasu

The Boundary between Colloquial and Literary Style: with Special Reference to the "Short Poetry Movement (*xiaoshi yundong*) in 1921"

Ikeda Tomoe

Xiaoshuo Yuebao, a Magazine of the Enemy-occupied Area in Shanghai and its Readers

- VI -

Kaizuka Noriko

Various Aspects of Gu 蠱 : in Relation to Japanese Schistosomiasis

Masuko Kazuo

A Comparative Study of Chinese and Japanese Mysterious Tales Concerning Weasels

Iwata Kazuko

The Circulation of Prosimetric Tales about *Di xue zhu*

Ishii Satoru

About Wang Lu's *Zhongxi yinyue guiyishuo* (On the Convergence of Chinese and Western Music): Focusing on Three Classifications

Ban Toshinori

On the Collections of *Pipaji* (The Story of the Lute) by Jiguge Publisher（汲古閣） in Edo Period Japan

Okazaki Yumi

Chinese Theatre as Seen by Japanese in the Edo Period

Inahata Koichiro & Wang Xiaolin

〔Interview〕 My Way to Chinese Ancientology

Editorial Afterword

Contents

About the Contributors

執筆者紹介（掲載順）

安平秋（An Pingqiu）　　　　　北京大学中文系教授、全国院校古籍整理研究工作委員会主任

第1部

髙橋智（たかはし さとし）　　　慶應義塾大学文学部教授

張學謙（Zhang Xueqian）　　　北京大學中文系博士生

張涌泉（Zhang Yongquan）　　浙江大學古籍研究所教授

羅慕君（Luo Mujun）　　　　　浙江大學古籍研究所博士研究生

李明霞（Li Mingxia）　　　　　上海理工大學出版印刷與藝術設計學院講師

伊藤晋太郎（いとう しんたろう）二松学舎大学文学部准教授

陳鴻森（Chen Hungsen）　　　臺灣中央研究院歷史語言研究所研究員

陳捷（Chen Jie）　　　　　　　東京大学大学院人文社会系研究科教授

朱大星（Zhu Daxing）　　　　　浙江大學古籍研究所副教授

程章燦（Cheng Zhangcan）　　南京大學文學院教授

吳格（Wu Ge）　　　　　　　　復旦大學圖書館教授

程蘇東（Cheng Sudong）　　　北京大學中文系副教授

傅剛（Fu Gang）　　　　　　　北京大學中文系教授

王嵐（Wang Lan）　　　　　　北京大學中文系、中國古文獻研究中心教授

陳正宏（Chen Zhenghong）　　復旦大學古籍整理研究所教授

原田信（はらだ まこと）　　　近畿大学経営学部講師

顧永新（Gu Yongxin）　　　　北京大學中文系、中國古文獻研究中心研究員

張伯偉（Zhang Bowei）　　　　南京大學域外漢籍研究所教授

顧歆藝（Gu Xinyi）　　　　　　北京大學中文系、中國古文獻研究中心副教授

朱新林（Zhu Xinlin）　　　　　山東大學（威海）文化傳播學院副教授

杜曉勤（Du Xiaoqin）　　　　　北京大學中文系教授

周健強（Zhou Jianqiang）　　北京大學中文系博士生

湯志波（Tang Zhibo）　　　　　華東師範大學中文系講師

木津祐子（きづ ゆうこ）　　　京都大学大学院文学研究科教授

林振岳（Lin Zhenyue）　　　　復旦大學古籍整理研究所博士生

第Ⅱ部

曹虹（Cao Hong）	南京大學文學院教授
張高評（Chang Kao Ping）	香港樹仁大学中文系教授
李曉紅（Li Xiaohong）	廣州中山大学中文系講師
齊藤泰治（さいとう たいじ）	早稲田大学政治経済学学術院教授
劉玉才（Liu Yucai）	北京大學中文系、中國古文獻研究中心教授
マシュー・フレーリ（Matthew Fraleigh）	
	Associate Professor, College of Arts and Sciences, Brandeis University
王小林（Wang Xiaolin）	香港城市大學亞洲及國際學系副教授

第Ⅲ部

野原将揮（のはら まさき）	成蹊大学法学部専任講師
水谷誠（みずたに まこと）	創価大学文学部教授
古屋昭弘（ふるや あきひろ）	早稲田大学文学学術院教授
千葉謙悟（ちば けんご）	中央大学経済学部准教授
遠藤雅裕（えんどう まさひろ）	中央大学法学部教授

第Ⅳ部

角道亮介（かくどう りょうすけ）	駒澤大学文学部講師
崎川隆（さきかわ たかし）	吉林大学古籍研究所教授
後藤健（ごとう けん）	早稲田大学東アジア都城・シルクロード考古学研究所招聘研究員
李若水（Li Ruoshui）	北京聯合大學應用文理學院講師

第Ⅴ部

荻野友範（おぎの とものり）	慶應義塾高等学校教諭
矢田尚子（やた なおこ）	新潟大学人文学部教授
石碩（せき ますみ）	早稲田大学文学学術院非常勤講師
井上一之（いのうえ かずゆき）	群馬県立女子大学文学部教授
内田誠一（うちだ せいいち）	安田女子大学文学部教授
紺野達也（こんの たつや）	神戸市外国語大学外国語学部准教授
佐藤浩一（さとう こういち）	東海大学国際教育センター准教授
埋田重夫（うめだ しげお）	静岡大学学術院人文社会科学領域教授

高橋良行（たかはし よしゆき）　早稲田大学教育・総合科学学術院教授

金文京（きん ぶんきょう）　鶴見大学文学部教授

大塚秀高（おおつか ひでたか）　埼玉大学名誉教授

植木久行（うえき ひさゆき）　弘前大学名誉教授

内山精也（うちやま せいや）　早稲田大学教育・総合科学学術院教授

王瑞来（Wang Ruilai）　学習院大学東洋文化研究所客員研究員

大森信徳（おおもり のぶのり）　早稲田大学法学学術院専任講師

柿沼陽平（かきぬま ようへい）　帝京大学文学部准教授

川浩二（かわ こうじ）　立教大学ランゲージセンター教育講師

堀誠（ほり まこと）　早稲田大学教育・総合科学学術院教授

松浦智子（まつうら さとこ）　神奈川大学外国語学部助教

鄭利華（Zheng Lihua）　復旦大學古籍整理研究所教授

潘建國（Pan Jianguo）　北京大學中文系教授

丸井憲（まるい けん）　早稲田大学文学学術院非常勤講師

周明初（Zhou Mingchu）　浙江大學中文系教授

陳廣宏（Chen Guanghong）　復旦大學古籍整理研究所教授

長堀祐造（ながほり ゆうぞう）　慶應義塾大学経済学部教授

小川利康（おがわ としやす）　早稲田大学商学学術院教授

池田智恵（いけだ ともえ）　関西大学文学部准教授

第 VI 部

貝塚典子（かいづか のりこ）　慶應義塾大学経済学部非常勤講師

増子和男（ますこ かずお）　茨城大学教育学部教授

岩田和子（いわた かずこ）　法政大学法学部教授

石井理（いしい さとる）　明海大学外国語学部講師

伴俊典（ばん としのり）　早稲田大学文学学術院非常勤講師

岡崎由美（おかざき ゆみ）　早稲田大学文学学術院教授

稲畑耕一郎（いなはた こういちろう）　早稲田大学文学学術院教授

<ruby>中国<rt>ちゅうごく</rt></ruby><ruby>古籍<rt>こ せき</rt></ruby><ruby>文化<rt>ぶん か</rt></ruby><ruby>研究<rt>けんきゅう</rt></ruby>

中国古籍文化研究

稲畑耕一郎教授退休記念論集　上・下（全2冊）

2018年3月1日　初版第1刷発行

編　　者●早稲田大学中国古籍文化研究所
発行者●山田真史
発行所●株式会社東方書店
東京都千代田区神田神保町 1-3 〒 101-0051
電話 03-3294-1001　営業電話 03-3937-0300

組　　版●株式会社シーフォース
印刷・製本●モリモト印刷株式会社

定価はケースに表示してあります〈分売不可〉

©2018　早稲田大学中国古籍文化研究所　Printed in Japan
ISBN978-4-497-21805-6 C3098
乱丁・落丁本はお取り替えいたします。
恐れ入りますが直接小社までお送りください。

Ⓡ本書を無断で複写複製（コピー）することは著作権法上での例外を除き禁じられています。本書をコピーされる場合は、事前に日本複製権センター（JRRC）の許諾を受けてください。JRRC（http://www.jrrc.or.jp　Eメール：info@jrrc.or.jp　電話：03-3401-2382）
小社ホームページ〈中国・本の情報館〉で小社出版物のご案内をしております。
http://www.toho-shoten.co.jp/